クムラン

エリエット・アベカシス
鈴木敏弘＝訳

角川文庫　11384

QUMRAN
by
Eliette Abécassis

Japanese translation rights arranged with
ÉDITIONS RAMSAY
represented by
FREDERIQUE PORRETTA
through Japan UNI Agency, Inc., Tokyo
Translated by
Toshihiro Suzuki
Published in Japan by
Kadokawa Shoten Publishing Co., Ltd.

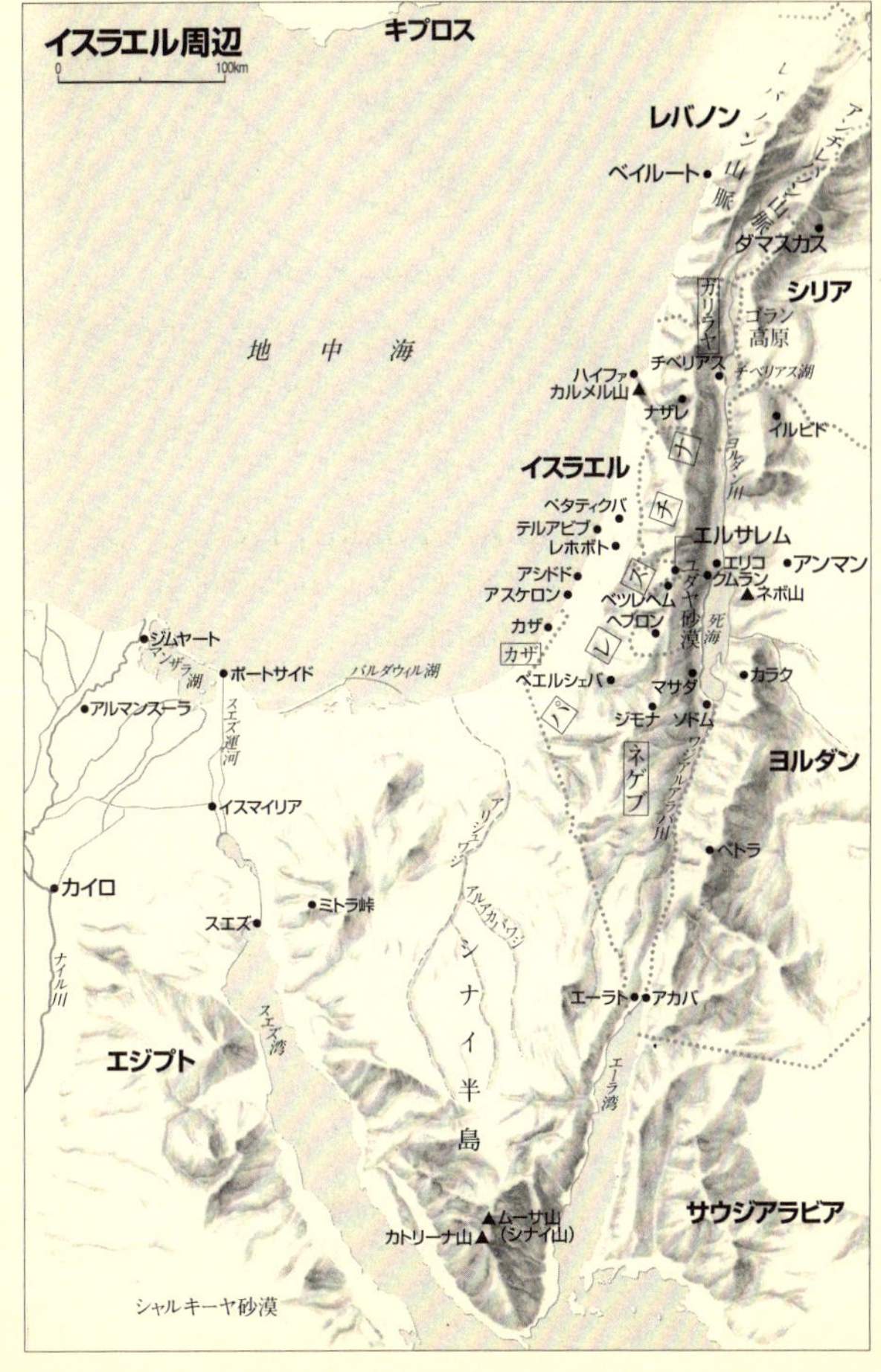

イスラエル周辺
0
100km
キプロス
レバノン
レバノン山脈
アンチレバノン山脈
ベイルート
ダマスカス
シリア
ガリラヤ
ゴラン高原
地中海
チベリアス
チベリアス湖
ハイファ
カルメル山
ナザレ
イルビド
イスラエル
ヨルダン川
ベタティクバ
テルアビブ
レホボト
エルサレム
エリコ
アンマン
アシドド
アスケロン
ユダヤ砂漠
クムラン
ネボ山
ベツレヘム
ヘブロン
死海
カザ
パレスチナ
ジムヤート
マンザラ湖
ポートサイド
バルダウィル湖
ベエルシェバ
マサダ
カラク
アルマンスーラ
スエズ運河
ジモナ
ソドム
ネゲブ
ワジ・アル・アラバ川
ヨルダン
イスマイリア
アリシュ・ワジ
ペトラ
カイロ
ミトラ峠
スエズ
シナイ半島
ナイル川
エーラト
アカバ
スエズ湾
エジプト
エーラ湾
サウジアラビア
ムーサ山
(シナイ山)
カトリーナ山
シャルキーヤ砂漠

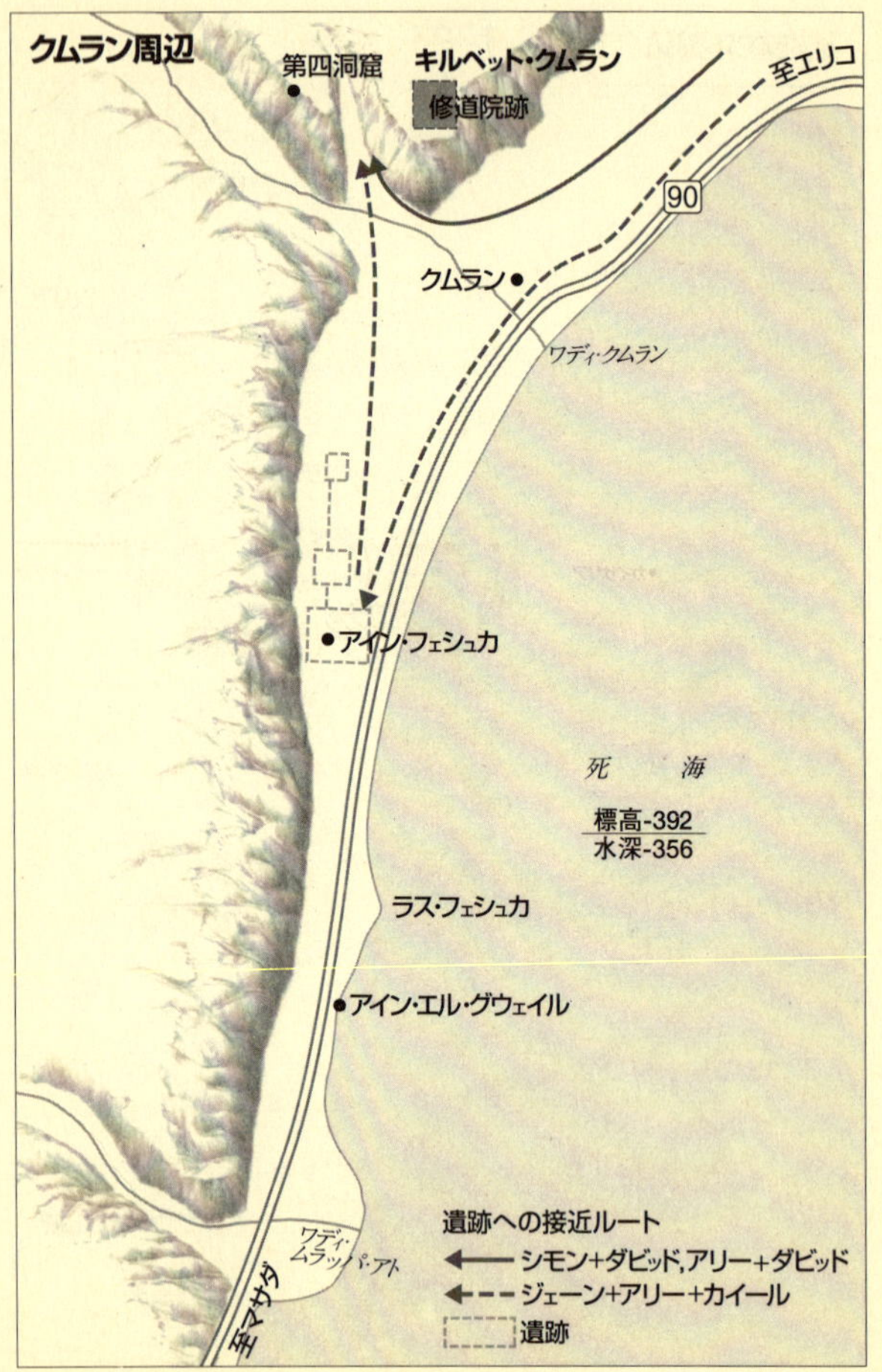

クムラン周辺
第四洞窟
キルベット・クムラン
修道院跡
至エリコ
90
クムラン
ワディ・クムラン
アイン・フェシュカ
死　海
標高-392
水深-356
ラス・フェシュカ
アイン・エル・グウェイル
ワディ・ムラッバ・アト
至マサダ
遺跡への接近ルート
シモン+ダビッド, アリー+ダビッド
ジェーン+アリー+カイール
遺跡

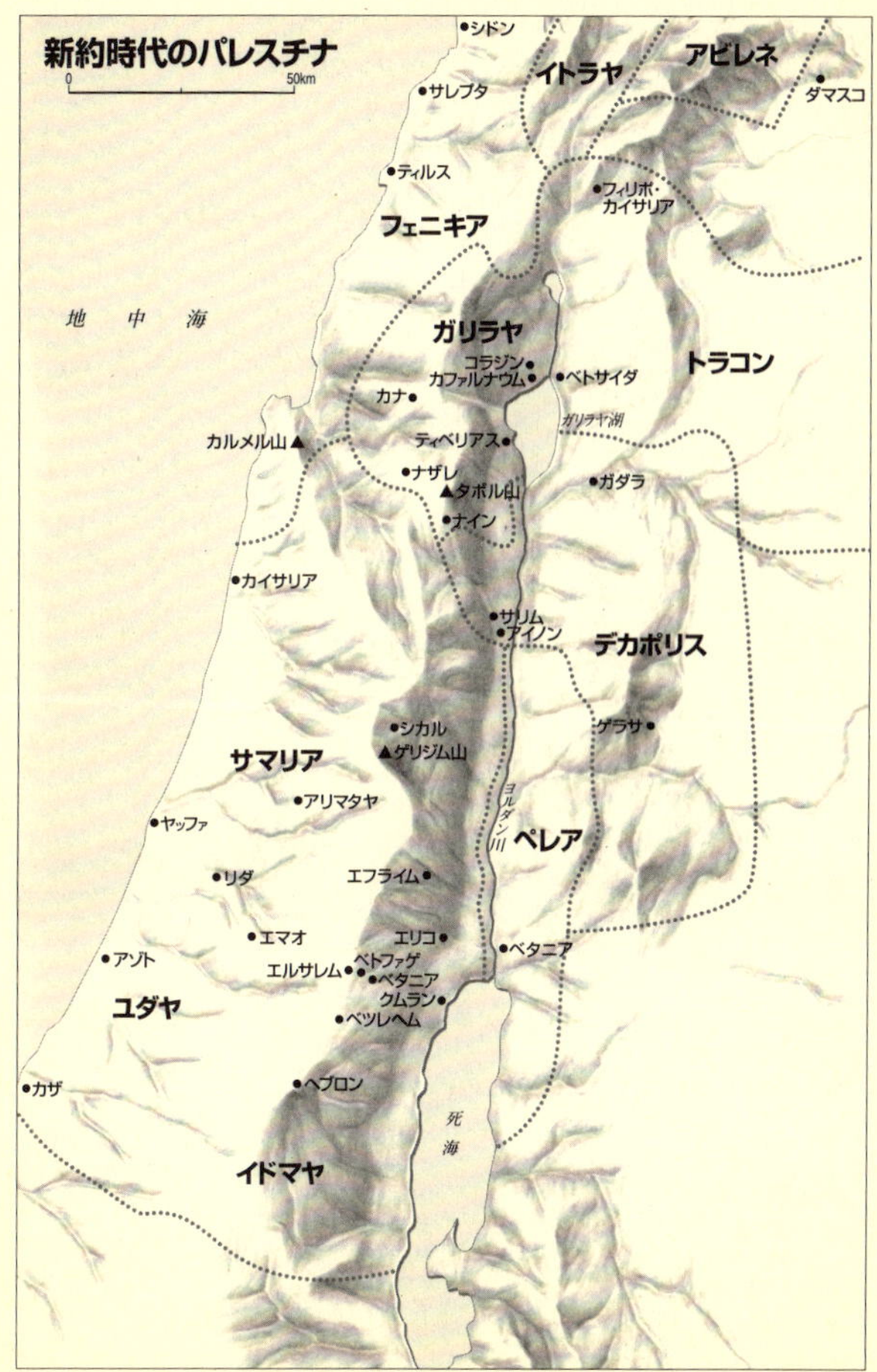
新約時代のパレスチナ
0
50km
シドン
イトラヤ
アビレネ
サレプタ
ダマスコ
ティルス
フィリポ・カイサリア
フェニキア
地中海
ガリラヤ
トラコン
コラジン
カファルナウム
ベトサイダ
カナ
ガリラヤ湖
カルメル山
ティベリアス
ナザレ
ガダラ
タボル山
ナイン
カイサリア
サリム
アイノン
デカポリス
シカル
ゲラサ
ゲリジム山
サマリア
アリマタヤ
ヨルダン川
ヤッファ
ペレア
リダ
エフライム
エマオ
エリコ
ベタニア
アゾト
ベトファゲ
エルサレム
ベタニア
クムラン
ユダヤ
ベツレヘム
カザ
ヘブロン
死海
イドマヤ

ローズ・ラリエに捧ぐ
この書は彼女の数々の幻視のうちの一つに霊感を受けて生まれた。

目次

〈主な登場人物〉

アリー・コーヘン……ユダヤ教敬虔派の写字生
ダビッド・コーヘン……古文書学者、アリーの父
イェフダ……ユダヤ教敬虔派会議の首長の息子、アリーの学友
シモン・デラム……イスラエル軍の諜報員、ダビッドの旧友
エリアキム・フェランクス……ヘブライ大学考古学教授
マッティ・フェランクス……エリアキムの息子、イスラエル軍参謀本部長
〝ラビ〟……アリーとイェフダの指導者、タルムード学院長
ホセア大主教……シリア正教修道院大主教
カイール・ベンヤイール……ホセア大主教の密使
マーク・ジャンセン……信仰教理聖省長、国際チームのディレクター
ピエール・ミシェル……中東考古学専門の元神父、国立科学研究所（CNRS）に勤務、国際チームのメンバー
トーマス・アルモンド……不可知論者の東洋学者、国際チームのメンバー
アンドレイ・リルノフ……ポーランド人神父、国際チームのメンバー
ジャック・ミレ……ドミニコ修道会の神父、国際チームのメンバー
ジェーン・ロジャース……「聖書考古学評論」の記者
バーソロミュー・ドナーズ……「聖書考古学評論」の主宰者

次なる四つの疑問について一度でも思いをめぐらそうとした者は、呪われし者なり。
〝上〟には何があるのか？
〝下〟には何があるのか？
世界の前には何があったのか？
世界の後には何があるのか？

バビロニアのタルムード、ハギガ、一一b

プロローグ

I

　メシアが死を迎えたその日、天はいつもと較べて、ことさら暗くもなく、明るくもなく、奇跡の兆しのように、輝く閃光なども一切見えはしなかった。ただ、厚い靄を貫いて太陽の光線が地上に届いていたばかりである。こぬか雨が降ってくるのだろうか、それとも雹がまじって落ちてくるのだろうか。だが泥に塗れたこの風景に清涼を返すような雨はついに降りはしなかった。闇が覆うでもなく、光が輝くでもなく、ただただ脆弱な光がこの地と天の間に淀んでいるばかりである。その日は他の日とことさら変わることなく、悲しくもなく、陽気でもなく、暗くもなく、明るくもなく、異常でもなく、そしてことさら正常でもなかった。この代わりばえの無さが、〝兆しの不在の兆し〟であったのかもしれない。が、私にはわからない。

　彼の断末魔は緩慢で、なま易しい苦痛ではなかった。今、呼吸が長い長い呻き声となって永遠と化し、巨大な絶望をはきちらした。

　髪の毛と髭は色艶を失い、そこにはもう、いたる所で人々を慈しみ、癒したあの燃え立つ知力は認められない。

すべての人々に、数々の良き言葉、数々の予言をもたらすたびに、そして新たなる世界の到来を告げるたびに、その眼に輝いていた炎は跡形もない。雑巾のように憔悴した身体はねじれて歪み、もはや苦痛と挫傷とぱっくり開いた傷口が住み着いているだけである。

骨が肉に畔を作り、不気味な線を走らせ、襤褸にも似た、引き裂かれた屍衣にも似た、干からびた皮膚は無理矢理押し広げられている。冒瀆された巻物と化し、老化したその皮紙の抹消やら悔恨などの間を、皮の表面を乱切して引いた罫のまわりを、なぐり書きの血文字が彷徨うように滴っていた。

思い切り引っ張られ、末端を釘で貫かれたその四肢は紫色のまだらに汚れ、体重でたわみ、激痛に反り返っている。掌からは出血が途切れることなく、心臓から湧き出したこの生温かい溶岩は、渇き切った口腔にまでせり上がってきている。その口腔からは、彼があれほどに好んで口にした愛の言葉はもはや湧き出ず、生命の急変の直前の恐怖と驚愕を表現しているだけである。胸に眼をやれば、それは狼の罠にかかった子羊だ。今その胸がどくんと波打った。あたかも生け贄の、剝き出しの、ぎらぎらと光る生の心臓がそこから飛び出してくるかのように……。

そして彼は動かなくなった。圧搾機からほとばしる酒ならぬ自らの血に酔い潰れたように動かなくなった。

恐怖と、そしてあらゆる苦痛の表情が鉛色の顔から離れ去り、代わってそこに〝無垢〟が描き出される。目蓋は閉じて、唇は半ば開いたままだ。「霊」の方へと向かっていこうとしているのだろうか？　だが「霊」は彼を見捨てようとしているのだ。これが最後という希望を込め、一心に祈り、必死で呼びかけているにもかかわらずにだ。教師(ラビ)であり、様々な奇跡を行なった師であり、贖罪(しょくざい)者であり、貧者にとっては慰安の人であり、病む者、疎(うと)んぜられた者、身体の不自由な者達にとっては医術の人であった彼に対し、これっぱかりの兆しも示されなかったのである。誰も彼を救うことはできないでいた、彼自身も含めて。

　ほんの少しの水分が海綿でもって与えられた。海綿が苦痛を吸い取った。ある者達は、地平線に稲妻が走ったのが見えたという。別の者達は彼が「父よ」と叫んだ声が天に響き渡り、地上の者達の耳にも達せんばかりに長々と続いたともいう。しかし、彼が死を免れなかったことだけは確かである……。

II

　〝ラビ〟はすでに老齢ではあったがどこといって病気があるわけではなかった。共同体のメンバー達は彼が永遠に生きる存在であると考えていた。しかし、この不死についての見解は二分しており、〝出来事〟つまり〝ラビ〟が死して再来し、蘇生(そせい)するのを待ち望む者達がいる一方、ずっとこのまま生き続け連続的永遠を全うする、いわば〝非出来事〟を期待する者達もいた。ゆえに〝ラビ〟が死のうが、死ななかろうが、どちらにしても奇跡には変わりなかったわけである。それは四月のある日の午後のことであった。〝ラビ〟の容体を追っていた多数の医師達の診断によれば、緊急の入院となった、前日に不意に訪れた昏睡(こんすい)状態は、心臓の機能低下によるものだそうだ。午後三時から三時半の間に医師達はそれまで行なっていた輸血を止めた。遺体は搬送車で病院から自宅へと運ばれた。着くと直ちに「伝統」に従って床に置かれシーツに包まれた。そして、生前〝ラビ〟が祈りを捧げたり、律法を研究したり、読書をしたりしていた書斎を開き、信者達がそこで諸々の聖なるテキストを読んだ。〝ラビ〟を愛した数多くの人人が最後にその尊顔を一目拝しようと集まった。何しろ〝ラビ〟は何千という弟子を世界中に抱えていて、「メシア王」として、新たなる時代の使徒として、途方もなく長き夜にわたり待ち望まれた、神の王国の先駆者として敬われていたからである。弔意の列は夜まで続いた。それから遺体は〝労苦と祈りの木〟、つまり〝ラビ〟が長きにわたり、聖なる研究の場とした大きなオーク材の机を解体してこしらえた棺に安置された。「死者の家」の付近では警察が群衆の整理にあたっており、車は黒衣の群れを分け入って進むこともままならず、街の交通は遮断されてしまった。夥しい数の宗服の男達、泣きぬれる女達、そして幼い子供達が〝ラビ〟の死を悼んでいる。悲しみに打ちのめされ両手で頭を抱え込んでいる者も一人や二人ではない。辺り構わず大声で泣き喚いている人達もいた。そうかと思うと、哀愁を誘う、ハシディムすなわち敬虔派独特のメロディーにのって踊りで弔意を示している信者達も、また聞き慣れた節回しで《我々が師よ、ラビよ、救いの王よ、復活めされよ》と歌っている者が、ここにもあすこにもいる。皆、埋葬に参列するのではない、復活を待っているのだ。出エジプトが終焉を迎え、解放が始まる刻を待っているのだ。そうすれば彼らは真にイスラエルの地にいることを実感することができ、この国を本当に自分達の国と呼ぶことがかなうのだ。現に〝ラビ〟はそれを暗示したではないか。そして我々はそれを理解した。

イスラエルの民は無数の苦悩、無数の別離、無数の嫌がらせ、無数の処刑を耐え続けた。この民にとって「いつかは」という時間的表現は針のない時計のようなものだった。「いつかは」はこの民にはあまりに遠すぎた。だが、それを〝ラビ〟が実現するのだ、今、ここで。長く長く待ち望んだ「いつかは」は〝ラビ〟のことなのだ。

告別の儀は翌日に持ち越された。すべての信者を待ってのことである。ベン・グリオン空港はニューヨークからパリからロンドンからと各国からの敬虔主義者（ハシディム）で溢（あふ）れかえった。

〝ラビ〟の直弟子達が〝ラビ〟の遺体と共に死者の家を出てくると、少しでも近づこうとする信者達が次から次へと殺到した。その中を弟子達は厳かに葬列を組んで墓地の方へと向かい始める。逝き去りし愛する夫を悼み、髪を隠し、ヴェールで顔を覆い嗚咽（おえつ）に咽（むせ）ぶ巨大な寡婦のように、黒衣の瞑想（めいそう）の群れが後に続いた。やがて葬列はオリーブの山上にあるエルサレムの墓地の方へと登り始める。沈黙のうちに緩慢な足取りで代々の教師（ラビ）達が永眠する墓所を記した石に近づく。

屍衣で包んだ裸の遺体が埋葬された。〝ラビ〟の三人の秘書が「死の祈り（カーディシュ）」を唱える。これに続き参列者がしきたりの祈りで合唱した。式次第は〝ラビ〟の愛弟子、〝ラビ〟が最も愛した弟子の言葉に移る。

「兄弟達よ、姉妹達よ」

彼は参列者に呼び掛けた。

「『部族の扉』、すなわちエルサレムが今日、この日のうちに砕かれ、壁はいたる所で破壊され、塔はいたる所で倒壊し、灰塵（かいじん）は風に運び去られる。エルサレムは乾いた石にも似ている。我々の師であるラビは昨日と同じ在り方では、もう我々と共におられない。その意味においては、今や我々はこの地上で孤児となってしまった。魂は打ちひしがれ、住まいは荒れ果て、パンに代わるものと言えば涙あるのみ、それも涸れ果て、喉はからからに渇き切っている。だが、この暗闇を歩く民はやがて大いなる光を見る。いたる所で準備が整えられている。いたる所に幾千万という神の騎士達がいる。目を凝らしてまわりをご覧あれ。各々が各々のやり方で信仰を持ち、だがすべて武装して、新しい幾つもの時代がひしめく偉大な蟻塚に結集している。まわりをご覧あれ。崩壊した世界が燃え尽きてゆく。だが我らの聖地は四方八方にひしめく下劣な都市から我々を守ってくれる。鋼鉄とプレキシグラスの顔をしたソドムとゴモラから我々を守ってくれる。退廃の前、淫蕩の前、邪淫の前には目をふさごう。月光に吠え、無人の通りを徘徊し、目を剝き出して、ぶよぶよの襟足に長髪をべとつかせ、何のわけもなく、無抵抗の子や女を殺す痩せこけた獣に成り果てた人類の王朝からは目をそらそう。我らの家の外には疫病が蔓延し、すべての大陸に猛威を振るっている。それは新たなる皮膚病にも似て、蝕まれし者は他の者より隔離され、死者の寺院たる病院に閉じ込められる。そこでは回復はまれで、贖罪に反し、蘇生にはほど遠い死を待つばかりで、白衣の祭司達が予言者然として、決して変えられぬとばかりに患者のかくなる死を予想し、回復に力を注ぐことは少ない。まわりをご覧あれ。技術とやらに、そしてそれが吐き出す廃棄物に荒らされて、嘔吐を催すごみ入れと化したこの呪われた大地、干上がって太陽に焼かれ、砂漠と化して一滴の水にも慰められることのないこの病んだ大地は幾度となく痙攣に見舞われて、埋葬もされずに埋もれた無数の骨や大量虐殺に走った先の戦争に流されたいまだ生温かい大量の血を吐き散らす。ほら、見えるだろう、噴煙が上り、花が落ち、草が枯れてゆくのが。この地上はやがて、ふくろうの、針鼠の、そして烏の領土となる。兄弟達よ、今までの時代がまだ続いているとは思われるな。我々は時代の終末にいるのですぞ。

昼が別の昼に語りかける。夜が黎明に囁く。朝露が新たなる風に震えて煌く。そして『知らせ』をもたらす。我らがラビが、メシアが墳墓より目覚められるからだ。そして起き上がられ、死者を蘇らせ、世界をお救いくださるからだ。すでにラビは座っておられる。〝銀を精錬し純化する人〟のごとくに。すでにラビは我々の方へと向かっておられる。我々を裁くために。

ついに光がやって来る。真っ赤に熱した炉のようだ。慢心の族すべては、かつまたすべての悪意の族は藁に例えることができる。光が消すことのかなわぬ浄火で一舐めにするからだ。だが神の名を畏れし者達には正義の太陽が昇る。彼らはそれを目に見てこう言う。『ついに永遠者が讃えられた』と。見ることを知らぬ族は永遠者の巨大な復讐で打ちのめされる。

「永遠者であられる神の栄光はかく、讃えられる」

ラビの近親の者達は墓地を出て、門のところで待っていた夥しい数の信者達に場所をあけてやった。列は果てしなく、ラビの復活を信じ、墓参は夜更けまで続いた。しかしこの夜は紛れもなく他の夜と同様に暗かった。〝ラビ〟は多分、間違いなく墓を出て天に昇ったはずなのに、誰一人それを見た者はいなかった。そこに居合わせた者はそのことについて何も語ろうとはしなかった。「見えない」と言えば「見ることを知らぬ族」になるからだ。

あるいはこの夜はその昼と同様、全く普通の夜であったのだ。天は明るくもなく、暗くもなく、何かの奇跡の兆しのように、そこに輝く閃光なども一切見えはしなかった。月は満ちてもおらず、赤くもなく、厚い靄に隠れている。雲が黒い天を地にしてわずかに白く浮き出ている。

こぬか雨が降ってくるのだろうか、それとも雹が混じって落ちてくるのだろうか。だが泥に塗れたこの暗い風景に清涼を返すような雨はついに降りはしなかった。

天は煙となって消滅したわけでも、逆巻いたわけでもなかった。地は粉々に砕けて飛び散ったわけでもなければ、泥酔の足取りのように揺れ動いたわけでも、家畜小屋のように揺さぶられたわけでもない。海は騒ぎもせず、波静かにして、汚泥に塗れて泡立つ狂波を立てたわけでもない。山が崩れたわけでも、溶けて火と流れたわけでもない。シャロンがアラヴァのように荒廃したわけでも、バシャンとカルメルが無人と化したわけでもない。新たなる空も、新たなる大地も王国も始まりはしなかった。この地上では何一つ始まりはしなかった。洞穴に閉じ籠り、四〇日の間地に隠れ、封印された文書を読んだのは誰であったのか？　土の瓶は粉々に砕けもしないし、炉の火を掻き出す破片も、また沼に水を汲むいかなる破片もない。瓶は相変わらずなみなみと満たされ、神の幾千の宝物を隠し、辺りを発掘すればいくらでもその破片が見つかる。新しい葡萄酒は涸れもせず、羊達は皆いつもと変わらず鳴いている。タンバリンのリズムは嬉々として止まず、琴の音は甘美にして家々に鳴り響く。都は葡萄のように収穫の終わりに叩き落されたり、摘み取られたりはしなかった。「部族の扉」エルサレムはサファイア混じりの石で作られもせず、ルビーの銃眼模様を施されもせず、屋根を誇らかに膨らませたわけでもなかった。またその中央に神殿は再建されもせず、糸杉と楡と柘植で建てられもしなかった。すべては静けさを保ち、言葉は炸裂したわけでも、「永遠者」であられる神が声を轟かせ、敵軍に報復し、怒りの息吹を吹きつけ、微塵の哀れみもない激しさを示したわけでもなかった。

しかしながら本当は微少なしるしがあったのだ。それに気づけばすべてが正常であったなどとは言えなくなるしるしが。誰かがそれに気づいていたとすれば報告があったであろうが、少なくとも真っ先に気づくはずの医師達は気づかなかった。

〝ラビ〟は年老いてはいたが、壮健にして、頑強で、それゆえに世界中を駆け巡り、耳を傾けてくれさえすればどんな人にも説教し、信者に出向いてもらおうが、電話であろうが、プライベートであろうが、公であろうが、書簡であろうが、声であろうが、数え切れないほどの助言を与え、瞑想(めいそう)中の弟子達にさえ感応を使って話してやることさえできたのだ。

〝ラビ〟には息子がいなかった。何千年と続いた家系の最後の息子であった。だから〝ラビ〟はこの家系を少しでも長らえようとして自らの命にしがみついていた、と言えもしよう。

〝ラビ〟はあまりに年老いていたので医師達は注意を怠った。彼らは長いこと〝ラビ〟が見かけは元気でも老齢によっていつ死んでも不思議はないと考えていたし、医学的予言に現実がついてこなければおかしいとばかりにそうきめつけていた。

誰があれに気づいたろうか？　復活のため死を自ら予告していた本人が死んだのだ。こんな自然なことはない。だが〝ラビ〟は突然彼を襲った老衰による心臓機能停止が原因で死んだわけではなかったのだ。頭蓋(ずがい)に強い打撃を受けて昏睡(こんすい)し、そのまま二度と目覚めることなくこの世を去ったというのが真実なのである。だがそれは誰も正確には知らなかった。私以外は。しかし、私は当然、全知の神ではない。知っているには現実的な理由(わけ)がある。

〝ラビ〟は自然死でこの世を去ったわけではない。〝ラビ〟の臨終をもたらしたのは人の手なのである。真実を言えば〝ラビ〟の死因は自然死ではなく殺害によるものなのだ。殺したのはこの私である。

III

私は西暦一九六七年生まれだが、私の記憶には五〇〇〇年の時が刻み込まれている。私は幾世紀もの過去を、あたかもこれを生きたかのように思い出すことができる。私の信ずる「伝承」がそれを可能にしているのだ。膨大な時の流れの中で発せられた言葉、堆積された文字、加え続けられた釈義が私の中に集積しているのだ。永遠に失われたものもある。だが今にまで伝わってきたものは私の中にあり痕跡を形成している。この痕跡は我々の特徴的な文字の形をとって、一族から一族へ、世代から世代へと延々と描き続けられ、引き続きさらなる深度へと向かっているのである。

私が今、あなた方に語っているのは、博物館に保管されているような封印された発掘物に凝固してしまっている「歴史」のことではない。そんな「歴史」は「死した永遠」の中に我々を閉じ込めて、大胆不敵に糖衣された諸々の歴史の「本」のページを捲らせるだけなのである。私が今あなた方に語っているのは文字通り記憶のことである。そこからこそ、年代学に依った「時」の通時的秩序に服従することのない、膨大な量の生きた、いや、生きている思い出と、膨大な量の生きている思考が横溢するのである。「時」の本当の秩序というものは、科学的偏見に引き渡された方法とか出来事などとは無縁の、意味の秩序、すなわち実存の秩序であるからだ。

記憶が自らの要素、すなわち記憶している〝ことがら〟を内観によって、入念な解体によって見出すとすれば、確かにそれは「現在時」においてである。だが記憶の要素は当然のことながら、その存在を「不在」として、「非現実」として見出される。「現在」は存在しないからである。なぜならば今起こっている、起こりつつあることについて、どんなに直截(ちょくせつ)に叙述したとしても、語られたことはもうすでに過ぎ去っていることなのであって、過去になっているからだ。

　私の語る言語においては「〜である」という動詞の現在形はない。だから、「私は〜である」と言おうとする時、私は過去形か未来形を用いる……。

……私が読む聖書にも「現在」はない。加えて「過去形」と「未来形」はほとんど同じ意味をもっている。そこでは、ある意味で「過去」は「未来」を通して表明されているといえる。我々の言語では、過去時制をつくるのに「vav(ヴァヴ)」という文字を「未来形」にくっつけるのだ。これを我々は「転換のvav(ヴァヴ)」と呼んでいる。だが同時に、このvavという文字は「and」も意味する。よって動詞の活用形を読む時、例えば「彼はした」というのは「そして彼はする」と読むこともできるのだ。私は常に後者を選択している。

　私が信じるには、聖書は未来形でしか表明していないし、また〝起こったことなどないが、来たるべき時代に起こること〟しか予告していないのである。なぜならば現在はないからだ。そして過去は未来であるからだ……。

　今より二〇〇〇年前、ある歴史が始まった。世界の様相が変わった。それが最初であった。そして今から五〇年前二番目があった。あの驚くべき考古学的発見の時がそれである。「驚くべき」と表現したからといって我々にとってではない。我々は最初の時から、つまりキリスト教史の最初の時間から知っていたからだ。他のあらゆる人々は知らなかったことを。「考〝古〟学」という言葉も我々にとっての言葉ではない。なぜなら我々にとっては、いや、この場合は私と言ったほうがよいが、考古学ほど歴史的と言うにはほど遠く、真に〝現に生きている科学〟はないからだ。ある意味では、私と私の家族こそがその科学を創(つく)り出し、またその科学の対象であると言い切ることができる。それについてはもっと先で言及することになるが……。

私があなた方にお話ししている、ある歴史というのは「聖史」と言われる歴史のことであり、私の歴史ではなく、キリスト教者の歴史である。私はキリスト教者ではない。私はユダヤ教のある共同体に属している。この共同体は〝外〟にあって、現代社会の潮流には相交じることがない。人は我々の共同体をハシディムと呼んでいる。ハシディムとは、敬虔主義を信奉するユダヤ教超正統派の一派の名称であり、ハシードつまり敬虔主義者の複数でもある。ユダヤ人である我々は幾千年の伝統に従って、無数の言葉、幾多の重大な出来事を書き伝えることに一身を捧(ささ)げている。記憶を永続させるためである。それだから私も私の義務を遂げようとしているのだし、真実を正確に「書」いてゆこうとしているのである。これが私のこの「書」の「目的」とするところである。

最初に申し上げておくがハシディムは決して人民を言いくるめたり、改宗させたりする宗教ではない。だから私は読ませるために書いているのではない。真実と出来事を保管するために、記憶の永続のために書いているのだ。私は私の父から、その父はそのまたその父から、物や思考を認めること、それを保存することを学んだ。それはこの世界のある一角に秘められるべき物や思考であり、世間一般に読まれるためのものではないが、来るべき世代はこれを発見し理解することになろう。あらゆる人々から隔絶され、修道生活へ召命された我々が認めた、我々の秘密と我々の言葉を万人が知り、理解する時が来るであろう。

私は自分のために書いているのではない。書くこととは、不信の族や異教の徒にとってはそうでもあろうが、内心の吐露でも捌け口でもないのだ。

書くこととは、聖なるものである。それは儀式であり、時として気が乗らぬとも、なされねばならぬ務めである。書くことは、私にとっては祈りであり、許しを求めることであり、犠牲でもあるのだ。お断りしなければならないが、私は緻密な性格の写字生ではない。細部に対するこだわりが欠けているのだ。私は絶えず「意味」の方へと大股で歩く。いや、走るのだ。障害物競走の選手のごとく、壁を飛び越してゆくのだ。美についても強くはない。見えるものについても同様だ。「書くこと」は私にとってエクスタシーではない。憐憫を面前にしても高揚感はほとんど感じない。私は「動き」こそを保持したい。動きこそ身振りであり、言葉である。しかし〝動きを叙述する〟という意味ではない。

私は「書く」に際し、「意味」に近づこうと欲してみた。直接に「内部」に近づこうと欲した。しかし「内部」は形相いわば鋳型自体を成さないか？　だが、仮にその形相というものがあれば、それは少なくとも真実を求める眼を騙す不透明な美のヴェールではないはずだ。美は美以外の何物もあらわにはしないからだ。美とは空虚な輝きである。ユダヤ教の聖伝、タルムードは、風景に見とれてはいけない、風景を学習している時には、風景を形成している美しい植物や魅力溢れる樹木に見とれてはいけない、と教えている。《道を歩む時、立ち止まって「なんと美しい樹であろう、なんと奇麗な藪であろう」と言ったならば、それは死に値する。》ところが、私には知らず知らずのうちにいつもそうする習慣があり、それが直らない。そこで私は近視だが、書く時は眼鏡を外すことにしている。そうすると私の眼前の世界は当然ぼやける。だがそこからある幾つかの形、ある幾つかの動きが浮かんできても、他に紛れることはない。そんな時私は見ているというよりも、推測しているのだ。私はこうして真実のために自らを騙すのだ。何と言われようがある意味では、自分の言葉、自分のものでしかない言葉以外では結局は語れない。だから私は少なくとも文字を動かそうと欲するのだ。言葉の炸裂によって、私が〝そうであったもの〟ではなく、〝そうあらねばならないもの〟、〝そうなるもの〟を意味しようと欲するのだ。私を読む者は過去を通して未来を、分析を通して総合を、釈義を通して始まりの荒けずりを読み解くことになる。私も聖なるテキスト解釈を通して私を創り、テキストを前にして私自身を理解するのだから。《それぞれの文字は一つの世界、それぞれの言葉は一つの宇宙だ。》

すべての人々は書く言葉に責任がある。読む言葉にも責任がある。なぜならばすべての人々は読む行為において自由であるからだ。そして責任のない自由は存在しないからだ。

私は祖先達と同様にとても薄い動物の皮に書く。書く前に鋭利な刃の付いた道具で罫を引く。筆が道を逸れて、文字の波間をさ迷い、自らを見失わぬためにである。文字はその罫に沿って黙々と進んでゆくのだ。今、あなた方がお読みになっているこのテキストのように、紙にインクを重ねてできる文字の真っ直ぐな列とは異なり、私が動物の皮に引く線は、その皮に切り込みを入れて引く線である。浅すぎても見えないし、深すぎては皮を切り抜いてしまう。微妙な傷を付けなくてはならないのだ。皮によって強さも異なる。またなめし方も様々だ。黄味がかったものや、暗いアイボリーのものより、明るいアイボリーの皮の方がもろい。作業はゆっくり進める。一巻書き終えると、皮を破損しないように注意して綴(と)じ、次に移る。ゆっくり書きはするが、初めから清書である。書き損じは許されないし、勝手に書き直すこともできないからだ。まず、思考と記憶を凝らす。間違いは許されない。それでも書き損じたり、記憶に落ちがあったりした時は、間違いを直せないことはない。しかしその際、間違いは消さずに、その箇所の上か下かに小さな一文字でマークしておく。そして行のすぐ上の行間に正しい言葉なり、書き損ねた言葉なりをしたためておくのである。だから私のテキストを正確に読むには行と行の間に注意を願うことになる。

　私が書く歴史は語って美しいものではない。愛と同じく残酷でもあるからだ。残酷をしたためてあるのは、〝法〟がそれを命ずるからだ。重要な出来事はその性質がいかなるものでも落としてはならぬのだ。私が語ろうとしていることは、あまりに途方もないことであり、人はそれを知れば、忘れようとするか否定するに違いないので、いずれにしても明記が必要なのだ。写字生である私にはそれが「永遠者」である神を讃える方法であり、それが私の祈りなのである。敬虔主義者(ハシディム)である私にとっては典礼ほど大事なものはない。典礼こそが我々をして神の法の掟(おきて)に忠実ならしめるのだ。

　私はこの地上に、神の王座のまわりで神を讃える詩を歌う天使達の営みをもたらしたかった。だが、数々の不幸しか書くことができない。何千年もの間、我々は我々の崇拝を完全なものとすることで、新たなるエルサレムが築かれることを待ち望んできた。だがこの辛い待望の長きにわたり、神殿もなく、聖なる都もなく、闇（やみ）に生き、生け贄（いけにえ）に代えて神を讃える言葉と生の奉納を捧（ささ）げ続けてきたのだ。そうして、我々の共同体はこの地上のすべての者達より離れ隠れて住まい、ユダヤ暦に示された聖日、祭日に正確に従いながら、儀式と修道の生活の幾千年の星霜を重ねてきた。だが我々も時の移ろいを知っている。我々の共同体の外部で、我々の同胞のユダヤ人達が他民族に紛れて、生き長らえてきたのも知っている。その膨大な時の流れを通して、我々は休むことなく「巻物」の番人を務めていたのだ。我々はそうして生き続けてきた。ところが一九四八年に我々の存在を動転させるような出来事が襲ったのである。ユダヤ人が国を持ったのだ。我々の共同体のメンバー達にも先祖の土地に戻った者達がいる。他の者達は離散（ディアスポラ）したままにとどまり、その方がメシアを迎えるにはふさわしいと考えた。

　だが話はその一九四八年よりほんの少し戻らねばならない。なぜならそこから私の物語の「最初の巻物」が始まるからだ。そこから私の「写字生」としての労働が始まるからだ。

《シオンへの愛とあれば、私は一瞬たりともだまることはない、エルサレムへの愛とあれば私は、一瞬たりとも、休むことはない。この聖都に光のように正義が出（い）ずるまでは、この聖都の解放がランプのようにともされるまでは。》

第一巻　写本の巻物

イサクの誕生の告知

これらがあった後、神がアブラムの幻視に現れ、アブラムにこう言われた。

「そなたがハランから出た日より数えて一〇年が過ぎた。そなたはここで二年、エジプトで七年、そしてエジプトより戻り、一年を過ごした。さあ今や、そなたの所有している物のすべてを調べて数えてみよ、どれほど増えたか分かるであろう、ハランを出た日に持って出た物と比べれば二倍にはなっておろう。そして今や、恐れることはない、我がそなたと共にいる、これからもそなたの支え、そなたの力となろう。我はそなたの盾となろう、そなたの後光が、そなたが知らずとも、堅牢(けんろう)な避難所となる。そなたの富と財は桁外れ(けたはず)に増えることになる」

するとアブラムは言った。

「我が主なる神よ、私の富と財はすでに巨大です。だが私は子を得ることなく死ぬことになります。その時は私の召使の一人を跡取りと決めております。……の息子で、エリエゼルという者です」

するとアブラムにこう言われた。

……」

クムランの巻物
《外典創世記》

I

もとはと言えば一九四七年四月の朝のことであった。初めに一九四七年四月の朝があった、とも言える。だが、実際はもっとずっと昔に始まっていた。二〇〇〇年以上も前の昔に……。

紀元前二〇〇年、モーセの五書、すなわち「創世記」、「出エジプト記」、「レビ記」、「民数記」、「申命記」、その律法（トーラー）、その戒（いましめ）に独自の解釈を与える敬虔（けいけん）なユダヤ人のセクトが生まれた。それはエルサレムのユダヤ教最高法院を激烈に批判し、神殿の祭司達の放任主義またその精神的腐敗を告発するラディカルなセクトであった。セクトの信者達は他のユダヤ人とは相まみえようとはせず、社会の〝外〟に生きようと欲し、死海のほとりのクムランの荒涼とした土地をすみかとして選んだ。共同体のすべての富は共有物と定められたが、それは共同体のメンバー各々が独立した修行生活を営むことを目してのことである。

共同体は自らの小さな修道院を持ち、その祭司もメンバーの一員であり、秘跡の儀式も固有のものであった。エルサレムの祭司達は正統な祭司ではなくまたその神殿も浄、不浄の厳密な区別に従って建立されたものではないとみなしていたからである。

共同体はユダヤ戦争の三年目にローマ人によってこのクムランの地が破壊されるまで二〇〇

年余をそこに生きた。共同体の名はエッセネ派と呼ばれていた……。

だが事の始まりはそのエッセネ派の誕生をさらに遡ること、およそ三〇〇〇年以上ともいえる。神がこの世界を創られた。天と地を分けられた。最初の男アダムと最初の女イヴをそこに住まわせるためだった。それから大洪水があった。それから族長時代があった。それからモーセにより奴隷状態から解放されたイスラエルの民の出エジプトがあった。カナンの地への帰還があった……。

事の始まりをさらに遡るとなれば、あらゆるものに先立つカオス、つまり「始まり」の条件、荒涼として何一つなく、海の深淵に支配され、その上を霊の漂っていた「地上」、すべてが闇に滅していた「時」に行き着くのかもしれない。その「時」に神は初めて世界を創らんという途方もない考えをもたれたのだから。なにゆえにそんな考えをもたれたのかは知るよしもない。

《ある世代が過ぎ、別の世代がやってくる。だが大地は常に固し。太陽は常に昇り、常に沈む。昇りし場所を切望して。》

「始まり」に遡り続けてゆけば、かくのごときである。

だがまず単純にすべては一九四七年四月の朝に始まったとしよう。すべてが始まった、あるいはすべては再び繰り返し始められた、と言うべきか。なぜならメシアが来る前には何ものも終わらず、その王権が永遠の光に輝かぬ限り、何一つ新しい事はないのだから。

その日、エッセネ人の写本が発見された。幾世紀にもわたり、麻の布に包まれて、いくつもの壺の中に保管されていたあるがままの写本が発見されたのである。巻物になったその写本はエッセネ派がまだクムランの地に天幕を張っていた頃に記されたものであった。ローマ人との戦いで敗北を悟った彼らはその多数の聖なる書を、接近不可能な断崖の洞穴に隠したのである。「書」が敵の手に渡されることは絶対あってはならなかったからだ。麻布に包んだ上に、壺に密封する入念さが一九四七年の劇的発見の日まで巻物を存続させた。

人々は巻物だけでなく、共同体が生活していたフィールドまでも白日のもとに暴き始めた。エッセネ派の人々の住居、共有の建築物、様々な設備等が掘り起こされ始めたのである。巻物が発見された洞穴以外の洞穴にも連中は侵入してきた。そこには最初に発見された物とはまた別の巻物が隠されていた。彼らはそれらをすべて我が物とし、商いの対象にまでする冒瀆に及んだのである。

イスラエルに一人の男がいた。ダビッド・コーヘンというユダヤ人であった。彼はノアムの息子であり、ノアムはハヴィリオの息子であり、ハヴィリオはミカの息子であり、ミカはアロンの息子であり、アロンはエイロンの息子であり、エイロンはハガイの息子であり、ハガイはタルの息子であり、タルはロニーの息子であり、ロニーはヤナイの息子であり、ヤナイはアムラムの息子であり、アムラムはツアフィの息子であり、ツアフィはサムエルの息子であり、サムエルはラファエルの息子であり、ラファエルはシュロモンの息子であり、シュロモンはガドの息子であり、ガドはヨラムの息子であり、ヨラムはヨハナンの息子であり、ヨハナンはノアムの息子であり、ノアムはバラクの息子であり、バラクはトフの息子であり、トフはサウロの息子であり、サウロはアドリエルの息子であり、アドリエルはバルジライの息子であり、バルジライはウリエルの息子であり、ウリエルはインマヌエルの息子であり、インマヌエルはアシェルの息子であり、アシェルはルベンの息子であり、ルベンはエルの息子であり、エルはイサカルの息子であり、イサカルはネムエルの息子であり、ネムエルはシメオンの息子であり、シメオンはエリアブの息子であり、エリアブはエルアザルの息子であり、エルアザルはヤミンの息子であり、ヤミンはロトの息子であり、ロトはエリフの息子であり、エリフはエッサイの息子であり、エッサイはイトロの息子であり、イトロはジムリの息子であり、ジムリはエフライムの息子であり、エフライムはミカエルの息子であり、ミカエルはウリエルの息子であり、ウリエルはヨセフの息子であり、ヨセフはアムラムの息子であり、アムラムはマナセの息子であり、マナセはウジアの息子であり、ウジアはヨナタンの息子であり、ヨナタンはレウベンの息子であり、レウベンはナタンの息子であり、ナタンはホセアの息子であり、ホセアはイサクの息子であり、イサクはジムリの息子であり、ジムリはヨシアの息子であり、ヨシアはボアズの息子であり、ボアズはヨラムの息子であり、ヨラムはガムリエルの息子であり、ガムリエルはナタナエルの息子であり、ナタナエルはエリアキムの息子であり、エリアキムはダビデの息子であり、ダビデはアハズの息子であり、アハズはアロンの息子であり、アロンはイェフダの息子であり、イェフダはヤコブの息子であり、ヤコブはヨセフの息子であり、ヨセフはヨセフの息子であり、ヨセフはヤコブの息子であり、ヤコブはマタンの息子であり、マタンはエルアザルの息子であり、エルアザルはエリウドの息子であり、エリウドはアキムの息子であり、アキムはサドクの息子であり、サドクはアゾルの息子であり、アゾルはエリアキムの息子であり、エリアキムはアビウドの息子であり、アビウドはゼルバベルの息子であり、ゼルバベルはシャルティエルの息子であり、シャルティエルはエコンヤの息子であり、エコンヤはヨシヤの息子であり、ヨシヤはアモンの息子であり、アモンはマナセの息子であり、マナセはエゼキヤの息子であり、エゼキヤはアハズの息子であり、アハズはヨナタンの息子であり、ヨナタンはウジヤの息子であり、ウジヤはヨラムの息子であり、ヨラムはヨシャファトの息子であり、ヨシャファトはアサの息子であり、アサはアビヤの息子であり、アビヤはロボアムの息子であり、ロボアムはソロモンの息子であり、ソロモンはダビデの息子であり、ダビデはエッサイの息子であり、エッサイはヨペドの息子であり、ヨペドはボアズの息子であり、ボアズはソロモンの息子であり、ソロモンはナフションの息子であり、ナフションはアミナダブの息子であり、アミナダブはアラムの息子であり、アラムはヘツロンの息子であり、ヘツロンはペレツの息子であり、ペレツはユダの息子であり、ユダはヤコブの息子であり、ヤコブはイサクの息子であり、イサクはアブラハムの息子であった。そして私はダビッド・コーヘンの息子である。

この人が私の父であった。国中に知られた著名な学者であった。イスラエルの全歴史にその起源より精通していた。特に起源周辺のことに関しては父の右に出る者はいなかった。イスラエル各地の発掘作業を率いては古代を蘇（よみがえ）らせ、日々これ考古学への情熱にみなぎっていた。膨大な知識と信じられない記憶力でもって、遠き昔日のあらゆる残照を見出そうとしていた。数数の発見に関する多くの著書は高く評価され、また各地での講演の素晴らしさにも定評があった。いずれもそこには生の力の湧出（ゆうしゅつ）があったからである。彼の語り口には、あたかも彼がそれを生きてきたかのようなリアリティがあり、従って聴衆自らもその時代に生きている錯覚を覚えるほどなのだ。確かに父は歴史を過去の時代として語ることはなく、決して古き時代を惜しむあまりに往時に隠棲してしまうような真似はしなかった。それとは正反対に過去を通して、現在を肥し、現在を通して過去を活かすのだ。万人が記憶に記しているはずの様々な事実に強意をおいて語る父は、私に講義をしてくれる時も、よく話の始めには「思い出してごらん」と言ったものである。あたかも一〇〇〇年二〇〇〇年前に起こった出来事を私に思い出させるかのようにだ。まったく父には、過去のことを学んで知っているというよりは、すべての過去が父の中にあって、生きてきた昔を思い起こしてそれを語るようなところがあった。父は五五歳であったが髪はアブサロムのごとくふさふさして、身体には戦士のごとき筋肉が衰えを知らず、ダビデ王のごとく強い闘志にみなぎっていた。エネルギーに満ち溢れたその顔には黒い瞳が常に生き生きと動いていて、老いというものをまったく感じさせなかった。そんな父を見つめると、私はいつもラビが好んで繰り返す「年をとってはならぬ」という警句を思いだす。内に神の息吹が息づいているかのごとき精神と彼を横切って蘇生する記憶で、年と時代を超越し、人間の避けられぬあらゆる凋落の印には無縁のようであった。

　父はその才気でもって、現在の様々な障害や数々の苦難を通り抜けてきた。現在の時を超えるもっと巨大でもっと強力なある計画を与えられていたからである。

　明記しておかねばならないが、私が父と一緒に暮らしていた頃には私はまだハシディムとは交流さえももってはいなかった。私は他のイスラエルの若者達の中にあって彼らと変わらぬ日々を送っていたのだ。真の同類の痕跡を未だ見出していなかったからである。私の第二の誕生となった彼らとの出会いの前には、私は自らを知らなかったといえる。どこにでもいるイスラエル人と同様、現代生活に埋没していたのである。

本格的に律法(トーラー)とタルムードの研究に全身全霊を注ぎ始めたのは兵役の後だった。その前にも三年間タルムード学学院、イェシヴァにいたことがあり、そこでの隠修と瞑想(めいそう)の生活が他のどこよりも私には合っていると感じたからだ。だがなぜそう感じたのかわかってはいなかった。

イェシヴァでの学友にイェフダがいた。ほとんどの時間を彼と共に学んだ。大変出来の良い若者で、あるユダヤ教敬虔(けいけん)派会議の首長の息子でもあることからタルムードをすべてそらんじていた。最初の頃私は彼には相当の遅れをとっていた。なにせ育った環境が彼とは大違いで、両親には宗教的日常も聖なるテキストの知識も強いられることはなかったからである。母はロシア系ユダヤ人でロシア語的アクセントと共にコミュニスム最後の残滓(ざんし)とも言える正真正銘の無神論と反宗教主義を旧ソビエトから持ち帰った女性である。我が家では安息日(シャバット)の祭日は守られたためしがなかった。父はといえばそのたぐいまれなる聖書の知識は、彼のタルムードといえる考古学のためだけのものであったのだ、と私は信じていた。母と、同学の徒や友人の合理主義に感化されて、祈りをすることもなかったし、発掘物の皮紙や石やパピルスに記してあるものは別にして、聖なるテキストなど読んだためしもなかった。しかし専門が考古学であったのだから接する機会は頻繁ではあったわけだ。よくよく考えると父が古文書の研究に貢献したこと自体偶然ではなかったのだが……。

古文書学は厳密な科学ではない。化学のもつ正確さもなければ植物学や動物学のもつ分類法ももたない。たとえ古文書学が文書の年代日付を高い精度で確定しようが古文書学は一般に言うところの科学ではないとさえ言えるかもしれない。古文書学は一般の科学とは別の科学なのだ。してみると、イェフダの父がイェフダに、代々延々と伝えられてきたタルムードを教えたのと同様、私の父が幼い私に勧めた最初の読書が、貴重な写本の消えかけた古代文字の線の解読であり、父の指がそこをなぞりながら何と書いてあるのか教えてくれて、私にそれをお祈りのように繰り返させたのも偶然のことではなかったといえる。

父は古代の写字生が用いた文字の形態と同様、書きつけた材料にも入念な注意を払うことを私に教えてくれた。写本の地理的、歴史的起源を特定化することができるのは、文字そのものからだけではなく様々な手掛かりによるものだからである。例えば文字が石や粘土に書きつけられていれば、曲線が多い書体は困難だから自然と角張った書体となる。ペルシャやアッシリアの古文書の書体はその類である。バビロニアでもある時代にはそういう書体を用いている。逆にパピルスや皮紙に書き付けられた場合には書体が丸みを帯び、曲線的な形を呈してくる。他の地域ではこちらが多い。

父は古文書学で何より大切なのは、古代の聖書に用いられているアルファベットの形態の変化であると教えてくれた。アルファベットの一つの形態から他の形態への推移の見極め方も教わったが、複雑で容易な作業ではなく、古文書学者を待ち構えている罠（わな）はいたる所に潜んでいる。形態が変わったからといって前の形態がすべて放棄されるわけでもなく、主題や書き手の懐古的気分でもって旧形態が用いられたりもするのである。

我々の直線的思考をもってすれば、それぞれの時代は明確に区別され順序正しく並べられていると見えようが、皮紙の上では時間は複雑に入り込んで錯綜（さくそう）しているのであり、年代を特定したと思い込んでいたテキストが、実はある時代のものであると同時に他の時代のものでもありえたりで「時の記号」は現実の時の流れに反抗するのである。

幸いにして古文書学者はテキスト内の手掛かりとして、文字そのものだけではなく文字と文字の間隔も活用できる。二つの文字を繋ぐ連結や点がそれである。また、行に対しての文字の位置の違いも有効だ。文字の足がきちんと揃っているものもあれば、行をまたいでいるものもある。後者においては文字は時として上方に飛んでいてオシログラフを思わせる。

父はよく、人間も環境によってつくられるものであり、石に刻まれた言語の母音字や子音字と同様なのだと私に語ったものである。父に関して言えば、その存在は丸みのある繋がった書体が書き付けられた皮紙の巻物のようだった、と私は思っている。父が自分の過去や出生を語るのを私は聞いたことがなかった。父の家族はショアー、すなわちナチスによるユダヤ人絶滅計画のカタストロフの中で消滅してしまったのだと私は思っていた。自らの出生に関することは遠ざけ、それを明らかにすることを拒み続けた父であったが、ほとんど自らを裏切って私にある文字を、短く黒い文字を伝えた。それは私のうちに託され私の心に刻み込まれてはいたが、正しく理解できたのはずっと後になってのことであった。劇的な出来事の連続がそのエクリチュール＝文字を覆っていたヴェールを取り去った後になってだった。

父は私の目には、古代ヘブライ語のようにも映っていた。解読が困難で、しかも解読するにあたり、リスクを伴う古代ヘブライ語に似ていた。ヘブライ語には母音字はなく、発音する際に母音記号を付け加えられるだけである。そのままで意味をもつ幾つかの子音を除いて、単独で意味をもたない子音は価値が一定しておらず、母音記号の付け方で様々に意味を変えてゆく。だから古代ヘブライ語の言葉は、文字があってもなくても、読む前にその意味を知っていれば別だが、意味としてはあらわれてはいない。したがってテキストは意味伝達媒体としては記憶の補助物として機能するものでしかないと言える。聖なるテキストは常には高い声で読まれ、時として口承でのみ伝えられることもあったのは、そうした事情による。だから〝書かれたもの〟の役割は読者に、とりわけ、彼らがすでによく知っていることを喚起させるものであったわけだ。原・文書の使用者が〝書かれたもの〟の意味を熟知しているうちは幾世紀にわたろうが何の支障もなかったわけだが、この意味がだんだん忘れられてしまうと、つまり二〇〇〇年経た今日にあっては、考古学者が当時の文書を発掘し、古文書学を駆使して解読しようとしても、子音字ばかりが並んだ古代ヘブライ語の言葉には大変な苦労を強いられるのである。例えば lm と記されている言葉はいかにしてその意味を特定できるだろうか? lm は lame、lamé、lime、のいずれの可能性もあるからだ。無論、時としては文脈のはっきりしたものもある。だが意味不明の言葉がいくつもある文の文意を正確に解読できるものではない。そこから誤読と混乱と疑問の迷路の入口が始まるのである。だからと言って始まるのは迷路ばかりではない。解釈と創造の道も同様に開けているのだ。

　イェシヴァの師が言うように、子音字だけで書かれているヘブライ語を「声」にする時、子音字の方へ母音を引きつけるためには、人が戒律（ミツバ）を実践する時のごとくに、多くの待望と欲望が必要なのである。欲望がなければいかなる行動もありえないとまったく同様に、潜勢態にある言葉が現働するためには、つまり見えないものが見えるものになるためには、欲望の果実である母音によって言葉が物質化されねばならぬのだ。だが、私がこのことを真に理解したのはずっと後のことであり、脱しようにも脱せない肉欲の捕縄にもがいた時のことであった……。

私の父はテキストを読む時の批判精神とその精神に支えられた学問の厳格な規則も教授してくれた。父が私に教えてくれたことによると、文字が初めて近東に登場したのはおよそ紀元前三〇〇〇年始めで、それは祈りのためでも、精神的な作業のためのものでもなく、行政的要求からであったそうだ。その文字が叙情的、叙事的詩等の言語芸術の構成分子として用いられるようになったのは、せいぜい紀元前二〇〇〇年頃からなのである。そして父はとんでもないことを教えてくれたのだ。あの時のショックは未だに忘れられない。モーセは自ら律法を書いたことなど一度としてなかったという事実である。私は当時一三歳だった。ユダヤ教における宗教的成人(バル・ミツバ)の歳である。それはまた私が「伝承」に立ち戻ろうと考えた最初の時期であった。だからなおさらショックは大きかったのだ。

「でもお父さん、律法はモーセが神の声を聞いて書いたものだよ。申命記にちゃんとそう書かれているもの」私は言った。「その申命記には神が自らの指で岩に刻んだとも記されている。〝それを『私』に授けられた〟とはっきり書いてあるよ」

「モーセが律法を書いたということはありえんな。というのは律法が一人の手によるものだと考えるにはあまりに文体が変化しすぎているからだよ。少なくとも三者の手になるものだ。法学者、エロイスト、ヤヴィストの三者のね。エロイストは神の名をエロイムと呼ぶ伝承に従った書き手のことで、ヤヴィストはヤヴェと呼ぶ伝承に従った書き手のことだ」

「でも律法のテキストが普通の人間達によって書かれたものだったら、啓示にはならないんじゃない」

「人間の手によるものでもだ、文字が言語芸術の実体、神が言われた言葉の実体に基づいているから、やはり啓示なのだよ。

もとはと言えば、〝書かれたもの〟は今日の文語のように口語から切り離して用いられる読書用のものではなかったんだ。〝書かれたもの〟は記憶を補助して『口伝』を完全にするための、いわば口語のサポート役だったんだ。〝書かれたもの〟が口語から解放され始めたのは何百年も後のことでね、ヘレニズム時代に様々な大図書館が造られた時を待たねばならないんだ。それでもさらに〝書かれたもの〟が完全な自立を遂げるのは印刷術が発明されてからのことだよ。だから写字生によって写されたテキストによる『伝承』は初期にあっては口伝に近かったと言える。残念ながらモーセの時代の巻物も、出エジプト時代のものも、バビロンからの帰還当時のエズラの認めたものも、我々の手元にはないがね。我々が今日目にすることのできる巻物は、一般的には古代ヘブライ書体で書かれており、古代ヘブライ人がカナンの地に入った時以来用いたものなのだ。

ところが紀元前三三三年アレキサンダー大王のパレスチナとその周辺の征服の後に『角文字』と言われているアッシリア風のヘブライ文字が生まれ、それが今日にいたるまで用いられることになる。しかし古代ヘブライ文字はすぐさま消滅してしまったわけではなく古代のヘブライ文字と角型ヘブライ文字の新旧二つの文字がキリストの時代まで重なり合って用いられていた。古代文字は祭司が用い、イスラエル民族の独立自尊とその歴史の永続を象徴していた。一方新ヘブライ文字は社会、政治活動において重要な位置を占めていたパリサイ人が使っていたんだ。ところで、それまでは文字を読んだり書いたりできるのは、律法学者と祭司達だけだった。だから神の法は文字とは別の方法で教えられていたわけだ。つまり祭司が一般人に聖なるテキストを読んで聞かせ、それを聴いた家長が暗記して子供達に繰り返してやる。とそんなやり方で律法は教えられたんだよ。だがそのうち、律法の研究がイスラエルの民全体に対して奨励され始めると、新しい時代が到来した。パリサイ人による識字教育がそれを実現したんだ。これは真の革命と呼ぶにふさわしい。ほんの短い期間の内にヘブライ人は文字を学び、新しいアルファベットを採用したんだからね。そして、この新しい時代の始まりは口伝の終わりでもあった」

そして父は付け加えてこう言った。

「いいかい、おまえの知っている五書の巻物、すなわち『創世記』、『出エジプト記』、『レビ記』、『民数記』、『申命記』がシナゴーグで読み始められたのも、ようやく紀元前二世紀からなんだ。そしてトーラーの巻物がテキストと書と言語の結合体である不変の書、一文字も欠けてはいけない聖なる書となったのは、ローマ人によって神殿が破壊され、生け贄の習わしがなくなってからのことなのだよ」

私に読みを教え始めた時に、父は本に書いてある文字に目をやることで読むのではなく、書いてあることを暗記して物的サポートなしで読むことを望んだ。テキストを忘れないでおくためにはノートに書き取るのではなく、頭の中に留めておく方が好ましく、理解するためにはまず知ることだと教えられた。父は自らを古文書学者と称していたが、思考法においては正にタルムード学者ではなかったろうか？　イェフダや彼の父と同様、父は古代の巻物を暗記していた……。私が長じてタルムードの研究を始め、イェシヴァで最も優秀なイェフダと共に学び、瞬く間の進歩を遂げたのも、父から授かったあのメソッドが身についていたからこそかなったことなのである。

II

西暦一九九九年、我々の暦では五七五九年、ある犯罪が犯された。あまりの異様さと人知の及ばぬおぞましさに軍が乗り出した。二〇〇〇年以上の間イスラエルが知らなかった悪魔の仕業であった。否、悪魔が閉じ込められていた開かずの箱を粉砕して突如出現したかのように過去が闇（やみ）よりほとばしり出て、蒼（あお）ざめた不吉な笑いで人間を嘲笑（あざわら）ったのだ。男が死体で発見されたのは、エルサレムの旧市街にある正教会の中であった。十字架刑に処せられていた。

イスラエル軍のシモン・デラムから父に電話があった。緊急に会ってほしいということだった。シモン・デラムと父はかつて共に祖国のために戦った戦友で、彼は行動と政治と戦略を、父は熟考と知識を選択し、正反対の道を歩むことになったが常に戦友であり続け、一方に何か困難があればすぐにでも駆けつける固い友情で結ばれていた。

シモンは老獪（ろうかい）な諜報員（ちょうほういん）でありながら正真正銘の戦士でもあった。肉付きのよい短軀であるにもかかわらず、レバノンでのミッションの際などテロ組織に潜り込むのに女装も躊躇（ちゅうちょ）しない大胆さをも持ち合わせている。私自身も彼の息子とは精鋭部隊で生活を共にした仲である。父親に負けず劣らず勇敢で血気盛んな兵士であった。父親同士においてと同様、戦火とライバル意識が二人の間に固い絆（きずな）を育て上げた。

父とシモンは軍司令部で待ち合わせた。父はあんなに不安げで、困惑をあらわにしているシモンを見たためしがなかった。

「君の助けが必要なんだ」シモンはいきなり切り出した。「軍の人間が日頃かかわらない特殊なことなのでね……微妙な問題なんだよ。宗教が絡んでいるんだ……学識豊かで思慮深く、しかも絶対の信頼のおける人間が必要なんだよ。心当たりは君より他にはないのさ」

「どういうことなんだい」

突然の申し出に困惑して父は尋ねた。

「危険な問題なのさ……パレスチナ問題やレバノンとの戦争と同様にね。なおかつ、ヨーロッパもしくは合衆国との関係と同じく重要な問題でもある。ある意味じゃ、それらすべての問題を一度に含んでいるといえる。大学人の知識と軍事的経験を兼ね備えた君にしか頼めないデリケートなミッションなんだ。巨大な額の金もかかわっている。金のためには命も厭わない連中がいてね……とにかくまず、君に見せるものがある」

シモン・デラムと父は車で軍司令部を後にした。車は死海方面へ向かってエリコへ向かう街道にのっかった。テルアビブ－エリコ街道だ。やがて街道は海面より低い土地を下り、ヨルダンの砂丘と死海のほとりの間を数キロにわたって雪のように白い炎暑の砂漠を蛇行してゆく。

達した目的地には裸形の風景があった。胸が圧迫される感覚にとらわれる。死海のほとりだ。

日没も間近い死海のほとりだった。

光の退場を闇が窺っている。時間の逡巡に風は凪ぎ、平原に硫黄の臭いが立ち込めていた。

《風は南中の方へと向かい、再び北の方角に戻ってくる。こうしてあちらこちらを彷徨いなが

ら輪を廻る。すべての河は海に注いだが、海はこれによって満たされることはない。河はその源に戻り、再び流れて海に注ぐ。》

沈黙の空間を砂漠の深部から発する様々な音波が微かに身震いさせている。太陽は未だ休戦を決せず、動物植物の区別なくあらゆる被造物を真っ赤なおき火で炙ってやろうと、地平にわだかまり情け容赦のない専制を誇示している。人間の存在を意に介さない天の遥か下方で二人の男が歩き始める。シモン・デラムとダビッド・コーヘンである。

二人はぬかるんだ砂丘にしばらく沿って、それから、断崖の連なりから突出している岩棚の方へと浜を斜めに切って向かう。彼方に死海が陰鬱な輝きを発している。その右手には緑色の染みが広がって見える。アイン・フェシュカのオアシスである。《ザブルン族とナフタリ族の地、アイン・フェシュカが光のように、異邦人のガリラヤ、海沿いの険しい道の名を高める。》

クムランの地は死海の岸から険しい断崖の頂上までの広がりをもつ。断崖は三つの〝階〟に分かれており、その間を急斜面が走る。クムランの広がりは連続的ではなく、細い水流のあるマルタ堆積層のテラスに散在している。右側には塩の海、すなわち死海へと下るワディ・クムランを望む。

クムランの遺跡はそのマルタ堆積層のテラスにある。近年キブツも造られた。遺跡のあるレベルと下方に見下ろす砂浜の間の傾斜は険しく、山から落ちてくるらしい固い石灰岩がゆっくりと柔らかいマール土を削っている。断崖の最下方には昔日の未舗装の街道とソドムからエリコへと通ずる新しい道路が走っている。そこから誰でも接近可能の第一テラスまでは登り道も狭くはなく充分な幅もあり、登攀を困難にする固い石灰もない。すぐ間近、下にある大地の粘土のおかげである。遊山程度の旅行者達はそこから下の大地を望むに留め、それ以上は断念する。この高さで俯瞰する大地はブロンズとゴールドのたった二色で化粧していて、わずかな傾きがあり、観光客は何気なく見ているが、触れようとすれば触れられる錯覚を覚えるほどのリアリティがある。

　さて、これより上方にある第二のテラスは急斜面に突き出していて、早くも大地の歴史の一部を形成している。つまりそこには死海のかつての水位を教える証拠が断層に現れていて、塩の海は今日よりもずっと高い水位をもっていたことがわかる。第二のテラスは傾斜があるが一様で、そこに住居を設けることも互いに行き交うことも容易かったはずだ。そしてクムランの廃墟があるのはこのテラスなのである。またそこには先に述べたようにキブツの建物もあり、廃墟の見張りも兼ねて、周辺の泉を利用してヤシの栽培をしている。第二のテラスからさらに上を目指すと険しい道には難儀させられるが、人為的に付けられた印があり岩の割れ目もうめられているおかげで、上へ上へと洞穴に向かって登ってゆくことができる。何も登山家でなくとも身軽な人達ならこの第三レベルにまで達することができる。そして、石灰岩のテラスから第二のテラスが一望のもとに見下ろせるのだ。

　そこはもう歴史を後にした有史前の領域なのである。岩壁に穿たれた幾つかの開口が海水が徐々に下降していったことを証している。だがそうした開口にまで辿り着くのは容易なことではない。ごつごつの岩を登り、天気が良ければ太陽に身を焦がされ、危険覚悟で岩にぱっくり口を開けた雨裂を飛び越えなければならない。目眩がしようが、足下を取られようが這い上って、どんな小さなほこらでも見つかれば、迷って出られなくなることも恐れず入り込んでゆかねばならない。クムランの洞穴はほとんど垂直の岩壁から突き出た鋭角の岩塊に在って、しかもまれではあるが雨ともなれば、目の眩む傾斜を激しい水流が落ちてくる。その中でやっと発見できるクムランの洞穴、そこまでやってもまだ接近不能のものもあり、あまりに障害が多くて、その存在さえも気づかれないクムランの洞穴……。

それがクムランの洞穴である。岩の険路はまだ上へ上へと断崖の頂上まで続くかに見える。しかしクムランを訪れる旅人は第三レベルを越えることはできない。なぜならその先は連続が断ち切られているからだ。道を進もうとする者はそこで飛ばなければならないのだ。待ち受けている未知のものの懐に向かって。そしてそれを試みた者達がいた。その者達は「秘密」を持ち去ったまま、姿を消した。

クムランがエデンの園でないことは確かだ。実際クムランは砂漠の荒野であり、この世で最も荒廃した土地なのである。だが熱気をはらんだ死海の岸辺よりはずっとすごしやすい。間欠的な降雨ではあるが豊かで軟らかい水が第二テラスの水槽を常時満たし、人間の営みに充分の量を与えてくれる。真水と海水の混ざった汽水は汽水でヤシの栽培に利用できもする。また、いくつかの底深い峡谷がこの上もない堅固な自然の要塞を形成してくれていて、クムランへ入植した者達の住居が位置した台地をほとんど完全に外部から孤立させている。こうしてクムランは見掛けの荒涼感とは裏腹に、人の生活の可能条件を備えた立派な土地なのである。

エッセネ派は「起源」に近いこのクムランの地を本拠に選んだ。それはあたかも「終わり」

を待ち望むために「始まり」に近づこうとしたかのようである。だからこそ彼らは彼らの聖域をクムランから遠くないキルベット・クムランに建立したのである。

結果、外部の人々にとってはクムランこそはこの地上にあって、一切の植物にも恵まれぬ荒廃の場所であり、険しくうねりくねって、なおかついくつもの峡谷に寸断され、無数の洞穴に穿たれた石灰質のその絶壁のために、プレートの移動によって発生した灼熱の圧力に地の深部が痙攣し、その強度が地表に露出し、加えて長く苦しい浸食が形成した決して消えることのないごつごつの巨大な瘢痕と見紛うその白い断崖のために、はたまた、盗人と聖人の異端の巣窟であったがために、この地上で最も人が忌避する場所なのだ。

シモンが父に見せたいものがあると言ったのはそのキルベット・クムランのことであった。二人は修道院の廃墟の前に立った。シモンが何やら小さな木片を拾う。それをゆっくり嚙み始める。数分の沈黙があって、それからシモンが話を始めた。

「ここはもう知っているよな。ここで五〇年前死海文書と称せられるエッセネ派の修道士が書いた写本が発見されたことは、君ならずとも世界中が知っている。イエスの生きていた時代のもので、いろいろな宗教が認めるのを拒んでいる様々なことが明らかにされているということだが……。で、その写本の幾つかがなくなったというより、言わば盗まれたのも知っているよな。もっとも我々の手元に今ある巻物だって、策を弄して、言わば力尽くで我々がものにしたものだがね」

もちろん父はクムランをよく知っていた。ここでの発掘調査の回数も数えきれない。巻物をめぐる一大叙事詩にも似たすべてのことも知っていた……。

ヘブライ大学考古学教授エリアキム・フェランクスが一本の電話を受けたのは一九四七年一一月二三日のことであった。電話はエルサレムの旧市街で古美術商を営んでいるアルメニア人の友人からだった。電話で話すには重要かつデリケートな問題なので早急に会いたいということだ。建国前夜の当時イスラエル民族は戦争状態にあった。国連の総会は領土分割に対して、その態度決定をせまられていた。アラブ人達はユダヤ人の市町村に今にも攻撃を加えそうな気配だった。パレスチナ一帯は砂嵐の前の砂漠というにふさわしかった。すべてがしんと静まり返っている。だがすべてが微細な風に低く騒音を発している。大嵐(おおあらし)を告げる風だった。

包囲されたエルサレム周辺ではイギリス軍がアラブ軍の動向を見張り、また、ユダヤ地区とアラブ地区の通行を検問している。しかるにフェランクス教授はユダヤ地区、彼の友人のアルメニア人はアラブ地区にいて、どちらも通行許可証をとれないでいたのだ。会うとすれば結局国境しかない。フェランクス教授は翌日の二四日国境に出向き、鉄条網越しの公然たる密談を余儀なくされた。

「急にまた何の話だい?」教授は尋ねた。

「実は話はこうなのさ」アルメニア人が説明を始めた。

「ベツレヘムの商売仲間がやってきたんだ。アラブ人なんだけどもね。その彼が古代文字がぎっしり書いてある皮の巻物の断片を持って来たんだ。私が思うには相当な価値のある古文書だ」

「アラブ人の同業者って、どの同業者だ？」フェランクスは警戒して言った。すでに何度か本物と称して偽物を売りつけられそうになったことがあるからだ。

「打ち明けて言えば、彼もベドウィンから買ったんだよ。ベドウィンは死海付近の洞穴で見つかった巻物の断片だと言っている。まだそこには数百巻の巻物があるそうだ。ベドウィン達はどれほどの額になるか知りたがっているのさ。そこで君にこの断片を見てもらって、君の意見を聞きたいのだ」

「見せてくれたまえ。もし価値のある物なら、ヘブライ大学が買い取れるよう私が直接交渉してみたい」

アルメニア人はポケットから皮紙の切れ端を出し、教授が調べられるように鉄条網の隙間に置いた。フェランクスは有刺鉄線に阻まれながらもできるだけそれに顔を寄せて、黄土色で今にも破けそうで、縁がぎざぎざした皮紙の切れ端に記されているテキストが本物かイミテーションなのか確かめようとした。

この国ではすでに幾つかの洞穴や遺跡から巻物が発見されているし、また教授自身エルサレム近郊で西暦一世紀に遡る幾つかの墓碑銘を発見したことから、皮紙の断片は馴染みある物なはずだ。この国は数々の古文書がとけこんだ肥沃な土につちかわれ、その歴史を展開してきたようなものなのだ。しかしながら、実際には、石に刻まれているわけでもなく皮紙に書き付けられたこんな古いテキストなど教授は見たこともなかった。彼は当惑した。本当に古い物なのだろうか？　それとも偽物か。

フェランクスは考古学者である。住居、要塞、上水道、下水道設備、神殿、祭壇など建築物の名残りやら、武器、武具、道具、家庭用品などの類の発掘物の分析はお手のものだ。だが、書き物や皮紙はその限りではない。大体皮紙専門の考古学などありはしなかった。しかし考古学者の直感が働いた。なぜだか分からぬが、今、目の前にある皮紙は正しく考古学の対象である、と確信した。エリアキム・フェランクスは一九四七年一一月二四日のこの日、この時間、鉄条網の前で、この皮紙の断片が本物であると悟った。

「ベツレヘムへ行って別の見本を幾つか借りてきてくれないか。その間にいつでも君の店に出向けるように通行許可証を手に入れるよ」教授はアルメニア人に言った。

翌週、再びアルメニア人の古美術商から電話があった。別の断片を何枚か入手したとの知らせだった。フェランクス教授はすぐさま彼の店に赴いた。

教授は何枚かの断片を入念に調べ始めた。それらを手に取り、そこに書き付けられている文字をルーペで注意深く追いながら解読を試みる。一時間が過ぎた。本物だった。教授は直ぐにでもベツレヘムに行って巻物全部を買い取ろうと考えた。だが、アラブ諸国との開戦の緊張が国中に漲(みなぎ)っている中、ユダヤ人がアラブ人のバスに乗ってアラブ人の領土を横切って行くなど危険きわまりないことだ。帰宅すると事情を知った妻に無謀を諌(いさ)められた。

翌日教授は家にいた。写本が頭を離れなかった。こうしているうちにも、あの断片から推察できる貴重きわまりない何巻もの写本は、すでに誰かの手に渡ろうとしているのかもしれない。そう考えると居たたまれなかった。その夜、国連総会の領土分割に関する決定は翌日夜の投票結果に委ねられることになった、というラジオ放送があった。フェランクス教授は息子のエリヤが彼に言ったことを思い出した。エリヤはハガナー＝ユダヤ秘密軍の作戦の司令官で、建国後改名してマッティと称したが、それはこの秘密活動当時の彼のコードネームであった。その息子が語ったところによると、国連総会の宣言が下れば直ちにアラブ軍の攻撃が始まる心配がある。そんなことになればベツレヘムに行くなどは危険を通り越して絶望的だ。開票の行なわれる間の一日が最後のチャンスだ。フェランクス教授は日の出を待たずに家を出た。

通行許可証のおかげでイギリス軍の検問も通過し、アルメニア人の友人を起こして一路ベツレヘムへと向かった。そして件のアラブ人の古美術商に会った。アラブ人はベドウィンが話したことを打ち明けた。

「そのベドウィンというのはね、タ・アミラー族なんですよ。ほら死海の北西部でよく山羊の群れを連れている連中です。ある日、群れから一頭が離れてしまい、後を追ったがなかなか捕まらない。崖の上へ上へと登っていってしまいに洞穴に逃げ込んでしまった。追い出そうと石を投げ込んでいるうちに、何だか瀬戸物が割れたような音が跳ね返ってきた。何があるのかと思い、洞穴の中に入ってみた。するとそこには幾つもの土製の壺があった。それで中を開けてみると細かいヘブライ語がぎっしり書いてある皮の巻物が、これまた幾つも入っていた。それを私に売って欲しいって、私の所に持って来たというわけですよ」

そうして商人は二人に二つの壺を見せた。クムランの岩肌のように固く、つるつるした古代の壺だった。何世紀もの間に塵が幾層にも積もってこびり付き、山吹色の堆積に灰色の波模様が形成されている。一方の壺は小ぶりで横広で、両脇に把手が付いていた。もう一つは縦長で、こちらは幅が狭い。いずれも中の物を密封している蓋がある。フェランクスはそれを開いた。

二つとも開いた。中から朽ちかけた埃だらけの円筒状の物を慎重に取り出す。二〇〇〇年の禁錮から解放され、光のもとに出てきたそれは墳墓の暗褐色の灰塵を、獣が身震いして飛沫を振りまくがごとくに散らかしながら、厳かに、だが心許なげに立ち上がり、黄泉から蘇りし者がおぼつかない足取りを踏み出すように出現の起源を未だ朦朧のうちに示した。だがそれは全世界を震撼させることになる跳梁の始まりであった。

フェランクスは慎重にそれらを開いてやった。それらは幾重にも襞を重ね中心に向かって巻いている春の蕾のように固く、か弱く、また深き眠りの長き夜から寝覚めるのをよしとしない目蓋のように逡巡し、孵化直前の繭のごとくに粘質だ。フェランクスはこれらぴくぴくと息づき始めた死体の上に正しく聖なる文字を認めた。それはヘブライ人によって幾千年も前に、何十世紀も前に書かれたものであるはずだが、あたかも昨日書かれたものにも見えた。

《二〇〇〇年にわたって何人にも読まれなかった聖書だった。》

フェランクスは宝物を胸に抱え帰路についた。ヤッファの門より黄金の市に入り、ユダヤの家に戻った。いま蘇ったあれらの巻物達はやがて《死海文書》の名で世界中に知れ渡ることになるのであった。

家に帰るとすぐさま借りて帰った写本の研究を開始した。そして家人が世界中が聞いたラジオ放送の内容を告げにくるまで、写本に没頭していた。パレスチナの領土分割がとうとう可決されたのである。幸福と感動の涙が教授の頰を伝った。彼の妻が言った。

「あなた、お分かりになった！　ユダヤ人の国ができるのよ！」

翌三〇日、フェランクスは、アラブ人の攻撃が開始されたにもかかわらず再度ベツレヘムに赴いた。無論巻物を買うためである。そして三巻の巻物を手に入れ無事に戻ることができた。

写本の一つは預言者イザヤの書だということが分かった。残りの二巻については彼の知らないものであったが、同じく二〇〇〇年前頃のものであることは間違いなく、それらすべてはかつて彼が目にした巻物のどれよりも古いものだった。フェランクスは、この発見がもたらす諸々のことは聖書学にとって重大なものとなることを理解した。「イザヤ書」以外の巻物も調べてみると、やはり重要な内容であることが分かった。その一つは写本が聖書へブライ語で書かれており、善が悪に勝利する最終戦争が予言されている物語であった。この巻物こそは《死海写本》のうちの「光の子達と闇の子達の戦争」と名付けられたものである。もう一方は聖書の「詩篇」にも似たヘブライ詩集で、後に「讃歌の巻物」の名で世に知られることになる。

その三巻の写本を手に入れた後に、教授は四巻目があることを知った。一九四八年の一月の終わりに、教授はカイール・ベンヤイールという男からの一通の手紙を受け取った。ある皮紙のことで会いたい旨がしたためてあった。

男は転向したユダヤ人でシリア正教修道院に属していて、ホセアなる大主教に密使として派遣されていた。ホセア大主教はエルサレム旧市街にある聖マルコ修道院のシリア人院長であった。何通かの何やら複雑な手紙の遣り取りの後、フェランクスとカイール・ベンヤイールは市のアラブ人地区で会う次第となった。ホセア大主教の密使はフェランクスに一枚の古い写本を見せ、タ・アミラー族から買ったものだと説明した。手に入れるつもりがあるかとも尋ねた。フェランクス教授はただちに、それが自分が買った巻物と同じく二〇〇〇年以上前のものだと分かった。

一九四八年二月六日、フェランクスとカイール・ベンヤイールは最終取引のために落ち合った。だがホセアの密使は相当額の支払いの約束を教授から取り付けたにもかかわらず、心変わりを決めた様子を示した。そして巻物を渡さずに立ち去ろうとした。フェランクスは何とか引き留めようと試み、しつこく食い下がった。嘆願したが相手は上の空で、結局翌週もう一度会う約束をさせただけに終わった。それも確約ではなかった。

翌週当然のことながらベンヤイールは来なかった。フェランクスは二度と写本を見ることはなかった。

大主教の密使はフェランクスに最初から巻物を売る気などなく、本当のところは巻物が真実古いものなのか、またいかほどの価値があるものか教授に確かめさせるのが目的だったのである。

ホセアもフェランクスと同じ方法で巻物を入手していた。ホセアはこれを何人かの学者に見せた。その中の一人のパレスチナ考古学博物館の学芸員補佐などは、おざなりに解読しただけで偽物だときめつけた。大主教は次に留学でエルサレムに来ていて、聖マルコ図書館に足繁く通っていたギリシャ人の博学な神父に鑑定を頼んだところ、イザヤ書の写しであるが特別なものではないと結論され、再び期待は裏切られた。さらに別の研究者には預言集のようなものだが、古代のものかといえば確信が持てない、と言われた。

結局その年の八月になって、ヘブライ大学の専門家が巻物は中世のものだと鑑定した。「研究してみる価値はありますよ。しかし驚くに値するものは何も見られませんよ」鑑定者は言った。

それでもホセアは写本がもっと古いものであるという直感を譲ろうとはしなかった。

「古代のものであるという可能性はないのかね」

そんなことは絶対に有り得ないと否定された。それでも大主教が執拗(しつよう)に尋ねると、学者はこう揶揄(やゆ)した。

「仮にこんなことを想像してご覧なさい。あなたがこの写本を箱か何かに入れて、それを二〇〇〇年間忘れたといたしましょう。しかもその箱をどこかに隠すか、はたまた地中に埋めたとします。隠したご本人のあなたがそれを発見したとしても、その価値について問うことはできますまい。土くれ同然になっているでしょうから」

最後の手段とばかりに教会の上層部に写本を見せたところ、そんなものに固執せぬようにとの忠告を賜った。だがなお大主教は執拗だった。巻物は必ずや古代のものだと信じて疑わなかった。それを確実に証明する鑑定人が是非とも必要だった。

その一方でホセアはクムランの洞穴探検を企てた。何人かをクムランに送った。探検隊は多数の写本を持ち帰った。極端に傷み、朽ち果てているものもあった。とても状態のいいものもあった。それとは別にすでに発見されていた二つの大きな壷も買った。本物ならばすべて高価な値で売れる。詰まるところホセア大主教の目的はそれだった。

アメリカ合衆国でなら、より高い値が付くと知恵をつけた一人の友人と手を組んだ。この友人は、それには「エルサレム・アメリカ東洋研究学院」で見てもらうのが一番だと示唆した。そしてイスラエルを離れた方がいいとも勧めた。イギリス駐屯軍(ちゅうとんぐん)が引き揚げれば、戦火と殺戮(さつりく)

の地と化すことは予想に難くないからだ。

当時「エルサレム・アメリカ東洋研究学院」には、後にクムラン学研究者として名を馳せる二人の神学生が留学していた。その一人はマーク・ジャンセンという学生だった。エール大学神学校からの留学で、聖地で博士論文を準備しており、ほどなく僧籍に入った熱心なカトリック信者である。もう一人は中東考古学専門のフランス人神父ピエール・ミシェルだった。前者のマーク・ジャンセンは痩身で、頬のこけた白い顔にエサウやダビデのような赤毛の持主で、時として怒りっぽくはあるが、エサウのような野生動物的性格の持主というわけではなく、野心的で征服欲旺盛ではあってもダビデのように好戦的で情熱的なところはない。代わりにヤコブのごとき慎重にして理路整然とした思考を逸することはなく、考古学者としては打ってつけの資質に恵まれていた。加えて形容すればアブラハムのように、イサクのように、ヤコブのように信心が深く、時としてイザヤのように熱烈で、またエレミヤのように自らの献身を悲観し失意に陥るが、常には預言者エリヤのように絶対に譲らぬ頑固さを示すキリスト教者であった。

対してピエール・ミシェルはどちらかと言えば小柄で肉づきがよく、頭頂は剃らずとも禿げており、まさに率直な性格の持主で、感情の高ぶりや秘め事を表に出さないでいられる妥協性も図太さも持ち合わせていなかった。彼の宗教倫理は正義と愛、信仰と理性、希望と悲嘆の間の均衡に根ざそうとするものであり、それを絶えず探してはいつも満足のゆく答えが得られず、結果、意志薄弱で精神的に脆い印象を人に与えてしまうのである。だがその一方、頭は切れ、滅多に人に影響されることのない点ではサムソンのごとしと形容出来た。彼の魂は表面には穏やかな海だが、その深部にあって熱く破壊的とも言える力が騒いでいて、この底流が暗礁にでも衝突すれば、鋭い岩に押し寄せる刃物のような波浪となって立ち上がる。

ホセアが学院を訪れた時、たまたま学院の考古学教授は旅行で不在だった。応対できるのがマーク・ジャンセンしかいなかった。だがついにホセアの努力が報われる時が来た。若き神学者マーク・ジャンセンは何冊かの考古学の専門書を調べ確かめた後、巻物が古代のものであると認めたのだ。ピエール・ミシェルも同意見であった。二人は文書の検討をその場で開始し、大主教の許可を得て写真をとった。洞穴から発見された数々の断片も初めてそのいちいちが明らかとなった。世界中が知ることになる、「イザヤ書」の一部があった、「宗規要覧」があった、「ハバクク書註解」があった。彼らの手中にあるのは一言で言えば、現代における最大の考古学的発見であることを二人はその時悟った。

国連がイスラエルの独立を宣言すると、直ちにアラブ諸国がイスラエル国家に対して宣戦を布告した。四方八方を包囲されたエルサレムの上に砲弾の雨が降り注ぎ、人々は飢えと渇きに死んでいった。旧市街ユダヤ区は炎に焼き尽くされた。城壁に囲まれた三つの聖域、「聖なる墓地」「西の壁」「岩のドーム」のいずれも砲火を鎮めることはかなわなかった。あたかもユダヤが黙示録を煽っているかのような最終戦争であった。マーク・ジャンセンとピエール・ミシェルは慎重を期して、合衆国に向けてイスラエルを後にする決心をした。出国前にホセアに文書に関する出版による公表の独占権を保証する書類に署名するよう説得した。その代わり急いで買い手を探す約束をした。大主教は承諾した。

一九四八年四月一一日、ホセアも合衆国に向けて出発した。

かくして「死海文書」が世界中に暴露されることになった。

フェランクス教授はそれを知った時、怒り心頭に発した。アメリカ人が教授とホセアの商談を妨害したに相違ないと考えた。巻物は建国したイスラエルのものだとしたためた抗議の手紙を何通も送ったが、何の役にも立たなかった。今となっては手遅れだった。何しろ最も高値を付けた者に売りつけようと腹に決めたホセアと共に、巻物もトランクに入れられてエルサレムを離れてしまったのだ。ホセアはまたこれを機に世界中に正教会の言葉を広めようと目論んでもいるのだ。

そのホセアはニューヨークでマーク・ジャンセン及びピエール・ミシェルと落ち合った。二人はホセアと手を組むことにした。二年の間巻物のプロモーションのためにホセアに同行し、国会図書館、シカゴ大学、さらには大都市のアート・ギャラリーを回り歩くことになった。

一九五〇年、巻物に関する初めての出版物による公表が実現した。「イザヤ書」の巻物の写真ものっていた。ついで翌年、「宗規要覧」「ハバクク書註解」が完全な形で出版された。

フェランクスはフェランクスで彼がアラブ人から取得した三巻の写本の出版物による公表を企画していた。同時にカイール・ベンヤイールに件の取引を餌に鑑定させられた際、鑑定のために調べて、慌ただしく書き写しておいたホセアの巻物についても研究していた。そしてそれが貴重きわまりない文書だと確認し、ならばなおのことイスラエルにこそ帰属しなければならないと信念を固くして、教授はマーク・ジャンセンに会うべく、ついに合衆国に赴いた。

会談は双方冷静のうちに始まったが、ジャンセンが死海文書の発見者は自分なのだと自慢げに述べ始めるや、フェランクスはそれまで押さえていた怒りを堪えることができなくなった。

「あなたは四番目の巻物がどこにあるかもご承知ですね。ほら、ホセアが急遽私に売るのを止めたあの巻物ですよ」とまで皮肉ってやった。

「何のことやら分かりかねますな」ジャンセンは惚けた。「我々が所有している巻物はすべて出版により公に発表されましたし、またその過程にあるものばかりですよ」

「嘘をおつきなさい」フェランクスは追及した。「あの巻物は私に返していただきたい。あれはあなた方のものではない。あなた方があれに介入する権利などいささかもないのですぞ」

「あなた方ユダヤ人にこそ関係のない問題でしょうが」カトリックの神父は言い返した。

こうして宣戦が布告された。だがフェランクスは最後まで戦い切ることができなかった。「あの」巻物、ほんのわずかの間目にしただけの、「あの」巻物にとうとう達することがかなわなかった無念のうちに、一九五三年この世を去らねばならなかったからだ。しかし、彼の息子マッティがほどなく彼の切望をかなえてくれるのが分かっていたら、どれほど安らかな眠りにつけたことだろうか。

マッティ・フェランクスは建国後、イスラエル軍参謀本部長のポストについていたが、これを退き父の遺志を継いで、ただちに文書研究の生活に入った。そして父が果せなかったあの三巻の文書の出版に専念し、特にその中の一巻「光の子達と闇の子達の戦争」については詳しい注釈までも自ら執筆する熱の入れようだった。

さらに一九五四年には合衆国に渡って文書についての講演も行なった。滞米中のある日、一巻の新たなる死海文書を譲りたいという申し出をしたためた書簡を受け取った。そしてマッティの〝もしや〟の感はあたっていた。
あの巻物は相変わらずホセアの手元にあったのだ。あまりの高価に買い手がつかなかったからである。活発な取引が開始された。取引の舞台はマッティ帰国後はイスラエルにまで延長した。数度にわたる難しい交渉のすえに、ついにマッティはあの巻物を手に入れることに成功する。

やっと巻物を手にしたマッティであったが今度は解読の時間を奪われる羽目になる。一九六七年六月五日、イスラエルが隣国との戦争に再び突入し、マッティは再度参謀本部に戦略顧問として復帰を任命されたからだ。第三次中東戦争の勃発であった。
六月七日聖都エルサレム奪回の戦いのその日、死海文書の無数の断片が納められた木箱はアンマンから六〇キロ隔たったエルサレム考古学博物館にあり、そして大半の巻物はその地下の巨大な〝巻物の部屋〟にあった。しかし、博物館は未だヨルダンの支配下だ。

イスラエル空挺部隊の旧市街への進軍が始まった……。部隊はティフェレト通りの外れの石の階段を這い登る。そして、ついにイスラエルの民が一〇〇〇年振りに「西の壁」を見た。ローマ人によって破壊される前の神殿を守っていた聖なる壁だ。兵士達は額を壁の石に当て、腕で体を支え、涙と祈りで、かつて神の介入がなかったらアブラハムがイサクを生け贄に捧げるところであったあの「モリヤの丘」のそびえ立つ「聖なる場所」の守りの壁の立つ地を濡らした。

ヨルダン軍との熾烈な戦いの後にイスラエル軍は戦略の要である博物館を奪取した。クムランの巻物はそこにあった。

ヨルダン軍は死海の北エリコにまで退去を余儀なくされた。かくして博物館のみならず、キルベット・クムランの発掘現場も幾百の文書と共にイスラエルの支配下に移った。

一九六七年六月七日のこの朝、この戦いのただなかにマッティとその部下何人かは胸をときめかせて博物館の〝巻物の部屋〟に侵入した。だが、常には文書の断片で溢れかえっているはずの長大な机の上には何一つなかった。しかし文書は博物館から持ち去られていたわけではなかった。地下室にあったのだ。戦争の直前にヨルダン人が慌ただしく木箱に梱包してそこに移したのである。彼らはそれを発見した。

後日、マッティはそのコレクションを補完する意味で、彼所有の文書をそこに加える決心をした。そしてあんなにも苦労して手に入れたあの巻物も他の巻物と一緒に結局そこに納まることになった。

文書は今やイスラエルのものだ。しかしながらイスラエル政府としては最初に発見された巻物のうち、フェランクス教授が取得した以外の巻物の旧所有者達とことを構えるつもりはなかった。かくしてマーク・ジャンセン率いる国際チームとイスラエル政府との協力が合意された。五人のメンバーによって構成された研究者のグループは文書断片のいちいちを解読し、それを発表する使命にあずかった。

終戦後のある日、件の巻物に目を通し、いよいよ研究にとりかかろうとしたマッティが博物館を訪れた。だがどこを探してもあの巻物だけが見当たらない。全館、地下室に至るまで探しまわった。だが見つからなかった。何日かかけた。関係者すべてに尋ねてみた。しかし徒労に終わった。巻物が消失したことは明らかだった。

III

「その巻物の存在を知っていた連中を特定できるかね？」シモンが巻物の消失について詳しく語り終えると、父が尋ねた。

「いや、そりゃ無理さ。知っている者が多すぎるからだよ。最初の四巻の巻物については、当初、その発見を知る者はわずかだったが、ホセアが死海文書の中の重要なうちの一つをマッティに譲渡した事実は大学関係者の間に瞬く間に伝わった。なにせマッティが手に入れたのは一九六七年だろ、その頃すでに各国の大学関係者がクムランの文書の研究に着手し始めていたからね。ことに一九五二年九月にクムラン第四の洞穴での古文書発見以来というもの、研究者の熱の入れようは君も知っての通り大変なものだったしな。元々の発見者のタ・アミラー族が死海文書の価値を知って、キルベット・クムランのさらなる発掘に貢献したわけだが、クムランの岩は穿たれ、堆積土は掘り返され、それは膨大な量の発掘物を暴き出すまで飽くことなく続けられた……」

「まさにそうさ。当時世界の出版界は死海文書一色だったからな。ほんの小さな断片でも解読され、書き写され、そのたびに〝新たなる歴史的宝物〟と題され、新聞雑誌を賑わさない日はなかったな。だが一般には誰一人として、あの発見が何を意味するのかを知る者はいなかったことも事実だ。巻物の解読は困難を極め、すべてが解かれるには膨大な時間を要するものだったからだが……。発見の真の重要性をいち早く理解した者がいたとすれば、学者や研究者達ということになる。新たなる歴史的研究の出発点がすぐそこに見え、やがては人々が律法的ユダヤ教の誕生及び初期キリスト教に関する真実を知ることになるのをわかっていたのだからね。

　キリストの生涯やキリスト教の誕生に関しては、学者といえどもそれまでは幾世代にもわたって流布された諸々の文学的書物を通して、そのエッセンスを拾い集めて想像するに甘んじる外なかった。タルムードやタルムードの基礎をなす口伝律法ミシュナや新約聖書やフラウィウス・ヨセフスの諸作品やヨベル書のような外典の外に手掛かりはなかったのだ。しかもそれらは無数に書き直されたり、抹消されたり、検閲されたりしている可能性だってある。それに宗教的写本はユダヤ教にせよ、キリスト教にせよ、写字生の手によって一文字一文字、一行一行写されたわけで、それだけでも歴史的信憑性は時代を経れば経るほど怪しくなるわけだ。加えて異端的と見られればその箇所は大きく変えられた。迫害の時代には焚書に付された。時代時代で正統とみなされなければ禁書にされたり、書き直されたりしたわけだ。だがここで発見された文書は違う。四散した断片の寄せ集めとは異なる。

　文書は日を追ってその重要性を示し始めた。何と言ってもまとまった形のものが幾つもあり、小さな断片でぼろぼろのものでさえも多かれ少なかれ保存状態は良好だ。たとえ切れ端で何の書の断片か分からないものでも、それらすべてに〝あるがままの歴史〟が織り込まれているんだ……だが、それに気づくことができる立場にいるのは学者達だけだったのさ」

「それもあって君を呼んだ。あの巻物がその学者達の誰か、特には〝国際チーム〟のメンバーの一人によって盗まれた可能性が充分に考えられるんだ。巻物に近づけたのは彼らだけだからね。〝国際チーム〟はマーク・ジャンセンと彼の侍者と言ってもいいピエール・ミシェルによって組織されたわけだがチームの他のメンバーも分かってるよな」

「知っているよ。まずは不可知論者にして東洋学者、イギリス人のトーマス・アルモンドだ。奇妙な振舞いと年がら年中黒のケープを羽織っていることから〝闇の天使〟と渾名されている。それからポーランド人神父アンドレイ・リルノフ。メランコリックで苦悩する魂の表現がぴったりのカトリック信者だ。あと一人はドミニコ修道会のジャック・ミレ。外向的なフランス人でもじゃもじゃの白い顎鬚に丸い大きな眼鏡をかけ、一目見りゃ忘れられない風貌の持主さ。この中心人物達なら確かに皆、直接巻物に近づけたわけだ。さらには死海文書を見たい者は彼等を無視してはそれがかなわないまでになっていたから、彼ら以外が盗もうって思ったって無理ということか。

　しかし国際チームの文書に関する出版の数はまことに少ないね。第四洞穴で発見された断片のほとんども非公開の内輪のセミナーで解説されただけだものな」

「だがここに一つ妙な話がある。一九八七年、ピエール・ミシェルがハーバード大学に招かれて講演した際に、彼が研究したある断片の内容のいくつかのエレメントを明らかにしたのさ。しかるにその断片についてピエール・ミシェルが語ったことがマッティにあの巻物の記憶を蘇らせた。マッティもその講演には出席してたのだ。マッティは巻物が盗まれる前にざっと目は通していたんだ。マッティは、巻物にはアラム語で書かれたところが二段あり、それは預言者ダニエルがある王の夢を解釈したものと覚えていた。だがピエール・ミシェルによって紀元前一世紀のものとみなされた断片の何よりも重要な部分というのは〝神の子〟あるいは〝いと高き天の子〟の出現を予告したある夢のある解釈だった」

「〝神の子〟、〝いと高き天の子〟とはルカの福音書で天使ガブリエルが受胎告知の時に用いたイエスの名称そのものだよ」

「ピエール・ミシェルは話しておきながらその文書の出版物による公表は拒んだ。だからその巻物の内容は秘められたままだが、講演で読み上げた本人訳の断片に限っては公になっている」

そう言うとシモンは話を中断しポケットから紙切れを出して父に見せた。

〝彼〟は地上にあって偉大となる。
すべての者が彼を敬い、彼に従うことになる。
彼は「偉大」と形容され、彼の名は示される。
「神の子」と呼ばれる。
すべての者は彼を「いと高き天の子」と呼ぶ。
彼の王国は流星の如し。
幻視の如し。
人々は数年間の間、地上に君臨する。

人々はすべてを破壊することになる。
一つの国が他の国を破壊する。
一つの地方が他の地方を破壊する。
神の民が立ち上がるまで、
そして神の民が神の剣を取り下げるまで。

「これか……」父は言った。「私も知っているよ。だがこれがどう終わっているのかは誰も知らない。だから仮にそのテキストが神によってつかわされたメシアの到来を語っていると推定できても、それを確かめることはできない」

「一九八七年のピエール・ミシェルの講演の後、何があったか知らないが、あれ以来その文書に関しては噂(うわさ)も聞かれない。さらにはかれこれ一〇年以上になるが、あれ以来いかなる出版物にもお目にかからない。まるですべてをストップしろという何かの命令、もしくは何かのオフィシャルな合意でもあるみたいだ。国際チームのメンバーは今では離れ離れでそれぞれが個人的に動いている。ジャンセンはエール大学のいいポストに就いているし、アルモンドは母国に戻った。ミレはエルサレムとパリを行ったり来たりして今もって発掘を続けている。パリでは教鞭(きょうべん)をとっているのさ。ところで当のピエール・ミシェルだが、パリに帰国後、司祭職を捨てて、今では国立科学研究所(CNRS)で働いているよ」

「そしてアンドレイ・リルノフは」父がシモンの言葉に付け加えた。「……自殺か。動機は誰にも分からなかった」

「ああ、そうだよ……ところで、君は、なぜまた私が慣れない考古学などに首を突っ込み始めたんだ、といぶかっているだろ」

一瞬ためらいを見せた後、シモンはそう言い、話を続けた。

「実はイスラエル政府があの消えた巻物を探しているんだよ。いや、神学的理由からではないのさ。複雑すぎるものな……。まず一つには法的に言って我々に帰属すべきだからであり、そしてあの巻物にはユダヤ民族の歴史の本質的エレメントが記されているのが確実と思われているからなんだ」

「ピエール・ミシェルが講演の際に公表した例の断片が、その巻物の一部だと考えてるのか?」

「その可能性は非常に高い」

「政府は件の巻物に何が記されているのか見当をつけているわけだ」

「いや、そりゃ正確なところは分かるわけはない。だが、あの巻物はイエスのことを語っていると考えている。しかもはっきりしたかたちでね」

「キリスト教にとっては危険な文書というわけかい」

「まあ、常識からいって法王庁の地下倉に他の諸々の禁書と一緒に保管しておいた方がいいということになるだろうな」シモンは冷ややかに言った。

「ところでシモン、君個人の意見はどうなんだい」

「私には分からんさ。しかし、あの巻物はたまたま消失したわけじゃない。だから誰もがする様々な推測の一つとして聞いてくれるなら意見はある。死海文書はクムランの宗団の所有物だったわけだ。その宗団とは間違いなくエッセネ派だ。ところで死海文書はイエスが生きていたほぼ同時代のものと特定されている。だが、発見発掘され出版物により公表、もしくは博物館で公開されている文書のどれ一つとしてイエスのことなど語っていない。しかしピエール・ミシェルの明らかにした断片があの巻物の一部だとすれば、あの巻物こそがキリスト教に関する重大な情報を記している可能性は充分ありえる」

「ああ、そうだな。言いたいことは分かるよ。だがねシモン、君はそこで私に巻物捜しをやれと言うつもりだろうが、そのミッションは受けられんよ。

私の仕事じゃない。もう戦闘要員じゃないんだ。それに諜報活動の経験もない。私は今では一介の研究者、一介の学者、一介の考古学者にすぎない。巻物を探して世界中駆け回るなんてできやしないよ。それにその巻物だってもうどこにもないかもしれない。焼かれたかなにかしたかもしれない……」

シモンは父のこのはなからの拒絶にはすぐさま反応せず、黙って何やら考えていた。父はシモンをよく知っていた。容易に人の論理を受け入れるような男ではないのだ。落ち着き払った少々皮肉な目つきで相手の顔を見つめる彼独特の人との対し方もよく知っていた。

シモンは諜報部の人間だということが全身に漂っている。隠そうにも隠せない。ゆっくりとして自信に満ちた話の進め方、相手をしっかり見つめ、しかも値踏みするような目つき。自己を表明するにも急がなければ、相手に反応するにも慌てない。絶えず情報をストックしているかのようにだ。今だって頭の中では全速で考えを巡らせ、なんとか相手の弱みを見つけて——これが彼の専門分野である——籠絡しようとしているに違いないのだ、と私の父は思った。

「私が必要としているのは正しくその学者なのだ」シモンは再び話を切り出した。「兵士じゃなくて古文書学者が必要なんだよ……。君がどれほど死海文書に関心があるかは知っている。当時、文書発見のニュースを耳にした時の君のリアクションったらなかったぜ。戦いの真っ只(まっただ)中(なか)にいるっていうのに、君ときたら文書のことしか頭になかった。『革命が始まるぞ』と私に言ったよな」

「おい、待てよ。あれは一九四七年で、今から五〇年以上も前のことだ。すべては様変わりして、あの頃とは違うんだ。当時クムランはイギリス委任統治下のパレスチナの領土だった。東にはトランスヨルダン王国があり、死海に沿って走っているこの下の道路もなかった。死海の北西地域で終わっていた。ローマ時代の街道らしきものが、茨(いばら)の繁みが点在したごつごつの何本もの道に名残りを留めているだけで標識さえもありはしなかった。付近にいる人間といったらベドウィンだけだ。私が当時、文書発見のニュースを知って熱くなったのは、あんな僻地(へきち)からなぜまた『文書』が出てきたのか分からなかったからだよ。それが今じゃ丁寧な標識のある立派な道路が走り、発掘は技術的に長足の進歩を遂げ、とどまるところを知らず、そして君は私に国際的かつ戦術的争点としてクムランを語る。イスラエルはパレスチナ人にエリコのシュロ林を渡し、平和のためとあらばユダヤ砂漠の一部も渡そうとさえ言っている。そこにはクムランも含まれるんだ。私には複雑すぎる問題だよ。私などがかかわり合いになれる問題じゃない。分かるだろ。そりゃ死海文書の知識はあるさ。イエスと同時代に生きていたエッセネ派の人々とは、熱心な写字生であり、その生活の基本と目的は彼らが見たものを書き留めること以外の何ものでもなかったことも知っている。そのエッセネ派の人々はこれまで発表された文書の中ではイエスのことを語っていない。だから政府はあの最後の巻物を見つけようとしているわけだ。その巻物こそがイエスのことを語っているか？　仮に語っているとすればイエスのことについて何を言っているのか？　イエスはエッセネ派であったのか？　もしそうであればキリスト教とはエッセネ主義から枝分かれした宗教なのか？　その巻物が反対にイエスのことについて語っていないとすれば、イエスは宗団が消滅した後の時代の人だということを意味するのか？　それともイエスの存在はフィクションなのか？　本当にイエスは存在したのか？　これらの疑問を巻物が暴いてくれると思ってるのだろ。だから君はなぜ巻物の捜査が危険なのかも分かっている……革命を準備するようなことは止めとくことだ。今はまだ皆その巻物のすべてを知らない。そりゃ幸運というものだ。物事は悪化させるよりも現状を維持する方がいいのさ。イスラエルにとってその巻物は必要ではないよ。それは強力すぎる兵器だ。それを所有したら最後、所有者の鼻っ先で爆発するぞ」

「いや待てよ」シモンは答えた。「私が君に頼んでいるのは巻物の内容の分析ではないんだよ。そりゃ他の者にやらせるさ。君がやってくれても責任を取らせるなんてことはしないよ。最後の審判で暴かれてはならないというのだったら、暴かれもしないさ。私を信用してくれ。君はただ、たとえあれがキリスト教徒のところにあろうが、ユダヤ教徒のところにあろうが、ベドウィンのところにあろうが、アラブ人の手元にあろうが、ありかを確認してくれるだけでいいんだよ。そして私にそれを報告してくれるだけでいいんだ」

「そのキリスト教徒の手元にあるってことはないのかい？　つまりヴァチカンにさ」

「それはない」

「なぜだい」

シモンは再び沈黙した。シモンは先刻、拾った木片を再び物静かに噛み始めた。まるで事の利害を比較検討し、流そうとしている情報の重要性を推算し、流した時のリスクと代価を計算しているかのようだ。そうして数分が経ち、シモンが口を開いた。

「なぜならヴァチカンもあれを探しているからさ」ついに言い放った。「懸命だよ」

「何でまたそんな事知っているんだい」

「『教皇庁聖書委員会』って聞いたことあるだろ」

「ああ、耳にしたことはある。実体はどうなんだい」

「今世紀初頭、レオ一三世によって設定されたんだが、これによって教会内の近代主義の流行に対する憂さを晴らそうとしたのさ。カトリック聖書研究を監視するのがその使命だ。もともとは法王の任命した一二人の枢機卿と各界のエキスパートに要請した何人かの『コンサルタント』で構成されていた。委員会の公の機能は公刊聖書テキストに関するあらゆる異説を監視することにあったが、特には大学人が聖書の権威を問題にしたりしていないか、またカトリックの正統的解釈を促進する研究をしているか否かを確かめる任務を負っていたのさ。ところでもう半世紀も経ち、特にヴァチカン第二公会議以後は教会といえどもいろいろと様変わりがあっただろう、と誰もが思う。だがそう思うのは世間一般だけで、教会は何も変わっちゃいない。例えば『エルサレム聖書学院』――国際チームのメンバーの大半がここに属するが――は昔と同様に教皇庁聖書委員会と接近している。そして『聖書学院』の教師同様、出身の生徒の大半が様々な神学校及びカトリック教育機関に配属されるのさ。

かくして教皇庁聖書委員会の『コンサルタント』達こそが、死海文書に関して公衆が知って良いことと悪いことを決定しているのが現状だ。一九五五年、トーマス・アルモンド率いるマンチェスター大学での『銅の巻物』の解読作業の際などは、委員会が特別に招集され、『銅の巻物』の解読が何かを暴露した時に備えて策が講じられたんだ。

とにかくこの委員会は反動的なのさ。五書の本当の著者はモーセだとはっきり宣言したテキストを制作したのもこの委員会なら、創世記の最初の三つの章が文字通り〝歴史的に正しい〟と断言したのもこの委員会なのは、君も知ってるだろ。最近では聖書研究全般に関する決議書に署名し、ことには福音書の歴史的真実に関する研究においては、福音書を解釈するものすべからく、カトリック教会の権威を遵守(じゅんしゅ)して、これを行なわねばならぬ、という教令を下している」

「そういうわけで、あの巻物は彼らにとって極めて重要だから、是が非でも手に入れようとしている、というのが君の推察かい？」

「ああ、巻物獲得のためだったらかなりなことまでやるだろうな。というのはある別の組織が教皇庁聖書委員会の所管になっているんだ。『信仰教理聖省』だよ。主に自ら裁判官を抱えた裁判所の機能を与えられている。で、教皇庁聖書委員会が何かを決定しようとする時、微妙な点を突き止める特別な任務を『コンサルタント』が果して、信仰教理聖省の裁判官に教える仕組みになっているんだ。教会の統一を脅かす可能性のあるものに対しては、常にそういうかたちで捜査がなされているのさ。中世と同様極秘のうちにね。一九七一年までは、教皇庁聖書委員会と信仰教理聖省は別個の組織とみなされていたんだが、今じゃ堂々とローマの同じ住所の、同じ事務所に居を構えとるよ。構造的には両者は相変わらず区別されてはいるがね。ところでメンバーに発せられている死海文書に関する委員会の行動原理は単純きわまりないもので、死海文書の解読がいかなる結果をもたらそうが、どんな新事実が明かされようが、委員会の教条的権威に反するものは何人に対しても書かせもしないし、教えさせもしない、とこうなのさ。だがね、この単純さが背後に従えている史実を知っておいてほしい。信仰教理聖省の歴史は一三世紀まで遡ることができるからさ。一五四二年、信仰教理聖省は別の名で知られていた。『聖省』もしくは『異端審問聖省』がそれだ。

今日でもローマ聖庁のすべての聖省で最も力のあるのは信仰教理聖省さ。そしてこの省のメンバーがことごとく近来の神学上の発展とは、教会を腐敗させるものであり、凋落へと導くものと考えており、すべての教条的異説の一掃こそが信仰と教条の統一の復活を確たるものとする、と信じ込んでいるのだ。彼らと見解を等しくしないものすべて盲目であり、さもなくば邪悪な者とまでみなしている。この反動の極みたる信仰教理聖省の現在の長こそ、実は外ならぬマーク・ジャンセンなのだ。ピエール・ミシェルと共に巻物の研究にいち早く着手し、国際チームを率いたあのジャンセン本人だよ。

奴があの巻物を一度は手元に置いていたことは分かっている。恐らくその間に読んで内容を把握していたんだ。エルサレム聖書学院時代にな。しかるに今はあの巻物も奴の手元にはない。で、探しているのさ。手に入れることができるとあらば何だってやるよ。

我々はここ数ヵ月というもの、各国で奴とその密使の足取りを追っている」

「その密使って誰なんだい」

「国際チームのメンバー達さ。ことにはジャンセンの右腕だったピエール・ミシェル神父だ。ミレ神父もマークしてる」

「と言うことは……」

「現代カトリック教会の異端審問会の面々を追っているってことさ」


シモンは是が非でも父を説得して、味方に引き入れるつもりだった。困難なミッションだから引き受けられないというのは父の本音でないことは分かっていた。だがこの思慮深く、同時に反骨精神に満ちたダビッドのような男をこの種の事件に巻き込むのは容易ではないことも分かっていた。しかし、その父はしばし黙りこくって、何かをじっと考えているかのようであった。

「もともと巻物は誰の所有物だったっけ？」とついにシモンに言った。

「そりゃホセアさ。正教の大主教のホセアがマッティに売ったんだからね。だが我々はマーク・ジャンセンがマッティからかすめ盗ってピエール・ミシェルに研究させるために預けたと考えている」

「で、そのホセアはどうなったんだい。大主教は巻物のことについて何か知っていたのか？」

シモンはまたしても答えをためらった。だがこう打ち明けた。

「ホセアは死んだのさ、ダビッド。殺されたんだ。それも先週のことだ。エルサレムに立ち寄った時だ。自宅からは金と幾つかの巻物がなくなっていた。彼の取引に詳しい盗人の仕業とみられている。盗品をさばくつもりが盗人にあったとしたら、こちらもそれは見逃せない。ホセアが巻物を売り出した時、マッティがすぐに手を打ったように今度は我々が買い取るんだ」

「まてよシモン、マッティは軍のトップだった。探すにも配下の手助けがあったさ」父は声を荒げて言った。「私が一人で探せるわけはないじゃないか。学者に会わなけりゃならん、学者以外にも詐欺の類や人殺しにだって会わなきゃならん。いや、お断りだ」

頭を振ってノンを言った。

「私に頼むなんて全くのお門違いだ。駄目だ」今度は威嚇でもするかのように付け加えた。

「これ以上何を話しても無駄だよ」

「そうかい。どうあっても駄目かい?」

「駄目だね」

父は笑みを浮かべた。それで諦めるシモンではないことを知り過ぎるほど知っていたからである。そして通常彼の〝どうあっても駄目かい?〟は最後の切り札を出す合図なのである。どんな札を出すのか興味がなかったわけではなかった。とにかくシモンが決心して口を開くのを落ち着き払って待ってやった。シモンは視線を落としてざらざらの大地を見つめ、精神を集中している様子だ。そしてこう切り出し始めた。

「そういうことならすべて話そう。君が承知してくれるまで言わないつもりだったんだが……はなから尻込みされるのもなんだと思ってね。だが君が拒否する以上は……。それに君に聞いてもらえれば、君が光明を与えてくれるかもしれん。

実はヴァチカンだけが関係している問題じゃないんだ。いや、キリスト教徒があの巻物を探しているのは本当だ。しかしイスラエルの内政的問題でもあるんだ。警察がらみのね。これは絶対にここだけの話だ」

「もちろんだ」

「話はこうだ。正教の大主教ホセアが殺されたとさっき言ったが、殺されたというのは本当はあたってない、というか正確さを欠いているんだ。殺人というのとはまた別なんだ。殺されたという単純なものではないんだよ。何と言ったらいいか……とにかく警察は目下のところ真相を伏せている。国民（人心）をパニックに陥らせずに捜査をうまく進めるためにね」

シモンは普段口ごもるなどということはない。だからこんなにはっきりしない物言いをするシモンに父は驚いた。

「一体どんな殺され方をしたんだい？」父は聞いた。

「信じられんだろうが……磔刑（はりつけ）に処せられたんだ」

シモンの答えに父は思わずびくっとした。

「どういうことなんだい、磔刑って」

「だから、磔刑さ。イエスが処せられたあの十字架刑だよ。いやまったくイエスの場合と同じとは言えない。ホセアの掛けられた十字架っていうのは形が奇妙なんだ。横木が二本あったのさ、長いのと短いのが」

「ロレーヌの十字架のことか？」

「縦木の上を切った、いわばロレーヌの十字架だ。被害者の両手首は横木に打ち付けられ、足首は縦木に打ち付けられていた。それほど長くは苦しまなかったと思う。直接の死因は窒息だった。当初は狂人か変質者の仕業と推測されたが、動機が未だはっきりしないのさ。ここが実は肝心なところなんだ。死海文書と関係がある可能性が考えられる」

「それは本当なのか」

「本当だ。我々はホセアがあの巻物のことで急遽合衆国から戻ってきた事実をつかんでいるのだ。何やら逃げ帰ってきたふしもある……分かるだろ、奇妙な話だ、磔刑だなんて、罪人に対する古代のしきたりだ。まるで誰かが遠い過去のしきたりにのっとってホセアを処刑したみたいだ……ダビッド、私には真実は分からない。だが狂人や変質者の仕業だとしても、またいつでも繰り返される可能性は充分ある」

「そうだな……しかし私は……」

動揺している父を見て、シモンはとうとう最後の切り札を見せた。

「よしんば君が巻物の捜査を承知してくれたところで、同行者が必要だ。君を守ることができる若い戦士がね。兵士であり同時に学識も豊かな誰かが必要だ」

「ああ確かにそうだが」父はすでに半ば諦め気味に言った。（単なる宗教や政治のごたごたなら絶対に巻き込まれたくないが……）

「で、最適の男を知っているのさ。君も彼をよく知っている」

「誰だい」

「君の同行者には現在イェシヴァで勉強中の君の息子のアリーを考えている。彼の軍隊での報告書も読んだ。私の息子のヤコブの命も救ってくれた。素晴らしい兵士になれたはずだ。もし瞑想の道を選ばなかったならね……」

「アリーのことも初めから決まっていたんだろ」父は言った。「出発するしかないってわけだ……」

第二巻　聖なる者達の巻物

私が若き頃、私がさ迷いし以前に、私は〝知恵〟を欲望し、それを探した。
知恵は私に美しき姿で訪れた、
そして私は知恵を徹底して学んだ。
葡萄(ぶどう)の木の花、それもまた葡萄の房が我々の心を楽しませ熟す時、葡萄の種を産する。
私の足は、途切れることのない大地を歩いた、
なぜなら、若い頃より私は知恵を知っていたから。
私は少し耳をそばだてるだけで、多くの知性を見出した。知恵は私にとって糧となった、私に教える者に私は当然の礼を尽くす。
〝遊ぶがごとく〟に私は瞑想した、
私は常(とこしえ)に善に献身した。
私自身、知恵のために心を燃え上がらせていた、
私は振り返ることは一切なかった。
私は知恵のために心を熱くし、その高きにあっても気を抜くことはなかった。
私の手は知恵の扉を開いた、
そして私は知恵の秘密に入り込んだ。

私は私の手を純粋にした、知恵の方へ行くために。
そして純粋の中に私は知恵を見出した。
私は自分のために最初から知的な心を獲得していた。
だから私は知恵を捨てないでいたのだ。
聞け、「多数の者」よ、私の教えを、
さすれば私のおかげでそなた達は銀と黄金を手にすることになる。
そなた達の魂が私の苦行のおかげで歓喜せんことを！
私の、神への讃歌を前にして恥じらわずともよい！
そなた達の所業を正義をもって成就せよ、
さすればそなた達の報いは予定通り与えられることになる。

クムランの巻物
《ダビデの詩篇》

I

神は世界を創造されると、光も、天も、星も、太陽も、月も、大地も、海も、植物も、動物も、造られたものすべてを見て良しとされた。

神のその満足に私は時として驚きを感じたものだ。この世の幸福とは、〃来るはずの未来の世界〃の幸福と等しく評価できるものだったのか？　〃できるものだった〃とするなら、この世の幸福が約束されていたにもかかわらず、なぜまた私は〝来るはずの未来の幸福〟へと向かって苦行の道を選んだのだろうか？

《私は自分の心に言った。歓びを味わわせようではないか。そして私は幸福を楽しんだ。だがそれは空しいものだった。私は笑ってみた。笑いは馬鹿げていた。私は歓びに触れてみた。だがこれが何になる？》

　私は「放蕩息子」だったわけではない。たとえあの当時シモンの申し出の事の重要さをはかりきれずにいたからといって、私はダビッド・コーヘンの自慢の息子であることには変わりなかった。だがシモンは私に会って驚いていたに違いない。何せ陸軍衛兵のグリーンの制服姿の私しか知らなかったのだから。

　私は大柄で、ロシア人の母親譲りの目は青く、丸い眼鏡に髭をはやしていた。老いた知恵者のようには、ふさふさの髭ではなく、まばらな短い髭だ。体は父親譲りでほっそりとはしているが、筋肉質でごつごつと節くれだっているといってもよい。兵役中はその体がかなり役に立った。だがハシディムに帰依してからというもの、鍛えることもなくなっていた。

　私は兄弟達と同様、長く螺旋状に巻いた髪を顔の両脇に垂らしている。時々それを頭の上で束ねておくこともある。その上に帽子をかぶるから外からは見えない。頭頂を隠す黒いビロード地で作った頭蓋帽は昼夜を問わず絶えず着けたままだ。帽子を被る時はその上から被る。私の履く靴は黒い平たいスリッポンだ。そしてソックスも黒ならズボンも、裾の長いジャケットも黒だ。それが我々の伝統の色である。だがシャツはその限りではない。シャツは白と決まっている。その下にはクリーム色のウール地の〝祈りのショール〟を着ける。被りで、脇が縫ってなく、前も後ろも垂布になっていて、下の四隅に房飾りが垂れている。この房飾りには儀式的な意味合いがあり、『神との契約』の思い出を示すものである。ネクタイはしない。ネクタイは非ユダヤ教世界特有の装飾品とみなされているからである。ウエストにはゲルトルという絹の長い紐（ひも）を編んだ腰帯を締めるが、これは凡俗な下半身から上半身を区別する意味をもっている。さらには安息日（シャバット）及び祝日には光沢のある黒い絹地で仕立てたフロックコートを着用する。

私は父の許（もと）で考古学を学んだ。彼の研究作業の手伝いをしていた。が、それはタルムード学学院のイェシヴァで学ぶ前の話である。イェシヴァに入ると学生はそこでの学業以外の何かに心を奪われることは許されない。イスラエルの神と同じくイェシヴァは〝嫉妬（しっと）深い〟と言えよう。

父は私を幼い頃から発掘現場によく連れていったものである。だが彼にとってたった一人の息子のこの私は、敬神の心が強すぎた。つまりユダヤ教の戒律の実践者であり、ユダヤ人の世界で言うところの『正統者』であった私は、他の何よりも瞑想の道を選んだのである。安息日（シャバット）も守らなければ、その前夜に正式の食事をとるということもしない父とは異なり、私は毎朝〝経札（テフィリン）〟を腕につけ朝勤を行なう。父が母と一緒にドライブに行っている間に、私は白い祈り（タリット）の肩掛をまとい、イェシヴァの学友に祝福を行なう。かつてコーヘンの血筋は代々大祭司職にあって、イスラエルの民を祝福する重要な役割に与（あず）かっていたからである。そして私はその子孫のアリー・コーヘンであるからだ。父や母とは異なり私の生活のリズムはそのどんな細部に至るまで律法に従っていた。朝の祈りなく起床することはないし、食法を唱えることなく食事をすることもない。夕べの祈りを捧げずに休むこともなければ、タルムードの研究なくして過ぎる一日もない。

律法によって時が空間に宿っていた。

すなわち扉の上には律法の詩を封じた円筒形の小箱がかかっているし、安息日のテーブルには燭台があり、窓辺にはローマ人と戦ったマカベア人の勝利を記念したハヌカの祝日の燭台がある。

律法によってこそ言葉は肉となった。

すなわち、私はトーラーによって許されている動物、食物を反芻し、蹄の割れている動物しか食さないし、鱗があって泳ぐ魚以外は口にしない。

そして、律法によってこそ肉は喜びであった。

金曜の夜から土曜にかけての安息日をイェシヴァでは光も灯さず、筆も紙も手にせず、文字通り休んで過ごす。労働に関係する物に触れてもいけない。そしてハシディムの儀式に従い、一晩中歌って踊る。我々の教師の一人はよくこう言っていた。

「幸せを感じて歌うのではない。人は歌うから幸せになれるのだ」と。

すべて戒律にのっとった生活を送っているからといって我々が苦行と禁欲の日々を生きているわけではなかった。我々は共同体として、老いも若きも女も子供も安息日の平和に集い、安息日のパンと料理を分け合い、師達の言葉に耳を傾け、その〝洒落〟に声をたてて笑いもするのだ。そしてエルサレムに明けの明星が瞬き、安息日の朝を告げるとメア・シェリームは嗜眠状態に入る。共同体の若者はこのハシディム区の入口に走っていって、車道にドラム缶を置き通行止めのバリケードを築く。石を拾い集めポケットに詰め込む者もいる。通行止めを無視して区を横切ろうとする車を石打ちにするためである。角笛にサイレンの音が混ざって、安息日の一日の到来を告げる。それはまた、神にとっては〝神のためにシナゴーグに集いて祈る人間というなずけ〟の到来を告げる角笛でもある。人々は持ってる中で一番いい服を着て、のんびりとした足取りで、いたる所にあるシナゴーグに向かう。シナゴーグは大きいとは限らず普通の家ほどの規模のものもある。そうしたシナゴーグの戸口では黒と白の〝祈りの服〟をすでに着けた教師が通行人に呼びかけている。礼拝を開くにあたって必要な定足数の一〇人を集めるためである。あちこちの窓からは震えるような感嘆句にたち切られながら、詩の朗詠と祈りの声が胸の疼くような旋律を伴って流れいで、あたりを満たす。一方、若い学生達が喜びの歌を歌い出す。

《無論、生者もいつかは死を迎えることを知っている。だが死者は何も知らず、何も得ることはない。彼らの記憶は忘却に見失われるばかりだから。彼らの愛も、彼らの憎しみも、彼らの欲望もすでに没した。彼らが身を置くところ、この世には一つとしてなし。太陽の下、一つとしてなし。だから喜んでパンを食べ、陽気に酒を飲むがいい。なぜなら神は汝の行ないをすでに受け入れて下されているのだから。》

私はエルサレムの特別な場所で生活している。そこはほとんどの人々には開かれてはおらず、もしこの世にまだ汚れのない場所というのがあるとすれば、〝それこそここだ〟という場所である。場所の名をメア・シェリームという。エルサレムの旧市街とユダヤ新市の間に追い込まれた格好で挟まれた一角にある。メア・シェリーム区はユダヤ人自らが他のユダヤ人から孤立するために作られた地区に見える。まるで自分達の〝差異への意志〟は静まることはない、ということを主張しているかのようだ。

　確かにメア・シェリームはアナクロニズムである。そう表現されるほどに、国家や社会やそしてイスラエルの現実を構成しているすべてのものの〝外〟にある。確かに我々はある種、残滓であり、本来なら恐らく時代と共にその姿を消すのであろうが、しかしまた、来たるべき時は我々の側にあったとも言える。たとえ現在のすべてに相交じらずとも、我々は信仰と出生率によって永続してゆくのだ。出生率と不意に特定するのは、表現のアクロバットからではない。我々の共同体の家族は、天の星のごとくに、砂浜の砂の粒ほどに子沢山であり、神と同じく自らを増やしてきたからである。神がそう命じたのだ。メア・シェリームには長い大通りが走っていて、その両脇には中央ヨーロッパによくある建築様式の家が並んでいる。家々の屋根は雨の多い地方に見られる傾斜の強い屋根で――雨の一滴一滴がある種、祝福であり、祝賀典礼と言える国があるものだ――正面の玄関は鍛えた鉄の扉がはまっていて、バルコニーははなはだ小さく、内部で果てしなく続く中庭が入れ子構造をつくっている。

　メア・シェリームの入口には絶えず物乞いがいる。黒い重苦しい外套に身を包み、つば広の帽子を被ったさ迷えるユダヤ人が英語とイディッシュ語とヘブライ語で次のように書かれた立札の下に座って、木皿を差し出す。

ユダヤの娘よ、トーラーはお前に慎ましい身なりをすることを命じている。スカートは膝下(ひざした)を、既婚の女は頭巾(ずきん)を着けるのがふさわしい。観光客の方々は淫(みだ)らな服装で区内を見物し、我らが敬虔(けいけん)な心を汚すことのなきよう、お願いしたく存ずる。

メア・シェリームの数千のユダヤ人にとって、時計の振子は中央ヨーロッパにユダヤ人居住区(ゲットー)があったあの時代に合わされているのだ。地中海系ユダヤ人(スファルディ)あるいは、イスラエル生まれのユダヤ人(サブラ)のほとんどはそのゲットーを全く知らない、中央ヨーロッパ名物のリンゴ菓子と東ヨーロッパのユダヤ人言語イディッシュ語であの暗黒の時代を思い起こすにとどまっている。なにゆえイディッシュかと言えば、聖なる言語ヘブライ語は世俗的使用には向いていないのであり、日常生活の野卑な諸物、行動を表象する言語ではないからでもある。

メア・シェリームの面積は数平方キロメートルといったところである。もともとメア・シェリームとはヘブライ語で『百の扉』を意味する。ハンガリー系ユダヤ人によって一九世紀の後半に建てられた時、家々の窓やテラスはすべて中庭を向いていて、通りに面した壁には数カ所の扉しかなく、盗賊や無信仰の族(やから)に対して家並みの前面自体が砦(とりで)の壁として機能したのが言葉の由来だそうだ。

私がメア・シェリームに初めて入ったのは一七歳の時であった。両親は来たためしがない。彼らには用のない場所だからである。初め何にびっくりしたかと言えば、メア・シェリームの人口密度の高さと、活力に溢(あふ)れた足早の往来であった。人々は皆大変な混雑にもかかわらず、狭い通りを一定のテンポでこれを乱すこともなく行き交っているのである。それが〝敬虔なる者〟の足取りなのであった。〝髭〟と〝多弁〟の生き生きとしたこの〝敬虔の群れ〟は停滞を知らず、永遠に向かってその視線を定めているように私には思われた。だが、通りの真ん中で立ち止まっては何時間となくタルムードの一言について討論している高齢の教師達がいる。いったん討論となると通行の邪魔になろうが、まわりの世界は彼らの眼中にない。そこに少しずつ若者達が集まってくる。蒼白き面には真剣さが漂っている。そして皆ことごとく熱意を込めて論証を弁じ、討論に加わる。彼ら若者達こそがタルムード学院、コレリムやイェシヴァの生徒達なのである――コレリムは既婚者のための学院をいう。やがては私も彼らに合流し、この学院に学ぶことになる。この学院には卒業免状もなければ終わりもない。あるのは神とのコミュニオンがかなう〝宇宙〟に少しでも進入しようとする目的だけである。

その頃私はメア・シェリームではすべての人々が律法やタルムード及びカバラの研究に一身を捧げ、ユダヤ教の数々の記念を祝してその日々を送っているものとばかり思っていた。つまり経済的な問題を無視していたのだ。メア・シェリームにいると世俗の諸事万般は何か不可侵の魔法のオーラで覆われてしまう感があるのだ。しかし、住民の半数は確かに研究と典礼にすべての時間と能力を捧げているが、それは残りの半数が彼らを経済的に支えているからこそかなうことであったのを追って知ることになった。彼ら働き手は律法を遵守することを可能にする限りの様々な職についているが、その妨げになる類の職業につくことはない。いきおい世間でいう立派な仕事にかかわるというわけにはいかない。写字生もいれば屠者もいる、割礼者もいれば沐浴場の番人もいる、鬘もしくは経札職人、帽子職人、カスケット職人、安息日やハヌカの燭台などの彫金師、木工職人、石工、絹やビロードを扱う仕立て職人。彼ら働き手の様々な顔である。

共同体はまた外国支部からの助成金も受けている。ことにニューヨーク・ハシディム地区ウイリアムズバーグには多くを負うている。こうして研究に専念する者達は安定した生活をするというわけにはいかないが、飢死にする心配はないのである。彼らは律法及びタルムード、加えてカバラの研究のみに一生を捧げ、他の一切に手を出すことはない。彼らは五歳の年より律法を学び、一二歳に至ってすでにタルムードを知る。ついでカバラの研究に着手するが、『光輝の書』ゾハールの神秘的なテキストを開くことは四〇歳近くにならねばかなわない。

私はまた当初、格好から生活様式に至るまで一見すべて一様に見えるこのハシディムの世界に、様々な傾向が無限とも言える数で隠れているのも知らなかった。わずかな服装の違い、例えばズボンの裾がダブルであったり、膝のところをガーターで摘んでいたり、靴が紐付きであったりブーツであったり、ヴェストが短かったり長かったり、ベンツが切ってあったり切ってなかったり、シャツが無地の白であったりストライプが入っていたり、帽子がボルサリーノであったり、つばが毛皮のものであったりロシア風カスケットであったりと、その様々な差異のそれぞれの背後には異なった思想、習慣を踏襲する一派、一家系が息づいていたのである。

ほんの幼い頃より「伝承」を知ることの幸福に恵まれている彼らが私は羨ましかった。私はといえば、わずかな時間ですべて追いついてゆかねばならない。私にはユダヤ的教養というものが欠けていた。すべて一から自らを作り替えねばならないと考えた。しかしこの点においても私は無知であった。私は私がメア・シェリームにどれほど適した存在であったかを未だ知らなかったからである。ユダヤ教徒の究極の隠れ処、そして難攻不落の町メア・シェリームはシュトレイメルを被り、長いふさふさの髭をたくわえ、暗色のフロックコートをまとった夢想家の老人達が幾人もの年子の子供達を両手につなぎ歩いている〝世界〟であり、ことごとく足早に、一様に蒼白い面を螺旋のお下げで縁取り、聖事に従じる〝部族〟であり、絹とビロードで輝く〝宮殿〟であり、三角形のショールを掛けた娘達や、鬘や帽子を着けて同じくショールを肩にまとい、ロングスカートで足を隠し、踝もウールのストッキングで締め付けている女達といった一八世紀の人物が一八世紀のリズムで生活している古色蒼然とした〝土地〟である。そしてメア・シェリームは私の〝資質〟でもあったのだ。しかし私はそのことを知らなかった。

　メア・シェリームでは日陰でも夏は四〇度、冬は厳寒に見舞われる。中東の炎暑と西欧の極北であるハシディムが生まれたポーランドの記憶が同居している。一八世紀前半、ポドルにおいて我が同胞の迫害が度重なり、聖職者もこれを扇動し、反ユダヤ的憎悪の毒液がじわじわと蔓延し、幾万の反ユダヤ主義者たちの子宮に宿り、幾万の胎児に感染し、来るべき身の毛もよだつカタストロフの時代を準備していたのだ。

　かくして敬虔なユダヤ教徒にとって唯一安穏の場は自分の家、『百の扉』の要塞であり、共同体の内部であり、たとえかりそめであってもあらゆる攻撃から守ってくれるバリケードの中である。そのためそこではあらゆる世代の不幸な者が、教師が、詩人達が、嫌われ者のユダヤ人が、拒まれた貧しい家族が集い、聖なる研究と教育で結ばれていたのである。

『百の扉』に守られ、聖なるテキストを前にしていると、皆一人一人が他者に支配されているのではなく、自らの運命の支配者であることを実感することがかなったのだ。この運命は限りなく遠い昔に始まり、豊かな文化を享受して然るべきはずであった。『百の扉』に守られた共同体は堅固な城に守られた王国ということができよう。この王国にあっては一人一人が王でありまた家来であって、決して奴隷でも殉教者でもない。

メア・シェリームのハシディム達はイスラエルの真ん真ん中にゲットーを配し、イスラエルを完全なものとするとともにイスラエルに逃げ道をつくったのだ。メア・シェリームは閉ざされているのではなく、イスラエルの開口なのだ。この開口をぐるぐると別の熱望が始まる。カバラの神秘的な力への熱望だ。ハシディムは『百の扉』の中に生命と真の信心の業を、「意味」の実現の約束と神の創造的目論見を蘇らせた。信心の業が神に承認されるためには「伝承」に一致する〝ロジックな思考〟に依るだけでは充分とはいえない。業の成就するためには始まりからゆっくりと発達していく信心を支配している真に深い「意図」を受信せねばならない。ハシディムは追放から遠くあってそのことを知ったのである。この世から身を守ることから始まり、彼らハシディムは「未来の世界」を考え出したのだ。成就はそこで実現されるからだ。そしてこの「未来の世界」を「熱狂」と呼んだ。

実は私はハシディムに出会う以前から「熱狂」というものを知っていた。私は常に高揚感によって自らの存在が立ち上がるのを感じていた。何かある力、そして計り知れない欲望にとりつかれることもあった。時としてトランス状態に陥ることさえあった。そして神の力を感じるのである。そんな時は必要とあらばどんな障害に挑むこともかなった。両親の反対を押して宗教学を修学できたのも、そう信じたからこそだった。そしてこの異常とも言える熱意が私をハシディムに向かわせたのである。ハシディムだけが『とりつかれた者達』を理解することができると知っていたからだ。こんなことを告白してもいいものか、こんなことを述べて差し支えないのか分からないが、神との固い絆が実現する神秘的生活の最終段階を意味する《デヴェクート》に近い状態に達したことが以前にも何度かあった。ハシディム信者にとってデヴェクートこそは至上の祝福であり、行動法則であったのだ。

イェシヴァにおいては法悦に必要な助走を教える。例えば精神を集中させるための祈りのテクニックというのが幾つかある。その一つには聖書の文字を一心に凝視して、言葉や物に生命を与えるヘブライ語の記号の内部にある光と一体になるように心する。絶食を長引かせて思考を肥やす術も学んだ。〝魔力のパウダー〟の正確な分量も教わった。時には〝魔力のパウダー〟は用いずとも酒だけでいい場合がある。酒が入ると秘密が出る。魔力のパウダーを使用すればそれどころか行者の存在全体が高められる。法悦に入ると、私は私自身を私の存在からいわばいいおんまけて、存在を〝空〟にする。私は私自身を喪失することがないまま、私自身を忘れることがかなう。私はとりつかれた状態になり、私自身が私にとりついていること、すなわち〝自らが自らを所有すること〟を免れる。こうして私を私自体の中に閉じ込めているすべてのエゴ的鎖から解放されると、驚くべき輝きに向かって私は開いている。向こうが見えぬ厚みをもった輝きだ。私の身体は上昇し、空中浮遊に入ってゆく感覚を覚える。あたかも死んで抽象化された私自身を超えて、私は一歩を踏み出すかのようだ。私は自分の身体も一緒に天の方に運んでゆこうとしているのか。この私自身の消滅によって、時空を超えて上がり、根源的なものに結びつこうとする。そして一瞬だ！　永遠の静謐が開示される。私は絶対者の力と一刹那結び合った。私は光輝く真実と創生の夢想を再び見出した……。

イェシヴァの修道で私は至高の諸理念を何度となく静観した。私は聖なる本を写し、トーラーを読んだ。

私はモーセでありエリヤであった。

私は王であると同時に預言者であった。

私の思考は私を地上の生の彼方へと運んだ。彼方には私が実現する未来の世界がある。なぜなら私はメシアであったから……。

イェシヴァではよく饗宴(きょうえん)が催された。無数の身体で飽和状態になった空間で一晩中踊り明かすのである。皆で燃え盛る炎を囲み、息を切らして朝まで踊り続けるのだ。黒い帽子の海が炎のまわりを果てしなくうねる。一人がソロで踊り始める。その狂ったような動きが炎の前を通過すると、逆光になったシルエットが解体をおこす。やがてその面は炎で赤く染まり、法悦の顔を見せて退場する。イェシヴァではまた中庭に集まり、オーケストラを従えて呪術(じゅじゅつ)の舞踊の技を競い合う儀式もある。見事な技を見せる者がいて、棒や瓶(かめ)を操りながら身体をよじってみたり、巧みなポーズをとってみたり、中には巧妙な動きで頭と上半身を反り返らせて、水平近くまでもっていく芸達者もいる。彼らの中でも最高の踊り手(ボラッチ)が死んだ真似をしている踊り手を、微細な動きで蘇生(そせい)させ、しまいには両者は凄(すさ)まじいリズムにのってデュオで乱舞する。

神は人間を創(つく)られた時、〝収縮〟を用いられた。神の無限の意志が有限の存在へと〝内向〟

した。神は、神自らをご自身に収縮することによって人間に、場を譲ったのだ。これをカバラ学者は《ツイムツーム＝収縮》と言う。

私は私を虚無化する、私は私の主体性を低下させる、すると始源の知が姿を見せる。この始まりの知はあらゆる可能性を含んでいて、絶え間ない変化と進化を実現してゆく。だから絶え間ない変化と進化の源流には〝純粋なる意志〟が存在するのである。〝顕われた意識〟にとっては気づくことのできぬすべてのものがそこに発見できる。私は私自身の中に、とりもちにかかった鳥のように捕われていて、見ていなかったもの、つまり〝私の中の他者〟と入れ替わるのだ。私はその時、今まさに〝創造に入らんとしている創造者〟になっている。私は、私の中で動き出す〝完全な他者性〟、〝絶対の超越〟、すなわち神の世界を発見する。

だがそのためには長い苦行が課せられる。世俗の諸価値にとらわれてはならないし、自分自身に惑わされることなく、自愛も捨て、自尊心も捨て、個人的関心は一切もたず、悲しみの感情さえも抱いてはならない。——なぜなら悲しみは神を忘れさせるからである。つまり自らの中を〝空〟にするのだ。そうすれば思考の中に、言葉の中に、欲望の中に、記憶の中に、潜在していて、〝自らのうちにありながら知ることができなかったすべてのもの〟を解読できるのだ。〝捕われし意志〟を解放するのだ。そうすればそれは力を取り戻す。

そうして始めて人は諸物を本当に知ることがかなう。〝同一者〟に留まり、同一律的反復で、捕えた対象を自らのものに還元してしまう〝理性の動き〟とは反対に、デヴェクートは〝自己を抽象化して他者を目指す〟、つまり〝自らを非人称化〟して〝他者を捕える〟のである。

だからデヴェクートは我々にとって知性であると同時に倫理でもあるのだ。デヴェクートは我々の生の中心であり、「贖罪」の核でもある。デヴェクートによってこそメシアの到来が早まり、そして成就する。メシアは神と同じく〝全現前〟することはない。すなわち、神がありのままで現れることはない。メシアも神と同じく〝収縮〟の形でこの世に現れる。だがメシアが我々を解放する時、メシアは我々一人一人に〝散逸して存在している神〟のきらめきを、彼の一つ一つの考え、一つ一つの言葉、一つ一つの行為にすべて〝集合〟させることになる。

II

《夜が明けたら直ちに種を蒔け、そして夜まで手を休めるな。なぜならば汝は種蒔きには朝がふさわしいか夜がふさわしいか、それともどちらも良いのか、知らぬから。》

私はハシードとして修道の日々を送っていた頃、朝早く起きるとすぐにアラブ地区を横切って旧市街の中心に赴くのが日課であった。白い家並みが黎明に輝き、燐光のようなオーラがエルサレムを包んでいる。その中を足早に目的地に向かう。胸が高鳴る。エルサレムがまるで私を許嫁のように見つめている。進めば進むほど、心が妙に安らいでゆく。一つの〝成就〟の感覚だ。時として足が自分でも分からぬうちに回り道を始め、〝禁じられた地区〟に私を誘い、迷わせる。だが必ず道は見つかり、私を「聖なる壁」に導いてくれる。それでも「壁」に達するには薄暗く、うねった裏通りを通らねばならない。そしてある路地を過ぎると、いきなりそこにあるのだ。私はそれを知ってはいながら、いつもこの不意の感覚に捕われたものだ。巨大にして不変の存在がそこにあるのだ。それが「聖なる壁」である。

「壁」はイスラエル聖軍の勇猛果敢な番兵のごとくにエルサレムの街を見守ってそこに立って

いる。だから「嘆きの壁」などと呼ぶのはふさわしくないのであり、あくまでユダヤ教徒にとっては「西の壁」なのだ。だがヘロデ王が神殿を守るために廻らせたこの壁は、皮肉なことに今では自らを守る以外に守る何ものももたない。

私は壁に口づけをする。そして片手をついて朝の祈りをあげる。祈りが終わるとユダヤ教徒のしきたり通り、破壊された神殿に敬意を表する意味で、踵を返さずに後退りしながら壁をあとにする。

「西の壁」のお参りがすむとタルムード学学院、つまりイェシヴァに行く――メア・シェリームにはタルムード学学院は一つではなく無数にある。私はその一つに通っていた。そして分厚いタルムードを開き、一日中その一言一句について論じ合い、正しい解釈を探す。が、決して正解は出ない。論じ合うも不毛に終わることだってある。そうした場合は当然ながら「テクウ」の伝統形式にのっとって終わりにする。テクウとは《メシアが到来した時、すべての疑問、すべての問題は解決される》ことを意味する。

私がその人に初めて会ったのもタルムード学学院であった。部屋の傍らに陣取り、若い学生や喧々囂々のタルムード学教師には目もくれず、ロッキングチェアーに座って、髭をいじりながら「書」を目の前に椅子をスイングさせていた。何やら謎めいた言葉を延々と呟いていた。
「イスラエルは刺の中にあるバラのごとし。バラは何を示すのか。バラのようにイスラエル共同体は赤くもあれば白くもある。厳しさを生きる時もあれば穏やかな時もある……」

私は学友の一人に、その人は誰かと尋ねた。

「誰かって？　君は知らないのか？」驚いた顔でその学友は言った。「ラビにきまっているさ」

「ラビってどんなラビなんだい」

「『ラビ』は『ラビ』さ」と〝ラビ〟が唯一者でもあるかのごとくに学友は答えた。


しばらくして私は〝ラビ〟のもとで学ぶことになった。〝ラビ〟は多くを教えてくれた。私は彼がどれほど偉大な存在かを知った。彼は私に言ったものだ。

「この学務を成就する義務はないが、それをしないでいる自由もない」

彼はまた、ユダヤ人が何千年も前にカナン人の国をあちらこちらと移動していた半遊牧民的部族であった頃より、教学を責務とする観念は存在していたのだ、とも言っていた。そのユダヤ的知性を〝展開〟することが肝心なのだと私に教えた。

〝ラビ〟は我々学生が勉強中に集中を欠くと、恐ろしく怒ることがあった。そんな時はこう言ったものだ。

「論証の糸は容易に見失われる。すると結果は無意味になる。よって一歩一歩理をたどってゆかねばならない。それは警察の捜査にも似て、犯罪者のめぐらした陰謀を解いてゆく方法にも等しい」

我々は法の〝隠れた意味〟を理解するように努めた。そしてそれは大変な努力をしなければ分かるものではなかった。〝ラビ〟は他の教師達とは異なり、知識を情報のように頭に詰め込ませることはしなかった。すべて〝自ら考えることだ〟と教授した。よくある教師の生徒に対する〝妬み〟というものもなかった。生徒の自主性を恐れるところなどはなかったのである。〝ラビ〟の授業は大抵の場合、こう始まった。まず〝ラビ〟が生徒の誰かにタルムードの一ページを読ませる。主題は何でもいいのだが、何か突飛なこと、そうそう起こりそうもないこと、で、何を言わんとしているのか理解できないようなものだ。例えば〝空中に浮かんだ塔〟とか、〝過越祭のある日、家々にパン屑を運んでくるネズミ〟だとか、〝別の子宮に移植された胎児〟だとか、〝シナゴーグの典礼にやってくるロボット〟だったりする。六行か七行で二時間ほどもかけて議論する。それほど複雑な論証の展開であった。一日いや、一時間授業を休めば、〝ラビ〟の論証を追ってゆくのはもう不可能になる。

私はいくたびか自問したものだ。外に興味の対象となるものは無数にあり、何でもできる年頃なのにイェシヴァでタルムード一途に専念して一〇年も過ごそうとする一八歳のこの私の頭の中はどうなっているのだろうか、と。何が私をこの〝外〟の道に引きつけたのか。私の学友達のほとんどは、私のような在家にあって「伝承に立ち戻った」バーレ・テシウバではない。親の意志で学院にいるのであり、親が学者になることを望んでいるのだ。私はそうではない。私はある光のようなものを見たのだ。内なる声を聞いてここにきたのだ。〝開花〟を探していたからだ。

私にとってタルムード研究は単純に崇め奉るものとも異なった。我々敬虔主義者にとって知識が至上の価値ではないのだ。大半のハシード同様、私はユダヤ教聖伝の合理的解釈におもねることなく、それとは逆を指向した。すなわちテキストのディテールとか綿密な釈義とか微細にして凝りに凝った概念的区別を目指す、いわゆるタルムード的方法を実現している曲折をきわめたディスカッションとかは、たとえそれが必要であったにせよ、そうしたものは「目的」に従うものであり、これに先立つものではないと考えていた。その「目的」とは神にしっかり結びつくことに他ならない。そしていかなる場合も神を忘れては、タルムード的方法論はダイナミズムを欠いた複雑怪奇な出口のない迷路に成り下がる。

だがそうした姿勢を保つのは容易なことではない。我々イェシヴァの生徒はよほどのことでもない限り、メア・シェリームの外に出ることは禁じられており、さらに雑誌や新聞やラジオも手元に置くことはできない。〝ここは外の学校とは違うんだ〟とよく教師が言っていた。〝ここは深化と純粋と聖性を強要する場所であり、この理念から外れる者は去ればよい〟。だから〝研究の家〟イェシヴァにいる限り、外部の世界で起こることに関心を持つことはそれがいかなるものであろうと禁じられている。この家は一つのプロテクションであり、世界の中の隠れ処であり、闖入者に対しては扉を閉ざしている。そして、ハシードでありながらここを出ようとする者に対しても扉を閉ざしていた。

我々はまた女性とつき合ってもいけなかった。〝ラビ〟によれば婚前の男子は結婚の前の年になるまで、いかなる女性とも外出してはならないそうだ。

「しかしどうやってつき合っている女性もいないのに結婚の一年前だと分かるのですか？　結婚するには女性と出会わなければならないのではないでしょうか」と、私はある日〝ラビ〟に反論した。

「まずはお前が一八歳で大学に入学したとすれば、四年は結婚しなかろう。それが一八歳で運命の人と出会ったら何が起こると思う。愛する女性と外出して話しただけで終わるのは、その年では容易なことではない。よって深刻な事態を招かぬようにそういうことははなから避けるべしということなんじゃよ」

「しかし〝結婚の前の年〟よりもっと前に女性を知りたいというのが我々学生の意見です。女性に対してどう振舞っていいのか知っておきたいからですよ」

「つまりは知るか知らぬかの問題じゃろうが。とすればより多くの女性とつき合ったとしても〝知る〟ことがかならわけでもあるまい。それに遅く始めた者ほどよい結婚をするものだ」

我々は調理器などを持つことも許されていなかった。「今夜は何を食べようか」など考えて無駄な時間を過ごし、集中を欠くことになるからだ。映画に行くのもいけなかった。映画に刺激され様々な悪に誘惑されるのを避けるためであった。カセットを聴いてもいけなかった。それでも学生のある者は講義を録音して家で復習したいと言って、教師からレコーダーを借りて、ちゃっかりサイモンとガーファンクルなどを聴いたりしていた。サイモンとガーファンクルはイディシュ音楽によく似ているというのが彼らの理屈であった。

私は昔は大の映画ファンだった。ところがイェシヴァに来て以来、たとえ行くことが許されていたとしても、映画に行くなど考えられなくなった。映画が嫌いになったのではなく、好奇な眼差し(まなざし)にさらされたくなかったからである。シュトレイメルを被り(かぶり)、お下げを垂らして映画を見ていれば、人はどう思うだろうか。どう思うか分からないが、私個人に対しての印象ではなくハシード全体に及ぶ印象を与えることになる。そういうことは避けたかったから女性に関心を抱くということもしなかった。歩いていて女性に会っても視線をそむけ、万が一、女性に用事があっても互いの視線が交わろうとする度に目を伏せ、これを避けた。「夏は一層気をつけるべし」と〝ラビ〟は言っていた。無論、肌の露出度が高くなるからである。

世界の外のどこともそんなにも異なり、どこからも孤立したそんな場所に住んでいれば、誰を問わず読むことと学ぶことしかできなくなると私は思う。そこはまるである種戦闘員養成所に似ていた。我々はそこで鍛え上げられ、戦いに備えるのだ。その戦いとは、この世を破壊する悪の軍勢との戦いであった。

我々は現にその戦争を準備していた。武装を強化していた。防衛を固く整えていた。いつ反撃をくらっても崩れない態勢をつくっていた。我々は戦闘態勢にあった。我々は新たなる時代の聖軍であった。《知は一つの都が十の為政者をいただくよりずっと力を与える。》

私は〝ラビ〟のことを嫌ったことはなかった。だが他の者達のように盲目的に〝ラビ〟を敬うということもなかった。それでも彼の言葉は固く信じ、預言者としては素晴らしい人であると思ってはいた。だから私の親友のイェフダが〝ラビ〟の娘と結婚させられることになった時も、ラビを腹立たしく感じることもできなかった。イェフダは私よりも若く、まだ二四歳で結婚のつもりなど毛頭なかったのである。その〝ないつもり〟を外部が強要し、運命の女性を見てもないのに話が進むなどは他所の世界なら不愉快千万な話でもあろうが、ここではほとんどの結婚がそうして行なわれていたのである。

もとはといえば、その話はイェフダの妹に端を発する。妹が適齢期に達したので父親が〝仲人〝のところへいって誰かいい男性がいないか尋ねたところ、ちょうど一人いるがその男性には妹がいて、独身のイェフダにはもってこいの女性だから、二組の兄妹まとめての話にしたらどうかとすすめられたのである。イェフダの父は、息子はまだそのつもりはなさそうだし、もう少し独身でいさせても構わないだろうと思い、当初話を断った。時が経って、先方が乗り気なのか何度か〝仲人〝がやってきて、今度は母親にすすめた。結婚話は最終的には母親の口添えが重要だからである。そして相手の家族の名を聞いて母親は承諾するしかなかった。〝仲人〝がすすめた兄妹とは他ならぬ〝ラビ〝の子供達であったからだ。ただちに結婚費用が整えられた。そしてイェフダは〝ラビ〝に面談を許された。結婚話はまだ決着したというわけではないので距離は保たなければならない。それで、面会はイェシヴァで行なわれた。面談の目的は婿になる男のタルムード学の能力を判断することにあった。イェフダはあらかじめ準備を怠らなかったので何なくクリアした。〝ラビ〝が何度か突っ込んだところを聞いても明確な答えで応じられた。面談は一〇分ほどで終わり〝ラビ〝が満足そうにうなずいた。イェフダの運命の女性はラケルという名で、年は一八であった。家事、料理共に得意でお針子になりたかったそうだ。

少し経ってイェフダは私に言った。

「いいかい、〝ラビ〝の娘と結婚できるなんてこの上もない幸せさ。分かるだろう。両親も大変な喜びようだ」

「だが、肝心の彼女はどうなんだい。それに君は未来の妻をどう思っているんだ」

「一度会ったよ。まだ分かんないさ。だがとにかく彼女のおかげで〝ラビ〝の間近にいることがかなうんだよ」

〝ラビ〟とイェフダは結婚前、最後の面会をはたした。メア・シェリーム区の通りを散歩しながらイェシヴァのことや色々なことを語らい、そして別れた。別れ際に〝ラビ〟は笑みを浮かべ、「おやすみ（グーテ・ナハト）」と言った。

数週間後、〝破壊された神殿を偲（しの）んで杯が割られた〟。世界各地から何千人と信者が集まり結婚の祝宴に列席した。壮麗な式がとり行なわれた。花嫁がしきたりにのっとって夫のまわりを七度まわった。

実際〝ラビ〟の娘婿になるとイェフダは〝ラビ〟の身近にあって〝ラビ〟の言葉、〝ラビ〟の一挙一動を知ることがかない、ハシードとしてはこの上ないチャンスを獲得した。

ハシディムにおけるこの〝決められた結婚〟の習慣の一部始終を分かっていたつもりだが、私はイェフダを祝福する気にはなれなかった。イェフダは今までとはまったく別の人生を始めなければならない、そしてそれは私にとってもひとごとではなかったどころか、イェフダのこれからの人生以上に、まったく違った人生がすぐそこに私を待ちうけているのを感じていたからだ。つまり、イェフダより年上の私はそろそろ結婚を準備しなければならない時期を迎えていたのである。当然すでに幾つか話があった。私の両親は信者でもないからこういう話では不利な立場にあるはずだが、私はイェシヴァでもトップの中の一人に数えられていたし、日頃の評判も良かったからである。《良き評判は良き香りよりも優れる。生まれし日よりも人生の一日一日が大事の理（ことわり）である。》何人かの父親や母親が娘自慢に私のところへやってきた。だが決して会うことはしなかった。会って言葉を交わせば結ばれるに等しいからである。機は未だ熟してはいないと考えていた。

時が来れば運に任せ、いずれは〝仲人〟を訪ねればいいものと思っていた。だがイェフダの結婚ですべて事が少し早まってきた。タルムードには男が一人でいるのは良いことではないと記されているのだ。

私の両親にとって私のイェシヴァ入学は息子を亡くしたも同様であった。私と一緒に食事さえもすることがかなわなかったからである。当初はそれでもお茶ぐらいは飲んだし、お菓子ぐらいは一緒に食べもした。だがやがて少しずつ彼らに会いに帰ることもしなくなった。ハシードになったからには戸口に「メズゾード」すなわち申命記の中の祭司が記された紙を収めた筒も正規のものではなく〝台所も隠されていない〟家に入るわけにはいかなかったし、肉とミルクを一緒に使った料理や、カニやエビや禁じられた動物――それも豚までも――を食するわけにはいかなかったのだ。また我々ハシディムは〝食事の前に手も洗わず〟食前食後の食法を唱えない人々と食事をすることはならない。安息日（シャバット）に料理をし、明かりをつけ、ドライブに行くなどはもってのほかであった。頭巾（ずきん）を被らない既婚女性とも会うわけにはいかないのだ。私の両親は我々にとって不信心の族（やから）であり、母にいたっては背信者と言わざるをえない。しかしこの母にしてみれば、息子は何でまたハシディム派などに入信したのだろうかということになる。

彼女にとってメア・シェリームは前世紀の遺物であり、ゲットーという監獄なのであった。第一、母が旧ソ連からイスラエルにやってきたのも全体主義の足かせを逃れるためだったのだ。〝一体、いい若い者が古代のそれも今じゃ用もない「法」になど従って苦行者の日々を送るなんてどうかしてますよ。そんな迷信やら慈悲もない規則を信じて大切な自由を忘れたの？　生命を謳歌することがなぜできないの〟。母に言わせればそういうことになる。

だが、ハシディムが遵守する様々な禁止は、束縛とは異なるものだ。それは足かせではなく「意味」への道なのである。例えばハシディムにあっては〝老いること〟がとりわけ禁じられている。老人に対してだけでなく若者に対してもだ。たとえシュトレイメルを被ろうが、黒い外套を着ようが、その中の肉体と精神は若々しくあらねばならないのだ。そしてそのころの私にはナイーヴであけっぴろげの若さなら一見年寄りくさい衣装の背後に満ちあふれていた。このいでたちは、社会的な上っ面から、偽善から、淫蕩から、吝嗇から、拝金から、いわば世界を醜くしているすべてから、若さを老朽させるあらゆるものから、例えば悲しみや幻滅から守ってくれる、〝世界の老醜を退ける逆説の鎧〟なのである。ラビはこう言っていた。〝若さとは幸せと同じくその時は分からぬものだが、失ってみて初めて求められるものだ。〟

《若者よ、お前の若き日々を楽しむがよい、お前の心が満足を覚え、その心に従い、また眼差しに従うがよい。だがすべての行ないに対して神は審判を下されることを知ることだ。》

私はイェシヴァの大半の学友がいかない兵役の経験があった。彼らが兵役を拒否するのは宗教的理由からばかりではなくイデオロギー的理由もある。つまり彼らはシオニストではないからだ。私の両親は私が兵役にゆくことを望んでいた。それに私も両親の考え方には賛成だった。イスラエルは我々に多くを与えてくれたのだ。その国の安全を守るために三年間の兵役ぐらいは務めねばならない。それに国の安全は我々の安全であり、ひいてはハシディムの安全でもあるのだ。私はレバノンの前線に出兵した。来る日も来る日もタンクの中で寝ずの警戒を命じられ、敵の動向を見張った。恐怖に不幸が伴走し、これを日常として耐えることを覚えねばならなかった。何しろ週に一度は隊葬があるのだ。重低音で弔砲が空を震わせると、まるで天が苦痛と非力にうめいているかのようだった。私と同じ歳の若者が戦闘でこうして何人も死んでいった。戦争は私にとってはいかなるゲームでもなかった。すなわち空理空論などではなかった。戦争はすごく現実的な何かであり、我々の時代がいかに厳しく、我々の命がいかに危ういものであり、また常に脅威にさらされているかを私に知らしめた。戦争とはこの地上に存在することなのであり、地上に存在するということはすさまじい戦争なのであることを私は知った。我我はゴリアテと戦うダビデであった。奪回したエリコを再び失い、ゴラン高原はかつてアブラハムに追放された四つのメソポタミアの国に侵入された。難攻不落のイスラエルのシンボルであるマサダ砦(とりで)は包囲され、四方八方から突撃をくらう土くれと化し、国境は曖昧(あいまい)となり、数々の罠(わな)を仕掛けてくる攻撃者の秒読みを戦闘でもちこたえて長引かせていた。何千年も前と同じ町、同じ戦い、そして同じ希望があった。私はグリーンの制服に機関銃を装備した兵隊姿のまま、時間が許せば「西の壁」に行き、岩壁に向かって頭を垂れ、心(むな)を熱くして祈った。これが最後の戦争であらんことを、あの非道な追放、そしてこの帰還が虚しいものに帰せぬことを、聖なる言葉の復活がかなうことを、砂漠に花が咲かんことを、エルサレムを光輪で飾る桃金(ローズゴ)

色の夏の光の観想が実現せんことを祈った。何しろあの時は、《カザは放棄され、アスケロンは破壊され、アシドドは真昼に見放され、エクロンは根こそぎにされることになるからである》。

兵役中の三年間には、私とても俗世の若者にならい、ドラッグもやったし、酒もやったし、女遊びにも出掛けた。だがそうした快楽は全くの通過儀礼にすぎず、それに惑わされることは一度たりともなかった。女性も経験した。人工楽園も味わった。それが〝薬〟の時もあったし、偽りの恋愛感情による時もあった。しかしそれとても異国を訪れた旅行者がその国の風習に束の間、合わせてみたりするのにも似て、あるいは民族学者の研究のための現地体験にも似て、快楽享受の目的もまたその実現もなかったから、悪習が身につくわけもなかった。戦友達は私を〝アナザー〟と呼んでいた。私は彼らに嫌われていたわけでもないし、軽蔑されていたわけでもない。単に〝異なる存在〟とみられていたのである。

「なんだか別の時代からスリップして来たみたいだな。別の世界からやって来たみたいだぜ」とよく言われた。彼らは間違ってはいなかった。私はいわば遺跡であり、生けるアンティークと言えた。

私は一つの研究対象物、例えば古い皮紙。しかし萎びてはおらず保存状態きわめて良好。古代に遡るもまだ新鮮な黄の色がまぶしく、手付かずの真実を幾つも発見させよう、何千年の時を明かさせよう、と常に近づく者を待っている。企みは一切ない、問いかける者は誰であれ知ることがかなう……。

私の父は、あなた方にお話ししている、いや、〝書いている〟こうしたすべてについて何の考えも表明することはなかった。私のいわば先祖返りを批判して、母のように〝気でも狂っているのではないか〟と苦言を呈するつもりもなければ、コメントの一つたりとて口にしなかった。そして私がこの父の沈黙を理解したのはずっと後のことであった。当時は父がかつてその青春時代にきわめて篤い信仰の持ち主であったことを知るはずもなかったし、なにゆえコーヘン姓があんなにも〝同一視〟されるのかも理解できなかったし、私が夏の猛暑のさなかであろうが、極寒のゲットーのポーランド人のような黒ずくめを脱がない理由を、父は知らないと思い込んでいたのである。

だが彼は知っていたのだ。それも多分私以上に。宗教(ル＝リジョン)というものが再び結びつく(ル＝リエ)ことであるならば〝過去〟が彼の宗教(ル＝リジョン)であり、彼の職業が〝自分の過去〟を捜し求めるのに、どれほど適していたのか、私は知らなかったのだ。そして私もハシードでありながら、実のところ考古学に対する興味だけは捨て切れないでいたのだ。考古学は二人に共通のパッションだった。二人で発掘したり、古文書を研究したりする時はまさしく父と子であった。私は「放蕩息子」ではなかったのである。

III

かくしてシモンの介入と父の要請がなかったら、私は妻をめとり、メア・シェリームに根をおろし、一生をそこで終える可能性があったのだ。何しろタルムードには〝研究せよ、さすればさらに研究がかなう〟とあるのだから。だが私には何かが起こる必要があったのだ。それを私は知らず知らずのうちにいつも待っていたのだ。私はイェシヴァで知識を得たが、あたかもそれはいつか別の所で役立てるためであって、〝さらなる研究をかなえる〟ためのものではなかったと言える。概念としては〝研究のための研究〟の意味は分かっていても、他の学友達とは異なり、私には研究が生きることの究極の目的とは思えず、〝何か〟がまだ懐胎の状態であるが、すでに準備されていて、それによって私は守られていて、いつの日か行動に移る時が来るという漠とした思いがあったのだ。《私は心の中で語った。そしてこう言った。私は高められた、そして知恵においてはエルサレムの誰よりも先んずる。すると私の心は多くの知力と知恵を見た。》

私の心のうちを語るには饒舌（じょうぜつ）をつくすより一枚のデッサンで描いた方が明快かもしれない。そう、私は一枚の水彩画。線は逡巡（しゅんじゅん）し、色彩はパステルカラーで淡い。当時私は正しい人であり、悪を見るがそれには交わらぬ無垢（むく）の魂を持っていた。生まれたばかりの子のように私は純粋だった。しかし心の弱さが全くなかったわけでも過ちを決して犯さなかったわけでもなく、すべての人と同様に罪を犯した。だが私の存在は傷を防ぐように加工されていたようなもので、その純粋性が揺らがなかったのである。私のいかなる選択も夢も欲求もすべて私のものであった。何ものも私を止めることはかなわず、何ものも私を恐れさせることはできなかった。要するに〝現世〟を充分に味わっていなかったのだ。世に言うところの経験に欠けていたのである。それを経た今――この巻物をしたためている今――は〝傷〟を知らなかったあの頃が懐かしくもある。あらゆる可能性があった。

〝前〟には、悪は私を掠りもしなかった。ところが〝後〟にあっては我々の存在を立ちすくませる数々の記憶に刻印されてなおかつ生きる努力をしなければならない。

〝後〟にあっては希望も遅すぎる。いや、闇の方へといそぎすぎてしまった。単に、〝前〟と〝後〟の間に起こったすべてのことの記憶を蘇らせようとしていたのだから、そこに立ち戻って続けよう……。

父に死海文書のことを話されても私は驚きはしなかった。文書発見にまつわる謎めいた話を知らなくはなかったからだ。それにクムランの地には私を引きつける何かが初めからあった。漠として説明はつかなかったが、私の人生のある時期がそこで決定されるのだということをあらかじめ〝書きつけられていた〟かのごとくに知っていたからだ。
《すべてのことは人が説明できる以上の働きをしている。目は見ることに飽きず、耳は聞くことに疲れることはない。かつてあったものがまたあることになる。かつて為されたことがまた為されることになる。太陽の下、新しいことは何もない。『見よ、今までなかったことだ』と伝えるようなものがこの世にあるか？　たとえそう見えても、何千年も前にすでにあったことなのである。思い出さないだけなのである。同様にこれから起こる様々なことも、やはり人は思い出しはせぬだろう。》
「父さんがクムランで発掘した時のことを覚えてますすよ」私は父に言った。「ワディ・クムランの近くにキルベット・クムランの遺跡がありましたね。その遺跡からさほど遠くないところに一一〇の墓のある墓地が見つかったっけ。墓は北から南に向かっていた、つまり南向きだから回教徒の墓である可能性はない。墓石には見たことのあるシンボルはなかったね」

「ああ、あれはエッセネ派の人々の墓だった」

「しかし写本が一巻盗まれたという話は初耳ですね……それを見つけようとしているのは分かるけど、なぜまたシモンが登場してくるのです？　軍と何か関係があるんですか？」

「死海文書の背後に重要な政治的争点が隠れているのさ」

「と言うのは？」

「政府がヴァチカンの先を越そうとしているんだよ」

「つまりその巻物はキリスト教にとって危険な代物だというわけですか」

「何が書いてあるかは分からんのさ。それに誰が所持しているかも分からん」

「しかしなぜまたシモンは父さんに頼んできたのですか。それになぜ私を同伴させようとしているのですか」

「思うに我々がいわば外部の人間だからさ。それも巻物探索にはうってつけのね」

「でシモンは私には具体的に何をやれって言ってるんですか」

「私の護衛役だよ」

「そんなに危険なミッションなんですか」

「多分な」彼は本当のところを言った。

「で、出発はいつですか」

「今日でも明日でも早ければ早いほどいい」

「そりゃ無理ですよ。イェシヴァがありますからね。そんな事情で研究を止めるわけにはいかないことは父さんだって知ってるでしょ」

「誰が研究を止めろと言った」父は腹に一物ある顔で言った。

そしてしばらく考えている様子をみせ、それからこう付け加えた。

「もし、あの巻物が見つかればお前と私で研究ができる。重要なことを色々発見できるかもしれんぞ……。我々だけの秘密にせねばならんことが出てくるかもしれん。その時は巻物はシモンにだけは渡すが、いや、シモンにも渡さん方がいいな。とにかくこのことはお前のラビには話すなよ」

そして父は私に体を近づけ、囁くような声でこう言った。

「私の許可なくして誰にもだ。いいね」

私はうなずいた。父がこんなことを言うなんて初めてのことだった。親への尊敬と恭順と、私のラビに対する盲目的とも言われそうな信頼のいずれかを選べと迫るようなことを父から命じられたことは今まで一度たりともなかった。息子はすでに後者を選んでしまっていた。父もそれを知っていた。なぜなら私はハシディムを選び、父のもとを去ったからである。父の〝しきたり〟というより〝非しきたり〟と決別したからである。だが一度も私のこの選択を巡って父と子の対立が表面化したことはなかった。だからといって父が無感覚でいたはずもなかった。いつか解答をださねばならないと思いながら無解答のまま、ほったらかしにしていた問題に似たものが父と私の間に潜在していたと言える。しかしあの時ついにその答えが出た。私はラビにも言うなと父が命ずるほどに、父の要請には深刻な何かがあるのだと直感し、今まで律法を遵守するために律法にある十戒の第五の戒を裏切るという矛盾を犯している思いがあったが、今やその第五の戒、〝両親を尊ぶ〟心にこそ従って父の申し出にうなずいたからだ。

父は私に死海文書と関連して、残虐をきわめた殺人が犯されたことに関しては話してはくれなかった。恐らくそうした忌まわしい出来事に私をかかわらせたくなかったからだ。だから私は随分後にそれを知ることになるのだが、その時にはすでに別の凄まじい数件の犯罪にかかわる羽目に陥っていたのである。それでも父は正解だった。なぜならば父があらかじめ話してくれたところで、あれらが私に与えた極度の戦慄はいささかも希釈されるものではなかったと信ずるからである。

当初殺人については何も知らなかったのだから、私にとっての巻物の探索はある種好奇心で始まったと言ってもいい。しかしそれだけではなかった。何か特定はできないがあの巻物に私は引きつけられた、無意識からきたあらがい難い何かによって。

父と私はヨルダンの渓谷を訪れた。父はシモンが父にしたように、私にクムランをあらためて見せておきたかったからだ。洞穴から遠くない発掘のグラウンドはこの地一体を睥睨するかのようにそこにあった。

我々の左手、北の方向にはヨルダン川が叢林の間を銀色に蛇行して流れている。後方、西の方にはユダヤ砂漠が黒い野獣の毛皮の色をした砂丘の急斜面を見せて横たわり、そしてその彼方には緑のオアシスがわずかに見える。エリコのヤシの林である。面前には風景全体をにらむかのように死海が灰色の水面をぎらつかせ、仮にそれを上空から俯瞰すれば、険しい山々が青あざのようにこれを隈取る巨大な単眼のような湖水にたとえられるだろう。しかし父の視線はこの死海の西岸にじっと注がれて動かない。威容をたたえてそびえ立つもう一つの断崖の後方にラス・フェシュカの岬が高く上がり、アイン・フェシュカの目を射るような緑のオアシスにつき出している。その方向、オアシスのごく近くに、少し北側に断崖へと続くマール層のテラスがあるのだ。断崖は死海の広大な砂浜とキルベット・クムランの幾つもの遺跡を無造作に見下ろしている。しかし、その時我々がいる場所から遺跡をのぞむことは地理的に不可能であった。父はそれをやすやすと透視していたことを後になって私は理解することになる。

私がクムランに行ったのはそれが初めてではなかった。すでに幾度となく周辺を踏査した経験があった。両親と来た時もあったし、友達と連れだって来たこともあった。しかし誰もが思うように、私にとっても未だクムランはテントを張っているベドウィン達に出くわすにすぎない無人の荒野の一地点でしかなかった。パレスチナの古代の探検者達がクムランについて、そこがこの地上で最も名高く、最も崇められるべき土地であったにもかかわらず、ごく簡単にしか述べないことがなぜなのか、私が理解したのはこれもずっと後になってからだった。この死海のほとりから、この無愛想きわまりない、人も動物さえもいない、原初の風景からこそ一神教が生まれいでたはずなのだ。そしてこの一神教こそがこの土地が産出しえた唯一のものでもある。名もなく、面もなく、身体ももたず、純粋の不在であって、その足跡も出来事も残さない唯一神の庭、それがクムランだったのだ。この砂丘の下に、この海の中には、水の精もいなければ人魚もいない。

父と私は歩き始めた。キルベット・クムランの修道院跡のあるところまで歩いた。エッセネ派の建てた修道院である。海からへだたって、灰色の石の巨塊でもって築かれている。その後ろには丘がそびえていて、斜面にはあちこちに黒いポケットが見える。巻物が発見された天然の洞穴である。死海と修道院の間には死都が横たわっている。ごつごつの石くれと礫土が長方形のその死の空間に広がっている。北西の方向には二層の塔がそそり立ち、発掘のグラウンドを見据えていた。

修道院は台所を備えている。そこには炉もあり、食堂もあった。別の部屋には集会ホールがあり、それに隣接して石膏と煉瓦で造った写字室がある。そこからは三つの銅と二つの粘土のインク壺が見つかっている。なんとその中には乾燥したインクさえも残っていたのである。丘から下ってくる雨水が六つの水槽を満たし、共同体に潤いを欠かすことはなかった。さらに大きな浴槽が建物の末端から掘り起こされ、それがエッセネ派の人々の「ミクヴェ」すなわちユダヤ教徒の沐浴の儀式のための浴槽であることも分かった。

「発掘の以前、ここには無数の石の堆積とほとんど土中に埋もれていた水槽があっただけなんだ」

「クムランの住民がどんな生活をしていたか今ははっきりしているんですか」私は父に尋ねた。

「エッセネ人は書いて、読んで、研究して生きていた。共同体は巨大な図書室を所有していた。数百の書を蔵した図書室だ。蔵書の一部は『聖なる書』で、他は共同体独自の文学だった。共同体の人々はそれらの本を熱心に読んだ。本は共同体の糧だったんだ。聖書以外の文学にはセクトのオピニオンが反映されている。エッセネ人の時代においては『書』は著者をもたなかった。だから写字生が聖なる書を写す際は加筆や削除や変更による改良や美化が誰はばかることなく行なわれた。もともと写本家がテキストを変化させることによって、その才を発揮したのはそんな昔のことではないんだよ」

「聖なるテキストをですか？」

「テキストが真に聖なるものと納得した場合は変えることはない。『七〇人ユダヤ人学者』の伝説を知っているだろ。エジプトのプトレマイオス二世がエルサレムの七二人の法律学者を呼んだ。つまり一二部族から六人ずつだ。ヘブライ語でしたためられたモーセの律法を七二日間でギリシャ語に訳させるためだった。伝説によれば律法学者は地中海のある島で七二人別々にされ、独房の中で神からのインスピレーションにたよって翻訳を行なった、となっている。ところが七二日たって完成した七二の翻訳を照らし合わせてみると、すべて同じ訳が出来上がっていたそうだ。真の聖なるテキストとはこうしたものなのだ」

「この部屋は何に使われたのでしょう？」メインホールの跡の一つを示して私は父に尋ねた。

「共同体のメンバーの集合ホールだ。エッセネ派の儀式の一つに、皆で食卓につき、メシアが司る聖餐に参加するというのがある。そこでは祭司が参加者を階級順に祝福しないうちは、誰であれパンにもワインにも触れてはならないというきまりがあった。このセレモニーは、天国におけるセレモニーはかくの如しと教えるものであり、メシアが未だ不在の場合は祭司がメシアに代わり、メシアの名においてそれを遂行した」

「最後の晩餐のイエスの振舞いと同じようなことをメシアがするのですか」

「そうだよ。最後の晩餐のイエスはメシアの姿を示している」

「父さんはクムランの諸々の巻物に語られている『義の教師』をイエスと関係づけて考えているのですか？」

「私が知る限りにおいて言えることは、両者には当惑を禁じえない類似関係があるということだ。死海文書の中の『ハバクク書註解』は知っているだろ。ひどい状態で発見されたが、あの巻物には『ハバクク書』の引用と、預言が成就されて起こる後世の出来事の叙述部分が交互して書かれている。古代人が『正義』あるいは『悪』と書いている箇所で〝注釈者〟は教団とその『義の教師』に言及しているんだ。そしてこの義の教師とは『神殿』の体制に反逆してこれを離れる一人の祭司のことなんだ。彼はつけ狙われ、結局は『悪しき祭司』に殺されてしまう。そして『義の教師』は教団の殉教者として崇められたらしい。エッセネ人によれば、彼は神に〝直接の啓示〟を受けたが故に祭司達に迫害されたということだ。エッセネ人は『義の教師』が〝諸世紀の終末〟〝光の子達と闇の子達の戦争〟の後に再びこの世に現れると信じていた。彼らの終末論的預言によれば、今度は『義の教師』が『悪しき祭司』を殺し、権力を奪取し、世界をメシアの時代に導くということになる。

このエッセネ的人物、『義の教師』とキリスト教徒の崇めるイエスの間に当惑を禁じえない類似関係があるといったのは、こういうわけなんだよ」

父は話をさらに続けた。

「両者共に、悔い改めることを、清貧を、謙虚を、隣人愛を、純潔を説き、モーセの律法を尊ぶことを命じた『神に選ばれた人』であり、すべての人の贖罪を背負った『神のメシア』であるんだ。そしてイエスもまた『義の教師』と同様、祭司達、ことにはサドカイ派の祭司達の敵意に立ち向かい、有罪の判決を下され捕えられた。しかし彼らは共に諸世紀の終末に、今度は至高の審判者として再び現れる。さらにはだ、『義の教師』もイエスも『教会』に基盤を与えた。そこでは信者が熱心に祈りを捧げ、〝各々の再来〟を待望することになる。実際キリスト教会もエッセネ派共同体もその重要な儀式としてそれぞれ最高位の司祭及び祭司により聖なる食事が供せられる。キリスト教においては聖餅を信者に与えるだろ。

　こうして両者の間には多くの共通項が見出されるが、今はまだ、公が認める証拠が我々の手元にはない」

　父は情熱を込めてそう語った。考古学の発掘現場で過去を語る時、しばしばこの情熱が彼に取り付く。父の震えるような声の響きはいつ耳にしても心地良いものであった。それは奥深くヴィヴァーチェでありながら可聴域ではピアニシモで流れ、時として自由を奪われたごとくに喉の深部にわだかまり、あたかも発話不能の文字と化してそこに潜勢する。この、力をはらみながら沈んだ声に分節されて、言葉は無数の狂波のごとくぶつかり合い、熱烈な預言者のしゃがれた罵言を耳にしている錯覚を聴く者に与える……。

　我々から少し離れた壁のところで何人かの男達がかがんで作業をしている。発掘の最中なのだ。その中の一人が作業を指揮しているとみえる。恰幅のよい中背で、鬚をはやし、カールした髪は白く、べっ甲のフレームの大きな丸い眼鏡をかけている男だ。頬が赤いのは秘跡のワインに加えて結構入っているに違いない。ドミニコ会修道士の出で立ちでありながら、充分な肉付きのよさがおいしいものには目がないことを教えている。ミレ神父である。男は例の国際チームのメンバーの一人、フランス人神父ジャック・ミレだった。すでに発掘や学会で何度も彼と出会っている父はすぐに彼だと分かって、私に教えた。おしゃべり好きの感じのいい人なので声もかけやすい。父とミレ神父は何のためらいもなく言葉を交わし始めた。

「ここの発掘はどのくらいまでいってるんですか」父は尋ねた。

「東西八〇メートル、南北一〇〇メートルにわたる建物全体を一つ出しましたよ」神父は手にしていた地図を父に示して答えた。

地図にはあちこち殴り書きがされている。神父は続けた。

「ご承知のように出てきた陶器の破片やコイン、掘り起こした壁や地層によって遺跡の年代は様々に特定されます。で、キルベット・クムランに人間が最初に定住したのは、北王国イスラエルが陥落する以前の時代だということが分かっています。壁の基底部が鉄器時代第二期の破片を大量に含む灰土質の地層に埋まっていたんです。特にグラウンドの北側、第七三セクターから第八〇セクターの角に鉄片は多かったんですよ。東側の壁の基底に接する箇所です。その辺りの壁が一番古いんです。さらに〝六八ポーション〟の下からは、ある発掘チームがLam-melech すなわち『王に』と印のある柄と古代ヘブライ文字が幾つか刻んである陶片（オストラコン）を見つけましたよ。鉄片のあった場所と壁の基底のレベルから建物全体の構造を割り出したところ、それは大きな庭がある長方形の建物で、東の壁に接して部屋が幾つも並んでおり、北東の角に張り出し部分があったことが分かりました。しかし第一一七貯水槽に沿って水槽の東にまた別の壁があるんですが、どこに関連するのか不明です」

「恐らくそれは建物の西の囲いでしょう」父は図面にさっと目を通しただけで言った。

「しかし、囲いのようなものはすでにありますよ」

「北側に開口部がある囲いでしょ？」

「まさしくそうです」

「その開口部から水がキルベット・クムランで一番深い円形の大水槽に流れ込んでいたんですよ。ところで全体の年代は特定できました？」

「ええ」ミレ神父は答えた。

父が機械的といっていいほどに素早く結論を出したのに驚いた様子だった。そして、こう説明した。

「〝鉄片〟が教えてくれましたよ。建物全体は紀元前七世紀末頃のものです。Lammelech の〝印〟がそれを裏付けています。〝印〟は北イスラエル王朝末期のもので、陶片（オストラコン）の書体は〝バビロニア捕囚〟より少し以前のものでした。そして建物は紀元前六世紀に南ユダ王国がバビロニアによって亡ぼされた際に焼け落ちています。イスラエル時代の鉄片にはどれも灰土が付いていることから明らかです。それ以来クムランの地は無人の廃墟（はいきょ）と化したわけです。新たなる人間の群れがキルベット・クムランに植住するまではね」

「『神殿』に反抗した祭司達のことをおっしゃっているのですか」

「それについてはいろいろ仮説がありますが、とにかく入植者はエッセネ派の人々でしょう。我々がつい先ほど見つけたものをご覧にいれよう。ほらこれですよ。明らかに彼らのものです」と言ってミレ神父は小さなガラスの瓶を父と私に見せた。

それは、彼によればヘロデ王あるいはそのすぐ後の後継者の時代のものだそうだ。しかもわざわざ隠したものらしい。というのはシュロの繊維で編んだ布切れで守護するように包まれて見つかったからだ。

「ご覧なさい」そう言ってミレ神父は小瓶をほんの少し傾けた。

「赤い油のようなものが入っているのです。我々の知るいかなる油にも似ていない。思うにこれは〝バルサム油〟でしょう。イスラエルの歴代の王が〝そそがれた〟というあの聖油ですよ。無論確かなことは分かりません。何せこの油がとれる樹は一五〇〇年前に根絶やしになっておるのですからね」

「見てもよろしいですか?」私が尋ねた。

ミレ神父は私がそう言うか言わないうちに小瓶を差し出していた。

「『銅の巻物』はお読みになっていますよね」父が再び言葉を発した。

〝反逆した祭司〟の話を続けようとしていたのだ。神父が答えた。

「ええ、トーマス・アルモンドが筆写して公刊したのを読みましたよ。金、銀、香油、衣類、聖皿など、はかり知れないほどの財宝がエルサレム周辺及びユダヤ全域六四カ所に隠されていたことが記されておりましたな。しかも池やら、墓地やら、トンネルやらの隠し場所の正確な名前や位置が書かれてた詳しい地図まで書いてある。それを根拠に研究者によって見積もられた財宝の量は大変なもので、共同体の連中がどうやってそれを集めたのか問題になってますよ」

ねた。

「『銅の巻物』には祭儀用の食器について頻繁に言及されていますが、クムラン共同体とエルサレムの神殿の祭司達がつながる可能性はありませんかね」父は言った。

「クムラン共同体は神殿から離れた祭司達によって設立された……。教授は本気でそう考えていらっしゃるんですか？　仮にそうであればどんな結果が推測されますかな？」ミレ神父は尋ねた。

自らの見解は定まっていないかのような物言いと感じられた。父が答えた。

「クムラン共同体が、サドカイ人に敵対し、神殿を離れた祭司達によって設立されたと想像なさってください。するとエッセネ思想のもつキリスト的色彩がますます濃くなることになります。何しろイエスは神殿の祭司達と激しくやり合ったんですからね。さらには、その祭司達がイエスに対する決定的復讐としてイエスを死刑にした理由も明確になってきます。イエスがエッセネ派の『義の教師』ということになれば、祭司達にとっては深刻な政治的危険分子を意味しますからね」

「ええ、それはそうです。イエスをエッセネ人だと認めればですが。だがそれはあくまで仮説であって、証拠が何もない」ミレ神父は言った。

「だがピエール・ミシェルのご存じのあの講演が証拠を提供しているかもしれません」父は答えた。

「ええ、存じてますよ……だがあの断片に関しては出版がなされていない。誰もテキスト全体の参照がかないません」

「実はあのテキストは消失したんです」

「出版された他のクムラン・テキストの多くも何やらその存在が今やはっきりしないものが……。ところで教授、大分お詳しいようですが、またどうしてそんなにクムラン研究に関心をお持ちなのですか」突然不安げにミレ神父が父に尋ねた。

「エルサレム大学の古文書学教授として『死海文書』の研究をしておるだけですよ。で、あなたの方はいつ頃から巻物の研究に着手なすったのですか」

「ああ、それがたまたまでしてね」少し緊張をほぐした様子で神父は答えた。「私はフランス南部の出身なんです。リヨンの近くにある神学校で神学とラテン語をやってました。ある日、神学校の図書館でヘブライ語の古書を見つけましてね、それがきっかけで古代語を学ぶ決心をしたのです。司教に許可をもらってパリに行きました。パリでかの著名な東洋学者アンドレ・デュポン・ソメールの講義に通ったのです。それから後にマーク・ジャンセンと親しい間柄になり仕事を共にするようになったのです。やがてジャンセンはご承知の通り、国際チームを率いることになり、私は彼に死海文書のうちのアラム語文書の重要なものを任せられたのですよ。で結局はエルサレム聖書学院で研究することになりました。考古学を始めてかれこれ二〇年以上経ちますが、出発がそもそも死海文書ですので文書一辺倒ですよ」

それからミレ神父は考古学に傾ける彼の情熱を語り始め、発掘や皮紙や古代史などについて小一時間近く父と討論をした。生き生きと語る彼の話を聞きながら、私はその顔に浮かび上がっている〝印（しるし）〟の解読を試みた。解読はたやすそうに思えた。ヨセフのごとき端正な顔立ちが接する者に感じのよさを印象づける。よく見ると左右のこめかみに一本ずつ水平に二本の細静脈が透けていて、神父が話す時、膨れ上がってピクピク動く。その二本の血管のうち一本の末端には、細い別の二本の血管がこれまた細い一本の垂直の血管と交叉（こうさ）していて、つまりこめかみのところでתとこんな模様を形成していて、二つのヘブライ文字ヴァヴ（ו）とターヴ（ת）が記されているように見えるのだ。このヴァヴとターヴによってつくられるtav（タヴ）という言葉は〝音〟を意味するのである。つまりミレ神父は嬉遊楽（きゆうらく）的内心の持ち主で、〝読むを知る〟人にはそれが外に溢（あふ）れでてきているのが分かるのだ。

ミレ神父との討論の中で父がこう尋ねていた。

「国際チームの中にユダヤ人学者が一人もいないというのはまたどうしたわけですかね。ユダヤ史に精通した専門家のユダヤ人がいれば、あなた方だってどんなにか助かるのではないですか……」

「そうなんですよ。私もそれは分かっているんです。しかしアパルトヘイトが大学人の間にもあるんですな。理解し難いことです」

「仮にジャンセンが招集した研究者の誰かが何かの専門的な問題に出くわし、その領域のエキスパートを必要としていて、それがたまさかユダヤ人の大学関係者だが、どうしてもコンタクトをとりたい、そういう場合にはどうなったのですか？」

「少なくとも発足当時そんなことをしようとすれば国際紛争の種になったでしょうな。つまり一九六七年までクムランの洞穴はヨルダンの領土だったわけですから、一人たりともユダヤ人が国境を越えようとすればヨルダン軍が許しはしなかったでしょう」

「それにしても発掘されたテキストの解釈に際して、ユダヤ人の大学関係者の参加があれば、彼らのユダヤ律法、及びラビ文学についての知識を利して新しい観点も得られたとは思いませんか」

「私の記憶する限りでは、チームの一員がクムラン・テキストの翻訳に際して、ラビ文学に対する興味を語っているのを聞いたことがありませんな。ユダヤ人大学人に対する国際チームの姿勢ははっきりしたものでしてな。〝彼らとは仕事をしない。彼らと討論して時間を無駄にはできぬ〟ところなんですよ。そんなことは承知しかねることだというのは、私だって分かっております。しかしこれが現実なんです。考古学者達にしたって自分達の偏見の犠牲者なんですよ。お分かりでしょうが……」ミレ神父はしばらく躊躇してこう続けた。

「以前は私も考古学上の分析とは歴史の正確な現実性を説明するものと考えておりました。発掘が入念に行なわれれば発掘グラウンドの客観的ヴィジョンというものが自ずから得られると信じていましたよ。ところが今はそうは思えなくなりましたね。考古学者が発掘グラウンドに立つ時、もうすでに彼らは個人個人の発見したいもの、したくないものを頭の中で決めてかかっているからですよ。もっとも建物にせよ道具にせよ、発掘しようとしている物の形をあらかじめ描いていなければ、埋まっているものを破損せずに瓦礫や汚物や埃や陶片のカオスの山を掘ってゆくことなんて出来やしませんがね」

「お話をうかがっていると国際チームのメンバーがある種のエレメントを見ないでおこうとしていた可能性に思い当たりますが、見当外れですかな」ミレ神父が言葉をにごして暗示していることが何なのか分かり始めて父は、そう尋ねた。

「それは……。いや何もチームが故意に何かの証拠を曖昧にしているというわけではありませんよ。チームはベストを尽くして正確な地層区分を行ない、様々な発掘品、食器や壺類、貨幣、工芸品等の位置を書き留めグラウンドのチャートを作成しています。そして今日、この遺跡がある共同体のものだった事実を知らない者は誰もおりません。しかしいかなるジャンルの共同体であったのか？　となると今度はこの廃墟の事実性から出発して〝見えないもの〟の次元に入らなければならないのです。当然そこでは〝信ずる心〟がかかわってきます。こんな残骸(ざんがい)から、室の家具、秘儀の行なわれたホール、食堂等を蘇(よみがえ)らせなければならないのですからな」

「クムラン遺跡の発掘に参加した当時のマーク・ジャンセンは実際のところどんな予断を示したのですか」

「ジャンセンの考えですか？　彼はクムランの歴史を、紀元前一二五年頃に家族も家も捨てて、青銅時代以来何人も住みつかなかった人里離れた城塞(じょうさい)の廃墟に居を構えた宗教的異説提唱者のあるグループの歴史としてとらえておりました。しかしそのグループがこの地を本拠とするにあたって、またさらにはこの地に生活するにあたり、いかにして経済的問題を解決していたかについては説明がされておりませんでしたな。彼によれば、グループは自分達で修道院を建てたそうですよ。あの大きな塔、数々の広いホール、アトリエ、高度な上下水道設備、幾つもの貯水槽、沐浴(もくよく)のためのプールがついた大規模な修道院をですよ……。この異説者の宗団はアレクサンドロス・ヤンナイオスの治世に大きく成長したということですがね。さらにこのクムランが崩壊したのは、三〇年間にわたって国を荒廃させた内戦のためでも、ローマ人の侵略によるものでも、ヘロデ王の体制のせいでもなく、紀元前三一年にこの一帯を襲った地震が原因だったのだと主張しておりましたよ」

「ところが彼の解釈にそぐわないものが数多く出てきている……」父が言った。

「と申しますと？」

「出土した道具や、貨幣や、文書のすべてが、共同体の施設が前三一年以前に消失したなんてことはありえないと証明しているではないですか。崩壊はずっと後のことですよ。エッセネ派が初期キリスト教共同体と関係をもつ時代を経て後のことでしょう」

「あなたがおっしゃるところの〝証拠〟というのが捏造されていない確率は高いですよ」

そう言うとミレ神父はあまりにしゃべりすぎたと気づいたのか、あわてて仕事に戻ろうとして父に別れを告げた。すでに足速に遠ざかり始めている。私はあの赤い油の入った小瓶をまだ手にしていることに気づき、彼を追いかけた。追いついて彼に渡した。だがミレ神父は何か突然のインスピレーションにうたれたかのように、一度手にした小瓶を私に返した。

「いや、これはあなたにあげましょう」彼は言った。

「しかしなぜですか？」びっくりして私は神父に尋ねた。

「分かりません……。大切になさい」

眼差しが確信に静まっていた。同時に祈りといってもよい悲しみがうかがえた。私はその不思議な〝贈り物〟を受けとった。《少なくとも消失することのない証がここにある》と心の深奥で語っていた。

数日後、父と私はシモンに会った。シモンは私達にアメリカ及びイギリス行きの航空券を手渡した。マーク・ジャンセンとトーマス・アルモンドを訪ねて、巻物のありかをあたってみろというわけである。学会でニューヨークにいるマッティにも会うように指示された。

「グッドラック」

別れ際にシモンが言った。

「くれぐれも気を付けてな……そうだ、アリー」とシモンは付け加えた。「出発のプレゼントを見せておかなきゃならん」

そう言うと小さな皮のホルスターを差し出した。小型の拳銃が納まっていた。私が驚いた顔をしていると、シモンはこう言った。

「注意してくれよ。弾が装塡済みだ。扱い方は分かっているよね。必要がないことを期待するが万が一ってことがある……」

シモンは私のリアクションを待たずにホルスターを取り上げた。

「飛行機に持ち込むわけにはいかないから、ホテルの方へ小包で送っておくよ。あ、それからイギリスに渡る際は、君が到着先のホテルにこれを送りたまえ、それ以外は肌身離さず必ず携帯することだ」

そう言い残して私達に再び別れを告げると、踵を返し立ち去った。遠ざかって行く彼を見て、私達はなんとも不安な感情にとらわれ始めていた。

出発の前日、父と私はエルサレムの正教修道院を訪れた。カイール・ベンヤイールに会うためである。ベンヤイールはホセア大主教がマッティとあの巻物の取引をした際にも、マッティの父のフェランクス教授との件の〝偽の交渉〟の時と同様、仲介人の役を演じたのだ。まずは死海文書に接した者と会うことが我々の役目であったから、ベンヤイールは無論欠かせない。

それに彼はホセアを殺したのが多分誰だか知っている。

正教修道院はアルメニア地区の路地の突き当たりにあった。分厚い中世時代の扉に近代のモザイクがほどこしてある。呼び鈴を鳴らすとその扉がゆっくりと開いて助祭が顔を出した。訪問者をいぶかしむ表情をあらわにしている。この教会を訪れる旅行者は多くない。そこには素晴らしい図書館も、二〇〇〇年前に行なわれた最後の晩餐が、シリア正教の伝統に従えば、そこで行なわれたとされている地下室もあるというのに、旅行者はまれなのである。だから余計のこと助祭は不安にかられたのだろう。それに時が時だけに無理からぬことではある。我々が用件を告げると、助祭は司祭達が住んでいる庫裏のある場所を教えてくれた。大主教は庫裏の建物の一つの最上階を住まいとしていたらしい。教会の聖域を通って、教えられた場所に向かった。シリア文字の見える祭壇の上には黄金のイコン像が掛かっていて、ろうそくの光に輝いていた。岩壁を通して厳粛な祈りの声が響き伝わってくる。地下聖堂で祈禱が唱えられているのだ。教会ではここ何日というもの、大主教の死を悲しみ、哀悼の祈りが途絶えることはない。ホセアの住んでいた庫裏の建物の入口に我々が立つと、一人の女が我々を冷ややかに迎えた。ことにシュトレイメルに黒いコートという出で立ちの私を上から下までじろじろ見つめ、なぜまたユダヤ教徒がこんなところまでやってきたのか、あからさまにいぶかしんでいた。父が用件を告げると、カイール・ベンヤイールはフランスに旅行中でいない、大主教様がお亡くなりになってから直ちに出立しましたよ、と答えた。容疑者というわけではないが、参考人として警察が探しているそうだ。フランスの住所も残していなかったので、今どこにいるのか誰も知らないということだった。私は父が女と話している間に、すきを見計らって建物に入り込み、階段を登っていった。故人の住まいのドアには鍵がかかっていなかった。入ってみた。豪華な部屋が三室あった。どれも天井は石のドームになっていて、数々の時代物の家具や、貴石で象眼された置物や古代の楽器、金銀の細工物が神秘的で壮麗なインテリアを演出している。
〝こんなところに宝物が……〟と私は思った。《我もまた金と銀を、諸々の王と諸国の貴重な宝石を集めた。幾人もの男の歌い手と幾人もの女の歌い手をかかえ、人の悦楽を味わった。楽の調べを、否、幾つもの楽の調べが生む諧調を楽しんだ。》
足が機械的に書斎に向かっていた。書斎は様々なケースやあらゆる種類の書類、シリア語の本、様々な文書やらで溢れかえっている。その中の一片の皮紙が私の注意を引きつけた。たたまれておいてあったその皮紙を手にとってそっと開いてみた。巻物の断片であった。私は持っていた袋の中にそれを忍び込ませ、急いでそこを立ち去った。階下では大主教の室を見せてほしいと頼み込んでいる父が女に断られているところだった。女は私が姿を消したのに気づかなかったのだ。シモンの言った通りホセア大主教の死の謎は未だ解けていなかった。当局の捜査は焦点が定まらず、容疑者は特定されていない。そんな時によそ者がやってきて歓待されるべくもない。僧院はスキャンダルを恐れ、扉を閉ざし、あたかも家族の恥ずべき秘密が外に流れ出るのをくい止めようとしているかのようであった。
父と私は危機を隠蔽した排他の聖区から遠ざかるや否や、大主教の書斎から盗んできた皮紙を広げて、あわただしく目を通した。父はそれがクムランの巻物の断片であることを直ちに理解した。断片は状態が良かったので解読に時間はかからなかった。胸の高鳴りを禁じえない。小さな文字がぎっしりと並んでいるにもかかわらず、その一つ一つはクムラン時代の古代ヘブライ文字特有の鮮やかな曲線を失うことなく鮮明であった。

1. アコールの谷にある要塞の中、階段の下四〇歩の深さのところから東に進む。〔進んだところに墓所あり〕
2. 〔その〕墓所の中、第三列目の墓石に金の延べ棒あり。
3. 「柱廊」の庭にある大きな貯水槽の中、その底の石膏で固めた穴に金貨九〇〇隠したり。その穴の上方には貯水槽の上部開口あり。
4. 「池」の広場、水道の下から、池の方へ向かって北に六歩、食器あり。
5. 避難所の階段の上、左側に銀の延べ棒四〇本あり。
6. 二つの浴槽のある館の中に池があり。そこに食器と銀あり。

「これは『銅の巻物』だ」父が言った。「トーマス・アルモンドがこの巻物の一部を訳している。その昔どこかに埋められた宝物のありかを示した内容だ」

「どういう類の宝物でしょうね？」

「それは分からないが、ソロモン王のあの伝説の宝物だったこともありえる。〝思い出してごらん〟、それはそれは壮麗な神殿だった。黄金の二重扉があり、寄せ木張りの床はヤシの木材に彫刻がほどこされ、天井は金色、そこに配された数々の聖なる家具、燭台はことごとく黄金。

貴木の楽器に、一面金箔の小祭壇、そして『至聖所』にはオリーブの木で彫られた二対のケルビムが最も聖なるもの、すなわち『契約の棺』を守っていたのだ」

「ソロモンの神殿は前六世紀にネブガドネザルの軍隊により破壊されたのでしょ！」

「そうだよ。しかし神殿の宝物は消えてどこにもないんだ。この宝物の消滅について数々の伝説が語り継がれている。そのうちの一つはマカバイ書IIの中に記されていて、それによれば預言者エレミヤが宝の守護者の一人ということだ。エレミヤは『聖櫃』を移動する際に用いる『幕屋』を従えてネボ山に赴き、ある洞穴に、『聖櫃』を納めたその『幕屋』と、祭壇と香を置いたという。また別の伝承によれば、宝物はユダヤ人がメソポタミアに捕囚された際に持っていたとも言われている。そして七本枝の燭台を含めて、それをかの地のある寺院の境内に埋め、七〇の金箔をはった机は金貨と一緒にバグダッドのある塔に隠したそうだ。

　さらには一人の律法学者が宝石、貴石、金、銀を見つけ、それらを隠した天使に見せたという者もいれば、聖なる食器及び宝物は預言者ダニエルの墓の下にあり、これに触れんとする者はその場で死ぬと断言している者もいる。実際に一人の考古学者が発掘しようとして命を落としたらしい。ところで『銅の巻物』によれば、宝物はエルサレムの近くの岩だらけの谷の後ろにある〝ある地方〟に隠されているとなっている。そしてこの地方とは〝頂〟よりも低いがその広がりの三つの辺のうち二辺は険しい峡谷に落ちこんでいると記されていたとなれば、まさしくクムランから望む風景だ。キルベット・クムランの風景を覚えているだろ」

「もちろんですよ。だとすればこの断片に暗示されている貯水槽はクムランの遺跡のグラウンドの低くなったところにある二重の大貯水槽だと思いませんか？　仮にそうだとすると《二つの浴槽のある館の中に池あり。そこに数々の食器と銀あり》ということになります」

「恐らくな。とにかくホセアは宝捜しをやっていたということだ。多分殺された理由もその辺にあるのだろう」

「だが大主教がまたなぜ宝捜しなど?……『文書』のおかげですでに充分の金を得ていたではないですか」

「『伝道の書(エクレジアスト)』を思い出してごらん。《金を持つ者、金によって満たされることなし。楽しみを追求する者、これによって充実を感ずることもなし。そうしたこともまた虚(むな)しきかな》と記されておる」

カイール・ベンヤイールには、イスラエルに帰国する道すがらフランスに寄って会おうということにした。もっともフランスでどうやって彼を見つけるかについては漠とした考えしかなかったのだが。

その夜、私は〝ラビ〟に会いに行った。出立を告げるためである。案の定理由を尋ねられた。しかし父と約束したからには言うわけにはゆかない。

「私にも言えないなんて恥ずかしいことでもあるのかね」〝ラビ〟は疑惑をもった様子で私に言った。

「いいえ、立派な目的があります。父と行くのです」

「そなたの父とか?」

ラビは驚いてそう言った。父が信仰心をもたぬことを知っていたからである。私はその疑問文の声の調子からラビの頭の中に父を評してどんな言葉が浮かんでいるのか想像できた。「アピコロス」という表現だ。つまりは快楽主義（エピクロス）の背教者めが、法なき愚者めが、と父を雑言しているに違いなかった。

「出立しても『律法』を忘れてはならぬぞ。ここを離れれば多くの誘惑が待ち構えておる。誘惑に負ければメシアが到来されても救われぬことになる。しかもその到来は間近だ。到来に備えるのだぞ。かの地においてもメシアの到来を忘れるでない。刻一刻とメシアの足音がイスラエルとその民の方へ向かって少しずつ近づいて来るのが分かる。その響きが聞こえる」

私は身震いを禁じえなかった。我々は途方もなく遠い時代よりメシアの到来を待ち続けている。だがついに神がその計り知れぬほどに長い時間をかけた待望に答える時がそこに迫ったと〝ラビ〟が告げたのだ。我々は「追放」の最後の世代であると同時に「解放」の最初の世代であることを〝ラビ〟が告げているのだ。〝ラビ〟がこの啓示を受けるにあたり、「メシア来たり」と予言するにあたり、世界のここ何十年かのすべての出来事はそのための準備であったと言えるだろう。六日間戦争の間、〝ラビ〟は一度も不安を示さなかった。恐れてはならぬと命じた。共産主義の崩壊及び湾岸戦争の際にも、イスラエルはこの世で最も安全な場所であると言い切り、破壊の時は未だ来たらずと予言した。そしてすべて〝ラビ〟の予言通りになった。信者の多くが〝ラビ〟のインスピレーションは天啓によるものだと信じていた。〝ラビ〟こそがメシアなのだと考える者がいる一方、メシアの到来とは我々の宗教観にかぎり意味あるものであって、現実の歴史とは関係のないものであり、ことには現代の歴史には無関係なのだと言う者達もいた。しかし《人間自体が好機というものを知らない。網に捕えられた魚が、罠（わな）にかかった鳥が、それを予測できなかったのと同様に人間は不慮の出来事にしても、好機にしてもあらかじめ知ることはできない。》

「よいか忘れるでないぞ」

私が去る前に、最後の忠告、あるいは最初の勧告であるかのように〝ラビ〟は言った。

「目が覚めたならばすぐに『マシーアハ』の〝気〟を体に通せ。トーラーの研究と祈りを重ねることが『マシーアハ』の到来を早める。『マシーアハ』の〝出産〟が苦痛を味わうことなく、速やかになされんことを絶えず祈れ。お前はイスラエルの民がエジプトの地に行ったと等しくかの地へ行く。民はエジプトで神に向かって解放を叫んだ。神は我々の声をのみ待っておられる。神は我々の要請が強くなければお答えにならぬ。そのためには絶えずお前自身を半ば神の名に恥じぬ存在として、半ば罪深き存在として捕えねばならぬ。たった一つの律法を成就したとしても、それは世界中を〝功徳〟の秤皿（はかりざら）へと傾けさせることになり、そして万人をすべてのくびきより解き、最終解放をもたらすことに通ずる」

ハシディムのある者達は〝ラビ〟はメシアのもつあらゆる特性を備えているのだから、その昔イスラエルの人民がダビデに向かって誓ったように、未来のダビデである〝ラビ〟に対しても誓って、《我々はあなたの骨であり、あなたの肉だ》と言わねばならないと考えていた。また、〝ラビ〟こそは現代のメシア王であると万人に教えようとしていた。だが私は、〝ラビ〟に忠実であり、いかなる忠告にも従い、その声の抑揚に心を打たれ、自省の淵（ふち）に沈みはしたが、彼をメシアと信じることは未だできずにいた。私の信心がどれほど篤かろうが、私のトーラー崇拝がどれほど深いものであっても、こと、このメシア待望となると熱意を欠いていたと告白せねばならない。ハシディムのある人々にとってはこの〃ラビの中にメシアを待望すること〃こそが彼らの信心のいわば唯一不可欠の要素であったのだから、私はハシディムにあっても異なっていたといえる。私は皆と同じく教師達を心から信頼していたし、我々の中で最も偉大と信じていた〃ラビ〃に対する敬意は尋常なものではなかった。しかしそうした感情をメシア待望に短絡することは出来なかった。私にはメシア到来というものがまだ少し先のことのように思えていたのだ。無論この問題に関しては、イェシヴァの学友とも幾度となく議論を重ねていた。そして私は彼らの考えにはいつも面食らったものだった。

「〃ラビ〃がメシアなら、〃ラビ〃はそれを証明しなければならない」と私が言う。すると彼らはこう答える。

「ラビはすでに証明なさっているさ。ラビのなされたすべての予言が的中してるのが何よりの証拠だよ」

「それならば〃ラビ〃は我々を解放なさらなければならない、本当にメシアであられるならばだ」

「それこそを今、我々は待っているのさ、だからこそ我々は昼夜祈るんだ」

こういう議論をしても、彼らは私のことを無神論者とも異教者とも考えはしなかった、と私は思っている。私の生きる意味がただひたすら宗教であることを彼らは知っていたからだ。しかしながら私の考えは神に背くものではないにしても、審問者の精神と評され嫌われてもいた。

そんなわけで私が彼らに別れを告げた時も、彼らはいささか皮肉っぽくこう言った。

「さよなら。『解放』に間に合うように帰っておいでよ」

巻物探索のこの旅はまたメシアを求めての旅になるという奇妙な確信をもって私はメア・シェリームを後にした。きっとその意味で、私は旅立ちながらもイェシヴァでテキストを研究し、彼らと討論するのと何ら変わることがないのかもしれない。本当にメア・シェリームにメシアがいるのだろうか？　それが確かなら、この目で確かめたい。メシアが外にいないことを確かめてみたい。ここ以外、この広い世界のどこか遠くに……。《私はかつてエルサレムでイスラエルの民の王であった。私は心を傾けて探究したことがある、知を開いて、はかったことがある。天の下で起こるすべてのことを。神が人間に与え、人間の営みと定めたすべての難儀なことを。太陽の下で起こるすべてを眺めてみた。ところがすべてが虚しく、すべてが懊悩であり、よじれたものはなおらず、過ちは数え切れない。そこで私は知恵を知ろうと努めた。過ちと狂気を知ろうと心を傾けた。だがそれとても煩悩であることを知った。なぜならば知識が溢れかえれば、悲しみが溢れかえったから。知識によって育つもの、苦痛によって育つ。》

私は出発の前夜、ある不思議な夢を見た。私は強い不安にかられて飛び起きた。それから数日というもの、その夢のことが頭から離れず、底深い不安感にとらわれ続けた。ほどなくそれもおさまり、やがて夢のことは全く忘れた。だがこの忘却はある種の潜伏期間だったのだ。様様な出来事が私を襲い、やっとその夢が意味をまとって再び立ち上がることになるからだ。夢はこうだった。私はイェフダと車に乗っている。運転しているのは彼だ。市中を走っているのだがエルサレムではない。理由は知らないがヨーロッパのとある都市だった。大河の何本かの支流を渡らなければならないが、一本も橋が見当たらない。浅瀬を渡ろう、とイェフダが言った。すでに川に向かっている。瀬戸際にきて私は危険を察知した。川が深すぎるのだ。左に切れと叫んでいた。だがイェフダはハンドルを切るのが遅すぎた。急ハンドルがかえって車体を水面に近づける結果を呼んだ。だが車は水に突っ込まなかった。気がつくと宙に浮かんでいた。雲の方へと向かっている。雲に向かっているのは我々の車だけではなかった。我々の前にもバスがいる。助けてくれるかもしれない。地上に連れ戻してくれるかもしれない。だが車は希望を裏切ってどんどん上昇して行く。助けは来なかった。イェフダが私をちらっと見つめる。彼がすまながっていることが分かる。わざとじゃないんだよ、と視線で語っている。私は叫んだ。『まだ早すぎる！』そしてその自分の叫びで目を覚ました。

第三巻　戦争の巻物

光の子達の第一次戦争

光の子達によって闇の子達の集団、すなわちベリアルの軍隊、エドムとモアブとアンモンの子達、そして物凄い数のオリエントとペリシテの子達の集団とアスールのキッティームとその民の幾多の集団の制覇が初めて企てられることになる。ことにアスールのキッティームとその民は「契約」を結んだレビの子達、ユダの子達、ベニヤミンの子達の中の不実な者達に助けを求めにやってくることになる。砂漠に流刑されていた者達が彼らと戦うことになる……なぜならば流刑されていた光の子達が〝エルサレムという名の砂漠〟でキャンプを設営するために数々の民の砂漠から戻ってきた時、闇の子達の集団全体に対して宣戦を布告することになるからである。

最終戦争。闇の子達の決定的敗北。

そして、この戦争の後で〝低きより〟異邦人の国々が上ってくることになり、そしてキッティームの王がエジプトに入ることになる。そしてキッティームの王の治世に怒り狂った〝彼〟

が出ずることになり、北の王達と闘う。〝彼〟の怒りは敵軍の角を破壊し、無に帰せしめようとするぐらい激しいものだ。それは神の民が救われる時代なのであり、神の民の集団のすべてのメンバーが支配する時であり、ベリアルの集団全体が絶滅される時なのである。ヤフェトの子達はとんでもない混乱に陥り、アスールは何人たりからも助けの手を差し伸べられぬまま陥落し、キッティームの支配が消滅することになる。瀆神は打ち負かされ、微塵も残らない。闇の子達で難を逃れる者、誰一人としていない。

【…………】

〝あなた〟が戦われているのです！　絶大なる力は〝あなた〟から発しているのです！　いいえ、我々が戦っているのではありません、我々の力強さではありません。我々のこの手が勇気を発揮させているのではありません、あなたの力強さ、あなたの信じられない勇気の力によるものです。かつてあなたはこう宣言なされたではありませんか。

「一つの星がヤコブより道をつくった。王杖がイスラエルより立ち上がった、それはモアブの諸時代を打ち砕くセトの息子達すべてを打破する、それはヤコブよりそびえる、そしてそれは都市の生き残りを絶滅させる。そしてイスラエルはその勇気を発揮する」

　あなたが聖油を注がれた者達、「判決」の数々を〝見ている〟者達をつかって、あなたは我我にあなたの御手による戦いの時代をお告げになりました。我々の敵軍のただなかであなたが讃（たた）えられる時代を、あなたによってベリアルの集団、虚栄の七カ国があなたがあがなった貧しき者達の手におちることになるような時代を。あなたは勝利者となる貧しき者達を、生命力と驚くべき「お力」をすべてお使いになってあがなわれたのです。そして沈んだ心をあなたは希望でお包みになった。あなたがベリアルの集団、虚栄の七カ国をファラオと同様に、葦（あし）の海の戦車の隊長達と同様に扱われますように、そして心打ちひしがれているか弱き者達でさえ、燃え盛る松明（たいまつ）を藁（わら）につけた時のように、その心を燃え上がらせ、その炎が悪人どもを焼きつくし、犯罪者のすべてが絶滅されるまで承知いたしませぬように。

クムランの巻物
《光の子達と闇の子達の戦争》

I

我々は何千キロのそして何千年にもわたる旅に向けて出発した。この出発は本当は戦いに向けての出陣だったのであるが、父も私もそのことに考えがおよばなかった。当初恐れることは何もなかったからである。我々は未だ人間が犯せる限りの数々の残虐も恐怖も体験していなかった。人間は一度信仰を失えば平気でそれを犯す。なぜなら人間が悪をなすのは力や凶暴性によるよりも弱さによるものだからだ。自分の存在が偶然の流砂にとらえられ揺らぐ時、これを安定させようとして悪を犯してしまうのだ。「永遠の善」から遠ざかると、「別の永遠」を求める。か弱い人間存在が拠所（よりどころ）を探すのだ。こうして「悪」はやってくる。人間存在は「善」に頼み、これを熱望するのと同様に、一方で「悪」に頼み、これを熱望する。私は人々が日頃何気なく犯すたわいもない悪のことを言っているのではない。私は今、「絶対悪」について語っているのだ。理によって生まれ、長きにわたって熟した計画に基づく「確信悪」について語っているのだ。この「悪」は取り付く目的を定めており、質実にして善良、正しくして知恵ある魂が生け贄と決まっている。悪徳と堕落をきわめても何を恨んでいるのか、罪なき者に対し略奪を重ねてもなぜこんなことをするのか、誰も分からない。なぜこう繰り返さなければならないのかも分からない。その時人間の犯す悪は「絶対悪」より流れ出る悪を犯しているのであり、「悪」であること自体が目的である悪を犯しているのだ。「絶対悪」は病んだ魂のことである。でなければ人間が「絶対悪」を表現することはない。善の中にあって脆弱な勢力に全力を傾けてさいなみ、このことによってのみ歓喜を得るが、しかし絶対に満足するということのない「絶対悪」のことを私は語っているのだ。絶対に満足しないのは「善」と同様、「絶対悪」もその永遠性において悪だからである。本質的に満たされるということがない「悪」、それが「絶対悪」である。私は「この悪」のことを語っているのだ。

世界を創造された時、神は自身の姿に似せて人間を創られた。人間は海の魚達を、天の鳥達を、動物を、地上全体を、そしてその地上に動きまわるすべての昆虫を、神の意に従い支配した。神は自身が創られたものに満足された。これでよしと判断された。だが多分神はこの創造の背後でおぞましい陰謀が画策されていたことを知らなかった。なぜなら人間を通して神が形作られたものは神自身の鏡ではなく、「絶対悪」であったからだ。神は「絶対悪」を創造してしまったのである。我々の聖書はこう語っている。メシアは「善」と「悪」との凄まじい戦いの果てに到来されると。この戦いを死海文書は《光の子達と闇の子達の戦争》と名付けた。

父と私はイスラエルを後にした。私は飛行機に乗るのは初めてだった。何か永遠に向けて母国を離れた気がした。速度でもって距離が時間をむさぼっているみたいだった。だからニューヨークに到着した時、老いに似たものを感じた。チェックインしたホテルはブルックリンのハシディム区、ウイリアムズバーグにあった。見知らぬ国で面食らわぬようにというシモンの配慮であろう、なるほど不思議なくらいメア・シェリームに似ていた。道ですれ違うのは私と同じように髭をはやし、お下げを結い、シュトレイメルを被った人達だ。でも服のヴァリエーションはメア・シェリームより富んでいて、その微妙なニュアンスを読むことはまさしく〝被服の文法〟を習うというのにひとしい。ルダンゴットの代わりにくりが広くない丸襟のダークカラーのガウンの〝ホロ〟で、ウエストのところにベルト付き、帽子はシュトレイメルに黒貂をたらすというリッチな連中もいれば、フェルト製のつば広で艶消しのリボンが付いた〝カピローシュ〟を被っている質素な人々もいる。メア・シェリームでもそうだが衣服でセクトが分かる。ハンガリー系もいればガリツィア系もいる、アメリカ人アンチシオニスト運動サトマールに加わっている者もいれば、全世界に広がるメシア伝道運動ハバドに献身している者もいる。かと思えば研究に一身を捧げるゴウル派もいれば、ヴィシュニッツ派あるいはベルズ派もいる。だがハシード特有の早足は共通だ。メア・シェリーム同様イェシヴァの生徒達のグループがいたる所にいる。研究生達がタルムードの難解な一節について活発な議論をたたかわして交通を遮る。家族で連れだって通りを歩いている人々もいる。皆大家族で、年上の子達が年下の子達の手を繋ぎ、この下の子達は下の子達で赤ん坊を腕に抱かせられている。《産め、そして殖やせよ。》

到着した日はたまたま安息日であった。何百というハシディムが通りを急いでいる。シナゴーグに行くのである。私も祈りに行くことにした。奇跡的といってもいいが、なんと父も一緒に来ることを承知してくれた。まわりは皆、祭服のところを父はシュトレイメルも被らず、黒い上着も着用していなかったが、本人はいたって自然体でまわりを気にもしていない。ところがまわりは私に〝どういうご関係か〟と尋ねてくる関心を示した。お父上なのか友達なのか、あるいは入信者なのかと聞いてくる。確かに〝バール・テシウバ〟も沢山いた。我々はウイリアムズバーグのハシディムの人々に晩餐に招待された。これはハシディムの習わしであって、安息日には客を招かなければいけないのである。今夜は饗宴がある。信者達は飲んで踊る。それも幻覚にとらわれた者のように踊る。共同体の長であるラビが安息日を讃え、見事に飾られた大机で一座を司る。何人かの若者がラビの傍らでものも言わずに食い入るように彼の一挙一動を観察しているのを見て父は驚いている。

「ラビが飲んだり食べたりしているのを見つめることはハシードにとって大変な恩寵なのですよ」私は父に教えてやった。「ラビのわずかな身振りも注意深く探査しなければならないのです。なぜならそこには大事な兆し、生きるための新たなる方向が示されているかもしれないからなのです。ラビが指を立ててるだけで全世界が震えます」

「だがたまには行儀良く食事もできないただの老人にすぎないようなラビもいるんじゃないか？　ご覧よ、ここのラビは酒に酔って舟を漕いどるよ」

「彼らにとってはこの老人が天と地を繋ぐ存在なんですよ。世界の苦痛を分かつことのできる存在なんです。彼らのラビこそ、〝正しい人達〟の多分最後の人で、その徳が共同体全体を救うと信じているのです。彼が祝福したワインどころか、彼が皿に残したニシンでも指が少しでも触れていればすでにそれらは聖なるものなのです。この聖なるものは我々に、食べるという行為は宗教的、つまり〝再び結ばれること〟であり、生命体の要求を満足させるものなどではなく、食物の中に隠されている神の生命力により人間の身体を浄化させることであると教えます。ラビが天と地を〝結ぶ〟存在であることを考えれば必然と言えるでしょう。食べることはデヴェクートと同様、神と結ばれる神秘的行為なのです」

ラビが席を立つや否や、傍らにいた一人が急いでラビの皿に飛びつき、残り物をむさぼった。どういうことなんだと言いたげに父は私を見た。

「ラビの皿に残されたものを摂取したり、杯に残されたたとえ一滴の酒でも口にすれば永遠の祝福を受けたに等しいのです」と私は説明した。

「まさかお前は本気でそれを信じているわけではあるまいな」父は私にまるで懇願するかのごとき表情で尋ねた。「答えてくれ、信じちゃいないんだろ」

「父さん、私はラビ達の力を信じていますよ。ここのラビも限りない尊敬の念に値する人だと思います。思うに……」私は語気を弱めて付け加えた。「ラビに死海文書のことを話しておいた方がよいかと……。助けてくれるに違いありません」

「ラビが我々を助けてくれるというのか？　何も知りゃせん男がか。お前まさかラビは〝全知〟だなどと言い出すわけじゃあるまいな」
「そんなこと誰にも分かりませんよ……」

到着の翌日の晩に、文書の元々の発見者フェランクス教授の息子マッティと会うことになった。学会でニューヨークに来ているのである。マッティには是非とも会って、巻物消滅の一部始終を確かめなければならない。また、手にして消失するまでに目を通すだけの時間はあったのだろうから、その内容も教えてもらうつもりでいた。熱心な研究者であると同時に戦士であるマッティはイスラエル建国の伝説的英雄の一人に数えられていた。イスラエルがまだイギリスの委託統治にあった頃から、この国の解放に向けて一身を捧げ、イスラエル建国を実現へと導いた男である。独立戦争の間は参謀本部長として目覚ましい活躍をしたが、その後この地位を退いて父の遺業を継承した。そして数々の発掘に携わり、その功績は幾多の戦功に重ねて目覚ましく、いやがうえにマッティの名声は国内中に広まった。この戦闘的シオニストは私の父と同様、考古学上の聖書文献となると大変な情熱の傾けようを示すが、それ以外においては徹底した無神論者であった。

マッティは彼が宿泊しているホテルのバーで我々を待っていた。短くカットした髪はいささかの衰えも知らず、目は黒く輝き、威厳に満ちた人物だった。私が幼い頃想像していたモーセのイメージに似て、老いにはほど遠く、高齢者によくある老人性の震えやら痙攣やらが微塵もうかがえず、むしろ反対に重ねた齢がそのまま力の強さと知恵の深さになっている。だが彼の容貌で何が目を引くといえば、その肌質だった。それは老人のあの皺だらけの、薄い、熟しすぎて腐ってゆく果実のごときざらざらの全く艶のない肌とは正反対に、しっかりと厚く、そして引き締まっており、褐色の粘土のように滑らかな暗色に染まっているのだ。頬のところなぞはさながら岩が盛り上がっていると言えよう、その下方に肉付きのよい唇がこの肌色の連続を断ち切り、黒曜石のような眼光がそのすべてを生き生きと輝かせている。この肌色は太陽によってなめされたものだ。滑らかではあるが砂塵によって無数の擦り傷を付けられている。この肌はユダヤ砂漠の写像なのである。そして砂が化石に、化石が石に、石が岩に固まるがごとくに、ユダヤ砂漠の自然が砂漠の戦士、そして砂漠の発掘者マッティ・フェランクスの肌に集積しているのだ。

「ああ、ダビッド、知っているよ」マッティは父に余分な説明をさせる労をとらせずに、いきなり本題に入る率直さを示してくれた。

「もう数年前になるのかなあ、私自身あの巻物をもう一度探してみたんだ。だがそのありかが分かったと思うと、するりと逃げて消えてしまった……」

「消滅当時のことを聞かせてくれるかい？」

「エルサレム考古学博物館から盗まれたんだ」

「解読の時間はあったのかい？」

「いや、残念ながらなかった」

「誰が盗んだのか分かっているのかい？」

「特定は難しい……とにかく私の知る限りのことを話そう」

「一九五四年、講演でここニューヨークに来ていた折だ。ある日、匿名の手紙を受け取った。死海文書のうちのあるものを売りたいという内容だった。その手紙には国際チームのメンバーで、〝闇の天使〟の異名で名高い例のイギリス人研究家トーマス・アルモンドが書いた新聞記事が引用されていた。〝巻物が一巻消滅してしまった〟ことを公表した記事だった。手紙の差出人はその巻物を手に入れられる可能性を明言していて、その裏づけとして巻物の断片の写真も同封していた。いわばその手紙には、父が手にまでしたにもかかわらず、結局買い取ることができなかったあの巻物に違いない、と私に信じ込ませるだけのものがそろっていた。で、欲しければ大枚一〇万ドルを支払えというわけさ。巨額ではあるが、元々値のないものだからいくらふっかけられようが仕方がない。イスラエル政府の補償も当て込んで承諾の返事を出した。手紙に指示してあった局留にね。何週間かしてまた手紙があった。主旨はこうだ。〝暗殺で亡くなられたヨルダン王国の首相が生前に三〇万ドルの値を承知くださったことをお知らせしておきたく、よって交渉は公平を期したいと存じます〟。今度は署名があった。正教会のシリア人大主教のホセアの署名さ。ホセアとはそれ以前のアメリカ旅行の際に会ったことがある。その時も巻物のことで折衝しようとしたんだが手応えがなかったんだ。だが今度はホセアの方が話を切り出してきた、オークションで商談を進めようというわけだ。是が非でもあの巻物を手に入れたかったので、私は怒りを抑えて交渉にのっかった。ホセアはイスラエルと国交のない中東アラブ諸国によく出向いていた。で、私の連絡は合衆国にいる奴の友人の一人を介してとられた。カイール・ベンヤイールという男だ。ホセアのよこす手紙から、奴とヨルダンとの接触がどう進展しているのかを推測してみたところ、政府及び王家の役人達と取引していたとみえた。彼らはホセアにヨルダン古代遺物博物館保管の文書も含めて、幾つかの死海文書が売りに出ていると匂わしたらしい。ホセアはあの巻物に限らず何巻かを私に売りつけようとしていたのだが、巻物の数がいつも一定しなかった。しかしその話で説明がつくというものだ。もっとも私の関心はもっぱら件の巻物にあったんだがね。

ホセアに宛てた手紙の一通で私はこう知らせた。〝いつでもそちらの要請を検討する用意あり。条件が法外なものでなければ双方満足のいく結果で終えられる〟とね。それから何日か後、休暇を利用してロンドンに行ったんだ。その方が連絡もとりやすかったからね。そしたらホセアはロンドンの私のもとに、一枚の断片を送ってきた。その断片は水垢も付いておらず、赤外線透視も必要なく読める状態のいいものだった。死海文書を書いた宗派の写字生の手によるヘブライ語書体がただちに確認できた。だがそれが聖書かそれ以外のものかというと断片からでは分からなかった。とにかく聖書に使われる表現とは異なる表現が用いられていることは確かだった。ざっと調べ、写真をとってから皮紙をホセアに送り返した。そういう約束だったのでね。〝断片は確かに死海文書のものとうかがえる。ちゃんとした写字生によるヘブライ語だが、断片が小さ過ぎて、外典なのか死海のほとりにいた共同体の作成した彼ら独自の文書なのかは定かでない〟という返事を添えてやった。

それから当時帰国していた国際チームのディレクター、マーク・ジャンセンにも書簡を送った。マーク・ジャンセンとは仕事で面識があったし、ジャンセンがホセアと幾つか協定を結んでいたのも知っていたのでね。ホセアが私にあの巻物を売るようにジャンセンから説得してもらおうと思ったのさ。慎重に努めながらも熱狂を隠すことはできなくて、ホセアが送ってきた件の断片のことに触れてついつい気が入ってしまい、こう書いてしまった。〝発見中で最も重要と思われる巻物に関するものである。ホセアからその巻物を買収することは学界の義務であり、またイスラエルにおいて、あの巻物の歴史的復元を実現することはユダヤ民族の義務であるともいえる。巻物が失われることがないようできる限りのお力添えをお願いしたい〟。ジャンセンは一週間後に返事をよこした。それによればホセアは他からの幾つかの言い値とかかった費用を引き合いに出して、七五万ドルでなら売ってもよいと言っている、一五万ドルは即金で、残金は巻物の受け渡し時に、というべらぼうな話だった。怒り心頭に発したね。すぐさまそんな条件はのめぬと書き送ったよ。

それからほどなくして、講演でニューヨークに行く機会があった。そしたらホセアから一通の手紙が届いたんだ。手紙の調子が前とはがらりと違うのさ。何巻かの死海文書に関して最終的に交渉したいというんだ。当初の額の一〇万ドルなら払えると言ってやった。結局その値段で成立した。弁護士を立てて正式な取引を行なうことにした。金は払ったわ、巻物は手に入らないわなんてことが起こらないとも限らなかったからだ。詳細に及ぶ契約書を作成してジャンセンに送り、ホセアにサインさせた。取引の際に直接巻物を持ってくることになっている代理人のカイール・ベンヤイールのサインも取り付けた。皮紙の詳しい鑑定書も作成された。契約書のサインから一〇日後に皮紙の引き渡しが行なわれることになった。断片はベンヤイールが直接私に手渡すことになる。断片と巻物が合えば巻物が本物であることが確認されるからだ。

一〇日たった。ヨルダンから帰ってきたカイール・ベンヤイールが私のところにやってきた。

ところが驚いたことに文書はまだホセアのところにあると言うんだ。どういうことか詰問したら、ホセアが契約の有効性を疑っている。金がもっと欲しい。何しろベドウィンが値を釣り上げている、とこうなんだ。

奴ら頭がおかしいんじゃないかと本気で疑い始めたよ。五〇万ドルという巨額な金を再び要求したからさ。ジャンセンに問い合わせたら、ホセアが彼のところへ手紙で、〝レバノンとヨルダンの間のいざこざで足止めをくっていて残念ながら巻物を送れない〟と知らせてきたそうだ。そんなわけで何人かを買収しなければならない、リスクも大きい、で、値を上げざるを得ない、と説明するんだ。

私は科学雑誌をくまなく調べ、クムランに関するあらゆる記事に注意深く目を通していたので、あの巻物のことが少しでも書いてあれば分かる。どこにもそんな記事はのっていなかった。誰か他の者に売られた可能性はない。まだホセアの手元にあるのは確実だった。だからその時分、あの巻物の存在を知っていたのはホセア、ベンヤイール、ジャンセン、そして私自身だけのはずだ。

このトラブルがあったのがたまたま一九六七年の六月の初旬だよ。六日間戦争勃発で、私は首相と国防大臣と参謀本部長の三者間のコーディネート役を仰せつかって再び軍に呼び戻された。むろん戦争とあっては巻物のことは暫く頭を離れた。六日間戦争に先立つ何週間かの間で、エジプトがイスラエルに敵対して一連の行動を起こしたわけだが、中でもイスラエルにとって一番深刻だったのがエーラ湾における封鎖だった。これでネゲブでの展開が著しく脅かされ、東方アフリカへの海路が遮断された。知っての通りイスラエルは第三次中東戦争から遡ること一二年前、エジプトによる同様の封鎖を解除させる目的で軍事攻勢としてシナイ半島遠征に乗り出していた。その折、隊を撤退させるにあたって、今後エジプトの行なう封鎖はすべて戦争行為と判断して、それに対する報復は正当とみなされる旨をしたためた合衆国の承認書を取り付けた。だから封鎖はエジプトのイスラエルに対する宣戦布告だ。

六月五日早朝、イスラエルはヨルダンに対して未だ中立を要求し続けていた。ハッサン王はそれに対して砲声で答えた。そしてヨルダン、エジプト、シリアの連合軍がイスラエルに立ち向かってきた。二日間の戦闘の後、イスラエル軍はアラブ軍を破り、エルサレムのヨルダン軍防衛担当区域を占拠した。旧市街と古代遺物博物館のある地域だ。さらにヨルダン軍をヨルダン川東岸へと追いやった。

六月七日夜、少し寝ておこうと思い私は自宅に帰っていた。参謀本部長の電話で起こされた。緊急の軍事行動のための呼び出しではなかった。軍情報部のヤナイという中佐が巻物探索の件で手助けしてくれるという旨を知らせてきたんだよ。

翌日六月八日、ヤナイ中佐は前もって調べてあったカイール・ベンヤイールの住所に赴いた。ベンヤイールは家にいた。少し脅しただけで、巻物をしまっておいた靴箱と断片を入れておいたシガレットケースを床下の隠し場所から取り出したそうだ。

その日の午後はシリアとの関係について国防省閣僚を集めての重要な会議があったので私は司令部にいた。討論の最中に秘書が私に紙切れを差し出した。〝ヤナイが外で待っている〟と書いてあった。首相の顧問として、各官僚の意見を聞くだけでなく、それを分析して見解も述べねばならない。たとえ巻物のことであろうが他のことに気を取られるなどは許されない。結果がどうなったか一刻も早く知りたかったが、はやる心を抑えてた。だが暫くしてついに堪(こら)えきれずに中座して会議室を出た。ヤナイは落ち着きはらって廊下で待っていた。私を見ると何歩か前に出て『お捜しのものと存じます』とだけ言うと箱を差し出した」

そこでマッティは話を中断してポケットからシガレットケースを取り出し、私達にもすすめてから、一本点(つ)けて深々と吸った。顔は完全に平静を保ったままだが黒い目が眼光をさらに強めて炯々(けいけい)と輝いている。

「私はただちに近くの空室に入り、注意深く箱の紐(ひも)を解いた」と切り出しマッティは話を再び続けた。

「そして靴箱を開いた。ナプキンで包まれた円筒形のものが横たわっていた。さらにセロファンでくるまれたそのナプキンをひらくと巻物があった。断片はまとめられて封筒に入っていた。隣の部屋じゃ何千の人の命にかかわる問題が議論されているというのに、その場でその宝物を調べずにおられなかった。そして味わったのは満足と同時に失望だったんだ。皮紙上部の縁は波打って反り返っている。所々で皮紙が分解しているようだった。他の部分もひどい状態で、湿った埃(ほこり)がこびりついていた。傷みが最も激しかった部分は、きっと、湿気に一番さらされた部分だったんだよ。洞穴でそうなったんじゃない、発見後の保管状態が悪かったんだ。こりゃ難儀なことになると思ったね。だがそれだけじゃないんだ。字を見て今度は面食らった。巻物の書体さ。皮紙に書き付けられたヘブライ文字が逆さまだったんだ。右から左ではなく、左から右に書かれてたんだ。つまりあの巻物の文字は鏡文字なんだよ。

翌日、私は巻物をただちに完全密封の研究室に移し、気温、湿度を調整した。何よりもまずカイール・ベンヤイールのところに隠してあった間にくっついてしまった断片を剝(は)がさなけりゃならない。中にはすぐに剝がれたものもあった。それらは七五%から八〇%の自然湿度に置いておく。頑固にくっついてしまっているものは数分間湿度一〇〇%に置いて柔らかくして、次に数分冷凍する。細心の注意を払わないと文字を損ねてしまい、修復は二度とかなわない。

六日間戦争の勝利の結果、考古学博物館は今や我々の支配に移っていたから、そこにあの巻物も置くことにした。そして知っての通り国際チームが博物館の巻物すべてに関して研究を続行してゆくことになった。イスラエル当局がそう願ったんだ。寛容と尊敬の精神からね。

ある朝、博物館に行ってみたら国際チームの作業室にある机の上が空なんだ。あの巻物がいつも置いてあった机の上がさ。狼狽(ろうばい)したよ。作業室に近づけるのは研究員だけだ。チームの誰かが盗みをはたらくなんてありえないことだと思っていた。何日間か皆で全館くまなく探したがとうとう見つからなかった。私はだんだん諦(あきら)めの心境になってきた。何か分からぬが、呪(のろ)いのようなものが我々研究者にあの巻物を解読させせまいとして、永久に我々の手の届かない所に持ち去ったのかもしれないなどとまで思ったさ。

ところがだ、それから二〇年経った一九八七年、クムランの文書専門家の大半が集まる重要な国際会議に出席したところ、あの盗まれた巻物の内容になんとも似たある巻物のことについてピエール・ミシェルが語ったのを聴いたんだ。いや驚いたのなんの、内容及び文体までがそっくりだった」

「実はピエール・ミシェルが巻物を盗んだってわけかい?」それまで黙って聞いていた父が尋ねた。

「可能性は高い。出版による公表を拒んだのも、私に見破られちゃ困るとでも思ったんだろう。さもなくば盗んだのは他の誰かで、そいつがピエール・ミシェルに売ったかだ」

「国際チームの五人のメンバーは巻物消滅当時、全員、考古学博物館で研究作業に従事していたのかい？」

「そうだ、ピエール・ミシェルとマーク・ジャンセンはほとんど詰めっぱなしだったな。私は二人には全面的な信頼をおいていた。何も知らずにな。ミレ神父とポーランド人神父のアンドレイ・リルノフそしてあの変わり者のトーマス・アルモンドは常勤じゃなかった」

「その当時、ピエール・ミシェルがすでにあの巻物の内容を解読していたという可能性はあるのですか」私は初めて口を開いて尋ねた。

「大ありだ。すでに長い時間をかけ、デリケートな作業を重ねて巻物は修復され、後は鏡に映して読むまでになっていたからね」

「仮にピエール・ミシェルが盗んだとすれば、なぜまた二〇年も隠し通した巻物の秘密を漏らし、わざわざ疑われるような馬鹿なことをしたんだろうか？」父が言った。

「全く妙な話だ。だがね、妙な話ではあるが極秘重要事項こそ漏洩が頻繁なんだ。これは私が軍にいて学んだことだよ。漏れるということが秘密の定めではあるが、秘密というのは重要であればあるほど、抱えているのが辛くなる。どうしても誰かにしゃべらずにおられない。である日しゃべってしまう、そして後悔する。だがその時は遅すぎる。そのうちつけがまわってくる」マッティが言った。

「解読なさった断片の写真はお持ちですか？」私が尋ねた。

「いや、今手元にはない。イスラエルに帰ればあるがね。帰国したらすぐにコピーを送ってあげよう。一週間待ってくれたまえ。だがテキストはそんな長いものじゃないんだ。ほとんど記憶しとるよ」

初めに言葉があった。
言葉は神の方へと向かった。
そして言葉は神になった。
すべてが神によってなされた。
〝在るもの〟は神なしでは、
一つとして存在しなかった。
神の中に生命があった。
生命は人間の光であった。
光は闇（やみ）を照らす。
そして闇は光を一切含まない。
一人の男がいた、神によってつかわされた男だ。
その名をヨハネという。
彼は光の証人となった。
すべての者が彼を信じるように。
だが彼の言葉は一部を切り取られた。

彼の言葉は変えられた。
そして言葉は嘘となった。
真実が出来る限り隠された。
メシアの本当の物語が隠された。
そしてこのメシアに、
クムランの祭司達の聖別により、
宝が与えられることになる。

父と私は当惑してしばし黙ったままだった。

「で、巻物全体の内容についての君の考えは？」父がマッティに再び尋ねた。

「残念だが見当もつかない。全体を読む時間がなかった。しかし私が見た限りでは、あれは外典ではなくクムラン共同体のオリジナルだったことは確かだ。ピエール・ミシェルの発言以来考えていることなんだが、奴はエッセネ派について今まで知られていなかったことを暴露しようとしていたんだ。彼らがザドク派祭司の真の後継者としての声明文を残していることをあのテキストから明らかにしたかったのではないかと私は思うんだ。死海文書のうち、最初に発見された一つに『ザドク文書』、別名『ダマスコ文書』があるが、この文書がエッセネ派の漸進的成長を詳細に記してるよな。最初は合法的な論駁にのっとった反骨の祭司達の抗議運動だったのが、徐々に天啓という神学的概念に焦点が絞られ、それが『義の教師』という人物に権化されるラディカルなセクトに変貌していった。クムランのセクトにとっては神に吹き込まれるインスピレーションだけが、聖なる書に〝内在する深い意味〟を手に入れる鍵だったのさ。知っての通り、黙示録的思弁においては〝神秘〟と〝かくされている律法〟の鍵を所有するものは神の使いだとされている。エッセネ派は光の軍隊、つまり光の子達の指令を自認していた。エッセネ派は自分達の世界観は〝良し〟ということを、同宗者に得心させていたセクトにほかならない、と私は信じている。彼らは毎日の様々な出来事、神の計画の実現を〝見ようと〟していたんだよ。つまり歴史の実現をね。ところが当時、ローマが神殿の宝物を横取りし、祭司達の財産をかすめとろうって腹で、ポンテオ・ピラトをユダヤの総督においていた。そしてローマ軍がアントニヤの要塞に駐屯し神殿を見張っている。祭司達にとっちゃ、ことにはクムランの祭司達にとってみりゃこれはまさしく聖なる都に対する冒瀆のきわみだ。何せピラトは神殿に、テーベの像を置き、それに生け贄を捧げることまでして神殿を汚したんだからな。私が考えるにはクムラン文書にしょっちゅう出てくる『キッティーム』すなわち『闇の子達』とはローマ人のことだ。勝利と富の女神達を崇める拝金主義の族となれば、エッセネ派の一番の敵だ」

「クムランはローマ帝国主義に対するレジスタンスの拠点というのみならず、富を集める目的だけで駐屯しているローマ人に協力しているユダヤ人貴族階級つまりサドカイ人に対する反抗の拠点ということにもなりゃしないか？」

「エッセネ派の反抗が政治的動機によるものか、神学上の動機によるものか分からんさ。だがユダ王国において、このセクトの影響力が最も大きくなった時点で、何人かの伝道者がエルサレムの政治的喧噪から遠ざかって、地中海地方をまわる。その時の彼らの荷物といったら一巻の巻物だけだ。福音書の類のね。そして彼らが説いたことといったらもっぱら謙虚、純潔、清貧の三つだけだった……」

「だがユダ王国内で、律法と代々伝わるテキストの純粋なコードを守って闘い、ローマ人とその協力者の貴族階級の経済的支配に対して闘争を試みる連中の視点からその伝道活動を考察すれば、モーセ律法の放棄を奨励するような福音を伝えることは政治的意味あいをもつことになるというわけだ。イエスに関するすべての問題もそこにある」父が付け加えた。

「ダビッド、君が何を言いたいのか分かるよ。あの巻物がイエスについて何か語っているのではないか、そして語られているとすればどんな観点から語られてるのか、と君は考えているんだろ。私が読んだわずかな断片には残念ながらイエスのことは何も語られていなかったよ。しかしだ、もし君ら二人がそこを探究しようとしているのなら、イエスの名だけを捜しまわるのではなく、名はなんであれ、イエスと同じ特徴を備えた人物を探すことだ。歴史的イエスは結節的存在であったかもしれない。フラウィウス・ヨセフスいわく、自称メシアはまずはギリシト的、ついでパクサロマーナの時代にローマ化され、しまいにはローマ帝国の多数の貴族達によって神の使いと認められる。よって福音書に書かれているような単一存在としてのイエスが存在したかどうかは確かではないのさ。知っての通りイエスの一生に、つまり福音書に登場してくる人物で実在が間違いないとされている者は現在たった二人だけだ。一人は他ならぬユダヤ総督のポンテオ・ピラトだ。一九六一年、パレスチナのカイサリアの古い港で引き上げられたラテン語の墓碑にイタリアの考古学者達がポンテオ・ピラトの名を発見した。もう一人は最高法院の大祭司カイアファだ。一九九〇年にエルサレム南部で歴代の墓を発掘してイスラエル考古学チームが発見したっけ。イエスの一生について我々が知るすべてはキリスト教文学からの知識である上に、イエスを語る最初のテキストは使徒がそこで語る出来事が起こって一世紀近くも経て後に書かれている始末だ」

「クムラン文書に登場する三人の中心的人物がいるだろ。『義の教師』『悪しき祭司』そして『律法学者』あるいは『虚偽の人』と呼ばれる三人だ」と父が言ってこう続けた。

「『虚偽の人』と『義の教師』がたたかわす純粋な律法と、神殿の祭式についての厳格な考察に関する論争を『註解（ちゅうかい）』に加えて重要としている『ハバクク書註解』において、『虚偽の人』はまさしく軽蔑（けいべつ）の対象であるわけだが、パウロこそその『虚偽の人』だと考える者がいる」

「君の考えを当ててみようか……。つまりパウロがまったく新しい信仰のベースをつくった。そしてそれはモーセ律法が根拠となっているのではなく、イエスへの信仰が根拠となっている。パウロによって〝文字の精神〟が文字そのものに勝つことになった。パウロは新たな宗教をエフェソ、コリントなど地中海地方に流布した。そしてパウロの説教がキリスト教徒にユダヤ人とは厳しく恐ろしい神をいただく部族だと思い込ませる。すべての異教徒は改宗すべしというキリスト教の普遍的観念はパウロと共に芽を出した。キリスト教徒が自分達を新たなるイスラエルと考え、徐々にローマ人達を自分達の信仰に連合させ、たった三〇〇年かそこいらでローマ帝国をキリスト教にしたのはパウロがいたからだ。そしてイエスではなくパウロこそがこのラディカルな転倒の張本人である事実を隠蔽（いんぺい）しようとして、幾つもの死海文書が盗まれたのかもしれない……。思うに」マッティはいたずらっ子のような微笑を浮かべて付け加えた。「君はいいところを突いとるよ。だが何はともあれマーク・ジャンセンに会った方がいいな」

と決めた……」

「本当のところを言えばノンだ。長く一緒に仕事をしていたから分かるが、知的レベルにおいては突出している。だが人間的には……いやあることがあったんだ。それからはもう会わないと決めた……」

「何があったんだ」

「巻物が盗まれる前の話だが、ある時博物館でパーティーがあった。その夜、ジャンセンはかなり酔っていた。〝一つスピーチをやっていただけないか〟と私に言うんだ、で、杯を掲げこう付け加えた。〝二〇世紀後半において最も偉大な男、カール・ワルトハイムに乾杯〟私は椅子からずり落ちそうになったな。かつてナチに関係したあの国連総長の名をユダヤ人の前で、しかもああした場合に口にするなんて信じられなかった。マーク・ジャンセンについてはイスラエルの新聞が様々な暴露記事を書いていたが、それまで私は信じなかった。だがあながち嘘でもないのだろう。私が何を言わんとしとるか分かるね……」

「それ以来ジャンセンとは会っていないのかい？」

「無論そんなことはない。だが以前とは違って距離をおいての付き合いだ。一九八八年ある学会に出席した。死海文書の出版のプロセスを監視する役を仰せつかっている大学人が集まったんだ。その中の一人に『聖書考古学評論』の主宰者バーソロミュー・ドナーズがいた。様々な考古学学会の常連で、西はサンフランシスコから東はエルサレムまでどこの学会にでも出向き、最前列に座って、小さな黄色い手帳に夢中でノートをとる彼の姿を見かけないことはない。反骨精神に満ちあふれる理想主義者で、妥協を知らない男だ。愛想はよく、饒舌ではあるが実に節度をわきまえた性格を備えている。一九八八年末だミレ、ミシェル、アルモンド、ジャンセンの手元には未発表の数十の文書があった。ドナーズは国際チームがそれらを分析資料としてイスラエルチームに提示するぐらいにオープンになる日を待望していると表明していたよ。ドナーズは前からジャンセンに文書公表の今後の正確なプランを教えるようにせっついていた。そこでジャンセンはやむなく『ユダヤ砂漠からの発見』と題する研究書シリーズの続刊を予告した。ジャンセンが言うには全二〇巻で、一〇巻はクムランの様々なテキストを集めたものになり、三年間内の刊行を、残り一〇巻については一九九六年までに実現させると言っていた。無論実現せずじまいだ。その学会の翌年、バーソロミュー・ドナーズは聖書考古学評論に『彼らは永久に実現しやしない』と題する特集を組んで、国際チームに宣戦を布告した。要するに時間稼ぎの説明や数々の言いわけや、曖昧な表現はもう終わりにしてもらいたいというのが特集記事の内容だ。いわく、三〇年も文書公表を怠っている国際チームはこれからも決して公表の意志なし。イスラエル古代遺物管理局はこの長き沈黙の陰謀の共犯である。この閉塞状態を打開するのは唯一、すべてのクムランの巻物にすべての大学人が自由に接近出来るように研究制度を改革するほかはない。ドナーズの提言は最終的に受け入れられることになったが、一九六七年に消失した最も重要な巻物については時すでに遅しだ」

それから暫くマッティと話し、夜もふけて別れた。マッティがくれた数々の情報は大いに有り難かった。見当違いの方向に向かっているのではないことが確信できた。また近いうちに、この好漢と会えるものとばかり思ってホテルを後にした。

ホテルはマンハッタンの中心に位置していたので、一時間ほど街を歩いた。と言ってもマンハッタン見物をするために歩いたわけではない。マッティが話してくれたことを熟考するための深夜の散歩である。それでもなおかつこの街の夜の賑わいには無関心ではいられなかった。二時近いというのに街は煌々として眠らず、スナップ写真のカメラアイのように素早く私をとらえて、逃げ去る通行人の視線がわずかに夜の憔悴を漂わせぎらっと光る。我々は見知らぬ世界に埋没して歩いている。だが幾何学的に走る道路のおかげで迷うことはない。遠くに目をやれば、通りの果てに、昼間、達することのかなわぬ青空とみまごうばかりの色をしていた海は今は見えず、「ツインタワー」のところで世界が終わっているかの錯覚にとらわれる。こうして大通りを歩いていても、すべすべの外壁に覆われた深夜のバベルの塔の群れは威圧的だ。このバベルの塔はいずれもガラスとプレキシグラスの巨塊から切り出したかのようだ。つまずく危険も承知で上を向いて歩き、この摩天楼のてっぺんにいるとはどういうことかを想像してみた。企業王国の主でも、単なるアメリカ系ユダヤ人でもいい。私は夜のマンハッタン島の頂上の一角にいる。周囲のアルミニウムの巨塔に映る街の像が見える。鋼鉄の宝石とみまごう幾つもの高層建築が立ち上がっている鏡像を観察する。古代アッシリアの寺院ジグラートに似ている。コンクリートやガラスやアスファルトの階段をもった幾つものジグラートだ。その一つ一つが他の建物を映し出し果てしない。下を俯瞰すれば街は速度への情熱に貫かれている。速度は未来の予言者、街の本当の女神だ。動物のようにうごめく人間達を見る。生き残ろうと必死で、弱肉強食の直感に突き動かされている。金も見える。ふとした思い付きでちっちゃなエレクトロニックスイッチを切り替え、世界中に荒れ狂う経済の嵐を発生させる狂躁のマネーゲームが見える。この島の高みから望めば怒りと失望のうごめく下界も陶然とする光景に変態するに違いない。

人間達は神を見るためにこの巨大な塔の群れをつくったのではない。その切り立つ先端で聖なる荘厳に触れようとしているのではない。下を見下ろすためにつくったのだ。下界をより理解しようと宇宙的巨人の視点をもつ目的でつくったのだ。神がするように、小さく妙な人間達が黄色や黒の昆虫のように動きまわっているのを見る。この昆虫は都市の家々に寄生していて、その家は貧相なものもあれば豪華なものもある、清潔なものもあれば不潔なものもある、住人過密なものもあれば空き家もある。白く光る甲殻をもった昆虫もいる、皆逃げるように足早だ。身体をべとべとにして呻く者もいれば無気力な者もいる。果たして我々人間とはそんなにも惨めで救いようがなく、途方もないといっていいほどに忌まわしい存在なのか？　父と私はネオンが目を射るメインストリートを離れ、夜の営為が精神を静めてくれるはずの裏通りに入っていった。まだ三月のことで夜気も冷たく、マンホールから蒸気が立ち上る。しかしどこへ行こうがこの街には静寂がない。救急車や消防車、パトカーのサイレンの音が低く高く追いかけてくる。足を踏み出すたびに次なるカタストロフが続々と発生しているかのようだ。

タクシーを止めて乗った。タクシーは料金稼ぎをしたあげく、アルファベットシティのイーストヴィレッジの傍で我々を降ろした。

そこは地獄への扉であった。ぼろをまとった物乞い達が、酔い潰れているのやら、まどろんでいるのやら、分からぬ態で歩道の石を枕に体を縮こめて横たわっている。まるで墳墓から発掘された死体とみまごうばかりに灰色とも紫ともつかぬ皮膚は垢にまみれて悪臭凄まじい。タバコやらマリファナやらの煙がもうもうと立ち込める酒場からは客が入りきれずに溢れ出し、歩道を占拠して交通を妨害している。プラスチックやビニール素材をボディーにぴったり張り付かせ、髪をさまざまな色に染めて固めてとんがらせ、たてがみに仕立てた若者達がさながら脈絡のない動物相を形成している。異形のクリーチャーの群れを見ているようだ。父と私は道を進んだ。体といわず顔といわず刺青を彫り刻んで無数のピアスをあけた一群の若者達とすれ違った。無論髪は染めている。地べたに座って、すでに穴だらけの腕に注射を打っている者達がいるかと思うと、ごみ箱や物乞いの傍で吐いている者もいる。男が一人車道の真ん中で罵りの叫びを上げている。注意を向ける者は誰一人いない。路地の奥では鎖だらけのレザーに身をかためた〝族〟がバイクの傍で激しく言い争っている。そこは悪魔達のすみかであった。狂気の酒で異教徒を泥酔させる凶鳥のすみかであった。そこは、髪の毛をあらわにして、服をまくりあげ、腿を剝き出して裸体を見せようとする〝大淫婦〟、〝すべての王国の支配者バビロン〟であった。酒場から出てくる不恰好なクリーチャーを見て、あれは獣だ、一〇本の角をはやし七つの頭をもつ獣だ、と私は思った。この角一本一本は王冠であり、頭には冒瀆をきわめた言葉が刺青されている。毛皮をまとい、豹に似た者達もいれば顔に血の跡を付けた者もいる。獲物の返り血だろうか。ディスコの入口のところに幻想的な身なりの男がいる。馬のようでもありライオンのようでもあるこの男が火をくらって通行人の目をさかんに引きつけていた。男は自分のすみかに招き入れた客達の右手と額にスタンプを押す。その頭上で、点滅を繰り返すディスコの名が客達の右手と額に刻印される。666と。男の傍を通った時、父が身震いをした。私の腕をとると急いで反対の歩道を目指した。

「ここを早く出よう」父が言った。彼らの罪に感染され、やがて襲いかかる厄災に巻き込まれるのを恐れてのことであろう。

II

翌日、電車でニューヨークから一時間半離れたエール大学に向かった。父はエール大学で何人かの考古学者と会い、かつてスタートを見たが一時休止していた考古学上の論争を再開して旧交を温めていた。彼らほとんどが父の後ろにいる私を見てびっくりした顔をした。〃お下げを帽子から垂らし、黒ずくめの恥ずかしそうなというより怖じけづいた様子のこの若者がダビッド・コーヘンの息子なのか、父親とはまた随分かけ離れた道を歩んでいるんだな〃と思ったに違いない。彼らは私が〃父がそうでないところのすべて〃を備えながら、その実、父と同じなのだということを知らない。シュトレイメルを被り、片時も離したことのない詩篇集を携えて、私は父の〃空虚〃の部分を埋めていたのである。彼が背後に脱ぎ捨てた衣服が私であり、私は彼を完全な姿にする補完の存在なのである。さもなければ、多分私は父の本当の皮膚でさえあって、彼はみずからの身体を忘れてしまって、衣服だけを持ち去ったのかもしれない。一人の息子として私は彼の未来でありながら過去でもあったのだ。父は髭もたくわえていなければ帽子も被ってはいない。チェックのシャツに普通のスラックスだ。しかし皆に堂々とこれは息子で〃敬虔主義者〃として〃宗教に生きている〃と紹介してくれた。紹介を受けた教授達は一様に〝おかしな組合せだ、どちらかが一方の見せかけなんだろう〟と思っている様子だった。

マーク・ジャンセンは我々と会うのを拒みはしなかった。初期教会の教父史及び中世神学の権威として名を馳せている碩学は小柄ではあるが七〇にしては若々しく、赤毛が年のせいで沈んだ、ブロンドがかった赤茶けた髪に変わっているが緑の目は若き日の輝きを失っておらず、それが一種の熱気となって顔にエネルギーを与えている。その目に対して肌は蒼白で皺がより、頬のあたりが赤く、鼻のまわりにはぽつぽつと吹き出物が散っている。小鼻のところには細静脈が透けて見え、巧妙に組合ってかたちを形成している。私は目を細めて頭の中でデッサンを試みた。すると、三つのヘブライ文字ק、ר、תが見えた。qarat という言葉をつくっている。

「切断する」という意味をもつ。

マーク・ジャンセンの机は夥しい数の雑誌、歴史の研究論文、聖書などで埋めつくされていた。その一隅にはマイクロフィルムを読み取る装置がある。古代の巻物のネガを見るためのものだ。父はジャンセンに国際チームに関して話を願いたいと申し出た。

「あのチームは私がピエール・ミシェルとつくったものだ」

ジャンセンは答え、こう続けた。

「彼よりも私の方が仕事に着手したのは早い。あれは一九五二年の夏だったな。当初は洞穴から発見された巻物の洗浄、プリパレーションそして鑑定の作業にすべての時間を費やした。当時、分析資料は一五ほどとたいした量ではなかったが、いちいち断片を容器に入れて湿り気を与え、ガラスのプレートで挟んでまっ平らにする。多くの場合洗わなければならない。尿の結晶がこびりついて文字が見えない場合などだが、あれは恐らく洞穴に入り込んだ山羊達の尿だろう。汚れが酷いものはビーバーオイルを使用した。作業は入念にやったんだがとんだ失敗もあった。断片を繋げるのにスコッチテープを使ったんだよ」

「今になってテープは剝がれ、だがテープの粘着物質は固まって残り、研究者達はこれを断片からとるのに一苦労しているわけですな」父が言った。

「当時はそんなことになるとは思いもよらなかった。いまほど皆修復の技術に通じてはいなかった。とにかく最初の三年間は解読と鑑定が最重要事項だった。ほどなくピエール・ミシェルと組むことにした。ピエールは読解不可能と思われるものまで解読する信じられない才能をもっていた。ヘブライ語やアラム語の稀語だってお手のものだ。古文書学的分析法の精度に絶大の信頼をおいていて、それを応用して死海文書の文字は時代を経るにつれ一様に変化していると確信するにいたり、年代的シークエンスをつくろうとした。そしてクムランの断片には三つの異なったタイプの文字があり、その変化は時代の推移に従っていることを発見し、前二〇〇年―前一五〇年アルカイック書体、前一五〇年―前三〇年ハスモン書体、前三〇年―七〇年ヘロデ書体と定義した。シリア付近の代々の支配者セレウコスの征服に始まり、ハスモン王朝、ヘロデ王の治世を経て、ローマ人によるエルサレムの破壊に終わるユダ王国の三つの時代に呼応する。そこから推論して死海文書は、古代の歴史家達フィロン、フラビウス、大プリニウスが述べているエッセネ派の手によるものだということになったのだ。だがこんなことはすべてご存じであろう。それより何をお教えしたらいいのか正確なところを言ってくれたまえ」

「ピエール・ミシェルに解読を依頼なさったうちのある写本を、如何なる経路で取得なさったのかお教え願いたいのです。一九八七年にピエール・ミシェルが学会でテーマにした例の写本です」父は出し抜けに言った。

ジャンセンはいささか意表を突かれたかたちで思わずこう答えた。

「ホセア大主教からだが……。我々への巻物の提供者は常に大主教だった。我々自身が洞穴で発見したものはその限りではないがね。しかしなぜそんなことを知りたいのですかな」

「なぜならあの写本はエルサレム考古学博物館に帰属すべきものだからであり、あるべき場所に戻したいからなのです。あの巻物はマッティがホセア大主教から取得し、博物館に置いておいたところが盗まれてしまったのをご存じないわけはあるまい」

「いや、当時そんなことは知らなかった。何しろマッティが取得した巻物とやらを見る時間はなかったですからな。ホセアとのやっかいな取引で協力はしたがね。そんなわけだからずっと後にホセアが私に売りつけた巻物と、マッティが取得した巻物が同じものだなんて分かろうはずもない。ピエール・ミシェルの講演の折にマッティから直接巻物を回収したいと説明されて初めて知った次第だ。そう言われたところで私にはどうしようもなかった。すでに写本はいわば蒸発してしまっていたのだから……ピエール・ミシェルと共にね」

「ホセアから取得なさった時点で内容をお読みになったんでしょ？」

「いや、残念ながら読んではいない。文字が鏡文字になっていて走り読みは難かしかった。私は買ってからただちにアンドレイ・リルノフに預けた。そのリルノフは自殺する前にピエール・ミシェルに手渡した」

「リルノフの自殺は彼が巻物を読んだことと関係があるとお考えですか？」

「有り得ることだが、私には分からん。私だってあなた同様読んでみたかったよ。神学的関心からも科学的関心からもね……。読まないままの方がいいと言い聞かしてはみてもね」少しためらいながらジャンセンは付け加えた。

「そりゃまたどういうことですか？」父が尋ねた。

「実のところピエール・ミシェルの講演には驚愕を禁じえなかった。以前は一部始終私に研究報告をしていたピエールが、そうしなくなってから随分経っていたからなおのことだった。彼も精神を病んでいるのではないかとも思ったよ……そう思わずにはいられないほど色々出来事があったからね」

「色々と言いますと」父は追及した。

するとジャンセンは我々に暗い視線を投げかけてから突如こう応酬してきた。

「死海文書はすべて呪いの巻物だ。〝シャピラ事件〟以来写本に近づく者皆ことごとく呪われる。リルノフのように自殺した者もいれば、ホセアのように悲惨な死をとげた者もおる。ホセアは刺殺されたことになっているが、それは嘘だ」

「本当の死因は何だったんですか？」私が尋ねた。

「十字架にかけられたのさ」

「どこからその情報を得たんですか？」父が言った。

「私も自分の情報源をもっておる」ジャンセンが答えた。

私は父に〝本当に十字架刑でホセアは死んだのか〟と視線で尋ねた。それに答えて父ははっきり諾とうなずいた。私は全身の血が凍りつく感覚に襲われた。ジャンセンが続けた。

「なくなった写本についてはいっこうに知らんし、それにあれは重要なものだとも思わん。初期の発見から一〇年後には新しい科学クムラン学が生まれた。二〇〇〇の項目をもつ文献目録がつくられた。世界中にクムラン研究誌が出まわり、いたる所に研究所が設立され、数限りない書物が発刊された。あなたの言う最後の巻物とやらはその〝クムラン海〟の一雫（ひとしずく）にしかすぎず、私はその巻物に他の写本と違ったことが記してあるなどとは考えない。〝科学された〟死海文書のどれ一つとしてキリスト教や古代ユダヤ教に関して何かを暴いてなどいないのだから あの巻物もそれについては同様だ」

「私にはそうは思えません。クムラン学ができるほど人々が死海文書に情熱を傾けているとなれば、その死海文書の一つが消失したことはまさしく重要な関心事ではありませんか？」私は言った。

「重要な関心事と言うが、誰にとってかね。エッセネ派と初期キリスト教の関係ならすでに一八世紀の哲学者達が指摘しておるよ。キリスト教はエッセネ主義が変化（へんげ）したものだと主張してね。一七七〇年フレデリック二世はダランベールにこう書き送っている。〝イエスはまさしくエッセネ派であった〟。啓蒙主義のその時代にあっては、人は何かにつけ正体を暴きたてたがり、宗教の根拠にまで切りつけてきた。あんた方も同じことをしようというつもりか？　古い時代の争いを蒸し返すつもりか？」

「真実が導くところに行こうとしているだけですが」父が答えた。

「その真実がまた何かの革命にあんた方を導くと信じておいでか？　だがな宗教は幾多の革命を見てきた。そして常に立ち直ってきたんだ」そう言うと、ジャンセンは怒りに顔を歪（ゆが）め、突然立ち上がった。

「一体全体何をたくらんでるんだ。キリスト教のメッセージの根源性を問題にしようとでもいうのか？　キリスト教の教条の根拠を覆そうとでもいうのか？」

「教会はもはや死海文書によって明らかにされた新事実の重要性を否定はできますまい」父は落ち着き払って言った。「例えばいわゆる公式ユダヤ教と、そしてその本体であった神殿の保守派と決別し、『悪しき祭司』に迫害されたという名も知られていない『義の教師』のことだ。彼は本当は誰だったのか？　彼は死刑に処せられたのか？　死海文書が〝木に生きたまま吊された〟という表現で暗示しているように十字架にかけられたのか？　彼はイエスと関係があるのか？　『義の教師』とイエスは全くの同一人物であるとするのはそんなにも冒瀆的であろうか？　同様に洗礼者ヨハネについて死海文書を照らし合わせてみればどういうことになるか？　キリストに洗礼を施したこの荒野の預言者は少なくともエッセネ派との関係が密接ということになる。エッセネ派は荒野に住み、洗礼を実行していたのですからね」

「だがヨハネは共同体のメンバーというより隠遁生活を一人送る隠者だった可能性だって大ではないか。それにイエスは福音を説き広めたが、エッセネ派は密教的教条をいただいて閉鎖的だった。私にとってクムラン文書はキリスト教を明らかにするのではなく、キリスト教が生まれた環境を、つまり紀元一世紀のユダヤ教を明らかにするものだ。そしてエッセネ派の密教的教条については知られずじまいさ。紀元前四〇年に起こったローマ人に対するユダヤ人の最初の反乱の後にクムランが地震で破壊され、エッセネ派が全滅したと同時にその教条も消えてしまったのだからね」

「エッセネ派が〝周辺〟に生きようとしたのは、神殿に対する敵意の宣言だったのであって、自らを閉ざそうとしていたのではない。彼らはその〝周辺〟で終末を待っていた。熱心に黙示録文学を研究しながらね」

「そしてまさしくそのメシア待望の雰囲気からこそキリスト教が生まれたのは私だって肯定しているよ」

「しかし、さらに知る必要があるんですよ。だから〝失われた巻物〟を探しておるんです。一九四七年には発見された文書がただちに押収され、文書の存在は伏せられた、このこと自体が立派なスキャンダルでしょ。そして今は重要な巻物がなくなって出てこない」

「そうはいうが今はすべてあんた方の手元にあるじゃないか。その上何が欲しいと言うのだ」

ジャンセンはますます怒りを強めて言いこう続けた。

「第一洞穴から第一一洞穴まで発見された写本はすべて公表されてる。聖マルコ修道院の四つの写本のうち、『イザヤ書』『ハバクク書註解』『宗規要覧』の三つまでがすでに一九五一年アメリカ人研究者達の手で出版公表され、続いてフェランクスが研究した二つ目の『イザヤ書』『光の子達と闇の子達の戦争』『讃歌の巻物』も出版された。聖マルコ修道院の四つの写本は一九四八年、合衆国に移されたが最終的にはイスラエルが取得し、イスラエルはこれら死海文書のために、エルサレム考古学博物館に〝本の神殿〟と言えるものまでつくったじゃないか」

「だから、我々が欲しいのは、もう我々の手元にある写本ではなくあの巻物すなわち、聖マルコ修道院の四つの写本のうちの残りの一巻だと申し上げているではありませんか」父は素っ気なく答えた。そしてしばし何かを考えている様子を示し、穏やかにこう付け加えた。

「あなた方の信仰を脅かす何かをあなたは恐れていらっしゃる。『教皇庁聖書委員会』の命令で真実のところをお話にならないのではないですかな？　つまりあなたが関与なさっている『信仰教理聖省』の決定事項なのでしょ」

「もちろんだ」彼はすぐさま言い切った。「あんた方の手管に引っかかるような間抜けではないわい。あんた方は我々が〝主〟に捧げた何世紀もの信仰を揺るがすつもりだ。スキャンダルをつくっているのはあんた方の方だ」

そう言うとジャンセンは威嚇するようにドアの方を指差し、もう話は終わりだと言外に告げた。我々は半ば憤激にかられ、半ば怯えを感じながらジャンセンの研究室を後にした。

父は落胆した様子だった。父の信仰の対象は古代遺物である。その信仰対象物が突如として四散し、世界中に散らばって四人の研究者の心のうちに埋没してしまっている。そしてジャンセン、ミシェル、アルモンド、ミレの四人はそれぞれがその魂に混乱と恐怖を宿しているようなのだ。実際文書のために死んだ者すらいる。無惨に殺された者やら、気が狂った者、自殺した者達がいるのだ。私の父は合理的かつ厳格で宗教とは全く無縁の方法論をもった科学者であるにもかかわらず、天の兆しには敏感で半ば迷信的に反応を示す。私にはそれがいつも不思議でならなかった。どんな宗教からも解放されていながら、彼が呼ぶところの〝諸物の秩序〟を決して損ねることのないように努力をしている。私にしてみればこの〝諸物の秩序〟とは神の秩序としか思えなかった。私は父の意気消沈に面食らっていた。探究と発見のためなら何でも関心を示す父がまだ探索が始まったばかりだというのに、〝巻物は多分永久に見つからないのではないか、もし万が一見つかったとしても、待ち構えているのは喜びではなく大きな不幸だ〞と考えていることが私には理解出来なかった。実は後になって分かったことだが、私の父は幼い頃たたき込まれ、長じてもずっと拭い切れないでいる悪霊に対する恐れを科学的世界に入った後も鉱滓のように魂に付着させていたのである。父は死海の巻物には〝邪悪な者、サタン〞が住み着いているのではないかと恐れていたのだ。

「父さん、落胆することなんてありませんよ」私は言った。「ジャンセン神父はあんなことを言っていましたが、写本はいずれも貴重な内容をもっています。私が思うには、彼もそれを知っているからこそ懸命に隠そうとしたんだ。ますます探索を続けることが必要というわけですよ」

「私には分からん。どこから手をつけていいやらもう分からなくなってきたよ」

「ところでジャンセンが匂わしていたシャピラ事件というのは何なのですか」私は父に尋ねた。

「シャピラ事件とは……こうだ。一八八三年の夏、ロンドンは古代ヘブライ語の二冊の古写本の発見のニュースでもちきりだった。それは申命記の写本で正確に言えばヘブライ・フェニキア文字の草書体で書かれており、この書体は有名なメサのモアブ碑文ですでに知られた書体と同形なので、前九世紀頃に遡る写本であるとしたのだ。一五、六枚の皮紙を繋げた長いもので、無造作に折り畳まれていたのをシャピラがパレスチナから持ち帰ったのだよ。シャピラはその二冊の写本に一〇〇万ポンドの値をつけ、『大英博物館』に持ち込んだ。何週間かのあいだ、イギリスの新聞が毎日のようにこの発見を書き立て、写本テキストの翻訳まで刊行した。実物を一目見ようと好事家も含め一般大衆がぞくぞくと博物館に押し寄せた。古代遺物に関しては大変な目利き、と評判されていた時の首相のグラッドストーンも博物館に展示された断片の幾つかを見に訪れ、シャピラとも会った。

　モーセ・ウィレム・シャピラはポーランド系ユダヤ人でキリスト教に改宗した商人だ。エルサレムで古代遺物や写本を長らく扱っており、ほとんどがイエメンを出所としたヘブライ語のテキストをベルリンやロンドンの図書館に納めていて、一二世紀、ユダヤ人にして神学者、哲学者、医者でもあったモーセの『聖書解釈(ミドラシュ)』の発見者でもあった。

　ところで、件(くだん)の発見状況が妙に死海文書のそれに似ているのさ。シャピラが一八七八年七月に長老マームード・エル・アラカットを訪れた際、ルベン族の昔の領土、死海の東岸付近のウサディ・エル・ムージンの洞穴でたまたま雨宿りしたアラブ人達が〝死者を呼び出す魔道書〟を見つけた、と聞いた。魔道書は一冊だけではなかったそうだ。死海の巻物と同様に布で入念に包んであって、明らかに古代のものだということだった。シャピラはすぐさま長老にそれを手に入れるよう願い出た。こうして彼はモアブの高原でモーセが最後に言った言葉を書き留めた、いわゆる申命記を発見したんだ。シャピラによれば洞穴が乾燥していたおかげで、テキストは驚くほどの良い状態だったそうだ。〝乾燥度が高い〟という留意は死海文書を最初に発見したベドウィンがまさしく言っていたことに一致している。

　だがシャピラの発見した写本はやがて評判を落とすことになる。彼がベルリン王立博物館に売ったモアブトの偶像の幾つかが、ある鑑定委員会によって偽物とみなされたからなんだ。それを知って不安になったイギリス人は写本を再鑑定するべく専門家を招集した。最初に写本の信憑性(しんぴょうせい)を否定したのはベルリンの鑑定人達と接触のあったアドルフ・ノーユボエルだった。偽物だと決定したのは反ユダヤ思想のフランスの考古学者クレルモン・ガノーだ。結局、写本の信憑性は公に否定され、どこぞのユダヤ人がヘブライ語の申命記を剽窃したものだと報告された。それから間もなくシャピラはオランダで自殺した。ロッテルダムの汚いホテルの一室で発見された」

「それで写本による犠牲者の一人というわけですね……」と私は言った。

「そうだよ。恐らく最初のな。全く分からないのは偽物と鑑定されたその写本を以来誰も目にしていないことさ。シャピラと共にオランダで蒸発してしまったみたいなんだ。いいかい、アリー、馬鹿げているかもしれんが、私は不安なんだよ」と父は付け加えた。

「なぜですか父さん？　ジャンセンが、すなわち信仰教理聖省が死海文書は呪われた巻物だと言ったからですか？　巻物がまた新たな悲劇を巻き起こすとでも考えているのですか？」

「多分な。十字架刑を恐れている。あんなことをできるのは誰なんだ？　キリスト教徒じゃない。彼らには理由がない。ユダヤ人か？『ナホム書註解』には十字架刑を暗示して〝生きながらにして吊るされた男〟のことが記されている。十字架刑はユダヤの律法では禁じられているが、ハスモン家別名マカベア家のユダヤ教大祭司アレクサンドロス・ヤンナイオス大王は大いにこれを用いたことが知られている。それより以前にアンティオキアのアンティオコス四世エピファネスによって十字架にかけられた多くのユダヤ人がいることから、マカベア戦争で捕虜を処刑する際に、この極刑を真似た可能性が考えられる。しかし確かめられてはない、仮定にすぎない。とすれば残るはローマ人だ……」

「でもローマ人は現代に存在しませんよ」私はついつい大声で言った。「父さんの言っているのは何千年も前の話で、ホセアの処刑の説明にはなりゃしない。狂人の仕業と考えるのが一番自然でしょ……一つここは前にもふれましたが、ウイリアムズバーグのラビに相談してみるべきだと思いますが……探索を進めるべきか、このまま中止するべきか教えてくれますよ」

本当のところ、なぜこんな提案を父にしたのか分からなかった……父の困惑を見兼ねてそう言ったのか、ハシディム的発想でそう口をついて出たのか分からない。父は驚いて私を見つめていたが、その視線はノンとは言っていなかった。

「このあいだのシャバットで見たあの年老いたラビにか？」

父を説き伏せるにはそう時間はかからなかった。普段の父ならこうはいかなかった。

《一人より二人が良し。なぜなら二人で仕事すればより多くの報いがあるからだ。一人が倒れても、もう一人が起こしてくれる。一人きりは不幸だ。倒れても、起き上がらせてくれる者がいないからだ。たとえ彼ら一人一人よりも強い者が出てきても、二人でなら持ち堪(こた)えられる。よった縄は容易には切れはしない。》

イスラエルの〝ラビ〟に推薦をもらっていたのですぐに面会がかなった。ウイリアムズバーグの小さな家に入った。そこで神慮伝達による〝助言会〟が行なわれるのだ。ラビが信者に託宣を与える部屋では、弟子達(ガッバイ)が帽子を後ろに下ろし、床に直接座り、師の一挙一動を注意深く見つめている。ラビの助手が行ったり来たりして、時々信者がラビへの頼み(クヴィトル)を書いた紙を師に渡していた。ラビは商談、病気治療、結婚問題、何についても惜しみなく助言を与え、ことには結婚となると、ラビの意見がかんばしくなさそうであれば、とりやめになることが大いにある。ラビは信者の相談を受ける前に信者には決して会わない。信者は世界中から来るが、どうしても来れずに、ヨーロッパやイスラエルから電話で相談してくる者もいるのだから、その場合は顔も合わせないわけだ。にもかかわらず何でも分かってしまい、すべての問いに答えられる。助手が我々を彼の傍に案内した。あくまで一般の相談人と変わりなくラビに面接した。私は手短に訪問の主旨を告げ、父が私に詳しく話さない方が良いと言っていたので詳細は省略し、探索を続けるべきか中止するべきか、ずばり尋ねた。ラビはほんの短い時間、省察のために奥にこもり、そして戻ってくると助手の耳に何か囁き、最後にうなずくと、我々にこう言った。

「探索は続けるがよい。危険じゃが追ってみることじゃ」

我々を送り出す前にラビは父と私の頭に手を置いて祝福を与えた。

「神の助けがあらんことを」と私に向かって付け加えた。

頭を上げるとラビの視線に出くわした。立派な白い髭と対をなすかのような濃い眉の下に静かな眼光があった。私は恥じらいを示すかのようにすぐさま目を伏せた。するとその時ラビは私の方へ体を傾け、耳元で囁いた。私は身も凍る思いがした。ラビがこう言ったからだ。

「父上に気をつけよ、父上には大きな災難が降りかかることになっておる」

暇乞いをする前に〝助言〟の礼として布施を浄財箱に納めた。我々の後でつかれたような激しい歌声が響き始める。ハシディムの〝決定〟は常に祈りで終わるより、弟子達による讃歌と踊りで終わるのだ。神との結合の実現の喜びを表わすのに、よりそれがふさわしいからである。

私は最後にもう一度振り返ってその場を後にした。私達が遠ざかるにつれて、《アー、オイ、ヘイ、バム、ヤ》と繰り返される歌声がますます高まってゆく。彼らの喜びから、ある種の力と巻き込まれずにはいられない連帯感が立ち上がってきているのだ。ラビの弟子達が肩を組み合い、あるいは腰に手をまわして踊り始め、やがてトランス状態になってゆく姿が目に浮かぶ。〝助言の部屋〟で何が起こっているのか手に取るように分かる。踊り手達が魔法の輪をつくる。無始無終の輪である。どんどん強くなるリズムに踊り手達は熱狂し始める。文字通り熱気が立ち上がる。やがて踊り手達は重い外套（がいとう）と上着を脱ぎ、シャツ姿になると身体を痙攣（けいれん）させ、踊りはどんどん複雑になる。中でも踊り上手達が輪の内部にもう一つの同心の小さな輪をつくり、幻覚にとらわれたように乱舞する。外側の者達が手を叩（たた）き注目する。こうなってくると死体でさえ動きだし、悪魔そのものを思わせるリズムのせいで黒魔術に屈することになる。

　後を振り返らずに我々はホテルまで歩き続けた。父はラビの助言のお陰で平静を取り戻したみたいだ。それに反して私は絶望感にとらわれていたが、父には言えない。ラビがそれを言外に禁じたからだ。そうでなければラビは父を待ち構えている運命を父にも分かるように告げたであろう。ラビは父の運命を知りながら我々に探索を続けるように厳命した。初めて私は苦悶（くもん）というものに苛（さいな）まれた。喉（のど）が詰まり、胸が締め付けられる感覚に襲われていた。私はまたもや他を裏切らないために父を裏切ってしまったのだ。父は私の不安げな様子に気づいたのか私に尋ねた。

「ラビはお前に耳打ちしていたが、何て言っていたんだい」

「それは秘密ですよ父さん」私は言った。

「でなければラビが小声でなんて言いませんからね」とはぐらかした。

それぞれの思いに埋没して歩いていた我々はその時、黒衣の影が密かにつけてきていたのを知らずにいた。

我々はそれからまだ数日をニューヨークで過ごし、図書館や大学を往復して、学者や考古学研究家達に会った。どこへ行っても、〝そんなものを探すのは信仰のためなら無意味だし、命を大切にするなら止めとくべきだ〟と言われた。

私の不安の方はと言えば、少しずつその影を薄くし、やがて父の不安が消えたと同様、気にもならなくなっていた。迷いも晴れ、怯えも克服した。今や行動あるのみだ。特定できないが内側からやってくる差し迫った必然性に従って、理由はさておき行動しなければならない時というのがある。たとえ死海写本のまわりに危険が漂っていようが、自分は無敵の存在なのだと感じ続ければいいのだ。父を誇りと思い、私自身にも誇りをもつことだ。この異なる世代の協調こそが力と成功の秘密なのだから。しかし父とは相容れぬところもあったことを明記せねばならない。私は父以上に信ずるということにおいて熱心だが、父のように悪霊は信じていなかった。人は見たものしか信じはしない。私は未だ自分の目で悪を見ていなかったのである。死もまた人を恐ろしがらせ〝出来事〟に従わせるために人がつくった様々な神話の一つなのだと確信していた。人間は主人を必要とする動物である。人間は死の中に「絶対的主人」を見つけたのだ。人間にとってみれば、死は〝めっけもの〟という奴なのである。だがこの発見で慰められるということも決してないだろう。

私は死も信じない。人間は自らの運命の主人だからだ。

ところが〝出来事〟が悪意を伴ってほどなく私の目を覚まさせることになる。おぞましい事実に対して私の目を開かせることになったのだ。

《すべては同じ場所に向かう。すべては塵によってつくられた、そしてすべてが塵に立ち返る。》

これ以上合衆国にいても進展はなさそうであったし、当面の目的は果たしたので、我々はイギリス人研究者トーマス・アルモンドに会う目的でロンドンに向けて発つことにした。彼も国際チームの一員として死海文書の所有者である。だが不可知論者であることから、一番接近がしやすい。

出発の朝、ホテルのレセプションで届けられたばかりだという小包を受け取った。開けてみると折り畳まれた皮紙の断片が入っていた。濃い茶色の皮紙だった。送り主は不明だ。例の断片を送ってくれると言っていたマッティからにしては早すぎる。それにマッティはコピーを送ると言っていたのであって、オリジナルを送るとは言っていなかった。第一マッティはオリジナルは持っていないのだ。出発前にシモンからもらった拳銃をロンドンに送らなければならなかったので、とりあえず皮紙を調べるのは後回しにした。

飛行機が離陸した。我々は合衆国を離れた。先ほどの小包を取り出した。父が注意深く皮紙を開いた。

「珍しいな」父は言った。「何の皮かな、羊にしては色が濃すぎるな、こんなの初めてだよ」

実際私も見たことのない皮紙だった。厚くて、すべすべしていて、筋が少し付いていて、柔らかい。まるで乾ききっていないかのようだ。神経までかよっているのではないかと思えるほどにフレッシュだ。クムランの巻物の断片と違って、触れればばらばらになってしまいそうなもろさがない。なめしてあるがとっても柔らかく、展性に富んでいて、丸めようとすれば簡単に丸められる。さっき殺されたばかりの動物の皮といってもいいくらいのみずみずしさがあり、古書の断片としたら法外の状態だ。したためられている文字はアラム語であった。文字のインクは黒で所々ににじんでいる。皮紙の表面のよく見なければ分からない皺に沿ってインクが流れてしまっているのだ。このインクの黒いにじみは、微細ではあるがこれも皮の表面に付いている血のように赤い幾つもの筋と強いコントラストをなしている。解読した短いテキストは誰もが知る節であった。

《これは私の肉、

これは私の血、

多数のために流される契約の血。》

「福音書に記されている聖なる秘跡だ。イエスが『最後の晩餐』で自らの受難を弟子に告げて、過越祭のパンとワインに自らを同一化するくだりだ」と父が私に説明した。

「だがそれが何と関係してくるんですか。誰が何の目的でこの断片を送ってきたのでしょうね？」

「私にも分からないが、もしこれがクムランの何かの巻物の断片だとすれば、福音書と死海文書の関係を明らかにする証拠になる。だがこの皮紙は死海文書の時代のものではありえないな。どう時間を遡っても半年もいきゃしない」

「誰かが我々をかつごうとしているのですかね？」

「あるいは怖じ気づかせようとしているのかもしれん……。〝お前達はしっかり見張られているんだぞ〟と警告を送りつけてな」

我々は当惑から脱せぬままに、もう一度よく皮紙を調べてみた。どうみても我々の知っている皮紙ではなかった。したためられている言葉は腕の良い写字生が書いたに相違ない。字体はちゃんとしている。だが罫が切り込まれていないところをみると大急ぎで書いたのだろうか。古代の巻物の皮紙よりずっと柔らかい繊維に触れていると、困惑するようでいて、何かごく身近なものを触っている不思議な感覚にとらわれる。じっと見つめると、やはりどこかで見た覚えがあるのだが、どこだったろうか？　私は父に皮紙を渡して自問した。博物館だったろうか？　それとも父のところで見た複製品の中にこんなのがあったのだろうか？　いつだったろうか？　何だかごく最近見た覚えがあるのだが、何で思い出せないのだろうか？　その時、まさぐっていた記憶の回路が突如ブレークした。父が傍で悲鳴をあげたからだ。何が起こったのかと顔を見ると、その額には脂汗が滲んで冷たく玉を結んでいる。唇からは言葉が出てこない。

暫くしてやっとこう言った。

「これは皮紙じゃないよ……アリー……皮だ」

「無論、皮には違いないでしょうが？」私は父の言葉の意味が分からずにそう言った。

「いや、そうじゃなくて……人間の皮だと言っているのだ」

私は父の震える手に視線を落とした。その手が持っている断片を見て、突然すべてを理解した。震えが背中を這いあがってきた。恐怖が物質と化してせりあがってきたのだ。その特徴的な茶色の皮は紛れもなくあのマッティの皮膚だったのである。

III

ロンドンに到着するとただちにマッティのホテルに電話した。二日前から消息不明で警察が探しているということだった。トーマス・アルモンドが勤めていると思われる「考古学研究センター」からほど遠くないところにホテルをとった。まだ恐怖がさめやらず、足元がおぼつかない。徹夜明けの朝のようにふらつく。部屋に入ったが何をしていいのかも分からなかった。とにかくもっと詳しいことを知ろうと、父がニューヨークの警察に電話した。〝恐らく誘拐と思われるが、未だ何らの痕跡も摑めてない〟というのが知ることのできたすべてであった。マッティの身に何が起こったのか結局我々が一番知っているわけだ。しかしなぜまたマッティがこんな目にあわなければならないのだろうか？　彼が我々に断片のコピーを送る約束をしたのを誰かが知って、それを妨害しようとしてのことか？　だったらマッティは見張られていたことになる。彼は巻物のことで何か他に知っていたが、危険を感じて我々に言えなかったのだろうか？　我々に送りつけられた蛮をきわめた警告は一体何を意味するのか？　父と私は無数の疑問を反芻し続ける他はなかった。

　ホテルを出て、午後一番で「考古学研究センター」を訪れた。実のところ、巻物探索の使命遂行は二の次で、部屋に閉じ籠って、出口のない疑問を呪文のように繰り返しているのに耐えられなくなったからだ。それに外に出れば思考のスイッチの切り替えができるかもしれなかった。以前、研究のために何度か「考古学研究センター」を訪れたことのある父だが、様変わりに当惑していた。考古学も今や情報化の時代に入っており、文献、プラン、化石にいたるまで、扱いがずっと容易で破損や劣化などのないマイクロフィルムに収録され、これが研究対象となっている。センターの秘書が出てきて、アルモンドは、もう数年前からセンターにはほとんど姿を見せず、マンチェスターの自宅で写本の翻訳をしたり、本の執筆をしている、と教えてくれた。我々はマンチェスターまで足を運ぶことにした。教えられたアルモンドの自宅は遠かった。電車でマンチェスターまで行き、バスに乗る。およそ辺鄙な田舎道で降ろされた。そこからさらに徒歩で数キロ森の中を進まなければならない。曇り空から雨が落ちてきた。森の中に入ると不安な物音が行く手に立ち上がって止むことがない。ミミズクやら鳥やらが突如舞い上がる。枯木が折れて不吉な音が木霊する。森の音はずっとついてくる。そしてやっとたどり着いた。森の道を曲がったところにアルモンドの家が見えた。灰色のレンガ造りのみすぼらしい家が半ば藪に埋まって建っている。ドアを叩いてみる。五〇がらみの男がドアの小窓から覗いた。黒い顎鬚に長髪だ。暗色のジャケットも見える。トーマス・アルモンドだ。エルサレム大学の考古学教授のダビッド・コーヘンだと父が自己紹介をした。そして訪問の理由とジャンセンとの会見を手短に説明した。アルモンドはやっとドアを開けてくれた。中に入った。

そして我々はいきなり考古学の聖域に迷い込んだ。数々の古き聖遺物が埃に塗れ、床に散らばり、壁に掛けられ、幾つもある机に積み重ねられている。アルモンドはもう父に何かの貴重な断片を見せ始めていた。園芸家がデリケートな花をいじるようにして、手袋をはめた手で慎重に扱っている。この男は考古学の情熱の塊で、研究のことしか頭にない少々常軌を逸した学者であった。この男から研究を取り上げたら狂ってしまうに違いない。アルモンドは今度は部屋の奥にある古い机の上を指さした。翻訳を頼まれた数々の断片がある机だ。父と私は共に貪るような眼差しを隠し切れずに、机の上の物に釘付けになっていた。私は本物の死海写本を初めて目にしていた。それは非常に古い皮紙に小さな黒いヘブライ文字がぎっしりと書き連ねられていて、余白もパラグラフも句読点もなく、延々と続く断続線を描いてたじろぎがない。時として、線はラメッドになって上方に飛び、ヨッドになって下方に落ちるが、それは美徳の畝とでもいおうか、不可視の直線を崩さないためのレタリングバランスであって、文字の逸脱でも何でもない。写本はまさに薄い紙のようにデリケートな皮紙で、腐蝕土のように今にも溶解するか、粉々になってしまうかと思うほどにはかなげだが、実に二〇〇〇年の時間を生き長らえたのだ。それはユダヤ人のモラルに似て、傷つき易く、しかし粘り強く、痩せこけた顔にも似て、自らの弱さをさらし、しかしそれによって支えられている。死海の皮紙はまた、ギリシャ兵によって略奪された神殿にマカベア人が点した油の小瓶にも似ている。四時間もすれば尽きてしまうはずの油が一週間もの間燃え続けたそうだ。ハヌカの奇跡である。この油の炎のおかげで戦争にもかかわらず、神殿の祭儀は成就された。それと同じく二〇〇〇年を生きた皮紙もまた奇跡である。

父と私は身をかがめて沈黙のうちに皮紙を解読していた。

《私は信ずる心のない人間の一人だ。よこしまな肉の集まりだ。私の不安、私の過ち、私の罪、私の道を外れた心は腐敗の集まりに私を導き、闇の中を歩く者達の定めを用意させる。道をつくるのは人ではない。何人も彼の者の足跡などは認めはせぬ。審判は神に帰するのだ。完全なる行ないを獲得するのは神の手である。神の知識によりてすべてがなった。すべてなるもの、神が運命としてそう定めた。神なくして何もなされることなし。》

「こちらをご覧あれ」とアルモンドは我々に別の写本を見せて言った。

それは我々が読んでいたものよりしっかりした素材に記されているようだ。アルモンドが続けた。

「『銅の巻物』だ。我々がこれを見つけた時はひどく反り返っていて、くっついてしまって開けることができなかった。だが私がすごい機械を開発したのだよ。巻物を切る機械だ。ほらこれだ」

アルモンドは我々に鋸とレールが組み合わさった奇妙な機械を見せた。

「まず巻物に縦方向にニードルで切り込み線を入れる。次にこのレールの上を移動させる。円盤ノコの下までだ。移動は触輪があるからスムーズだよ。巻物の方が動き、ノコは固定されている。ここにあるノズルから空気を噴射して埃を除ける。このルーペは切り込みの深さを絶えず調節するためにある。回転する鋸の歯が巻物に触れた途端にばらばらに砕け散っては元も子もないから、巻物は粘着テープで巻いておく。粘着テープは皮に柔軟性を与えるように温める。この機械で巻物を断片にしてゆくんだがまことに奇麗に切れるのさ。見ての通り断片の切断線が巻物の両端に対しきちっと垂直になっているだろ。こう縦に切ってゆけば縦の段と段の間の空白も利用できる。この機械があれば好きな文字を正確に切り出せる。ほらこれをご覧あれ」

そう言ってアルモンドは誇らしげに一枚のまことに薄い断片を我々に見せた。

「ところで国際チームのお仲間がイスラエル側から委ねられた巻物の内容についてはご存じですか」父がアルモンドに尋ねた。

「いや、一度も読んだことはないな。それにクムラン学学会にも行かんからね。もっとも国際チームの他の連中も行っちゃいないだろ。連中は読んでいたわけだが、新事実はどの巻物にもないと断言していた。混乱の種になるようなものや、原始キリスト教のヴィジョンを見直さなければならなくなるものなど何もありゃしない、ときっぱり言い切っていた。だがね、だがいいかね、話を聞いて驚いたことは幾つかあるのだ。盾や剣や弓矢、それも金や銀、宝石で贅沢に飾った武具のことに言及している巻物があるのさ。それらの武器は何のためのものかと言えば、メシアが到来した時に権力を握ることになる蘇った死者達が用いるそうだ。その巻物には幾つかの大隊のことが正確に描写されていて、それぞれの大隊はそれぞれに宗教的スローガンを掲げた異なった軍旗の下に集まって戦うそうなのだ。隊の展開、戦略などすべてが指示されていて、予言が下され、スケジュールが立てられている。メシア到来のためにすべてが調整されているのだよ。メシアが到来すれば後はテキストに記されていることに従えばいい。最終戦争に勝利するのは間違いなしのマニュアルだ」

「最終戦争と言われましたが、どんな戦争なんですか」私は尋ねた。

するとアルモンドは不思議そうな顔つきをして、雷のような声でこう言った。

「もちろん『光の子達と闇の子達の戦争』さ！　この戦争を記した巻物があるんだ。闇の子達に対して光の子達が宣戦布告をして起こる戦争だ。闇の子達はベリアルの軍隊だ。奴らはベリシテの住民でアッシリアの都アスールのキッティームの一党とこ奴らを助ける裏切り者達だ。光の子達はレビ、ユダ、ベニヤミンの末裔で砂漠に追放されし者達だ。それからエジプトとシリアの対決がある。この戦いでシリアの支配に終末が訪れ、光の子達はエルサレムと神殿を手にする。それから四〇年にわたって、光の子達はシェム、ハム、ヤフェトの末裔、すなわち世界のすべての民族達と闘う。それぞれの国に対する闘いの長さは六年、そして七年目に、モーセの律法に従って終戦を迎える。四〇年後に闇の子達はすべて死に絶える」

「その巻物も含め『死海写本』は信仰にとって危険なもので、巻物によって不幸がもたらされると言う人もいますね」父が言った。

「誰がそう言っているんだい？　〝闇の子供ら〟が言ったのか？」アルモンドは太くこもった声で言った。

「ええ……いやそうではないが」父がためらう。そしてこう言った。

「いや何人かの学者がですが」

「彼ら神学者は教義さえ守れりゃ満足なのさ。だからいつまでたっても中世からこっちに来ることができない。私は事実を探究する。教義じゃなくて事実をだ」机を力一杯叩いてアルモンドは言い放った。

父と私は思わずびくっとした。アルモンドが続けた。

「神学者どもはイエスがどこで生まれたのか、いつ生まれたのか、誰であったのかも言えやしない。概要的なマタイ、ルカ、マルコの福音書によるイエスのイメージと、それと随分隔たりのあるヨハネの福音書によるイエスのイメージがなにゆえに両立するのかも説明できないでいる始末だ。だがな、連中はキリスト教が異教徒に何を負うているのか知っているんだ。エッセネ派と初期キリスト教の驚くべき類似性も承知している。多分両者は関係があったことも知っているのさ。にもかかわらず冷静を装って〝それがキリスト教の何を変える〟とこうさ。私は連中にこう言う。真実は宗教の第一条件ではないのか？　四つの福音書は〝真実が我々を自由にする〟と言ってはいないのか？　連中はこう答える。新約聖書はイエスの一生と教会の始まりを物語った一貫性のある聖書だと。そりゃ嘘だ！　新約聖書を読んでも、我々は断片的で矛盾した異なったエピソードによってしかイエスの物語を知ることができない。そこには一貫性などあるものか。教会の始まりの話にしたところで……イエスが教会を設立したのか、あるいは設立するつもりがあったのか確かではなかろうが」

「まさに」と父はアルモンドの語り口に引き込まれて言った。「我々は本当はイエスとは誰なのか、イエスの真実の物語はどういうものなのかを知りたいのです」

「イエスの生涯が再構成できるものかどうかは疑問だ。資料が余りに欠けている。なぜ死海文書が消滅したり散逸したのか、なぜ巻物に出会った者達に不幸が訪れるのか……これなら話してやろうではないか。資料があるからだ。しかし忠告しておくが、あんた方だって余り執拗に追いかけると危ない目にあうぞ」アルモンドはその長い骨張った人差し指で我々を指さして言った。「複数の福音書の間に数々の矛盾があっても、神学者どもは福音書が真実の物語を教えていると断言して止まない。ところが二〇〇〇年を経て初めて我々は死海文書発見のおかげで

〝知る術〟をもった。イエスがエッセネ派であったのか？　パリサイ派であったのか？　イエスは存在したのか？　あるいは複数のイエスがいたのか？　あるいは全く存在しなかったのか？　などの疑問に答える手掛かりをもった。死海写本が発見されるまでは長きにわたり、イエスの生涯とキリスト教会に関する唯一の歴史的ソースは福音書だけだった。四つの福音書のうち三つがほとんど同じ情報を伝えている。これは何を意味するとお思いか。恐らく三つは互いにコピーされたものだ。とすればこのソースは本当に信ずるに値する確実なものであるか？　否！　まことに頼りないソースである。そして歴史的に確たるソースである死海写本によって、福音書が根本的に検討し直されるということが有り得る」

「しかしながらフラウィウス・ヨセフスが短いながらもイエスに言及していますね」私はおずおずと言って、アルモンドを少し責めてみた。「ヨセフスは本物の歴史家でその叙述は詳細をきわめてます」

「評判の高い神学者ならその〝一節〟はまやかしだとして否定しとるよ。恐らく中世の写本家によって付け加えられた〝一節〟だろう。多くの書物がそうやっていじられている。我々はまず明白なものに従わなければならん。我々のもつすべての概念は福音書に発している。死海文書はその中の真実と伝説の相違を知る希望を与えてくれているのだ。だが我々にそれを知らせないためなら何だってやろうとする者達がいる。いや、名前はあげられないがね」

　興奮したアルモンドはその舌鋒(ぜっぽう)の鋭さを減じず、留まることを知らなかった。外はもう夜になろうとしている、霧がおりてきはじめた。部屋を照らす蒼白(あおじろ)い光が壁に影法師を映し、その輪郭は不安げに揺らいでいる。中でもアルモンドの影は巨大で、呪(のろ)いの身振りに騒いでおどろおどろしい。声は聴く者を引き摺り込むように重力をはらんでいる。

「赤子のイエスを訪れる東方の三賢者のエピソードはご存じだな……。だがパルティアのトリダド人の話にも三人の賢者が〝ミトラの神王〟を祝うために生まれたばかりのネロを訪れたというのがあるのはご存じか？　さらにはフラヴァシを探す賢者が天の星によってその誕生を知ったのはご存じか？　こう聞いて、だからそれがどうしたのだ、で片付けられるかな？」

「そのフラヴァシというのは誰ですか」私は尋ねた。

「異教徒文化における神だ。よいか、お若いの、異教徒の文化は知っておいて損はないぞ」アルモンドはわけ知り顔で言った。

「ところで話はまだ続く。牧者達すなわちイエスと洗礼者ヨハネの『受胎告知』に関することだ。そして晩に歌われる聖母マリアの讃歌〝マニフィカト〟、そしてエリザベートがマリアを讃えた〝ベネディクトゥス〟。これらはマリアとエリザベートによって唱えられたことになっているが――ルカもそう伝えておるな、それは典礼のための創作でありはしないか？　神学者達は〝マニフィカト〟も〝ベネディクトゥス〟も〝物語より後〟の概念だということを知っておる。奴らすべてに私は尋ねる」アルモンドはあたかも大聴衆を前に演説しているかのように腕を大きく広げ、声を高めて言った。

「『福音書』の中で、写本家により〝採用され〟、〝脚色されてつくられた〟のではない『話』はどれなんだ？　と。現存する『福音書』の最も古い写本でも紀元四〇〇年以前には遡れん。従って『初期教会の教父』はいくらでも時間があったわけだ。自分達の神学的教条に都合よく聖書を〝変更する〟時間がね。イエスがベツレヘムで生まれたということを証明するのは全く不可能だということをご存じかな？　よしんばベツレヘムで生まれたとして、ユダのベツレヘムなのか、それともガリラヤのベツレヘムなのか？　同様に福音書で言及している生まれたばかりのイエスを殺すために大量の赤子殺しの残虐行為に及んだ者は誰だったのか？　そんな史実はどこにも見当たらん」

「ヘロデ王がやったと言われてますがね」父が言った。

「もしもだ、ヘロデが張本人だとしたら、フラウィウス・ヨセフスが書かないなんてことがあるとお思いか？　ヨセフスはヘロデ王の多くの犯罪について長々と記しているのですぞ。マタイの創作ということは有り得ないか？　死んだ子を嘆くラケルの預言を堅信させるためのな。同じくヨセフとマリアがエジプトに逃れたのも、『我、エジプトより我が息子を呼び戻すことになる』という預言者が聞いた神の言葉を裏付けるためにマタイがつくったのではないか？」

聴衆は父と私の二人だけであっても、アルモンドの精神にとっては生者も死者も含めて数千の聴衆がそこに凝縮されているのだ。言葉は次々と口から紡ぎ出され留まることを知らなかった。

「信者はどう考えていると思う？」

アルモンドは続けた。

「信者はこう考えておる。〝イエス様は福音を説かれ、救世主として死するが復活され、使徒を介してキリスト教会をこの地上に設立なされた。そしてそれが世界中に広まった〟とな。あるいは復活を信じてはいない者でも、イエスの〝霊〟により動かされた使徒達が福音書にあるように教会を建てた、と想定している。イエスはユダヤ人で、ユダヤの伝統を継承したことも認めてはいる、と私は少なくともこう思いたいね」

皮肉な笑みを浮かべてアルモンドは言った。

「使徒がイエスの言葉を解釈し、そこからイエスの教えを還元したことも認めている。使徒達はイエスのすべてを書いたのではなく、自分達が理解できたことだけを書いたことも認めている。使徒が理解できたこととは〝イエスは『救世主』で『人類の指導者』で『神の子』だ〟ということだ。そしてこの三つのいずれの〝観念〟もキリスト教のオリジナルだと信じ切っている。キリスト教以前には――モーセ及びキリストの到来を告げた預言者達により成就されたことは別として――そうした観念はなかった、聖書以外のところには現れもしなかった、と信者は信じ切っているのさ。ところが信者は知らないが、神学者は知っていることがある。イエスの時代には数多くの異教の神がいて、その神々はキリストと類似した特性をもって崇められていた事実だ。ミトラは〝人類の贖罪者〟だった。さらに〝愛と豊穣と戦いの女神イシュタル〟の夫タンムズ、〝豊穣の女神アフロディテに愛された美神〟アドニス、そして〝冥界の王であり、審判者で、救い主でもある〟オシリスも類型だ。〝贖罪者〟としてのイエスのヴィジョンはユダヤ的ではなかったのだ。〝贖罪〟はパレスチナ地方における初期キリスト教徒にも身近なテーマではなかったんだ。ユダヤ教徒が、そしてユダヤ人キリスト教徒が待ち望んでいたメシアは〝神の子〟ではなく〝神の使い〟であった。この〝神の使い〟が世界を救う。自らの〝身体と血〟を捧げることによってではなく、地上におけるメシア王国の到来によってだ。ユダヤ人キリスト教徒は彼らを天国に導く〝解放〟などは期待していない。彼らにとっての〝不死〟の概念は、この地上に〝新たなる秩序がたてられる〟ということなのであり、それがユダヤ人にとっての〝解放〟の意味だった。救世主としてのイエスの観念が生まれたのは、キリスト教思想が異教徒の世界に広まってからだ。なぜ『死海文書』がトラブルやスキャンダルをもたらすのかをお教えしようか。それは『死海文書』があの時代にユダヤ教の〝ヴィジョン〟を教えるだけでなく、そのヴィジョンが徹底したものだからなのだ。もしイエスが存在したとすれば、イエスはどうしたってエッセネ派の人々と出会うか、すれ違うか、討論するかしているはずだ。いや、イエスはエッセネ派だったかもしれん。ところが死海文書のどこにも、私の知る限り、イエスのことが語られていない。『義の教師』のことが語られていても、この『義の教師』がイエスであるとはどこにも記されていない」

「ということは一人あるいは複数の〝預言者〟の顔があるが、それらの人物達を一者に構成、すなわち合一したのはイエスの後の時代という可能性が考えられますね」私は言った。

「イエスの顔は実際、すでにあった複数の存在によってインスピレーションされたものだ。例えばミトラのような存在にだ」

二人の聴衆が自分の推論をたどってくれていることに大満足して、アルモンドは続けた。

「一二月二五日。初期キリスト教徒達はこの日をイエスの誕生の日とした。だが冬至の付近のこの日は異教徒にしてみれば、ミトラの誕生の日付なんだ。同じく天地創造の七日目に神が休息した安息日（シャバット）は、キリスト教においてはミトラの日、つまり征服者太陽の日、つまり日曜日が選ばれたことで放棄された」

そこでアルモンドは壁に向かって進み、そこに掛かっていた十字架のキリストの絵を外した。本物のカラバッジョの作とみえた。それを両手で持ち、今度は教室で講義をする教師よろしく、学者ぶった調子で論を進めた。

「死にゆく息子と処女マリアの構図は、キリスト教伝播の時代、地中海世界のいたる所にみられた。元々このマリアは大地の表象なのだ。処女で母、すなわちフレッシュで生む者、まさしく春の大地のことだ。息子は大地のもたらした果物だ。果物は〝死すために生まれ〟再び大地に帰る。新たなるサイクルを始めるためにだ。ご存じであろうこの言葉を、『種、死なずんば……』。『救世主』と『マテール・ドロロサ』すなわち〝苦悩の母〟のドラマは植物の神話だ。四季のサイクルは天国のサイクルと並行しているのだ。

天空をご覧あれ。シリウスが西の方で、日の出、――すなわち〝太陽の復活〟だな、――を告げると東方に乙女座が昇ってくる。異教徒の神話では、地平線に乙女座の星が通過するのは、太陽と〝乙女座〟が子をつくることを意味する。同様に、長きにわたりイエスの誕生と結び付けて考えられていた洞穴のイメージは以前は、イシスとオリウスの息子ホルスの誕生と結び付けられていたのだ。このホルスは〝人民を救うために命を捧げた〟神だ、イエスと同様だな。そしてイシスはまさしく〝苦悩の母〟だった。かくなる古代神話は探せばうじゃうじゃ出てくる。聖職者の腕に見つかる梅毒性の発疹のようにな。キリスト教的秘跡の起源は他ならぬそうした古代の諸々の異教的信仰の中にこそあるんだ」

アルモンドは、カラバッジョの絵を置き、今度はその辺に散らばっていた何冊かの古い魔道書をつかんで話を続けた。

「聖体の秘跡もまたミトラ教からの借用だ。だからキリスト教の聖餐はミトラ教に発しているのだ」

何冊もの古書のページを狂ったように捲り、自分の説を裏付ける資料を見せようと探す。

「子羊の血だってミトラ教に伝わる重要なエレメントなんだ」

今度は一冊の聖書を開き、また別の一冊を開いて言った。

「キリスト教が異教に負うているものは余りに多大である。キリスト教独自の物などほんのわずかさ。イエスのことを語って〝師〟とはほとんど言わない。だがキリストのことを語って多くの者が〝救世者〟、キリスト教徒の王と言う。キリストであれ、ミトラであれ贖罪の正理論派にとってみれば大差ない。紀元三二五年ニケア会議において確認されたように〝『キリスト』は『救世の神』だ〟ということを教会の秘跡が結局は意味しているのだからね。つまりはだ、神学者が知っていて信者が知らないこととは、イエスがいようがいなかろうがキリスト教は広まったということさ」

アルモンドはそこで暫く沈黙した。演説の効果をはかっているのだ。そして再び話を始めた。

「では異教になくてキリスト教だけにある重要なエレメントはないのか？　いやある。それはほかでもない、イエスが『師』すなわち、『教師』と呼ばれていたことだ。だがイエスのその顔は三世紀から、印刷術により聖書の伝播を確実にする一六世紀ルネサンスの長きにいたり、全く忘れられて〝秘跡のキリスト〟〝救済の神〟という顔だけが強調され続けた。キリスト教会は一〇〇〇年以上にわたってイエスの顔を変えるのに躍起になっていたわけだ。従ってガリラヤのイエスはほとんど知られていなかったというのが本当のところだ。パウロはパリサイ人であユダヤ的キリストの復活をはかった唯一の者がタルソのパウロだ。

りながらギリシャ化していて、異教文明に精通した神の霊感を受けた学者だった。イスラエルとアテネを統合しようと思いついたのもパウロなら、エルサレムの瀕死の神殿をミトラ的犠牲といっしょくたにし、エッセネ派ユダヤ教徒をアレオパゴス（ギリシャの神の総体）から外れた〝知られざる神〟と混合しようとしたのもパウロの考えである。パウロは〝キリスト的宗教家〟であって、キリスト教徒ではない。アポロ、ミトラ、そしてオシリスはヘブライの神の前では頭を垂れねばならぬ、と考えていたグノーシス主義者なのである。だがそれは『救済者達』と『贖罪者達』の同化によって初めて実現される。かくてイスラエルのメシアが世界的キリストになる」

　突然この言葉に句読点を打つがごとくにゴングが大きく鳴り響いた。そしてまた打った……柱時計が雷鳴のような七時を告げたのである。だがアルモンドはいっこうに気にせず話を続ける。時計のゴングの大音響をしのぐような大声をあげている。

「仮にキリスト教が別な発生をしたとしても、〝キ・リ・ス・ト・教〟という名は変わらなかったであろう」アルモンドは我々によりしっかりと理解してもらおうと、音節を一つ一つ切りながら灯台の上からでも呼びかけるように言った。

「だから神学者は死海写本が何を教えていようが動じないのだ。キリスト教とは〝歴史的に言えば〟イエスによってつくられ、弟子によって広められた宗教じゃないということを知っているからさ。だが信者は知りたくはないのだ。死海写本の発見が直感させる〝事〟を恐れているんだ」

「あなたの読んだ写本には何がありましたかな？」父が遮った。

柱時計はすでに止んで、部屋の空気には静けさが戻っている。

「チームのメンバーは私のことは警戒しておって、最も重要そうな写本は渡さんのさ。私は実際今じゃ国際チームの一員ですらありゃせん。だが読んでいない巻物に何が記されているのかは、およそのところは知っているつもりだ。少なくとも見抜いてはおる。悪いがこれ以上は今は言えん。準備中の本の題材に関係のあることなんでね」

突如アルモンドは声の調子を変えた。妙な眼差しを向けている。

「ある種のキノコがよく知られた幻覚を起こすのをご存じかな？　来たまえ」彼はせわしげに言った。

アルモンドは我々を部屋の片隅に案内した。それまでそこは暗がりになっていて見えなかった。アルモンドが小さなランプをつけると、そこに祭壇のようなものがぽっかり浮かんだ。その傍には小さな赤いキノコが幾つか置いてある。表面に白い点々が見える。森でキノコ狩りをして見つけても、採るのは止める類のキノコだ。乾いた泥で汚れていて、ぶよぶよして、いかにも毒キノコという感じで、口にしようなんて誰も思わぬはずだ。

「私は毎日これを幾つか燃やし、立ち昇る煙を吸い込む。そうするとあんた方が探して未だ見つからないものを発見することができるのさ」

そう言うとアルモンドはキノコを一摑みして、すでに祭壇に用意されている炭火の上にそれをのっけた。キノコは燃え始め、オイルランプのような炎を上げる。やがて黒い煙がたち昇って渦を巻いた。きつい匂いが鼻を突く。あたりの空気は耐え難いものになってきた。息が苦しい。ところがアルモンドはいささかも動ぜず、この吐き気を催しそうな煙の中で、大祭司よろしく、禁じられたミサに使いそうな怪しげなロザリオをつまぐっている。

「キリスト教とは幻覚を生じさせるあるキノコの産物なのだ。これは私の次の本のテーマなんだが……。私はその本でイエスもキリスト的宗教も存在しなかったことを証明するのさ。我々はすべて一つのキノコが起こす幻覚の犠牲者にすぎん。イギリスのこのマンチェスターにもこのキノコがあったんだ。

私は私自身で試してキノコの成分を研究している。この煙を吸入すると十字架にかけられた人々や、『マリア』から『神の子』にいたるまで数々のキリスト的幻視が見られる。驚くべきことじゃないか？　え」

アルモンドは嘲笑を浮かべて言った。

「もう少し近づいてあんた方も試して見るといい。

人間の夢とは神になることだ。神になって全能になることだ。ところが神は自らの力、自らの〝知〟のこととなると嫉妬深い。いかなるライバルも認めない。しかし神は寛容であるところも見せねばならない。そこで何人かの人間＝死をまぬがれぬ者を招く。ほんの短い時間だけ全知全能を垣間見せる。この選ばれた者達にとってそれはずば抜けた体験だ。色彩は見たこともなく生き生きしていて、音は信じられぬほど微妙に聞き分けることができ、感覚は恐ろしく磨ぎ澄まされ、あらゆる力が十倍にもなる。

人間＝死をまぬがれぬ者は永遠を垣間見るために死ぬのである。神秘の幻視に達するために死ぬのである。こうした人間の犠牲的行為が大宗教を生む。ユダヤ教もキリスト教もこうして生まれた。

だが神秘のヴィジョンにいかにして到達するのか？　いかにすれば神に選ばれた者になれるのか？　密教の科学がそれを実現する。幾世紀にもわたる観察と危険な実験を重ねて、初めて生まれる密教の科学が実現するのだ。そしてこの密教科学の実践者であって、植物の秘密を知る者を祭司と呼ぶ。祭司は通常、彼らの知識を文字にすることはない。イニシエーションを受けた者達だけに相伝する。だが何かの出来事が勃発した場合、例えば迫害に見舞われて命が危うい緊急時にあっては植物の名、その使用法、あわせて唱えなければならない呪文等を書き残すが、その場合も暗号を用い、それを理解できるのは離散した共同体のメンバーのみという徹底の仕方だ。

　神殿は破壊され、エルサレムが略奪された紀元七〇年に起こったユダヤ人の反乱の場合がそうであった。ところがキリスト教徒は別の戦略を見つけたんだ。神の世界を知るためのな。それが大いにうまくいったので、法悦的体験の秘密、薬というソース、『永遠』への鍵、すなわち聖なるキノコを忘れた。アマニタ・ミュスカリア、これがキノコの名だ」

　アルモンドはキノコの石突を持って我々に見せた。

「よく見るがいい。赤に白い斑点が付いているだろう。これが強い幻覚作用を秘めている。しかもこの男根のような形は古代人にとって豊穣の神のレプリカを意味していた。そうなんだよ。言っとくが、このキノコこそが『神の子』なんだ。このキノコがつくる幻覚剤は神の種蒔きのピュアーな一形態だ。このキノコこそは神自身がこの地上でとる姿なのだ」

「ところで」私はアルモンドの話を遮った。「このキノコと巻物とはどんな関係があるのですか？」

「何だと？　君は分からんのか？」アルモンドは眉をひそめて言った。「おおありじゃないか！　メソポタミアのシュメール人のくさび形文字を知っとるだろう。あの地方の沖積土は上質の粘土を豊富に含んでおる。その粘土を掌にとって叩いて延ばすと菱形になるな。これに古代文字が書かれる。ところがだ、うんと古い時代には粘土板はまん丸だった。そして円の中心に向かって文字が刻まれたんだ。車輪のスポークみたいにな。で、全体でみると粘土板はまさに車輪だ。キノコの傘の裏側を見てみよ。スポーク車輪と同じだろうが！」

トーマス・アルモンドはやはり少しおかしかった。いや、〝少しだけ〟おかしかったと言うべきであろう。なぜなら彼の言うことすべてが意味を欠いているわけではなかったからだ。他の学者の言わない大いに重要なことも言っているのだ。だが私の父は、〝アルモンドに悪魔が取り憑き始めている〟と思ったか、早々に暇を告げようと私をせかした。アルモンドはもう我々も眼中になく、キノコの煙を吸って幻視の成就に専念していた。

《神はサタンに言った。どこからお前はやってきた？　サタンは神にこう答えた。地上のあちこちを駆け巡っていたのさ。》

ホテルに帰って食事をとっている間も父はかなり沈み込んでいた。またしてもシモン・デラムに説き伏せられて、巻物探索のミッションを引き受けてしまったことを後悔していた。父は古代の石碑を探すためなら何時間だって土を掘り続けるし、失われた都を発掘するためなら何カ月も古地図とにらめっこをする。考古学のためなら立ち塞がる空間と戦い、膨大な時の流れに挑む。だがこのミッションにおいて、父が戦わなければならぬ対象は全く抽象的な本質をもっていて、その輪郭は近づけば近づくほどぼやけてしまうのだ。私はといえば、妙なことにこの旅で初めて主役を演じ始めた感覚があった。そして目の前にいる父が良き案内人とか、朋友（ほうゆう）とか、はたまた指導者などではなく、私の勇気をくじこうとする〝真実に近づくことを怯（おび）えている者〟のように、そう、ジャンセン達のように真実を懸命に隠そうとする者達にくみしている敵のようにさえ感じ始めていた。父が恐がっていることは間違いない。ウイリアムズバーグのラビが言っていたことを考えるにつけ、父の怯えが私には不安だった。たとえ私自身確信がもてなくとも、彼の恐れを拭（ぬぐ）い去ってやらなければならぬ。

「もう二つの国を旅したが、大きな収穫もない。石の壁に突き当たるか、狂人に出くわしただけだ」父は言った。

「何を言うんですか父さん。まだ始まったばかりではありませんか！　父さんが発掘に携わる時は三年であろうが一〇年であろうが、いやそれ以上の時間をかけることがあるでしょう。私達がやっていることは考古学の調査と同じですよ」

「いや、それは違うな。〝発見〟はすでに何年も前になされていて、我々は断片を継ぎ直そうとしているにすぎない。このミッションには考古学的性格なんぞありはせん。ただの諜報（ちょうほう）活動にすぎん。言っておくが我々はスパイなんかじゃないんだ。たとえシモンの頼みでも承知などせねばよかったよ」

「この辺でそろそろ収穫があってもいいと言うのなら、今夜中にでも、もう一度アルモンドのところへ行ってみませんか」

「今夜だって？　何を考えてるんだ。我々がアルモンドの家を後にした時、彼がどんな状態だったか分かっているだろ。今頃どうなっているやら分かったもんじゃない……」

夜も更けて、私は父に分からぬようにこっそりとホテルを抜け出した。タクシーをひろってアルモンドのところへ向かった。アルモンドは我々の役に立つことを色々知っているに違いない。トランス状態になればしゃべるというものだ。だが父に言っても分からぬだろう。しかし私はデヴェクートの神秘的体験があるので分かるのだが、精神の極限においてでしか顔をのぞかせない真実というものがあるのだ。真実が顔をのぞかせるのだ。アルモンドだって薬の作用でそうした真実を吐露するはずだ。こんなことは父には説明出来なかった。なぜならデヴェクートはごく少数の人間しか知らないハシディムの秘儀であるからだ。多分アルモンドはその少数の人間の一人なのだ。

彼の家に着いた時はすでに真夜中になっていた。アルモンドは私を見るとすぐにドアを開けてくれた。魔法の煙を試しに来た、と言ったらあっさり中に入れてくれた。キノコが燃えている最中だった。胸が悪くなるような臭いを発して凄い煙が部屋中に垂れ籠めている。それと共に蒸気も部屋にたちこめている。突然激しい衰弱に襲われた。四肢のコントロールがきかなくなったようだ。デヴェクートの感覚とは違っていた。自分のしていることを意識できないからだ。

凄まじい幻視が始まった。泥沼と幾本もの血と火の川に囲まれた不吉な家に私がいる。幾つもの不毛の谷と無表情な湖が見える。湖水は冷たく緑色に凍りつき、氷の岩盤に変じている。

平原が孤島のように点在し、人跡未踏の洞穴が見える。その地獄の洞穴では密謀が練られている最中だ。そして悪魔が私の家を訪れた。悪魔は休みなくその面を変えている。アルモンドの顔になったり、ジャンセンの顔になったり、また私の知っている他の者達の顔になったり、大魔王ベルゼブルやその手下の悪鬼どもの顔にもなる。なんと天使の翼を持ち、子供の顔をしたセラフィムとケルビムが喜び勇んで戦い合い、罵詈雑言を飛ばし冒瀆をきわめている。ベルベリートのせいだ。ベルベリートは善良な人達の精神に殺人者の種を蒔く。アスタロートの顔にもなった。アスタロートは懈怠と倦怠をまき散らし、いたる所に対立と憎しみを垂れ流す。悪霊達の王子アザゼルの顔にもなった。こいつが人類に武器の製造を教え、戦争に駆り立てている。白くて、純血で、無傷であるが故にユダヤの部族の過ちと犯罪によって汚され、都の外に捨てられ、荒涼とした名もない地方に追いやられ、冒瀆や偽りの誓い、盗み、殺人、殺戮と、自分が犯したこともないすべての罪を贖わなければならなかった白い贖罪の山羊であるこの私は、闇に住む私の主人を探していた。

　私は夜が凄まじい音を立てて裂けるのを聞いた。私の全存在が身震いする。夜の天空に飛び交う見知らぬ鳥達が七度金切り声をあげたのだ。伝説によれば、その怪鳥はキリストが十字架にかけられてから心の平静を見いだせなくなってしまったユダヤの民の魂を表象しているのだという。ついに〝邪悪な者〟サタンがアザゼルの顔にとって代わった。見るもおぞましい顔だった。口からは今まですすっていた貧者や奴隷、無実の者の血が滴り落ちている。両眼には炎が燃え盛り、人を堕落させる力をもつ火の粉が血膿と化してまき散らされる。頭には幾重にもかぶった王冠を突き破って、二本の磨ぎ澄まされた刃物のような角が生えている。身体は痩せこけて歪み、軟体動物のごとくにぐにゃぐにゃしていて、血の池に浸した衣をまとい、そこから露出する手と足の先には汚物のこびり付いた鋭い爪が伸びていて、足の間には長い尻尾が見える。〝邪悪な者〟はキノコの燃える祭壇に近づき、それを黒い布で覆った。まわり一面に暗い炎に燻る蠟燭からはタールと松脂のたっぷり含まれた毒の臭いが立ち昇っている。祭壇の傍のテーブルには十字架の上のキリストを描いたカラバッジョの絵が置いてあった。絵を覗きこむとそれが全く変わってしまっているのに気がついた。十字架は逆さまになっていて、キリストは全裸である。首は上を向こうとしてひどくねじれ、唇は陰険で卑猥な笑みをたたえ、肉厚のその唇の間から長い舌がよだれに塗れて垂れ下がっている。その時〝邪悪なもの〟が歌い出した。頌歌と祈りをさかしまに。そして水で満たした杯を掲げると血だらけの呪詛の唇にもっていく。それから水を私の頭に注いだ。水が酒に変わった。もったいぶった声で偽りの誓いを唱えるとこう告げた。

「審判の日は近いぞよ。すべての人殺しの主よ、犯罪の使徒よ。罪と悪徳の主よ、まことに正しき神よ、これが汝の探す写本ぞ」〝邪悪な者〟は黒い皮紙の巻物を突き出して、せせら笑いながら言った。「これを売るがよい。一〇〇万ドルにはなる」

その言葉に私はじゅうたんをのたうち、足をばたつかせ、醜悪な格好で這って巻物に手を伸ばそうとした。舌打ちもしていた。その音は驚くほど大きく響き、壁に反響した。瞳孔が開き、頭が肩にだらりと下がる。〝邪悪な者〟が私に冒瀆の言葉を吐き、そしてまた歌う。大きな声でこう歌っている。「これぞ我が体」。黒い山羊をその角で串刺しにしながら歌っている。《アケルラ・ベイティ、アケルラ・ゴイティ。》

「私のものだ」私は言った。「金は全部私のものだ。巻物をとって、すべて売ってやる……」私は口走っていた。

「だがそのために」その時、聞き慣れた声が私に答えた。「そのために我々はここに来たのか？　そなたの離散は何のためにあった？　金の牛を崇拝し、使命を忘れるまでに成り下がったのか、そなたの計画、そなたの挑戦はどうした？」

「いや」私は答えた。意識が立ち上がったのだ。「いや！　聖なる書は世界のすべての金よりも尊い」

するとサタンは凄まじい息を吹きつけて私を持ち上げた。私をあばら屋の屋根の上に吹き上げた。そうしておいて下から巻物を差し出し、私に言った。

「ほれ、巻物だよ。とってみろ。お前のものになるんだぜ」

私は屋根の上から写本を見ていた。一足踏み出せば手が届きそうだ。ほんの一足でそれは私のものになる。だが高い空間が恐かった。いや全く反対だ。むしろ空間が私を誘惑していたのだ。耐え難い誘惑であった。命令と同様の誘惑だ。〝邪悪な者〟の息吹が不規則な衝撃波のようにがくんがくんと私に届いてくる。だが声は猫なで声でこう言っている。

「おいでよ。ちょっと前に出るだけでいいんだ。こんな簡単なことはないじゃないか……ここにお前の望むすべてがあるんだよ。あとは一歩出るだけさ」

私は磁石に引きつけられるように地の方へと引きつけられた。私は自然落下しようとしている物体のようだった。ここと地の間にわだかまる虚空(こくう)を見つめれば見つめるほど魅了された。私はとうとう目を閉じて一歩前に……と、その時、突然、父のヴィジョンを見た。安らかに眠って私を待ってくれている。父の信頼を裏切るわけにはいかない！

「いや」私は出そうとした足を突如引っ込めて言った。「書かれしものより命の方が尊い」

すると〝邪悪な者〟は私を地上に連れ戻した。そして巻物を差し出し、こうわめいた。

「とるがいい、写本だ。読むがいい、世界を支配できるぞ。だが私を崇めることを約束しろ」

「いや」私はただちに叫んだ。

この〝邪悪な者〟の申し出を考えていては誘惑に負けると思ったからだ。

「汝、汝の神のみを崇めよ、汝の神のみに仕えよ」私は唱えた。

「〝いや〟じゃないぞ」〝邪悪な者〟は言った。「早く読むがいい！」

〝邪悪な者〟は私に近づいてきた。その目は藁束の松明のようにめらめらと燃え盛り、口からは紫の唾液の泡を吹いている。傷を負った両手からは血が滴り、その手で巻物を差し出している。全身が怒りに震えていた。私は逃げた。息を切らして走りに走った。あれが私を支配するために追ってきはしないかと恐怖にかられ、一時間ほど無人の田野を逃げまわったことは覚えているが、それから気を失った。恐怖と疲労のためだったのだろう。目が覚めたのは翌日であった。アルモンドの家から数キロ離れた道路の傍らに倒れていたのだ。一台のトラックが私を拾ってくれてホテルまで連れていってくれた。

部屋に着くと正午まで眠った。目覚めると昨夜のことを思い出そうとしたが様々な記憶が頭の中で脈絡をなさず、ぶつかり合って悪夢を反芻しているみたいだった。すべて忘れようと決心したが、身体の不快感はいかんともしがたかった。頭は二日酔いのように重く、口がべとついている。

その日の午後に我々はロンドンを発ってパリに向かった。空港に向かう道すがらタクシーの窓から見物する時間さえもなかった街を眺めていた。過去の残照もまばゆい建物が群れなすこの都市は一個の宝石だった。私はこのように過去の栄耀(えいよう)を留めた現存の建築物をそれまで一度も見たことがなかったので、燃え立つように輝いて見えたのだ。古代の聖なる遺物を身近に見ている我々ユダヤ人の時間的感覚からすれば、ロンドンは近代的な都市である。だがいささかたじろがされた感のあるポスト・モダン的大都市ニューヨークに比べれば過去につながっている。私は生まれて初めていわゆるモニュメントというものを見た。イスラエルでは見られるのはモニュメントではなく壁であったり、石棺であったり、遺跡だったりで、〝痕跡(こんせき)〟なのだ。イスラエルはいわば歴史の地層の積み重ねであり、幾多の都が破壊、再建を何度も繰り返しており、膨大な時の流れに浸食され、戦争や分割に損耗している。だがロンドンには古い建物や家屋が人間の情念のはかなさと虚(むな)しさに挑むかのように誇らしげに立ち並び、〝時間〟からその絶対権を簒奪(さんだつ)しようと狙(ねら)っているかのようで、建築物自体が最も明白にして最も現実的な時間の化身になっている。

カーナビーストリートを通る。いたる所に物憂げな面持ちでぶらつくパンクの連中がいた。モヒカン刈(が)りを虹色に染めあげた者達がいるかと思えば、ピンクやブルーもしくはヴァイオレットのメッシュを入れている者達もいる。皆一様にジーンズに何本ものチェーンをぶら下げ、アグレッシブなスローガンをプリントしたTシャツを着ている。どんよりした目が希望のない虚空を見つめている。外と異なるここの住人は、境界にあって奇妙な共同体をなしているという点で、メア・シェリームの人々に似ているのではないかという考えがよぎった。カーナビーストリートもまた世界の終わりを待っているのかもしれない。彼らは彼らのやり方で、新しい夜明けの兵士なのであり、デカダンスの幻視者であり、未来の「時」に自らを捧げる使徒達なのだろう。

　パリ行きの飛行機の中では、まだ昨夜の恐ろしい幻視につきまとわれながらもタルムードのページの〝研究〟に勤しんだ。そうすれば精神が安まるからだ。研究は私にとって聖書の彼方に私を導いてくれるワインのようなものなのだ。それゆえすべてのハシードと同様、完全に酩酊しないように少しばかり用心する。タルムードは〝書かれているもの〟でありながら決して〝書かれてしまったもの〟ではない。絶えず読み直されるものであり、絶えず異論の余地があり、再び読んでまた新たに反論を唱え、これでいいということがない。そこには結果もなく教条もないのだ。またタルムードはサスペンス小説のようであり、各々のページが絶えず次のページに切望するごとくに投影され続けてゆく。タルムードはまた哲学の本のようであり、一ページ一ページが、一節一節が、一言一言が重要性をもち、注意を怠るものならただちに理解不能に陥る。だがタルムードはスリラーと違って終わりがない。タルムードのすべてを読んでも、それは一つの読書にすぎない。何千という別の解釈が同じページごとに潜んでいて、見つけ出されるのを待っているのである。だから小説同様、〝研究〟は神を静観することから精神を遠ざけるのだ。そのためハシードは読書をする時、一時間ごとに瞑想して神を思う。だが今のような精神状態においては、読書に夢中になることで気を晴らす必要性を感じざるを得なかった。

父が私を覗き込んで、どういう論を読んでいるのかと尋ねてきた。答えようとしてタルムードから顔を上げた時、父の向こう隣の人の読んでいる新聞の大きな見出しが目に入った。

《ロンドンで十字架刑》

ただちに父に告げる。父はスチュワーデスに急いで新聞を頼んだ。二人で読んだ。
《古文書学研究家が昨夜、変質者と思われる何者かによって殺害された。被害者はトーマス・アルモンド教授。クムランの写本発見についての著作を準備中に起こった悲劇であった。死因は大きな十字架にかけられたためと思われる。犯人は特定できておらず、なぜまた十字架刑なのかも皆目見当もつかず、スコットランドヤードは難しい捜査を強いられることになる。》
信じられずにもう一度読み返した。嘘であってほしかった。あたかも突然二〇〇〇年前に連れ去られた錯覚を覚えた。現実が研究と探索に追い迫ってきていた。我々の訪問のすぐ後で殺されたのだ。父の恐れようといったらなかった。殺害者は我々の行く先々で死の種蒔きをしているに違いなかった。私はといえば、まさに恐慌をきたしていた。記事には犯行は昨夜のことだと明記してある。私は夜明け近くまでアルモンドの傍にいたはずだ。だが何も記憶にない。アルモンドがドアを開けてくれて、家に入ったところで記憶はぷっつり切れている。まさか知らぬうちに処刑に参加していたのだろうか？　自分のしたことの意識がないなんて、一体何が起こったのだ？

《大声で万人に告げよ。敵が、我が、我が民とかわした契約を犯し、我に対する信仰に逆らい、ワシのように永遠者の家に襲いかかってきている。》

父は再び巻物探索への意欲を失った。そして巻物を包囲している不吉な運命が何がなんでも、その情け容赦のない支配力を見せつけずにはすませない、ということをまるで知ってでもいるかのように、今や、石でさえこれほどとはいえぬこわばりをみせていた。

第四巻　女の巻物

女は中味のない言葉を吐く。
女の口は過ちにあふれている。
女は常に言葉を磨こうとする。
そしてあざけりながらお追従を言う、
だから誉め言葉を言っても、ただちにそれはあざけりに向かっている。
女の退廃した心が淫蕩を生じさせる。
悪に汚された者達が女に近づいた時に、女の腰をつかまえようとしてしまうのはその退廃なのだ。
悪に汚された者達は、女の足が〝打ち込まれている〟場所に下りて罪を犯す。
そして〝反逆の罪〟を犯しながら〝闇の土台〟に達する。
山ほどの反逆が女の服の裾に隠れ潜んでいる、
女のチュニックは夜の深奥であり、
そしてその衣、その下着は夜の暗黒であり、
女の装身具は獣をとらえる「落し穴」だ。
女のしとねは「落し穴」の床であり、

女のしとねの敷藁(しきわら)は墓の深部である。
女の住居は幾層もの闇でできていて、
女の領地は夜の深奥にある。
闇の基盤の中に女の天幕があり、その中に女が暮らしている。
そして沈黙の場所の天幕の中にも住み着いている。
永遠の炎の真(ま)っ只中(ただなか)に。
だが光輝くすべてのもの達の中にあっても、女は何も分かち合うことはできない。
そうだ、女は退廃のすべての道の原理なのだ。
ああ！　女を所有する者達に災あれ！
女を抱く者達は失墜せよ！
何となれば、女の道はいずれも死の道であり、
女の道はいずれも罪の獣道であるからだ。
女の道は退廃に紛れて入り込み、
女の道は反逆の罪を置いている。
女の扉は死の扉であり、
自分の家のその入口を女は歩いている。
その家に入る者達はすべて死者の住処(シェオル)へと帰ることになり、
女を所有する者はすべて皆、落し穴にはまることになる。
そうだ、女はあちこちの秘密の場所に潜んでいる。

街のあちこちの広場ではヴェールを被り、
都の城塞壁の入口ならどこでも立っていて、何があっても動じない。
その女の目がここそこをじっと見詰める。
卑猥な動きで目蓋を上げて、
心正しき男であれば、これを誘惑しようと、
強き男であれば、つまずかせようと見詰める。
真っ直ぐな道を進んでいる男達であれば、その道からそらせようと、
正義の選ばれた者達とあらば、神の規則を破らせようと、
容易になびかぬ者達であれば、ふしだらに巻き込んで心空しくさせようと、
実直な者達であれば、その者達に「神の決定」を変更させようと、
謙虚な者達であれば、神から遠ざけて罪を犯させようと、
足の向きを変えさせて、正義の道から遠ざけようと、
実直の道には初めからふさわしい者ではなかったと思わせるほどに、
心を横柄に変えてしまおうとして、
人間を、「落し穴」のある道に紛れ込ませようと、
お追従によって人の子達を誘惑しようと見詰めるのである。

クムランの巻物
《女の罠》

I

天地創造の後、神は〝人間〟をエデンの園に住まわされた。その時、神は〝人間〟が一人でいるのはよくないと考えられた。そこで〝人間〟の脇腹から肋骨を一本とって女をつくられた。人間は男と女になった。男は女を自分の骨の骨、肉の肉と認め、女と結ばれ、男と女は愛し合った。そして再び一つの肉になった。蛇が登場したのはその時である。蛇は女を誘惑した。女は男を説き伏せ罪を犯させた。すると悪が介入してきたのは愛があったからか？　だが原罪は男と女が一つになった罪自体ではない。原罪は愛を横切って滑り込んできたのだ。伝染病のように、蛇から女へ、女から男へと。愛の後ろから。

イエスは言う「互いに愛し合え」。イエスはこうも言う。〝愛する者のために命を犠牲にすることほど気高い愛はない。〟なのになにゆえまた人間は相も変わらず憎しみ合うのか？

答えはある一冊の書に見出されるに違いないと私は思っていた。この書のことを私は始終耳にしていた――ほとんどの場合、父からだが――が、私は一度たりとも読んだことがなかった。その書は世界中が知っていて、世界中が読んでいて、あるいはまた、その内容に通じていなくとも、世界中が一節ならずも引用する。

その書とは「福音書」のことである。イェシヴァでは「福音書」を読むことは禁じられている。〝正統ユダヤ教文化〟に発するテキストでないものは読んではいけないことになっている。ほとんどすべてのエッセイ、それから小説はいかなるものも読んではならないのだ。

にもかかわらず私は漠としてではあるが神が人間に与えられた罰においては、何かがかきたてられ、新たなる言葉が明らかにされるという直感を禁じえないでいた。だからフランスに着くや、一つの考えが頭について離れなかったのはたまたまではない。私は〝何があったのか〟理解する決心をしたのだ。私は〝知りたかった。〟〝ラビ〟は〝恥ずることなく問題を提起し、恐れることなく答えを見出せ〟と常日頃言っている。が、しかし私がその時出していた解答は決して認められはしなかっただろう。決して読んではならぬと言われている書を読む決心を私はしたからだ。キリストの名さえ発音してはならぬという禁を犯す決意にあったからだ。そして少しでも早く福音書を買うことばかり考えていたからだ。

フランスに到着するや〝禁じられたテキスト〟のヘブライ語訳を買った。私は扉を開いた。心臓がどくどくと打っている。手がぶるぶる震えている。その手でページを捲り始めた。してはいけないことをしているのは分かっている。だがこう言って許されるのなら、〝それでもしなければならないこと〟を私はしていたのだ。読み始めた。禁じられた読書は苦く甘美だった。ついに知ることになるのだ……。

私は説明不能の驚きにとらわれていた。見知らぬ何かを知ったためではない、妙に近しい何かを感じたからだ。私は記憶を辿って、その時読んだことをここに書き写しておくことにする。〝その時読んだ〟と断るのは、それが後にも先にも、私のただ一度の福音書の読書体験だったからである。

〝彼〟はヘロデ王の時代にユダヤのベツレヘムで生まれた。《ユダの地、ベツレヘムよ、汝はユダにあって見過ごされてしまうような都ではない。なぜならお前からこそ指導者が出るからである。彼は我が民、イスラエルを出現させることになる。》〝彼〟はヨセフとマリアの子であった。聖霊によってマリアの胎内に宿った子だ。それはすでに預言者が告げていたことだった。《処女が懐妊することになる。生まれる子はインマヌエルと名付けられる。神は我らと共におられる、という意味である。》彼の誕生の時、不思議な兆しによって知らされた三人の賢者(マギ)が東方よりやってきた。賢者達はエルサレムに着くと、〝生まれたばかりのユダヤの王はいずれにおわす〟と尋ねた。〝拝みに参じた〟と言った。《降誕の折、東に星が現れた。星は空を動いていった。三賢者は王に呼ばれ、王のところへ赴いて王に言った。星は大いなる運命をもつ子の誕生を告げていると。王は恐怖にとらわれ、顧問を集めた。顧問は子が見つかれば殺してしまおうと考えていた。》ヘロデ王は律法学者達を招集した。律法学者達は〝ベツレヘムでユダヤの王が生まれるはずです、聖なるテキストにそう書いてあります〟と言った。そこで東方の三賢者(マギ)はベツレヘムに旅立った。天の星が導いてくれた。星のおかげで、出産を終えた若きイエスの母、マリアのいる家を見つけることができた。三賢者はイエスを拝んだ。そして彼らは乳香と没薬(もつやく)の葉を残し、そこを後にした。《彼らは黄金と乳香を持ってくる。そして神を褒(ほ)め讃(たた)える。》

ヨセフは夢を見た。夢はヨセフにエジプトに逃げよと厳命した。ヘロデ王が子を殺(あや)めようとして捜しに来るからだ。《ラマで声が聞こえた。泣き声と長い嘆き声が聞こえた。ラケルが死んだ子達を悲しんで泣いているのであった。誰が慰めてもだめだった。子供達はもういないのだ。》ヨセフとマリアとイエスはヘロデ王が死ぬまでエジプトに留まった。それからガリラヤに戻り、ナザレと呼ばれる町に住んだ。《彼はナザレの人と呼ばれることになる。》洗礼者ヨハネがいた。ユダ砂漠で〝改心〟を叫んでいた。天の国が近づいてきているからだ。《声が叫んでいる。〝荒野にて主の道を準備せよ。あらゆる道をすべて真っ直ぐにせよ！〟》ヨハネはラクダの毛皮をまとい、腰には帯を締めていた。イナゴと野生のハチミツを食べて生きていた。すべての人々が彼のところにやってきて、ヨルダン川で洗礼を施してもらい、罪を告白した。多くのパリサイ人やサドカイ人も来た。ヨハネは彼らにも改心することを勧めた……。

そしてイエスが現れた。ヨハネに洗礼を施してもらうためにガリラヤからヨルダン川にやってきたのだ。洗礼された時、イエスは神の霊を見る。鳩の姿をしていた。イエスはノアの平和の鳥のことを思い出した。もっと以前には、神の霊は天地創造の時の神の〝息吹〟であることも思い出した。それからイエスは荒野へ導かれた。三度にわたって悪魔に誘われた。だがイエスは聖書とそこに登場する預言者達の言葉を思い出し試練に打ち勝って荒野を出た。《主である汝の神のみを崇(あが)めよ。》

ヨハネが捕えられたのを知り、イエスはガリラヤに再び立ち去った。そして湖のほとりにあるカファルナウムに赴いた。《ザブルンの地、ネフタリの地、湖に沿ってのびる道、ヨルダン川の彼方にあるガリラヤの国！　闇(やみ)の中にいた民が大いなる光を見出した。暗い黄泉(よみ)の国にいた者達のために光が立ち上がった。》

イエスは弟子達に囲まれてガリラヤを巡った。シナゴーグで教え、〝良い知らせ〟すなわち〝福音〟を宣(の)べ伝え、奇跡を起こして病人や身体の不自由な者達を治した。無数の人々が彼の説教を聞きにきた。イエスは山頂に登り、「至福」を声にした。《主は悲しむ者のためにおられる。打ちひしがれている精神をお救いになる。控え目な者に土地を与えられる。》イエスは預言者の伝えた法を撤廃するためにやってきたのではない。それを〝成就〟しにきたのだった。

イエスが山を下ると一人の重い皮膚病を患っている者がイエスに近づいた。イエスはこの人を治した。カファルナウムで百人隊長の僕（しもべ）も治した。また、ペトロの義母も治した。一人の有力者の娘も治した。二人の盲人も治した。口の不自由な〝取り憑（つ）かれた〟者も治した。《彼こそが身体の不自由な者を引き受け、病人達を引き受けたのだ。》「詩篇」のように、そしてユダヤ教ラビによる聖書解釈「ミドラシュ」のようにイエスは寓話（ぐうわ）で話した。なぜなら世界がつくられて以来、数々の隠されていたことに言及したからである。《いくら耳で聞こうが分かりはせぬ、いくら目で見ようが見えはしない。この民の心は鈍くなっているからだ。耳が遠くなっているからだ。目が塞（ふさ）がっているからだ。見たくないから、聞きたくないから、心で理解したくないから、改心したくないから分からないのだ。そのような者達を私が癒（いや）したと思うか！》イエスはそれからエルサレムに赴いた。オリーブの山に近づくと弟子の二人を村に行かせた。弟子はそこで雌ロバを見つける。その傍には子ロバがいた。イエスの言った通りなのだ。《シオンの娘に告げよ。「お前の王が参られる。控え目な方だ。ロバにまたがり、子ロバにまたがってみえられる」と。》イエスはエルサレムに向かった。群衆が先んじ、こう叫ぶ。「ダビデの子にホサナ！　主の名においてやってくる方に祝福あれ」神殿に到着すると、イエスは境内で商いをする族（やから）をすべて追い払った。

そして弟子達にこう言われた。「知っての通り二日後は過越祭（ペサハ）だ。人の子が捕えられ、十字架にかけられる」

祭司長達や民の長老達が大祭司カイアファの宮殿に集まった。全員一致でイエスを逮捕しようということになった。だが「過越祭の最中はまずい、民が混乱をきたすとまずい」、イエスの弟子の一人のイスカリオテのユダがイエス逮捕の手引をすることになる。

過越祭の夜、イエスはじきに捕まることを知っていた。詩篇を謳った後、弟子達とオリーブの山の方へ向かった。《羊飼いが倒されることになる。そして子羊の群れはばらばらになる。》イエスと弟子達はゲッセマネで夜を過ごした。そしてそこに〝裏切り者にされる者〟が来た。一二人の一人ユダである。祭司達が送った兵士と一緒だったのだ。ユダはイエスに接吻する。これが合図だった。その時イエスはユダにこう言った。「友よ、そなたのなすべきことを果たすのだ」兵隊達はユダの合図でその人がイエスだと知り、ただちに逮捕した。ペトロがイエスを守ろうとした。だがイエスはペトロに言った。「〝父〟がいるから心配ない。天使の連隊を送ってくれる。一二連隊以上にもなる。それがわからぬのか、ペトロ。こうでないと〝聖なる書〟が成就しないのだ。〝聖なる書〟にはこういうことにならねばならないとあるのだから」そしてイエスは今度は群衆に向かって言った。「この通り、預言者が記したことが成就した」

弟子達はイエスを見限り、逃走した。イエスはピラトの前に連れてゆかれた。捕われたイエスを見てユダは後悔に苛まれた。銀三〇枚を祭司達のところへ返しに行った。そして長老にこう言った。「〝無垢の血〟をあんた方に引き渡し、罪を犯してしまった」だがもう遅すぎた。それでユダは首を吊って死んだ。《そして彼らは銀三〇枚を受け取り、こう言った。これがあの男の値段だ。イスラエルの子達がつけたあの男の値段だ。主がお命じになった通りに、その金で陶器商人の畑を買い取った。》エレミヤの預言が成就した。マタイはそう記している。ユダは裏切りの金を祭司達に返したのだ。だが祭司達は罪を犯して得た金だから、持っているわけにはいかないと考え、陶器商人の畑の購入にあてた。

ピラトは群衆を招集し、イエスを救うかバラバを助けるのか問うた。群衆はイエスよりバラバを選んだ。ピラトは〝手を洗った〟。それで責任は群衆になすりつけられた。こうしてイエスはゴルゴタと言われる場所で十字架刑に処せられた。《処刑人達はイエスに苦汁を混ぜた葡萄酒を飲ませた。くじ引きでイエスの衣類を分け合った。》通行人達が《頭を上下に振って》こう言った。「聖域を破壊したお前なら、そこから一人で下りてこられるだろうが」《この者は神を頼ったんだ。神に愛されているのだったら、神に今そこから解放してもらうがいい。》正午に突如、暗闇が街に下りきたった。闇は三時までわだかまった。死ぬ前にイエスは叫んだ。《エリ、エリ、ラマサバクタニ？》「私の神よ、私の神よ、なぜ私をお見捨てになった？」

私は動揺した。死海文書の発見の重要性を理解したからだ。もし洗礼者ヨハネがエッセネ派であり、イエスもエッセネ派であればイエスの教えはこれまでと同様に解釈されるだろうか？キリスト教がユダヤ教の一つのセクトから出ているということになっても、万人がもつキリスト教のヴィジョンは変わることがないのだろうか？

弟子達の裏切り、イエスの情熱、そしてイエスが十字架にかけられたことには驚かされた。私にはイエスの死の理由が理解できないからだ。世に言われている理由は、私には何か曖昧に思えた。ユダヤ人に責任があり、ローマ人が手を下したのか？　それともその反対か？　いずれにせよ、それではどのユダヤ人だ？　どのローマ人だ？　祭司なのか群衆なのかイエスを見捨てた弟子達なのか？　なぜユダはイエスの弟子であるにもかかわらず、イエスを裏切ったのか？　金のためなのか？　あるいはもっと深い教義的な理由があったのか？　ユダが自殺するほどに自らの行為を悔やんでいたのなら、勇猛果敢なゼロテ党員の息子であるユダが、金でイエスを売る時だけその道徳的意識を滅したなんてことが考えられるだろうか？　それになぜまたイエスは自分が逮捕されることが分かっていたのだ？　それを弟子達に告げ、最後の晩餐では〝今夜だ〟と予告する。なぜされるがままでいたのだろうか？　なぜユダを勇気づけることまでしたのだろうか？　なぜまた〝つとめを速やかに果たせ〟などと厳令したのだろうか？まるであの夜二人がそれぞれ役割を与えられていたようではないか。まるで何かの企てがあったかのようだ。あらかじめ練られ、イエスとユダの二人でよく検討したプランが実行に移された、そんなふうに思えるではないか。まるで裏切り者と裏切られる者の間に秘密の合意があり、誰が決めたのか知らぬが、〝あの瞬間〟にそれがどうしても試されなければならなかったようだ。だが他の弟子達は、彼らの振舞いだけをとりあげれば、どうも事情が呑み込めなかったようなのだ。〝あの時〟のイエスの振舞いを認めなかったようなのだ。第一なぜまたイエスが一番彼らを必要としている時に、弟子達はイエスを見捨てたのだろうか？

　突如、私は目眩に襲われた。〝問い〟が私の精神の中ではっきりと形式化されたからだ。その〝問い〟とはこれ以上ないほどに単純で、しかも難しい問題だった。すなわち〝誰がイエスを殺したのか？〟ということである。この問題に答えることは、もしかしたら〝あの写本〟の消失の糸口になる、と同時にアルモンド、マッティ、ホセアの死の謎に一つの答えをもたらすのではないか、と私はその時漠然と思っていた。

〝誰がイエスを殺したのか？〟これまで人々が出した答えのエレメントは複合的だ。ユダは裏切り者だった。だから道義的には彼が犯人だ。だがそうだとするなら自分の意志で裏切り者になったのか、それとも他の者達に命じられてやったのであろうか？　後者であればユダは道具にすぎないことになる。しかしまたユダとイエスの間に合意があったとしたら、いかなる類の合意だったのだろうか？

ローマ人がイエスを死刑に処した。手をかけたのはだからローマ人ということになる。しかしローマ人達ということになれば、国家と法という装置が絡んでくる。そうすると色々なことが複雑になってくる。ローマ人達はユダヤ人に〝選ばせた〟からだ。ユダヤ人達は〝イエスを死刑にせよ〟と言った。とすればユダヤの誰がそう言ったのだ？　ユダヤの民全体が言ったわけでもなければ、パリサイ人が言ったわけでもない。パリサイ人は〝あの場〟にはいなかった。いたのはサドカイの密使達だ。もっと正確に言えば神殿の何人かの祭司達だ。するとその祭司達が犯人か？　ユダヤの法は十字架刑を禁じている。ところが判決は石打ちの刑ではなく十字架刑だ。すると犯人はユダヤ人であるのか、ローマ人であるのか分からなくなってくる。ローマ人はそう簡単には手を洗うことができないのだ。とにかくその両者に責任があるとするなら、動機は何なのか？　なぜピラトはイエスを逮捕させたか？　ローマ帝国にとってイエスはそれほど危険な存在だっただろうか？　イエスは貧しい者達、身体の不自由な者達のために福音を説いてまわっただけで、何ら政治的メッセージも、革命的メッセージも伝えたわけではない。誰かに操作されて、イエスを処刑しろと喚き立てた狂った群衆の動機とは何だったのか？　かつて洗礼者ヨハネが告げたメシアに喝采を送った群衆なら、イエスより悪人のバラバを助けようとするなんてことがあるのか？

なにゆえにある神殿の祭司達がイエスに対してあんなにも憎悪を燃やしたのだろうか？　エルサレムで全能を誇っていた祭司達が一介のガリラヤ人、遠い地方から来た一介の田舎者を恐れるなどということがあるのだろうか？　現実には確たる告発者もいないのにその田舎者のガリラヤ人を死刑にしようだなどと考えるだろうか？

イエスを裏切ったユダの動機は何だったのか？　金のためだということがありえようか？　ゼロテの息子、いや、ゼロテでさえあったかもしれぬユダがそんなにも恥知らずで、利に聡いということは不自然であろう。そして〝イエスの動機〟は何だったんだ？　〝されるがままであった〟イエスの動機とは何だったんだ？……

イエス殺しの原因はこのように考えるとまことに複合的なのだ。実際イエスは三度殺されたと言えよう。ユダにより、ローマ人により、群衆をあおった神殿の祭司により、と三度。そしてもしかしたらさらにもう一度……「父よ、なにゆえに私をお見捨てになったのか？」と死ぬ前にイエスが言ったということは……いや、その前に疑問はまだあった。謎がまだ残っている。ローマ人達にしても、処刑を見にきた族にしても、傍で激痛に苦しんでいる二人の悪党にしても、理解できなかったに違いない事実がある。すなわち、もしイエスが神の子であったならば、父である神によって、いや、自分によって自分を救うことができたはずだ。何しろ彼は多くの人の命をすでに救い、死者さえも復活させることができたのだ。ならばあの時は奇跡を起こすまいと決めたのか？　もしそうだとすれば、イエスの死はイエス自身によって〝望まれた〟ことになる。いわば一種の自殺である。イエスはユダを兄弟のように抱きしめ、〝すべきことを成就せよ〟と促した。少なくともその時、二人は共犯関係だ。イエスは売られることを、死ぬことを知っていた。にもかかわらず何もせずその運命に従った。実はもう一人、イエス殺しの犯人がいたのだ。それはイエス自身ということになる。だがやはりそうではなかろう……。

私は戦慄にとらわれ始めた……恐ろしい冒瀆の思想が頭を持ち上げて、振り払うことができなかったからだ。やはりそうだ……。イエスは引き渡されることを知っていた。だが多分死ぬとは思っていなかった。最後の最後まで神が救ってくれると考えていた。イエスはおそらく〝最期の時〟には天変地異がきて、奇跡がおこり、そして最終勝利に輝く「父」のこの地上への来臨が実現することを期待していたのだ。イエスは天の国の到来を待っていたのだ。でなければどうしてまた「我が神よ、なにゆえに我をお見捨てになった?」などと言うだろうか。この言葉はイエスの最期の言葉なのだ。生とそして死の意味の表明がそこにあるのだ。この言葉からは十字架の上の殉教の恍惚も、人類を救済するために犠牲となった男の最終勝利感も、この世を忌んであの世の至福に「父」を見出そうとする欲望も連想できない。「なにゆえ私を見捨てられたのか?」この言葉に響くのは慚愧であり、心外であり、非難であり、叱責ですらある。《これは予想されていたこととは違う。こんなふうにこの世を去るとは思っていなかった。なにゆえあなたは私を殺人者達の手に委ねて、私を見捨てたのか? なにゆえ救ってくださらぬ? あなたは私の巌、私の盾、私の砦、そしてこの干からびた大地に湧き出ずる私の水ではなかったのか? あなたは民の上に位する者、みなしごの父、寡婦達の味方ではなかったのか? あなたは私の父ではなかったのか? 私はあなたの子ではないのか?》十字架に釘付けになり、今際の際に、イエスは神を示して〝あなたが私を殺したのだ〟と告発した、と考えら

れはしないか？《何故神は彼を見捨てたのか？》

翌日、起きるのがつらかった。一晩中長い悪夢にうなされ、目を覚まし、寝つくと思うと再び悪夢が始まる、そしてまたまた目を覚ます、その繰り返しの一夜だった。悪夢には次々と敵と戦っているイエスやら、あのアルモンドの家で見たサタンやらが登場した。

父と私はジャック・ミレ神父に会いにパリ大学神学部に向かった。神父がクムランから戻っていて、パリの研究室にいることが分かったからだ。ミレ神父に聞けば、もしかしたらピエール・ミシェルの居所を教えてくれるかもしれなかった。渡仏の目的は国際チームのメンバーの残る一人、ピエール・ミシェルに会うことにあったからだ。

その日、サンジェルマン・デ・プレ付近はデモのため、大変な混雑で神学部には簡単に着くことができなかった。緩慢な足取りで行進する群衆が周辺を埋め尽くしている。プラカードを手にスローガンのリフレインを唱和している。そこいらじゅうで車がストップし、長いデモ行進が通過するのをじっと待っている。そう言えば今朝読んだ新聞には、パリ周辺はデモのため凄まじい渋滞になっているとあった。数珠繋ぎになった地獄の動物達の長い行列がエグゾーストパイプから排出される異臭に浸って渋滞しているのだ。中にいるドライバーは半ば人間、半ば獣の堕天使。抵抗する力もなくステアリングの前でただ待つばかり。疲労に気も失せているのか、もう失うものは何もない、もしくはやるべきことも何もないと、行きどころのない確信に満ちているのか。六時間も渋滞を強いられ、なおまだ互いにマナーを守り、ノーズを入れてきても感謝のクラクションを受ける余裕を失わない。今は〝怒りの時代〟ではないのである。

デモ行進のそれぞれの隊列が、鉄道員は鉄道員の、郵便局員は郵便局員の、教員は教員の、失業者は失業者の、それぞれに異なったプラカードを立てている。スピーカーを手にした男が群衆に向かって演説をぶっていた。

「政府は我々に耳を貸そうとしない。そして相変わらず国全体が傾かないためには、ある者達が別の者達より貧しいことが何よりの得策なのだと我々に信じ込ませようとしている。政府は失業対策にはそれなりの犠牲が強いられると言うが、犠牲を強いられる側はいつだって我々労働者である」

だが群衆は怒りにかられない。どうしていいか分からずに、ただただ労働と退職後の保障を静かに請求して、政府の辞職を唱える。デモ隊の足取りの緩慢さは社会闘争の戦士の怒りというよりも、暗澹（あんたん）たる将来を定められた国を嘆く葬列のようであった。それでも何人かの参加者は機動隊の列に割って入ろうとして、催涙弾を浴びせられたり、警棒で小突かれたりしている。有無も言わさず護送車にたたき込まれる者もいる。あの何台もの暗黒の護送車は「キッティーム」の車の群れだと私はふと思った。民が困惑を、明日の不安と貧困を語っているというのに、兵士は腹をすかした人の怒りを恐れて、彼らを捕まえ殴っている。奴（やつ）らは闇（やみ）の子、キッティーム達なんだと思った。デモ隊の人塊を横切り、父と私はやっとのことで大混雑を抜け出て、神学部に着いた。

ミレ神父は我々を研究室に迎えた。飾り気がなく殺風景な上に老朽化した神父の研究室は本や書類に埋まり、それもいささか乱雑に置かれていた。最初クムランで会った時のあの陽気さと愛想の良さが神父の顔から消えているのに私はただちに気づいた。発掘のグラウンドでのあの楽しい饒舌ぶりは期待できそうもないように思えた。あの時神父のこめかみに読んだ〃印〃は今も見えるが、前より薄くなっている。

「こんなにもまた早くお会いできるとは思いませんでしたな、しかもこのパリで」ミレ神父は父と私に握手しながら言った。「あんなことが重なったのでイスラエル当局の方から何か問い合わせがあるとは思っていましたがね」前代未聞の残忍な殺人が立て続けに二件も発生した以上、イスラエル当局にもできる限り協力する意向を表明した。

アンドレ・リルノフ同様、ミレ神父も彼が担当したすべての写本をピエール・ミシェルに預けたということだった。ところがピエール・ミシェルはそのすぐ後で長年の信仰を捨て離教し、今ではフランスで研究者として身を立てている。死海文書の内、聖書以外の外典及びセクト独自の書物に関しては現在ピエール・ミシェルが一番多く所有しているということだ。ミレ神父が言うには、全部で一二〇の断片を抱えているそうだが、それが何なのか正確なリストを誰にも明らかにしてくれないということだった。神父はピエール・ミシェルの住所を教えてくれたが、〃多分会わんでしょう、誰が行っても会わんのですから〃と付け加えた。

神父はこうして協力はしてくれてはいたが、何か気まずそうなところがその語り口にも見受けられた。あれほど流暢だったヘブライ語も妙にたどたどしく、まるで前に会った時に〃しゃべりすぎた〃と後悔しているみたいだった。父も私同様に感じていたのだろうか、これでは埒が明かぬとばかりに、出し抜けにこう尋ねた。

「ピエール・ミシェルが一九八七年の学会で話題にしたあの巻物の内容について、何かお考えがありますか？　エルサレム考古学博物館の文書室で研究なさっていた頃、お読みになりませんでしたかな？」

「いや、あれは読む時間はなかった」父の罠に引っ掛かってミレはそう答えた。

ピエール・ミシェルが講演で話題にした巻物とは博物館から盗まれた巻物に相違なかった。両者の間に気まずい沈黙がわだかまった。父と私は早々に引き上げようと思った。とその時、突然神父が私に向かってこう聞いた。

「あなたはメア・シェリームに住んでおられるのかな？」

「はい」

「あそこはきれいなところですな」

懐かしさを込めたこぼれるような笑顔を浮かべ、ミレ神父は初めて顔を輝かしてみせた。

「ええ、そうですね」私は答えた。

「フランスにおると、本当にイスラエルが恋しい。あそこは違いますからな。あそこにいると気分がいい。安心できる。信じられん国ですな……油の小瓶を差し上げたのは覚えておいでかな？」

「もちろんです。いつも持っております。必要であればお返しいたしましょうか？」

「いや、あれはあなたのものだ。持っておいでなさい……大切に持っておいでなさい。主イエス・キリストのこの言葉をご存じかな。《与えよ、さらば与えられん……》」

そう言うとミレ神父は黙った。暫くして少し声を低くしてこう付け加えた。

「実は……〝巻物の部屋〟で仕事をしていたあの頃、ある権威筋からプレッシャーがかかりましてな、いや、あの写本に関してだったのだが……あれに限って調べてはならぬと言われたも同様だった。そんなことであれに何が書かれていたのかは熟知しておらんのです。私はある筋から信頼されていなかったと言えば、納得してくださるかな」

「離教したピエール・ミシェルのところにあれがあるのは分かっていたにもかかわらず、取り上げなかったというのはまたどうしてなのでしょうか？」私が言った。

「ええ、試したみたいですよ」主語を明確にせずにミレ神父は答えた。「それでピエール・ミシェルはエルサレムを離れたのですよ。今では教会と縁を切ったもので、何を言われても無視しているのです。私もそうすべきでした……」

「たとえちらっとでもあの巻物の内容をご覧になったということはないのですか？」父は粘った。

「その程度でしたらあると申し上げておきましょう。あの巻物が消失するちょっと前でした。ところがそれをジャンセン神父に話したところ、どんなことがあろうが誰にも話さぬようにと命じられましたよ。すべて忘れろということです。リルノフも同じことを言われていた。だがリルノフはあの内容を知って耐えられなかったんでしょうな……」

「いったい何が書いてあったのです」父は迫った。

「それはお答えできません。誰にも言わないと〝約束〟したからには、それを破るわけにはいかんのですよ。まずピエール・ミシェルにお会いなされ。それからこれは私の自宅の住所です」

ミレ神父は小さな名刺を差し出した。

「いつでも電話なさい。お役に立てればできる限りのことをいたしましょう……誓いを破らないですむことでしたら……分かっていただけますな」

「何かを、あるいは誰かを恐れていらっしゃるのですか？」

父は単刀直入に尋ねて、こう続けた。

「でしたら我々があなたをお助けできるかもしれません」

また沈黙があった。神父は父のその質問には答えずじまいだった。

「今回の事件に信仰教理聖省がかかわっているとお思いですか？」父は尋ねた。

「私も何年か信仰教理聖省の一員でした。彼らがどんなことをやるかは知ってます。だが〝ああいうこと〟はしません。それは信じてください。いや私は彼らを恐れているのではありません。私があの内容についてお話しできない唯一の理由は黙っていると誓ったからであり、それ以上の何ものでもない。これは信用していただきたい」

そう言って神父はこれで今日は終わりにしようという仕草をみせた。私は神父に別れの握手をした時、心を締めつけるような悲壮感がその目に浮かんでいるのに気づいた。

ミレ神父からは今まで知っている以上のことは得られなかったが、初めて巨大な堰が崩れ始める感触があった。我々はまだ何も知らなかったが、しかしながらそのことにだけは確信があった。《そして私は〝知〟が〝狂気〟に対し、光が暗闇より圧倒的に優勢であるように、圧倒的に優勢であることが分かった。知恵ある者は頭の中に目を持つ、そして愚者は暗闇を歩く。だが私は同じ一つの事件が両者に起こるのを知った。そして知恵ある者の記憶とて愚者と同様、永遠ではない。すべてすでに忘れ去られてしまうことになる。なぜ知恵ある者も愚者と同様に死ぬのか？》

その日の夕方、ミレ神父に教えられた一三区にあるピエール・ミシェルの自宅に行ってみた。中華街にある灰色の高いビルの一三階がピエール・ミシェルの住まいであった。天に向かってそびえながらも絶対にそこに辿り着けやしない味もそっけもない退屈な高層ビルだった。ホーンで呼んだが誰も答えなかった。仕方なく建物の前からミレ神父のところに電話を入れてみた。ミレ神父のところも返事がなかった。北の方角に向かって歩き始めた。太陽が春のもやがかかった大気の中をゆっくりと沈んでゆこうとしている。穏やかな光がモニュメントや石の建物にグラデーションをつけながら退場しようとしていた。

やがて六区に入る。恐らく無意識のロジックに動かされ、──《サタン、それは深淵の誘惑》──父と私は、どちらが言い出したわけでもないのにミレ神父の教区の方へと向かい始めていた。そして神父の自宅に近づくと、私は父に小声でこう言った。

「近くまで来たのだから、神父のところへ寄ってみましょうよ」

「今かい？　もう時間も遅いぞ」父はそう答えた。

「いや、いつでも来るようにと言ってくれたのですし、神学部の建物の中で話すより、神父も打ち解けてくれると思うんですが……何よりも神父は我々を信用していますしね」

「我々じゃなくて〝お前を〟だろ。なぜだか分からんがな。しかし……あれ以上何か教えてくれるかどうかは分からんぞ。何かを恐れているに違いない。心配だな」

「もし神父を守れるとすれば、彼が我々にすべて打ち明けてくれるのが……」

父は暫くためらっていたが、結局、

「よし、訪ねてみようか」と言った。

インターホンを押した。だがピエール・ミシェルのところと同様、返事がなかった。念のため建物に入ってミレ神父のアパルトマンまで上がってみた。ドアが半開きになっていた。父が先に入った。

我々がそこに見たものは、どんなに月日が経とうが、血も凍る恐怖をよびさまさずには思い出せない凄まじい光景だった。そして今でも、その夜、この目にしたことを考えると、後悔に打ちひしがれることなくして目覚める朝もなければ、安らかに寝つける夜もない。あの光景が文字通り目蓋に焼き付いてしまっていて、夜は眠れず、昼は朦朧の中にあった。消えてほしくて懸命に祈ったがだめだった。私は人間の凶暴性というものを永遠に恐怖して忘れることはできまい。どんな悪魔も、どんな悪霊も、人間の中の悪魔にはかなうまい。

《だから私はこの生を憎んだのだ。太陽の下でなされし諸々のものが、私を怒らせる。》

我々の面前にミレは〝縦に横たわって〟事切れていた。腕を十字に開き、頭を左に傾げて息絶えていた。裸だった。ほとんど全裸だった。白っぽい身体にはあのふくよかさは消えていて、ぶよっとしていて脂肪が垂れ下がり、骨がないみたいだった。極限の苦痛の表情が非難の表明に混ざって、そのまま凍りついてしまっている顔の中に目があった。苦痛と恐怖と理解不能がそこに物質と化し、〝彼方への訴え〟が化石の視線となって伸びている。早く死なせてくれ、解放してくれ、早く終わらせてくれ、早くかなえてくれ、とその視線が叫んでいる。そしてその唯一の希望はかなえられた。だが敗北した情熱を黙示して、まだ彼方を見つめている。想像がつかない苦痛が搾り出した汗で白髪がべっとりと頭皮にくっついていた。それは灼熱の太陽の下を道を探して歩く老人の汗だった。老人は探しても探しても道が見つからない。そのうち狂いだし、これは太陽のせいだと気づき、こいつが少しずつ少しずつ俺の力をかじり、そしてこの凄まじい苦痛、そうだ、俺の肉を少しずつ邪悪な風が岩を崩壊させるように貪っていると思った……。

半開きになった口からは黄色い液体が垂れている。体内のあるゆる臓腑からせりあがってきた苦汁が交じった唾液だった。こめかみと両手と足の黒ずんだ血塊から滴り落ちた血が茶色に変色して乾き始めている、がまだ死体の温もりを伝えているようで、惨殺された生命体の残照を留めていた。手は引きつっていてまるで自分で自分の傷に包帯をしようとでもするかのように指は空をつかんでいる。足は反り返り、蒼白く、骸骨を思わせた。左の臀部が不安定に腰掛けたような格好で十字架の中ほどにある出っ張りに乗っかっている。ミレ神父はロレーヌの十字架にかけられていた。両手首は横木に打ち付けられている。両足首は縦木に打ち付けられている。身体の関節が側面からの捻れで脱臼していた。――それで骨がないように見えたのだ。自重で釘の周辺の筋肉が裂けて、身体が十字架からずり落ちないようにセデクラに腰部を当ててから、手足を大釘で打ちつけたのだ。傷口が化膿でもしているかのようにただれて見えた。

誰かがミレ神父を磔にしたのだ。

父と私はこの凄まじい光景から目をはなせぬまま、ただただ呆然とたたずむ無力を露呈した。神父をそこから下ろしてあげたくとも我々にはそれが禁じられていたのだ。我々はコーヘン（大祭司）であり、法が死体に触れるのを禁じていたからである。あらゆる死とかかわることをせずに〝純粋〟であらねばならないのがコーヘン姓の定めなのだ。《彼は来ることになるがそれも無駄になる。だから闇の中に立ち去り、〝彼の名〟は闇の中に埋もれてしまう。》面前の死者は我々にとって病因なのだ。死者からは強い叫ぶ力が放射し、死者を見る者を自分の方へ吸い込もうとする。それは〝死の生〟であり、〝不純なもの〟なのだ。それは生命の偉大な力を引きつけ、無限の死に吸い込んで出られなくしようとするからだ。死を見る者は一歩踏み出せばすべてが終わることを知りながら、虚空に身を乗り出す者に似ている。人は魅入られ、うっとりして身を乗り出す。死が不純であるのは恐ろしい誘惑の力があるからだ。苦いがうまい、心を酔わせる酒だからだ。死に引きつけられぬためには生にしっかりとくくられていなければならない、力ずくでも自らをくくりつけておかねばならない。意志の力だけでは駄目なのだ。絶対者のように強い死が吹き込んでくる欲望の前では意志は無力と化す。死は実存がそこで終わる断崖だからだ。

死は実存に実存の永遠性を予感させる唯一のものだ。だがこの永遠性とは生の否定でしかないのである……。

人間はまことに病的な動物である。

我々は不当きわまりないミレ神父の非業の死の光景を忘れることができなかった。そして悲しみで我々の心は安んじることがなかった。

　我々は建物を後にすると夜の中に出た。目が眩(くら)んだ。我々の心の闇(やみ)が夜よりも暗かったからである。《祭りの家を訪れるより、悲しみの家を訪れるがよい。なぜなら悲しみの家には人の終わりが見えるからだ。生者はそのことを心せねばならない。笑うより悲しむがよい、なぜなら面(おもて)は悲しかろうが、心は喜ぶからだ。知恵のある者の心は悲しみの家の中にある。だが愚者の心は喜びの家の中にある。》

　父はミレ神父の非業の死に悲惨なほど責任を感じていた。〝巻物の探索は苦難の道、文字通り十字架の道に他(ほか)ならない、いいかい、何度も言うが、このミッションは我々には無理だ。〟確かに、ミレ神父はおそらく我々のせいで死んだのだ。マッティが死に、そしてアルモンドが十字架刑に処せられたことだって偶然とはとても思えない、だが今度は明白だ。誰かが我々をつけていて、我々に探索を止(や)めさせようとしているのは間違いない。決定的手掛かりに届きそうになると、残忍きわまりないやり方でそれを潰(つぶ)しにかかろうとしているのだ……。

　我々は「血」を触ることを禁じられている。ましてや流血を挑発する行為などもっての外だ。シモンが我々なら成功するとふんだのが間違いだったのか、もしくはこんなことになるとは予想もつかなかったのか。いずれにせよ、次は警告では済まないだろう。もう疑問の余地はなかった、我々は〝ローマ人達〟と闘っていた、どんな蛮行も辞さないキッティーム達と。

「帰国するべきだ」

　父はそう決意して私に言った。

「だがこんなかたちで放棄するわけにはいきません」私は反論した。「探索を続け、どんな犠牲を払おうが謎を解かねばならない」

「物事を説明しようとするのが何になる。明解にしてすべて見ようとするのが何の役に立つ、秘密は不透明でいいんだ。時としてはっきり見える物事ほど我々を騙すものだ。諸物の下にあるものは想像できはしない、我々が発見しようとしているものは余りに恐ろしい、目を背ける方がいいんだ。神を真っ向から見つめることは不可能だ、お前だって知っているだろう、そうしようとするなら死に至る侵犯を侵すことになる。神は隠れていなければならない。神を見ようとすれば必ず不幸が訪れ、その者には雷が襲う」

「父さん、一体何を言っているんですか？　連続殺人のことで何か別のことを知っているんですか？　誰の仕業なんです？」

私は父のそんな物言いを生まれて初めて耳にし、いいしれぬ恐怖にとらわれて言った。

「神が犯したのですか？　それともイエスですか？　一体どうしたのですか？　父さんは神を信じてはいなかったはずだ。安息日も守らなければ、十戒にさえ従わない。なのに今父さんが言ったことは……」

「神は存在するのかどうかは分からん。だが私は神の意志に、神が送ってくる兆しに逆らおうとも思わん」

こんな悲劇的状況にあるにもかかわらず、私は微笑みを禁じえなかった。お互いの役柄がひっくり返ろうとしていたからだ。信者だと思い込んでいた私が何と突然無神論をかざす合理主義者になっていたのだ。父は不信の族であるどころか、私よりも宗教的だったのだ。

「兆しを見たと信じているけど、それは違いますよ。さもなくば兆しを送ってきた神の方が間違っているのかもしれません」私は落ち着き払って言った。「すべてほっぽりだすことなんてできないんですよ。父さんと私であの写本を見つけなければならない。誰かがあれを持っている、隠している、守っている。これは現実なんだ。誰が持っているのか？　私には分かりません。でも現実なんですよ。その誰かは、一人ではないかもしれない、あるグループか、はたまた何千年にもわたってあれを独り占めにしていた〝何かの制度〟かもしれない。しかし誰であろうが追跡せねばならない。ニネベで悔悟を説けと神に命じられたのに、これを逃れようとしたヨナのように、ミッションを放棄するわけにはいきません。さもないと我々も巨大な魚に呑み込まれる羽目になります」

諦めてはいけないのだ。蛮族が戦争を望むなら、その挑戦に応酬しなければならない。恐ろしくなどない。我々は不死の存在なんだ。その我々とは、私と私が愛する者達すべてのことだ。我々は生命なのであり、光の子なのだ。そして〝彼ら〟が闇の子である。この戦争を経てこそメシアが来ると言われてはいなかったか？

翌日、父と私はピエール・ミシェルのところへもう一度行ってみた。またもや誰もいなかった。そこで私はポケットから鍵を取り出した。シモンが小型拳銃と一緒に送ってきたマスターキーである。二つとも肌身離さず持っているのだ。シモンの先見の明に感謝した。鍵は開いた。静かにドアを開けた。狭くて暗い。窓の鎧戸が閉まっているのだ。狭い廊下を足音を殺して進み、メインルームへ入った。

なんとそこには女がいた。女は部屋の一つの引き出しの前でしゃがみ込み、そこにつっこまれている書類を出しては読んでいる。女は我々の気配に気づいたのか突然振り返った。そして悲鳴を上げた。

「あなた達、誰なの？」英語で誰何（すいか）した。

「安心なさい」父が英語で答えた。「我々は考古学者で怪しい者ではない。ピエール・ミシェルに会いにきただけなのです」

父の言葉を聞くと、ひどく恐れているようだった女の顔から不安の色が消え始めた。

「ピエール・ミシェルはいないわ。それに〝写本〟がお目当てなのでしたら、ここにはないわよ。私も探しているのよ」

「それはまたどんな理由で？　それにあなたは誰なんですか？」私が尋ねた。

「『聖書考古学評論（BAR）』のジャーナリストよ。バーソロミュー・ドナーズのところで仕事しているの。今〝死海写本の総体〟の出版計画があって、誰かが不当に独り占めにしたあの写本も是非そこに入れたいので探しているわけよ」

「そうなんですか」と私は答えたが、信用しているわけではなかった。

「BARは死海写本で食っているというもっぱらの評判ですが……」ちくりと付け加えた。

「あなた方からみれば死海写本は信仰のための重要な〝文書〟なのでしょうけど、歴史家達にとってもきわめて重要な文献なの。死海文書が隠された事実こそがスキャンダルであって、それに比べたら文書を公表しようとして文書を追っかけたってスキャンダルにはならないでしょ」彼女は私の辛辣（しんらつ）な発言にも苛立（いらだ）つことなく答えた。

「どうやってここに入ったんですか？」今度は父が尋ねた。

「ドアからよ。あなた方とご同様に。入り方も同じだったかしら……。ピエール・ミシェルはここにはもういないわよ。離教してからというもの、あの写本を渡さねば死ぬことになる、と脅かされっぱなしだったそうなの。それでまた、逃げたのだと思うわ。その前も見つけ出すのに苦労したのよ。見つかったと思ったら今度はいっこうにインタビューに応じようとしないの。真実を話すのが一番安全だと説明したのに、耳を貸さないわ」

「〝安全〟とはまたどういう意味かね？」

「つまり……彼の命の安全を守るってことよ」

「連続殺人事件のことを知っているんですか」私が尋ねた。

「知らない人がいて？　新聞はその事件でもちきりじゃない」

「だが誰がピエール・ミシェルの命を狙っているのかね？」父が尋ねた。

「私には、誰だか分からないと言っていたわ。もしかしたらジャンセンかもしれないともね。ジャンセンは死海文書発見以前からの旧知の仲のピエール・ミシェルにあの写本を預けた。でもジャンセンはその後のピエール・ミシェルの〝疑問〟から〝背教〟にいたるプロセスについては知らなかった。一九八七年の講演の際にピエール・ミシェルがあの巻物の内容を暴露し始めた時、ジャンセンは憎しみのこもった怒りを見せたそうよ。そしてピエール・ミシェルは消えた。巻物を持ってね。そしてご覧の通り」彼女は落胆の眼差しで部屋を見回して言った。

「また消えてしまったわ」

女は若く、金髪のロングヘヤーで、蒼白い肌にそばかすが散っていた。ジェーン・ロジャースという名前だった。

プロテスタントの牧師の子であるジェーンがBARで働くようになったのは、研究もさることながら真実への愛に導かれてのことだった。彼女にとって真実への愛は神への愛と同等だった。

「分かるでしょう」彼女は私に向かって言った。

その毅然とした表情は実はそれから先、私が頻繁に出会うことになる彼女特有の表情だった。

「私はキリスト教への配慮から〝失われた写本〟を出版したいの。コマーシャリズム的発想からなどではないのよ」

先ほどの私の言葉にやはり気を悪くしたらしい。あんな嫌味を言わねばよかったと後悔した。

《急いで話すものではない。神の御前では、心せいて言葉にすることなかれ。神は天にまし、汝は地上にいるのだから。》

「あんなことを言って申しわけなかった。わけもなくあなたを傷つけてしまったようだ」と私は言った。

すると彼女はすぐさま子供のような笑顔で顔を輝かせた。

「何でもないわ。慣れっこだもの、そう言われ……」と言って、突如言葉を切った。

その目が恐怖をいっぱいにはらんでいる。私は振り返った。二つの影が襲いかからんとしていた。父が影に向かって踏み出した。ジェーンと私を守ろうとしたのだ。たちまち影が父を捕え、警棒のようなものをその頭上に振り下ろした。父の身体が崩れた。私は余りの突然の出来事にしばし呆然と突っ立っていた。父は傷ついて床に這いつくばりながらも私に向かって叫んでいる。その時になってやっと怒りに身体が震えた。凶暴な衝動に突き動かされ、私は攻撃者に向かって突進した。一人の男のボディに思い切り拳を叩き込んだ。だがもう一人がその隙に襲いかかってきた。持っていた銃の銃床を私の頭部に叩き付けた。頭がくらくらした。気を失うことは免れたが、数分間はその状態を脱することができなかった。その数分間は、暴漢が今やぐったりした父を担いで逃げ去ろうとするには充分の時間だった。私は追っかけようと踏み出した。だが頭に激しい痛みが走ってよろけた。私は声を耳にした。とても遠くから聞こえてきている。ジェーン・ロジャースの叫び声だった。

「だめよ、追ってはだめよ。でないとお父様が処刑されるわ。ミレやアルモンドや他の人達と同じやり方で……」

そして私は気を失った。

気がつくと、私の顔の上に金色の天使がいた。頭はまだぼうっとしていて、身体に力が入らない状態のまま、私は、私の上にかがみ込んで、額の傷に柔らかく冷たいタオルを置いてくれている天使を見つめていた。しばし目を閉じ、また開いた。死後のヴィジョンではなかった。天使はジェーン・ロジャースだった。私の容体を気遣った心配そうな顔がそこにあった。私は血のにじむ傷口に当てられたタオルを通してその上に置かれた手の優しさを感じていた。

「良くなった?」彼女は言った。「何なら救急車を呼ぶわ?」

「大丈夫、じき良くなるよ。しかしなぜ父を連れ去っていったのだろうか? 我々がここに来るのをなぜ知っていたのだ?」私はさっき起こったことを思い出し、怯えながら言った。

「きっとあなた方親子が写本を探しているのを知っていたのよ……さもなければ、お父様はピエール・ミシェルと間違えられたのかもしれないわ。あなたはその格好だし、私は女だし、間違えられるとすればお父様でしょ……ねえ、あなたはハシードなの？　それとも変装？」

彼女が手当てのために取った黒いビロードのキッパを頭にのせようとしてあがいている私を見て、彼女は興味深げに尋ねた。

「メア・シェリームの住民ですよ」

「まあ、それでなのね……。ところであの連中は単に〝宝〟を探してやってきたのかも」

「何の〝宝〟ですか？」私は尋ねた。

「ベドウィンの間で昔から言い伝えられている宝よ。ほら死海写本の内で宝石とか黄金の宝物の存在を明らかにしたテキストがあるでしょ」

「ああ、《銅の巻物》のこと。ソロモンの神殿にあった宝物に関係があるんだと聞きましたよ。でもなぜそんなによく知っているんですか？」

「BARでその巻物のことについても勉強してみたからよ。BARは考古学のどんな最新情報も提供できるのよ。でも、その話は後にしましょ。ここにいるのは危険だわ。また何が起こるか分からないもの」

新鮮な外の空気が気持ち良かった。二人で少し歩き、それから別れてそれぞれのホテルに帰った。別れ際に電話番号を教え合った。

その晩はベッドに横になっても寝つくことができなかった。まだ頭がうずくような痛みが酷いこともあったが、父のことが心配でならなかったからだ。どうしたら見つけ出すことができるだろうか。もし、さらってきたのがピエール・ミシェルでないことに奴らが気づいたら、あるいは自分たちが知っている以上のことを父は知らないと分かったら、父を殺すかもしれない。磔刑にされたミレ神父の死体を思い出して私は恐怖に震え上がった。同じことが父の身に降りかかるかもしれないと思うと、あの光景の生々しい記憶は私にとって拷問であった。痙攣のような震えに何度も襲われる眠れぬ一夜だ。誰がミレ神父を殺したのか？　妄想に取りつかれた狂信のキリスト教者か？　それとも逆にキリスト教を憎む変質者なのか？　ユダヤ人か、回教徒か、キリスト教徒か？　とにかく血に飢えた狂人には違いない。しかし、狂気にも構造があるのならそれなりの意味があるはずだ。キリストの磔刑を残忍にも儀式化して、一体何を意味しようとしているのか？

　どんな可能性だってある。どんなに馬鹿げた憶測もおろそかにしてはならない。連中は正義の人、父を神の座の傍に連れて行くために神がつかわした者達ということだってありえる？もしくは、父に色々問題を出して、誘惑するためにやってきた〝邪悪な者〟サタンの使い、ということはもっとありえる。それなら奸計を練ってまたやってくるだろう。エッセネ派の宝物を捜している単なる悪党の可能性も無論ある。宝のありかを知るには、父が鍵になると思ってさらっていったのか？　あるいはまた死海文書が何かを暴くのを恐れている狂信的キリスト教者か？　その場合、奴らはアルモンドとミレ神父を手にかけた処刑者と同一の可能性が強い。近全く違う角度からこう考えを巡らしても、一つだけ共通点があることに改めてはっとした。かろうが、遠かろうがすべて死海写本が絡んでくるのだ。もしまだ間に合えば、父を救う唯一の方法は写本を〝使うこと〟だ。そうすれば父を拉致(らち)した犯人をおびき出せる。何度も考えた挙句、朝もまだ早すぎる五時であったが、受話器をとってジェーン・ロジャースのホテルの番号を回した。


「アリー・コーヘンです。こんな早く申し訳ありません」私は謝った。

「いいのよ、私もゆうべは眠れずに起きていたから。傷の具合はどう?」ジェーンが優しく答えた。

「だいぶ良くなりましたよ。実はお話があるんです。是が非でも父を捜し出さねばならない。でもどこにいるのか、誰が連れ去ったのか、動機が何なのか、皆目見当がつかない。思い当たることがあるとすれば死海写本との関係です」

「お父様が死海写本について何か特別なことをご存じなの?」

「いや、私が知っているようなことしか知らないはずです」

「あなた方が探していた写本とは、正確にはどの写本?」

「ピエール・ミシェルが所有していた巻物です」

「ミシェルが講演で語ったというあの有名な巻物でしょ」

「そう」

「私もあの巻物のことでパリに来たのよ。お父様はあの巻物のことで何か危険なことを本当にご存じじゃなかったのかしら? そこにあなたを巻き込むまいとして、あなたにはお話しにならなかったということはありえない?」

「いや、それはなかったと思う」

「何もご存じじゃないとすれば、殺されることはないわ。大丈夫、必ず見つかるわ」

「そうかもしれない。でも姿をくらまされたらどうしようもない。また現れるように何とか手を打たなければと思う。例えばこちらが何かを知っている振りを見せるとか、彼らが探しているものを持っていると思わせるとか」

「何か具体的な考えはおあり？」

「BARが死海文書のことで学術的な催しをするということは不可能ですか？　何かこう前評判になるような、各新聞、雑誌が取り上げずにはおられないような討論会を主催するということはできないだろうか？」

「それならもうすることになっているのよ」彼女が言った。「三週間後にクムランの写本についてBAR主催の討論会があるの。死海写本の研究者はすべて招待されているわ。それで？」

「最後のあの巻物の痕跡（こんせき）を見つけたかのように前もって宣伝してもらいたいのです」

「いい考えね。当方としても今回はトップレベルのクムラン学研究家達を出席させたかったのよ。何かアトラクションがあればと思っていた矢先だわ。何しろ前回の催しでは集まりが悪かったから」

「ただ、それまで父が無事でいればいいが……」

「お気持ちは察するけど、今となっては思い悩んでもどうなるわけでもないわ」彼女は言った。

「今は寝て、活力（パル・ラ・フォルス）を貯えましょ。すっきりした頭で戦闘計画を組み立てられるわ」

「必要とあらば力に訴えてでも連中を捜し出してみせる」と私は答えた。

私の暴力的表現にジェーンは電話の向こうで当惑したようだった。

「いや、考えの限りを尽くして（パル・ラ・フォルス）という意味です」私は付け加えた。

父がさらわれた翌日、私はパリのあちこちを走りまわった。まずピエール・ミシェルのアパルトマンにもう一度行った。何か手掛かりになるようなものがあるかもしれないと思ったからだ。それからシモンに電話で連絡を入れた。父の身に起こったことを知らせるためではない。何らかの経路でそれを犯人達に知られて、父の身を危険にさらしたくなかったからだ。ただシモンにもう伝わっているかどうか確かめたかっただけである。シモンは何も知らない様子だった。それから何を尋ねるわけでもなく、イスラエル大使館に行ってみた。他にどうしてよいのか分からなかったからだ。いっそのこと事件を打ち明けて助けを求めようかとも思ったが、ぎりぎりで思い止まった。

次の日のことである、ホテルで私宛（あ）ての小包を受け取った。ニューヨークからだ。壊れるのではないかと思うほどに心臓が早鐘を打っていた。震える手で小包を開いた。古びた木の十字架があった。ヘブライ語が書いてある。たった四文字だけだ。だが全身の肌が恐怖に粟立（あわだ）つには充分な四文字だった。ＩＮＲＩ、すなわちナザレ人イエス、ユダヤの王。キリストがかけられた十字架の上方にうちつけられた木片に記された文字だ。父を拉致した犯人が送り付けてきたものに間違いなかった。〝お前達が何を探っているのか、とっくに承知しているんだ〟というメッセージだった。そして思った通り父は磔（はりつけ）刑の危険にさらされていることを私に確認させる恐怖のメッセージだった。

私は絶望した。奴(やつ)らはクムランの写本を探究する者すべてを十字架にかけようとしている狂信者の集団なのか？　死海写本の中には、いったい何が隠れ潜んでいるのだ？　あんな恐ろしい殺人の数々を人間に犯させるような、何が……？

今となっては残された唯一の希望はBARの討論会だった。それはまた私の疑問に答えを出してくれるのかもしれない唯一の機会だった。ジェーンとニューヨークに行こうと決心した。

II

私達は翌日ニューヨークに向けてパリを発った。〝お父様はもう恐らくパリにはいないと思う。そうである以上パリにいるのは馬鹿げた話でしょ〟とジェーンにも説得された上でのニューヨーク行きだった。イスラエルに戻ったところで何ができるというわけでもないのだ。無論母を心配させることはできないし、当局に頼むわけにもいかない。父の命にかかわることはどんな些細(ささい)な事でも避けたかったからだ。小包がニューヨークから届いた以上、父は薬漬けか何かにされて、合衆国に連れ去られた可能性が高い。合衆国に行けば、ただちに父が見つかるわけではないにしても、かの地で件(くだん)の討論会の準備の手助けでもできるとあれば、不安に苛(さいな)まれてただ漫然と待っているだけではなく、少しでも行動に移せるというものだ。

ニューヨークに着くと、「聖書考古学評論(BAR)」の入っているビルの近くの小さなホテルに居を定めた。

討論会の日までおよそ三週間近くというもの、苦悩の日々の連続だった。父は生きているのか、それとももうすでに死んでいるのか、暗澹たる思いを巡らす私も死せる生者というに等しかった。何度か母に電話を入れて、〝父さんは駆けずりまわっていて、電話にも出られない忙しさなんですよ〟と精一杯の嘘をつき、受話器を置くと涙にくれる。《私は叫ぶのにも疲れ果てた。私の喉はもう渇ききって、神を待つうちに私の目は衰えてしまった。》

自分が何ものにも屈することのない、精神的にも肉体的にも不死身の人間などではなかったというのが分かったのも、その三週間だった。生まれて初めて私のまわりの世界は揺らぎ、不確かなものに感じられた。ラビの一人が言っていた通りだ。《世界は狭い橋だ。恐れずに渡る事が肝心なのだ。》私は橋の狭さに今まで危険を感じないでいたのだ。タルムードとカバラに導かれ、しっかりとした足取りで歩んできた。聖なるテキストの価値、そしてイスラエルの民の価値を至上のものと確信し、〝選ばれた民〟の中でも、若き、イェシヴァの学徒としてさらにその〝選ばれた者〟の誇りがあった。それが突如虚空を見てしまったのである。そこに落ちそうになって、細ひも一本でぶらさがっている。初めて疑念というものが私の中に侵入してきて、私をぐらつかせた。《私は深いぬかるみの中に入っていった。足取りがおぼつかない。私は汚水の深みにはまった。溢れかえる海水が私をさらう。》初めて傷を負うことになった。癒すことのかなわぬ傷を。

私が自らのもろさを意識して以来、その意識は二度と私を離れることがなかったに違いない、私は物事に無頓着な人々のカテゴリーから、形而上を志向する者、すなわち目に見える形以上のものを志向する者達のカテゴリーへと決定的に移行したのだ。無感覚であった私は、「知恵ある者」となった。これからは諸物の「意味」について、生命の「意味」について、休むことなく問い続けてゆくのだ。根本的なものを問い、永遠に、行っても行っても満足を得られない解答を出し続けるのだ。知恵ある者は常に「死」に取りつかれているからだ。彼らにとって世界は「悲しみの家」と言える。時として彼らは生に引きつけられる。するとこれを死が生を貪るように、満たされることのない凶暴な食欲で貪ろうとする。彼らは自らの恐ろしい苦悩を取り除こうと常に探し、世界を彼らの〝気高き不安〟で、不安の精神によって安心する目的で創り上げた諸物で満たそうと試みる。だが彼らの心に決して平和は訪れぬ。彼らはいつも別の世界をあちこち探す。彼らの魂が神を渇望しているからだ。生の神を。この魂は生まれた国を夢見て、そこで見失った女人に思い馳せるような〝想起的なノスタルジックな魂〟とは異なり、虚ろで反抗的な貝殻なのだ。自分の持っていない肉をいつも渇望し、これを決して知ることがない。無頓着な連中はといえば、それぞれ親しんだ場所を離れず生きていて、そこには類が友をなし、〝自分のいる場所にいる〟ことに何の疑念も持たず、地球と呼ばれるこの星があるのは当たり前で、そこにはいつも太陽が昇り、畑には朝露が下り、黎明の刻には光が揺籃から物憂げに起き上がり、見る見るうちに大きくなってあくびをすると、あわただしく軌道に乗り、そうして終日まで天空を巡り、そうして膨大な時の流れはいつまでも変わることなく流れ、諸世紀の終末などはありそうもないと信じている。この世に始まりも終わりもないのはごく当然であり、無限の宇宙にあって虚弱な豆粒みたいなこの星は自転しながら太陽をまわり、この地球が、幾多の地球の一つであったとしても、我々がそのことを知らなかったとしても、彼らにとってはすべてが当然存在しているのだからどうでもよいことなのである。しかしながら〝彼方の向こうの彼方〟まで支配しているこの無限の運行からすれば、一分の狂いもないこの無窮の運動からみれば、これを当然だと思っている有限存在は〝当然の存在〟にはほど遠い滑稽な小宇宙の細菌、〝時の塵〟に成り果てる。だが、そんなことは無頓着な者達からすれば、理解を超えたことであり、たとえすべてを頭で分かっても、何も見はしないのだ。だから何も驚きはしない。赤子が血と体液に塗れて生まれてこようが、その子が大きくなって言葉を話すようになろうが、人が年老いて血や体液に塗れて死のうが、不思議だとも思わない。彼らからみれば地球はそこを巡って歩ける球体であって、芸術家が作ったものというより、職人が作った他の人工物とさして変わりのないものなのである。彼ら、無頓着な者達は〝目眩〟というものを知らない。〝橋〟の両側にある深淵に身を乗り出してじっくり観察することなどない。傲慢な彼らは〝目眩〟などにはほど遠い自信に満ちた足取りで道を続ける。真っ直ぐに歩き続ける。人間の〝はかなさ〟を見出すこともなければ、行為の中に〝虚しさ〟を悟ることもない、彼らはごくごく幸せで、死の汚れからは免れていると信じ、具体的な現実とあれば知性を開いて器用に把握してみせる。《だが彼らは手を開くこともなく燃えつきてゆく。》

私が精神の幼年時代を脱したのは普通の人々のように兵役の時ではなく、その苦悩の三週間であったといえる。精神的な幼年時代というものは、ある種、非意識の時代なのだ。そこでは出来事が次から次へと、過去も未来もなく外側からやってくる。しかるに軍隊は外側からやってくる外的事実に対してしっかりとした枠であり続ける機構なのだ。そして兵隊はいわば電気的刺激を受けた被験者のように、ほとんどメカニカルな動きで外的出来事に反射することを覚えるのだ。そこでは人間は規則化され、それによって安心を得る、何も自分で決意せずに、ただ従っている分にはすべてが至極単純である。

私はあの三週間で初めて生のアナーキーにぶち当たった。私は恐かった。法則も規則もない、すべてが許されている、誘拐も、盗みも、人の身体の解体も、磔も。アナーキー状態でみる地平は無限の可能性の生ずる地平である。それがびっくりするほど狭まるのは、「死の透視図」をそこに引いてみる時だけだった。

誰なのだ？　彼らはどこにいるのだ？　何の動機で想像を絶する残忍な行為を繰り返すのか？《神よ！　と、私は昼に叫んだ。だがあなたは全く答えてくださらなかった。夜にも叫んだ。私は安らかに寝ることもかなわなかった。》

今思えば、父は危険を予感していたのだ。それで私に直感で訴えていたのだ。すべて止めてイスラエルに帰ろうと言っていた。それを私が説得して探索を続けさせたのだ。悔やんでも悔やみ切れなかった。最悪の事態が恐ろしい。それを考えると死ぬより苦しい。聖書を研究する力もなかった。したくとも精神状態が許さなかった。相談する友もいない。イェフダが恋しかった。絶対に解けはしないのではという難問でも、彼に相談すると何らかの解答を出してみせるのがイェフダだった。今だって彼が傍にいれば、タルムード解釈を論争する時のタルムード学者の込み入った論証法を応用して、父がどこにいるのか示してくれるかもしれない。まずデータを分類し、これを要約することから始めるだろう。

「第一に、以前はクムランの洞穴にあって、そして発見後、Xによってかすめ取られた一巻の写本を父上と君が探していた。第二に、その探索の過程で君達は三人の人物に会った。だがその三人はすべて極めて残忍な方法で殺された。第三に、君の父上がいなくなった。何者達かによってさらわれた。だから」とイェフダは言うはずだ。

「当然、君の父上は……アンカラの聖カテリナ修道院にいる」

「なぜだい？」と私はあっけにとられて答えるだろう。

「簡単なことさ」とイェフダは誇らしげに言う。そしてタルムード学的論理に突入する。聖書、誘拐犯、法学者、他に関係の全くない様々な人物をあげつらって、微に入り細に入り迷論を展開する。だがこと父の拉致に関してはイェフダ流のタルムード学的思考は無効であり、純粋な論理では父を見つけることはできないということを私は知っていた。

イェフダとネゲブの白い砂漠を何度も歩いたのを思い出す。〝内省〟が要求される時にはいつもそうしたものだ。絶対的孤独に身を置くために数日間の砂漠の旅に出るのだ。浸食の険しい場所を幾つか知っているが、それは余りにも荒々しく、風景のもつ滑らかさが全く感じられず、紙や木で作った書割りを見ている錯覚にとらわれる。我々は自然の連続を断ち切るこの映画のスクリーンのような光景を面前にして、何時間もじっとしてはまた歩き始めるのであった。

今や〝離散の地〟にあって自分を孤独な弱者と感じる時、あの大地が恋しい。大地は父のようなものだ。もはや身を支えるものは何もなく、すべてがぐらついていると感じている時、休息がかなうのは唯一知っている土地だけなのである。何と辛く、長い追放であろうか。《神はいずこにおわすか！　分かりさえすれば王座のところまで行けるものを。私は神の目前で、私の目的を神の命により詳述できるものを。私はこの口で証を立て、神が答えてくださり、お言葉を聴けるものを。その偉大なるお力で私に異論を唱えられるだろうか？　いや、単にご自身の理を教えてくださるだけであろう。正しい人は神と共に思考する。だから私の判断であってもそれは神が私を判断してくださっていることになり、それで永遠に許されるのである。神はいずこにおわす。ほんの少し前に出ても神はおられない。ほんの少し後にさがっても全くお見掛けすることがかなわない。左に行けば右にお隠れになる。そこで右に行けばおられない。私が辿っている道を神がご存じになれば、そして私に試練をお与えくださったならば、炎を通った黄金のように純化され、私は出口を見つけられることになるのだが。》

実は告白をはばかることがある。言っても許されるものだろうか？　いや、誰にも言えない。イェフダにもだ。私は禁を犯しているからである。私はキリストについてあれ以来たびたび考察するようになったのだ。人が苦悩や悲惨や不当な立場にある時に〝救い主〟を渇望すると同様、キリストを渇望し始めていたのだ。私はキリストに慰めを見出していたのだ。ある日、マンハッタンのとあるキリスト教会の前を通った。摩天楼のただなかにあるバロック様式の教会だ。突然の欲求に駆られ私は教会に入った。無論ハシードにとってキリスト教会に入るなど最も禁じられていることだ。ましてや私がそこでしたことは背教者の行為に値する。

私はベンチに座った。イエスの像が立つ地下礼拝堂が正面にある。私は生まれて初めてこの像を見つめていた。異教徒の崇拝対象としてではなく、〝表徴不可能な神を表徴してしまった禁じられた表徴〟としてでもなく、見つめていた。私は〝静観〟に入っていた。十字架にかけられたこの正しい人を思った。激しく思った。しかし私は神を思うように思ったわけではない。聖書に登場する一人の人物として思っていたのだ。そしてこの思いが私の慰めとなった。そこにいるイエス、神とは異なり、少なくともそこにいるイエスは、肉体と精神をもってそこにいてくれる。彼の存在を信じさえすればすべてが奇跡のように〝流れ出ずる〟のだ。未来の世界も、生命の意味も、創造も、幸福も、そして死者達の復活も。そうだ、父は必ず戻ってくるのだ。この世でないとしても、次の世には。父の苦悩が大きければ大きいほど、不当な責めを負えば負うほど、キリストの平和に安息がかなうのだ。だったら何をじたばたすることがある? 父を探す必要もなければ、見つける必要もないのではないか、父は神に救われるのであるから。しかし、もしキリストが存在せず、神もいなかったら? あるいはユダヤ人の、〝抽象的で、不在で、この世界から身を退いている神〟がいるだけで、その神は人間がどんなに残忍な行為を働こうが、人間が死のうが生きようが、介入してこないとなれば? すべてが許されるのである。人間はしたい放題だ。美徳は決して報われることはないし、犯罪は罰せられることもなく、罪人は野放しである。すべてが人の手により起こり、すべてが不条理となる。とすればこれまたじたばたしたところで何になる?

　にもかかわらずにだ、何かをせずにはいられなかった。それがたとえ理論的にも、神学的にも正当化されないとしてもだ。多分、差し迫っているから何かせねばならないのだ。多分、何もしないということはもっと不条理なことになるからだ。

　何もしないままでは精神が病んでしまうと感じた私は、忙殺で苦悩を埋め尽くすために討論会の準備に追われるジェーンを手伝った。企画を担当させられていたジェーンは一心にこれに打ち込んでいる様子であった。世界中に電話をかけまくり、ジャーナリスト達と夕食会をして、記事も自分で書いていた。できる限り多くの人を集めようとしていたのだ。聖書考古学評論の最新号に「イエスは実在したのか？　クムランの驚くべき新事実」というテーマで特集を組ませることにも成功していた。新聞、雑誌がただちにBARが仕掛けたスキャンダルを報道した。ジェーンの立ち回りで、〝初めて、すべての写本が集まり、クムランの真実がすべて明らかになる〟ことが知れ渡った。無論、討論会で何が飛び出してくるのかは誰も知らない。何もないかもしれない。とりあえずあらゆる関連分野から注目されればそれでいいのだ。ジェーンが「タイムズ」に書いた記事について、彼女のもとにニューヨークから一本の電話があった。ピエール・ミシェルからだった。インタビューを受けられなかった事情を説明して、〝つけられていたので慌ただしくパリを離れなければならなかった〟と言い、加えて〝所持している巻物は公開する。今となってはそれが生き延びる唯一の道だ。従って討論会には出席させてもらう〟と言ったそうだ。

「父がどこにいるのか知る手掛かりになればいいが」と私はジェーンに言った。

「充分ありえるわ。もし本当にピエール・ミシェルが最後の巻物を持ってきてくれて、こちらがそれを手に入れられればね。とにかくグッドアイデアだったわよ。BAR誌は招待状の申し込みでてんてこ舞いだわ。今週は『ヴァニティー・フェアー』と同部数を売ったのよ。想像できて、考古学雑誌としたら前代未聞の記録だわ」

「僕にとっては、あの写本などはこれから先、目にできないとしても、もうどうでもいいんだ。人間の命が第一だ」

「……アリー、気を落とさないで。お父様は見つかるわよ。私、確信があるもの」

「その時は君のおかげだ……でも君はなぜこんなにまでしてくれるんだい」

「まず自分のためよ。ここ何日間かで私は多くを学んだわ。それがいつか役に立つと確信してるわ。私この頃随分変わったのよ、アリー、あなたが想像する以上にね」

そう言うとジェーンはちょっと押し黙った。そして目を伏せてためらいがちにこう付け加えた。

「それとも一つは……多分あなたが気になるからよ。友達以上にね」

言いながら彼女は頬(ほお)を赤らめた。私の胸の中で心臓がどくんと躍った。

私は兵役時代に女性の経験はあった。だが気を引かれるということはなかった。心から興味を抱けるような女人に出会わなかったからだ。それでも戦友達には女を引きつける私の特質について随分とからかわれたものだ。お前といると全く駄目だ、女は皆お前の方へいっちまう、と文句を言われたり、あるいはまたどうしても一緒に来てくれと懇願されたりもした。この場合は私を磁石代わりに使って、寄ってきた女と近付きになろうという企(たくら)みからである。私は男達に対してもある力を備えていた。私の話を聞いてくれていたりする時などにそれを感じた。付き合ってくれよ、と言われて一緒に出掛けもした。だが女性の場合は男性とは異なる。私を見つめるその視線には何か私を困惑させるもの、何か未知のものがあった。それが私にはひどく気詰まりだった。道を歩いていると振り返って私を見ているのが分かる。そして私の名を囁(ささや)き合っている。戦友が言うには、私の眼差(まなざ)しのせいだそうだ。それが女達を魅了し惑わすと彼らは考えていた。〝女達はお前の目を見て愛の井戸にはまっちまうんだ〟と大笑いしながら私をからかった。実際、私の目は母親譲りのブルーアイだったが、〝燃えつきぬ柴(しば)〟のように火をはらんでいる。これは父親譲りだ。また〝お前の女に対する無関心と、誘われてもかたくなに断るところに女はいつも引きつけられるんだ〟とも言われた。いつも別のことに気を取られていて、女はどうでもいいようなところがあるのは本当だった。

だがジェーンは違っていた。私の戦友に一人の女性の兵士がいた。彼女とは前線も一緒で、互いの魂は真の相互理解と友愛でしっかり結ばれていた。だが彼女のことを一人の女と思ったことは一度もなかった。あれだけ固く結ばれながら結婚しようと思ったことはなかった。最初ジェーンが話す時、私はイェシヴァに入って以来、女性に対してそうしていたように視線をわざとそらしていた。

ジェーンは徐々に私の「ハヴェール」、つまり研究仲間のような存在になってきた。二人で問題を解こうとし、計画を醸成し、可能性のありそうな最良のアイデアを探し、シナリオを作る。彼女を目の前にしていると、私の創造力は魔法をかけられたように倍加する。無数のアイデアがひらめいてどんな困難なケースに直面しても解決策を見出せる。彼女はまた素晴らしい話し相手で、答えることも耳を傾けることも知っている。想像力豊かであると同時に現実的で、大胆な手段を取るとなれば独創性を発揮し、リスクは踏めないとあれば慎重に思考する。こうして二人で作業をしている時でも、彼女のダークブラウンの毅然（きぜん）とした眼差しにかちあうと、女を見つめている自分にはっと気づき、恥じ入って目を伏せることが何度もあった。何も愛それ自体が悪しきことで禁じられているわけではない。ユダヤ教徒以外の女性と愛し合うのがハシディムでは禁じられていたからだ。ジェーンはキリスト教者でプロテスタントで牧師の娘なのだ。

もしそれが禁じられていなかったとしたら、もし彼女がユダヤ人か、あるいは私がコーヘン姓でもハシードでなかったら、あるいはもし私が異教(ゴヤ)すなわち非ユダヤ教徒でプロテスタントあるいはカトリックであったならば、もし二人が無神論者であったならば、もし私が不可知論者で彼女はプロテスタントというのならば、もし私が私の両親のように信者でなかったら、私は必ずや彼女と愛し合っていた。ジェーンはメア・シェリームで〝仲人〟に紹介してもらう結婚相手の女性達とは全く異質の女性であった。ジェーンは恥ずかしがりやで控え目で、男に服従し絶えず目立たないように心掛けているメア・シェリームの女性達とは違っていた。ジェーンは家庭の敬虔(けいけん)な守り手になり、子供達の母となるべく運命を定められている存在ではなかった。いや、〝運命〟によって定められるような存在ではなかった。ジェーンは一切から自立している活動的な女性だったのである。何ものも恐れぬようであり、特に真実を恐れることはなく、勇敢な騎士のごとくにこれを追跡する。ジェーンの決意は潔く、私が逡巡(しゅんじゅん)している時は私に道を示し、私が挫(くじ)けている時は行動あるのみとばかりに立ち上がらせてくれる。

　ジェーンと私は、イエスについて、プロテスタントについて、そしてユダヤ教について長々と議論もした。二人は互いの観点が分かれたり、互いの概念がどうしても理解できない時でも、互いを尊ぶ精神を持ち合わせていた。両者の意見を対照させればさせるほど、ユダヤ教とキリスト教には全く似たところがなく、我々を分かっている巨大な断層を垣間(かいま)見ることもしばしばあったように思える。ジェーンと私のそうした会話は我々それぞれが〝先生〟や本から学んだ結果の産物、すなわち、無知と誤りと反意の諸世紀に君臨していた知識の産物の感がなきにしもあらずだった。しかし少なくとも我々は様々な出来事によって誤りに気づかせられていたはずでもあった。だが意識的にそれを無視した。互いが自分の信念を確信する、あるいは互いが歩み寄るためにことさら相容(あいい)れない諸々の概念を掘り下げ、最も難解な相違点を洗い出してみようと試みていたからである。時として何時間にも及ぶ討論の末、腹を立てる気力もなく、疲れきって別れることもあった。だが対話とは常に論者を一つに結び付けるものである。たとえ激しく論争を交えた後であろうが、結びつける。

ジェーンのユダヤ教に関する興味と知識に驚かされていた。そんなある日、彼女は私にこう言った。

「ショアーの断罪のことなんだけれども、どうしても分からないのよ。なぜイスラエルの民はあんなにも迫害されなければならないの？　かつてないようなあんな恐ろしい行為の動機は何だったのかを私は知ろうとしたのよ。そしてイスラエルの民に対する憎しみは全く理解不能であるけど、ユダヤ教徒とユダヤ教を知ることは、キリスト教にとって聖なる義務であることを理解したわ」

時として二人は討論のさなかに長いこと沈黙することがあった。それは気まずさによるものでは些(いささ)かもなく、どんどん深まってゆく〝交感〟を映している沈黙であった。その正体が何であるのかを私はただちに突き止めた。〝神秘〟を志向する意識の交感であった。それは砂漠にあって、その沈黙に身を委ね、顔と精神からすべての鉱滓(こうし)——取るに足らない考え——を落とすのと同質であった。そうすると全く裸形の〝業〟本当の言葉、〝始まりの言葉〟に達することがかなうのだ。初めて私は、言葉が〝沈黙〟より劣っていることを感じた。この沈黙を人は「直感」と呼ぶ。ジェーンの方への私の第一歩がそこにあった。キリスト教、そしてその特異的な神秘主義の方へ、私は一歩近づいた。まさしく〝神秘〟の源はそこにあった。〝何もない〟よりも〝何か〟がなぜ必要なのか？　砂漠には〝何もない〟ではないか。そして沈黙する我々の顔には〝空〟があった。唯一真の現前といえる〝空〟が。なぜ〝言語〟と〝物〟が必要なのだ？　なぜ書物とか、言葉とか、法とか、戒めが必要なのだ？　それらがもつ不思議な一致、〝指示する権力〟の根拠はどこにあるのか？　言葉は行為としての世界創造なのか？　あるいはそれ自体、創造され、人間に取り付けられたのか？「神によってよ」ジェーンは言っていた。「神が言葉をつくったのよ。そして精神を、そして言葉と物の一致を。ヴィジョンもよ。そしてすべて在るものは神がつくったの。あなたと私もね」確かに神がいるとすれば——私は神がいることを知っていたが——神はジェーンと私の間にいた。ジェーンの存在によって私は神を本当に身近に感じたからである。奇妙だった。ジェーンの神には名があり、私の神は名づけられない抽象的存在だったのに、私は彼女によって神を感じたのだ。直感のない諸々の概念は動力因とはならない。つまり彼女の話す言葉は私を動かしはしないが、彼女の存在、彼女の言う〝信仰〟が私を動かしたのだ。何が私を神に、真実の神に近づけてくれるのかを分からせてくれたのだ。

ジェーンはおしゃれに凝る女ではなかった。パウダーもはたかないし、長いブロンドの髪はごく自然に垂らしたままで、身にまとうものはシンプルでゆったりとしたものが多く、時にはパンタロンかジーンズという格好だ。もしくは私がそんなふうに思い込んでいただけかもしれない。ジェーンを女性のしるしのない天使の類として見ようと努めていたからかもしれない。

〝ラビ〟が私のために選ぶユダヤ人の女性がもつようなしとやかさは持ち合わせていないんだと得心しようとして。

　ところがジェーンが私に対する感情を打ち明けた。私は恐ろしく動揺した。私は頻繁にニューヨークのハシディムのゲットーを訪れるようになった。彼女と私の間にバリアーを築いて保身にはしるようにそうしたのだ。ジェーンの私への愛は私を古巣へと追いやる結果になったのである。私はまるでブーメランの強烈な一撃をくらったみたいに、反射的防御本能でそこへ逃げ帰ったといえる。ウイリアムズバーグの小さなシナゴーグに足繁く通いつめた私は、やがてそこの信者全員と知り合いになった。そんなことで当然、以前父と連れ立って〝神慮〟を伝えてもらったラビにも再会した。私はラビに父が拉致されたこと、そして私の混乱を話した。アルモンドとミレ神父のことは、そして彼らが十字架刑に処せられたことは伏せておいた。

「危険は予言したはずじゃ」ラビは言った。「だがこうなった以上はいたしかたない。希望を捨てぬことだ。待つことじゃな。そしてデヴェクートを実践せよ」

「デヴェクートをですか？　しかしなぜまた」私は尋ねた。

「誰がそなた達をつけていたのかを知るためじゃよ」

　ラビが何のことを暗示しているのか分かりかねた。たぶんあの時、ラビが父のことで私に注意したのは、我々をずっとつけている誰かを〝見て〟、危険を予感したからなのだ。だとしたらラビは誰を見たのだろうか？　しかしなぜまたデヴェクートなのだ？　神秘的体験の頂点での自己完成であり、そこにおいては神と深く結ばれることがかなうデヴェクートがどう関係してくるのだ？　だが私はハシードである。意味が分からぬともラビ達の言葉は遵守する習慣がずっと前から身に付いていた。だから私はラビの勧めに従って、何人かのラビの弟子達とデヴェクートに〝達する〟ことにした。

私はここにあの時のデヴェクートの法悦状態を言葉でもって言い伝えようと思うが、できるかどうかは疑わしい。どう言ったらよいだろうか？……最初はただワインを飲んだ。気持ちを晴れやかにするためだ。それから歌い始めた。ミュージシャンが一人加わり、ハイグレードのシンセサイザーでドラム、クラリネット、ギターの音を奏でる。魂を〝高き方へ〟あげるために音で呪文を唱えるのだ。私は信者になる前は現代ロックミュージックだって聴いたこともある。全身を震わす魅力的なリズム、肉体を過熱させ、興奮へと導く抗し難いダイナミズムがそこにはある。だが結局、ロックは自己のイメージの一つの捏造であり、この自己は見せかけの反抗、反体制気分に酔いしれ、不快なこの世界を時には憎み、時にはうらむ逃避的主張に甘んじているのだ。テルアビブのテクノ・クラブの幾つかにも行ったことがある。幻覚剤を吸った大勢の若者が夜通し、儀式的な動きを延々と繰り返し、諸世紀の終末を祈っていた。〝交感なき集団トランス状態〟で荒々しいリズムにのって、若者達が機械人形のように頭や肩を振っている。その単調な繰り返しの連続に、思い出したように音楽的フレーズが侵入してきて反復を断ち切る。だがその諧調も実現不能の遠い夢のようにはかなく消え、再び単調が繰り返される。

それに対し、ハシディムの歌は心に喜びをもたらす。ハシディムの歌は魔法の歌なのだ。これほどの幸福を秘めた音楽を私は他に知らない。悲しみの心をあれほどに癒してくれる音楽はない。ハシディムの歌は恥じらいにも似た音で始まる。微妙な音色を重ねて徐々に盛り上がりをみせてゆく。オイ、バ、ボイ。熱望があり、やがて溌剌として音がほとばしる。マシーアハ、マシーアハ、と皆で歌いあげ、そして最後の盛り上がりに達してゆく。《私は信じる。そう、私は篤き信仰をもってメシアの到来を信じる。》ハシディムの歌は最終戦争を戦う軍隊を鼓舞する軍楽だ。唯一真の勝利者を迎え入れることに人々を誘う音楽なのだ。

甘ったるい水薬が運ばれてきた。私の知らない薬だ。激しいダンスとワインが手伝って、ついつい多く飲んでしまう。やがて妙な気怠さが体中に広がってきた。そして音楽の規則的リズムに揺られているうちに、私は私の存在をコントロールしているすべてのものを失ってしまいたい欲求に従うがままになった。それでも私の中のある思考力は法悦状態に入ることに抵抗し、これを妨げようとする。だが、私の深奥から〝入ってもいいのだ〟という別の声が聞こえる。次いでその声は〝我を忘れよ〟と厳命する。私は目を閉じて一心に集中し、〝恵みの息吹〟を呼ぶためにみぞおちの辺でゆったりと呼吸運動を始めた。床に横たわる四肢は重く、頭は綿雲の中にある。少しずつ私は〝別の領域〟に向かって飛び立ち始めた。それはここではないが何処でもない。今でもあり常時でもある。二〇分ほどの間、私の意識は無限の広がりをもった。熱い溶岩が私の魂から流れ出し、恍惚のうちに私を著しく密度の高い〝完全記憶〟に連れ戻す。それは我々が日常にあって、ごくごく弱い形ではあるが、時として体験する何かの臭いや、音や、色によって突如蘇ってくるあの清浄無垢な思い出に似ている。デヴェクートはこの日常に味わう奇跡のような思い出を何倍にもしたものを与えてくれる。私は次から次へと凄まじいスピードで数々の記憶を横断する。私はその速度に陶然とし、不可視の光に目を奪われる。無数の記憶をかきわけ、丹念に調べ上げようとする長いエネルギーの渦巻きの中に私はいる。私は見たこともない色を感じ、天上の音楽を見、至高の調べを味わう。私はどんどんスピードをあげ、どんどん高く、記憶探査の渦巻きを昇ってゆく。抗し難い力で宇宙へと向かって私は投げ出され、同時に別の力が大地の深部に私を根付かせる。この両極にとらえられ、息を切らして崩れ落ち、そしてまた再燃する。これが繰り返される。何度目かの上昇の状態にあった時、奇跡といえる直感を一瞬、身に付けていた。常にあっては何時間も苦しんで考え込むタルムードの難しいページが平明に成り変わり、哲学的、神学的難問も一瞬のうちに解けてしまう。やがてあるイメージがタルムードのページに重なった。そして私の精神にそれが侵入を開始した。父と訪ねたあの〝助言会〟が見えた。そして私はあの場であったことをそっくりそのまま再体験していた。その時のどんな些細(ささい)な言葉も、身振りも余すことなくはっきりと戻ってきた。我々はラビの家を出た。背後にハシディムの音楽が聞こえる。その時だ、〝私は見た〟。そうだ、あの時私は振り返ったのだ、ハシディムの歌がどんどん激しさを増し、人々が狂喜している家から遠ざかりながら、惜しむように振り返ったのだ。そしてあの時は気づかなかったが、〝今は見えた〟。振り返って、一秒の間にラビの家から誰かが人目を忍んで出てきたのが見えたのだ。そして二秒後、何かこう細いシルエットがまだ私の視野の片隅にある。父と私の方へ近づいてきている。私はその顔を見ようと神経を集中した。だが〝法悦の波〟が今や私をさらって、別の領域で大海原の小舟のように翻弄(ほんろう)しようとしている。あの時の記憶に留まろうと必死で努力したが駄目だった。突然、強烈な震えが私の身体を持ち上げた。まるで私の身体を天の方に引き寄せようとするような震えだ。数分が何時間にも感じられた。私はトランス状態に入った。

そしてその天上的興奮が頂点に達した時、先刻いかにしても見てやろうと思っていた顔が見えた。余りの驚きで私の存在がぐらっと揺れた。私は激しく込み上げくる嗚咽（おえつ）を堪（こら）えることができなかった。涙して楽になろうとしていたのだ。と同時にそれは漠とした怒りの涙でもあった。見えたのはジェーンの顔だったからだ。

《神よ。いつまで私をお忘れになるつもりか？　いつまでお顔を隠しておいでなのか？　いつまで私の中を探しまわったらいいのか？　いつまで一日中、この私の心を悩ませればいいのか？　いつまで私の敵は私の前に立ち塞（ふさ）がっているのだろうか？》

それからの日々が耐え難かった。最悪のことを考えては、そして何事につけても、そして何でもなくとも、ジェーンに疑いを抱くようになったからだ。デヴェクートによる幻視（ヴィジョン）のことも話さなかったし、問い詰めて説明を求めることもしなかった。それほど彼女を用心するようになってしまったからだ。もし彼女が父の誘拐（ゆうかい）の主犯にくみしていたら？　もし彼女が数々の十字架刑にかかわっていたら？　彼女はプロテスタントだと言っているが、カトリックだとしたら？　もし信仰教理聖省に属していたら？

ジェーンが我々をつけまわしていたのだ。それは間違いない。ニューヨーク以来だ。もっと前からだってことも考えられる。第一あの時、私が連れ去られる父を追いかけようとしたあの時、私を引き留めたのは彼女だったではないか。多分、ジェーンは父がどこにいるのか知っている。そして私が捜査をしないように私を見張る。そうだとしたら彼女は危険きわまりない存在だ。もし彼女が私が気づいたことを知ったら、私を父と同じ目にあわせるかもしれない。いやそれ以上の目にあわせるだろう。だがジェーンが二枚舌を使う女だなんてことはやはりありえない。この顔は悪が、邪心が、偽りが、隠されている顔だろうか？　ジェーンの顔をうかがってみてもそんな影はみられない。仕事に熱心で正直な心の持主で、その上私を愛してくれていそうな一人の女性にしかみえない。こんな澄んだ清らかな顔の下に残忍な本性を隠す悪人などがいるとすれば、それは想像の域を超えている。

だが、とんでもない演技力の持主だとすれば？　私は彼女をじっくり観察したり、異った光の下でいきなり見たりした。確かに、時として眼差しに何か不安げなところがあったり、空をさ迷っていることがある。また時として厳しい眼光がそれを隠していることもあった。実はこういうことがあったのだ。ある日のことだ、たまたま通りで彼女を見かけた。見たこともないジェーンだった。ヴィヴィッドな化粧をして、カールをつけており、ブロンドの髪は普段のように肩に垂らしてはおらず、ふんわりと大きく頰のところでカールをつけており、その頰はいつものように蒼白くなく、ブラッシュをはいて淡いローズ色に輝いていた。膝が見えるミニスカートにハイヒールを履いている。こんなふうに彼女をじろじろ見るべきではなかったかもしれない。だが本当にジェーンなのだろうかと確かめずにはいられないほどの驚くべき変身ぶりだったのだ。あんなふうな出で立ちでどこへ行こうとしていたのだろうか？　彼女は本当は誰なのだろう？　処女なのか、娼婦なのか？

なぜ彼女は我々をつけていたのだろう？　我々がかかってしまった罠とはどんな罠なのだ？　ピエール・ミシェルのアパルトマンで彼女の不意を突いた時、彼女も危険を承知であそこに忍び込んでいたように見受けられたが、本当は計画的に我々を待ち構えていたのではなかろうか？　だとしたらいかなる動機からそんな役をかってでたのか？

時として私はジェーンを憎いと思った。私を裏切ったからだ。多分、愛の告白も演技だったのではないかと私は思っていた。その愛は拒み、未だ拒み続けているが、私はジェーンを本当に素晴らしい女人だと思い始めていたのだ。人が、自分がもっていないもの、もはやもっていないものに対して認める価値を、私は彼女に対して認めていたのだ。それをジェーンは裏切った。だが彼女を憎いと思って私は初めて彼女に対する私の感情を自問し始めた。彼女が私に告白して以来、私は〝法〟が私に命ずる〝慎重〟を守り続け、二人の関係の本質について率直に自問することを拒んできたのにだ。一つには父のことで深刻な問題を抱えていたこともあるが、たとえそれがなかったとしても、〝女の罠〟にかかってしまった自分を見出すのが恐かったからだ。女といっても……ラビが知れば、こう言うに違いない、「異教の女（ゴヤ）」のことだ。イディッシュ語の蔑称（べっしょう）ではシクズということになる。

私は〝女〟に捕えられてしまったのか？　捕囚されてしまったのか？　これが愛の感情なのか？　私は怒りを込めて自問した。父をさらった族（やから）かもしれないというのに、こんなことを考えているからだった。だが愛は戦いでもある。見えない敵と、そして考えの及ばない理由で戦うのと同じく、私はジェーンに対して自分では制御できなくなってきていて、もう激しい戦いに入ってゆくしかない、そんな不特定の感情を強く抱いていた。

この戦いは私自身に対する戦いなのだ。恐ろしい敵の急襲にあわぬように努めて注意をはらわねばならぬ。それはまた塹壕（ざんごう）の中の戦いでもあった。時として私は夜通しベッドの中に潜み、傍の電話が鳴っても、受話器をとって負けを認めて告白してしまうことがないように歯を食いしばった。その告白は自分への告白でもあるが、その自分は陰険な獣に征服されていて、この獣は狙った獲物をつかまえたら放しはせず、生の希望は〝彼女〟次第で簡単に潰える。

私は〝欠如感〟を回避しようとした。是が非でもそうしようと意を固くせねばならぬことがしばしばだった。欠如しているものは無論ジェーンである。ジェーンを思い起こす品物を見たり、彼女の挙動や、彼女の言った言葉やフレーズや、彼女流の思考に似たものに何かの読書をしていてふと出くわすと、突然欠如感に襲われそうになる。だが最悪の欠如感は彼女が傍にいるにもかかわらず私をとらえようとする欠如感だった。彼女から離れなければならないんだ、と考えたり、あるいは彼女は私のためにそこにいるのではない、今一緒に話していても、彼女の注意は少し逸れていて、何か他のことを考えている、それも私を破滅させる奸計を巡らしているに違いない、とそういう気がしただけで（と白状してしまうが）、やりきれない欠如感に突然襲われそうになるのだ。ジェーンがそこにいるのに、ジェーンはいないというこの〝純粋欠如〟は最悪だった。たしかにジェーンがいない時に襲ってくる欠如感はもっとつらい。それは不幸であり、深い苦悩であったからだ。しかし私は私の精神で、〝以前〟のジェーンを見出し、いわば望むがままに思い描き出し、いわば〝ジェーンと二人だけで〟彼女への思いに浸り切ることができたのだ。あのジェーンがいる。魅惑的な言葉、身振りが見える。なぜだか分からないが、いつも幾つかの同じ光景が繰り返される。そして同じときめきが私を捕える。そこで他の光景を探す。すると未来の、あるいは私の記憶の深奥に埋まっていた見知らぬ光景が現れる。そして時として、そうしていると意志にかかわらず突然別の不快な記憶が蘇ってくる。

そこではもはやジェーンは私の信じているジェーンではない。別のジェーンなのだ。私をつけ、奸計を着々と実現してゆく邪悪なジェーンなのだ。しかしその考えに私は暗い喜びを覚えた。私は私の苦悩を、彼女に対する嫌悪感を算定する。この倒錯した思いつきは一旦現れると、観客の誰もいない舞台でたった一人で演じ続ける俳優のように、糸を外しても踊っている恐怖の操り人形のように、いつまでも私の中で勝手に踊っていて、思いを他に転じようとしても捕えて離さず、繰り返せ、繰り返せと苦しめた。

だがそれさえもジェーンの存在の面前で覚える欠如感には比べるべくもない。愛されていない者が、唯一身を寄せる想像的行為という慰めが無効になるからだ。そして苦悩はもう追憶の微妙な喜びへと転ずる予備感情ではなくなり、存在の狭窄（きょうさく）というにひとしいものになっていた。ジェーンを面前にして、我々の出会い、私の存在、私の欲望、私のすべてが突如適切さを欠き、空っぽで、不条理なものと化す。自分が何を試みても失敗に終わる間抜けな小心の犯罪捜査員に成り下がった気にさせられる。そんな時、何度独言しただろう。〝何をしたってもうだめだ。もう完敗したのだ。私はこの戦いに負けたのだ。私は辱しめられたのだ。彼女は父を私から奪い、私はいいようにされっぱなしだ〟。

幸いなことに自尊心というものがあった。自惚（うぬぼ）れと言い換えてもよい。それが最良の武器であった。それが奮発（バネ）となってつまりは自己を引き受けることになって、衰弱から自己を回復できる。自惚れを持ち始めた瞬間、相手のどんな身振りも、どんな言葉も、どんな無償の行為も馬鹿げたものに思えてしまうからだ。しかしながらジェーンが私に愛を告白した時、その武器は逆に利用されはしなかっただろうか？　彼女は私の自惚れをくすぐったりはしなかったたろうか？　だがすぐさま冷静な自惚れは差し向けられた愛に対し、無慈悲な答えを出す。あの愛の告白は私を騙して、私に警戒心を無くさせるための偽りの告白だぞ、私を破滅させる企みの枠に私を取り込むためのものだぞ、自惚れがそう教える。彼女の言うことを真に受けて、自分も愛を告白していたら、彼女に負けを告白していたようなものだったろう。こんなふうにして、自惚れがいつもいつも私を救った。自惚れは巧みなマニピュレーターで、申し分のない異議申し立て人でもあり、真の反逆者であり、大いなる怒りであり、リターンマッチが残されていないとすれば、一勝一敗の後の決勝戦を勝ち取る勝利者なのである。自惚れは私の友であり、決して私を裏切らぬ同盟者であった。ところで自惚れを持つことは〝法〟に逆らうことだろうか？　しかし〝法〟が私と自惚れの同盟を不可能にしていても、自惚れはまさしく法を踏み外さないための手段に他ならなかった。私はもうジェーンを欲しなかった。自惚れで彼女を倒すことを考えていた。足をすくわれないように、彼女を愛する以上に自分を愛することにした。いや、それではすでに彼女を愛していることになる。だから私は自分を愛するのと同じに彼女を愛することを拒みもした。〝自分を愛するように彼女を愛さない〟ように努めた。《女の心は獲物を捕える網のようで、その手は捕縄のようだ。女は罠のようである。女は死よりも厳しい。神の御心を損なわぬ者、女から免れる。だが罪人は女に捕えられる。》

「ねえ、でもあなたはどうなの、私を愛してくれているの？」ジェーンはついにある日私に聞いた。

暗い雨の一日だった。セントラルパークを二人で並んで、随分長い間歩いている。私はもうどうしていいか分からなかったので、思い切ったことをするつもりはなかったが、ジェーンの方が自ら素顔を見せるようには仕向けていたのだ。そうすればジェーンの危険なゲームが読める。

「分からないよ。父のことで頭が一杯なんだ。それに恐いんだ」私は答えた。

「〝法〟が異教の女を愛することを禁じているからなの？」

「そうじゃないが……」

「〝法〟よ」彼女は言い続けた。

「そして自分にその〝法〟を与えているのは他ならぬあなた自身よ。あなたの選んだやり方で、その〝法〟を成就しようとしているのは他の誰でもないわ、あなたなのよ。あなたにはあなたのやり方があるのでしょうけど、真に厳しいやり方ね。そうじゃない？」

「そう、確かに君の言う通りだ」

「だけど、たとえばあなたのお母様はあなたのようには考えないのでしょ？」

ジェーンは真っ向から私の目を見詰めて話した。私はやっとのことでその眼差し(まなざし)を耐え忍んだ。その時私はなぜだか分からないが、〝彼女は真剣なんだ〟と思った。

「そうだよ」私は認めた。「母は旧ソ連から来たんだ。母は自分でユダヤ教正統派に対する考えをつくってしまっていて、これを拒んでいる。母は無神論者だ。コミュニスムの影響と同時に自分の考えに凝り固まっているんだよ」

「いいじゃないそれで。多くの人々はお母様と同じで宗教に関係しないわ。ユダヤ教徒だって大半がお母様と同じでしょ。あなたに知り合う以前に知り合った人達はみんなそうだったわ」

「もちろんさ、君が僕みたいなユダヤ教徒に会わなかったのは不思議じゃないよ」私は再び認めた。「僕みたいなユダヤ教徒は同心の者達が集まって暮らしていて、君のような普通の人には会わないからだ」

「そうよ、私みたいなのが普通なのよ。アリー、分かる。正常なのよ。あなた方は外部の世界が恐ろしいものだから、そうして隠れ住んでいるのだわ。自分達の確信に定住していたいのよ」

「僕は正常ではない。それは本当だ。以前はそうだったけどね。君の規準でいえば正常者だったよ」

「とにかくあなたの法が私達が愛し合うことを妨げているのね。私の信じている教えはあなたを喜んで受け入れるというのに。なぜイスラエルの民の唯一神はそんなにも嫉妬深いの？　よそ者をもてなすことをすすめ、異端審問会ももたず、魔女狩りもせず、流刑も殺戮も行なわなかったあなたの宗教がなぜ我々の愛のこととなると、途端に厳しくなるの？　なぜ私を受け入れてくれないの？」

「異教徒との〝不純な結婚〟は禁止されているんだよ」

「そういえば異教徒との結婚は、ヒットラーが成しえなかったことを成し遂げる悪魔の所業だと考えている連中がいるけど、あなたもその仲間なの？」

「〝不純な結婚〟は我々の歴史を破壊するものだと僕は信じている」

「でも、何その〝不純な結婚〟っていうのは？　純粋なものなんて何もないのよ。すべてこの世にあるもの、何らかの混合じゃない。結婚とは協調なのよ、そして協調とは二つの異なったものが一つになることだわ」

「僕は君が今のままの君でいて欲しいと思っている。君が今の君でなくなれば、君のことはもう愛せなく……」

私は言葉を切って思わず口をついて出てしまった意想外の告白を後悔した。気が高ぶってしまっていたのだ。言わなくてもいいことを言ってしまった。ミイラとりがミイラになったのだ。またもや罠にかかったのか？　私の言葉にジェーンは顔を輝かせていた。

「じゃ、私を愛してくれているのね？　でも、もしも私が今の私ではなく、あなたのようになったら……。ね、なぜあなたがお母様みたいではないの？　そうだったらすべてが簡単なのにね。もしあなたが私を〝充分〟に愛してくださるなら、充分にというのはあなたがあなたから出てくださるぐらいに私を愛してくださるという意味よ、そうしたら、私はあなたのために何だってするわ。何だってね。でもあなたがそうできないのは〝法〟があるからじゃないと思うの。あなたは何かあなたの深いところで、キリスト教徒の言う〝召命〟を感じているんだわ。あなたはユダヤ教の修道士よ、アリー……あなたは宗教的、つまり〝再び神と結ばれている〟存在なのよ。だから女とは……」

III

ジェーンの言うのは本当だった。私は〝宗教的〟すなわち〝再び結ばれる者〟になっていた。私は特別な仕方で神に近づいていた。ハシードになる以前はそんなことは考えられない仕方でだ。つまり私は神を〝愛していた〟のだ。ハシードとして、この世は愛しているお方の方へ昇るためのステップにすぎないのだと考えていた。私は〝その方〟の方へと昇るためにこの世から離れようと試みている。私の拠所であり、砦がその方だ。苦境にある時は常に救いの手を差し伸べてくださる。大地が震え、山が押し寄せる狂波に傾こうが、その方は私の慰めであり、私の城塞である。せせらぎの傍に植えられた木、そしてその葉は決して枯れはしない。私は没薬とアロエとニッケイの香り立つ衣をまとったその方を想像する。純金よりも素晴らしく、新鮮な蜂蜜よりも素敵だ。恐怖が私に降り立ち、不安と怯えが私を襲い、心臓が胸の中で痙攣しているこの眠れぬ夜が黎明を迎えた時、その方が喜びの聖油を私に注いでくださる。私は熱い祈りでその方の名を呼び、加護を祈る。その方が私を苦境から解放してくださり、多くの民を服従させ、私をうかがう者に苦痛を与えてくださるのだ。私は闇の中にあって、その方に願う。少しの間でもいいから鳩の翼をお与えくださいと。そうすれば私は荒野にまで飛んでゆくことができ、隠れ処を見つけます。そこで安らかな夜を過ごします。嵐の烈風も吹き込まぬ隠れ処に急いで身を隠します。ここより離れて、暴力と不和の都から、夜をうろつく者達から、悪事、犯罪、粗暴、欺瞞の止んだためしのない通りより離れて、遠く身を隠します。《なぜなら、人が私に付きまとうからです。一日中闘いを仕掛け、私を押しつぶそうとするのです。スパイ達が一日中私につきまといます。だが高き天では、私のために大隊が闘っている。恐ろしくなった日はあなたに頼みます。あなたのお言葉をお借りします。肉の存在などは私を助けてなどくれません。一日中彼らは私を苦しめるのです。私を傷つけることしか考えていません。待ち伏せて機会をうかがっています。私の後をつけ、命をとろうとしています。》

苦境にあって、私の魂は渇き、神を渇望し、私の肉体は神を求めて苦しむ。水も涸れた干からびた大地にいた私には、神は尽きない泉であり、力と栄光の至聖所だった。飢えと疲労にやつれ、衰弱して怯えるこの私がその方の名を綴ると、その方は油となり、私の空腹を充分に満たしてくださる。《私がしとねにある時、あなたを思い、何時間も祈り続ける。》その方は私の助けであり、魂のすべてを傾けて、その方に私は結びつく。その方は足かせである女から守ってくださる。一つの肉の存在である〝女〟と一つになればどんなに悔やむことだろう。女の心は邪悪な者、サタンによって堕落させられているかもしれぬ。その陰険な魂は悪霊が取り付いているかもしれぬ。しかし、私をつけまわし、多分人を殺し、人を解体し、人を十字架にかけたあの女から、その方が守ってくださる……。私は父のことを考えていた。そして再び細かい震えが全身を駆け巡っていた。

ある朝のこと、私はジェーンをこっそり見張った。彼女が家を出るのを待って後をつけた。ジェーンは聖書考古学評論のあるビルに入った。二時間近く出てくるのを待った。彼女が出てきた。タクシーに乗り込む。私もすぐタクシーに乗った。

タクシーで一〇分ほど追跡した。ジェーンのタクシーが止まった。彼女がタクシーを降りた。降りた付近のとあるカフェに入ってゆく。誰か人を待っているようだ。私はタクシーの中からウインドー越しに観察した。突然男が現れた。彼女のいるテーブルに座る。背中をこちらに向けているので顔が分からない。しかしながらかなりの年配者だということは分かった。髪が白かったからだ。いささかずんぐりしたそのシルエットにはどこか見覚えがあった。

二人はごく親しい間柄のようだ。延々と会話が弾んでいた。そうして一時間以上がたった。

男がジェーンに封筒を渡した。ジェーンが封筒を開く。札が入っていた。男が立ち上がった。オーバーを着て、短く会釈して立ち去る。その時、男の身体が私の方へと向いた。顔が見えた。男はマーク・ジャンセンだった。

茫然(ぼうぜん)自失でホテルに戻った。ジェーンはやはりスパイだったのだ。ジェーンは美しく、強く、性悪(しょうわる)で、残忍で、腹黒く、陰険なデリラのような女だったのだ。私はその女の罠にかかり、しかも騙(だま)されて、踏みにじられた。毒をはらんだ女だった。その毒を私は味わったのだ。すんでのところで毒がまわりきって、両親を、家族を、祖国を捨てるところだった。すべてを、友達も何もかもすべてを失うところだった。遂げなければならないミッションまでも忘れるところだった。自分の名前すらも忘れたかもしれない。ジェーンは私の最後の力まで、わずかな希望の灯火まで取り上げようとしたのだ。彼女は誰だ？　何を欲している？　どんな計画をもっている？　誰の手先だ？　ジャンセンとヴァチカンか？　それとも彼らも彼女に操られているのか？

とにかくジェーンは敵の懐深く入り込んでいる密告者だ。そして敵をよりよく監視するためにさらに私を自分の懐にまで引き寄せた。父は恐らくここにはおらず、海の向こうだ。一杯食わされたのだ。父の身に死の危険が迫っていてももはや何もできぬのか。何とか無事であってほしい。

サムソンのように私は監獄で「粉を挽(ひ)く」ところだった。ジェーンの中の悪魔が姿を見せたのだ。悪霊が三回も侮られ、腹いせにジェーンを誘惑し、ジェーンを通して人々の中に忍び込もうとしている。あるいは悪霊の中に入り込んで、それを操作しているのがジェーンなのか。何者も、悪霊でさえ、女にかかってはひとたまりもないからだ。まして哀れな男達は女の難攻不落の力の前には何ものでもない。その美しさに見とれてしまって、巧みな言葉としたたかなやり口にまんまと騙される。しかもそれが男より強いときている。男を生むことができるからだ。そして女もだ。女が女を生むという、女におけるこの恐ろしい因と果の連鎖！　まさしく悪魔の企みだ！　生命を与える存在である女以上に、死をふりまくことをよく知る者が他にいるか？

　娼婦ユディットはアッシリアの将軍、ホロフェルネスの寝台の枠に寄りかかった。ホロフェルネスは子供のようにユディットの介抱に酔ってうとうとしていた。ホロフェルネスはユディットを胸元に抱き寄せ、ユディットは弱い女を演じて、ホロフェルネスの胸にもたれた。ところがユディットは偃月刀を抜き、ホロフェルネスの髪の毛を掴むと、か弱き腕で思いきり二度その首に切りつけた。ユディットはホロフェルネスの血塗れの首を食糧袋に入れて持ち去った。足にはサンダルを履き、腕にはブレスレット、手には指輪、あらゆる装身具で装い、炒り麦の粉、乾菓子を侍女に持たせ、蜜のように甘い言葉、了解の微笑み、告白、愛撫、愛など、女の武器を携えやってきてホロフェルネスを殺したのだ。

　またヘベルの妻、ヤエルはミルクで眠らせたシセラの胸に天幕の杭を突き立てた。ヤエルもユディットもデリラも、女は皆もてなし、とめてやり、介抱して眠らせておいて寝首をかく。そして、見事な金髪を丸みのある肩に垂らしたジェーンもその眷族だ。私は正気を失っていた。女のほっそりした指をした白い信心深い手が剣を持ち、舌が男を死にいたらせる言葉をはく。

私の首にそのやいばが突き立てられ、すでに血塗れになって開いている私の心臓をまさぐると思うとぞっとする。なんとも見上げた残忍さではないか。神よ憐れみたまえ、もう一度だけ意志を立ちあがらせてください。

その夜は眠れなかった。本を探すとクムランの書が目に入った。「共同体規則」だった。何気なくページを捲った。「叱責」という題が目に入った。《彼らは真理において、謙虚において、そしてそれぞれのメンバーに対する慈悲の心において、互いを叱責することになる。しかし怒ったり、怒鳴ったり、反抗的になったり、いらいらしたりして、あるいは敬虔な心を持たずして兄弟と話すのは本当によくない。よこしまな心をもって兄弟を憎むことはいけない。兄弟の過ちに気づいたら、その日のうちにきちんと叱責すれば彼が原因で皆が過ちを背負い込むこともないからだ。》私はジェーンのことで疑念を残すまいと決心した。なるようになれ。困惑しきった末の決心だった。もしジェーンが連続殺人、あるいは父の拉致事件にかかわっていれば、少なくとも彼女を挑発して父の痕跡を見つけられるかもしれない。そのためとあれば命を危険にさらす覚悟だ。ジェーンをどこかのカフェに呼び出すことにした。釈明を命ずるためである。

「もう芝居はたくさんだ。芝居なんだろ？　僕はすべて知っているんだ」私はジェーンに言った。「最初から嘘をついていたんだね。君がＢＡＲで何をしているのかは知らないが、それは見せかけにすぎないということを僕は知っている。君が誰のためにそんなことをしているのかは知らないが、パリで我々が出会ったのは偶然ではなかったのも知っている。君はニューヨーク以来、ずっと父と僕をつけていたからだ」

　ジェーンの目が大きく見開かれた。びっくりしているのだ。私がどうしてそれを知ったのかと自問しているに違いなかった。暫くしてためらいながらこう言った。

「あなたの言う通りよ、ニューヨークからあなた方をつけたわ。飛行機も同じ飛行機に乗って、ずっと後をつけたわ。でも違っていることもあるわ、アリー。ミシェルのところで出会ったのは偶然よ。ピエール・ミシェルの痕跡も追っていたからよ。あなた方があんなに早くピエール・ミシェルのいた場所を見つけるなんて思ってもみなかった」

　私を見詰める彼女の眼差しは真剣だった。ほとんど哀願の眼差しだった。

「いつから君は我々をつけていたんだ、誰のためにそんなことをしたんだ？　父がどこにいるのか知っているんだろ？」

「あなた方がマーク・ジャンセンのところを訪れた時からよ。彼は私の先生なの。論文の担当教授よ。彼が私にあなた方をつけるように命じたの」

「そりゃどういうことなんだい？」

「どんなことがあっても見失うな、あなた方の行くところはどこでもついていって、あなた方の手に入れた情報はすべて報告せよと命じられたわ。なぜならジャンセンにとってあなた方は危険な存在だからなの。ジャンセンはこうも言っていたわ、あの二人はキリスト教の教義の根拠を洗い直すつもりだ、絶対にくい止めなければならないって」

「どんな手段を用いてもかい？」

「まさか。それから誓って言うけどお父様を拉致したのが誰なのかは知らないわ。あの男達がピエール・ミシェルのところにやってきた時、私はあなたと同様にびっくりしたのよ」

「君がかかわってないとしても、父と私を君につけさせたジャンセンのことだ、父の拉致だって彼ならやりかねない」

「私もすぐさまそう思ったわ。それで実はジャンセンに尋ねたのよ。答えはノーだった。彼の仕業じゃないわ、ねえ信じて」彼女は懇願した。「ジャンセンはそれほど悪人じゃないのよ。ただ自分の信仰対象が破壊されるのを恐がっているだけなの」

「あんなにさんざん嘘をつかれて、この上どうやって信じろと言うんだ？　なぜ本当のことを言ってくれなかった……」

「あなたの信頼を失いたくなかったの」彼女は声のトーンを変えて言った。「恐かったの……本当のことを言ったら、あなたは許さないと思って恐かったの、あなたを失うことが恐かったのよ。でも私は自分が犯した過ちを償うために最善を尽くしたわ。討論会ももうすぐよ。どんなことをしても殺人者も、あなたのお父様の足跡も見つけ出してみせるわ。お願い、信じて、アリー……」哀願するように言った。

彼女は真剣な様子だ。それにすぐさま白状したではないか。まるで真実を話せることで心が安らいだかにも見受けられた。だけど彼女が私に嘘をついたことには変わりがない。危険な女だ。何でもやろうとする。通りで男をつける。飛行機の中までもだ。入れない場所なら変装してでも忍び込む。

「だが」私は言った。「君は金を受け取っただろ。君は僕を売ったんだ。自分も売ったんだろ！」

怒りの炎を燃え上がらせながらも、私は激怒するというより悔しくてそう言っている自分に気づいた。ジェーンの顔は強張り、涙に濡れた目を伏せている。羞恥と苦悩がジェーンのノーブルな表情を歪めている。

「でも私があなたを苦しめることなどできると思って？」

《私達は同じ父なる神の子でしょ？》

そうしてジェーンは長々と彼女の過去を語った。彼女の研究生活、そしてマーク・ジャンセンとの関係を。当初ジェーンはマーク・ジャンセンの博識とどんな宗教に対しても、特にユダヤ教に対して示す彼の理解に感動させられたらしい。だがジャンセンのこの見せかけの人間主義の背後には狂信と遠くないかたくなな心が潜んでいることにやがて気づいた。しかしジェーンは彼女のキャリアにおいて、ジャンセンには多くを負っていた。自分が退職する折にはジャンセンはポストを譲るとまで約束したらしい。ジェーンの慎み深さを高く評価し、また彼女の古代語に関する知識の豊かさが自分の研究に大いに役立ってもいたからだ。そんな様々な事情があって、ジャンセンが父と私の尾行を命じた時、ジェーンとしては断るわけにはいかなかったのだ。しかしジェーンは今ではひどく後悔している。彼女は私に許してくれと哀願した。

討論会まで残すところ後数日、この数日の間、ジェーンと私はお互いを最も近くに感じていた。

準備に追われる一日が終わると、夜を徹しての二人のディスカッションが再開した。私はジェーンにハシディムのことを語り、カバラのことも語った。我々だけの〝秘密〟も教えた。カバラをきわめた者のみが知るヘブライ語アルファベットの文字の神秘も明かした。

〝א〟アレフは宇宙を象徴している。左から右の斜めのバーは、上部世界を表している右上の部分と下部世界を表す左下の部分の媒介だ。〝ב〟ベートは〝創造〟の文字だ。これは家に似せてつくった文字だ。家は人をもてなし、人を守ってくれる。〝ג〟ギメールのまわりには無数の天使が随行していて、オパールの輝きをもつその翼でこの文字を包んでいる。〝ו〟ヴァヴはこの形が示す通り、誇りに満ちて真っ直ぐな正しい人の文字だ。正しい人の要求、道徳的緊張、価値を重んじる心を反映している。〝י〟ヨードは聖なる点だ。〝ז〟ザインは自由と解放の文字で、石女(うまずめ)の胸、人々が埋葬されている墓、地獄門といったすべて閉ざされているものを開く。〝ה〟ヘは神の文字だ。〝神の名〟にはこの文字が二度繰り返されている。四文字で構成され、人間の発する母音は付けられず、絶対性に向かって永遠に開いており、そうして発音されることのない不滅の名を表す四文字YHWH(ヨッドヘヴァヴヘ)に、二度繰り返されて記される。

私はジェーンに人の顔に現れる〝印〟のことも教えた。この〝印〟は生来のものではなく、不変のものでもない。その人のコンディションによって変わるものである。ヘブライ語のアルファベット二二文字がそれぞれの魂に刻まれていて、今度はこの文字を刻まれた魂が、魂によって生命を吹き込まれる身体に顕現する。これがカバラ学者の言う〝顔の印〟なのである。その人のコンディションがよければ、文字はその人の顔に安定した形で並んで見え、コンディションが悪い場合は、文字は何らかの乱れを生じ、それは必ず痕跡を残すので目に見える。

真実の道を歩んでいる人をカバリストはすぐに見分けられる。そういう人のこめかみには水平の細静脈がまず見え、その細静脈の横に別の二本の平行の細静脈があって、この平行の細静脈をまた別のもう一本の細静脈が繋(つな)いでいる。この四つの印は人の徳の証である。何故ならそれらは神秘の文字、〝ו〟ヴァヴと〝ת〟ターヴを描いているからである。それに対し、良き道より外れてしまった者には別の印が現れる。健全な精神が離れていってしまって、その代わりに汚れた精神が居座ると、左右の頰(ほお)に三つの赤い吹き出物が出て、その下に〝ר〟レーシュと〝ת〟ターヴの文字を描き出す印が見えるのだ。だから《厚顔は文字通り顔に現れ、隠すことができない》のである。悪の道を歩んだ末に、神のもとに戻ってきた放蕩者(ほうとうもの)は顔を見られると恥じ入る。誰もが彼の過去を知るからだ。そういう者の顔の色は黄色になったり、蒼白(あおじろ)くなったり不安定に揺れている。そして三本の細静脈が現れていて、一本は右のこめかみから伸びて頰のところで消え、もう一本は鼻の下方から伸びて左頰のところで別の二本の印に紛れ込む。三本目はその別の二本を一つにまとめている細静脈である。しかしながらこの印は放蕩者が完全に改心した時には消滅し、解放の象徴である〝ז〟ザインの文字が額に現れる。前世の過ちを償うために生まれてきた人の印もある。そういう人は右頰、口の近くに垂直の皺(しわ)が一本走っていて、左には二本の深い皺が同じく垂直に走っている。そしてたとえ喜びにある時も目は決して輝くことがない。

「ねえ、私はどうかしら?」と彼女は尋ねた。

　とても細かい何本かの小皺が見えた。私はそれが何を意味するのか、すぐに見極めることができた。小皺は素晴らしい文字を幾つか描いている。アレフ、へ、ベート、へ、〝אהבה〟だった。

毎日私はジェーンに会った。そして毎晩私は熱心に祈った。祈りは悪との戦いの本質的戦場であるからだ。私はジェーンと会って、篤い信仰を込めて雄弁をふるった後は、その度に、私の心の高ぶりに伴う恍惚感を祈りの熱に転換しようと試みていた。私はあらゆるものの源である神への愛をもって、地上の愛を超えたかったのである。私は創造神に誘惑に耐え抜く力を授けてくださるように祈った。だが「ツイムツーム」された神は、我々は自由で、だからこそ我我のうちにある悪に責任があることを示しておられることも知っていた。

戦いは激しかった。私は〝いと高き方〟の傍に召された時は、無垢の魂を誇りたかったが、私の心はすでに地上の誘惑に汚されていた。私は万軍の主に忠実な勇猛な戦士でありたかったが、私の魂は涙に崩れ、父を心配して、発熱し、煙となって消えるまでに燃え尽きようとしていた。私は〝乾いた木材〟のごとく物に動じなくありたいと思っていたが、欲望に湿っていた。私は祈りながら、身体を前後に激しく揺すりすぎて、時として壁に頭をぶつけてしまうことさえあった。自分を鞭打ち、身体を苦行で苦しめ、ひどい罰を与えて罪の償いをしようとさえ思った。そうした努力にかかわらず、また意志を固くしても誘惑には勝てなかった。悪癖が私の中で大きく育っていこうとしていた。月並みな信仰であればもう転げ落ちるしかない。だがハシディムでは悪癖と共に神に仕えよ、という。二つの本能をもって神を愛さなければならないという。過ちは神の名に誠に仕えるための必要条件なのだ。なぜなら精霊は罪の上を漂い、罪の中にも住みつくからだ。だから私は免罪を超えて——私には赦免が理解しがたいもののように思えていたから——〝救い〟に達しようとした。天の実体と地の実体の和合において救いに達しようとしていた。私は何度も一元論者の夢想で至聖所の扉を開いた。そこには穏やかに対をなす二体のケルビムがいる。だが肉体の力で降神がかなうか？　いや、神は降りはしない。〝私は不安だった〟。だから私は免罪ではなく戦いを選んだ。そして私は勝利をおさめるために純粋でありたかった。私は強いのだと信じていた。今ほど私はティクンを、つまりこの世の最後の息、メシアの息吹を待ったことはない。それが唯一の解放のように思えた。メシアを欲する情熱はものすごい温度に達していて、まるでこれをおさえるためには何かの宇宙的現働が必要であるほどだ。だがメシアによる最終解放が来るためには、デヴェクートによって各々がメシアになり神との個人的関係をもたねばならない。時として――こんなことを告白していいものか？　こんなことを言っていいのか？――誘惑の大きさの前ではデヴェクートの効果も充分ではなくなってきていた。神が現前なさる兆しなのか？　というのも十戒を犯して、神を裏切りそうになる時でさえ、神の内在的存在をいたる所に感じるからだ。《神のいない場所はなかった。》デヴェクートを実践し、神の膝元に近づいている時でさえ、かつてないほどに〝試みられている〟。サタンの与える過酷な試練に耐え、信仰を堅持するヨブのように、私はすべてを取り上げられていた。イェシヴァの教師も、祖国も、父も、取り上げられた。ヨブが弱みにつけ込まれたように女の顔をした〝誰か〟が私のもとに送られてきた。人間の弱みにつけ込む恐ろしい罠をしかけてきたのだ。ジェーンはまさしく女だった。時としてルージュをさした唇、ピチピチのパンタロン、バックスリットのスカート、ハイヒール、をはいた女だった。

私は強く強く祈った。母音字が形成されるのは欲望によるからだ。欲望によって潜勢態が現働態に移なってしまう。しかし文字を読めば、それが聖なる書の文字であっても彼女の名前に行する。見えないものから見えるものへの移行だ。ロザリオをつまぐるように子音を一つ一つつまぐる。すると子音は母音で満たされ、私の心を炎で膨れ上がらせる。子音は淫(みだ)らに満たされ、私の口の中でその多義性をフル回転させる。私の本の上で子音が悪魔のダンスを踊るのが見える。娼婦(しょうふ)のように蠱惑(こわく)の眼差しで私をからかう。私に〝音〟で、欲情で、精液で満たしてもらうように、私を誘惑する。死のように動かず、官能をはらんで子音が私の唇の動きを待っている。私がもてなし、私がそこに生命を与えるのを待っている。子音は私の舌に滑り込む。KDCHの子音があれば、死者のための祈りKADICH(カーディッシュ)ではない。酒を飲む前の祈りKEDOUCHA(クドウシャ)と読んでしまう。聖なるものであり、娼婦でもある子音達よ。そこでは至聖と至俗が渾然(こんぜん)一体になっている。至聖も至俗も紙一重なのだ。人は悪のさなかにあってこそ、神に挑み、姿を見せよと厳命する。そうして神がどこまで放任するか見極めようとするのだ。神が存在しているのかどうか知ろうとするのだ。

　私は私の精神に生じてくる、〝汚れた考え〟を押さえようと試みる。その〝汚れた考え〟は悪霊がそれを私の中に置いたのだと思えば楽であろう。だが、みとめたくはないが、――みとめたくはないほどに下劣をきわめ、とても容認しがたい考えなのだが――その考えは〝私の考え〟ではないかと思えるのだ。〝そういう考え〟はどう記したらよいのか？　〝そういう考え〟は言ってもいいものなのか？　ありありと示して、解放してやらねばならないのか？　そうすれば記した字は狂った、呪(のろ)いの文字のように狂舞するだろう。それとも永遠に黙らせ、私の魂の深部に埋めるべきなのか？　そうすれば最後の審判の時に私の行ないと並んで秤(はかり)にかけられるだろう。〝そういう考え〟を表す言葉は言表の限界に達している。だが押さえずにはいられない高揚感を押さえることができないと同様に押さえ切れはしない。黙らせておくことはできない。ならば告白の限界までいってみることにする。なぜなら書くことは私の欲望の捌(は)け口ではなく、私を清めるものであるからだ。私の洗礼、私の贖罪(しょくざい)であるからだ。私は証言しておきたいのだ。そうすれば私が欲したことを、私が体験したことを、私に続く世代が知ってくれるし、私の祈りが悪と同じく宇宙に反響してゆく。《我々はあなたの目の前で罪を犯しました。我々はあなたの慈悲を哀願します。》

過ちを犯せ。〝過ち〟がその口づけで私に優しくふれる。その息で私の息に口づけをする。そうあれ、と文字の内部が命ずる。

Kiddouchin(キッドウシイン)という言葉がある。聖化という意味だ。しかし結婚も意味する。結婚は人間の人生の頂上の一つだ、〝神の名の先端〟が最も明白に現れる場だ。その頂上で、〝喜びの頂点〟で〝神殿を破壊する〟。つまり神殿の破壊を思い出し、結婚式にコップを割る。聖なる価値を聖なるもので踏みつけにするのだ。過ちを犯すこともこれと同様だ。〝過ち〟により、極限で〝名づけえぬ者〟すなわち神に触れる、神に達する。

ハシディムにあっては〝恥じらい〟を教えられる。性的なことに関しての恥じらいを教えられる。夫婦はしとねを共にせず、性交の時も暗い部屋で、必ず正常位で性交する。教師が言うにはそれもなるべく衣類をまとったまま一体になるか、さもなければシーツに穴を開けておいて一体にならなければならない。ポーランド系ハシディムでは女性は髪の毛を切り、ハンガリアとガリツィアでは剃(そ)ることとさえ勧められている。

しかしなぜに神は我々に肉体を与えられたのか？　骨と神経を与えられたのか？　なぜ〝この〟肌は私がそこに近づくと私を燃え上がらせるのか？　なぜ〝この〟真っ白な肌をわずかに見ただけで、――貪欲を恥じて赤く潤んだ目で見ただけで、肉体は絶望して叫ぶのか？　なぜ骨もあり神経もあるのだ？　これらもまた神の似姿でなく、魂だけが人間の本質なのだというのであれば、なぜそんなものを神は人間にお与えになった？　なぜ、肉体という地上的なこの忌まわしい衣類が必要なのだ、死の闇が到来すればどうせ脱がねばならぬのに？　肉体というこの〝かたち〟は、たとえそれがアクセサリーにすぎずとも、〝別の原理〟を隠しもっているのであろうか？　私の額、私の手、私の足、私のすべてが欲望の烙印を押されている。野薔薇に似た〝この〟頰、茶と白のアーモンドの〝この〟目、衣越しにふくらむこのジェーンの乳房、スリムなウエアーをまとっている折に現れるくびれた胴、ジェーンの肉体の全部が、私のぎこちない視線が逃げよう、逃げようとするのに、もっと見ろ、もっと見ろと言う。ふとした動作でスカートやワンピースが下半身の曲線を浮き立たせでもすれば、私は幸福感に気が遠くなる思いで盗み見の視線をそこにさ迷わす。

花やパールのピアスに貫かれた耳たぶ、朝露のような涙を拭って濡れた手首、そしてブラウンゴールドのストッキングに包まれた踝に私の魂は躍り上がる。目から鱗が落ちる感覚だ、今までは盲目で、今初めてものを見ているような錯覚をおこしている。女を見なかった私が、女と通りですれ違おうものなら目を伏せていた私が、肌もあらわなファッションで汚れた肉体を誇示する女達がいるような場所を通る時にはシュトレイメルのつばを深くしたこの私が、禁断の場所の数々をじっと見ている、〝底知れぬ場所〟、ハシードであれば決して見ることのない場所、男の私にはない場所を。

もし「意味」が肌に刻まれていれば、「意味」が肌をすさませようが、あるいは輝かせようが、肉体は犯罪ではなかったのではないか。なぜ私はこんなに恥ずかしがるのだ？　私はもうハシディムの教師達の教えにも、トーラーにもふさわしい人間ではなくなってしまったのだ。そう思い、怒り狂って私は持っている聖なる書を全部書の墓場に埋めにいった。これは我々の習わしである。聖なる書は所構わず捨ててもいいというものではないのだ。しかし翌日、私はそれを掘り出し、神に許しをこうた。

私は正気を失っていたのだ。私の精神は無秩序と化し、破壊しようもない、理性を欠いた狂気の力に駆られていた。欲望が〝障害〟を育んでいた。というのも障害の度合いとは、〝障害を越えんする欲望〟の強度によっているからだ。欲望はだから障害によって現れる。障害によってしか存在できない。すると障害はもはや一つの錬金術となり、障害ではなくなって〝動機〟に変態する。だから父が行方不明になって凄まじい苦悩に捕われているにもかかわらず、私はジェーンを欲したのだ。ハシードであり、シュトレイメルを被っていて、お下げを垂らしていても、私はジェーンを欲したのだ。祈りの前でも研究の後でも、私はジェーンを欲したのだ。食事をしていても、寝ている間も、私はジェーンの名に助けを求めたのだ。起きる時も、寝る時も、帰ってくる時も、出かける時もそうしたのだ。たとえ死者達が我々のまわりに累々とその骸を重ねようが、我々の魂に暗い傷を残そうが、私はジェーンを欲したのだ。《そなたの目を私から背けてくれ、私を虜にするからだ。》

私の魂の友であり、寛容の泉であるジェーンはその善意で私を魅惑した。すると私は雄鹿のようにジェーンのもとへと走る。ジェーンが私に示す愛はなんと甘かったことか。ジェーンの言葉、ジェーンの身振りは気配りに満ちて、砂糖よりも蜜よりも何よりも甘い。美であり、魅力であり、至高の稲光、並ぶもののない知性の閃きであるジェーンは燦然たる輝きを私に見せつけ、私を永遠に続くかと思う喜びで満たした。その優しさは溢れて流れ、何度私を思い悩ませたことか。《願いをかなえ給え、拒まないでほしい。》隠さずに見せてほしい、私の前に、その安らぎのあずまやを横たえてほしい、お前の栄光でこの地上の隅々まで照らしてほしい、そして私の喜び、私の幸せがお前の中にあってほしい。《あなたの愛を早めてください。時が満ちているのです。私達に永遠の光のような恩寵をお与えください。》

私はお前のどんな些細な暴露も追跡する。顔はオパールの発光のようにうららかに澄み渡り、そこにとても明るいブラウンの雫がちりばめられ、緋色の唇はストロベリーとフランボワーズが甘酸っぱく香るオアシスだ。アイボリーのその首はネゲブ砂漠の青白さをひそめ、肌の色は死海のほとりの細かく、ねっとりと絡みつくような砂利浜の艶のあるミルク色。肉を包むこの絹の肌は繊細にして弾性に富み、紙の白さをたたえて、少しずつ、少しずつ進歩を重ねた諸世紀の流れに漉かれた美容の末裔。私はこの肌の紙に書こう。するとインクは吸い込まれることもなく裸形の踊り子のように軽々と、しかも軌跡を変えて踊り、やがてそのすべての動きが乾いて痕跡となって残る。筆圧を強くして突き破ってはいけない。軽く触れて聖なる記号を置くのだ。あるいはこうも言おうか。すべての文字がこの肌の砂浜に刻み込まれ、呪文の言葉を形成する。古代の二二文字の細かい微妙な紋が砂浜の肌に描かれ、言葉をつくってゆく。私は注意深い写字生のように肌の砂浜をその文字でトレースする。一行一行は私の想像の力の音のない連なり。聖なるインスピレーションに導かれて伸びてゆく。そう、最初は丹念に用意する、きれいに撫で付けておいて、産毛を処理して光沢を与える。そうして無数の文字の線を引いてゆく。遠い遠い古代からやってくる文字だ。それぞれの文字は神の息を吹き込まれ、よろめき、震えて、長らく動こうとしない。〝見えない力〟を負荷されたその子音が〝見える母音〟を付けられると、急いで次の子音に駆け寄る。この子音もまた母音に満たされると、また別の子音に向かってゆく。それが永遠に反復される。ふるいにかけられた記憶、顕現、慇懃な瀆聖、無限の読書、この貴重きわまりない皮紙の解読、穴だらけになったその断片の中にぴくぴく脈打つ心に、入念にして責任ある釈義のアドレナリンを送ると皮紙が死より蘇る。私は新しき歴史の書を書いている。それはこういうものでできている。タルムード解釈的論理、これはためらっている欲望、メロディックな音符と信仰、これは機能した欲望、すなわち記号の聖列。そして希望、未だ実現せぬ待望。

諸世紀の終末が待たれている、狂おしく待たれている！　キリストの再臨、新たなる世界の到来、解放のための贖罪、が待たれている。遅延に遅延を重ね、期待に期待を重ね、幾十世紀が過ぎたことか！

時として私は白昼夢を見る。ジェーンの口は甘いネクター、その〝位格〟は精錬された香水。彼女は断崖の誰にも見えない岩のまたその窪みに巣をつくっている私の白い鳩。だが私にはその顔を見せる、その声を聴かせる。声は妙なる旋律を奏で、顔は美しく、目は聖なる鳥のその目、髪は山羊の群れに似て、唇は緋色のリボン。《そなたの愛撫はなんと甘いのだ。私の恋人よ、私のフィアンセよ。そなたの愛撫は極上の酒よりまだうまい。そしてそなたの香りは心に安らぎを与えてくれる大地の芳香に勝って馥郁と立ち昇る。》ここでもあり、どこでもない。今であり、常である。私は不意に捕われたのだ。閃光に貫かれたのだ。その速度に酔いしれ、見えぬ輝きに目を奪われた。私は天上の調べを見る。至高の味を味わう。私は舞踏曲。踊り手がせかす。もっと早く、もっと早く、もっと高く、もっと高く。回転を止めてはだめ。抗し難い力が私を宇宙に放り出す、別の力が地の深部にくわえこむ。

その顔はまさしく無限なる純粋。

沈黙に向かってその眼を見開く。

この上ない不幸なことに、そして皮肉なことに、幸いにして、父への思いが厳命のように私を理性に立ち返らせた。イスラエル人が集まる所や、考古学者が出入りする場所を、訪ねていたる所を駆けずりまわる日もあった。時として父を見かけた気がして躍り上がる。だがやはり悪夢にうなされ眠れぬ夜が現実であった。そして次の日は目は空をさ迷い、心は怯える一日を過ごすのだ。私の行動にはやはり誤りがあったのではないか？　討論会の計画にしてもいい作戦ではないのかもしれない。第一あの時私は連中を追っかけるべきだったのだ。しかしそれで父を救えただろうか？　だがとにかく悔いが残っている。もし父がまだフランスにいるとしたら、ここで、ニューヨークで何をしても無駄だ。だがここに父がいるなら、フランスにいて何になる。時折そんな自問に自答は定まることがなかった。

ホテルのホールでジェーンと議論をしていたある夜、気分が悪くなった。ジェーンは部屋まで付いてきてくれた。私は横になった。〝絶望〟の発作に捕われたままにベッドに一時間以上も腕を胸に組んだまま横たわっていた。ジェーンは辛抱強く傍の椅子に座り一緒にいてくれた。私がよくなったからうかがおうとしてジェーンが顔をかぶせてきた。彼女の柔らかい髪の毛が私の顔に触れた。ジェーンの香りが匂い立った。私の動かぬ身体の上を、死体の防腐処理に使う芳香のように漂った。それが私の身体を生命へと連れ戻した。私は起き上がった。ジェーンがブラウンの瞳の奥で私を見た。そして立ち去った。芳香が痕跡となって私の傍にいた。

第五巻　論争の巻物

光の拡大と永遠の勝利

すると正義の子達は世界の隅々までを照らすことになる。

闇(やみ)のすべての契機が燃えつきるまで。

そして神の〝時になり〟、その至高の偉大さが幸せと祝福のためにすべての時代（諸世紀）にわたって輝くことになる。

栄光と喜びと長き命が光の子達すべてに与えられることになる。


そしてキッティームが倒されることになる日、イスラエルの神が顕現される中、戦闘があり、目を覆わんばかりの殺戮(さつりく)が行なわれることになる。

何となればそれは〝以前より〟〝彼〟によって闇の子達の絶滅の戦いとして定められていたからだ。

その日、神々の集団と人間の集団が凄(すさ)まじい殺戮戦に向かって接近を始める。

凄まじい数の群衆のたてる騒音と神々と人の叫びの中、
光の子達と〝闇の集団〟がこの「大災厄の日」に、神の絶大な御力が現れるまで一緒になって戦うことになる。

それは神によってあがなわれた民全体にとっては苦悩の〝時〟となる。

それが始まってから、最終的贖罪にとって代わられ、終わることになるまで。

彼らの苦悩の中でも、この苦悩と匹敵するような苦悩はないことになる、

彼らがキッティームと戦うことになる日、〝彼〟は〝彼ら〟をこの戦いの殺戮から救うことになる。

三戦にわたって、光の子達が最も強く、瀆神を破滅させることになる。

別の三戦にわたってはベリアルの軍勢が反撃に転じ、神の集団を後退させることになる。

幾多の歩兵大隊が〝心を弱くさせる〟ことになるが、神の絶大なる力は光の子達の心を回復させることになる。

そして、第七戦で偉大な神の御力が闇の子達を、神の国のすべての天使と神の集団に加わっていた人間達すべてに服従させることになる。

クムランの巻物

《光の子達と闇の子達の戦争》

I

〝過ち〟を犯した後、男と女は夜明けの園に神の声が響き渡るのを耳にした。男と女は隠れた。神は男を呼んだ。男は裸なので隠れていると神に答えた。すると神は男になぜ自分が裸だと知

っている、と尋ねた。食べてはいけないと命じてあった木の実を食べたからではあるまいなと神は言った。男は一口食べたことを白状した。あなたが私のためにつくってくださった女のせいだと言った。すると女は女で蛇に騙されたと言った。このように彼らは神の前で釈明する羽目になった。こうして人間は各々神に報告せねばならない日がくる。なしたことを告白し、犯した罪をつぐなわなければならない日がくる。だがなぜ男も女も、卑怯にも、そして邪な心から責任を他者になすりつけようとするのか？　どうして犯した悪事を引き受け、悔いることをしないのか？

待ちに待った対決の日がついにやってきた。聖書考古学評論がこの日の討論会のために借りた巨大な講堂は壁一面板張りで、裁判所を彷彿とさせた。我々は当然、会場に着いた最初の一陣の中にいた。ジェーンが忙しく動き回っている間、私はやってくる参加者を観察していた。一人で来る者もいれば、グループで連れだって現れる者達もいる。職業もジャーナリスト、大学教授、研究者、教会関係者、ユダヤ教教師、と様々なら国籍も様々だ。だが各国から馳せ参じた彼らが一様に好奇心とそして不安の面持ちを隠し切れないでいるのは明らかだった。それでも中には隠し切れないのは不安ではなくて、喜びだと言わんばかりに笑みを絶やさぬ者もいる。無神論者か、もしくは、これから真実が白日の下にさらされ、〝最終判決〟が下るかもしれないと信じている人々がそうだ。その一方、苦悩の色濃い顔も一つや二つではない。何しろ今日の討論会は幾つかのテレビ局が生中継をするのだ。どれほどの人間がこの討論会の一部始終を見るのか想像もつかないが、テレビスクリーンの前にいる人達の中に、あるいはこの会場に集まった人達の中に、父に心当たりのある人がいて、発見の手助けになる痕跡なりとも教えてくれる人が是非ともいてほしい、と私は祈った。

だがもし討論会の進行と同時に進行して父の身に起こることをその時想像しえたとすれば、もし私がその時、真実からどれほど遠いところにいたのかを知っていたら、そして全く違う〝獲物〟を追わせられ、その挙げ句、どれほど父から遠く離れてしまったのかを知っていたとしたら、私は気が狂っていたのではないかと思う。


ピエール・ミシェルのアパルトマンから拉致された後、ダビッドは車に二時間ほど乗せられ、パリの郊外に連れてゆかれた。目隠しをされ、手も縛られていた。車の中では誰一人として一言も口をきかなかった。

やがて郊外のとある田舎家に着くと、そこの一室に閉じ込められた。そこでは体は自由にされたが、部屋を出ることは許されなかった。拉致犯達は何日かダビッドをそこに監禁した。ダビッドにはそれが永遠とも思えるほど長く感じられた。食事を持ってくる犯人達に何を話しかけても答えない。ヘブライ語で話しかけようが、アラビア語で話しかけようが答えなかった。知っているすべての言葉で話しかけてみたが駄目だった。だからなぜ監禁されているのか、犯人達が何を望んでいるのか本当のところが分からなかった。父は私同様、犯人達の目的は本当に自分だったのか、それともピエール・ミシェルと間違えられてさらってこられたのか自問した。十字架刑のことが頭にあったのも同様だ。そして息子のことが心配で片時も頭を離れなかった。だがこんなふうに監禁されていてはどうしようもない。話す人もいなければ、何することもできない、ダビッドは失意のどん底にいた。身体を動かすことがないため手足もぐったりしている。頭も痛いからしょっちゅう横になっている。

ある日、ついに、彼らが英語で質問を始めた。写本について教えろというのだった。誰が写本を持っていて、誰がそれを探しているのか知りたがったのだ。父は彼らに知っていることを言った。つまり大したことは言わなかったのだ。

何日か経つとダビッドは男達に田舎家から連れ出された。今度は小型機で六時間ほど飛んだ。着いたところは砂漠の真ん中だった。ダビッドには見慣れた風景だ。石ころだらけの砂漠の単調な広がりは遠くで起伏に変じ、丘や谷を形成している。太陽が沈もうとしていた。紫色の丘の連なりを背景にして道が何本か見える。その道を人と動物の群れが家路に向かって急いでいた。そこはメソポタミアの高原だった。

凄(すご)い人の群れだった。皆、この機を逃すまいと遠路はるばるやってきたのだ。大勢の研究者達がこれから起こることを漏らさず記録しようと、ノートや筆記用具を取り出し準備に余念がない。ジャーナリストはジャーナリストで活発に話を交し合い、すでに写真を取り始めている者もいるかと思うと、新聞、雑誌に没頭している者がいる。一つの見出しが目に入った。《イエスは実在したか？　前代未聞の考古学的大発見における様々な新事実。》クムランの発見の重要性を解説して、死海写本の研究に漂うミステリーに言及している記事だ。

すでに少しずつ、あちこちで議論の輪ができている。ユダヤ教の教師(ラビ)もキリスト教の司祭も、まるで対決のゴングが鳴ったかのように、すでに少しずつ互いに接近を開始していた。そしてまこと対決であれば究極の対決になるかもしれないのだ。この討論会で最後の疑問が解消される、そうなればもうごまかしはきかなくなることを両者が知っていたのである。欺瞞が純粋な信仰に場所を譲らなければならない時がとうとう来るかもしれない。あるいはどちらかは棄教を迫られることになるかもしれない。真実が白日のもとに暴かれようとしている。そうなればイデオロギー、晦渋主義、無知、捏造の諸世紀が崩れ去る。

それでも世界教会運動的意図から激しい口論をひかえて、慇懃なやりとりがある一方、時折あちらこちらから「イエスはエッセネ派ではなかった」とか「洗礼者ヨハネが実在したのは確かだが、イエスは歴史上の人物ではない……」とか、危なっかしい断片が飛び交ってきた。それどころか中には「冒瀆だ」、「嘘だ」、「地獄だ」、と言葉を武器のように振りかざして性急をはばからない者もいる。講堂は今や満員の参加者と聴衆で溢れかえり、群衆の無数の言葉が錯綜し、巨大なざわめきに沸騰していた。

ジェーンが小柄で太った男を連れて私のところへやってきた。男はこの高ぶった群衆の中にあっても際立って興奮しているように見受けられた。ジェーンが男を私に紹介した。ピエール・ミシェルだった。父と私があれほど探した男がとうとう現れたのだ。我々は三人で一番前の席に陣取った。

ピエール・ミシェルは熱にうかされたように準備してきた原稿を読み返している。発言のための原稿だ。そうしながらも探るような視線で周囲を見回していた。そのピエール・ミシェルの顔を見て、私はまさしく〝前世で犯した罪を償いに再びこの世に現れた者〟の顔だと思った。

右の頰に垂直のひきつれが走っていたからだ。他にも特徴的な深い皺が刻まれたその顔はくたびれ果てた印象を見る者に与えた。しかし驚くべきはその目であった、全く輝きというものがない。ほとんど表情というものがなく、人形かぬいぐるみの目のように死んでいるのだ。

「誰を恐れているのですか？」私はピエール・ミシェルに囁いた。

ピエール・ミシェルは私の突然の指摘にびっくりして頭を上げた。

「異端審問者達だよ」ピエール・ミシェルは答えた。「信仰教理聖省の連中のことだ。私が離教したものだから、許しやしないんだよ。一連の残忍な殺人はすべて奴らの仕業だと私は思っておる。イエスのための復讐からあんなことをしでかしたんだ。だからあんな変質的な儀式を繰り返しているのに気づかんか？ 私も奴らのリストにあがっているのさ。知り過ぎておるからな。それに一九八七年のクムラン学の学会で、その一部を公にして彼らを裏切ったからだ。あれからだよ、私への脅迫が始まったのは。それがあまりにひどかったので私は巻物を持って身を隠さなければならなかった。お分かりかな。この命をとられるのを恐れているのさ。夜も眠れやせん。いつ見つかるかと恐れおののきながら、隠れ潜んで生きなくちゃならん。言っておくが次の犠牲者は私と決定している」

討論会の最初の発言者達が壇上に上がっている。歴史家、文献学者、哲学者達がいる。ジェーンは私にクムラン学会に出入りする大学人達を紹介した。洗礼者ヨハネこそ義の教師で、イエスが偽りの祭司だという説を主張するシドニー大学のミッチェル・ブロンフィールドがいた。一九四八年、ホセアの所有していた巻物の価値を最初に認めた一人、ピーター・フォレストがいた。現役を退いた後に死海写本に関するすべての本、記事、公刊物の徹底的カタログを実現したバプティスト派の学者、エモリイ・スコットがいた。

　突然一人の男が我々の横の席に座った。中背だががっちりした体格の男だ。私のお下げにも似て、たっぷりとした黒い頰髯がその顔を隈取っている。ジェーンが紹介してくれた。男は聖書考古学評論の編集長、バーソロミュー・ドナーズだった。今日の盛況に大喜びの様子だった。

「初めまして」ドナーズは挨拶した。「ジェーンからはよくあなたのことを伺っています。このような重要な日にお会いできて大変嬉しい、こういう日が来ることを長らく期待しておったのです。何しろ私が、〝死海写本に関する出版物による公表の遅延はこの辺にしたらどうか〟、と発言して以来、道化者扱いでね。本屋が何を言うといわんばかりに私を鼻で笑っておったのですよ。今だってエルサレムの古物管理局は消失した例のあの巻物についても何もしちゃおらんでしょ……。私には理解しかねる。だが、今や死海文書が世界中の人々に読まれる時代が訪れたのです。プリンストン大学のフォーラムでも直接マーク・ジャンセンとやり合いましてね。昨年の一一月ですよ。例の巻物の写真なりとも見せろと迫ったのですが、当然のことながらジャンセンは突っぱねましたよ。さらには自分の同僚の研究者達を私にけしかけてきた。挙げ句の果てにある会議の時など、未発表の写本については今後一切言及を避けると宣言し、〝どうせ食べられもしないメニューを見せてやるようなもんだ〟とうそぶく始末だ。様々なメディアを通して嫌みを言われましたよ。テレビのグッドモーニング・アメリカではこう言い放った。『我々のまわりを蝿の群れがうるさく飛びかっているようだ。ぶんぶん飛びまわることだけが仕事の蝿がね』で、お返しに私が何を目論んでいたとお思いか？」

そう言うとドナーズはカバンに手を突っ込んで誇らしげに雑誌のカバーの版下を取り出した。

「次号のBARの表紙ですよ」とドナーズは私に言った。

マーク・ジャンセンの顔がアップで写っている。写りの悪い写真どころか、不精髭(ぶしょうひげ)にべたついた髪の毛、険しい目付き、引きつった笑いに歪(ゆが)んだ唇、というひどいものだった。それがテレビのスクリーンの枠に納まっていて、その上にさきほどドナーズが言っていたジャンセンの放言が肉太の活字で印刷されている。そしてその文字のまわりには、現役を退いた大学教授達がずらりとイラストされていて、あたかもそれがジャンセンと国際チームのまわりを意地悪く飛びまわる蠅の群れに見立てられたという構図であった。私は微笑(ほほえ)みを禁じえなかった。そしてジャンセンが大勢の人間から嫌われていることも確認せざるをえなかった。

議長役のドナルド・スミス教授が短い演説をもって討論会の開会の辞とした。演説の内容は研究者達の剽窃(ひょうせつ)に関する批判であり、スミス教授は多くの例を上げ、特に翻訳の誤りまで再生してしまっているある本の部分を引用し、かような研究態度を厳しく糾弾した。

次いでニューヨーク古写本センターの一教授が発言した。死海写本研究家達の〝独占欲の強さ〟に対する抗議であった。こんなにも長い時間四苦八苦して、しかも一つも結果が見えない以上、そうとでも考えなければ理解を超えているというわけである。

「だがこれは実に手間のかかる仕事なのです。この仕事にかかりっきりというわけにもいかんのです。同時にやらねばならない他の研究も色々あって、早くしろとせかされても無理な注文です」壇上にいた研究者の一人が釈明した。

「それは口実でしょう。そんな言いわけは通りませんよ。むしろこの際、ざっくばらんに〝知的検閲〟について話しませんか」件の発言者が切り返し、こう続けた。

「皆さんその検閲を恐れているか、あるいはご自分達自らが検閲なさっているのではないのですか。死海の巻物は革命的な重要性をもつと私は思っています。それに接近できないなんて残念でなりません。直接調べることがかなえば私自身の仮説も確かめられるかもしれないと考えるからです」

そしてこの発言者は、〝死海の巻物〟は思いもよらなかったかたちで、何十世紀にもわたって犯された聖なるテキストの改竄による不法な変更の証拠を提供するかもしれない、というのも死海の巻物は検閲を受けてはいないからだ、と説明した。彼の仮説はキリスト教、ユダヤ教のいずれも、もっと深いメシア信仰に発しながら降格されたイデオロギーであって、その原音の遅ればせながらのエコーにすぎないというものであった。彼に言わせると、ユダヤ教はキリスト教を生むことになるエッセネ派を通して、メシア信仰の宗教として発展したそうだ。

その場に居合わせた大半の大学人がこの説を拒絶した。それをかわきりに、何十世紀にも及ぶ〝教会〟による聖なるテキストの検閲と改良についての討論が開始された。

ついにマーク・ジャンセンが発言する番になった。ピエール・ミシェルは興奮を隠し切れずにますます苛立っている。そして我々の方に身を乗り出してこう言った。

「あの男が私を破滅させようとしているんだ。私が離教してからというもの、私を犯罪者のごとくに追いまわしているのはあいつなのさ。何しろ一緒に死海写本の研究をしていたんだから、あの男に関しては何でも知っている。ジャンセンというのは実は仮の名でね。その昔、合衆国に移民してきた時に自分でつけた名前だよ。ミジスキーというのが本名だ。エルサレム考古学博物館の文書室にいた時のことを話すと、当初ジャンセンは我々全員に自由に写本を見せてくれた。あの写本のことを言っているんだがね。それでリルノフが解読を始めたんだ。だがリルノフはそこに発見したことに耐えられなかった。それでミレに巻物を預けて後に自殺した。ミレが巻物を研究し始めた。そして内容をジャンセンに報告した。報告を受けたジャンセンは巻物を消失させる決心をした。ある日、マッティが自分の写本を解読しようとやってきた。だがもうその時にはあの写本は〝消失していた〟というわけだ。我々は〝僧衣頭巾(ずきん)の下〟で笑っていたのを覚えとる。誰が持っているのかマッティ以外全員が承知していたからだ。そうしてジャンセンが巻物を私に渡し、私はそれを調べた。ジャンセンはそのことを他の誰にも言わなかった。ところがだ、今度は私がその巻物に書いてあったことを明らかにし始めると、返せと言ってきた。結局、私が拒んだら自分の手の者達を差し向けて、巻物を取り上げようと私を追いまわした。言っとくが、あの男は何だってやる男だ。たとえ……」

その時ジャンセンが最前列のピエール・ミシェルに気づいた。二人の視線がぶつかり合った。ジャンセンは驚いた様子だった。一瞬ピエール・ミシェルをにらみつけ、それから話を始めた。

「死海写本からはイエスに関しての新しい事実など何も得られてはおりません」

大きなざわめきが会場に伝わった。背中を伝ってのぼる悪寒にも似たざわめきだった。

エンジンのうなる音が音波となって砂漠の静寂を横切って近づいてきた。父と男達を迎えにきた車だった。車は彼らを乗せて走り、やがてある村に着いた。要塞にも似た村だ。サマリア人達の村だった。男達は父を村の一軒の家に連れ込んだ。アラブの都市ナブルス、聖書にある古代シケムをのぞむ家であった。

聖書の中でもモーセ五書とヨシュア記のみを認め、あとはすべて拒み続けたサマリア人について父は無論精通している。彼らは、真の〝神の家〟はナブルスのゲリジム山の頂にこそ建っているのであり、なのに偶像崇拝者のソロモンがエルサレムに偽の神殿を建ててしまったのだ、と考えていたユダヤ人の分派だ。また、五書を写す書記でもあったサマリア人はこの点でもエッセネ派と共通している。日に五時間から六時間、写本に勤しみ、七カ月で二五メートルの長さにも及ぶ巻物をしたためていたという。また、天文学及び占い術にも携わり、これは、モーセがファラオの宮廷からイスラエルの民を連れ出した時に持ち帰った、ある宗派からの伝承であり、サマリア人がそれを継承し、またアロンの時代から保管されていたある書の中にその伝承が書いてあったと言われている。

幽閉されはしたがその家で父は多少の休息を得ることがかなった。だがそれから数日経つと、サマリア人達は衣類を荷造りし、食糧を集め始め、そしてゲリジム山の麓の丘にある別のすみかに移動した。父も一緒に連れてゆかれた。少し離れた所にはオリーブの森があり、そばに泉があった。その遠くには木立ちが点々と茂るナブルスの街が丘の中腹に寄りかかって立っていた。父はサマリア人のこの移動が巡礼であることをすぐに理解した。暦が出エジプトを記念する過越祭の始まりにさしかかっていたからだ。例の男達はそうして父をまた別の家に閉じ込めた。その建物は祭司のためのもので、そこにはなんと天地開闢以来最も古い本、三六〇〇年前のかの有名なアビシュアのトーラーが保管されていた。その貴重きわまりない写本が置かれている櫃は三つの鍵が揃わないと開かず、それぞれの鍵は三人の祭司に一つずつ預けられている。

父はサマリア人の儀式の一つに連れ出された。三人の祭司が櫃を隠した小さなビロードのテントの後ろに消える。そして祈りのショールをまとって再び現れた。その中の一人が何千年も前のトーラーをうやうやしく運んできた。金糸で縁取られた絹布に包まれている。それを木のひじかけ椅子の上に置いた。祭司達は厳粛な仕草で絹布を開く、注意深く巻物の軸の端の銀の把手に手を置く、その把手を回転させる、三つの部分に分かれて巻物が開いた。古い山羊の皮紙が現れる。〔女性の肌のように〕白くてはかなげな皮面に古代文字が記されている。それから祭司達は今度はケースから儀式の聖具を取り出す。金と宝石を象眼した祈りの杯、ケルビムの像、キプールの日に神殿で大祭司がつける一二の石がはいった記章、祭司達はそれらの宝物をみな父を拉致した謎の男達に手渡した。

父はサマリア人の伝説をふと思い出した。ゲリジム山の聖域はユダヤ教の祭司であり王であったヨハネ・ヒルカノスによって紀元前一三五年から紀元前一〇四年の間に破壊されたが、神殿の宝物の一部はサマリア人が所持しており、メシア到来の時に初めて取り出すという伝説だ。そしてこの伝説が父の記憶を銅の巻物の一節に導いた。

ゲリジムの山の、

〔建物の〕上の入り口の下に、箱あり、中に宝石あり、銀六〇タラントン。

拉致犯達はサマリア人達の宝を取りにここにやってきたのだ。しかしなぜまた、こうも簡単に彼らは何千年も守り続けた大切な宝をよそ者に渡すのだろうか？　大金と引き換えか？　それとも秘宝に匹敵するほどの何かとの交換なのか？　それにしてもなぜ父をこの取引の現場に連れてきたのか？

儀式は続いた。ショヘットすなわち生け贄を執行する屠者が長い細身の短刀をたずさえ現れた。そして一同はシナゴーグの外に出る。女も子も老人も、若者もそろって過越祭の生け贄の羊の用意に忙しく立ち働き出した。男達は皆トルコ帽をかぶり、踝まであるストライプのガウンをまとっている。若者達が囲いをつくって、堀を掘り、薪を持ってきて、藁と脂肪を用意し、水を満たしたたらいを幾つか備えつけ、長い焼き串を削っていた。生け贄の羊の血の凝結を防ぐ成分を含むヤナギハッカやビターハーブを摘みに行く者達もいる。サマリア人はこれを、戸口の上枠に塗る羊の血を用意する際に用いるのである。ずっと部屋に閉じ込めておかれたのに、今日のこの祭りの日に限ってなぜまた招待されたのか父は合点がいかなかった。それに逃がしはしないぞと言わんばかりにぴったりとひっついているこの二人のサマリア人はなんなのか。面前には祭壇があり、短刀を持ったショヘット人がいて、二匹の羊がいる、それはいいとしても大きな祭壇の脇にもう一つの小さな祭壇があるのはどうしたわけだ。大きいほうは羊が捧げすでにいる父でないとすればの話だが。欠けているものがあるとすれば当の生け贄の動物だけだった。その生け贄というのが、そこにすべてが揃っていた、祭壇がある、短刀がある、ショヘットがいる。準備万端抜かりがない。られる祭壇に違いあるまいが、小さい方はどんな生け贄の動物が捧げられるのだろうか……。

ピエール・ミシェルは盛んに手足を動かし、ジャンセンの発言に対する不満をあらわに表明していた。

「死海の巻物が我々に明らかにしてくれるのは」ジャンセンが言った。「〝イエスはかように生活を送った〟、〝キリスト教はかような環境で生まれた〟ということなのであります。それがすべてであり、既知の事実を根底からひっくり返すようなことは記されておりません。私の今日の発言の目的は歴史的観点から死海文書が書かれた文脈を明らかにすることにあります。死海写本は当然ユダヤ教に関係することです。しかるに私はユダヤ教徒ではない。ですから私は純然たる歴史的観点に立ってお話を始めたいと思います。エッセネ派が死海の巻物を認めた時代、そしてそれ以前に何が起こったのかということをお話ししましょう」

そしてジャンセンは長々とあれやこれやの史実に言い及んだが当の死海写本に関しては念の入った回避に終始していた。演説している間もマーク・ジャンセンは時々ピエール・ミシェルの恐怖を混じえた憎しみの眼差しをうかがった。するとピエール・ミシェルは、そんなふうににらまれるいわれはないとばかりに天井を仰ぎ見て、あたかもこの憤慨を天に証言させようとしているかに見受けられた。ピエール・ミシェルの高ぶりはますます熱を上げてるようだ。

そしてついにピエール・ミシェルは突然立ち上がった。限界に達した苛立ちを爆発させて壇上にのぼった。先刻読んでいた何枚かの原稿をいきなり壇上のテーブルに並べ、そしてあたかも自分の敵の力量を計っているかのように束の間聴衆を見つめた。そのピエール・ミシェルをマーク・ジャンセンがにらみつける。威嚇にとがり、不安ににぶる眼差しであった。だがミシェルの暴挙に異論を唱えるのをはばかっている他の壇上の参加者と同様、何も言えないでいる。そしてこの突如の出来事に会場全体が息を殺して何が起ころうとしているのか固唾を呑んで見守っていた。皆ピエール・ミシェルが死海写本の中でも最も重要な文書を数多く所有しているのを知っているからだ。その沈黙を当の本人ピエール・ミシェルの声が切断した。預言者が告げるような、一抹の希望もなければ、微塵の憐れみもない震える声が立ち上がった。

「私はこの男がこのような偽善で何十世紀にもわたってくみあげられてきた嘘を仕上げようとしているのを黙って見逃すわけにはいかない」

机を叩いて強意しながら言った。まるで最後の突撃に向かって前進の太鼓を叩いているかのようだった。

「ユダヤ教徒にせよ、キリスト教徒にせよ、なぜ真実が語られない？　なぜに彼らは我々に嘘を言う？　何を恐れて嘘を言うのだ？」

最後はマーク・ジャンセンを振り向きながらピエール・ミシェルは言った。そして再び聴衆に向ってこう続けた。

「我々は皆道を求める迷える子羊である。だがやっと見出したと思った道はまたまた前に迷い込んだ道だ。それの繰り返しだった。そして今また同じ過ちが犯されようとしている。

お集まりの諸氏にお尋ねする。皆さんは死海文書がいつの時代のものか正確に知りたくはないか？　死海文書がイエスのことを語っているのかあるいはその存在を暗示すらしていないのか、知りたくはないか？　イエスは神話上の人物であったのか、あるいは実在した人物であったならば、エッセネ派であったのか、パリサイ派であったのか知りたくはないか？　それともこのまま子供扱いされ続けているのがお好みか？

そして信者の方々、あなた方は権力の蒙昧主義をよしとし、信仰の根拠と主張しては数々の偶像を崇め、いまさら、真実を直視することは不可能だと判断して居直っている聖職者達を憎いとは思ってもいない。知るより知らない方がお好みだからだ。

無神論者の方々にも申し上げる。あなた方はキリスト教というと無視にかかるが、あなた方が生きているこの世界をいいようにつくっているのはキリスト教なのですぞ。あなた方は信者もその馬鹿馬鹿しい信仰心も愚弄なさるが、実のところそれはどうしてもそうしないではいられない必要性を感じてこその軽蔑ではないか？　あなた方非信者は〝信じないということを信じ〟ているのだ。あなた方は信者以上に〝信じている〟。〝不満〟の果てまでいってみる勇気が欠けてらっしゃるからだ。

私はその果てまでいってみた。そしてクムランで実は何が起こったのかを今、ここで語ろうとしている。これからお分かりになるだろうが、ある者達にとっては、私は洗礼を施しにきた洗礼者である。無知の諸世紀の鉱滓を洗い落とし清めることになる〝新たなる生〟をもたらしにやってきたからだ……別の者達にとってはまさしくスキャンダルと言えるものをな」

するとその時、会場から一人の男が、

「クムランのテキストは中世のものだぞ」と叫び、ピエール・ミシェルの話を遮った。

「だからキリスト教の起源とは全く関係ない、とこうおっしゃりたいのかな？」ピエール・ミシェルはやり返した。するとまた別の聴衆が、

「いや、死海文書はイエスの死後、二世紀から三世紀経って書かれたものだ」と言った。

「それならば死海文書とキリスト教の関係は、もし関係があったとしても、重要な問題にはならないということになる……だが逆に」

ピエール・ミシェルは声を一層高くして続けた。その声はマイクに拡大されて震えている。

「死海文書がキリスト教時代前夜の何世紀かの間に書かれたとすれば、ユダヤ教にとってもキリスト教にとっても重大な問題になりかわる。ところで死海の巻物によって描かれている共同体は、殉教に身を捧げたと思われる〝義の教師〟といわれる存在を崇めていた。それだからこそ文書の書かれた年代は死海文書にとって死活問題なのである。争点ははっきりしておる。つまりキリスト教の起源が争点となるのだ。そして本質的問題はこうだ。〝初期のキリスト教徒は果たしてエッセネ派の共同体に属していたのか？〟

信者とて歴史的問題に対しては歴史的答えを出さねばならない。しかるにキリスト教の起源と、その意味するところについて教会が出した答えは、歴史的かどうかは別にして、二〇〇〇年の長きにわたりまことにはっきりしている。イエスは聖書を成就しにやってきたメシアであり、ユダヤ教徒達のためだけではなく、万人のためにこの世にきた。神はイエスをユダヤ教徒としてつくり、この世に送った。だがイエスの教えはユダヤ教の教えとは極端に違う。これが

教会の考えだ。ところがもし死海の巻物がこのヴィジョンを侵すことになれば、すなわち、もしイエスと最初のキリスト教徒達がユダヤ教のあるセクトに属していて、このセクトが原始キリスト教と全く同様の体質と秘跡を持っていたことを認めさせられることになるとするなら、その時は信仰の諸世紀こそが誤りであり、無知と偏狭の諸世紀こそが断罪されることになるのだ。ところがエッセネ派がキリスト教と同様の体質と秘跡を持っていたことは歴史的事実である。この歴史的事実からこそ結論を引き出せば、キリスト教とは〝超越的な介入〟によって生まれたのではなく、ごく自然な社会的、宗教的変化の産物であることを認めることが必要となるのだ。

ところで死海文書は何を明らかにしてくれているのだろうか？　私は皆さんにはっきりとお答えする。エッセネ派とグノーシス派とキリスト主義の間にはキリスト誕生以後三世紀にわたり、イデオロギー的な激しい紛争があった。これは、すなわち内部的紛争だ。死海の巻物は、キリスト教が聖人達によってユダヤに広められた信仰などとはほど遠く、実はユダヤ教の分派の一つであることを教えてくれている。この分派がエッセネ主義である。そしてこのエッセネ主義は異教徒つまり非ユダヤ教世界の様々な宗教に接木のように組み込まれていった。そしてついに一つの自律的信仰のシステムになるにいたった。つまりキリスト教である。一方、トーラーを第一に奨励し、律法主義的伝承を高揚し、後世にはタルムードをバイブル以上に〝明かしてくれる聖なるテキスト〟と重要視したユダヤ教の別の派閥、パリサイ派は異教からの影響が少なく、今日知るところのユダヤ教となった。しかし、その今日のユダヤ教の中でも原理主義者達は例外だ。私は彼らをパリサイ派の系統より、エッセネ派の血脈に置きたい」

ここでまた聴衆から声が上がった。

「死海文書などはまやかしだ」

ただちに議長がこれを諫めたにもかかわらず、別の者がこう付け加えた。

「あれはカライテス派が認めたものだ。カライテス派の起源は一〇世紀だぞ」

するとピエール・ミシェルは冷静にこう答え始めた。

「カライテス派は八世紀にパレスチナ地方だけでなく、バビロニア、ペルシャ、シリア、そしてエジプトに渡って分散して発展した。しかし一一世紀にはこれらの地域では衰退し、対してヨーロッパで著しい進展を遂げていった分派だ。カライテス派の際立った特徴は慈悲の宗規を前提とした聖書の文字通りの解釈である。しかしながら考古学的、古文書学的発見である死海文書はカライテス派とクムラン宗団の関係を証明などしてはいない」

そしてこう続けた。

「おっしゃることは見当違いだが、〝あなた方〟が死海文書の年代判明に怯えておられるということはよく理解できます……いや実際、符丁が合う事実が歴史的にも見られる。教会の代々の教皇によって拒まれている書の中に、偽典と同様、旧約と新約の外典がある。偶然とは思えません。〝アポクリファ〟は〝隠された〟という意味であることはご存じですね。外典、偽典とされたテキストとは一般信者にはその意味は〝隠される〟べきであり、イニシエーションを受けた少数だけが近づけるものとされていたがゆえに、〝外された〟テキストなのですぞ。初期キリスト教においては数多くの秘教的聖書があり、しかもそれがキリスト教の起源を理解する上で大変重要なものであることをお忘れなさるな。私はそれら秘教的聖書が、すなわち、外典、偽典と称されているものが死海写本の解釈を可能にしてくれるものであり、またその反対に死海写本が秘教的聖書を解明すると主張しておきたい。両者には驚くべき共通点が見られるからだ」

ピエール・ミシェルはそこでしばし話を中断し、水で喉を潤した。そして傍らのカバンからゆっくりと白い布に包まれた物を取り出した。ゆっくりとその白い布を開く。巻物が現れた。私はただちにそれがあの巻物だと分かった。ピエール・ミシェルは参加者及び聴衆全員が見えるように巻物を頭上に持ち上げた。会場にいたすべての者が口さえ開けてその巻物に見とれる。古代の皮紙はとても薄く、薄茶色で、そこに濃い斑点が飛んでいた。虫や湿気によるものだ、〝時間〟にくわれたのだ。恥ずかしそうに裸体にまわした二本の腕のように巻き付けられたこの存在は、羞恥から身を守ろうとしているというよりも、内に隠れ潜んだ〝大胆さ〟に震え上がっている。淫らな、だが真実の裸形をいまだ曝さずにいる。そうして震えて縮み上がっている、それはもろく、傷つきやすく、今にも万衆の面前で塵となって崩れ落ちるか、はたまたぼろぼろと砕けて誰もその内容を知ることがかなわず、永遠に消えてしまうかのようだった。このとてつもない古き存在は、二〇〇〇年の諸世紀の盛衰を経て、今まさにその長すぎた試練の道を終え、だが最後の息をもらす前に、忘却の動物である人間のための証拠物件であることをやめる前に、言わねばならないことを今こそ白日のもとに告げ、物質的存在ではなく、一つの記憶、一つの観念、一つの歴史、神聖で口に出せない不確実な〝痕跡の痕跡〟、一つの祈り、代々語り継がれる一つの名になり変わろうとしているようでもあった。間もなく〝支えてやっている〟言葉だけを残して、この古き存在は退場するのだろう。すでにそれは物質と非物質の間を、現実と想像すなわち精神、つまりは、〝永遠に刻まれ、絶えず失われ、だが必ず見出される言葉の純粋な記憶〟の間で逡巡している。今まで持ち堪えるだけ持ち堪え、戦うだけ戦い抜き、挙げ句の果てに様々な国、様々な人の手から手へと旅を重ね、精も根も尽き果ててみえるこの古い皮紙、それが、今、そこに、まだ、視覚の対象として現実に存在している。とすればまだ使命を完遂していないから消滅できないでいるのだ。その微細な皺の中に言わねばならぬ何かを秘めて、守らねばならぬうちは消滅できないのだ。

ピエール・ミシェルは大きな声で再び話を始めた。

「イエスが実在したか、イエスはいったい誰なのかをお知りになりたいか？　されば、この写本に答えがある。今からその答えをあなた方にお教えしようではないか。単刀直入に申し上げる、イエスは実在していた。この写本にそれが語られている。だがその本当のイエスはあなた方が信じておられるイエスではない」

大きなざわめきが会場に沸き上がった。だがすべての目はピエール・ミシェルがまだ頭上に掲げている巻物に釘付けになっている。ピエール・ミシェルが腕を下ろした。そしてテーブルの上に巻物を注意深く置き、こう言った。

「エッセネ派と初期キリスト教徒共同体の間に驚くべき類似があることは誰もが周知の事実である。そしてこの類似は偶然の一致などではない。例えば二つの共同体はどちらもその財産を共同所有とさだめていた。それが二つの共同体のいわば国庫になっていたのだ。財務担当者が、共同体が必要なものを購入する際にそこから一定額を引き出す。イエスが金持ちに〝貧しき者〟にすべてを与えよと言った時、この〝貧しき者〟は自分の〝兄弟〟であるエッセネ派を示しているのです。なぜならこの〝貧しい者〟という言葉はエッセネ派がメンバーを自称する時に用いる幾つかの名のうちの一つであるからだ。富める者がエッセネ派に入った時には、自らの財産をすべて放棄して共同資金に出さなければいけない。イエスが富める者を招いて、現にこう言う。『来たれ、我々と結べ』と。そう言ってイエスは富める者をエッセネ宗団に合流させんとしたのだ。彼自身そのメンバーであったエッセネ宗団にだ」

再び騒然たる叫びが聴衆から上がった。だがピエール・ミシェルはいささかもたじろぎはせず、続けた。

「エッセネ派の宗規と初期キリスト教徒の宗規の間の類似はそれだけに留まらない。共同体に対する金銭的不正行為はどちらにおいても厳しく罰せられた。――キリスト教においてはより厳しかったようだが……。エッセネ派においては『宗規要覧』には宗団の金銭を横領した者は、罰金、あるいは六〇日にわたる実刑と定められている。対して使徒言行録ではアナニアスの不正を発見したペトロが〝そなたは神に対して罪を犯した〟と叱責し、恐怖に怯えたアナニアスはその場で息を引き取った、とある。

私が特に強調したいのは、エッセネ派と初期キリスト教徒の生き方の相似形である。エッセネ派は都市を避けて村落を建てることを選び、動物を生け贄にすることを拒絶した。その教えとするところは、憐れみや正義、聖性、神への愛、徳への愛、人間愛の原則にのっとっていた。だからこそ多くのユダヤ人が、不信の族である占領軍ローマと手を結んでいた神殿の祭司達ではなく、エッセネ派を崇めたのだ。

さらに両共同体は同じ世界観を持っていた。両者共々諸世紀の終末に訪れる激変を告げ、メシアによって幕を上げる神の国を信じている。両者共々神に選ばれた選民を自認し、〝虚言の子達〟と争った。両者共々闇の子達に戦いを挑む光の子達であると信じていた。エッセネ派はキリスト教徒同様、宇宙的紛争の中心に位置しているのである。

この定めを成就するため、両者は同じメシア崇拝というシステムを持ち、宗団として同じ体質を持ち、同じ普遍概念体系を掲げていた。『宗規要覧』と『新約聖書』を比較すれば、ただちに納得のゆくことである。私はあなた方にこう申し上げる、なぜなら〝エッセネ派とキリスト教徒は全く同じ宗派であるからだ〟と。すなわち、それは、教会が設立されるまで、キリスト教はユダヤ教の組織的分派であったということを意味する」

当惑の囁きが聴衆から伝わってくる。どんどん大きくなる雑音のようだ。ピエール・ミシェルはそれを押さえ込もうとするかのようにさらに大きな声で続ける。

「聖なるテキストの不正な転用の諸世紀にけりをつけなければならない時がきた。典外書とされている『一二人の族長の遺訓』は救世主が語られているのだから、キリスト者によって書かれたものだと長いこと信じられていた。だが今では死海文書のおかげでまったくそうではないことが分かり、あれはユダヤ教徒の手になるものであることが判明している。そしてこれはほんの一例にすぎぎんのですぞ！

惑わされずに読めば、ヨハネの福音書のことだって理解できる。共観福音書と言われている他の弟子達の福音書と比べておよそ特異であり、一緒に考えるのはほとんど不可能だということが分かる。ヨハネにとってイエスは教師のような存在であった。そしイエスの伝道年月も他の弟子達には数カ月、あるいは一年であるのに対して、三年、と長い。その間のイエスの活動はすべてガリラヤではなくユダヤで展開しているのだ。そしてイエスは最初からメシアなのだ。

　ところが私はイエスの弟子のヨハネの福音書がほとんど丸ごとクムランの写本のある節を引用していることを発見した。ヨハネの福音書はとても早い時期にパレスチナ地方において書かれたものだ。そしてその地方はキリスト教思想とヘレニズム思想が出会った場所なのです。つまりヨハネの福音書はクムランで書かれたのだ。ヨハネの福音書がエッセネ宗団のメンバーの一人によって構成されたと考える理由なら、私はすべて揃えてある。

　ヨハネによって描かれているイエスが、殉教に耐えてメシアとして再び現れるはずの預言者、神格化された祭司であるエッセネ派の〝義の教師〟にどれほど接近しているかがお分かりにはならないか？　ヨハネの福音書の著者はしたがってイエスの生涯の物語を〝義の教師〟の教義と合致させて構成したのだ。《我は道であり、真実であり、命である。我より他、父なる神によって遣わされる者なし、我、汝らに平和をもたらす》とヨハネは引用しておる。私が持ってきたこの写本がヨハネの福音書の謎を解いてくれた。ヨハネの福音書はイエスの生涯という形で書かれた、〝義の教師〟によって説かれた教義を内容としている神学論であるということを教えてくれた。

　まだ明らかにすることがある。聖職者が誰も認めたがらずとも、すべての人が知っていることがある。つまり洗礼者ヨハネはエッセネ派の一人だったという事実だ。洗礼者ヨハネは洗礼を勧めた。洗礼はエッセネ派の重要な儀式である。洗礼者ヨハネはエッセネ派と同様、荒野よりやってきた。彼は彼らと同様、天の国の到来を告げた。イエスが洗礼者ヨハネに洗礼してもらったということが何を意味している？　イエスが自らの教えを広める時、洗礼者ヨハネから実際には離れたというのは、確かなことではないのだ。

イエスの弟子達もまた恐らくエッセネ派の人間だ。でなければ、イエスがこいといったからと言って、自分達の仕事をほっぽり出してまでついていきますか？

イエスは弟子達にこう言う。二人ずつになって教えを説いてこい、パンも金ももらうな。じゃ、どうやって生き延びてゆく？　どこで寝たらいい？　ガリラヤに彼らをもてなす人々がいた、行く先々で友達や知り合いにおどろくほど恵まれた、そうお考えになるならそれでもいいでしょう。だが、多分彼らはあちこちの街や村に入って、住みついていたエッセネ派の人々に面倒をみてもらう当てがあったのだ。エッセネ派のこの都市や村への進出はフィロンやヨセフスによって書かれている事実である。それもイエスの弟子達がエッセネ派であったればこそ、宗団の聖なる規則により行く先々で寝食を保証されるのだ。

洗礼者ヨハネとイエスの弟子達をエッセネ派だとした場合、どんなイエス像が描かれる？イエスは一二歳で神殿の学者と討論している。一二歳といえばまだ子供である。が、イエスはエッセネ派の習慣に従ってすでにイニシエーションを受けていたのである。イニシエーションを受けると、宗規に基づく聖書及びエッセネ派独自の書を教わる。一二歳のイエスが聖書に精通していた理由がこれで分かる。どこかで学ばずして知っていたなんてことはありえないからだ。当時はすべての宗教人に〝師〟がいた。イエスが誰からもイニシエーションを受けておらず、どこのセクトにも属していなかったなどありえない話なのだ」

ピエール・ミシェルはそこで一息入れて、また水を飲んだ。そうして考えをまとめているのだ。額には汗が玉を結んで光っている。ジャンセンはそのピエール・ミシェルに暗い視線を投げつけていた。ピエール・ミシェルの話を遮ることができれば、そうしたいはずである。〝だが聴衆が許さなかろう。ピエール・ミシェルの話を遮ることができれば、そうしたいはずである。〟

この小男の言葉に少しずつ支配され始めている。最初はだんまりを決め、次に巻物を見せられて驚愕し、聴衆は今や、耳にしている幸せに顔を輝かせ笑みが絶えない者がいた。〟長らく待ち望んでいた言葉を、今この瞬間、していている内心を映して不安をあらわにしている顔もあった。

ピエール・ミシェルが今日ここに持ってきたのはまさに混乱とスキャンダルだった。喋り出したと思ったら、誰も止めることができない破壊工作をミシェルは開始したのだ。そこからは誰一人、どんな時代も、どんな確信も傷を負うことなく脱出は不可能の地雷原をこしらえてしまったのだ。ピエール・ミシェルはもう取り憑かれているようであった。長い長い時間をかけてでっち上げられた諸々の教義、諸々の教条、教会とその教義、この黒幕に懐柔され、得心しきった係争を知らぬ意識の深部に毎日、毎月、何年もの間に少しずつ少しずつ忍耐強く根を下ろしていった諸々の錯誤、それらすべてにかつての聖職者が立ち向かっているのだ。

聴衆は今教会を超えてイエスを見出そうしているのだ。イエスだけを、〝何にも縛られていないイエス〟を、〝その言葉、その信仰が語るがままのイエス〟を。聴衆はそのことを知っていた。だからピエール・ミシェルの話に耳を傾けているのだった。

「イエスがエッセネ派でなければ、どうやって四〇日間も砂漠の荒野で過ごすことができるか？」

ピエール・ミシェルは再び話し始めた。

「何もない砂漠の真ん中で生き長らえるわけもない。しかるにクムランの修道院ならユダヤ砂漠に建っていた。エッセネ派の人々と同様、イエスがクムランの洞穴で過ごしたというなら話は不自然ではなくなる。

イエスがシナゴーグに出入りしたというが、どこのシナゴーグなのか？　シナゴーグとは会合の場所ですぞ。イエスがパリサイ人のシナゴーグに足を向けることはなかったはずだ。イエスはパリサイ人を痛烈に批判していたのですからな。イエスが出入りしたのはエッセネ派の会合だ。エッセネ派が〝『多数の者』の出会い〟と呼んでいた場所に出入りしていたのです。

イエスがエッセネ派でなければ、彼は何で〝ナザレ人〟などと呼ばれた。イエスの時代にナザレという名の都市などなかったのですぞ」

幾つかの驚きの声が会場から上がった。ピエール・ミシェルが続ける。

「ナザレという名の都市は旧約聖書にも、タルムードにも、フラウィウス・ヨセフスの認めた書物にも登場してない。ガリラヤでのローマ人達との戦争の折にはユダヤ軍の司令官として参加しているヨセフスが、見たもの聞いたものを書き忘れることなどない。ナザレがガリラヤでも重要な都市だとすれば、この地方での戦争に参加したフラウィウス・ヨセフスが、この地方のことならつぶさに書いているヨセフスが、言及しないわけがないでしょうが。ではなぜ福音書にはナザレという言葉が登場する？　ナザレというのは都市の名ではなく、実はセクトの名称なのだ。それを預言は文字通り成就されるものであることに固執していたマタイが〝イエスはナザレへ行った〟と書いたのである。メシアは〝ナザレの人〟と呼ばれるという預言者の言葉をイエスに成就させるためにだ。マタイはイザヤ書（II・I）を参照して、その通りだとすれば、主の霊がとまる、エッサイの『株』から出る『若枝』、ヘブライ語で『netzer』がなければならないと解釈したのだ。エッセネ派はまさしくナザレアンと称していた。つまり〝メシアを信じる者達〟という意味である。そしてそれはギリシャ語の〝クリスティアノス〟と全く同義なのだ」

ジャンセンは膝の上で両の拳を握り締め、顔の全筋肉を引きつらせて激怒をあらわにしていた。ある時は四方八方を見回し、ピエール・ミシェルの話に聞き入っている者がどの位いるのか数えているようであり、かと思えば、打ちのめされたように頭を抱え込み、まるで今、自分のまわりで起こっていることは一切見たくも聞きたくもないと表明しているようであった。

ますます疑念を強くして、自分を待ち構えていることを想像し、これに打ちのめされ、茫然自失の父は目前に準備されているものをじっと見つめていた。恐怖で口もきけない。だがその一方でそれが現実とは信じられなかった。苦草を煮て、これを種なしパンの生地に入れている者がいるかと思えば、大きな円筒形のパン焼き器の炉に火を入れている者達もいる。枝に火が付き、薪にまわり、炎を噴き出してきた。祭服姿の若者達が待ち遠しそうに辺りをうろうろし、煙を上げている深鍋の辺りで立ち働く素振りを見せている。子供達が羊をからかっていた。

一人また一人とサマリア人達は住まいの方に行く。みそぎをし、生け贄の儀式の装いを整えるためだ。長老達は細かいストライプのチュニックを羽織る。肩は祈りの白いショールで包む。それから集まって列をつくった。列の先頭に大祭司がいる、祭司格の長老達がそれに続く、次に共同体の年配者達、そして若者達といった順だ。

大祭司が石塊の前に立った、夕日を背にして顔をゲリジム山の山頂に向けている。一二人の他の祭司達は生け贄の祭壇のまわりに陣取り、胸のうずくような、『哀歌』を先唱し始める。式衆がリフレインを合唱する。大祭司が石塊の上に登った、そして詩篇を詠唱し始めた。

山並みの後に太陽の最後の光線が消えようとする、静寂と感動のまさにこの時、アロンの一四六代目の子孫が響き渡るその声で「イスラエルの会衆よ、羊を夕方に屠れ」と出エジプト記にある神の厳命を三度唱えた。

ショヘットが舌の先で短刀の切れ味を試し、しっかりと羊を押さえ込んだ。殺されることを知って、恐怖にとらわれた羊は最後の力を振り絞って暴れようとする。ショヘットが一刀のもとに喉をかき切った。会衆から大きなどよめきが沸き上がり、辺りに響き渡る。生け贄の羊のしわがれた声が天を裂く。大量の血が傷口からほとばしった。

生け贄は歓喜で迎えられた。そして一分間のうちに二八匹の子羊が殺された。一二人の祭司が生け贄の祭壇に近づいた。出エジプト記を唱え続けている。家々の戸口の上枠板に羊の血で赤い印を付けよ、という神の厳命にちなみ、祭司達がまだ血の滲む羊達の傷口に人差し指を当て、子供達の額と鼻に血を塗ってやる。

そして皆が次々と大祭司のもとに敬意を払いにくる。湯気の立つ皿を持ってくる。手に接吻する。いたるところで抱擁が、喜びの発露がくりひろげられている。一番若い者達が生け贄の動物を素早く持ち去り、煮えたぎった湯の中に放り込む。簡単に毛をむしれるようにそうするのだ。皮を剝がされると羊達は杭に吊るされ、汚れた部分を洗われ、解体される。それから一時塩漬けにされる。血抜きのためだ。食するにふさわしいのを選び、またいかなる傷もないか調べるのは祭司達の仕事だ。少しでもそんなものがあれば、生け贄からむしられた毛、臓物や足などと一緒にすぐさま火に投げ捨てられる。

どうも勘違いのようだったと父は思った。小さい祭壇の方はまだしみ一つないが、自分があそこで屠られるわけではないのだ。老いも若きも宗教的高揚感に浸り、皆潑溂として祭りに熱狂している。祭司達はといえば、信者達の間をまわりながら、出エジプト記を一本調子で朗読している。私のことなど皆多分もう忘れている。こうして儀式を終え、また家に帰るだけなのだ、と父は思った。串刺しにした羊を大祭壇の上で焼く準備が整った。若い連中がその傍で待機している。出エジプト記がそのくだりにかかれば、すべての子羊を炎の中に一気にくべようとしている。

「出エジプト記の一節を思い出してご覧あれ」

ピエール・ミシェルが言った。

「モーセが生け贄の血を民の上にふりかけてこう言う。〝これは主が主の御言葉にもとづいて、そなたらと結ばれた契約の血である。〟これで何か思い当たりませんか？　これこそ最後の晩餐の聖体の秘跡の起源なのだ。イエスは酒を自分の血だと言い、神がモーセと、取りかわされた契約を新たにしようとしたのだ。だが、出エジプトのその一節で思い当たるのは聖体の秘跡だけではない。実はエッセネ派宗団の食事の際の儀式も想起されるのです。メンバーが会食する時、そこで供されるパンと酒はメシアの肉と血を象徴するからである」

そこでピエール・ミシェルはワンポーズをおいた。これから言おうとする言葉の効果を推し量っているようだった。そしてこう続けた。

「エッセネ派の人々はナザレ人イエス、つまりエッセネ人イエスと呼ばれていた男を彼らのメシア、彼らの〝義の教師〟と考えていたのだ」

「何を言っているんだ！」

とその時ジャンセンが叫んだ。もはや怒りを押さえることができなくなったのだ。

「キリスト教徒のメシアは他ならぬエッセネ派の言う義の教師だと言うわけか？　キリスト教徒は一人のメシアしか待望していなかったが、エッセネ派は二人のメシアを語っているということを知らんのか？」

「二人が一人になることは可能だ、キリスト教徒達が後世一つにまとまっていったのとまったく同様に」ピエール・ミシェルは落ち着き払って答えた。「二つの共同体は自分達を〝新たな一つの契約〟の民と信じていた。それが『新約』の意味だ。初期キリスト教徒にしても、エッセネ派にしても、問題としたのはモーセの法だ。そのモーセの法から離れたのはパウロさ。異邦人の改宗と教会の発展を容易にしようとしたパウロだ」

「そりゃ違うぞ」ジャンセンが乱暴にミシェルの話を断ち切った。「『新約』の根拠を歴史的基盤の上に立てることはどだい不可能な話だ。神学によってこそ調整されるべき問題だろうが」

「あなたはそう言うが、信仰のみで信ぜよと命令されていても、そうして信じたキリストでは満足がいかないことをあなた自身がご承知であろうが。この謎の人物をもっと知りたがっているのではないか。歴史を判定するような神学を打ち立てたい、そして歴史的諸問題の根拠は聖書だ。それじゃ堂々巡りになりますな。もし新約の語ることが事実に基づくものでなければ、その主人公に対する信仰はどうなる？　信仰が現実と切り離されないためには、どうするおつもりか？」

「だが人間の歴史の大半は曖昧なものじゃないか。歴史に意味を与えるのはほとんどの場合、信仰なんだ」

「聖書に根拠をおく神学とあらば、それは認められる考えとは言えませんな。起ることがなかった何かの上にキリスト教の起源を繋ぐことはできない。なぜなら〝そのようにあらしめたまえ〟という祈りがキリスト者の祈りでしょうが。想像的世界というものならそんなふうに信心だけから建てることはできる。そこでは考えることも、熟慮することもできる、そしてシンボルを通してなら神を敬うこともできる。だがそれは真の世界の外での話だ。私も宗教人だ。だが歴史のもつ何らかの意味合いを捨てることはできない。私は現実の世界とコンタクトをもっていたいのだ。過去の出来事を決定するには〝現在〟の神学で事足りるとは思わん。

しかるにクムランの数々の巻物にこんなにも我々が魅せられるのは、それらが触れられることができる一つの現実であるからだ。数々の巻物はそこにある、そこに存在している。神学がこの現実の存在を消せるのか？　巻物が内包しているものもまた実体的な何かなのですぞ。神学は死海の巻物がもたらす結果を消去できるか？　そこから推論する結論を消去出来るか？

存在しているのは写本だけではない、クムランの洞穴もある、修道院もある、洗礼のプールもある、写字室も幾つもある。そしてクムランのおかげで歴史は生命を吹き返す」

ピエール・ミシェルは演壇を降りた。

ピエール・ミシェルは演壇から降り、今度は会場を移動しながら皆に、とりわけ一人一人に話しかけていた。あたかも福音を述べ伝える伝道者、いやむしろ祝福をする聖人の手の動きを思わせるジェスチャーを繰り返している。幸せそうな顔を見つけると、時々立ち止まってはじっと見つめた。ミシェル自身も自分の演説に高められ、自己を超越し、あたかもオーラに包まれ、まるで彼自身も祝福されたかのようだった。声が優しく、同時に火のように熱い調子を帯びている。この日はまさしくピエール・ミシェルの日になった。この情熱の人が長い間待ち望んだ日になった。

「死海の巻物が現に存在しております」

ミシェルは続けた。

「そして巻物と共に、巻物自体の意味を超えた別の何かが存在しているのです。巻物はその別の何かの兆しであり、歴史の地図の標識なのです。すなわち、巻物を通して死者でありながら、エッセネ派の人々が語り始めるのです。古くからの様々な疑問に新たなる幾つかの答えを出してくれるのです。その答えからは、また別のもっと多くの様々な答えが少しずつ流れ出でて、いかなる脚色もされていない、ごく自然なキリスト教史の報告が透き通った湖のように形成されるのです。

かくして、例えば荒野の洗礼者ヨハネの真の顔は、ある日突然聖霊に住み着かれた隠者ではなく、峻厳な生活を送り、沐浴の実践を通して純粋性を探求したエッセネ派共同体のメンバーの一人として明らかにされます」

「それこそ洗礼者ヨハネとエッセネ派の重要な相違を無視した発言だぞ」ジャンセンが遮った。

「エッセネ派の選んだ瞑想と静穏の生活と、エリヤやアモスの精神を持って、神の審判が差し迫っていることを告げ、宮殿の様々なスキャンダルを暴露して告発するヨハネの預言者としての激しさの間に何の共通点がある？」

「ならばこちらもお尋ねするが、『宗規要覧』に現れている終末論的熱望は洗礼者ヨハネの終末論的情熱とは相容れないとお考えかな？」ピエール・ミシェルがやり返した。そしてこう続けた。

「〝義の教師〟の導きのもとに、共同体はすでに諸々の時代の終末が近づいているという確信を抱いていたのですぞ。『戦争の巻物』がそのことを明らかにしているでしょうが。イスラエルの贖罪者達に対してベリアルが猛威をふるい、審判の時は告げられようとしていた。『ハバククの巻物』の注釈者は同じく、〝地上の時代は預言されたよりも長く続くことになる〟としている、だが、『最後の審判』が『契約』の侵害者に対してより恐ろしいものと化すだけのことだ。『戦争の巻物』は過激派の所産であり、このエッセネ派という名の過激派は現にローマに対する戦いでゼロテ党と合流することになるのですぞ。『戦争の巻物』は終末論的発想であると同時に、現実主義的発想でもって、〝光の子達の闇の子達に対する聖戦〟に言及しているのだ。時代の終末に取り憑かれていたエッセネ宗団は、あなたが言うのとは逆に、洗礼者ヨハネの真の顔を見極め、正しく理解させてくれる」

「洗礼者ヨハネがエッセネ派だとあくまで言い張るなら、無論そんなことはありえないが、とりあえずそれを認めてみよう。では、洗礼者ヨハネがクムラン宗団と接触があったことを明らかにしてもらおうじゃないか。いいか、クムランにいたエッセネ派はエッセネ派全体からみればほんの一握りにすぎんのだぞ。フィロンやフラウィウス・ヨセフスが言うには、エッセネ派の大半が街や村の近辺に暮らしていたそうじゃないか」

「洗礼者ヨハネがかかわったのはクムランのエッセネ宗団だ。ヨハネが群衆に洗礼を施した場所がクムランの修道院と接近しているのは偶然ではない。いや、クムランの共同体と関係があるのは洗礼者ヨハネだけではない。ルカだってそうだ。ルカは〝彼〟が育った荒野のことに言い及んでいるではないか。そして我々は今日、研究の結果、エッセネ派が子供を荒野に迎え入れ、彼らの教義を教え込んだことを知っている。そんなことをしたのはエッセネ派だけだ」

「洗礼者ヨハネはエッセネ派ではない。ヨハネの父のザカリアはエルサレムの神殿の信仰深き祭司だったのだ。しかるにエッセネ派は神殿の大祭司達の資格に異議を唱えたんだぞ！」

「否、洗礼者ヨハネの苦行者の生活は『共同体規則』をとことん守って暮らしたクムラン宗団のメンバーの生活に近い」

「だがな、フラウィウス・ヨセフスはエッセネ派の食事の神聖的特徴を語って、〝エッセネ派の食事の仕方は、身を清め、食事というより儀式の作法で、神へ捧(ささ)げられた供物を食する神殿のサドカイ人の食事の仕方に類似している〟と認めているが、対して洗礼者ヨハネは荒野で見つかる自然の産物である野生の蜂蜜(はちみつ)とバッタのみを食べて生きていたんだぞ」

「エッセネ派のメンバーの中には食断ちを唱える者もいたということをお忘れか。しかし何より重要なのは、洗礼者ヨハネの荒野におけるアクションだ。ヨハネはそこで聖なる預言を実現しようとしていた。あなただって荒野のもつ精神的かつ宗教的重要性をご存じだろうが。預言者ホセアは、神が信心を失った自分の民を荒野に導き、そこで信心を取り戻させると告げている。エゼキエルは民の荒野に言い及んで、神はそこでご自身の民を裁く、と記している。第二イザヤ書は荒野をエデンの園とし、新たなる出エジプトを描いており、イスラエルの民に荒野で神のための道を敷けと促している。このイザヤのテキストに関しては二度にわたり、『共同体規則』に引用されているが、それは神殿を放棄し、砂漠へと赴く分離独立の正当性を明記するためだ。かくして砂漠の荒野は常に、〝大いなる日〟を準備するための最終段階として現れている。

洗礼者ヨハネは彼の同時代人の観念、特には『黙示録』の著者達の観念を共有しているが、過激度において際立っているのだ。そしてこのラディカリズムこそが洗礼者ヨハネをクムランのエッセネ派に近接させている。何せクムランのエッセネ宗団は堕落したイスラエルに自分達の共同体を対立させ、イザヤの預言に忠実に、《揺らぐことのない要》になろうとしたからだ。神の怒りという表現で、イスラエルの民を脅し、その怒りから逃れるには全面的に改心するほかはないと説教する洗礼者ヨハネはクムランのエッセネ宗団の近親者だ」

「だが、洗礼者ヨハネは群衆にまみれることを恐れず、民に道を示す宣伝者だったのに対し、ごひいきのエッセネ派は〝純粋性〟の名のもとに、はなはだ傲慢(ごうまん)で、漁(すなど)り人達からは距離を置き続けたではないか」

「群衆の中に入っていてヨハネがしたことは、洗礼により人々にみそぎをさせることだった。

それこそエッセネ派の習慣だったということをよもやお忘れではあるまい。沐浴により、〝多数の者のみそぎ〟を実現することこそが、エッセネ派が最も重要とすることだったのですぞ」

「だがヨハネは洗礼者として他者の洗礼を司ったのであって、自らが一人でみそぎをするクムランの共同体のメンバーとは異なる。死海のほとりで展開した原理主義的過激主義とは全く反対に、洗礼者ヨハネは福音の偉大なる息吹を告げ、それが漁り人達に広く受け入れられた。〝自分よりも偉大な〟イエスを前にした時の彼の謙虚さはキリスト教徒の証だ、聖伝が洗礼者ヨハネをキリスト教の先駆者、我々の主であるイエスを告げる人とみるのは当然だ……」

「私がこれから言わんとしているのはまさしくそのキリストのことだ……」

　サマリア人達は父を忘れてはいなかった。各々が仕事を終えると父の方へやってきた。猿ぐつわをゆっくりとかませ、太い荒縄で祭壇に縛り付けた。

涙がこぼれ、全身がおこりで震えている。父を生け贄に捧げると決めた執行人達は、父の無言の哀願を全く意に介していない。だがまだすぐに終わりが訪れたわけではなかった。サマリア人達が家に引き揚げたからである。家族で瞑想して、シナイの地で起こったヘブライの民の歴史を皆で読み続けるためだ。縛られ、猿ぐつわをかまされた父は、もう助けを求めるのを諦めた。恐怖の毎分、いや、毎秒の後にまた別の一秒がやってくる。そして一秒、前の一秒より耐え難い一秒、そしてまた一秒、もっと耐え難い一秒……。時間が私を見ている。こんな状況でもまだ衰えることのない希望の光がかろうじて、この生け贄の命を貫き、まだ光っているのを見ている。〝希望〟は父に囁く、〝神は見捨てはしない〟と。父は〝希望〟を憎み始める。こいつは生命にどんなことがあっても、ほどけるものかと繋がっていて、もう最後だというのにまだ最後の助けを期待させる。自然現象であろうが、人の助けであろうが、神の助けであろうが、何でもいいからここから救い出してくれと懇願させる。非業の死の瀬戸際で父はまだ何かを待っていた。そういうものなのだ、人間とは。

縛(いまし)めが手を真っ青にかえ、皮膚が破けている。祭壇の上に仰向けに寝かせられ、両腕は祭壇の生け贄台の二隅に振り分けられ、縛られ、両足は膝で曲げられ、足首でまとめられ、もう一隅に縛られた格好だから、ひどいねじれが体をさいなみ、血行がうまくゆかない。特に足はますます痛みを増し、普通に呼吸するのもままならなくなってきた。

父は祈り始めた。それを伴奏するかのように角笛が鳴り響き渡った。キプールの日の終わりに〝断食が終わり、個人個人の新年の運命において、良い行ないと悪い行ないを判断する天の審判が終わることを告げる〟ような角笛だった。だが角笛はキプールの日の角笛ではなかった。精進の日々の刷新を告げる角笛ではなく、人間の生け贄を告げる角笛なのだ。神への愛の証としての生け贄、だがその神はどこにおられる？ 神は父を見捨てたのか？ 父は神に許しを請うて、長らく隠し秘めていた熱い信念の炎を一気に、そしていきなり完全燃焼させる勢いで躍らせ、全身全霊でもう一度、もう一度、今度だけでいいですから、もう一度だけお救いください、お見捨てにならないでくださいと、再び涙を流して哀願した。

サマリア人の家長達が一人、また一人、家から出てきた。手には杖(つえ)も携え、腕には〝祈りのもうせん〟を抱え、肩には毛布を掛けている。やがて大祭司が先頭に立ち、共同体のすべての人々がその後に続き、祭場の方へ戻ってくる。父が縛られている祭壇が彼らに取り囲まれた。

詩篇の先唱が始まった。すると大祭司が短刀を手に、ゆっくりと父の方へ近づいてきた。父が目を閉じた。締めつけられたように息も通らない喉が鋭い刃を感じた。

「よせ！」マーク・ジャンセンの声が響き渡り、会場にこだました。

ピエール・ミシェルは決然とした足取りで再び壇上に上がった、

「私が話しているのを邪魔しないでくれたまえジャンセン。あんたも私もすでに知り抜いていることを万人に対して明らかにしようとしているのだ、妨害はさせんぞ。義の教師とイエスが同一人物で、そして『キッティーム』すなわち、闇の子達、『義の教師の巻物』が語っているおぞましき処刑人達、義の教師を十字架に釘で打ち付けたその連中達は他ならぬローマ人だっていうことも、あんたは百も承知だ」

「とんでもないぞ！　いいか、キッティームは地中海にある島々のラテン及びギリシャ民族を指し示し、またセレウコス朝の人々についても用いられた言葉だ。そしてこのヘレニズム時代のギリシャ人がキッティームならば、『義の教師の巻物』はイエスより二世紀も遡って認められたものだ。義の教師とイエスが同一人物なんてことはありえない。義の教師の正体については巻物が語る〝悪しき祭司〟についてと同様、これから明らかにされなければならない問題だ。後者に関しては多くの歴史上の人物が候補に上がっている。顕在神王アンティオコス四世によって追放された大祭司オニア三世ではないかという説がある一方、オニアを殺した祭司、メネラオス説もあるし、あるいは恐王アリストブロス一世に立ち向かった聖人、エッセネ派のユダ説もある。『義の教師』について言えば、この人物は祭司だ。神殿の大祭司だったということもありえる。宗教団体と結び、そのメンバーに聖書の意味を教えた。そこに独自の教えも預言も付け加えてだ。迫害されて死刑に処せられたもので、エッセネ派の殉教の預言者ということになり、崇められ、メシア時代に再来すると信じられていた。だがこの『義の教師』が生きたのは、イエスがお生まれになる一世紀、あるいは二世紀前の時代だ！」

「それはあんたの主張だ！　我々二人はこの問題についてもっとずっと多くのことを知っているだろ。〝最後の巻物〟を解読して以来というものな。〝巻物〟が数々の秘密の扉を開けてくれただろ、ここにある、この私の巻物が。あんたが私から取り上げようと躍起になったこの巻物だよ」ピエール・ミシェルはジャンセンを告発の指でさし示して言った。

会場のすべての人間が呆気にとられている。何かがこの二人の男の間にある、ある古い、彼ら自身よりも古い〝敵対関係〟のようなものがある。無論、二人の旧友の間の個人的な争いでもあろうが、それを忘れても、二人がよく互いを知っていることは誰の目にも明らかだった。

「皆さん、イエスは実在しました」

ピエール・ミシェルは再び話を始めた。

「本当です、だが皆さんが信じていたイエスではない。この巻物が何を明かしているのか申し上げる時がきました。この写本は〝イエスが誰であったのか〟ということだけではなく、〝本当は誰がイエスを殺したのか〟、そして〝なぜ殺したのか〟ということまで記しています。ミジスキー、だからお前は恐がっているんだ、ジャンセンの名を借りて隠れているお前が、だから巻物が耐えられないんだ。だが今日、お前はもうじき聞かなきゃならん。そしてすべての人が、すべてを知ることになる。イエスが死を覚悟した過越祭のあの夜に起きたことを、私がこれからすべて明らかにしてみせるのだからな」

　ジャンセンが怒り狂って怒鳴り始めた、

「この裏切り者めが、お前は我々から幾多の写本を盗み、それを我々のせいにした。私だってお前がしたことすべてを、そして何がお前にそうさせたかを暴露してやろうではないか」

　そう言うとジャンセンは聴衆に向かってこう言った。

「皆さん、この男は背教者というだけではない、この男は……この男はユダヤ教に転向したのですぞ！」

　ジャンセンは憎悪に向かって自由落下を始めていた。口を歪(ゆが)ませ、顔を変形させ、こめかみには紫色の筋を膨らませている。ジャンセンは続けた。

「お前は背教の挙げ句、イエスの死に責任のある民族に与(くみ)したんだ。民の名は罪人イスラエル、罪人は彼らをおいて他にない。お前はその連中の古くさく、民間伝承にすぎない、しかも神殺しの宗教に改宗したのさ」

「お前らしい言葉だ。反ユダヤ主義信奉者のお前が言ってるんだから、驚くにあたらないよ。だが言っておくが、教会が異教化した時、教会が犯した罪がそれだ。そしてお前のような反ユダヤ主義者の中傷こそがユダヤ教徒が幾世紀にもわたって被った名状し難い迫害と苦悩の直接の原因だ。ユダヤ教徒に対する神殺しの告発をカトリックが見直したのは、やっと近来になってのことだ、それも半ば見直したというにすぎない。私はそれが恥ずかしい。私はあんた方を恥ずかしく思っとるんだよ」ピエール・ミシェルが反撃した。

　ピエール・ミシェルの激しい糾弾は止まない。

「私はお前と信仰教理聖省の行動の動機を知っている、自己保身をはかっての裕福な特権階級の国家的、精神的残存がそれさ。お前が拒否する真実があるだろうが。その真実とは、イエスを有罪とした神殿の祭司達は一般大衆のユダヤ教徒とは密着していなかった事実だ。そしてこの特権階級の祭司達は、ローマ人の権力下ではどだい不安定な自らの地位を守ろうとして、異教徒の占領軍にかしずいた。

その祭司達の中にも反抗心を忘れない者達がいた。この少数分離派は、サドカイ人の傀儡主義を押さえようとしたパリサイ人によって主に構成されていた。そしてこの反体制的祭司達の総称こそ他ならぬエッセネ派だ。神殿の支配によってサドカイ人達が全ユダヤ人のための宗教を自分達の利益だけを考え、流用していることに抗議するべく、このエッセネ派がマカベア戦争の後にクムラン共同体をつくった。ユダヤの民が〝法〟を守らなくなれば、神は民をお救いにはならぬと、エッセネ派の祭司達は確信していた。そこでエッセネ派はトーラーの厳守に専念することで、聖書に認められている数々の預言が成就するべく、神の正義に訴えた。神の正義をおいていかなる政治権力も、いかなる軍事力も、イスラエルを圧制者のくびきから解放することはないと考えたのだ。超自然的な介入、神に油を注がれし者、メシアの介入のみが新たなる秩序をたてることになる。クムランのエッセネ派は〝過去〟の方へ振り向き、イスラエルの聖書を読み返した。そしてヘブライ人のイスラエルの民の定めの意味を理解した。聖書は新しい光で、今、自分達が生きている時代に継起する出来事を照らしてくれるのだ。神によって与えられたこの歴史は、だから皮紙に写し伝えねばならない。そうすれば何度も読みなおされる。こうして宗団の写字生達はユダヤ教徒の聖なる書の写本だけではなく、エッセネ派独自の書もしたため始めたのだ。

だがそうしたエッセネ派の展開のプロセスにおいて、イエスはどういう役割を演じたかが我我の最大の関心事だ」

その答えを知りたくてうずうずしている聴衆はピエール・ミシェルの話を一心に聞き入っている。そしてピエール・ミシェルは声を妙に穏やかにしてこう言った。

「イエスは慎ましやかな大工でも、福音に書かれているたとえ話で愛を説き、神の許しをこうことを説いた優しい羊飼いでもなかった。神の許しをもたらしにやってきた神の顕現でも、人間の過ちのために自らが犠牲になるためにやってきた贖罪者でもなかった。本当のイエスは全く違う存在だ。イスラエルのメシアとは勝ち誇った戦士であり、審判者であり、祭司であり、たぐいまれな知恵者であったのだ。イエスのメシア的情熱には暗喩的要素など何一つとしてない。

クムランのエッセネ派はローマ人達と彼らの手先のユダヤ人達が闇の力を具現していると固く信じ、悪しき者、〝邪悪な者〟を排除するには血で血を洗う宗教戦争しかないと思っていた。それを経て初めて刷新の時代、平和の時代、贖いの時代が訪れるのだ。イスラエルの民はその贖いのために一つの役割を演じなければならない。だからメシアに導かれ、エッセネ派は世界をつくり直そうとしていたのだ。だが、ことは予定通りには運ばなかった。そしてイエスの殺害を企てた連中、イエスを殺した連中は……」

その時、もう自分を制御できなくなったジャンセンが怒鳴った。

「黙れ！　それを言う権利はお前にはないぞ。

キリストがユダヤ教の地位にとって代わったんだ。ユダヤ教徒が唯一正しい答えを出せるとすればキリスト教への改宗だ。お前達は時代遅れに凝り固まっていて、老朽化したアナクロの宗教にしがみついている。イスラエルのユダヤ人のエルサレム占領だって、とんでもない虚言に基づいてなされたことだ。イスラエルのユダヤ人をすべて追い出すことはできんが、ユダヤ教徒の一人ぐらいなら消してやることは……」

ナイフが喉に突き立てられた。全存在がぐらついた。眼球が飛び出していた。そして最後の抵抗を示して、狂ったように手足をばたつかせ、猿ぐつわの下で懸命に悲鳴を発した。火が燃やされた。真っ赤な炎が生け贄の肉をなめるのを待って、ぐんぐん温度をあげてゆく。もうすぐ肉の焼ける臭い(におい)が神の方へ昇り、そこに込めた願いと共に受け取っていただくのだ。

突然、耳をつんざく銃声が会場の静寂を粉砕した。銃声は二度、そして三度と連続した。講堂に恐怖とパニックのどよめきがすぐさま沸き(わき)上がった。

それは弱々しいが、しみ一つない完全な子羊だった。子羊は火を恐れて、全力を振り絞り、喘ぎ(あえぎ)、暴れている。恐ろしさに喘ぎ、苦痛に汗しても人間の決意を変えられはしなかった。人間が神の生け贄にしようとしているのだ。祭司がよくといだ短刀を喉元に当てた。一刀のもとに切り裂いた。最後の叫び声は聞き取れるか取れないかのすすり泣きのようだった。子羊は息絶えた。その体が火に投げ込まれる時も、どくどくと血を流していた。

ピエール・ミシェルが床に崩れ落ちた。

群れから引き離された生け贄はまだ母親の乳を飲んでいた子羊だった。父は殺される寸前で解放された。その父の代わりに小さい祭壇で子羊が殺されたのである。何が起こったのか父は今やっと理解できた。サマリア人は〝イサクの犠牲〟を演じたのだ。アブラハムが息子イサクを犠牲にすべく縛ったところ、神の厳命が下り、息子を解放することがかない、代わりに子羊を生け贄に捧げた故事にちなんだ儀式だったのである。それが分かった途端、張りつめていた神経が一気に緩んだ。そして気を失ってしまった。

混乱した群衆は四方八方に散った。講堂から出ようとする者達もいれば、発砲現場に近づこうとする者もいる。だが全員何が起こったのかまだよく分からず、何か知ろうと躍起になっていた。

起こったことは恐ろしく単純なことだった。マーク・ジャンセンがピエール・ミシェルを撃ち、撃ち終わると武器を捨てたのだ。外の廊下からすぐさま警備員が駆けつけ、ジャンセンを取り囲んだ。ジャンセンは自分のしでかしたことに茫然自失して、放心状態に陥っていた。

《私は心の中で人間の〝状態〟について考えた。神は人間にそれを知らしめることになる。人間は自分達も動物にすぎないことが分かる。なぜならば人間におそいかかる事件も、動物におそいかかる事件も、事件には変わりないからである。人間をおそう死も、動物をおそう死も、その事件なのだ。人間も動物もすべて同じ霊を持っているにすぎず、人間が動物よりも勝っているわけではない、なぜならすべては空しいものであるから。》

ジェーンと私は演壇に近づこうとした。だが警備員に押し戻されて、誰も近づけない。何分か経つとピエール・ミシェルの死体を運ぶための担架が到着した。一瞬、警備隊のバリケードが解除された。ジェーンがその隙をぬって入り込み、演壇の警備の人垣の中に消えた。だがやはり押し戻されたのか、すぐに私の傍に戻ってくる。目の前をピエール・ミシェルの死体が通っていった。即死だった。そして手錠をかけられたジャンセンが警官に連行されてゆく。会場を前例のないパニックが支配していた。

ピエール・ミシェルを失ってしまった絶望感と悲しみのうちに私達は会場を出た。多かれ少なかれピエール・ミシェルの死の原因をはからずもつくってしまったのだ。私の心に侵入した暗い憂鬱は数日の間わだかまって離れることがなかった。私のとった行動は巻物探索を前に進めなかったどころか、正しい人をまた一人失う結果を招いてしまったのだ。《太陽の下、私は腹立たしい不幸をみた。富はこれをもつものの不幸をはらんでいる。しかも富はうまく使えなければついいえる。一人の子を世に生み出したが、子は何にも残すことができない。母の腹から生まれた時と同様、裸になって去らねばならない。裸でやってきて裸で去ってゆく。これもまた大いに不幸なことだ。風を追って苦労して何になる?》

私は討論会という罠を仕掛けた。特にはピエール・ミシェルがターゲットだった。だが罠を仕掛けたつもりが一層身動きのとれない状態に自身を追い込んでいたのだ。まるで福音すなわち《良い知らせ》ならぬ《不幸の知らせ》をばらまいて、世界を旅したようなものではないか。これではまるで〝悪しき祭司〟だ。行く先々で混乱と騒乱と恐怖をふりまいてしまったのだ。私に進む道を示してくれた人も、もしくはほんの一瞬話しただけの人も、私が出会ったすべての人々が残虐をきわめた手口で殺され、いなくなってしまった。もしかしたらそれは私自身と何か関係があるのではなかろうか？　それともジャンセンが言っていたように死海の巻物はすべて邪悪な波動を発振していて、近づく者すべてに恐ろしい運命を辿らせるのか？

ジャンセンに会ってみるべきだ。彼の犯行の隠された動機、あるいは彼なりの理を知ることができるかもしれない。

II

ジャンセンがピエール・ミシェルを手にかけたのだ、それもおびただしい数の証人を前にして殺したのだ。予審で取り上げた罪状はピエール・ミシェル殺害の一件だけであったが、ホセア、アルモンド、ミレ、そしてマッティ殺しの嫌疑もかけられていた。捜索の末、やっと発見されたマッティの死体の傷は目を覆うものだったそうだ。ジャンセンはピエール・ミシェル殺害以外に関してはすべて否認した。ジェーンはそのジャンセンが嘘をついていないと信じていた。

「計画的に人殺しができる人だとは思わないわ」

「だが、ピエール・ミシェル殺しだって計画的犯行じゃないか。長いことピエール・ミシェルを脅迫していたんだからね。それに討論会に銃を持ってくる理由が他にあるかい」

「とにかくここは本人に尋ねてみるべきだわ」

そうして我々はジャンセンが留置されている拘置所に赴いた。面会したジャンセンは、父と二人で会った、あの自信に満ち溢れた横柄なジャンセンとは思えない変わりようであった。衰弱は目にも明らかで、冷静さの一かけらも感じられない。こめかみにそこら中走っていた筋はますます深くなってきているようで、苛立ちにピクピクうごめいている。我々がガラス越しに向き合うと看守が離れていった。ジェーンが穏やかな声でジャンセンに面会の理由を説明した。そしてあんなことをするに及んだ理由は何だったのかと尋ねた。

「ピエール・ミシェルは我々を裏切り、キリスト者の信仰を放棄したから殺したまでだ」ジャンセンは言った。

「ピエール・ミシェルを脅迫していたのもあなたなのですか?」ジェーンは尋ねた。

「奴は巻物を盗んだんだ。それで私は奴を探して、確かに何度か脅したよ。あの巻物は私のものだ、そうだろ? 奴がそれを私から取り上げる権利なんぞなかったんだ」

「巻物を盗んだのはあなたじゃないか」私は言い放った。「あれは元々マッティのものだった」

「そうは言うがな、マッティがあれを手に入れるにあたって、一体誰が手助けしてやった? ホセアとの取引を実現させたのはこの私だ。私がホセアと交渉してやらなかったら、手に入れられやしなかった」

「あなたはマッティを使ったんだ、資金がなかったものだからマッティに買わせておいて、それをかすめとった」

「そうさ、あの巻物を受けるべきは私だったんだ。ホセアには色々としてやったにもかかわらず、大金をふっかけて私には譲ろうとしなかった。死海文書で稼いでいるうちにだんだん貪欲になったのさ。そこで私はマッティを利用した。そして博物館においてあったのを取ったまではよかったが、その後が大間違いだった。巻物を調べさせ、翻訳させるべくピエール・ミシェルに預けたからだ。その分野で彼が最も優秀だったし、彼には信頼をおいていたからだ。考えてみれば恩知らずを庇護してやったようなものだ。見事裏切りおった」

「人の命を殺めるまでのどんなことがあの巻物にしたためられていたのだ？」

　ジャンセンは私のその質問には答えなかった。私はもう一度繰り返した。それでも無視された。そこでこう尋ねてみた。

「ところで私の父の行方について何か知っているはずだが？」

「いや知らん。君の父上がいなくなったのか？」

「拉致されたんだ、ジャンセン」私は怒りに声を震わせながら言った。「もしあんたが巻物のことで何でもいいから知っていることがあれば、言うのが身のためだぞ」

　巻物にふれると相変わらず答えない。そして私を皮肉っぽい目付きでじろじろ見まわした。初めて会った時のあの横柄な眼差しが戻っていた。私はとうとう堪忍袋の緒が切れた。ガラスの境の上に身を乗り出してジャンセンの胸ぐらを捕まえた。

「アリー、何するの！」ジェーンが叫んだ。

「言っておくがな、もし父の拉致にあんたが関係していたその時は、何としてでも償いはさせるぞ、私がこの手でな」私はジャンセンの目を見据えて言ってやった。

「アリー」ジェーンは再び繰り返した。

「あんたはキリスト者のつもりでいるが、ただの詐欺師の人殺しにすぎん。我々イスラエルの民から巻物をかすめ取り、それでも飽きたらず、ピエール・ミシェルを追いまわして、挙げ句の果てに殺した。すべてあんたの反ユダヤ主義思想のなせる業だ」

「アリー」ジェーンは叫んだ。

「ホセアを殺ったのも、アルモンドとミレを殺したのもお前だろう？　マッティ殺しもお前だな？　おい、答えないのか？」私はますます興奮し、我を忘れて怒鳴った。

「アリー、放すのよ！」

「私は全く関与しておらん」

私が手を緩めると、ジャンセンは低い声で言った。

「マッティとはほとんど面識がなかった。誰があんなことをしでかしたのか知らんし、誰が君の父上をさらったのかも心当たりがない。私は確かにピエール・ミシェルを殺した、だが他の者達を殺してなどおらん。アルモンドはキリスト教徒ではなかったし、死海写本に関する彼の証言は私にはどうでもいいことばかりだった。大して重要な巻物を持っていたわけでもないしな。私がピエール・ミシェルを殺したのは、友人であったのに私を裏切ったからだ、あの巻物の内容を暴露しようとしたからだ。よしんばもう一度奴を殺さなきゃならんということならそうする、何度だって殺す」

「ね、もう行きましょ」ジェーンは私の腕を取り、そしてドアの方へと私を促しながら、

「もう彼からはこれ以上何も聞き出せはしないわ」と言った。


本当のところ、私もジャンセンがミシェル以外の連中を殺したとは思えなかった。そのジャンセンが父の拉致について何も知らない以上、父の拉致を連続猟奇殺人事件に関係させて考えなければならないことがますますはっきりしてきた。


「ねえ、アリー、さっきはどうしたというの？」拘置所を出るとジェーンが私に問い掛けた。

「ジャンセンは我々に言いたくない何かを知っていると思ったんだよ」

「だけど何であんな暴力的な態度に出たの？」

ジェーンは私が暴力に訴えたことをひどく驚いているふうであった。

「僕の名前、つまり〝アリー〟が何を意味するか知ってるかい？」

「知らないわ。どういう意味なの？」

「〝獅子〟という意味だ……。ところでジェーン、討論会もこんな思ってもみない結果に終わってしまった。ジャンセンから何も聞き出せない。もうここでぐずぐずしているわけにはいかない。イスラエルに帰らなければならない。というのも謎が解けるとすればかの地でだという直感がするんだ」

「じゃ私も一緒に行ってもいいわね」

「いや、僕が行こうとしている所は君の行ける所じゃない。君はここに留まってくれ。ニューヨークにいる方が安全だ。僕から離れていた方が……」

翌日、私の出発の前の日、ジェーンと私はマンハッタンのとあるレストランで夕食をした。そこはダイアモンド商人街にあるピザ専門店で、ハシディム達で溢れかえっていた。男は燕尾服に帽子を着用し、女達はほとんどがエレガントに装い、あらゆるスタイル――ショートだったりロングだったり、ブロンドのストレートから、もっとダークなカールヘアーにいたるまで――毛質を模した様々な鬘をつけている

「ねえアリー、本当に私に来てほしくないの?」とジェーンが言う。

「ああ」

「ね、私、ピエール・ミシェルが明らかにした情報には本当に衝撃を受けたし、それに彼の死は大変なショックだった。今では以前にも増して色々と知りたいの、それにあなたのお手伝いをしたいのよ。そうすることが私にとって大切なことなの。言ってみれば、私の信仰のために重要なことなのよ」

「君はもう充分にしてくれた……」

「……だけどあなたが行ってしまう」

と言って彼女はこう付け加えた。

「もうほんの短い間だけしか一緒にいてくださらないのね……」

食事の後、私はジェーンを家まで送っていった。ドアの所で二人はまた黙って長いことたたずんでいた。

「お別れしなければならないのね、そうなんでしょ」

長い沈黙を破ってジェーンが言った。「受け取ってもらいたいものがあるの」

ジェーンはハンドバッグに手を入れると、細長い形をしたものを取り出した。白い布で丁寧に包まれている。ジェーンはその布を丁寧に解(ほど)いた。そして私に差し出した。私は思わず驚きの声を上げていた。それは一巻の古い巻物だった、黒く小さな文字がぎっしりと記されている、皺(しわ)のよった古代の皮紙であった。

「ほら担架が運ばれた時よ、どさくさに紛れて担架の後ろにくっついて壇上に上がったの。そしてまだ机の上に置かれたままになっていたこの巻物をとったのよ。皆パニック状態だったから、誰も気づかなかったわ」

あの大騒ぎの最中で、私は巻物のことは頭にさえなかった。そして後になって思い出した時には、恐らく警察が持っていったとばかり思っていたのだ。驚きを言葉にしてジェーンに伝えようとした。ところがそれは実現されなかった。いきなり我々の後ろから男が現れて、ジェーンの腕を摑(つか)み、その手を巻物から放させようとしたからだ。男はジェーンを痛打した。ジェーンは吹っ飛ばされ、頭部を路肩にぶつけた。その彼女に被さって写本を奪おうとしているところを、私が男の腕を捕えた。男が私に向き直る。ナイフをとり出した。取っ組み合いになった、組み合ったまま男と私は歩道を転がった。がっしりとした相手の体格が勝って、ついにのしかかられる。男の息が私の顔にかかった。男の腕力が勝っていた。それにだぶついたハシードの服を着ているものだから、なおのこと形勢は私に不利に働いた。それでも相手の腹や胸にフックを見舞う。軍隊以来発揮したことのない力を振り絞っての抵抗だった。しかしそれをきっかけに忘れていた力が蘇った。次々と繰り出したフックは相手の内臓を揺さぶったはずだ。顔面にもパンチをくれてやった。歯が折れたはずだ。爪で皮膚を突き破ってもやった。そして肘を使っての強打が見事に相手の顎を捕えた。だが突然、腰部にナイフの刃が肉を裂いて入ってくるのを感じた。次の瞬間、いきなりの苦痛に襲われ、闘いの手を休めた。もう少しで男の下から出られるところだった私にただちに連打が襲った。骨がきしんでばらばらになるかと思うほどの強打だった。胃が縮まってゆくのが分かった。こうなったらシモンからもらった拳銃を使うしかない。殴られながらもポケットに手を突っ込んだ。ところが拳銃を取り出すつもりで、そこから引き抜いた私の手には、ミレ神父からもらったあのバルサム油が入ったガラス瓶が握られていた。敵はそれを見て、小瓶を私の手からむしり取ると、私の頭に叩き付けた。小瓶は粉々に砕け、中の赤いねっとりとした液体がむかつくような臭いを放って、私の髪の毛の中に流れて広がり、顔に滴り落ちた。その間に私はやっと件の拳銃を取り出すことに成功した。すぐさま男の脇腹に銃口を押しつけた。攻撃がぴたっと止んだ。

路肩に額をぶつけ気を失っていたジェーンの意識は戻っていた。私は彼女を助け起こしてやった。ジェーンはまだよろけながらも、皮紙を拾い上げるとハンドバッグの中におさめた。それから片手でマンションのドアを開ける、もう一方の手は痛む額に当てられている。私は男に入るように合図した。《神よ、私に立ち向かうものに立ち向かってください。私に戦いを仕掛けるものに戦いを仕掛けてください。盾と剣をとってください。そして矛と槍を突き出し、私を付けまわす者達の行く手を塞いでください。私の魂に語りかけてください。〝我、そなたを解きにきたり〟と。》

私はジェーンに拳銃を渡し、男に狙いを定めておくように言った。そしてカーテンを束ねる紐をとると、それで男を暖房機の鋳物の導湯管に縛りつけた。拳銃を手近に置くと、ジェーンと私は素早くお互いの傷の手当を済ませることにした。ジェーンは擦りむいた膝を洗い、額に負った打撲を氷で冷やした。少し切れてもいた。私は腰の傷にガーゼを当てて絆創膏でとめ、洗面所に行き、髪の毛にこびり付いて、皮膚にも付いたべとべとの悪臭を放っている液体を洗い流すために、頭を洗面台に突っ込んだ。鏡で顔を見ると、赤や青のあざができていて腫れ上がっている。

男も無傷というわけではなかったが、どうも敏捷にダメージをかわしていたらしい。しかしながら少なくとも五〇代はいっている。灰色でチリチリのその髪は以前は漆黒だったはずだ。皮膚も浅黒い。茶色の目が惑乱状態を示して落ち着かない。何という名前か英語で尋ねてみた。すると男はヘブライ語でカイール、カイール・ベンヤイールだと答えた。あのホセアの密使のカイール・ベンヤイールだった。

この男は敵だとしても、とりあえず誰かをおびき出すという当初の目的が実現したのだ。討論会という我々の仕掛けた罠は多分無意味ではなかったのだ。

「何でこの巻物を狙ったんだ？」私は男に尋ねた。

「あんたと同じ理由でだ」

「何の理由だ？」私は執拗に迫った。

「その巻物にはエッセネ派が隠した宝のありかが書いてあるだろ」

「何でそんなことを知っている。解読したのか？」

「いや、読んでいない。ホセアがそう言ってただけだ。ホセアは生前、死海写本のおかげで伝説の宝の一部をかなり手に入れた。宝石や何やらで、まさに一財産だった。まだすべてホセアの部屋にある」

　私はカイールのその言葉で、私が忍び込んだ時に見た食器やら古物やら、何百点にものぼる値打ちものの品々を思い出した。カイールは続けてこう言った。

「だが、神殿の宝物の最後の隠し場所がわからなかった。ホセアによれば、そこが最も重要な隠し場所だということだ」

「ところで私の父の居所を知っているだろう、父をさらっていったのは誰なんだ？」

「いや知らん。あんたの父親って誰なんだ」

「じゃホセアを殺したのが誰だかは知っているな？」

「ああ、犯人を見たことは見た。そいつらがやってきた時、隣室にいたんだ。ホセアはそいつらを知っているふうだった。宝のことで激しく言い合っていたよ。連中はホセアに〝宝は見つけられはしない〟と言っていた。ホセアは連中に〝どんなことをしても見つけてやるさ〟と答えていたな。それから恐ろしいことが起こった。耐えられずに俺は逃げ出した。今だって恐いんだ。奴ら、俺がホセアと組んでいることを知っているからな。今ごろ俺を探しているのは確実だ。イスラエルを逃げたのもそんな理由からだ」

ベンヤイールの言うことが本当なら、父の足跡を見つけるには、宝のありかとやらを見つけねばならない、ということは、巻物に何が記してあるのかを調べねばならない。

私は巻物を手に取り、細心の注意をはらって開き、震える手で解き始めた。皺だらけでひび割れているにもかかわらず、皮紙は魔法のように柔らかくほどけてゆく。文字が現れた。繊細な文字がぎっしりと記されている。間違いなく〝失われた巻物〟だ。マッティ教授が言っていたように、文字が左から右へ逆文字で書かれているからだ。これでは走り読みするわけにもいかないし、少なくとも、書くに際しても大層面倒なものになる。なぜこんなふうに記したんだろうか？　実は簡単に説明できる理由があった。それも誰が見ても分かる、しかし超自然的な呪いのなせる業ではないかと誰もが思うに違いない意外な事実があったのだ。それはこういうことだ。巻物はおよそ固く巻かれていた。そして長い時間の湿度によって、テキスト全体が皮紙の裏面に転写されてしまい、元々の表面は空白となっても残ったという自然の現象というにはできすぎた現象によるものだった。とにかくこの写本の鏡文字は人為的なものではなく、一つのアクシデントなのである。いずれにせよ、逆文字は逆文字なのだから、それを読むためには鏡に映すのが一番手っ取り早い。私も早速そうしてみた。鏡の中に写字生がしたためたままの正常な方向のアラム語の文字が映し出された。

ところが最後の最後で情ないことになった。なぜに私は、父が古代文字の解読方を教えてくれたあの頃、もっと注意して父の話を聞かなかったのか！　つまらないことで時を逸していないで、なぜもっと賢くあらなかったのか！　どうしてこんな罰を加えられたのだろうか？　目的地を目の前にして、そこに到達がかなわないのだ！　二時間が経った、しかし私は数ヵ月前と同様、相変わらず巻物の内容について無知のままであった。《私は自分を〝知恵ある者〟と思っていたのに、本当のところは愚者だった。私は海なのか、それとも大きな魚なのか？》

クムランの写字生の手になるぎっしりつめて書かれた凝縮表現的な小さな書体の解読は、少数の優秀な専門家以外では無理なのだ。記されている文字の半分は消えている、この状態では大変な苦労をして、解き明かしてゆくというより、占いをやるに等しく、父の助けなくして翻訳は不可能だった。文字が踊る幻覚を見るまで読み返し、地獄のバレエを踊らされでもしたように頭がくらくらするほど頑張ってみたが、分からなかった。もう後は、あれほど欲したこの擦り切れた古き皮紙を、知恵なき愚者のように、〝無頓着(むとんちゃく)な者達〟のように、ぼんやり眺めている他なす術はなかった。《知恵はどんな武器より勝る。そしてたった一人の罪人がすべての大いなる財宝を台無しにしてしまう。》

私は何をしていいのか分からなかった。父がいないのだから誰か他の学者に助けをこうなどは論外だった。たとえこの巻物を翻訳できる者を知っていたとしても、もう誰も信用はできない。多分父もいて、宝もそこにあるとなれば、これは当然イスラエルに帰国せねばならない。しかしカイールを放してやることはできない、仲間に一部始終を告げられてはまずいからだ。それにカイール自身、我々のもとから去りたくない様子だった。そして我々にこう申し出た。〝皆こうして巻物の意味を知りたいと思っている以上、協力しようじゃないか〟。我々にしてもカイールを放すのは得策ではないのだから結局、カイールの提案をのむことになった。

「こうなったらあなたは私が必要よ。一人で年がら年中あの男を見張っているわけにもいかないでしょ？」ジェーンは言った。

「僕一人で大丈夫だよ。逃げる気配もなさそうだからね。ホセアを十字架にかけた奴らを恐れているうえに、ホセアの死のことで警察も奴を探している、しかし宝はイスラエルにあるから帰国したい、奴にしてみりゃ入国する時、僕みたいのと一緒なら、いいカモフラージュになるから離れやしないさ」

「それでもカイールを見失う危険はあるわ、そうなればここで放してしまうのと同じでしょ。カイールを見張りながら、お父様の捜索は無理だわ」

「何とかなるさ」私は短く答えた。

「ならいいわ。そんなふうに私をどうしても拒否するなら、私だって思い切った手を打たなきゃならないわよ。雑誌に全部暴露しようかしら。社長のバートにすべて話したらどうなるかしら。言っとくけどドナーズも〝失われた巻物〟を夢中で探しているのですからね。よく考えた記事でも書かれたら、ひとたまりもないわよ」

「おい、そんなことするなよ！」私は呆気にとられて言った。

「そんなことしないわよ。でも、あなたが嫌でも私がその気になればついてゆけるのよ。イスラエルに行くのにあなたの出国許可はいらないわ。それにその写本、少しは私にも権利があるのよ……」

助けられる方がどう思おうが、思わず人を助けてしまう。いわばお節介をやく。女とはそうしたものだ。ジェーンに譲歩してはいけないのは分かっていた。ジェーンと私の共同作業を長引かせていけば、私はますます彼女から、前にも増して、離れられなくなってしまう……。だが彼女の決心は固く、私にそれを変えることはできなかった。

こうしてジェーン、私、そしてカイール・ベンヤイールという奇妙なチームがイスラエルへ向けて出発することになった。すべての問題の解決は祖国にあると私は予感していた。

機がイスラエルに近づくにつれ、無数の思い出が蘇ってきた。例えば夏の終わりの夕日に染まるエルサレム。さわやかな微風が時として肌寒いほどになり、すでに冬の予感にとらわれる。黄金の光がこの昼と夜の美しい境界で、旧市街の白い壁を黄土色に染めあげ、オリーブの山の頂をサフラン色のオーラに浸す。そうした色彩は落陽によるものか、月の光によるものか、天の夕焼けが映っているのか、星々が照らすためか、稲妻が閃くためか、大燭台が灯ったためか、夜露が発光しているのか、あるいはそのすべての混色によるものか。

例えば私は旧市街の壁の外にある古い幾つもの地区の一つ、ナハラト・シバーを思い出す。現代社会がこんなところも取り込もうとしている。その地区の家々の扉の一つにカール・ハシディムの文字が見える。小さなシナゴーグがある。私はこのエルサレムでも最も古いシナゴーグに時折足を運んでいた。とても古い時代に〝塵（ちり）に返った〟幾多の命を記念するプレートが壁一面を埋め尽くしている。界隈（かいわい）の通りはどこも狭く、車道にはみでて歩く通行人は、車がくると左か右のどちらかの歩道に身をかわす。あるいはまた車の方が人をひくまいとして路肩に片輪を乗り上げてかわしてゆくこともある。中にはこれぞ隘路（あいろ）というのがあり、そういうところでは、通行人は一列縦隊を余儀なくされる。血管のように巡る古い道路網に新しい世界と現代が押しかけて、流れ込んでいるみたいだ。この古き地区の夕べは、救いの壁や賛辞の扉が退場してゆく昼の光にわずか照らされ、月の輝きにわずか触れられるだけで、まるで炎となって燃え上がらんとする。《立ち上がれ、と彼は民に言った。輝けよ。そなた達の光が訪れ、神の栄光がそなた達を照らすからだ。地上は闇（やみ）に覆われ、暗い霧が国におりる。だがそなた達は神に照らされ、神の栄光がそなた達のうえに示される。》

III

祖国の大地を再び見出すのはたとえようのない幸福だった。まだ上空だというのに待ち切れぬ思いを押さえ切れなかった。まるで何か信じがたいことが我々の到着を待ち受けて起こるかのようだ、何か新しい事が、何か重大な変化が。そして実際、それが起きた……。

ついに機がイスラエルの地の末端に到着した。テルアビブの長い海岸が遥か下に延びている。豊穣の海の広がりと立ち上がってそびえる建築物の織り成す景観をうっとりと見つめる。かつてユダヤの民が〝帰還〟を実現した時の幸福感もこうだったのだろう。〝新たなる移民達〟が幾世紀の星霜を経て後、失った場所を見出した時の感情、見ることも知ることもかなわなかった〝遠い国〟がやっと自分達に戻ってきた時の感情に私はとらわれていた。私は自分のアイデンティティを再び見出すことができるのだ。同類のユダヤ人を必死に探す〝離散の果てしない自己喪失感〟にもう、苛まれずにすむのだ。ここでは私は再び自己を回復し、〝私〟は再び自己と結びつく。自らの存在を正当化しようともがく必要ももうなければ、ユダヤ人の共同体を探して歩くこともないのだ。ここでは安息がかなう。すべてがまるで泉が湧き出るように自然だ。〝幾世紀の離散〟を忍び、私はやっと戻ってきた。さまよえるユダヤ人が今や荷を下ろそうとしているのだ。

飛行機を降りると、暖かい空気が甘く私を包み、心を熱くしてくれた。エルサレムに向かうタクシーの中では、もう、たとえようのない〝平和〟を全身で感じていた。〝ここに、今、私は存在しているんだ〟というこの存在感は他のどこにいても、こんなには満ちてこない。何かとてつもないことが今、展開していて、私はそれを経験しているのだ。ここではすべてが〝別の意味〟を持つ。生きるために戦う必要はない。

街道が最初のカーブを描き始める、エルサレムの方へのぼるサインだ。何回も通っているはずの道なのに、本当に待ち切れぬ思いでエルサレムを想う。単に故郷の街を早く見たいだとか、長旅の後の休息を早く取りたい、心身共に正常な機能の回復をはかりたいだとかで私はエルサレムを熱望しているわけではない。そして、街道を昇ってゆくにつれ、自分があの高きエルサレムへの到着を、よりよい世界を待望するかのように待っているのを理解した。エルサレムの最初の壁が蜃気楼のように揺れて見え始める。そして徐々に揺らめきが静まってきて、ついに現実の質量が出現する。その間私の心は喜びに飛び上がり、魂は地形の上昇とともに〝上がって〟いった。私は〝神〟が私の中にきたるのを感じた。私は陶然としていた。やがて神を見出すのだと思った。私はやっと私に侵入してきていた感情の正体をみきわめた。それは〝終末論的熱望〟だったのだ。神の感情が私に住み着き、私の魂を震えさせていたのだ。私は混乱した。

ある詩篇が頭に浮かんだ。それはこういう。もし私が迷った時、神がその厚情を示し、私をいつも救ってくださる。私がつまずいた時、神の正義が常に私の正しさをあかしてくださる。もし圧制がしかれれば、私を〝滅びの穴〟から救い出してくださる。私の行くべき道をはっきりと示してくださる。神はその真の正義でもって私を裁いてくださる。溢れる善意をもって私の不正な行為を償ってくださる。神はその正義でもって私の汚れを清めてくださる。人の子達の罪を洗い流してくださる。そして神の正義が、「いと高き方」の威信が崇められる。

神の直感が私の心と精神をかき立て、私を、是が非でも創造主との結合へと導いた。神の名により、私は父の名を呼んだ。あたかも父がそこにいるかのように、父が私の中にいるかのように、私が父の中にいるかのように、神自身が、父が死んでいないで元気で生きていることを、私を通して生きていることを、神を通して生きていることを、そしてやがて私が父を見つけ、〝神も父も私も皆一つになる〟ことを、あたかも告げているかのように。それが慰めになった。

理性が譲ってはならぬと私に命じていた。私がよく知る章句の数々を使って、〝瞬間的な超自然的直感などは思考の懈怠でしかなく、想像的なものの中に捕われた合理主義の裏面でしかない〟のだと私に囁いていた。だが理性は空しく、事実は説明し難い。私は情熱の虜になっていた。

〝この街〟は決して大きくはない、現代的意味合いにおいては〝重要な〟都市ともいえない。事実そこに存在するのも不思議だ。カルデアのウルや、古代バビロンのごとく、もうとっくに瓦礫の山と化し、野牛のすみかになりはてているはずなのだ。なにゆえに、ひとたびアナリナ・カピトリアと改名されながらも、真の名を消すことはできなかったのか？　この街を破壊したローマ帝国自身がとっくに崩壊したというのに、塵と灰から再建されたエルサレムは残存し続けた。幾千年の間、ビザンチン帝国にもペルシャ人にも、アッバス朝にも、バグダッドの人にも、ファーティマ朝にも、マムルーク人にも、エジプト人にも、オスマントルコ帝国にも、イギリス人にも、永久支配はかなわなかった。

〝永遠〟、その名はエルサレム。エルサレム、それはこの街の七つの扉のように、七曜日のように、七つの枝の燭台のように、〝一番目〟の前にある〝七番目〟のごとくに、七度花婿のまわりをまわる花嫁のようにこの街を巡る城壁の石段、そして敬虔なる人々の祈りと、祈願の囁きに満ち満ちて金色にきらめく「西の壁」、そしてその壁の向こうにそそり立つ「神殿の丘」、〝土地に吐き出された人々〟を呪った神に対し、〝最初の父〟がそこで刃向かった神殿の丘。

エルサレム、それはひとたび「不浄門」を出ると、幾つもの丘の幾つもの険しい坂道。ダビデの街がキドロンの谷をのぞみ、山の斜面に寄り掛かるようにして建っている。エルサレム唯一の涸れ尽きぬギホンの泉がこの街のかわきを癒す。高きを仰げば、偉大なる魂達のそびえ立つオリーブの山。そしてその谷底に反抗の息子アブサロムの墓と怒りの預言者ゼカリヤの墓、天に向かう柱と地に刻まれたレリーフ。エルサレム、それは戦いの王、ダビデの墓、モスクに変じ、その円天井にはシャンデリアの揺らめく炎さんぜんときらめく。それに隣接して建つホロコーストを忘れぬ博物館。人によって汚され、焚書に付された数々の巻物、焦げたページ、踏みつけられた言葉達。

　エルサレム、それは苦しみの道。虐げられた者達が体から血を流し、それでも意志を強固にメシアの十字架を背負った道行、幾度の苦しみの〝留〟、カルバリ、人間の末裔、答えぬ神。イスラエル、それはオマルのモスク。そこには、最後の審判の時、それぞれの魂がはかられる天秤が吊り下げられることとなる。イスラエル、それは壁や、床や、穿たれた地下に、建物の波打つ上部にも、白い住宅にも、新しき石にも、記されたローマ数字と神秘の文字、サンズ、マテルドフ、ジェール、ベスのゲットーの住民を、モロッコのユダヤ人街メッラー、アルジェリアのユダヤ人街カスバの住人を、バビロニアの捕囚から帰還したネヘミヤやエズラの方へと呼んだ聖なる山の呼び声。ネヘミヤやエズラはやっと見ることがかなったエルサレムを読み解き、ことごとく埃に汚れ、悪臭を放つ黒いしみがこびりついた壁を読んだのだ。〝ここは私の大地、私は二度と忘れることがない〟と。

　太陽がユダヤの幾つもの丘に昇る時、旧市街にはその影が落ちる。だがキドロンの谷の東方にどんなわずかな光も捕えてしまう一つの山がある。世界で最も古いユダヤ教徒の墓がその山の傾斜面にあり、その麓にあるオリーブと糸杉が、この場所がかつてゲッセマネと呼ばれたことをあかしている。古い昔に〝起こったこと〟、世界の始まりから〝隠されていること〟をあかす明白な証拠の場所だ。ここでなら〝過去を繋ごうと〟狂おしく欲した〝人〟が数々の偶像を突っぱねることが出来た。黎明に丘が白んでも、ここでなら幻滅と失望の〝悪運を企てる〟ことが容易だ。この場所こそがイエスが愛し、安らぎを捜し、一人祈った場所なのだ。ここそイエスが闇から身を守った場所なのだ、そしてまたそこはいわゆる彼が裏切られた場所なのだ。丘の連なりを越えて、ずっと遠くに植林によって後退した砂漠がある。そして下方には城壁の背後に街がそびえたつ。驚くほど無頓着に古代をはらんで存在している。〝中心〟に「壁」がある。ふところには〝見えない中心〟がある。二度破壊された神殿のことだ。黄金の、威厳と力の象徴の宮殿の中心には至聖所があった。神が住んでおられる家だ。今でも住んでおられるかもしれない。誰もそこに入ることはかなわない。ただ一人大祭司のみがキプールの日にそれを許される。神殿が略奪されたその日、ローマの司令官が神のためにユダヤ教徒がしつらえた場所に入って、秘密を解明しようとした。だが至聖所の墓を開けても何もなかった。すべての中心の中心、まさしく聖なる場所、エルサレムの燃える心臓、神殿の暴かれた心臓、そこは〝空の場所〟であった。〝場所という空〟であった。《空しさの空しさ、すべては空しい。》

我々三人は旧市街のごく近くの小さなホテルに宿泊を決めた。父の行方が分からなくなったことを母に告げたくなかったので、新市街の住宅地、レハヴィアにある実家には寄らないことにした。だがメア・シェリームには行こうと思っていた。ジェーンにも見せてやりたかったからだ。我々はカイール・ベンヤイールをホテルに残し出かけた。〝やたら外出して、みすみす危険な目にあいたくはない〟と言ったからだ。警察がベンヤイールを探していることを本人も知っていたし、それに探しているのは警察ばかりではなく、謎の処刑人もいることを承知していた。

バスを利用して新市街に向かった。メア・シェリーム区の預言者通りに着く。ジェーンはちゃんと気を遣ってロングスカートに長袖のブラウスという装いだ。しかしメア・シェリーム区では私のようなハシードが若い未婚の女性と連れだって歩いているのはまれである。それでも二人で足早にあちこち見て歩き、シナゴーグや、イェシヴァ、友達の家など、私がよく出入りする場所を案内してやった。そうしているうちに、通りでたまたまイェフダを見かけた。私が呼び止めるとすぐさま駆け寄ってきた。

「一体全体、どうしたんだい？」彼は言った。

「便りもできないほど忙しかったのか？」

「思ったより旅が長引いてしまってね」私は答え、ジェーンを紹介した。

ジェーンは握手の手は出さなかった。ハシディムは自分の妻以外、絶対に女性に触れないことを私に教わっていたからだ。

「じゃあ、皆で少しどこかで休もうか」イェフダが言った。

「君に言わなきゃならない大事なこともあるしね。アリー」

我々はこの地区では滅多にないカフェの一つに入った。ハシードが経営しているカフェだ。

イェフダは今は既婚者のためのイェシヴァ、コレリムに通っていると教えてくれた。そこに通うということは生涯タルムードの研究を続けることを意味する。イェシヴァからは奨学金が少しもらえるそうだ。彼の妻は保育園で働いていると言った。

「ところでビッグニュースを知っているかい?」イェフダは近況を話してから、謎めかした口調で言った。

得意そうな様子もうかがえた。

「いや」

「合衆国にいて、ウイリアムズバーグで耳にしなかったかい?」

「いや、聞かなかった。何のことだい?」

「我々のラビがメシアについて語ったんだ。つまり、とうとうメシアが姿を現されたのだよ」

「誰なんだい」私は唖然(あぜん)として言った。

「誰って決まっているだろ、ラビさ! ラビがご自分がメシアであることを明らかになさったんだよ。そして諸時代の終末がすぐそこに迫っていることを告げられたのだ」

私は声もなかった。何が八二歳にもなるラビをしてかくなる直感的な認識に至らせたのか? なぜまた今になって?

「だけどイェフダ、君は〝ラビ〟が本当にメシアだと信じているのかい?」私は彼に尋ねた。

「アリー、白状するが、僕だってラビの傍で暮らす前は君と同様、些(いささ)かの疑念もあったさ。だが、ラビの義理の息子になり、ラビの弟子になった今や、より深くラビのことを知ることがかなった。ラビはまさしく聖人だ。いやそれ以上だ。ラビがもうすぐ我々すべてを解放してくださると、僕は信じているよ」

私はイェフダが何を言いたいのか理解した。私が旅立つ、ついこの間、新婚ほやほやで、未婚者のためのイェシヴァを出たばかりのイェフダが、今やラビの側近になって、恐らく法務にさえ携わっているのだ。今やイェフダは少数の選ばれた者達の一人であり、〝ラビ〟に近しく接し、〝ラビ〟の日常生活をつぶさに拝むことがかなう、ハシディムの羨望（せんぼう）の的なのだ。

「分からないかい」彼は言った。「どんなにこの世界がうまくいっていないかが。戦争、悲惨、不公平。すべてが悪くなる一方だ。先の世界大戦で体験した数々の恐怖は二度と繰り返されないと人々は信じていたが、とんでもなかった。湾岸戦争、旧ユーゴスラビアにおける恐怖の民族浄化、ルワンダにおけるジェノサイドと、すべての地域で世界が悪の支配のもとで自爆を起こしている。そして、この地上で、我々の国の中においても、イスラエル国家建設以来、戦いの連続だ。イスラエルと神に敵対する悪の力、ゴグとマゴグがあおっているんだ！　エルサレムを見てみろよ！　だが、ついにより良い世界への希望がもてることになった。その素晴らしい世界がすぐそこに来ている。天啓の時が間近だ。もう目の前に迫っている。君はそれを感じはしないのかい？　神がついに我々の祈りをお聞きとどけになったのだ。我々の願いをもうじきかなえてくださる。そのために神は我らがラビを選ばれた、我々をお救いくださるために、この地上にラビを送られたのだ。アリー」

よく以前、我々が単なる親友であった頃そうしたように、私の肩に手をまわし、身をかがめてイェフダは彼特有の少しじゃがれた声でそう言い、こう付け加えた。

「あと一年で二〇〇〇年だよ」

「しかし、我々の暦じゃ、とっくに二〇〇〇年は過ぎているよ。正確に言えば、三七五九年前にね。我々はキリスト教徒じゃないんだから二〇〇〇年は大した意味をもたないよ」

そう私が言うと、イェフダは私の肩から手を下ろして、首を左右に振った。

「君は我々にもうじき何を見る機会が与えられているのかを分かっていないよ。悔い改めないと〝救われない〟ことになるぞ。君は〝浴せぬ〟ことになる……」

「天の国にか」私はほとんど機械的にイェフダの言葉につなげた。

その時私は突如、合衆国に出発する前に見た夢のことを思い出した。イェフダが運転する車でバスを追って、天の方へ昇っていったあの夢である。バスは我々の外部の世界、すなわちイエスによってすでに救われたキリスト教の世界を象徴し、我々の乗っていた小さな車は、我々ユダヤ教徒の世界を表していたのだ。

しかしあの時、私は《まだだ！》と叫んで目を覚ました。メシアがそんなに早く来ることを願うことに、私はイェフダ達がもつような確信がもてないでいたのだ。しかし、〝そのメシアによって到来する別の世界〟とは本当は何を我々に用意してくれているのか？

「明日はラグ・バオメルの大祭だ」イェフダが言った。「慣例通り、我々ハシディムは〝スタンドを出す〃。今年は僕が取り仕切ることになったんだ。ラビのメシア宣言を公に告げる。一緒にやってくれるかい」

私は〃会に行くよ〃、と言って承知した。〃ラビ〃のメシア宣言にイェフダのように夢中になったためではない。ある計画を思いついたからである。そしてそれがイェフダの計画の実現過程とまさに一致するような計画だったからだ。その一致は後から分かることになるが、実は偶然の一致ではなかったのである。

イェフダと別れた後、ジェーンが私に彼と私について幾つかの質問をした。そこで私はジェーンにどのようにイェフダがラビの娘と結婚するにいたったか、どんなふうにして彼の結婚が〃整えられた〃のかを教えてやった。

「アリー、あなたもそんなふうにして結婚することになるの?」彼女は私に尋ねた。

「僕の場合は特別な〃仲人〃のところへ行く必要がある。というのも僕の両親は信者じゃないからね」

「え、あなたのような人達専門の〃仲人〃というのもいるの?」

「うん、少々デリケートなケースを、主に扱う〃仲人〃がいるんだ。その仲人達は祈りに没頭しすぎている者達、祈りが激しすぎる者達、研究に没頭しすぎる者達、断食行がすぎる者達といった社神経的に病んで鬱(うつ)状態から抜け出られなかったり、感情的問題で苦しんでいる者達といった社会生活には全く向かない人々の面倒をみるんだよ。つまり、ここではどんな人もはじき出されることはないのさ」

夕暮れが近づいてきた。ジェーンの顔がメア・シェリームの街の金色の反射光に照らし出される。その目が悲しげに輝いていた。

「その仲人達は外部の〝混合結婚〟で生まれて、ハシディムに入信した者達のことも面倒みるんだよ。つまり地中海沿岸諸国のユダヤ人、スファラディやイディッシュ語を話すドイツ・ポーランド・ロシア系ユダヤ人、アシュケナジのことなんだけどね。それからイェシヴァでタルムードを学び、黒衣、つまりハシディムの服を着るようになった人々の面倒もみる。〝黒衣を着て〟、アシュケナジの娘と結婚したい、そんな時仲人は肉体的にハンデのある娘や遺産相続で問題のある娘を見つけてやる」

「ではもし、スファラディの娘が結婚相手を探す時はどうなるの？」

「誰も見つからない可能性大だ。というのは、アシュケナジの男であろうが、スファラディの男であろうが、スファラディの女性を望まないからなんだよ」

「感情的問題を抱えている女性も夫を見つけることが出来るの？」

「普通、女性が結婚以前に感情的問題を抱えることはない」

ジェーンの驚いた様子を見て、私はあわててこう付け加えた。

「公にはだ。両親は娘に婿(むこ)が見つからないと困るから話しはしないさ。男子の場合は違う。隠せはしないからね。女子をシナゴーグで見かけるのは年に一度だけだけど、男子は毎日シナゴーグやイェシヴァに通ったり、街に出るからね」

「結婚話が成立した後はどうなるの？」

「うん、未来の夫婦は両親立ち会いのもとで最初会うんだ。紹介が済むとあれこれ世間話をする。何分かすると両親達は別の部屋に移り、若者達だけにする。ドアは半開きにしておく。だから全く二人だけになるわけではない。未婚の男女が二人きりになるのは禁じられているからさ」

「で、その若い二人は何を話すの？」

「学問のこととか、ごく一般的なことだよ。時として何も話さないことだってある。ここの娘達は一般にすごく恥ずかしがりやなんだよ……。そして別れる。次に彼らが会うのは結婚式の日だ」

「女性か男性の一方が相手を拒むことは可能なの？」

「いやそれはない。彼らはいずれも、両親のいう通りにするのが一番で、両親の選択に決して間違いなどはないと考えている」

「メア・シェリームではどの位の数の人がそういうお見合結婚をするの？」

「住人のすべてが見合で結婚すると思う。ほとんどすべてだ。もし両親同士が知り合いで、互いの息子なり娘なりがお似合いだと思っても、やはり〝仲人〟のところへ行って嫁捜し婿(むこ)探しをする方を選ぶ。だから第三者によって結婚の様々な事が整えられるのさ」

「ところで若い二人は結婚後はどうなるの？」

「結婚後は女性は初めての子が生まれるまでは働く。教育に従事したり、さもなければ何がしかの仕事を共同体の中で見つけて働く」

「女性が経済的イニシアチブをとるというわけ？」

「そうなんだ。男性は研究に身を捧げなくてはならないからね。でも家の心配はないんだよ。結婚契約と同時に住まいを与えられるからだ。収入はわずかであっても、家族や友人らの援助でやっていけるし、銀行からも借りられる」

「もし、異教の女が結婚したい時はどうするの？」

私ははっとした。ジェーンはその答えを知っているはずだ。わざと挑戦的にジェーンがそんな質問を私にしたことをすぐに理解した。私はハシディムの結婚を話題にして、ジェーンと私の結婚などは不可能であることをはからずも駄目押しして語ってしまい、そうして彼女を傷つけたことを気がつかないでいたのだ。

ホテルに戻りながら「西の壁」を通った。もう五時だ。夕闇もおりてき始めようとしていた。「西の壁」の前の広場に突き出した形の狭い石の階段を登ると、「壁」の前で祈りを捧げる人々や、その少し遠くには今日最後の祈禱を終えてオマールのモスクから戻ってくる人々が見える。午後の終焉の太陽が赤銅色の光で「壁」を照らしている。その壁が、〝断片構図の効果〟を奏して、そこにはない神殿を、〝そこにはない〟というその不在性自体によって完全な神殿を、理想のエルサレムを蘇らせる。その神殿は長方形の長大な仕切壁に囲まれた、きちんと形のそろった白い巨大な石塊で築き上げられているのだ。この聖なる〝空の場所〟、数々の忌まわしい行為、数々の反抗、ザドク派祭司の権利の簒奪、顕在神王アンティオコス・エピファネスが見せびらかすがごとくに陳列した数々の偶像等の舞台であった神殿は、破壊され、そして再建され、そして今度は決定的に破壊されるが、混乱に富んだその歴史の果てには至らず、不在という形で〝存在〟し続けた。その歴史は失われては再び始まり、人々に生きられる以前に夢想され、そして実現されるとまた想像され、終わることがなかった。常にそうだった、バビロン捕囚の時代からそうだった。ケバル河の河畔で天が恍惚の預言者達の目前で開いた時も、嵐の烈風が北から来た時も、閃光を放つ火が信者達の目を眩ませた時も。彼等は神託により神の聖域のある正方形の広大な床を見、鮮やかな幻視でもって、幾つもの扉、幾つもの前柱廊、幾つもの部屋、そして至聖所を想起した。彼らはトランス状態のうちにまるでそれらが目の前にあるかのように、一々の壁の一々の扉、一々の窓の方向や寸法、――というのも方向や寸法は彼らにとって聖なる存在の秘密のコードであるからだ――が分かった。エクスタシーにあって彼らは聖なる対称、聖なる鏡像的反映、聖なる間隔を想像したのだ。だが、それはユートピアでしかなかった。民がバビロン捕囚から戻り、モリヤの丘に神殿の再建をはかった時、祭司達や巡礼者達や贖罪者達は理想のエルサレムの完全なプランのまわりに結集したのではなく、彼らの聖域の内部で分裂したのである。そしてついにヘロデ王が忌まわしき行為の仕上げをした。ローマによって位をもらったこの専制君主はモリヤの丘に巨大な神殿の再建を企て、これを完成し、ローマ帝国領土内におけるこの最も立派な建物の一つに、〝悪しき女祭司、ローマ〟のシンボルである黄金の鷲を張り付けて、ユダヤ教の神殿に圧政者の力を押印したのである。故に死海写本が書かれたこの時代、神殿は不浄に満ち満ちていたわけだ。毎朝、何体もの生け贄が帝王のために捧げられ、日に日に、偶像破壊者であるユダヤの神の住まいは知らず知らずのうちに、いわば母屋を取り上げられていったのである。

そして二〇〇〇年の長きを経て今日、その遺跡を探す者達がいる。ヘロデ王の神殿があった場所と今まで信じられていたオマールのモスクの下ではなく、少し離れた場所で発掘が行なわれているのだ。そこから神殿の幾つかのエレメントが出てきたからだ。もしその発掘が神殿の真の場所を暴き出すことがあるとしたら、どんな神殿が復元されるかを私は想像し始めた。

私の頭の中では、その神殿はいかなる壁もなく、上部材と扉だけしかない開いた構造をしていて、巨大な円環の橋のような外観をそなえ、それゆえ中庭から内部に入るのも容易にかなう。扉の差掛け屋根や通路が内部を横断し、すべての巨大な部屋が中庭に面している。つまり神殿を取り囲む中庭からはすべての部屋が見え、どの部屋からも神殿が見え、それぞれの部屋はつながっていて、中庭に面しているのだ。だが部屋の寸法や形はそれぞれに異なる。ある部屋は一二メートル×八メートルの長方形、ある部屋は底辺一〇メートル、左右両辺一五メートルの二等辺三角形、ある部屋は二三メートル×二三メートルの正方形、ある部屋は直径八メートルの、ある部屋は直径三二メートルの円環構造、ある部屋は一辺八メートルと一二メートルが交互する一一角形、ある部屋は五二メートルに及ぶ長さの大楕円形、ある部屋は径九メートルの卵形、ある部屋は一部正方形、そして円環が続く不定形、ある部屋は細長い不定形、ある部屋は天井が高く、ある部屋は天井は低い、ある部屋はタイル張り、ある部屋は光った自然表面を持った石張り、ある部屋は柔らかなカーペットが一面に敷かれ、ある部屋は東洋のじゅうたんが敷かれ、ある部屋は大きなシャンデリアがあり、ある部屋はランプ一つだけの照明、ある部屋は鎧戸になっていて、ある部屋はカーテンで遮光する、ある部屋はスライディングする窓があり、ある部屋は観音開きの窓、ある部屋は鮮やかな色に塗られ、ある部屋は全面ウッド、だがその一々がすべて互いにぴたりとはまり合って、神殿の全体の形状を構成する。

至聖所を取り囲む四重の中庭には四つのテーブルがある。このテーブルは祈りのためのものであり、トーラーの巻物が広げられるテーブルである。北の方角に向かって開いている中庭の、外の信者が聖域にのぼる扉の入口付近には、もう二つのテーブルがあり、そしてそのテーブルから見て建物の正反対の側にさらに二つのテーブルがある。すなわち全部で八つのテーブルがあることになる。テーブルは大きな切り石を使っており、寸法は一・五メートル×一メートル×一メートルである。それぞれのテーブルは派を異にする祭司達専用のテーブルで、あるテーブルはサドカイ派祭司のためのもの、あるテーブルはエッセネ派修道僧のためのもの、あるテーブルはパリサイ派ラビのためのものである。彼らはすべて神殿が蘇(よみがえ)ると同時に蘇るのだ。またあるテーブルは正統派祭司のためのもの、あるテーブルはリベラル派祭司、あるテーブルは改革派の女性祭司のためのものだ。あるテーブルは〝強く望む者〟のためのもの、あるテーブルは〝そうは望まない者〟のためのものである。ガラスの入った大窓のある部屋の中の幾つかは聖歌隊の部屋で、内部の中庭に面している。また、外部の中庭に面している幾つかの部屋は神の家を維持し、神に近づき奉仕するレビ族の末裔(まつえい)の祭司達のためのものだ。

神殿の中央には拝廊があって、幾つかの階段からそこに近づける。拝廊は神殿の秘密の部屋に面している。この部屋の大きさは七〇メートル×四〇・五メートルである。その外部には何本かの柱、幾つかの窓、床や窓も含め全面板張りの幾つかの部屋がある。この木材には何体かのケルビムとヤシの葉が彫られていて、それぞれのケルビムは、全く異なる二つの顔を持つ。秘密の部屋のまわりには木彫りの幾つかの彫刻があり、床から天窓までの高さにケルビムやヤシの葉が立ち上がっている。《人の子よ、ここが私の王座だ。私の足の裏のこの場所を、イスラエルの子達の中にあって、永遠に私の住まいとする。イスラエルの家は〝聖なる私の名〟を汚してはならぬ。イスラエルの子達よ、淫売や王達の屍体でもって、自分達や王を、汝らの〝上げられた場所〟で汚してはならぬ。》

秘密の部屋は至聖所であった。この神の住まいには大祭司唯一人が入ることができる。この大祭司は「人の子」と呼ばれていた。私は「人の子」に〝ラビ〟の特徴を重ねてみた。〝ラビ〟が「統合者」か？　イスラエルすべてを救う「メシア王」なのか？　果たして彼が〝大祭司〟なのか？　それとも〝悪しき祭司〟か？　それとも〝人の子〟か？　それとも〝闇の子〟か？　それとも〝光の子〟なのか？　〝ラビ〟は本当は誰なのだ？

突然、私は夢想から現実に戻った。

もう神殿の広場には誰もいなかった。ジェーンと私は無人の広場にそれからもう暫くいたので、ホテルに着いた時は夜も更けていた。帰路の途中、揺らぎながらもバランスを崩すことのない夢遊病者の足取りで歩いていたのを覚えている。だが覚えているのはそのことだけではなかった。驚愕すべき出来事があったのだ。あれはやはり夢想だったのか？　幻視だったのか？　預言だったのか？　トランス状態から覚めていなかったのか？　あるいは現実だったのか？　モリヤの丘にあって、オリーブの山に面しており、一五三〇年以来ふさがれている「黄金の門」がその夜は何と開いていたのだ。ジェーンと私は確かにその門を通ってホテルに帰り着いたのである。エルサレムのさわやかな微風に運ばれて。

《東方の門からは何人たりとも入ることができない。なぜなら神がそこからお入りになったからだ。そして君主はそこに座し待たねばならない。君主はその門から延びる道より入り、同じ道から出なければならない。》

翌朝、私はジェーンになぜ〝ラグ・バオメルの祭り〟に行くことにしたのかを説明した。この祭りは西暦一三五年、ユダヤ教徒の独立をかけた「バル・コホバの乱」を記念したものである。バル・コホバを支持して殉じたラビ・アキバはバル・コホバこそ国家的、神秘的希望がめざすメシアと信じていた。そうした歴史があって、この祭りにはハシディムをまじえ、ことさら敬虔なユダヤ教徒達が集う。スファラディであろうがアシュケナジであろうが、この祭りはラビ・アキバの弟子のラビ・シメオン・バル・ヨハイのような〝伝承〟に足跡を残す何人かのラビを讃える大事な機会でもある。だがこの大集会はベドウィン達にとっても絶好の機会である。彼らが生産する様々な品物を商うことができるからだ。そして私は、死海の巻物を発見したあのタ・アミラー族も祭りの常連であることを知っていた。

私はジェーンにベンヤイールの見張り役を頼み、バスでガリラヤ湖に近いメロン山に赴いた。ソロモンが集めた一四〇〇台の戦車のごとき物凄い数のバス、トラック、乗用車が渋滞のエルサレムを離れ、ガリラヤのメロン山の麓に、文字通り人の波を吐き出す。ラグ・バオメルの祭りの夜の前に一〇万人は山に登るはずだ。ラビ達の墓近くの岩だらけの傾斜地にテントをはる者もいる。担架で運ばれてくる病人も流れに穿たれてできた細い道を難儀そうに少しずつ登ってゆく。北アフリカの人が身に着ける長袖、フード付の丈の長いジェラバを着た物乞(ものご)いがいるかと思えば、ハシディムの宗服姿の物乞いもいて、聖域の各入口に陣取る。大して入ってやしない頭陀袋のことで口喧嘩(げんか)をしたり、椀(わん)の中に小銭を入れ、ちゃらちゃらさせて参拝者の気を引こうとしている。いたる所で物売りが、にわか仕立ての露店をひらき、お守りを売る者もいれば、飲物を売る者、ひよこ豆をつぶして揚げたファラフェルを売る者もいる。とにかくあらゆる物を売っている。

　私は人ごみに巻き込まれながらハシディムの居場所を探した。そしてラビ・シメオンの墓の入口近くにベージュ色のテントを探し当てた。かがんで中をのぞいてみた。幾つかの架台に乗せられた数台の木机があり、何冊もの聖なる書物や、安息日(シャバット)以外の日、朝勤につける礼拝用の律法章句が納められている革の小箱のついた皮紐(ひも)、経札(テフィリン)があちこちに雑然と置かれていた。テントの反対側の入口にイェフダが見えた。メガホンを手に往来の人々にさかんに告げていた。

「メシア来たり！　メシアが到来なさる！　我々はメシアの時代に入ることになる！」

　そしてたまたま近くを通った若い兵士の腕をとると、経札(テフィリン)をつけることを勧めた。兵士が拒んで討論となった。そのうち若い兵士はうんざりして、結局イェフダの勧めを受け入れた。

　その時イェフダがこちらを振り向き、私がいるのに気づき、私の方へやってきた。

「アリー、よくきてくれた！　手伝ってくれるだろ」イェフダは当然のように言った。

「まずちょっと一回りしてくる。すぐ戻るよ」私はそう答えた。

　ハシディムのテントのすぐ傍で、老女達が即席の板机の上に三枚ずつカードをおいて、占いをやっていた。

「さあ、おいでなさいな、バル・ヨハイがお守りくださっているかどうかみてあげるよ」と一人が叫んでいる。

その向こうでは、若者達がトーラーの巻物を高々と掲げ、そこそこ何十メートルかの距離を我こそ運ばんと争っているのが見える。トーラーをラビ・シメオンの墓まで運ぶ行列は即興の踊りを従える。それを追ってゆくハシディムの一グループが We want Messiah now.（今こそ我々はメシアを必要としている）と書かれた横断幕を掲げて揺らしている。

皆、熱狂のうちにラビ・シメオンの墓に達する。それぞれが独自の仕方で回忌を祝う。いたる所で抑制の一切ない狂舞がある。熱き再会がある、活気に溢れた討論がある、大天幕の下でのたっぷりの食事がある。時折その熱狂が途切れることがあるとすれば、それは祭司の墓にろうそくや香の捧げ物を絶やすまいとして押しかけ、祈りをかなえてもらおうと願う信仰のいわば静態によるものである。

やっと私はベドウィン達のテントを見つけた。テントに近づいた。あらゆる種類のアクセサリーや、手作りの品々を売っている。私は値切りもせずに気前よく小さな皿を買ってきっかけをつかみ、商人と話に入った。

「タ・アミラー族はいるの？」私はアラビア語で尋ねた。

「我々がタ・アミラー族だ」直ちに、周辺から幾つかの声が返ってきた。〝実はクムランの洞穴のことと、タ・アミラー族がそこにあった壺から見つけた写本のことで話したい〟と手短に説明した。彼らは私が言うことを理解した模様で、年老いた物知りを探して連れてきた。私はその老人にもう一度、同じことを尋ねた。

「それなら、ヨヒに会うがいい」

私の話を聞くと、老人はそう言って、テントの奥へ引っ込んでいった。

「ヨヒというのは誰だい？」私は他のベドウィン達に尋ねた。

「ヨヒは〝去っていった〟奴だ」

「〝去っていった〟ってどこへ？」

「今は墓守をしているよ」と彼らは答えた。

そこで私はもと来た道を引き返し、ラビ・シメオン・バル・ヨハイの墓に向かった。墓は石造りのちょっとした家ほどもある立派なものだ。中に入り、薄暗い廊下をめぐる。途中小さな間取りさえも幾つかあって、中央の部屋にいたった。その中に直接地面を掘った墓室がある。部屋の中には物乞いや体の不自由な者、外でテントもはれない哀れな人々がいて、自分達の運命の改善を祈りに込めていた。

先ほど、その存在と名前を知ったばかりで無論会ったこともないが、すぐにヨヒがわかった。茶色で皺だらけの肌をして、小さな目は黒く、鋭く、髪は灰色で、それが半分ターバンに隠れている。ヨヒは部屋の入口のところで古びた椅子の上に座り、瞑想にふけっているように見受けられた。私はヨヒに近づき、こう尋ねた。

「あんたがヨヒだね？」

「そうだ」ヨヒは言った。

私が小銭をやるのを待っているようだった。墓室に入る人々は皆そうするからだ。私は小銭ではなく、札を一枚小鉢の中に入れてやった。ヨヒは驚いて私を見た。

「タ・アミラー族を去ったのかい?」

ヨヒはうなずいた。

「いつだい?」

「少し前だ」

「なぜ去った?」

ヨヒは答えなかった。その時突然、私の背後で声がした。

「私がそうさせたのさ、アリー」

私はびくっとした。少ししわがれたような聞き慣れたその声の方にゆっくりと振り向いた。イェフダがそこにいた。

「私がヨヒにこの仕事をやって部族から離れさせたんだが、ヨヒに何の用だ?」

イェフダは私がかつて彼の口からは聞いたこともないような口調でそう言った。

「だが君の方こそヨヒに何を望んで部族から離れさせたのだい?」私は驚いて尋ねた。

「この男が我々に役立つからだ。クムランの写本のありかを知っているからな」

「クムランの写本だって!　なぜまた君がクムランの写本とかかわっている?　〝ラビ〟が君を〝送り込んだ〟のか?」

「そうだ、クムランの写本の中にご自分のことが記されている、とラビが言っておられる。写本がメシアのことを語っているから、写本が欲しいと言っておられるのだ。写本がメシアの到来を告げて五七六〇年だと明記していると言っておられた」

「本当なのか？」私はベドウィンに尋ねた。「写本のことを知っているのか？」

ヨヒはしばらく黙っていたが、やがて口を開いてこう言った。

「クムランの巻物のことかね？」

「そうだ」

「クムランの巻物を見つけたのはわしの父親だ」

イェフダと私がヨヒと別れた時には夜も終わりを告げ、黎明（れいめい）の最初の光が昇り始めようとしていた。外ではハシード達が祈りのショール（タリット）に身をくるみ、経札（テフィリン）を巻き付けて、朝の祈りを始めようとしている。前夜の歌と踊りが敬虔なる瞑想にとって代わられた。半ば燃えつきた炭火の香る、生まれたばかりの黎明にあって、すべてのハシディムが、遥（はる）か遠くエルサレムの「西の壁」の方角に向かい、体を前後に激しく揺すり始めていた。

地面に座り、環になって瞑想している一群がいる。クラリネットがノスタルジックな旋律を奏でている。即興と思われるそのフレーズが魂の深奥から出てくるその瞑想者達の重い溜（た）め息で区切られてゆく。まるで彼らの呼吸を増幅したような溜め息だ。ハシードであるためには〝溜め息〟が重要なのである。すべての喜び、すべての悲しみが、〝溜め息をつく〟ハシードの〝息吹〟の中に現れる。それほどにハシードの心はメシア待望の熱情に喜ぶと同時に、神殿の破壊という忘れることのできぬ烙印（らくいん）に傷つけられているのである。

ハシードであるためには〝溜め息すること〟を知らねばならないとすれば、私はこの夜明けにあってまさしくハシードであった。私の苦しみは余りにも大きく、私の喜びの色は余りにあせていたからだ。不幸が多すぎた。〝彼〟にとって不幸が多すぎる。

《そしてこの私は黙った。私の腕は靭帯から剝離し、足はぬかるみに取られて私は歩いた。私の目は悪を見まいとして閉じ、私の耳は殺人を聞くまいとして塞がれた。私の心は悪意に呆然とした。なぜなら悪とか殺人を見ただけで、聞いただけで、人は心に擾乱を生じその結果そこにベリアルを見るからだ。私の巨大な建造物の土台がすべて砕け、私の骨という骨はばらばらになり、私の四肢は、私にあって、荒れ狂う突風の中の一艘の船のようだった。そして私の心は絶滅の時まで戦慄を止めず、目を眩ます風が私をよろめかせる。彼等の不幸な罪ゆえに。》

第六巻　洞穴の巻物

私は彼らに向けて祝福と報いを「私の聖なる書」の中で述べた。なぜなら彼らは私を祝福してくれているのに、悪意ある者達によって踏みにじられ、恥と汚名を浴びせられ、屈辱感に打ちのめされながらも、現世における自分の命よりも天を選んだからである。そして今、私は忠誠にもかかわらず、それに値する栄誉を〝肉の中〟に受けなかった者達と同様、光の世代の中に生まれた徳ある者達の精神を呼ぼう……、私は私の聖なる名を愛してくれた者達を輝く光の中に出てこさせ、それぞれを栄光の座につかせよう。彼らは永遠に輝くことになる。なぜならば神の審判は正しいからである。真っ直ぐな道が導くすみかで忠実な者達に信頼を寄せん。正しい人達が輝くのに対して闇(やみ)に生まれた者達が闇に投げ込まれるのを、彼らは見ることになる。罪人達はうめき、〝彼ら〟が輝くのを見ることになる、そして罪人達は自ら行くことになる、自分達の諸時代が〝書かれて〟定められているところに……。

そして今、私はそなた達にこの〝神秘〟を語っておく。すなわち、罪人は真実の言葉を変質させ、書き通し、ほとんどを変えてしまい、虚言を並べ立て、壮大な作り話を練り上げ、「聖なる書」を彼らの名において認める。彼らが彼らの名において、私の言葉のすべてを、忠実に、消すこともせず変質させることもせずに、私が彼らに伝えた証言の数々をそのまま書いてくれさえすればよいものを！　私はまだもう一つ別の秘密を知っている。すなわち、正しき人達、聖人、賢人達が〝私の書〟の数々を受け取ることになり、真実に歓喜する……。彼らは〝私の書〟を信じ、歓喜することになる、そしてすべての正しき人達はそこにすべての真実の道を学んで歓喜することになる。

クムランの巻物
《エノク書》

I

神は、〝始まり〟の後、男と女を創（つく）った後、そして男と女が過ちを犯した後、ご自分から〝離れてしまった〟この二つの被造物を呪（のろ）った。女には、〝苦しみの中で子を産み、男に仕え、そしてこの男に支配されることになる〟と言った。男には、〝苦しみにあえいで働き、挙げ句の果てに、男がそこから創られた土に戻り、塵（ちり）であるがゆえに塵に戻ることになろう〟と預言した。そして神はエデンの園の東にケルビムをおいた。ケルビム達のもつ雷（いかずち）の剣が発する炎で、生命の木へいたる道を守らせるためにだ。だが神はなぜまた人間を〝自由存在〟としてお創りになったのだ、その自由のために人間は〝死ぬべきもの〟と定められてしまったのに。人間に生命を与えてくださったすでにその時から、〝与えておいて、お取り上げになる〟おつもりだったのか？

「あんたの父親が死海の写本を見つけたのか？」私はヨヒに尋ね始めた。

「そうだ」

「あんたの父親というのは今どこにいる？」

「死んだ。殺された」ヨヒは答えた。

「話してくれ」私は言った。「起こったことを語ってくれ。私を恐れることはない。実は私も父親をさらわれているんだ。見つけ出したいのだよ。手掛かりを探している。それであんたに話を聞きに来ただけだ」

そう私が言うと、ヨヒは語り始めた。ヨヒの話には〝あの逃げた山羊〟もいなかったし、洞穴に向かって〝石を投げた〟事実もなかった。死海写本は言われているような偶然で発見されたわけではなかったのだ……。ある日、タ・アミラー族のキャンプに一人の男がやってきた。一見ベドウィンのようでもあったが、話す言葉が違っていた。彼らが知らない言葉だった。見知らぬ者に対するタ・アミラー族の習慣通り、彼らは男を丁重に迎えた。敷物を広げ、まず、部族がもっている一番立派な盆にのせた茶でもてなす。凄く甘い茶だ。それからコーヒーを出す。飾りのある見事な茶碗で飲ませる。

その日はいつものように、黒いテントが入り口を南西に長々と列を連ねて並び、およそ平穏な一日であった。人々がそれぞれに自分のペースで仕事に勤しんでいる。しかし砂漠気候の夏の暑さでは、朝といえども、一度日が昇れば何もせずに戸外に寝転がっていたい。そして日も高くなると、もしくは正午を過ぎると温度はぐんぐんのぼり、テントの陰で座っていたくなる。

やがて息苦しくなるまでの炎暑に達すると、断食をして、ただただ横になって頬づえをついていたい。

私もベドウィンの特異な生活様式を少しは知っている。父が若い頃にベドウィンの友達がいたせいで、私にいろいろと話して聞かせてくれたからだ。彼らの白や黒のテントの中に入ると、荒々しい野性の生活のただ中に、いわば避難場を見出した感覚を覚えるそうだ。テントの外には水もほとんどない砂漠の威嚇的な虚ろな空間があって、日中は年中焼けつく暑さが支配し、夜は凄まじい寒さが襲う。テントに泊めてもらった時などは、一晩中寒さで目を覚ましては、明け方まで震えていたそうだ。結局寝つけず、テントと同様の色をした白と黒の風景を観察していると、やがてそのモノクロームが少しずつ少しずつ色彩に変じてゆき、ついに大地が太陽を生み出す。とその瞬間からぐんぐん気温が上昇し、何時間かの間に、生命の色がどんどん彩度を増してゆく。この砂漠での体験は父の心の深奥にいつも宿っていた。砂漠の沈黙は都会の喧噪に慣れ親しんだ者達を、絶対的孤独感を味わったことのない者達を怖がらせると父は言っていた。砂漠では見渡す限りの地平線が見える、そしてその地平線と見ている者の間に横たわるとてつもなく広大な空間には、いかなる生物も存在しないのである。いたる所、あたかも太陽の熱力と雨の欠乏が地図からこの場所を掃き出したがごとくに大地は〝空〟だ。

時としてベドウィン達は高く険しい山に登る。風に浸食されて不思議な形にうねる幾つもの巨大な波のような砂丘の方へも行く。ベドウィン達は皆、砂漠にはアッラーが火から作った鬼神、ジンが住み着いていると考えている。砂丘に聞こえる不思議な歌、風に軽く撫でられ落ちてゆく無数の砂粒の立てるその音を、ベドウィン達はジンが奏でる音楽なのだと言う。時として部族のメンバー達は不思議な歌を歌い踊りを踊る。これもまたジンのなせる業である。

〝見知らぬ者〟がいろいろと振舞われ、腰を落ち着けたところで、ベドウィン達は彼が何をしているのか、そしてどこへ行くのかと尋ねた。しかし言葉が分からないので、ヨヒの父を呼んだ。ヨヒの父はイスラエルの町に品物を売りにゆくので言葉を知っているからだ。ヘブライ語と、少々なら英語も話せる。呼ばれたヨヒの父は大して難渋もせずに男と話し始めた。男の言葉は、ヨヒの父が商いに使って耳慣れているヘブライ語とは正確には違っていたが、酷似していたからである。

男が迎え入れられたそのテントには長老と部族の主だった人物もいた。そこでヨヒの父は彼らに通訳をすることになった。すると男は大変に価値のある品々をもってきたのだが、市でそれを売りたいのだという訪問の主旨を明らかにした。〝あんた方なら売りさばいてくれるだろう。無論、そっちの取り分もある〟と言った。そして肩掛けの革袋から物凄く古びた壺を取り出し、その壺の中から、これ以上ないという慎重さでこれまた物凄く古い何巻かの、巻物になった皮紙を取り出してみせた。ベドウィン達は興味しんしんにそれを見詰めていた。

「この動物の皮に凄い価値があるというのは確かなんじゃろうか？」

長老は少し疑わしそうに尋ねた。それをヨヒの父が男に通訳すると、男は答えるかわりに皮紙の一枚を、もっと近くで見て確かめろと言わんばかりに、長老と幹部達に手渡した。長老達は渡された皮紙を注意深く見詰めた。彼らは字は読めなかったが、黒く小さく繊細な昆虫の足みたいなものが無数に規則正しく並んでいるその巻物と、誇らしげな男の顔を見比べて、これは何かとても重要なものであるに違いないと直感した。そこでさっそく小会議を開き、結論を下した。巻物をヨヒの父——その名をファリパといった——に預けて、彼が次回、街に商いの旅に出る時、売りにかけてみようということになった。

　暗くなり始めた。長老達は男を夕食に招待した。部族の食事は葡萄とタマネギを入れて調理した伝統的な米の料理だ。食事が終わると男は長老のテントに泊まった。一カ月後、次にここにタ・アミラー族がキャンプをはる時、会いに来るという取り決めをして、翌日、夜明けには立ち去った。


　一週間後、ファリパは行商に出発し、エルサレムに赴いた。そして市場で他の品々と一緒に例の壷と何巻かの写本を並べた。何日かが過ぎたが誰も壷と写本に興味を示す者はいなかった。ところがある朝、市場を通りかかった一人の男がそれら古物を見て驚いて立ちどまったのだ。そしてひとしきり注意深げに眺め入ると、こうファリパに尋ねた。

「これをどこで手に入れたのかね」

「預かったものだ」ベドウィンは答えた。

「いくらするんだい？」

　その当たり前の質問にファリパは当惑してしまっていた。写本の値を考えていなかったからである。しかしファリパは商才をめぐらせてとっさにこう思った。〝これを持ってきたあの見知らぬ男の言葉を信じれば、かなりの値打物ってことになる。それに利益を分けることになるとなれば……〟。そこでファリパは相手が値切ってくることも勘定に入れ、思い切って、即決した売値のおよそ七〇〇シェカリームをふっかけた。

だがなんとその客は言い値で承知し、一言も言わずに金を払った。思わぬ大金を手にして、ファリパは喜び勇んで部族のキャンプに戻った。取り決めた通り、男があれから一ヵ月経ってやってきた。そして自分の分の金を懐に納めると、また別の幾つかの壷と写本を出して見せて〝これも売ってくれないか〟と言った。無論願ってもないことだったのでベドウィンは二つ返事で承知した。こうして小規模の、〝写本の売買〟が始まったのである。

数ヵ月後、付近のベドウィン達の間にタ・アミラー族が金持ちになったという噂が広まった。〝今年はタ・アミラー族にゃいい年だ、連中のラクダも肥えてコブなんか丸々として、ラクダだか他の動物なんだか区別がつかないほどさ。三六頭も子ラクダが生まれたそうじゃないか。〟それは本当だった。ヨヒの父が例の客に写本を売り続けたお陰で、タ・アミラー族は豊かになっていた。しかしやがて他の部族が嫉妬し始めた。そしてその嫉妬が彼らの心に貪欲を芽生えさせた。

その証拠に当時砂漠では、争い事が絶えなかった。一つの部族が他の部族を襲撃し、後者が仕返しをするということが相次いだ。敵対する部族が衝突し合い、略奪し合い、時として殺し合いにもなった。しかしベドウィン達の戦争は仁義なき戦いではない。敵味方、双方が守らねばならない厳しいルールというものがあったのだ。それを無視することは自らの下劣さと恥を白状するようなもので、誇り高きベドウィン達には到底我慢のできることではなかったろう。

だが、〝戦いの法〟を守った上で勝利することは、個人及び部族の栄光であり、名誉であった。そしてこの栄光と名誉こそがベドウィンの世界で最も望まれる財産なのである。ベドウィンの戦争コードの土台をなすのはまさしく〝義〟であった。自己防衛力のないものとは決して闘わない。女性にも子供にも客にも危害は加えない。家畜も群れを守る少年にもだ。普通、ベドウィンの戦争は宣言があって初めて開始されるが、奇襲だってなくはない。ただその場合、敵が寝入っている時間の夜襲は、黎明時も含めまかりならない。恥ずべき行為とみなされる。人が寝ている時、その人の魂は鼻孔から出て、外をさ迷っていると信じられているからだ。

　で、ある朝、他の部族の一つがタ・アミラー族を攻撃した。これも充分に根拠のあるルールなのだ。つまり攻撃された方は、奪われた動物の群れを日が出ている時間に一日追跡できるからだ。攻撃してきたのはレブダット族であった。タ・アミラー族とはもともと敵対関係にあった部族だ。レブダット族はタ・アミラー族のキャンプの近くに到達すると二つの隊に別れた。一方は動物の群れを奪って逃げ、もう一方がすぐさま追跡にかかる敵を待ち伏せし、これを阻むわけである。

　レブダット族は攻撃に成功した。タ・アミラー族は一時間ほどのうちにすべてを略奪されてしまった。山羊等の群れやラクダも盗まれ、キャンプは大きな被害を被った。一人の死者まで出てしまった。一人のタ・アミラー族のベドウィンが群れを守ろうと、剣を抜いて敵に立ち向かったところ、敵の馬の蹄に蹴られて死んだのだ。ベドウィンは闘いの時でも無駄な流血は避ける。砂漠でのおよそ厳しい生活があって、苦痛だとか死に対して彼らは超然としてはいるが、彼らの〝名誉のコード〟は敵を容赦なく殺すことを禁じているのだ。血の重みには階級も貧富もなく、誰の生命も尊いことを知っている。ベドウィンにとって敵を襲撃するのはいつの場合でも、殺しではなく略奪が目的であるのだ。だからこの急襲で、死者が一人出たことはかなり深刻な事態だった。習わしによってレブダット族はタ・アミラー族の女性達各々にラクダを一頭与えた。負けた敵の女、子供が何もなしでほっぽり出されることがあってはならないからだ。こうすれば、女、子供が親族のところへ身を寄せることもできる。そのラクダがなければ、もうタ・アミラー族には何も残っていない状態であった。部族は悲嘆にくれた。こうなった以上、これから何をなすべきか考えようと会議が開かれた。時として気高い部族になると奪ったラクダや馬を返しにくることがある。略奪が正当ではないと立証された場合などはそうする。だが、レブダット族は凶暴な敵であった。その上、タ・アミラー族の最近の羽振りの良さに対する嫉妬が加わっている。

しかしタ・アミラー族はレブダット族に対し、いささかたりとも恨みを抱くようなことはしなかった。炎暑が続く苦しい夏の後では、他の部族を急襲してラクダや馬を盗む計画がたてられるのは、いわば習慣であったから、レブダット族の略奪は当たり前の行為なのだ。彼らベドウィンにとってこの時期のグハーズすなわち急襲は盗みではなく、ほとんど〝交換〟に近いものなのである。レブダット族はアッラーの名において行動したのだ。タ・アミラー族とて例外ではなく、秘めた興奮を内にみなぎらせ、略奪の遠征に出かけたことがしばしばなのだ。

〝我々とていざとなれば急襲だってするじゃろうが？〟長老がそう指摘する。ベドウィンにおける略奪戦はキャンプの男なら誰だって経験している。一二歳になればもう初陣に出るのだ。だからその時、彼らの心を悩ませることがあったとしたら、それは略奪によるものではなかった。今回のように一時間で終わるどころか、長い距離を移動しながら何カ月にもわたって攻防を繰り返したことだってある。〃わしらだってラクダの数を増やしたいために、馬に乗って略奪しに行ったことが何度もあるじゃろ〃長い戦いがいくらでもあった。そういう際には小麦やナツメヤシや水、そして特に弾薬をたっぷり持ってゆく、いざ敗走となった時のためでもある。長老はそうしたことを皆に思い出させようと、その顔にある時は情熱をみなぎらせ、ある時は悲壮感を漂わせ、表情豊かに雄弁をふるった。略奪されたことよりも何よりも、困ったことがあった。タ・アミラー族が写本で潤ったことを他の部族が知っている事実であった。だからこそレブダット族も略奪にきたのだ。荒らされたキャンプに集会した部族のメンバーを前に長老はこう真意を表明した。

「アッラーのお怒りをかったのじゃ、とんだ不吉を呼び込んでしまった。我々は写本で富を得た。それはアッラーが与えてくださったものじゃが、結局アッラーはお取り上げになった。ということは、アッラーは我々が写本で潤うことを望んではおられんのじゃ。もう写本は売るまい」

ベドウィン達はそれを聞いて安堵した。アッラーの怒りの原因が分かったからだ。長老の言うことに従えば最悪の事態は免がれるのだと思った。

夏の終わりだった。人も動物も喉を渇らしている。タ・アミラー族のテントは水場の近くにあったのだが、その年は干魃がひどく、水場もほとんど涸れてしまっていた。こうした場合八月の終わりは特に厳しい。まだ炎暑は止まないからだ。不安げに天に雲を探してもう数日が経つが雨はこない。だがある日、長老の表明のすぐ後で、幾つもの大きな稲妻が天に走ったのを見た。ただちにどの方角に雨がきそうか見極めるための偵察が出された。偵察隊は何日かして帰ってくると、ヨルダンの方角が雨になりそうだと言った。そこでタ・アミラー族はテントをたたんで、その方角に移動を開始した。タ・アミラー族はヨルダン砂漠まで歩き、そこに新たにテントを張った。彼らが着いたその夜、皆寝入った頃、凄まじい雷雨が始まった。初め大気がぐんと温度を上げ、息も詰まらんばかりの暑さがのしかかってきたと思ったら、今度は冷たい風がそこに流れ込んできた。魂が舞い上がってしまうような凄まじい雷鳴がとどろいた。また、真白な光の束が走る、一瞬砂漠が真昼のようになる。男達はレブダット族が残してくれた何頭かのラクダの方へ走り、女達は子供を怖じけづかせまいとテントに駆けつけた。それから何分間か各々が身じろぎもせずに、続いて起こる変化を待った。こもったうなり声に似た音がどんどん重さを増し、刻一刻と大きくなっていった。そしてついに雨がやってきた。最初はおずおずと断続的に、それからサーとすがすがしく闇を刷いたかと思ったら、ただちに叩き付けるような豪雨になった。キャンプの周辺のすべての空間が雨水に埋め尽くされると、喜びの声が響き渡り、幸福の叫びが砂の上を波のように広がっていった。やがて雨脚が少し弱まると、男も女も子供達もテントから出てきて、金だらいや、鍋やら、丸くて窪みのあるものならすべてを使って雨水を貯め始めた。そして当の水を入れる革袋の口まで雨水が溢れたところで、雨の中に座って顔を天に向け、恵みの水を貪った。男達はラクダを起こし、キャンプのまわりにでき上がった茶色い池の、だが新鮮な水をたっぷりと飲ませた。部族中が喜びに有頂天だった。まさに天恵であった。写本を売るのを止めたお陰だ、と部族のすべての者が確信した。神は偉大であった。猛威を振るわれ、罰をお与えになったが、報いてもくださった。

　夜が白み始めると、部族中が一堂に集まり、お礼の祈りを捧げた。どのテントも新鮮な雨水の海に浮かぶ小さな箱舟にみえた。厳しかった夏がやっと終わろうとしていた。雨が砂漠にパステルカラーを運んできた。砂漠が緑のオパール色に染められている。生命が再び活動を開始した。ベドウィン達はまた貧しさに返ったが、他人の力を当てにせず、自分達のできる範囲でやり始めたのだ。今や水がある。新しい出発に欠かせない条件は授かった。

　ある日、例のあの男がやってきた。写本の一杯入った壺をまた持ってきたのだ。だが部族の長老はそれを固く拒んだ。もう写本には二度と触れまいと誓ったのだと男に言った。壺を持ってどうか立ち去ってくれと頼んだ。


　男が来た翌日、大変な砂嵐が襲ってきた。外は吹きすさぶ砂塵でまさしく一寸先も見えなくなった。人々はテントにこもり、破壊的な砂塵から食料や鍋や衣類、そして顔を守った。二時間の間というもの誰もテントの外には出なかった。狂ったように吹きつける砂塵に身をさらせば、怪我の恐れがあるからだ。それほどに凄まじい砂嵐だった。

　テントの中で長老が皆に尋ねた。

「すべて神の御業じゃろうか？　多分、アッラーが激怒しておられるのだ。昨日、我々が〝あの男〟に会ったものでな。多分、神は〝あの男〟に復讐なさっておられようぞ」

　実際、男は昨日立ち去ったのだ。ということはまだ砂漠を移動中に、あの狂暴な砂塵に襲われたはずである。砂漠では、砂嵐に出くわして方向を見失い、脱出できなくなることがよくある。ましてや今回のような凄まじい砂嵐となれば生きて砂漠を出ることは難しい。だがあの男が砂漠をよく知る者であれば、ただちにラクダを止めてしゃがませ、その腹にうずくまって嵐をやり過ごしたことも考えられなくはない……。

これといった異変もなく何日間かが過ぎた。ところがある夜、タ・アミラー族は再びパニックに陥ることになった。まず天が震えた。聞いたこともないような震音を伴って雷が鳴ったのだ。テントがたわみ始める。祈り始める者がいる。一方、キャンプの傍らの砂丘に登り、地平線をうかがう者がいた。そしてその彼らがそこに恐ろしいものを見た。見渡す限りの地平線が火に包まれているのだ。真っ黒い煙のような厚い雲がどんどん広がってきて、星を食らいつくそうとしていた。地獄の地平が拷問用の鉛のマントを着せられ、その下に火の帯をぐるぐると巻かれたすさまじく巨大な苦悶に変じて近づいてくる。濃い赤紫の竜巻が凄まじい速度でキャンプの方に襲いかかってこようとしていたのだ。

人々はテントに走った。潜り込んでアッラーに祈った。許しをこうた。入口のシェードを下ろし、テント内に走っているいずれかのテンションロープにしっかりとつかまった。巨大な砂嵐に襲われた際はテントが飛ばないようにそうするのだ。冷たい微風が氷のような烈風に変わった。何人かが外を覗いた。それがすぐそこまで来ていた、火ではなかった。烈風が雹に変わった。そして火の正体が分かった。煉瓦色をした砂嵐であった。空にあって黒い煙に見えた雲は砂塵の厚いとばりにすぎなかった。それが今、あたり一面に広がっている。何枚もの真っ赤な舌が魔法のような動きで、天に昇っては降り下ってくる。幾つもの赤砂の竜巻である。雷電が、物が割れるような乾いた音をたてて天から落ちてくる。震動を伴って重低音が追いかける。終末の兆しのようだ。タ・アミラー族のキャンプは瞬く間に赤砂に被われた。そして数時間が経ち、雷が遠ざかるとさわやかな微風が戻ってきた。

ベドウィン達はアル・ハムドリッラーを歌い始めた。「こうした啓示はかつてなかった。終末が到来し、神の火が我々を呑み込まれるのかと思った」赤砂の嵐は去ったが、彼らは手放しで喜ぶことができないでいた。火の嵐ではなかったが赤砂の嵐はかつてない恐ろしい出来事だったからである。あくる日は体を休めた。夜になって砂だらけの貧しい食事をとった。やがて空は砂塵も消え去り、再び澄み渡った砂漠の空に戻ったが、大地は細かい砂塵の赤い層で一面に被われて、風景は未だ煉瓦色に染まったままだった。

その翌日、タ・アミラー族はキャンプをたたんで、北に向かうことにした。北に行けば気候もこれほどに熾烈(しれつ)をきわめることもないだろうし、緑ももう少し多い。だが彼らの苦難はそれで解決したわけではなかった。数日の旅を終えて、ヨルダンの国境も間近い植物も見られる静かな場所に辿(たど)り着き、キャンプを張ろうとしていた矢先のことである、地平線に何やらゆらゆらと波打つじゅうたんのようなものが姿を現した。それが少しずつこちらに近づいてくる。じゅうたんとみえたのは、物凄い数のひしめきながら飛んでくるバッタの大軍だった。飛蝗(ひこう)が行く手にあるものすべてを丸裸にしてやろうと襲ってきたのだ。

黄色と黒の波が押し寄せてきた。すると波の後には何も残らない。三日間というもの生きた密雲が同方向に結集し続けやむことがなかった。しかし人間も奪われっぱなしではいなかった。ベドウィン達はバッタを捕獲した。食べるためである。毛布やじゅうたんや、捕獲網の代わりになるものはすべて使ってバッタを取った。ラクダも犬も人間も御馳走にありついた。人間達のわずかな復讐であり、ささやかな慰めであった。飛蝗の方は茂みといわず草といわず、砂漠の中に息づいているすべてのものを食い尽くしていた。飛蝗が去った。あたりは爆撃を受けて焦土と化した戦場にも似て、あらゆる樹木は頼りない線になって残っているだけだ。後は何もない。あるのは砂漠だけだった。かなり大きな茂みも幾つかあったはずだが、緑という緑はすべて消滅していた。これで部族の動物達の運命は定まった。人間達にとってもそれと大差のない定めが待っていた。タ・アミラー族は依然として悪魔につけ狙われていることを確信した。

　こうしてせっかく見つけた地も離れたある朝、ベドウィン達は未だ冷たい夜気も去りやらぬテントの外に出て、皆でひざまずいた。黎明の寂光にキャンプ全体がわずかに光っている。長老が集まった人々の前で話し始めた。テントの中で朝の祈りをあげたり、朝食の支度をしている女性達も呼びに行かせた。

「なぜにこうして今朝皆を集めたかを今から話す」

　長老は言った。

「アッラーがそのお怒りをもう何度となく我々に示された。我々が罪を犯したからじゃ。まずレブダット族がやってきて、我々からすべての動物を奪い、我々の仲間の一人までも殺した。それから赤い火の嵐がこの世の終わりを告げた。そして次に飛蝗が我々に残されていたわずかなものまで取り上げた。すべてはアッラーが満足なさっておられないから起こったことじゃ。あの写本のせいで満足されておられないのじゃ。あれらの写本は呪われておる。神はあれらを欲してはおられぬ」

「だが、もう写本はないし、あの男も追い返したじゃないか、そして男は多分死んだのさ」一人のベドウィンが反論した。

「そうじゃ、我々はあの男を追い返した。じゃが相変わらずアッラーが我々を怒っておられるとすれば、それは我々の中の誰かが写本を隠し持っておるからじゃ。その者は今ここで申し出よ。でなければアッラーのお怒りを静めることはかなわぬ、その者は写本を返し、我々の前から永遠に去らねばならぬ」

一同は黙りこくった。それぞれが隣の者を疑わしそうに、そして不安げに見詰めた。突然、一人が立ち上がった。ヨヒの父のファリパだった。

「写本を盗んだのは俺だ」ファリパは言った。「悪気があったわけじゃない。アッラーのご意志に逆らおうなんてつもりはなかった。ただ部族を豊かにしようと思っただけだよ」

「その写本は今どこにあるのじゃ」長老が詰問した。するとファリパはうなだれて白状した。

「もう売っちまった」

その翌日、ファリパは彼のテントで死体となって発見された。砂漠で殺人が起こると、普通殺人を犯した者は復讐を恐れてできるだけ遠くにいる部族の友人のところへ身を潜める。そしてそのいわば亡命先から血の代償の交渉を試みる。その際、犯行から何日かの間に被害者の肉親なりが復讐行為に移らない場合は、金を受け取るという表明になる。いわば慰謝料は親族にはラクダ五〇頭にあたる金額、かくまってくれた部族の男にはラクダ七頭分にあたる金額と定められている。

しかるに今度の場合、他の部族のもとに立ち去った者は誰一人いないし、慰謝料を提案してくる者もいなかった。ファリパを殺すために部族の全員がしめし合わせたのは明らかと思われた。ファリパを殺せば厄災を終わりにすることができると考えたのだ。

ファリパの子供のヨヒが長老に会いに行った。復讐を要請するためである。ヨヒは長老に部族をまとめているのはあなたなんだから何とかしろと言った。長老は〝思慮深い者達〟を招集した。ヨヒもそこに出頭を命じられた。延々と続いた討議の末に、ヨヒの父が背信行為に及んだせいで、神が復讐なさり、部族全体が大きな危険にさらされたのだということになった。そこにいた一人などはファリパは間違いなく地獄に落ちたとまで公言して、ヨヒの父の名を侮辱した。ヨヒはその者に殴りかかろうとしたが、すんでのところで皆に阻止された。

ベドウィンにとって天国は常春の国で、豊かな草が常に生い茂り、いずこから湧き出ていずこへ消えるということもないが、尽きることのない水の流れが幾つものせせらぎや小川をつくっている。そこには飢えも渇きも干魃も、動物の病気もなく、部族は集まって生き、誰一人として老いることがない。それに対して、地獄には人がこの世で嫌悪するすべてがある。雨も、湧水もない熱い夏があり、人は喉を渇かしたラクダのために水を背負って歩かねばならない。

〝お前の父親は地獄に落ちるがいい〟と誰かに言うとすれば、それはベドウィンにとって最大の侮辱の表現なのである。復讐を望んだヨヒは、部族の審議会を悲しみと敗北感のうちに退出した。部族全体がヨヒの敵だった。父の仇を討つ許しはいつまで待ってももらえはしなかっただろう……。

そのヨヒが長い屈辱の果てにラグ・バオメルの祭りの日、イェフダに出会ったのだ。父親が見つけた写本についての情報を教えてくれれば部族を離れても暮していける仕事をやろうと誘われた。ヨヒはただちに承諾した。

「タ・アミラー族に写本を持ってきた〝見知らぬ男〟というのはどうなったんだい?」話を終えたヨヒに私は尋ねた。

「あの砂嵐では死ななかった。最初自分のキャンプに向かって歩き続けたが、じきに、このまま行けば迷うと思い、じっとしていたそうだ。そして視界がはっきりしてから道を続けたんだ」

「何でそこまで知っている?」

「男の息子に会ったからだ」

「いつのことだい?」

「昨日だ。わしに会いにやってきた」

「何をしに来たんだ?」

「イェフダと同じ事を知りたがっていた。わしの父親がまだ売っていない写本を隠し持っていたのかと聞いた」

「で、何と答えたんだ?」

「〝ない〟と言った。持っていた写本は全部売ったと教えてやった」

「ところでイェフダ、君はどういう経路で写本とかかわることになったんだい？」私は尋ねた。

「ラビが私に写本を探せとおっしゃったからだよ。写本のことが報道されて以来、ラビは調査なさっていたんだ。ホセアとも何度かお会いになったということだ」

ホセアの名を聞いて、私ははたと思いついた。そしてヨヒに最後の質問をした。

「ところでタ・アミラー族に写本を持ち込んだ男の息子と昨日会ったとさっき言ったが、その息子の名前は何というのか教えてくれないか？」

「カイールという名だ。カイール・ベンヤイールという男だ」

ホテルに戻った。ジェーンはきちんと留守役を果たしてくれていた。カイールは部屋にいた。

「いいか、私の話を聞け」私は戻るなりカイールに言った。「タ・アミラー族の男と会ってきた。名前をヨヒという。心当たりがあるだろう？」

カイールは答えなかった。

「嘘をついても無駄だぞ。ヨヒがすべて喋ったんだ」私は続けた。

「ああ、あんた方が出かけた時、ホテルを抜け出したよ。そしてあんた方が帰ってくる前に戻ってきたのさ」

「ヨヒに会ってどうしようと思ったんだ？　それにヨヒの存在をどうやって知った？」

カイールは相変わらずだんまりを決め込んでいた。

「もともとお前はどこの出身なんだ？　本当は誰なんだ？　お前の父親はどうやって写本を見

つけた？　ホセアとはどういう関係だったのだ？　何とか答えたらどうだ？」

もう少しでつかみかかるところをジェーンが止めた。

どんな質問をしてもカイールは相変わらず知らないと答えるだけだった。こうなればシモンに尋ねるしかないかとも思ったが、父を見つけ出す前にシモンを介入させたくはなかった。私が制御できそうもないエレメントをこれ以上くわえこんで、状況をますます悪化させるわけにはいかなかったからだ。

「いつまでも答えないのなら仕方ないな」私は受話器を取りながら言った。「警察を呼ぶがそれでいいな」

するとカイールは受話器を取る私の手を押さえ込み、言外にそれは止めてくれと表明した。

「私の父親は写本をある洞穴で見つけたんだ」カイールは言った。「写本がどこにあるか教える。洞穴に案内するよ」

「まず、出身がどこなのか言ってもらおう。それとホセアとどう出会ったのかもな」

「写本を見つけた私の父親が考えついたのは、それを売って金にすることだった。だがルートを知らない。そこでベドウィンのところへ行って、ファリパに頼んだわけだ。だがベドウィン達は結局ファリパを殺してしまった。そして写本の件は二度と耳にしたくないと考えた。それで私は父の死後、父が生前私に話していたファリパが写本を売っていた所に行ってみた。そしたらホセアと会ったんだ。ファリパからいつも写本を買っていたのはホセアだったのさ」

「それでお前はどうやって写本を見つけた？　お前はベドウィンなのか？」

「私はベドウィンではない」

カイールはそう答えると、こう付け加えた。

「明日、写本がある場所に連れていってやる。すでに我々が知っている写本よりずっと多くの写本がある所だ。そこには宝もある。ホセアが随分と見つけたが、もっとずっと貴重なものが残っている。ありかはあの写本に記されている。それから……見つかるかもしれん、あんたの父親もな」

とりあえずカイールのその説明で満足することにした。依然判然としないところがあるが、何しろクムランの秘密の洞穴に案内してくれると言っているのだ。すでに大変な収穫だ。

II

翌日、我々はクムランに出発した。足はレンタカーだ。ジェーンが運転した。カイールは観念して、おとなしく我々に従って案内する様子だった。拘束も強制も必要なさそうだ。名高い宝物の発見の期待に胸を膨らませ、それが実現した時の莫大な儲けを想像してはやる心を押さえられないでいる。

死海の風景が視野に入ってきた。不安と悲しみと興奮がない交ぜになった不思議な感情に襲われて、再びこの荒野を目にすることになった。遠くにクムランの白い台地が見える。粉土に覆われ、木立ちもなければ草もなく、苔さえ生えておらず、影というものがない。そしてこの裸形の質量の他に目に入るものがあるとすれば、塩の海と、その乾き上がった沈泥と、かつてないほど広がった流砂だけだ。生命の欠陥したこの大地に喘ぎながら生えている灌木はどれも成育が悪い。葉にはびっしりと塩の結晶がついてしまい、その重みに耐えられなくなって頭を垂れている。塩の海は輝きというものがない。その懐に隠した罪の街が水を汚しているのだ。少しずつ少しずつ水位を下げ、全く生命というものが存在しない無底の深淵に沈んでゆこうとしているのだ。鳥も木も緑もないその浜辺、波一つ立つこともない重く苦いその水は世界のあらゆる苦悶を黙示している。港もなければ舟もいない死の海を私は砂漠に囲繞された海の砂漠だと思った。人は生命の源に生への衝動で近づくように、この海に近づいてしまう。が、生命を育む水はなく、はかりしれない虚空があるばかりで、行けども行けども欺かれるのだ。

我々の車は荒野に達した。死海のほとりの干からびた浜辺とクムランを掩蔽する岩の間に横たわる土が石だらけの砂質になる。厚い虚の空間にいる人間は我々の三人だけであった。風がだんだんに強まってきている。

車のほろがバリバリと音を立てるのを感じた。何か悪魔的な存在が我々の頭上にいて、天蓋を激しく叩いているような音だった。太陽が中空にかかりはじめて、情け容赦のない白い火炎を放射して燃え上がっている。地面では雲母が暗い火花を散らす。一本の草木すら見られない、もう辺りには何ら生命の証はなかった。

アイン・フェシュカの発掘グラウンドに着いた。エッセネ派の人々の住居の遺跡があるところだ。住居地域はテントや小屋や洞穴で構成されていたのだ。このアイン・フェシュカとクムランの間には農業施設を備えた数キロメートルにわたる農耕地が広がっていたことが分かっている。ほんの少し身をかがめて地面を掘ってみさえすれば、ナツメヤシの種が見つかるのだ。エッセネ派の人々はヤシ林の中で暮らしていたわけである。しかし今日では、遺跡のまわりに貧弱な植物がまばらに生えているだけだ。台地の断層を通して湧き出してくる地下水で生きているのだ。だがその水があるということは、今でこそタマリスや葦が生えるにまかせているこの辺も、再び豊かな植物栽培が行なわれる可能性を物語っている。

廃墟を見ても分かるが、建物はしっかりとした土台の上に立っていた。灌漑可能なゾーン全体を囲むおよそ一メートルの厚さを持つ長い壁が残っていて、相当の規模の建設があったことがうかがわれる。きっと高い塔を建てようとしたのだろう。その壁は建物の壁ではなく、まさしく囲い地の壁であり、石の上に煉瓦を置いたもので、再建された一つの町の城壁を描いている。小さな建物が壁の全体の長さの中ほどの位置に建っている。簡潔な正方形で、開口が大農園の内部、東側にあり、中庭と三つの部屋で構成されており、まだ半分の高さを残している壁は、これから完成する建物を思わせる。

建物の主要部分はラス・フェシュカの突端から北二キロメートル、肥沃な土地部分の南の突端、「フェシュカの泉（＝アイン）」の傍に位置している。それは巨大なほぼ正方形の囲い地で、件の囲い壁に接していて、北側には納屋があり、その納屋は内側に向かって開いている。この主要建物の囲い壁の傍に、もう一つ大きな建物があり、大農園の方へ向かって東に開いており、小さな幾つもの部屋がそこに面している。階段跡があるところをみると、この建物の一部は二階になっていたとみえる。

囲い地のずっと北側にはいよいよ三つの水槽がある。それぞれが導水管で繋がっている。この導水管は岩だらけの大地に掘られたもので、広大な規模を呈していて、今なお往時の機能を果たしそうだ。この三つの水槽がある北の部分が遺跡の中で最もよく原形を留めており、まるで新たなる時代が到来するための条件であり、未来世界の縁起としての洗礼による浄化が究極の許しを求めてやってくる魂を、頭を、身体を、いつでも救済せんとしているかのようだった。

まるで動いてはいないが、コンディションは良好な、いつでもはめられる腕時計のようだった。ワディ・クムランから落ちてくる水が、広い浄水槽に貯められさえすればすべてが稼動するのだ。そしてその水は幾本もの導水管によって中庭や各設備を通り小水槽に注ぎ、円形大水槽及び二つの長方形の水槽を満たす。水槽のある側に対して西側では水は製粉所に供給される。製粉所の壁は漆喰がきちんとしていて、蜂の巣のように区切られた部分があるところをみると、大量の小麦粉の収納を可能にしていたのだ。

各導水管は最終的には水槽に達するわけだが、その途中には集会所及び食堂を洗えるように分岐管が伸びている。水はやがて主導水管によって貯水池のまわりを巡り、小水槽の方に向かって最終的に大水槽にいたる。水はまた陶工にも欠かせない。陶工場ではプールから汲めるようになっていて、漆喰で固めた床で粘土をこねる時に用いられる。こねられた粘土は粘土槽でねかされ、その後足で動かす古い形のろくろ——石できちんと補強された穴に固定されていた——で様々な器に造形される。そうしてできた大小の器が竈の中で焼かれていたのだ。

我々は写本室の前で立ち止まった。そこでは写字生が聖なる書の写本をしたためたり、宗団独自の作品を写したりしたのだ。もうその写字生達はいないが、彼らの写字のテクニックを彷彿とさせる遺物は我々に伝わった。粘土製の広くて背の高い机。それより少し小さな二つの作業台の断片。そしてまだ使われていなかったが、今、遺跡となったこの写字室にあって、〝主人公〟ともいえる銅と粘土のインク壺。私は突如、感動で胸が詰まった。父とこの場所にきた時に心に描いたインク壺を再び思い起こしていたからである。その想像されたインク壺は二〇〇〇年以上も前に見捨てられたインク壺ではなく、あたかもほんの何週間か前にこの写字室に置かれたインク壺であった。写字室の向こう側は大集会所があり、食堂になっている。それから穀物のサイロ、台所、鍛冶場、アトリエ、そして石膏で固めた基台が中にある二つの竈があったのだ。そうしたすべての設備、そしてそのはっきりした用途がエッセネ派の世界全体を蘇らせる。そしてその組織化されたエッセネ人達の最も重要な仕事は、いつの時も〝書くこと〟であったのだ。

この遺跡は生きている。それはまるで燃えても尽きない〝柴〟の炎のようだ。二〇年そこそこ、いや二〇年あるいは三〇年、それは諸世紀の時間にあって塵でしかないが、〝生者を利用しもする〟。この遺跡は遺跡ではなく、下書きなのだ。《銀のコードが切れ、金の器が壊れ、泉で杯が壊され、車輪が貯水槽の上で壊れる前に、粉が土にかえる前に、神によって与えられた人の精神が神にかえる前に、審判の時に、神は人がつくることになっていたすべてのものを、隠されたものとともに〝来させる〟、善であろうが悪であろうが。》

「エッセネ派の人々は本当にローマ人によって虐殺されたと思う？　どこかへ逃げおおせたということはないかしら？」ジェーンが言った。

「分からないよ。遺跡を見る限りでは、破壊されたようには思えないしね。虐殺があったことを明らかにするような物的証拠は何も見つかっていない」

「仮に逃げたとすればよ、どこに逃げたのかしら？」

ジェーンのその質問に答えるかわりに私は洞穴の方を見詰めた。

「そんなに遠いところだとは思えないな。逃げ場に選ぶとすれば、時々避難所に使っていて、いざという時は絶好の隠れ処になる、彼らがよく知っていた場所だと思う」

遺跡に着いた時からずっとカイールは落ち着かなそうだった。だがジェーンと私をガイドし始めると、道も詳しく、険しい斜面を何度も登り、やがて我々の進む姿がどこからも見えなくなるような山陰に逡巡もなく導いた。こうして我々は洞穴に近づいた。眼前に断崖がそびえている。ほぼ垂直の山壁だ。その中ほどに洞穴があるのだ。我々はベドウィンがベツレヘムの周辺のキャンプ地に移動する時に通る古代の山道を黙々と登る。息をひそめざるをえないのは、危険きわまりない山道を登るところにもってきて、洞穴らしきものも見当たらないからだ。だが登るにつれ、空気が死海の周辺よりも優しく感じられ、吸って心地よい。この断層の内部に軟水がめぐっていて、それが清涼感をもたらしているのだろう。まわりを見渡すと、峡谷は険しく、これならずっと高いところにある、洞穴に穿たれた台地の突出部を外部から孤立させ、完全に隠蔽する。防衛にはもってこいの場所だ。

ついに最初の洞穴の入口に達した。カイールが立ち止まり、我々を振り返る。眼差しに真剣さが漂っている。これから危険に直面するが覚悟はできているかと言っているようだ。私は不思議な予感にとらわれ、ジェーンを振り返って言った。

「君は来るな」

「でもアリー……。一緒に行きたいわ」

「だめだ。おとなしく言うことを聞くんだ」厳しい口調で私は言った。「我々の生命が君にかかっているかもしれない。いいかい、エルサレムに戻ってくれ、そして我々が明日になっても戻らなかったら、助けを呼んでほしい」

「言う通りにするわ」ジェーンは諦めて言った。

目と目で別れのサインを交わす。ジェーンも私も、辛うじて不安を押さえ込んでいるといった眼差しで短く見詰め合った。

そしてもう振り返ることもなく、私はカイールと一緒に巨石の腹の中へ呑み込まれるように洞穴へ入り込んだ。

最初の洞穴の突き当たりの壁に小さな隙間があった。我々はその隙間に身を滑り込ませた。その隘路の壁はもろく、時折あたかも我々を生き埋めにせんばかりに右からも左からも土くれが落ちてくる。通り抜けたところに第二の洞穴があった。最初と全く似ている。懐中電灯で壁を照らし、くまなく調べてゆくとまた先ほどの隙間のような隙間が右手の方に現れた。

こうして何時間となく洞穴をめぐった。そしてついに驚くべき大きさをもった洞穴に入った。しか岩だらけの土を掘ってつくったのだろう、巨大な円環状の部屋に似て延々と伸びている。しかも寸法だって正確だ。広くなったり狭くなったりということが全くない。しかし洞内はとても暗く、空気は冷たく、恐ろしく湿気を帯びている。壁や天井を懐中電灯で照らしてみると、何百匹ものコウモリがぶら下がっているのが分かった。侵入者に驚いたのか、我々のまわりを無気味な舞踊をみせて飛び交い、凄まじい高音を発して叫び始めた。我々が思わず耳を塞ぎ、立ち止まるほどの音の衝撃波だった。やがてコウモリが静まり沈黙のすみかに一羽また一羽と戻ると、我々は慎重に先に進み始めた。すると懐中電灯の光の束が洞穴の一角に大きな銅の箱を照らした。あれがクムランの宝なのか！　私は興奮のうちにそう思った。「銅の巻物」に記されている宝なのか！

カイールがすぐさま箱の方へと走った。カイールがナイフを使ってその箱をこじ開けようとしている間に、箱からそう遠くないところに口を開けている洞穴の入口近くに、大きな茶色い皮袋が置かれているのに私は気づいた。近づいて開けてみた。開けてみてぞっとした。袋の中身は無数の人骨だった。私は瞬間的に理解した。何が起ころうとしているのかをだ。《神の手が私の上にのせられた。神が私を霊にして出された〔私はトランス状態におかれた〕。神は私を平原に置かれた。平原は骨に被われていた。その傍らに神は私をいざなわれた。その数おびただしく、そしてからからに乾いていた。》だが、私がカイールに〃その箱を開けるな〃と言おうと振り返った時には遅かった。カイールが今開けた箱からガスが立ち上った。ガスは一瞬にしてカイールを窒息させた。洞穴内にそのガスが充満しようとしている。入ってきた方向へ逃げた。だが入口は閉じていた。息苦しくなってきた。入口が閉ざされている以上、奥の方へと遠ざかるしかない。ハンカチを顔に当て、奥へと突き進んだ。すると小さな石の扉が目に入った。息を止めたまま石の扉を開くのは苦しかった。しかし扉は開いて、別の部屋に出ることができた。扉を閉める。部屋は先ほどのところより小さい。暗いのは同じだ。呼吸を取り戻した。暗闇に慣れ始めた目で改めて部屋を見た。そして私は飛び上がった。洞穴の奥の方に男がいたのだ。男は私に近づいてきた。

最悪の事態を想定していた私が最良の到来をそこに見た。男は父だった。

《神よ！　王は御力に歓喜することになる。御力による解放を喜ばずにおられようか！　神は王の願いを実現なさった。王の唇にのぼった言葉を一つも拒まれはしなかった。セラー。あなたのあらゆる加護と善で私に予告なさった。私の頭に純金の冠を載せてくださった。王は神に命を求めた。神は命をくださった。永遠の命をくださった。王の栄光は御力による解放により偉大である。あなたは彼の上に威厳と栄光をおかれた。》

喜びを押さえられないのと同時に、たまりにたまっていた不安のすべてを一気におろし、私は長いこと泣き続けた。この祝福の時にあっては、我々がどこにいて、どんな状況に陥っているのかさえ、しばし私は忘れた。男が一人死に、我々は迷路の中に閉じ込められ、つい先ほどまで父を捜し続けていたのにだ。それもなぜ父がここにいると考えたのか、その根拠も分からずにだ。ただ一つの、そしてもう信じ難くなってきていて、しかし最も強い願い、つまり〝父は生きている〟という考え一つでここまできたのだ。これ以上の幸せがあろうか？　これで願いがかなったではないか？　たとえ私の幸福感が苦悩の中のほんの束の間の休息だとしても、この瞬間のこの祝福を、他のことを何一つ考えずに、様々な予測をすべてカットして、ただ一心に味わえた。もう他の何もいらない。巻物もいらない。何一つ解明させずともよい。もう何も望まず、この洞穴を父と共に去ればよいのだ。

私は父が拉致されて以来何が起こったか、そしてどのようにして私がここまで辿り着いたのかを、いささか混乱気味に話した。

「でも後でもっとゆっくり話すことにしましょう、とにかくこの洞穴を抜け出すことを考えねば」と私は言った。

私は入ってきた小さな石の扉に飛びかかってみた。しかし開かなかった。思い切り押してみたがびくともしない。振り返り、父の目を見て分かった。その目が〝駄目だよ〟と言っていた。父もきっと何度も試してみたのだ。父と私は閉じ込められてしまったのだ。《我らは岩の囚われ人だった。》

少しずつ洞穴の闇に目が慣れてきている。出口を塞がれた以上、今は脱出の術も他にはないので、地面に座った。そして父が自分の身にふりかかったことを語り始めた。拉致された後、どのようにして幽閉されたか、そしていかにしてサマリア人のところへ連れていかれ、彼らに縛り付けられ、生け贄にされる寸前、最後の瞬間にいかにして子羊が身代わりになったのか、それまでどんな思いでいたか、惨たらしい最後を迎えるにあたってどう覚悟を決めたのか、その間どんな時が流れたのか、執行の遅延により深まってゆく精神的苦痛とはどんなものだったか、そしてどれほど母と私に思いを巡らしたか、そうしてみても、私がどこにいるのか、まだ生きているのかさえ分からなかったがゆえに、怯えが増す一方の絶望感というものがどんなものだったかを語った。そしてその恐怖の試練の後、拉致犯達が再びやってきて、父はまた別のところへ連れて行かれたのであった。事態が好転するのかさらに悪くなるのか、皆目見当がつかなかった。車に乗せられ着いた先はとても暗い場所だった。だが父はすぐにそこがどこだか分かった。目隠しをされていても、ユダヤ砂漠のあの暑く鼻孔を刺すような臭い、ついでクムランの洞穴の特徴的な湿度と湿っぽい石の臭いを感じたからだ。

「そこで私は拉致犯達が誰なのかが分かった」と父は続けた。

「私がとてもよく知っている人々だったんだよ。彼らは私が一八の時に別れた私の〝兄弟達〟だった」

「いったいどういうことなんですか？　父さんの兄弟？」私は当惑して尋ねた。

「そうなんだ、私の兄弟であるエッセネ人達が私を連れ戻そうとやってきたんだ」と父は言った。

父さんは何を言っているんだろう？　エッセネ派が存在していたのは二〇〇〇年も前の話だ。私は父がおかしくなったのだと思った。《狂人が自らの道をたどっている時、狂人は意味を欠いている。しかし狂人は他者のことを語って、〝あれは狂っている〟と言う。》

「エッセネ派はローマ人によって虐殺された、あるいはローマ人の侵略の後にあった地震で全滅したと思われている。しかし、実は逃げおおせたんだ。洞穴にね。そして洞穴で何十世紀も生き続けたのだよ。しかもまだ生きているのだ。いいかいアリー、そのことを私は今まで、誰にも、お前にも、母さんにだって話したことがなかった。それは私が彼らのところを離れた時に誓いを立てたからなのだ。〝何一つ話さない〟という誓いをな。こうなった以上言うが、エッセネ人は今もって存在している。そして私はイスラエル建国の時点までエッセネ派共同体のメンバーだったのだ。建国の折、一部のメンバーと同様、私はエッセネ派を離れる決心をした。イスラエルの民があれほど待ち望んでいたもの、イスラエルの民が何千年となくその実現を祈り続けたものがどういうものなのか知りたかったからだよ。それにエッセネ派以外のユダヤ人とも会いたかった。地下の洞穴の中ではなく、ユダヤ砂漠の砂丘を越えて、死海のほとりとは別のところで、自由な空気を胸に一杯吸って、イスラエルの大地に再び生きてみたいと思ったんだ。そして何よりも私はエルサレムをこの目で見たかった。私の気持ちが分かるかい？」

父の声は震えていた。涙をこらえようとするかのようにひきつっていた、皺（しわ）に沿ってそれでも涙が流れていた。

「〝兄弟達〟が私を連れ戻しにきたのは、私が〝裏切って〟いないかどうか知るために尋問を行なおうとしたからだ。それというのも彼らのところから多くの写本と共に盗まれたあの巻物を彼らも探しているためなんだ。彼らは私を捕虜にはしたが、殺しはしなかった。何せ私は〝コーヘン〟だからだ。つまり大祭司達の血統なんだよ。階級を大切にする兄弟達にとって大祭司はいかにしても尊敬すべき存在だからだ。それに兄弟達は私のことは信じていた。私があの巻物について何も知らないということを知っていたよ」

「彼らはここに着いて初めて父さんに正体を明かしたの？」

「そうだよ。私を捕虜にしておくためにね。つまり彼らはお前が私と一緒に巻物探索にかかわっていることを知っていた。離れ離れになればお前の身を案じて、是が非でもお前を捜し出そうとすることを知っていた。その場合、彼らがすぐに正体を明らかにすれば、私は彼らと議論もし、私が断固とした論拠を主張するだろうと推論したのだ。そうなれば私を捕えておくことはできない」

そして声を低くして父はこう付け加えた。

「彼らは建国後もここに残ることを選んだ者達だ。メシアが到来しないうちはイスラエルには住まぬと心に決めた者達なのだ。彼らは建国は性急だったと考えている。そして今では一日も早い神の介入を期待している。目前だと信じている。それが起こることを一日中祈っている。だがな、様々なことが外界で起こったというのに、この地下に留まり続けたせいで、彼らは狂ってきたのだと私は思う」

「父さんに何か危害を加えましたか？」

「いや、私には何もしなかった」

父が私に自分の青春時代のことを語ったのはこれが初めてであった。それもこんな事件があって、それを語るついでに語ったようなもので、その告白には科学的配慮さえ感じられた。つまり語るからにはきちんと説明がなされ、そしてそれを聞く私がしっかり理解せねばならないという前提のもとに語ったかのようであった。実際こんな状況での告白でなかったら、私は父に無数の説明を求めねばならなかったであろう。幾度も幾度も反芻（はんすう）して信じるにいたるまで、どれほどの時間がかかっただろうか。だがこの洞穴にあってはすべてが自然で、明白で、理解するのはさして時間もかからなかったのだ。そして一気にすべてが明らかになろうとしていた。

我々に課せられていたミッションの遂行に対してみせた父の抵抗、様々な恐ろしいものを発見した時の父のあの不安感、父の〝兄弟達〟であるエッセネ人に救いの手を差し伸べたいと思っていたその理由が。そして私はこの科学的な精神の持主にあって、消え去ることのなかったあの迷信深さの本性も、理解した。

私がさらにそれ以上のことを知りたくとも、現実がそれを許さなかった。突然父が話しているところへ男が現れたからだ。男は父の話をいきなり中断させた。

男は中背で一見ベドウィンに似たいでたちをしてはいたが、あの銅色でなめし皮のようなべドウィンの肌をもってはいなかった。男の肌はなんと正真正銘の白だったのである。

男が私の方に近づいてきた、そして驚いた顔で私を見詰めている。

「息子のアリーだ。危害を加えんでくれ」と父は言った。

父はその男を知っている様子だ。

「私を探してここへ辿り着いたんだ」

「汝の息子であれば、やはり写字生だ」男は答えた。「やはり、ここにおらねばならぬ」

そして、男は我々に皮紙とインク壷とペンを差し出した。

「汝らが今からすることはこれだ。汝らのミッションを果たすのだ。私の語ることをしたためよ」誰も使うことのない言葉で言った。

非常に古いアラム語であった。父が研究する石碑から飛び出してきたような古代語であった。

男は大祭司職にあり、ここにいるエッセネ人のリーダーであった。大祭司は語り始めた。我我は黙って耳を傾けた。

「その昔、我が谷は長く区切れのない湖であり、無数の岩は幾つもの背斜谷の底にあった」と男は言った。

「湖の水が低くなると、水がえぐった石が幾つもの洞穴を形成した。水の中にあったその〝国〟が人の住める住居となったのだ。ほとんどの場合、それらの洞穴は容易に見ることがかなわぬ。中には全く塞がれている小さい洞穴もあり、入り込むには入口を開けねばならぬものもある。こんな貴重な隠れ処はまたとない、人間にとっても、人間が埋めんとする財宝にとってもだ。我々の洞穴は一度たりとも発見されなかった。全く孤立していて、私自身先祖代々の伝承でしか知らなかった。そこに辿り着くためには長い時間歩き、何度も腰をかがめねばならぬ。その洞穴は谷の奥、最も奥まった所にある。今より三〇〇〇年以上も前にダビデがアイン・ゲディの洞穴の一つに隠れた時、王サウルは幾千の部下達を伴い捜しに赴いたが、見つけるどころか未来の王が隠れている洞穴でまどろみながら、そこにいるのにも気がつかなかった。同じく写本を隠した洞穴もベドウィン達に〝発見される〟ことはなかった。発見されるには余りに奥まった所にあったのだ。そして二〇〇〇年の長きにわたり、人間を拒絶し続けた。荒廃した石に囲まれ、アイン・フェシュカの北のある場所で孤立し続けた。その入口は岩に開いたほんの小さな穴だった。そしてその洞穴の床に写本を密封した幾つもの粘土の壷が置いてあった。それをベドウィン達が〝どのように発見したか〟を我々は聞いて知っているし、なぜベドウィン達があんな話をしたのかその理由も知っている。第一、幾十世紀もの長きにわたり、巻物が発見されたとされている場所の周辺に生活していたベドウィンが一度たりとも気づきもしなかったものを、今になってなぜまた発見するのだ、しかも迷い込んだ山羊のせいだと？

ユダヤ人が自分達の土地に帰還する以前は、長きにわたり、我々は〝大勢〟であった。そして皆でこの洞穴に暮らしていた。我々はローマ人によって追われたが、写本を洞穴に隠し略奪を免れた。時をみはからって誰にも分からぬようにその隠し場所に行き、そこに隠れ住もうということにしてあった。幾つもの世紀がやがて二〇〇〇年を数えるにいたる間、我々の共同体は世界の変化を免れ、使命に従い「法」と儀式を遵守して生き続けた。だが我々が本来の性向としていた独身は諦めねばならなかった。洞穴にあっては外部から入信者を募るわけにもゆかず、かといって子孫を絶やすことはできなかったからだ。我々には神の法があった。我々はそれを腕に、そして額につけ、又入口に吊るして触れることもできる。メズゾートのおかげでな。そして『書くこと』のおかげで、また星の運行と季節の反復を洞穴にあってもたどれる暦のおかげで、膨大な時の流れを乗り切ってきた。

神のご意志により、我々は太陽年に従い、一年を三六四日とし、それを四つに割り一季節とし、一季節を九一日とした。その始まりは水曜で、三〇日が二ヵ月、三一日が一ヵ月となる。我々は何ヵ所かの聖なる場所も持っている。そこでは典礼の集会が行なわれ、書かれた書物が読まれ、食事を共にする。説教壇があって、我々はヘブライ語で神の言葉を読む。我々は諸篇を、雅歌を、頌歌を、祝福を、そして呪いを唱える。我々は毎日沐浴し、聖なる食事をとる。汚れを清めて一堂に集い、メシアの聖餐をとるのだ。我々は毎日、日の出、日の入りの刻には集まって祈りを捧げる。〝光の法務〟という特別の法務がある祭司達はその限りではない。日曜日には〝天地創造〟と〝人間の堕罪〟を、水曜日には〝賜モーセ律法〟を記念し、金曜日には罪の許しを願い、安息日(シャバット)を賛辞の一日としている。

我々の生活はすべて完全に調整されていて、二〇〇〇年来、誰に知られることもなく、この岩の虚(うろ)の中で永続してきた。だが今世紀の初めにユダヤ教徒が〝地上に残りし者達〟と一緒になり、ついで異邦に離散していた者達もやってきて、ユダヤの民が自らの地に最終帰還を果たし、建国が実現した時から我々ももう以前とは同じではなくなった。そうした外界の変化を我我は様々な街の〝調査〟で知っていたのだ。街には、ベドウィンに化けて、以前からたびたび赴いている。建国の際、我々の中のある者達は、〝外で生きる時がついに到来した、離散にさ迷っていた兄弟達と再会するためにも洞穴を出ねばならない〟ときめつけた。彼らは贖罪(しょくざい)の時は終わりを告げ、我々は新たなる時代、つまりメシアの時代に入るのだと主張した。だが半数は彼らに同意しなかった。神殿が再建されるまでは地上に戻るべきではないと考えていたからである。神殿の敷地内には黄金のドームがあり、新たなる神殿の建設を阻(はば)んでいた。洞穴に残った者にとってはメシアは未だ到来せず、従って、洞穴にあって待ち続けるべきであり、メシアが我々を救済するのを待望し続けるべきであり、メシアの助けなくして何もするまい、と決心は固かった。

数々の大いなる不幸があって後、民の帰還が実現したことは神の御(み)しるしではないのか？悪の力ゴグとマゴグの戦争、すなわち西欧における光の子達と闇(やみ)の子達の戦争がありはしなかったか？　我らの兄弟達が常にもまして苦しまなかったか？　と、洞穴を離れようとする者達は問うた。対して洞穴に留まろうとする者達はこう答えた。メシアの仲介による神の手が示されないのに洞穴を出ることはならぬ。一方はイスラエル征服戦争のリーダーこそが神によってつかわされたメシアだと考える、他方はそれは単に戦争のリーダーであって、血が流されることになる限り、外に出ることはできないと反論した。

そうして共同体は二つの意見に分かれた。一方はイスラエルの地に住み着くために洞穴を出た、そして他方は洞穴に留まった。洞穴を出ることになった者達は聖なるものにかけて誓いを立てた。

それはこういう誓いだ。〝どこにいようが、何をしようが、誰に出会おうが、出身を明かしてはならない、共同体に留まった兄弟達のことを話してはならない〟。彼らの隠遁の秘密、彼らを生き長らえさせた幽処の秘密を重んぜねばならぬからだ。

ところがある事態が発生した。そのせいで万事が正常に展開していくことが妨げられることになった。我々の中の一人が金のために喋ったのだ。そしてその男こそが我々の写本をベドウィンに渡したのだ。ベドウィンがそれを売った。男は自分が写本にかかわっていることを知られたくなかった。そこでベドウィン達が、〝洞穴に逃げ込んだ山羊〟の話をでっち上げた。その男の名はモシェ・ベンヤイールという。モシェ・ベンヤイールはある取引で偶然ホセアに会った。正教会の大主教になった背教者のホセアだ。ホセアも我々の共同体のかつてのメンバーだった。二人の悪党はつるんで、とうとう全世界中に我々の秘密を暴露してしまった。奴らは我々の財宝を捜し、見つけ出し、金に替え、その価値をおとしめた。

我々は協議会を開いて、裏切り者が受けるべき罰を決定した。特に貪欲で、狷介なホセアは我々の財宝で金を儲けた後は、我々自身を売ったに相違ない。我々の正体を明かし、この隠れ処を教え、我々のミッションの成就を妨げたに違いない。それで我々はホセアを処刑することにした。モシェには逃げられてしまったが、知っての通り、息子がやってきた。そして己の強欲のせいであの通り死んだ。我々はすでにホセアが自宅に隠し持っていたすべての貴重な品々を回収した。あれらは言われている通り、神殿の聖なる品々だ。そしてダビッド、お前も知っての通り、ホセアから取り上げた金でサマリア人から残りの宝も買った。実はお前もサマリア人に対する謝礼のうちだったのだよ。とにかくすべて回収した。そして今やちゃんと箱の中に収まって、メシア到来の日を待っておる」

　大祭司が語り終えた。

「だがなぜ、何人もの人を十字架にかけたんだ？　なぜまた磔刑(はりつけ)を選んだんだ？　なぜホセア以外の連中まで殺したのだ？　他の被害者はエッセネ人ではないぞ」私は叫んだ。

「巻物に近づいたからだ。エリアキム・フェランクスの息子マッティ、トーマス・アルモンドそしてジャック・ミレのいずれもがな。磔刑を選んだのはそれが二〇〇〇年前、イエスに科せられた儀式だからだ。イエス以来、我々の習わしとなっている。裏切り者を処刑する時の我々のやり方なのだ。我々から我々の過去を盗もうとする者達を処刑する際のな。《目には目を、歯には歯を》だ」

「だがなぜイエスと関係があるのだ？　イエスはエッセネ人だったか？」

「それは我々の秘密だ」

「シャピラ事件もあなた方が関与しているのか？　自殺したということになっているが、彼が発見した写本は見つからずじまいだった。あなた方が殺したのか？」

「そうだ。我々の祖父達がやった。シャピラは写本を発見し、そしてもう少しで我々の存在を明かすところだった。そこで我々の祖父達がオランダで殺して、巻物を回収した」

「なぜあの見慣れないロレーヌの十字架を使ったのだ？　十字架に打ち付けられた苦しみに加えて、体をねじ曲げられる苦しみを味わわせるためなのか？」私は尋ねた。男は私の質問を理解できない様子であった。私はもう一度繰り返した。だが平然としている。

　父が代わってこう説明した。

「彼らはそれしか知らんのだよ、アリー」と父は言った。

「ロレーヌの十字架と言われているのがローマ人が用いた本来の十字架なんだ。我々が普通十字架と言っているのは、後の時代に考えられた変形でしかない。イエスがかけられた十字架は上部を切られたロレーヌの十字架だったのだ」

「じゃ、父さんは初めからすべて分かっていたのですか？」

「ああ……思い当たるふしがあった」

「なぜ何も話してくれなかったのです」

「なぜかって、お前、私は彼らを裏切ることはできなかったからだ。この使命を引き受けたのも、そこに理由がある。シモンから聞いた時、彼らの仕業だろうと思った。少なくともそうではないかと恐れていた。私達以外の誰かが彼らの存在を発見するようなことにはなってほしくなかったんだ。そして残忍な犯罪が立て続けに起こった時、すべてを放棄しようとした理由も、やはり彼らを裏切るまいとしてのことだった。殺されたのは我々の身内ではない、彼らがやったことを突き止めたあかつきにはもう、口をつぐんでいるわけにはゆかないからだった。私には何が起こっているのか、もはや理解できなくなっていた。私が手をひけば外の誰かが真相をあばくことになるかもしれないが、自分達の秘密を懸命に守ろうとする彼らを助けようとも、もう思わなくなっていた」

「あなたは先刻、〝自分達の過去を盗む者を処刑する〟と言っていたが、あなた方の〝過去〟とは何なのだ？　何を隠したいのだ？　あなた方にはそんなに忌まわしい〝過去〟があるのか？」私は叫んだ。

「そのことをお前にまだ教えるわけにはいかん」

男は言った。そして踵(きびす)を返すと、

「さあ〝記せ〟、それがお前達の仕事だ」と命じた。

するとそこに二人の男が現れた。男達は我々を短剣で威嚇した。古代人の使っていた短剣だ。そして我々を洞穴の奥へと追いやった。

　地下道に続く扉があって、そこから出された。複雑な迷路の中を奈落の底から奈落の底へと歩かされた。地下道はしばしば非常に狭く、体を低くしたり、這(は)ったりしなければならなかったぐらいだ。そうして湿気と闇(やみ)の中を半時間ほど歩き続け、ついにある洞穴に達した。石の扉があり、彫刻を施されている。我々はそこに入れられた。そして閉じ込められた。

　そこが我々の仮のすみかとなった。四〇日と四〇夜、そこにいたのだ。最初の三日間は飲物

も食物も与えられなかった。飢えでふらついている足で、かないもしないが立ち続けようと試みる父の傍らで、私は力なく洞穴の片隅に倒れ込んだ。頼みの綱はジェーンであった。今頃不安をつのらせて、我々の捜索にあらゆる手を尽くしてくれているに違いない。死んだカイールと私が、仕掛けられている罠を承知で、クムランの秘密の真っ只中に突進していったことを分かっているはずだ。ジェーンは我々が入り込んだ入口は知っているが、果たして墳墓の深奥のようなこの洞穴まで辿り着けるであろうか？　誰に助けを求めただろうか、話しておいたシモンか？　会って知っているイェフダか？　あるいはイスラエル政府当局か？　誰でもいい、ジェーンが助けを連れてきて、我々をここから出してくれることを強く強く願った。しかしながらその一方で私の心の深奥で何かがこう私に語りかけていた。〝お前には未だ明らかにされてはいないが、とにかくクムランの秘密は漏らされることがあってはならない〟。

この強いられた断食のために私は少しずつ肉体と精神の力を失った。私は私の身体が衰弱してゆくのを感じていた。私の精神は〝狂った者の思考〟の中をさ迷い、空間も時間ももはやまとまりをもたなくなってきていた。そして飢餓性衰弱がすすむにつれて、すべてが混濁し、私の頭の中ですべてが激しさを増しながらぶつかりあっていった。

この断食という強制科目のせいか、極度の集中力が備わり、飢餓効果によって身体とその苦痛も忘れるにいたって、私はデヴェクートの状態に〝入った〟。私は〝クムランの時代〟にこの世のものではなくなったイメージの数々を見た。忘れることのできないものを見た。悪しき世界があった。いたる所に淫蕩と瀆聖が傲慢にも神の創造物を愚弄していた。かくなる世界は自ずから滅びる。そしてその〝滅び〟は逼迫したものだった。他所であれば想像もつかぬが、海面下およそ三〇〇フィートに幽閉された苦い海水の湖と、虚ろにして威嚇的で裸形の荒涼たるリーフの間に横たわる場所での出来事とあれば、納得がゆく。いかにせよ一つの世界があること自体がおかしいのだ。太陽はその白熱を誇示し、風は熱い瘴気をはらみ、生物はほとんど残存がかなわず、一つの世界が形成される場所など無に等しいからだ。この地上のブラックホールに、地獄のへりが他所の大洋、他所の地層の表面水準まで攻め上って来ようとしていた。焼けつく太陽の光線の下に地獄が浮上しようとしていた。私は原始人になっていた。そして人間の過ちに対する神の最も恐ろしい審判の光景を見ることになった。

ソドムとゴモラがあった。その楽園に火が降ってきた。巨大異変がついに来たのだ。狂った天の下、海が苦い塩の涙を流して泣いている。いたる所で石油脈の走る大鉱床と瀝青が爆発し、火と共に幾つもの長い鋼鉄の刃を吐き散らす。上の方ではゴール〔ドラゴン〕がヨルダン川を横断してメランコリアの方へ向かう道を辿っている。尽きることのないサガであった。地殻が怒り狂って足を踏みならしていると、地の臓腑から原始時代の低い唸り声がのぼってきた、そして遠い時代の各地層を突っ切って、地上に発生した巨大な地震の方へと押し寄せてきた。そして〝偶然〟が最終異変を計った。何十トンにも及ぶ石油が一気に噴き出したところに雷電がはしったのだ。地殻の奈落に長く留まっていた油と瀝青が炎と化した。奈落が大量の硫黄を吐き出す。雹と火に血が混じって大地に降り注ぐ。大地が燃え上がり始めるとまだ残っていた樹木や海辺の蒼ざめた緑も滅した。死海は血の海と化し、そこにいた人間はすべて死に、何艘もの船も沈没した。天には巨大な太陽が沈むことを忘れ、松明のように燃え盛っている。

河も泉も火がついた。地の火勢は太陽にも月にも迫り、これを暗くした。昼は明るさを失い、夜は輝きを失った。幾つもの星も落ちてきた。物凄い煙が上がる。地獄の業火のようだ。飛蝗が広がった。さそりの大群にも軍馬にも似ている。頭部には金の冠を頂き、その面は人の顔にのようだった。

やがて私はあらゆる国よりやってきた巨大な人の群れを見た。様々な部族、様々な民族、様様な言語が天の王座と子羊の前に立った。ことごとく白い衣をまとい、手にはシュロの枝を携えている。そして声高らかに叫ぶ、「王座におわします我々の神、そして子羊に栄えあれ」まわりに集まったすべての天使が、地上から目をそむけておられる〝御方〟の御前に降り立った。そして神を讃えた。

巨大な動きを示して大地が消えた。そして新しい天と別の大地が現れた。最初の天と最初の地が沈み、海ももうなくなったからだ。私は〝新たなるエルサレム〟が天から降りてくるのを見た。婚礼の夜に向けて着飾り、支度を整えた花嫁のようだ。王座から声がして言った。〝時は近い。もはや黙る必要もなければ、数々の書の言葉を秘密にする必要もなし〟。《不正の者は不正を犯し、汚れし者は相も変わらず汚れに生きる。だが義の人はいつでも正義を行ない、聖なる者はいつでも恩恵を受ける。我はやがて参ろう。そしてそれぞれに、それぞれの行ないに従って報いよう。我はアルファでありオメガである。最初にして最後である。始まりにして終わりである。我は天使を送る。その天使が汝らに証す。我は朝に輝く星、ダビデの血統から出る》と声は言った。

光の子達による闇の子達の制圧、すなわち光の子達によるベリアル軍団、エドム、モアブ、アンモンの子達の集団、そしてオリエント及びペリシテの無数の子達の制圧。闇の子達は砂漠の苦痛を味わい、戦争が勃発する。闇の子達の一味すべてに宣戦が布告される。光の子達の流刑が終わるからだ。光の子達とは、エルサレムという砂漠に永遠のキャンプを設営するために砂漠の荒野から帰還する民の子達である。

最後の戦の末、種族達が離散の境遇から立ち上がる。そしてその時、〝彼〟が現れる。凄まじい激怒に襲われて、「北」の王達に闘いを挑む。彼の怒りは敵の〝角〟を破壊し、絶滅させる。神の民にとっては栄光の時がきたのだ。ヤフェトの子達は大混乱をきたす。悪の支配が消滅し、瀆神は跡形もなく打ちのめされ、闇の子達の生き残りは一人たりともいなくなる。

それから私はどれも人里離れた場所にあるエッセネ派の人々の幾つものキャンプを見た。大祭司の迫害にあい、追放され、セム族の国で亡命生活を送っているのだ。そして私は強制移送を見た、ユダヤ教徒がネブガドネザル王の治世のバビロニアに追放されるのを見た。私はそれからユダヤ教徒の歴史のすべてを見た。私は処刑人を、犠牲者を、そして証人を見た。数々の破壊があり、不在があり、数々の虐殺があり、カタストロフがあった。

そして私は光の子達がこの世のすべての果てを照らすのを見た。光は少しずつ少しずつ広がって、すべての〝闇の瞬間〟を一つまた一つと焼き尽くしていった。そして私は見た。〝彼の〟偉大さが永遠に輝かんとする瞬間を、幸せと祝福、栄光と喜びをもたらす瞬間を。そしてすべての光の子達に長い命が与えられた。

私はある恐るべき戦闘を見た。終わりを知らぬ殺戮があった。その戦闘は天、暗き一日に起こった。その日はかつて〝彼〟により定められていた一日だった。その日、最終戦のために集まった神々と集結した人間達が接近を始めた。過ちをあがなわれている民全体にとって苦悩の時であった。地上の不幸を全部集めても、この苦悩の時に勝るものはなかった。「贖罪」がそれにとって代わるまでは。だが光の子達は初めて闇の子達に勝って強かった。

彼ら光の子達は瀝青の湖よりやってきた。この地上に自然と歴史がこれほどに終末を、そして新たなる秩序の到来を目して共謀している場所は他には見当たらない。忌まわしき諸時代を経た後、メシアの到来と共に、粗く、ごつごつした土地がすべて滑らかになった時、すべての人々が理解することになる。〝神がこの場所を救われたのだ、まさにここ、死海の荒涼としたほとりで〟。《砂の堆積の上に、ここ、そしてあそこ、といたる所に樹々が立ち上がることになる。葉はしぼむことなく、果実は腐ることはない。至聖所から豊富な水が来ることになるから。》

私はトランス状態に入った。発熱が私の感覚のいたる所で私をあおり立てた。そして私は真実を見た。私がここに来てから見まいとしていたものを、私がすべてを知って以来、つまり私の父が写字生で、私の祖先はことごとくエッセネ人であったことを知って以来、見まいとしていた真実を私は見た。すなわち、好むと好まざるとにかかわらず、《私もまたエッセネ人であった》という真実を。頭が破裂しそうだった。私は岩の壁に激しく頭を打ち付けた。

三日が過ぎた。我々に与えた試練と威嚇がもう充分と判断したのか、エッセネ人達が我々に飲物と食べ物を持ってきた。そして〝仕事をなせ、リーダーの言ったことをすべて認めよ〟と命じた。洞穴を出ることはかなわなかった。唯一の出口は塞がれていて、洞穴の天井、つまり外の、山の岩床に通ずる裂け目は高すぎて届きはしない、その裂け目から昼間の光がこの幽処に差し込んでいる。こうなればエッセネ人達の命令に従うだけだった。食事をしていささか人ごこちがついたところで、仕事を開始した。

我々はそうして地の腹の中にいた。我々はなぜこの地の懐にいなければならないのか、知らされないままだったし、ここから出られるのかどうかも分からなかった。だが絶望感にとらわれはしなかった。それどころか、この場所にいると安心感さえ覚えていたと思う。しかも他の場所で感じる以上の安心感を。《人間の霊は高く昇り、動物の霊は地中深くに降りるかどうかなどと誰が知りえようか？　私は、人間には〝行なっていること〟に喜びを感ずる以上の喜びなどないことを知っている。なぜならそれが人間の〝分〟であるからだ。人間とて自分が死んだ後はどうなるのか見さだめることなど出来はしない。》

父は我々の頭上、すなわち外界に世界の終末が近づいていることを確信していた。父は神秘主義に再びとらわれていたのだ。それも激しく。多分出身の場であるこの洞穴に帰還したためであり、また決してここの記憶を棄てられなかったからだ。実際、古文書学を選んだことで自らの記憶に人生を捧げていたのだ。〝我々は大惨事から身を守るべく、ここに送られてはいるが、それが終われば、地上に出ることがかなない、メシアに従って新しい世界を築くことになる〟と主張した。

父がメシア待望を語るのを聞いたことなど一度としてなかったので、この予言的な語り口は父には似つかわしくなかった。だが父は、エッセネ人のところに戻ったことで子供時代の教訓や祈りを、そして「解放」への信仰を再び見出していた。しかも父は科学によって「解放」されていたのだから、語り口が異なって当然ではあった。絶え間なく引用する聖書の節の様々が〝現在〟に関する独自の解釈に入り混じり、この何日間かで生えそろった灰色の口髭（くちひげ）から発せられるのを聞いていると、ヘブライの予言者もかくやと思われた。

父も何度となく説明してくれたが、私は黙示録的預言やメシアに関する預言というものは危機の時代、絶望の状況下でのみでなされるということをよく承知してはいた。私は〝この世界の終わり〟を信ずるにふさわしい場所があるのを知ってはいたが、大惨事を伴う「暴かれ（アポカリプス）」があるとしても、それはこの洞穴、この古き皮紙のすみかで起こることではないという確信も私にはあった。

リーダーの命に従って我々は、彼が語ったことを書いた。そしてそれを終えると、父と私はあの巻物の解読を試みた。誰かにとられてはいけないので、ジェーンに手渡されて以来、肌身離さず持っていたのだ。知っての通り、巻物のヘブライ文字は逆文字であり、映す鏡もなかったので、我々はまずエッセネ人がくれた皮紙の裏側に、これも手渡されたペンで書き写し始めた。そして我々はクムランの真実を知った。

真実を発見した今、我々は、メシア到来のその日まで、それについて口を閉ざさなければならないと理解した。それが暴露されたあかつきには、どんな結果が生じるかそのすべては知らないが、とにかく我々があの巻物から教えられたことは〝語る〟ことはできない何かなのであり、〝書いて〟そして〝保管〟するべき〝何か〟なのであることは分かっていた。私はここに来て体験したあのトランス状態で見た幻視を忘れることはできなかった。そしてその幻視もまた私に、私が知っていることを〝書け〟と命じていた。私は写字生ではなかったか？　写字生の息子ではなかったか？

洞穴の部屋で四〇日の間、幽閉の身とあっては我々は何もできなかったが、希望を持ち、研究をよくし、討論をよくした。そして父は私についにエッセネ人について語った。

その語り口は印象的だった。記憶をさぐるが時として容易ではなく、見つけ出した記憶の数数は断片的だったりする一方で、時として汲み尽くせぬばかりにほとばしってきては果てしなきメロディーとなって連続する。そして父は語って倦むことがなかった。あたかも、長い年月にわたって口を閉ざしていなければならなかった分をすべて取り戻そうとしているかのようだった。

エッセネ人は選ばれた民の中のさらに選ばれた人々であった。同時代人にとっては単に一つの小さな宗団で、名も知られておらず、影響力もなければ、歴史的重要性ももたなかった。もっともエッセネ人は自分達を歴史的とはみておらず、歴史を変える出来事において優勝的――つまり原因がその結果より大きな完全性、実在性を持つこと――な役割を演じるように定められていると考えていた。この現実の世界がその終末を迎えんとしている。そして今までとは全く違ったサイクルが始まる。その宇宙の大きなドラマにおいて、宗団はある主要な役割をもつことになっていったのである。ユダヤ人は神に選ばれし民である、神がユダヤ人とのみ契約をされたからだ、とエッセネ人は考えていた。ところがすべてのユダヤ人がこの契約に忠実であったわけではなかった。彼らの多くが〝約束〟によって何が引き起こされるのか、どんな結果が待ち受けているのかを理解していなかったのだ。そこで神は新たなる秩序に向かう道を準備するにあたり、この特別な民の中の特別な宗団のメンバーを使うことになさった。神は、世界を「油を注がれし者」つまりイスラエルの民のリーダーを通して、新しい秩序へと導かんとなさったのだ。そうして今度はイスラエルを通して、全人類の贖罪（しょくざい）が実現することにもなっていたのだ。

エッセネ人は自分達こそが「聖なる書」の真の解釈を隠し持つ存在だと考えていた。それだから彼らは固有の図書館を持ち、聖なる書を写してはそこにおさめ、独自の巻物を認めては蔵書の数を増やしていった。そしてこのエッセネ人は同時代に起こっている出来事の真の意味を明らかにした。エッセネ派独自のテキストが彼らの真の宝であったのだ。エッセネ人は過去を解釈した。エッセネ人は彼らの各々の生き方を正確に書き取った。エッセネ人は予言した。

この宗団は民族のサガについて独特の見解をもっていた。彼らは神話を字義通りの真実とみなしていた。伝説を事実としてみなしていた。さらにその上、自分達こそ神がすべての人々の中から選ばれた、モーセの法と初めて契約を結んだ民であると考えていた。シナイ山は、神がそこでイスラエルの子達と永遠の契約をした、いわば地上の存在に対する〝宇宙的介入〟の場なのである。ところが守るべきを忘れた祭司達がローマの地方総督達と一緒になって契約を歪（わい）

曲した。イスラエルの民全体が契約を無視した。良き道をたどっていたのはエッセネ人だけであった。よって神は彼らと、つまり選民の中の選民と「第二の契約」を交わしたのだ。

　確かに神はダビデの治世に民との契約を固めた。そしてダビデも「油を注がれた」。だからこそダビデの勝利の数々はイスラエルの勝利の兆しなのだ。だがダビデと共にザドクがいたのを忘れてはならない。イスラエルの〝大祭司の中の大祭司〟がザドクだ。そしてエッセネ人は偽のザドク祭司であるサドカイ人に対立した真のザドク祭司の系列なのである。偽のザドク祭司であるサドカイ人は不当な富の数々を集め、略奪戦争をして、民から労働によって実った果実を盗み取り、神の神殿を汚したのだ。

　神は〝新たなる契約〟の際、ある預言者の到来をアモス、イザヤ、エレミヤの精神に告げられた。エリヤである。そしてこの〝新たなる契約〟が神聖であることを明かすために新たなる時代を開く「義の教師」の到来も告げられた。

「エッセネ人に何が起こったのですか？」私は父に尋ねた。

「ローマのユダヤ進駐はある時期、大変平穏なものだった。ローマの地方総督は貪欲ではあったが、ユダヤの代々の王のある者達よりはましだったのだよ。ちょうどその頃マカベア家の最後の人、アンティゴノスが紀元前三七年、ヘロデに座を譲った。ヘロデは大王と呼ばれ、荘厳な建物を幾つも建て、港湾都市カイサリアを開き、神殿の修復を開始した。しかしこの修復を終えたのは大王の死後半世紀以上も経た紀元六四年になってであって、それから六年後には再び破壊されるわけだ。ヘロデが死んだ時、心から泣いた者もいるほどだ。ヘロデ大王の治世の後、王国は分割された。ガリラヤを治めたヘロデ大王の子、アンティパスは兄弟の妻と結婚し、洗礼者ヨハネに批判され、ヨハネを殺した。彼が見捨てた最初の妻の父であるアレタとの戦いで敗れたヘロデ・アンティパスは、ヨハネを殺した罰があたったのだと人々は思った。ヘロデ・アンティパスは三四年まで国を治めた。ガリラヤに対しユダヤではやはりヘロデ大王の子ヘロデ・アルケラオスが在位前四―六年の一〇年間の間君臨したが、アルケラオスの治世はあまりにも不吉な時代で、ローマ帝国初代皇帝アウグストゥスはアルケラオスを罷免し、ユダヤをローマの属州とし、下級代官の管理するところとなった。その代官の一人にあのポンテオ・ピラトがいたわけだ。――このピラトも後には本国へ招集され、ガリアの地に追放されることになるのだが……。

ところでユダヤ教徒とローマ人の間の緊張は高まる一方であった。ローマ人は狂信的宗教者を見るようにユダヤ教徒を見るばかりで、彼らを理解することはできなかったのだ。ローマ人が神殿で瀆神行為に及んでいると批判してはなはだ不寛容なのだ。ピラトはローマの軍事的支配に対するユダヤ教徒の抵抗に驚くと同時に苛立ちをつのらせていた。それまでいかなる民族もローマ人の宗教とその偶像崇拝を拒むことはなかったのに、ユダヤはなぜまたこうも抵抗するのだ？　皇帝カリギュラは神殿に自分の像を置くことを強要したが暗殺された。そんなことがあった後、パレスチナ地方全域がローマの支配下に入った。だがユダヤ教徒は依然刃向かってくる。総督アントニウス・フェリクスなどがあまりに十字架刑を頻繁に行なったので、ゼロテの過激派がローマ人を立て続けに暗殺するに及ぶ。こうしてユダヤにおける紛争は悪化のきわみに達した。強盗行為、略奪、強奪がきわめて頻繁に行なわれ、それに対して為政者は責任もとらない。すべての状況が反乱、暴動の意思表示であり、戦争の兆しであった。危機に直面したユダヤ教徒は緊急政権を樹立し、フラウィウス・ヨセフスにガリラヤの防衛を任せた。ヨセフスは闘うが成果なく、結局敵方に降った。ローマ総督を信頼していたパリサイ人は穏健政策を実施しようとしたが、結局、総督府から退けられた。そして怒り心頭に発しているゼロテ党が緊急政権の指揮を執り始めると、節度、中庸、穏健が口をはさむ余地はもうなくなった。イスラエルがもう少し団結していたら、そしてあんなには堕落していなければ、戦に勝つこともできただろう。だがすべてがああだったのだから、悲劇的な結末を迎えて当然だったともいえる。エルサレムは敵対する分派の支配する闘争の場と化し、ユダヤ人がユダヤ人を惨殺するありさまであった。この兄弟殺しはローマ人によるユダヤ人殺戮の数を増加させる一方となった。紀元七〇年の夏の終わり、ついに神殿の外庭に火が放たれた。戦いは燃え盛る祭壇にまで及んだ。イエスの預言通りに神殿が破壊された。災禍は次々とやってきた。クムランの祭司達はついに審判の日がやってきたのだと信じた。その復活を待ち望んでいたメシアがやがて再び現れると信じていた。確かに〝月は未だ血の色でもなかったし、星々も空から落ちてはこない〟。だが破壊はイスラエルを統治していた〝不信の徒の家〟にまで及んでいた。神がキッティームに対してそのお力を示される時が来た。エッセネ人は待っていた。そしてローマ人が自分達のところへやってくるのも承知していた。それで貴重な写本の数々を壺に入れて保護し、洞穴にまで持ち運んだ。闘いが終わった時点で取りに戻ることにした。

戻ったあかつきにも『聖なる書』は常にエッセネ人の宝であり、神の王国の到来する『主の日』に『アロンとイスラエル』のメシアが聖餐を司ることになるはずだった。が、洞穴に写本を隠した時点で、エッセネ人の痕跡は地理的にも歴史的にも消えてしまった。そしてそれと同時にキリスト教団の歴史が始まるのだ。だがエッセネ人はこの世から消滅したわけではなかった。彼らは写本を隠した後、それまでいた地上の場所を立ち去り、クムランの洞穴に避難し、新たなるメシアの到来を準備していたのだ。そしてそのクムランに、誰にも知られず二〇〇〇年の長きにわたって身を潜めていた」

父はそう語った。彼の過去とその過去のまた過去に起こった今まで隠していたすべての話を長い長い時間にわたって物語った。私は彼が語ることはすべてのがさず聞き入った。しっかり記憶にとどめ、後に記すためにだ。父は子供時代を思い起こし、その頃の彼の生活と彼の〝家族〟の生活を語った。それは正確な暦に従って、一々の日、一々の祝日を忘れず、共同体独自の儀式に律せられた修道的生活であり、地上のすべての人間から遠ざかり、二〇〇〇年もの間、死海の荒野で守り続けられた生活であった。だがエッセネ人が時代感覚を失っていたわけではない。自分達が〝巻物〟の番人をつとめている間に、外の世界では、自らの土地を離れたユダヤ人の兄弟が、様々な異教徒の国でさ迷っていることを知っていた。エッセネ人はクムランの洞穴を離れることは禁じられていたが、年に三度の例外があった。新年（ロシュ・ハシャナ）と過越祭（ペサハ）と五旬祭（シャブオット）の祝日である。彼らはベドウィンに変装して町に出掛けていたのだ。だが誰一人としてエッセネ派が未だ生きていようなどと思う者はいなかった。

そして四〇日と四〇夜が過ぎて、洞穴につるはしの音が響き伝わった。誰かがやってくるのだ。父と私は最初、我々に食事を運んできて、仕事がはかどっているかどうか見てゆくいつものエッセネ人かと思った。だがつるはしの音は彼らが通常入ってくる方向とは別の方向から伝わってきていた。それはだんだん大きくなり、ついにその洞室に響き渡った。まるでここから数メートルかそこらの所を誰かが掘っているみたいであった。現にそうだったのだ。三つの人影が岩のかげから現れた。父と私は息をひそめた。そして人影はシモンと救助隊員らしき二人の男だということが分かった。

ジェーンがシモンに知らせてくれたのだ。ジェーンが教えてくれた場所を手掛かりに何週間も捜し続けたそうだ。洞穴が幾重にも入り組んでいて、手のつけられない迷路を形成していたのだ。シモンの説明によると、ジェーンは我々が戻ってこないので、誰に通報するのが一番よいかと、ホテルの部屋に置いておいた私の書類を調べ、シモンの連絡先を見つけたので、ただちに彼に知らせたということだった。

我々は洞穴を幾つも横切って外界へと向かった。ついに外に出た。外の昼の光線に激しく目が眩んだ。何分間か、物を見ることができなかった。そして少し経つと今度は苦悩に塗り込められていたここ何ヵ月かの緊張感のすべてがいきなり疲労に変じて、いっきに襲いかかってきた。精も根も果てた状態で、シモンの車に倒れこむように乗り込みエルサレムへの帰路についた。

「で、どうだった?」車の中でシモンが尋ねた。

「どうだったって、何が?」父が疑問で返した。

「例の写本は見つかったかね?」

父は首を振ってノンのサインを示した。

シモンは我々を父のマンションのある建物の前で降ろした。

「じゃあな」シモンは言った。「しばらく休養したまえ、数日後に来るから、その時またこの件に関して詳しいところを話し合おうじゃないか」

「ありがとう」父は言って手を差し出した。「君は命の恩人だよ」

「いや」シモンは言った。「巻物の探索に君達を出したのはこの私だ……。じゃ、数日後ということで」

我々はしばらく歩道にたたずんで、いささか虚ろな眼差しでシモンの車が遠ざかるのを見送った。そうしていても現実感がなく、ほとんど信じられない気分だった。あたかも何事もなかったかのように、踵をかえして母の待っている家に向かった。恐らく大変な心配のうちに、長いこと父と私を待ち続けてくれた母のいる家に。

だが我々の苦労はまだ終わってはいなかったのだ。父と私は建物のエントランスにゆっくりと歩いていった。そして立ち止まった。エントランスルームに我々を待ち受けている者がいたからだ。あっけにとられた。イェフダだったからだ。

「イェフダ？」私は思わず大声で言った。「一体ここで何をしているんだ？　なぜ我々が帰ってきたのを知っていたんだい？」

「ジェーンが昨日、〝見つかりそうだ〟と言ってきたんだよ。今朝から待っていた」イェフダは暗い声で言った。

「ジェーンがか？　ジェーンはどこにいるんだい？」

私がそう尋ねると、突然表情を変えてイェフダはこう言った。

「いいかいアリー、もし彼女に会いたけりゃ……僕と今すぐ一緒に来てくれ」

「どういうことだい、今すぐだなんて？」

「今すぐだ、アリー。彼女、危険に陥っているんだ。冗談を言っているんじゃないよ」

そこで我々は母の待つ家に入りもせず、イェフダに案内されて小さなシナゴーグへ行った。私のよく知るシナゴーグだった。メア・シェリームでの研究生活の間に時々出入りしていたシナゴーグだ。〝ラビ〟とその信者がよく祈りに来るところだった。長く狭い通りを入った奥にある庭の突き当たりの老朽化した建物の二階がそのシナゴーグになっている。実を言うと、そのシナゴーグは〝正統主義者〟達の真の拠点であり、教師(ラビ)、学者、その弟子達といったメア・シェリームでも最も《黒き》——つまり敬神のエリート——が集まるところなのである。彼らは皆、お下げもグレーの長老達で、白い大きな顎鬚(あごひげ)を生やし、つば広の帽子を被(かぶ)り、伝統の宗服に身をかため、イディッシュ語で会話し、生涯を研究と法とわんさといる子供達の教育に捧(ささ)げてきたハシディムの精鋭達である。そして年老いた今、共同体の賢者となり、〝聖なる集結〟というべきものを形成しており、人々はそこにあらゆる種類の問題について相談にくる。ハシディムの人々は彼らのことを真のトーラーの守護者達、〝伝承〟を真に極めた者達とみなしている。彼らは〝一二人〟であった。

我々がシナゴーグに着いたのは午後の三時で、誰もいなかった。祈りが始まるにはまだ二時間あるからだ。

　そしてそこで我々を待っていたのはジェーンではなく、なんと〝ラビ〟であった。〝ラビ〟はいつものように演壇に座っており、トーラーが置かれている聖務机に肘をついていた。トーラーは両端が巻かれて開かれていた。写本に誤りが一カ所もないか、走り読みして調べていたに違いない。〝ラビ〟はしばしばこうして写本を点検するからだ。


「どうなったかな?」〝ラビ〟が尋ねた。「あれは見つかったかの?」

「何のことをおっしゃっているのですか?」と私は答えた。

「アリー、おとぼけはいかんな。あの皮紙のことを申しておるのじゃよ。『メシアの巻物』のことだ。〝失われた巻物〟と言われておったな」

「いいえ」私は言った。「あれはどこにあるか分からないのです」

「わしは知っておるよ、どこにあるかな」〝ラビ〟はすかさず言い返した。

　そして父のジャケットのいささか膨れ上がった内ポケットを指さした。実際そこには二つの巻物が、つまりオリジナルと洞穴で写したコピーとが突っ込まれていたのだ。洞穴を出る時、父が忘れずに隠しもってきたのだ。

「さあ」

〝ラビ〟は執拗だった。

「わしに渡してもらおうか」

「いや」父ははねつけた。

「これはあなたのものではない、エッセネ人のものだ」

父のその言葉を聞くと、驚いたことに〝ラビ〟は大笑いを始めた。かん高く、激しく、どこか妙な、喜びに笑うというより不幸を笑っているような哄笑だった。この異常な笑いはシナゴーグに響き渡った。

「おいおい！　お前は知らないのか？」

生徒のタルムード的論証に愚かな間違いを見つけると、それを非難して言うような口調で〝ラビ〟は父に言った。

「《お前》の民と《わし》の民はな、同じなんじゃよ。お前はエッセネ派がタルムード文学では《ハシディム》と呼ばれているのを知らないのか？　エッセネ人の待望していたメシアはこのわしだということを知らんのか？　わしがこの世界全体を占有しなければならん時がきたのをお前は知らんのか？　わしの先祖はな、一七世紀に生きて、独身主義を制定するために自らの姪達の結婚を禁じたラビ・ユダ・ハ－ハシッドに遡るのじゃ。ラビ・ユダ・ハ－ハシッドはドイツに移民したエッセネ人だったのじゃよ。代々我々はメシア到来を準備し、世界の終末の計画を練るというミッションを父から子へと伝えるエッセネ派に属しておった。実を言うとな、わしには本当の子供はおらぬ。つまりわしはラビ・ユダ・ハ－ハシッドの家系の最後の人間というわけだ。だから《わしがメシアなのだ》。分かったかな？　さあ、それでは」〝ラビ〟は威圧的な口調で父に命じた。「巻物を渡してもらおうか」

父は負けを認めたかのように〝ラビ〟に皮紙を差し出した。

「だめだ！」私は叫んだ。「父さん、何をするんですか？」

すると父は私の方を振り返り、力なげにこう呟いた。

「私は今では写字生で、彼は大祭司だ。順序からいってこうしなきゃならん」

「何を言っているんです」私は叫んだ。「父さんは写字生じゃない！　写字生でも何でもない！　父さんはエッセネ派を離れた人ですよ！」

〝ラビ〟は父の差し出した皮紙を取った。そしてシナゴーグの燭台の炎の方にそれを近づけようとしていた。

「何をするんです！」私は我を忘れて叫んだ。「〝戒め〟を遵守しないのならば、トーラーを使って人を騙しているようなものだ。だが、それで騙される人間がいると思っておいでか？　あなたは〝偽のメシア〟だ、あなたはかたりだ。あなたがあれほど口にしていた最後の審判を知るがよい！　あなた自身が一番の被害者になるのです」

「《悪しき祭司が義の教師を迫害し、義の教師は悪しき祭司の激しい怒りに呑み込まれた》か」

〝ラビ〟は私の怒りに答えて平然として言った。

まるで自分の口が一つの予言を成就しているとでも思っているかのようだった。

「だがその悪しき祭司はあなたの方だ。醜さ、卑劣さがその栄光を凌駕する祭司とは、まさにあなたのことだ」

言葉が私の口から自発して、私はそれを押さえることができなかった。私は自分の言っていることが冒瀆に等しいものであり、とんでもないことをしていることは分かっていたが、怒りが取りついていて理性を失っていた。〝ラビ〟は私に異様な視線を投げつけ、こう言った。

「お前はどうなんだ、アリー？　お前の父親が拉致されたというのに、お前は合衆国で何をやっていた？　父親のことを考えたか？　それとも異教徒の女と姦淫の罪を犯しにいったのかな？　お前がやったことを言ってやろうか。お前は渇きを癒そうと陶酔の道に迷い込んだのじゃ。お前は自らをユダヤ教徒だ、ハシードだと称しながら心の包皮を切除してはおらぬ。お前は都会に行って数々のおぞましい行為に及んだ。お前は至聖所を汚し、禁じられた場所に出入りした。お前がデヴェクートと称し、麻薬をやり、そして教会に入ったのも、わしは知っておるんじゃよ。お前は過ちを犯したんだ」

「誰がそんなことを言ったのですか？　あなたは私をスパイしていたのですか？」

「ウイリアムズバーグのラビがすべて話してくれたよ……お前がどんな遊蕩の場に出入りしていたのか教えてくれた。出発する前にわしがお前にしておいた忠告を覚えておるか、アリー。わしはこう言ったはずだ、〝危険が満ち満ちておる〟。そしてこうも言った。〝一々の思いつきにマシーアハの息吹を感ずることだ〟と。ところがお前はわしの言葉を信じなかった。それはとりもなおさず、我々が神と結んだ契約を裏切ったということなのじゃ。加えて今はわしの聖なる〝名〟までも辱めおった。お前は時代の終末の啓示まで歪曲しおった。お前はな、アリー、わしの言葉を耳にしながら、この終末に起こることになるすべてのことを信じなかったのじゃ。わしの口より発せられるすべての言葉、神がこのわしの〝家〟に置いてくださったすべての言葉をお前は信じなかった。わしが予言したということは、とりもなおさず、神がご自分の民と異教徒の国々に起こることになるすべてのことを語られたに等しいというのにな。わしこそがな、アリーよ、神聖注釈を伝える秘儀祭司であるのだよ。神の啓示に秘められているすべての秘密を知っているのはこのわしだけであり、他の誰でもない」

「あなたは〝偽りの人〟だ」私は言った。

罠にはめられたことを確信して、憎悪を剝き出して、そして自分の愚かさ加減に恥じ入って私はそう言った。

「あなたは偽りのご託宣を告げ、数々のイメージをつくり出し、人々を信頼させた。いわばもの言わぬ偶像の数々を製造したのだ。だがあなたのつくったその偶像は審判の日にあなたを解放なんぞしない。この地上の不信の族と共に、偶像に仕えるすべての者どもを神が絶滅させる日がくるのだ」

「その日はもうそこに来ておるのじゃよ、アリー」

「それじゃ、あなたに審判が下るのも間近いわけだ」

その私の言葉を聞くと、〝ラビ〟は恐ろしい怒りをあらわにし始めた。唇をぶるぶる震わせ、目は雷のごとき視線を放ち、こう言った。

「何じゃと、よくもわしの言葉に反論することができるものじゃわい。お前はバール・テシウバの仮面を被った悪しき者だ。〝真実の名〟により自分の名を告げたが、心は変わっておらぬ。悪しき者であったお前はいつまでたっても悪しき者だわい。お前は我々の神を見捨てた、我々の規則をすべて裏切った。女と間違いを起こし、我々の巻物を盗み、富を集めんと欲し、神に反抗した。あらゆる不浄な汚れにまみれ、身の毛もよだつ行動に及んだ」

「それはあなたがたであろうが」私は叫んだ。「エルサレムの祭司達よ、お前達こそが民を略奪して、富と利益を蓄えたのだ。《虚言を吐き散らす預言者は人々を惑わせ、殺人と詐欺をはたらいては自分の都を築いた。》」

「《そして神の怒りが汚辱と苦痛を預言者の上に重ね、彼を呑み込んだ》じゃろうが」

そう言うとラビは燭台から伸びている長い炎に二本の巻物をかざした。

「何をするのだ！」私は叫んだ。「だめだ！」

私は飛びついて遮ろうとしたが遅すぎた。〝ラビ〟はすでに火に包まれた巻物を床に放り出していた。そして本物とコピーの二巻のあの巻物は異常に赤い炎を立ち上がらせてほとんど一瞬にして燃え尽きた。

強い刺激臭が立ち上る。まるで人間の肉でも焼けているかのようだ。いやまさしくそうだ。殺された生物の、伸ばされ、なめされ、刺青を入れられた皮がしまいに、今度は炎に食い荒らされて果てたのだ。全身を火に包まれ、開扉の間もなく永遠に閉じたまま、謎を道連れに、ほむらになめられ、食われ、貪られ、やがて消化されて跡形もなくなったのだ。幻覚にとらわれていたのだろうか、私は見た、無数の小さな黒い文字が熱でたわみ、溶けて形をくずし、ついに塵にもどり炭素と化して消えてゆくのを。そして闇の色をした煙が天井まで上った、そこを突き抜けて天へと達するかのようだった。シナゴーグの祭壇で生け贄にされた巻物は〝迎え入れられ〟、そして永遠に消え去るのだ。かくも長きにわたり、〝時〟に挑んだものに、〝時〟が今、一挙に〝返された〟のだ。あたかも何一つ起きなかったかのようだ、こんなに生き長らえたのが嘘のようだ。クムランの洞穴に二〇〇〇年の長きにわたり隠されていたことなどなかったかのようだ。人々が必死になって捜し、読もうとし、書こうとし、その間、盗まれ、そして返され、また盗まれた有為転変などまるで嘘のようだ。すべてが《虚しかった》のだ。〝時〟

の復讐が一瞬にして、死を知らぬ者を殺した、一人間の手の中にあって、その手首がちょっとかえったその〝一瞬の時間〟が。

どうしようもない怒りに私はとらわれた。それはカルメル山で、四五〇人の偽の予言者の首を自らの手でかき切って殺した時のエリヤの怒りだったのだろうか？　それとも、悪しき祭司達や盗人や殺人者達の不正な怒りであったのだろうか？

私はトーラーをつかんだ。細長い銀色の軸に巻かれ、赤のビロードに金をのせた重厚な表装を施され、軸の端には銀無垢（むく）の止め環がついている。

「真赤な地獄の業火のような光、来たり」私は言った。「傲慢な族はすべて、悪意を抱く者すべては藁に似る。光がその者達を一瞬に燃やすからだ、と万軍の主は言った。根も枝も残すまい」

私に潜むすべての力、そして怒りのすべてをトーラーにのせて、思いきり〝ラビ〟を打った。

〝ラビ〟は崩れるように倒れた。

それから何があったか、私はもう今では覚えていない。とにかく私は意識を失った。後日教えられたのだが、父とイェフダの間に密談があって、事件を誰にも言わぬようにと父がイェフダを説得したらしい。茫然（ぼうぜん）自失のイェフダはそれでもこう考えた。もし私が監獄に入っても、事件の推移が変わるものでもなく、それにもし〝ラビ〟が本物のメシアであれば、やがて蘇生（そせい）するはずだ。それに私の逮捕を手助けすることになれば、きっと罪悪感にさいなまれる、なぜならジェーンがエルサレムにいることを〝ラビ〟に話したのはイェフダであり、そのジェーンを〝ラビ〟の命令で監禁したのもイェフダだったからだ。イェフダは、皆には〝ラビ〟がなんらかの発作に襲われたことにしておくことで承知した。

父とイェフダは私をしばらく誰も追ってこないような安全な場所に身を潜めさせることに決めた。そして私は、エルサレムも見ずに、母に抱擁される間もなく、最良の結果となるか、最悪の事態に陥るか分からぬままに、再びクムランに戻った。まるでそこから離れることは不可能だったかのように。

III

エッセネ人と再び会った。彼らはまるで私を待ってくれていたかのように私を迎えた。あんな事件があって、私が隠れ場所を探してやってきたことも知らず、一人の修行見習の若者が戻ってきたのだと彼らは信じた。洞穴に留まった者達の後を継ごうと決意して、私が戻ってきたのだと彼らは考えていたのだ。

長い間、私は誰にも会わなかった。しでかしたことの重大さに打ちのめされていたからだ。自分がなぜあんな行為に及んだのか理解しようとしたが、だめだった。いわば私の理解の範囲を超えていたのだ。あたかも個人としてのこの私を大きく超えたところに行為の原因があったかのようだった。しかし、自分が殺人者であることに変わりはない。恥かしくて誰にも会えなかった。

やがて私は父に会った。それからも何度か洞穴に会いにきてくれた。母も一、二度一緒にやってきた。父がすべてを話したのだ。

私は〝書くこと〟に専念し、そしてこのユダヤ砂漠の真ん中で彼らと同様に生きる術を一生懸命に学んだ。

当初、私が驚かされたのは〝沈黙〟だった。叫びも、ざわめきも、騒乱も、いかなる喧噪もここには伝わらず、この地下世界の荘厳は一瞬たりとも破られることがなかった。節度と平穏の生活にあって、この沈黙は恐ろしい神秘といえた。それは厳しい灼熱の砂漠のエッセンス自体であった。それが悔悛の民を俗世から守ってくれていたのだ。ある日、ベドウィンに変装し、我々は砂漠のかなたへ赴いた。あの南から北に向いている墓が幾つもあるキルベット・クムランの墓地に行ったのだ。その墓は洞穴のエッセネ人達が葬られている墓なのである。穏やかに吹く風は熱いが、洞穴にみなぎる厳粛荘重な〝無言〟と同質の沈黙がその場所を支配していた。

私が彼らに墓の向きについて尋ねると、エッセネ人にとって天国は北にあるという答えが返ってきた。エッセネ人が熱心に読むエノク書にもそうあるのだ。《蘇生の日を待って死者達は頭を南にして横たわっている。そして仮初の眠りの夢の中で未来の母国を夢見る。目覚めて起き上がれば、顔が北を向くことになる。そのまま天国の方に向かってまっすぐに歩いていけることになる。天のエルサレムの聖なる山に向かって。》私はエッセネ人の〝沈黙〟の意味が理解できる気がした。つまり彼らにとって沈黙とは深い眠りのことであり、それはこの現世にあって次の世を夢見る天使的夢想のことなのである。

そうして私はエッセネ人がどれほどまでに〝砂漠の人間〟であるかを知った。彼らは定着民のように土地に属しているのではなく、〝彼ら自身〟と神だけに属しているのである。私も彼らと同じようにこの赤裸な世界に生きる術を学んだ。この赤裸な世界は私に私自身の裸形を見出させてくれた。この地にあって〝我々〟がどれほど追放感を覚え、どれほど定住感からほど遠いところにいるか、私は理解できた。この〝異なる地〟には建物も、家も、町も、見慣れた品々もない。砂漠は天地創造の二日目の世界なのだ。灌木(かんぼく)の一本も雑草の一本も生えてはいない。なぜなら神がまだ雨をお降らせにはなっていなかったからだ。そして土を耕す人間も無論いなかった。

神のように、乾いた大地を肥沃(ひよく)な土地に変える者達がいる。緑をつくりだす者達がいる。草は実をつけ、実は種を蒔(ま)く。だが我々エッセネ人は砂漠にいたいのだ、混沌(こんとん)に関与していたいのだ。我々エッセネ人は〝止揚〟ではなかったのだ。我々エッセネ人は死の軍勢が勝利することを望んでいたのであり、砂漠がその失った〝領土〟を再び奪取することを、すなわち、ジャッカルやハイエナやワイルドキャットやまむしに住み着かれることを、悪霊達に取り付かれることを欲していたのだ。我々エッセネ人は疎外された者達であった。我々の砂漠は花が咲き乱れ、実がたわわに実るエデンの園などではなかった。我々エッセネ人の砂漠は砂漠であった。

私はその砂漠と親密になることを教わった。この砂漠は他の砂漠とは全く異なる砂漠であった。絶対者の熱く白い息吹が吹き込むクレーターだらけのネゲブ砂漠とも違う。本当は他の様様な砂漠のように天地創造の二日目の世界にあったような砂漠ではないのだ。そう、天地創造の〝三日目の荒野〟なのだ。少し葉もあり、あちこちに少し灌木も見渡せる。大地はこうなると思わせているようだ。そして〝苦い水の海〟がある。海とはこうなるものと思わせているようだ。風が巧みな形に彫刻した岩がある。人間とはこのようにつくると語るみたいだ。

点在する砂丘は新月刀の形をしていて、その頂がぎざぎざになっている。風がその砂丘に風紋をつくる。無数の砂の波はことごとくその波頭をそろえ、三日月型にうねっている。時として天が地表に落ちてきて、無数の星型の痕跡を刻む。微風が砂漠のざわめきを運んでくる夜もある。そんなときはヤシの大きな葉が、その葉柄のわきばらから湧くように生えてくる若枝と語り合っているのが聞こえる。

塩分を含んだ辛い石をはらむ地表に体を横たえ、私は幾度となく海の体液の巡るこの荒野を味わい、その独特の香り、死海の鉱物質から湧き上がってくる硫黄の香りを呼吸した。私はまた、腹をこわすほどに、さまざまな色のナツメヤシの実を食べもした。驚くほどに種々様々なその実の中でも、私は「光の指」といわれている黄色くて、とってもカリカリしていて、苦い味のものが好きだ。時と太陽がじっくりと漬け込むのを待って、甘くなったところで摘み、そうして熟したのが好みの人もいるが、私はまだ若いのが好きだ。こういう実のもつ甘さは〝可能性の甘さ〟である。熟せば皺よった果皮が果肉の中にすてきな果汁をとじこめる。若い実にはそれがすべて潜勢しているのだ。若い実は果皮もつるつるしていて金色で、嚙めばタンニンが強く、味覚器官を鋭く刺激する。力がみなぎっているのだ。

洞穴の中は正真正銘の秘密の地下都市といえた。道もあり、区もあり、住居もあり、店もあり、シナゴーグもある。しかしかつてのようにこの地下都市の人口は多くない。一九四八年来、多くの者達が洞穴を離れていったからだ。今では五〇人程度になってしまい、そのほとんどは男である。女性はほんの少数だ。

エッセネ人は闇の中で暮らしている。この闇は我々が知る、例えば日のあたらないマンションの暗さなどの町中の暗がりではなく、夜の闇である。トーチが暗い洞室でともされたりすると、光の筋が暗闇を横断して輝度を増してほとばしる。時として私は光が恋しくて、思わずその光条を手でつかまえようとしたものだ。すると手は空だけを握ってとじる。だから外界に出るたびに闇にやつれた目を光が文字通りくらます。それは神のようだった。それは〝始まり〟だった。光と闇が未だ対立せず、混じり合っていて、とても深い絆で密接に結ばれていて、悪のさなかでも善が輝いている、善が悪から離れる前の、善が本質的な独立性を探す以前の〝始まり〟の時であった。ここクムランでは光が闇の中で生きている。闇の中にあって、闇と闘わず、競うことも争うこともない。

ここには都会の中心より遠く離れて、砂漠の荒野のただ中に孤立してある隠修士共同体の生活に必要なものはすべて揃っており、それも自給自足で生きているので、自らの手ですべてをつくりだす。巨大な洞穴の幾つかは、穀物貯蔵のためのサイロとか、パン製造室や製陶工房、大きな臼が幾つもある製粉所、厨房の数々——ここには共同体全体の食器、例えば鉢、どんぶり、ボール、ゴブレットなどが各々一〇〇余りに及んで揃えられている——といった設備のために整備されている。またうねりくねった穴ぼこだらけの洞穴は洗濯所や、アトリエ、貯水槽、複雑な導水管によって絶えず水を満たされているプールなどに利用されていた。洞穴のなかに、幅は狭いが長大な一室がある。食堂だ。食堂は共同体の中央室ともいえる。メンバー全員が日に二度ここに集うからである。見習い修道士の身分の私は、二年間の見習い期間を終えないうちは、そこで一緒に食事をすることはできない。だが毎日二度、メンバーが聖なる室に入るように、黙して食堂に入ってゆくのを私は見ない日はなかった。メンバーが全員入ると、パンづくりの者が宗団の階級順にパンを配ってゆく。ついで料理人が各人の器に給仕する。料理は一菜だ。祭司が祈りを唱える。そして祭司がパンや料理に手をつけぬうちは何人たりとも食事を始めてはならない。こうして毎日〝最後のシーン〟が象徴的に再演される。イスラエルのメシアが血と肉をそなえた存在として現れるまで、メシアの代わりに祭司がパンに手を差し伸べ、これをちぎり、ワインを祝福する。エッセネ人はメシアが到来した時は、メシアがパンとワインに手を差し伸べ、これらを祝福すると言っている。

食事をすませると彼らは食事の時につける白い麻地の聖なる衣を脱ぎ、夜まで働く、夜にはまた別の〝最後の晩餐〟が待っている。

共同体の各メンバーがそれぞれに異なった仕事をもっている。ここでは誰もが日の出前に起き、日の入りもとうに過ぎるまで労働にいそしみ、夜になってはじめて終業する。農業に従事する者達は洞穴の外の岩々に囲まれ、地下水が恵んでくれる快い緑の空き地で働く。牧者が家畜の群れを連れてゆくのもそういうところだ。養蜂に従事する者もいれば、陶工もいる。陶工は土器、陶器を問わずどんなものでもつくる。それぞれが俸給をもらう。それを経理に預ける。

経理は皆によって選ばれる〝一人〟である。食も共同なら衣も共同だ。すべてのメンバーが同型同色のマントを着る。冬は厚毛のグレーウールで、夏は白と茶のストライプのチュニックと決まっている。各々の物は皆の物であり、皆の物は各々の物である。エッセネ人は結婚するまで家族と一緒に暮らす。一九四八年まではそうであった。結婚はエッセネ人にとって宗団を継いでゆく者をつくることだけがその目的であった。彼らが私に説明したところによると、三カ月の間、男は結婚したいと思う女性を観察するそうだ。女性は〝三度浄化されねばならず〟、それは子供をつくる能力があるという証をたてるためだそうだ。その証がたってはじめて結婚するのだが、子供をつくることだけが目的なのである。だが今ではその女性もほとんどいなくなった。故に修道生活にのみに専心して、もう一切の世俗的要素はない。

エッセネ人の生活の真の中心、いわば〝「贖罪」の中核〟は浄化のための沐浴にある。エッセネ人はこれを毎日怠らない。沐浴のかたちの洗礼はエッセネ人の儀式の中でも最も重要で、最も厳粛なものであり、メシア時代の予告である〝聖餐〟に先立って行なわれる。男は白い麻の胴巻を着用し、頭まで全身をプールの冷水に沈める。これは毎朝行なわれる。西欧の人間が毎朝シャワーを浴びるのにも似ているが、メシアの到来の準備をして洗礼を行なうのとはほど遠い。沐浴を終えると身体を拭いて、聖なる衣服を着る。このように身を清めることのない者は未来の世界に参加できないとエッセネ人は言う。

ある日、私は写字室に連れてゆかれた。写字室はヴォールト天井になっていて、何十本もの松明で照明されていた。細長い机が何台か備え付けられ、その上には山積みの皮紙に、幾つものインク壷があった。テラコッタのインク壷もあれば、ブロンズのものもある。以来、一日の大半を私が過ごすことになったのはこの写字室であった。机にかがみこみ、インク壷に葦のペンを浸し、労苦の伴侶といえば、湿気と冷気と多孔質岩石独特の臭い、そして私と同様のしがない写字生が数人といった寂しさであった。

私は個室も与えられた。そこで寝起きするのであるが、室といっても修道のための小さな洞穴であり、寝台は石を穿っただけのもので、あとは机が一つと壁に松明が一本あるだけだ。まぐさを敷いた寝台のある大きな室が幾つもある住居もなくはないが、そうしたかつての家族用の部屋でさえ質素をきわめたものなのだ。エッセネ人達は清貧を口で唱えるだけではないのだ。彼らは自らの主義にのっとり、真の禁欲主義に生きているのである。エッセネ人は、家も、畑も、群れも、いかなる富も、私有物としては何も持っていない。すべては共有物なのである。

私は二年間の〝実地見習い〟をしなければならない。新参の者は誰でもそれを義務づけられているのだ。この見習い期間は、地上的利益や外界の汚れから漸進的に清められてゆく浄化のプロセスでもある。これを経て後、「多数の者」と関係をもつことができ、様々な共同体の活動に関与することがかなうのだ。修錬期間のうちはいかなる秘儀も伝授されることもなければ、《〝イスラエル〟には隠されているが、探そうとする人には現れるすべてのこと》は何一つとして教えられない。荒野に隠遁することの目的が、神の道を通すことであり、神が歩まれるステップに道をならすことであり、悪しき者達から我々の教義を隠し、正しき者達を教化することにあるということを私は知っていた。

エッセネ人の秘密の数々を私にイニシエーションする役目を任ぜられた一人の祭司がいた。名をヤコブという。ヤコブは人間の本質について多くのことを私に教えてくれた。例えば我々各々に存在する二つの精神のこと、「神の示現」のこと、天地創造以来、神がこの世におわすこと、「神智」のこと、この「神智」から〝すべて在るもの〟、〝すべて在ることになるもの〟が生ずることなど。様々な存在が在る以前に、神は存在の意図というものをつくられたという。存在はどれも「神の栄光に満ちた計画」に従って存在し、いささかも変えられることはない。

ヤコブは〝判別〟も教えてくれた。真実の精神と、よこしまな精神の区別を教えてくれた。ヤコブが言うには、善の精神が人の心を照らす時、その精神は神の正義と審判の本当の道をすべてその精神の持主の前に平す。そこには謙虚が、寛容が、豊かな慈悲が、永遠なる善意が、悟性が、知性が、そして神のつくられたすべてを信じ、その豊かな恵みに任せる〝力ある悟り〟などがある。対してよこしまな精神は強欲と正義の放棄を生じさせ、瀆神、虚言、傲慢、心の軽薄、誤謬、欺瞞、残忍、悪行、苛立ち、狂気、憤怒、そして汚れの道を通り、淫乱な精神によって犯される忌わしき行ないのすべてを司っている。見ぬ目、聞かぬ耳、回してみることのないうなじ、すなわち独断、膨らんだ心、術策もまた、よこしまな精神に記されているものである。

年代から年代へ、時代から時代へと続くどの世代にあっても、二つの精神が闘っていることを私に教えたのもヤコブであった。神はこの二つの精神を等しくお置きになった、そして究極の終わりが来ないうちは、常に二つの精神の間に永遠の憎しみをお置きになる。〝よこしまな行ない〟には真実に対する嫌悪を、真実の道のすべてには〝よこしまな行ない〟に対する嫌悪を。だから決して二つの精神が共に歩むことはない。知恵と愚劣に分かれて、各自の心の中で闘う。神は二つの精神を等分に配された。しかし、それも「大一新」が訪れるまでのことである。「大一新」が訪れれば二つの精神による行ないに報いがくだされる。なぜなら神はそれら二つの精神を人の子達の間に割り振られたからだ。人の子達に「善」を知らしめるために、そして彼らに悪が何であるかも知らしめるために。だが究極の「訪れ」の際には、神はその〝知の神秘〟と〝栄光に満ちた知恵〟により、邪悪な存在を全滅させ、終止符を打たれる。そして真実がこの世界に生ずることになる。神は人間の行ないの一切を〝洗われ〟、各人の身体の構造を純化し、その四肢より背信の精神をすべて取り除かれ、聖性の精神を用いて、瀆神的行為は徹底的に除去なさる。すると真実の精神が清めの水のごとくに人の心身に噴き生ずる。邪悪はもはや存在せず、あらゆる欺瞞が非難されることになる。

ヤコブがこうしたことすべてを教えてくれた時、私にはそれが観念的にも、行為的にも近しいものと感ぜられた。〝ラビ〟がハシディムとエッセネ人が同族だと言ったわけが分かった。両者ともども、亡霊に取り付かれているように善に取り付かれていて、決して離れられぬがゆえに、この俗世を逃れ、世人の生活から退き、世人が求める富を軽んずることになったのだ。ハシディムもエッセネ人も、両者ともども世界を離れて、地図の連続から切り離された場所に生きてきた。そしていずれの〝禁〟も〝制限〟ではない。どんな時代にあっても、どんな状況においても神を崇(あが)めるためにハシディムもエッセネ人も琴やリコーダーやフルートの伴奏で美しく不思議なメロディーを歌う。それが両者の生き方であり、両者の禁欲主義は厳粛で、喜ばしい一つの待機のことなのだ。

そしてどれほどに〝終わり〟が待ち望まれていただろうか！「マシーアハ」と恋するように声を合わせて言う。エッセネ人はアロンのメシア、祭司のメシア、大祭司の末裔(まつえい)であったコーヘンを待ち望んでいた。毎日、彼らは熱心に待望の言葉を発話する、《ヤコブより一つの星が出た。イスラエルより王杖(おうじょう)が立ち上がった。それがモアブ人の時代をくだき、セトの息子達すべてを全滅することになる。》ここにきて私が途方に暮れるわけもない。ハシディムもまた〝諸時代の終わり〟を、神の治世の到来を、そして冒瀆者(ぼうとくしゃ)の消滅を待望していたからだ。《そして大地は突然襲う世界の破壊に叫びをあげることになる。分別のあるすべての者達は叫び、すべての住民はパニックに陥り、大惨事に足元もよろめく。》

定期的に私は大祭司のところへ行った。大祭司が私の進歩の度合いを調べ、そのつどそのつどに知性と能力を評価するのだ。一年が過ぎたある日、大祭司は私が「神との契約」に入る資格ができたと判断した。私はエッセネ人の息子であり、よそ者ではなかったのであるが、共同体の外部で育てられたがゆえに、いかなる儀式も省略はならなかった。

共同体の全メンバーが聖餐室(せいさんしつ)に集合した。一二人の祭司が大テーブルに座り、大祭司が儀式を司(つかさど)る。白い麻の聖なる衣を着せられ、彼らの前に立って、エッセネ人の慣習に従い、私は「モーセの法」に帰依(きえ)する誓いをおごそかに述べた。モーセの法ではあってもエッセネ宗団によって解釈された「法」に帰依する誓いである。

「私は神が命ぜられることに従って行動することを、そして不安や恐れや何かの試練に出会った時も神を信じて、これに立ち向かうことを誓う」

するとと祭司達が神の偉業の数々、御業の数々を詳述し、イスラエルに対する神のご慈悲を感謝して、その意を表明した。そして、祭司の補助役であるレビ人達がイスラエルの子達の数々の堕落、神に対する反抗のすべて、そしてベリアルの帝国にくみして犯された罪の数々を告発すると、今度は私が告白してこう言う。

「私は堕落を知っています。私は反抗もしました。罪を犯しもしました。不信の族でもありました。私も、私の父も、私の祖父も、私の先祖も、すべて、真実の教えに反対を唱えたこともあります」

「神の集団のすべての人に、いかなる道にあっても完全な形で見ることを知る者達に祝福があらんことを」祭司達が言う。

「ベリアルの集団のすべての族が呪われんことを」レビ人達が言う。

「アーメン」頭を垂れて私が言う。

それから私は床に横たわり、左右の腕をひらき、体全体が十字架を形作るようにして、〝真実を愛し、虚言の者を追跡し、宗団のメンバーには何一つ隠し事はせず、外部の連中には何一つ明かさず、たとえ死にいたる暴力を受けてもこれを破らぬ〟誓いをたてた。

「聖なる式文にのっとり」私は言った。「すでに教わり、これからも伝授される教義について誰であれ口外することはせぬことをここに約す。私は〝遵守（じゅんしゅ）の規則〟を遵奉し、共同体のメンバーの大多数の意に、いかなる場合も、たとえそれが生死の選択であろうが、その決定に従って振舞うことをここに誓う。なぜなら法に関することであろうが、財産に関することであろうが、権利に関することであろうが、すべてのことの成否を決めるのはメンバーであるから。私は〝割礼せぬこと〟を悪癖とみなし、非割礼者共同体を神に対する反抗とみなし、諸規則を侵害する者に刑を言い渡す審判には必ず寄与する」

この〝神との契約に入る儀式〟を終えた後も私は洗礼の儀式及び聖餐の儀式に加わることは許されなかった。それが許されるためにはもう一年が必要なのだ。しかしながらその二つの重要な儀式を別にすれば、共同体の生活のほとんどの部分にかかわることができた。そして一日中外に出かける権利も与えられた。

誰にも告白はできないし、言ってはならないことなのだが、私の心の中で〝契約の誓い〟は誓願であったと同時に、一つの諦（あきら）めの表明でもあったのだ。ジェーンに対する感情を払拭（ふっしょく）しようとしたのだ。ここに来てからというもの、ジェーンのことを一刻も忘れられはしなかったからである。私をおびき寄せるために〝ラビ〟がジェーンを人質にとったのだが、あの場にジェーンはいなかった。だから私が初めて洞穴に入って以来、一度もジェーンとは会っていなかった。父の話によると、私がシナゴーグを去った後、すぐにイェフダがジェーンを解放し、ジェーンは無事帰国したとのことだった。以来父のところへ時々便りを送ってきていた。〝契約の儀式〟も終わって大分たったある日のことである。父が洞穴に私を訪ねてきた。そしてジェーンがエルサレムに来ていて、私に会いたいと言っていると告げた。

ここに来て以来、ジェーンのことを考える時は、いつも二人でしたディスカッションの光景、そして二人で共に戦った戦いの光景を通してだった。

私は自分の行動を確信する余り、私の今のポジションにしっかり根をおろしてしまっていて、愛が確認できないのであろうか？　私の共同体、私のすみかを見出した安堵感、私の使命、私のアイデンティティを知った安心感がもたらすこの恒常の安らぎの中で、私は自らを見失っているのではないだろうか？　兄弟もいるし、寄りかかって一抹の不安もない諸原理が今の私にはある、しかしそれに甘んじて、自らを見失っているのではないのか？　私は無言のうちにそう自分を非難することが時折あったのだ。

そうした自問に自答を出すためにも、外出許可の出た一日をジェーンに会うためにエルサレム行きにあてた。

ジェーンと私は、四月のある一日の夜明けに、ベン・イェフダ通りのとあるカフェで再会した。白でまとめた装いに、ブロンドの髪が肩に垂れているジェーンを見て、私は初めて彼女に会った時と同じ印象を覚えた。ジェーンはやはり天使だった。多分私の守護天使なのだ。近くにいようが遠く別れていようが、私を守ってくれている。私が彼女を見守っているように。

黒い裾の長いルダンゴットも着用していないし、お下げも垂らしていない私の姿を彼女に見せるのは初めてだった。まばらに生やした顎鬚とダークカラーのウェアーは相変わらずだが、エッセネ人流儀にのっとって、ハシディムの服装以上に飾り気がない。荒い織地のチュニックにプレーンなパンツである。その私をジェーンがじっと見詰めた。

「何か妙だわ。その格好だと本当のあなたじゃないみたい。一般の人だってそういうスタイルの人はいるものね。これなら誰もあなただって分からないわ。すべてから決別したみたいだわ。そして〝誰〟というわけでもないみたい。今までになく古代を感じさせ、同時に今までになく現代的だわ」

ジェーンと私は少し気まずそうに短く見詰め合った。

「クムランの隠遁生活は長引くの？」ジェーンが言った。

「随分前に〝契約の誓い〟もたてたんだ。共同体に加わる誓願をしたんだよ」私は答えた。

「安心していいのよ、アリー。私ならあなたのことも彼らのことも誰にも言わないわ。あなた方の秘密は私の胸にしまっておくわ」

「分かっているよ」

「あなた幸せなのね、あそこにいて。そうなんでしょ？」

「うん」

「ねえ、知ってた」彼女は続けた。「あなたが〝ラビ〟をトーラーで打ったでしょ、だけれど〝ラビ〟はあの時すぐ死んだわけではないのよ。死亡するまでの数日間昏睡状態でいたの。で、すべての信者が飛んできて、上を下への大変な騒ぎ、医師も何人か呼ぶわ、病院に運ぶわ、でね。医師達には何が起こったのだか全然分からなかったみたい。彼らも心臓の発作だと考えて、歳が歳だからそれ以上調べようともしなかったのよ」

「知っているよ。もう姿を隠していることもないんだ。誰も僕が殺したなどとは思わなかったらしい。だけれども僕自身は知っているんだ。罪の償いはしなければならない。僕はあの時また再び、遠く古代にいる気がした。偽の預言者達や不倫の女達を石打ちにしたあの時代にね。はからずも、また〝再びメシアを殺してしまった〟のだ、という思いがあった」

「ところでどうなの？　エッセネ人はそのことについてどう言っているの？　それから彼らが犯した残忍きわまりない殺人の数々については？　それにあなたはどう思うの、アリー？」

「エッセネ人はもうあの巻物についても語らないんだ。身の毛もよだつ殺人の数々とつながる恐るべき秘密が彼らを固く結びつけている。彼らエッセネ人は愛の兄弟であり、加えて犯罪の兄弟でもある。退役軍人のもつ共犯感覚みたいなものの中で固く結びついているのさ。彼らは光の子達であると同時に闇の子達でもあるのだ。見つけ出した神殿の宝物を箱の中に大切にしまっているのと同様、自分達の秘密を固く守り通している。ある日、集会の際に全員の前で宝物の箱が開かれた。そして幾つもの純金の王冠、宝石の、聖なる器のといった大変な宝物が全員に見せられた。二〇〇〇年前の驚嘆すべき数々の宝石、貴金属が、メシアが到来した時、陽の下で再びさんぜんと光を放つのを待っているのさ」

私の話を聞くと、ジェーンは悲しそうに微笑（ほほえ）んでこう言った。

「あなたは元々ユダヤ教の修道士だったのよ。いつか私、あなたにそう言ったことがあるわよね？」

そしてジェーンと私はまた沈黙した。突然私はジェーンの心がひどく揺れ動いているのを感じた。いささかもそんな素振りは見せていなかったが、私には分かった。ニューヨークでの、あの討論会以来、ジェーンと私は二人のことを話すこともしなくなっていた。でも私はどんなに離れていても、どんなことがあっても彼女がまだ私を諦めないでいることを知っていた。その確信がなまぬるい安心感で私を満たしていて、私の彼女に対する恋情を静める効果を果たしていた。だから私は我々が永遠に別れる日が来るなんて一度も想像しないでいられたのだ。私が逃避していたその安逸の連続線にあっては、別離に対する心の準備などがあろうはずもなかった。だから先刻、カフェのテーブルに座ってジェーンを待っている時も、いつもと変わらぬランデヴーに来ていて、またこれからだって会いたい時はいつでも会えるのだという気にさえなっていたくらいだ。私はおよそこれ以上は考えられぬほどに自然にジェーンを待っていた。そしてジェーンが来て私の前に座った時も、これが二人にとって最後の逢瀬なのだとは思いもしなかった。

だが突然それは来た。心臓がいきなり激しく打ち始めた。私の胸にゴングが鳴り響いた。まるで恐ろしいカタストロフが襲いかからんとしているのを感知したかのように、二人の間に何が起ころうとしているのか、私は気づいた。私は私を沈めようとそびえ立つ感情の大波をなんとか抑えようとした。私は、私がこの女性をどれほど欲したかを、どれほど多分愛していたかを、突然思い出した。その愛は結婚につながる愛ではなく、——なぜなら私にはそれが禁じられていたから――私にとってどのカテゴリーにもおさまらず、どんな概念でも表徴できなかったが、まさしく愛だった。筆舌に尽くしがたい感情が、最初はかすかに、そしてだんだんと大きくなり、あらゆる言葉をこえて荒れ狂い、どうしようもない哀惜となって降り注いだ。彼女がテーブルから立ち上がった、二人で座っていたテーブルから。そして通りの方へと遠ざかる。私の存在はすぐさま麻痺(まひ)状態に陥った。鈍色(にびいろ)の無気力に襲われて死人のようにそこにいた。否、私はそこにはいなかった。愛の非・実現、非・啓示、非・出来事だけが私の中に今、この生きながら死んでいる私の中に、その力を赤裸にして、そしてその惰性を裸形にして横たわっている。ダムが突然決壊したのだ、水圧に耐えかねて、水門という水門が荒々しく開いたのだ。そして激流が行く手にあるものすべてを破壊したのだ、設計と熟考の年月、綿密な建築の時間、労働の現場と確かな材料の数々を。突如私は理解した。ジェーンが去ってゆくのだ。《もう二度と彼女に会うことはかなわないのだ》。ジェーンが私の人生から消えてしまう。私は独りぼっちになろうとしているのだ。一人で他の人々に対峙(たいじ)し、そして死を見詰めていかなければならないのだ。迷子になってしまった私の精神に二つのシークエンスが連続して飛びかかってきた、〝ジェーンが行ってしまう〟そして〝私は独りぼっちだ〟。まるで身体の一部をもぎ取られたかのようであった。耐えられるものではなかった。

　気が遠のいてゆくのがわかる。だが私は意志を立ち上がらせた。最後の力を振り絞った。ジェーンを呼んだ。名付けえぬ叫びになった。感情の波のただ中で溺(おぼ)れそうになって、助けを求めるように叫んだのだ。顔だけがあった。ジェーンの顔だ、未来も、結婚も、子供も、宗教も、文化も、民族も、他は一切なかった。ただ〝現在〟だけが抗し難い命令を全権をもってくだした。この一瞬をつかめ、何も考えずこの一瞬をとらえろ、この一瞬こそは永遠なのだからと。ジェーンが振り返った。何秒かのためらいがあった。そしてさっきより足を速めてそのまま歩き去った。私はテーブルの傍らに立ちつくしたまま身動きもできないでいた。途中まで上げた腕が〝さよなら〟と言っているようにも、〝よく戻ってくれたね〟と言っているようにも見えただろう。そうして長い間立ちつくしていた。取り乱した心もそのままだった。

それ以来、ジェーンの話は父からも、もう聞かれなくなった。もしあの時、彼女が踵（きびす）を返して、しなやかな足取りで通りを下って私の方へ戻ってきてくれていたら、どんなことになっていたか分かっている。あの瞬間、彼女のこと以外何も頭になかったことを知っていた。だが後になって理性がその非情な足取りを取り戻した時、後悔することになることも、あの時分かっていた。彼女と離れるということが、私をああした行動に駆り立てたほど苦しい、と分かってはいてもである。ジェーンもまた、私が彼女に呼びかけた意味を理解していたのだと思う。そして二人の未来を決定することを一瞬のうちに引き受けたのだ。戻るのではなく去ることを選んだジェーンの考えがどんなものだったのか私には分からない。だが、懸命にこらえて、どんな助けを提供されてもこれをはねのけ、通りを遠ざかっていった、あの、宝物の箱から逃げ出した人形のような繊細なシルエットが私の記憶に立ち戻らない日は一日としてありはしないことを、私は分かっている。ジェーンは彼女の奥深くで知っていたのだろうか？　その胸に私の頭を迎えることができもしただろうに、それを拒んだジェーンは私の居所がどこであるのかを知っていたのだろうか？　ジェーンの役割とは、私が〝住まい〟を見つけるのを手助けすることだけであったのか？　ユダヤ砂漠の沈黙、その淡黄褐色の砂丘、昼は熱く、夜は冷たく吹くその風、太陽に焼きつけられながらも果敢に生える色あせた植物が見られるだけの湿っぽい石だらけの漠とした風景。この砂漠の平野に広がる様々な場所の色を見ることを知っていたのか。死海から洞穴の方へと上ってくる塩分を含んだ湿度を感じるのを。塩分が飽和した蒸気が皮膚や舌や時として眼底にまで及び、わだかまるのを感じるのを。きらきらした眩しい水面を見て、まばゆい岸辺に切り立った断崖のローズとブロンズの色彩を望んで、崖の後ろに舞台背景のように立ち上がっているオリーブ色の支脈、モアブとエドムのパープルの山並みを仰いで目を細めるのを。忍び寄る闇に切り刻まれてゆく落日の峡谷や、涸れ川を足元にして、また北から南へとラス・フェシュカまで塩の岸に接近してゆく高い断崖を前にして、目を閉じるのを。その断崖の足元にはアイン・フェシュカのオアシスが息づき、そのさらに北にはキルベット・クムランの遺跡、黒いシルエットになって沈黙している洞穴の数々……。そしてこの砂漠の荒野の地中奥深く、世界の最も低き場所に隠れ住み、ひそやかな眠りの中で夢見ることで、「新たなる諸時代」の暁に向かって伸びている待望をジェーンは知っていたのだろうか。

私はイニシエーションを続行した。そうして二年が過ぎていった。ある日、ヤコブが私のところへ来て、一本の細い巻物を私に手渡した。それはあの財宝をおさめた箱の一番奥にあったもので、すごく薄い皮紙を巻いたもので、一見鉛筆ではないかと思えるほどの細さだった。それを読んで、写すようにヤコブに言われた。

「よいか、〝ラビ〟によって燃やされ、お前が記憶にたよって新たに書いたあの巻物にこれを付け加えよ。あの巻物によってお前は我々の秘密を知りえたのだが、あの巻物は『失われた巻物』と呼ばれることになる。そしてここにお前に手渡す巻物が『メシアの巻物』と呼ばれているものだ。『失われた巻物』は〝過去〟で『メシアの巻物』は〝未来〟だ。そこには我々がお前に言っておきたいことが書いてある。あの〝ラビ〟は〝メシアの王〟として蘇り（よみがえり）などはせん。『メシアの巻物』を読めば、何が起こったのか、お前が何を成し遂げたのかが理解できよう。お前が殺した者の正体が何であったのかすぐさま分かる。だが知る前に清めをせねばならぬ。ついに時が来たのだぞ。アリー、洗礼を許される時がな」

そしてヤコブは私に沐浴（もくよく）のための胴巻と聖餐（せいさん）に着用する白い衣、洞穴で生存するに有用な小型のつるはしを手渡した。それは私が共同体のすべての活動にいよいよ加わることになる印であり、「多数の者」の聖餐のテーブルに私の席をもつことができ、パンとワインを皆で分かち合えることになるという意味であった。

その夜、エッセネ人達は晩餐のために食器を並べ、皆で飲むワインと、ちぎって皆で分かち合うパンを用意した。我々はまずマントを脱ぎ、沐浴の儀式の胴巻をつけ、洗礼の水に身を沈めた。そしてまたマントを着てテーブルについた。

しかし今宵はいつもの夕べとは異なっていた。いつもなら大祭司が手を差し伸べ、ワインとパンにまず祝福をする。その後各自の器にワインが注がれ、パンが分かち合われる。ところが今宵はワインももう注がれていて、パンも並べられているのだ。そして、いつもなら沈黙と神への崇敬の念が満ち満ちたテーブルで祭司が祝福をするところなのだが、それもない。真っ赤なワインに満たされた杯を皆の前で掲げてこれを祝福することもないし、パンをとってこれを聖別し、ちぎることもしない。そしてその代わりに私の方を振り向いた。

その夜は私がエッセネ人と一緒に暮らすようになって二年目の最後の日の夜だったのだ。もう捕囚ではない、もっとも一度も捕囚などではなかったのだが。共同体のメンバー全員を前に、いよいよエッセネ人になるべく厳粛な誓願を立てる時がついにきたのだと私は理解した。モーセが、ザドク祭司の息子達、すなわち「神との契約」を守ってゆく祭司達、「契約」の大半のメンバー達、すなわち神の真実のために、神の意志により歩むために、共同して、意志を強くして洞穴に留まった者達に明かしたすべてに従い、「その律法」に帰依(きえ)し、永遠にエッセネ人と結びつく誓いを全メンバーの前で立てる時がきたのだと理解した。そして「契約」により、瀆神(とくしん)の道を歩むすべてのよこしまな心をもった人間、この修道の洞穴の外にいるすべての者達と決別する時がきたことを理解した。もう外の人間達が問題とする法や命令には一切従わず、彼らの財には決して手をつけず、彼らの手からは何一つ受け取らぬことになる。そうして私が神の秘跡の数々にかかわり、私の命をそこに捧(ささ)げる時がついにきたのだと理解した。

だが、祭司が私に望んだのは誓願を立てることではなかったのである。祭司はゆっくりした仕草で腕を伸ばした。

《なぜならエッサイの枝から若芽が出て、その根から一つの〝分かれ芽〟が生ずることになる。

そして主の霊がその上におとまりになる、〝知〟と〝理解〟の霊、神慮と力の霊、知恵と憐れみの霊である。若芽は主に対する畏敬の霊に満たされることになる。若芽である彼が四〇日の間、王宮に隠れ続けることになり、誰にも姿を見せぬ。四〇日目に王座より声が来たりてメシアを呼ぶことになり、〝巣〟より飛び立たせることになる。
その時代にメシア王は〝鳥の巣〟と呼ばれたエデンの園の地方を離れ、ガリラヤの地で自らを示される。世界は揺さぶられ、地上の住人はことごとく洞穴に隠れひそむことになる。イザヤの次の予言が当てはまるのはこの時代である、〝人々は神が立ち上がられ、地上を打たれる時、洞穴の奥へと、地中の最も深い穴へと逃げ込む、そこで主のお怒りから身を守る。神のご威光から〟。》

なぜならその夜は他の夜とは異なっていたからだ。その夜は過越祭の夜であり、出エジプトを祝う夜であった。入念に準備された食卓には過越祭の儀式のための定食が整えられていたのだ。なぜならその夜は他の夜とは異なっていたからだ。そしてそのことを皆が知っていた。皆が、大祭司がゆっくりとした仕草で腕を前に出すのを待っている。大祭司がなすべきことをなすのを待っている。

そして大祭司がなすべきことをなした。
パンが私に渡され、ワインが差し出された。

第七巻　失われた巻物

Ⅰ

初めに言葉があった、
言葉は神の方へ向かった。
言葉は神であった。
すべてが言葉によって存在を始めた、
存在するものは、言葉なくしては存在を始めなかった。
言葉の中に生命があった。
生命は人間の光であった、
そして光が闇（やみ）の中で輝く、
闇は光を一切含んだことはない。
一人の男がいた。神によってつかわされた男だ、名をヨハネといった。
ヨハネは証人として〝きた〟、
光を証言するために、万人が彼の言葉によって信じるために。
だがヨハネの言葉は一部を切り離されてしまった。

言葉は変えられてしまった。
言葉は嘘になった。
そして真実が隠された。
メシアについての真実の話が隠された。
暗がりに隠されなければならない話であった、
決して明るみに出されずに、
幾十世紀を経た。
代々の律法学者にも、教父達にも暴かれることはなかった真実の話である。
それをここに記す、死よりも恐ろしい真実である。
ここに記す、イエスが本当は誰であったかを。
ここに記す、イエスの生涯と彼の死の秘密を。

エロヒム、エロヒム、ラマサバクタニ?
神よ、神よ、なぜお見捨てになるのです?

これがイエスの最期の言葉であった、
彼の苦難の果ての言葉であった、
すべてが終わったことをついに理解した時の。
そしてイエスは頭を垂れ、神より与えられた霊を神に〝返したのだ〟。

前夜、イエスは彼の弟子達を集めた。
エジプトよりの解放を思い出して、
過越祭(ペサハ)の食事を分かち合うためである。
だが、この夜はどんな夜とも異なっていた。
なぜならこの夜のうちに、
〝彼の時〟が来ていたのだ、
「啓示」の時が。
イエスはそれを知っていた、
だから弟子を集めたのだ、
これを最後に、自分の傍らに、
大いなる朝がくる前に。
過越祭の料理が盛られたテーブルのまわりに、
一三人がいた。
イエス、そしてイエスの右には、イエスの胸に頭を預けているヨハネがいた、
ヨハネはイエスの〝賓客(ひんきゃく)〟であり、イエスが愛していた弟子であった。
それからシモン・ペトロとアンデレ、
ヤコブとフィリポとバルトロマイ、
トマス、マタイ、

アルフェの息子ヤコブ、タダイ、シモン、
そしてユダ・イスカリオテの一三人である。

ユダ・イスカリオテもイエスに愛されていたからこそこの最後の夜に招かれていたのだ。

部屋は大きかった。だから晩餐の準備が整ったテーブルのまわりに一三人がゆったりと身体を横たえることも出来た。

イエスが立ち上がった、マントを脱いだ、
そして布を腰に巻き、たらいに水を汲み、
弟子達の足を洗った、腰に巻いた布で拭ってやった。

ペトロの番がきて、イエスがペトロの足を洗おうとすると、ペトロは叫んだ。

「主であるあなたが、私の足を洗われるなど！　とんでもありません！」

「私がお前の足を洗わねば、お前は私とかかわりあいをもてぬことになるのだ」

「足だけでなく、手も、頭もですか！」

「いや、沐浴をした者は足だけでよい、そなた達は皆、清められている、いや、皆ではないが……」

ユダがいたからだ。

そしてイエスはユダが彼を裏切ることを知っていた。

イエスは弟子の足を洗い終わると、再びマントをまとい、食卓についた。
「私が今したことの意味が分かるか？
そなた達は私を『〝師〟そして〝主〟』と呼んだ、
そしてこの〝主〟で〝師〟である私がそなた達の足を洗ったのだから、
そなた達も互いの足を洗うようにせねばならない。
私は範を示したのだから、そなた達もそうするのだ、
まことそなた達に言っておくが、つかえる者が主人以上に偉いということではない、
つかわされた者がつかわした者以上に偉いのだということでもない。
それを知るがよい。この通り実行すれば幸せになれよう、
私はそなた達に向けて話しているのではない、
私は私がどんな人々を選び出したのか分かっている。
だが、このようにして聖なる書が成就するのだ。
《我と共にパンを食べていた者が私に逆らった》という言葉もまた実現しなければならない。
事が起きる前に言っておく、そうすれば事が起きた時、そなた達は私を信じよう。
まことそなた達に告ぐ、
〝私がつかわす者〟を受け入れることは、
すなわち私自身を受け入れることである。
そして私を受け入れることは、

私を〝おつかわしになった方〟を受け入れることである」

そしてイエスはこう付け加えた、

「そなたらの一人が私を裏切ろうとしている」

イエスがそう言うと弟子達は互いに顔を見合わせた。

そしてイエスが誰のことを言っておられるのかといぶかった。

シモン・ペトロがイエスが最も愛した弟子のヨハネに合図した、

「誰のことを言っておられるのか尋ねてみてくれ」

そこでヨハネはイエスの胸元に身を寄せ、イエスに尋ねた。

「主よ、誰なのですか？」

するとイエスが答えて言った。

「私が今、パン切れをワインに浸して与える者がそうだ」

そしてイエスは浸したパン切れをゼロテのシモンの息子のイスカリオテのユダに与えた。

「そなたがなさねばならぬことを、即刻実行にうつすのだ」

ユダはパン切れを受けると、ただちに席を立って出ていった。足早に、闇（やみ）の中へ立ち去った。

ユダが出ていくと、すぐにイエスは弟子達に言った。

「今、人の子が讃えられた、
そして神ご自身も讃えられた。
我が愛する友よ、私はもはやそなた達と短い時間しか一緒におれぬ。
私が行く所にはそなた達は来れぬのだ。
今、去る前にそなた達にも言っておくことがある、
新たなる戒をそなた達に与えよう。
それは〝互いに愛し合え〟という戒だ。
私がそなた達を愛したと同様に〝互いに愛し合わねばならぬ〟。
そうすれば、そなた達が私の弟子であることを万人が認めよう」

そう語ると、イエスは弟子達と共に家を後にして、キドロンの急流の向こうへ出ていった。

そこには園があった。

イエスは園の中に弟子達と共に入った。

イエスを裏切ったユダはこの場所を知っていた。

なぜなら何度となくそこへユダを連れていったからである。

ユダが傭兵と神殿の衛兵の先頭に立ってやってきた。そして園に達する、
松明やランタンをかかげ、武器を携えている。

これから起ころうとすることをすべて知っていたイエスは前に進み出て、彼らにこう言った。

「誰を探しておるのだ？」

「イエスを探している」

「イエスは私だ」

彼らの中にユダがいる。

イエスがそう答えると、彼らは一瞬後退りし、再びイエスが彼らに尋ねた。

「誰を探している？」

彼らは答えた。

「ナザレのイエスだ」

「それは私だと言ったではないか」とイエスはくり返した。

その時、シモン・ペトロが腰におびていた短剣を引き抜いた。

そして大祭司の手下に切りつけた。

その者の右の耳が落ちた。

すぐさまイエスがペトロに命じた。

「刀を鞘（さや）におさめよ！　なぜそんなことをするのだ、父なる神が差し出している杯を私が受けないとでも思うのか？」

なぜならばイエスは知っていたのだ、
自分の死は神の〝命〟であり、それに抵抗してはならぬことを。

傭兵と神殿の衛兵がイエスを捕えた。
そしてその身体を縛った。
そこまでは、完全であった。
すべてが正確に行なわれていた。
計画通りに、
予想された通りに。

三七六〇年、
ある一つの星がヤコブより出た、
イスラエルより、一つの王杖がそびえ立った。
そして主ご自身が兆しをお与えになった。
一人の若き娘が懐妊したのである。
彼女は息子を生んだ。
生後八日目に「律法」に従い割礼を行なった。
そしてイェオシュアと名づけた。
〝神が救う〟という意味である。
そしてヨセフとマリアは神殿に赴いた、
神に生け贄を捧げ、あがなうためである。
なぜならイェオシュアは最初の子であったから。

イェオシュアには兄弟と姉妹がいた。
家族は子沢山であった。
そして貧しかった。
住民もまた貧しかった。
重税のせいだった。
飢饉（ききん）のせいでもあった。
戦争もまたその貧困の原因だった。

イェオシュアは律法を学んだ。
〝書かれた律法〟と〝口伝される律法〟の両方を学んだ。
大変利発な子であった。
だが、考えていることを明かすことはなかった。
無口な子であった。
身近な者にもほとんど口をきくことはなかった。
よく、一人きりでいた。
瞑想（めいそう）にふけっていたのだ。
そして祈りの中に答えを探した。
時として教師に問うことがあったが、

難問に限ってであった。


そしてイェオシュアは大きくなった。

若者になったイェオシュアを
人々は〝ラビ〟と呼んだ、
法学者や律法学者をそう呼ぶように。

律法学者達は〝職人としての仕事を愛せ、ラビの階級などは呪え〟と言った。

というのも法学者と違って律法学者達は、ごく幼い頃には手仕事を教えられることを主張し、また彼らのほとんどが手仕事をしていたからだ。

我々の中に〝この問題に答えられるような大工、大工の息子なんているのか？〟と法学者が言った。

イエスは答えられた。しかるにイエスは大工の息子であった、そして彼自身も大工であった。


だがイエスは父が彼に教えた大工の仕事が好きではなかった。

そして離れる決心をした。

家族を見捨て、
母をこうののしった。

「我々にはどんな共通点がありますか？　あなたは女なのですよ」

イエスがそうしたのも、諸時代の終末が近づいていたからだ。
〝家族の時代〟はもう終わったのだ、
イエスがそうしたのも万人が家族であったからだ、
そしてイエスはこう考えていた、
〝私のところに集う者、
皆、父を、母を、妻を、子供達を、兄弟を憎むべし〟。
「彼ら」がそうイエスに教えたのだ、
イエスに、家族と離れさせ、
「使命」を成就させるために。
その彼らエッセネ人と会った時、
イエスはすぐに知ったのだ、
いつか彼らに合流し、
共同体に加わるためには、
すべての人々より遠く離れ、焼け付く砂漠に立ち去るためには、
そして自分にとって、
自分のまわりのすべての人々にとって、
「霊」が常に現れていてほしければ、
家族を離れなければならないことを。

そしてイエスが家族を離れる時はやってきた。
それはイエスがまだ一二歳の年のことであった。
その年、
スコットの祭りを祝って、
イエスの両親がエルサレムにのぼった。
ヨセフに連れ添って、
マリアとそして子イエスもいた。
四日間、歩き続け、
夜になるとダニエルのようにメシアに祈った、
彼らは夜ごとの幻視に〝見た〟、
《天の大雲にのって『人の子』のような、
存在が来ようとしていた。
その存在は『老いたる者』のところまで到達した。
その存在は〝老いたる者〟に〝近づかされた〟。
その存在は支配権、栄光、そして王権を受けた。
すべての民族、すべての国、すべての言語を話す人々がすべからく、
その存在に仕える。》
彼らはエルサレムに着いた、
そして神殿にのぼった。

ヨセフとマリアはイエスに神の家を見せた。
大理石の九〇の塔を見せた。
ヘロデの宮殿の巨大な壁を見せた。
それは地平を塞ぐ石の連なりだった、
長老達の権力と、
暴君達の力による支配を強意していた。
要所要所にキッティームどもがいて、
聖なる都市へ入るにも、
彼らの検問を受けねばならなかった。
キッティームどもは見張っているのだ。
アントニアの要塞から、
神殿の内部をうかがっている。
キッティームどもは神殿に異教の信仰を持ち込み、様子をみている。
キッティームどもに服従し、
大祭司にとって代わったヘロデを監視している。
イエスとマリアとヨセフは神殿に入る前にオリーブの山で立ち止まった。
彼らは頭陀袋を肩からおろし、
しばし地に座して、

詩篇の中のハレルヤ、すなわち頌歌を歌った、
祈りを唱えた。
そしてオリーブの山の下のキドロンの谷に赴いた、
彼らは神殿の建てられたモリヤの丘をのぼった、
そして美しきエルサレムに入った、
彼らは「ベトザタ」の池に行き、
沐浴をした。
神殿に入るために身を清めるのだ。
儀式はマリアのいとこの祭司ゼカリアが司っていた。
一一人の祭司が神殿の北側よりやってきた。
祭司達は皆、長く、ぴったりしたチュニックをまとい、
頭には冠をいただいている。
足は裸足だ。
祭司達の先頭を〝生け贄を捧げる祭司〟が導師役となって歩く。
導師は〝祭司達の庭〟の北面の方へ向かう、
そこに生け贄の祭壇があるのだ。
一人のレビ人が子羊を押さえている。
導師が子羊の頭に手をおく、
そして、生け贄の動物を〝祭司〟とみなした。

それから〝生け贄を捧げる祭司〟は短刀で子羊を殺した。
そして祭壇に向き直る。
レビ人達が子羊の血をたらいで受ける。
別のレビ人達が皮を剝ぐ、
血と肉が〝生け贄を捧げる祭司〟にあずけられた。
祭司は祭壇にその血を少しかける。
そして脂肪を燃やし、
臓物を抜く、
肉を祭壇の火で焼く。
至聖所の方へ行く、
二重鍵で扉を開く。
一人で中へ入る、
その間、信者達は地に平伏している。
至聖所の中で、一人で、
最後の祈りを成就する。
血を銅のかなだらいにあける、
香炉をふる、
そして祭壇で流された血に対して
〝生け贄を捧げる祭司〟の魂に対して、

肉体の過ちに対して、
魂の過ちに対して、祈りを唱える。
生け贄の儀式とはこのように行なわれる。

それから、導師は中庭に戻り、
祭司達に集まった信者達を祝福するよう命じる。
レビ達は《アーメン》と答える、
祭司の一人が聖なる一説を読む、
別の祭司が手に香をとり、
彼らは導師の前に薄い麻のヴェールを広げる。
そしてそのヴェールで導師を隠す。
導師は身につけているものを脱ぐ、
そして沐浴をする、
そして金の衣をまとう、
しばらく立つ、
そして金の衣を脱ぐ。
沐浴をする、
白の衣類をまとう、
手と足を洗った。

そして手を頭上にもってゆく、
沐浴をする、
過ちを告白する、
大声で祈りを唱える。

イエスは見詰めていた、
イエスは自分が祭司だったのか、
あるいは生け贄となった子羊だったのか、
わからなかった。
翌日、イエスと両親は帰路につこうと、
エルサレムの狭い通りをおりていった。
イエスは両親の後を歩いていた。
一人の老人がいた。イエスは老人の前で立ち止まった。
老人はイエスに語りかけた。
マリアとヨセフはイエスが立ち止まったのに気づかず、
先に行ってしまった。
イエスが顔を上げると、
もう両親はいなかった。
イエスは両親に追いつこうと長い間走った。

しかし見つからなかった。
イエスは都の中で〝迷った〟。

一週間がたった。
マリアとヨセフはイエスを見つけた。
イエスは神殿の中庭に座っていた。
イエスは〝変わってしまっていた〟。
しかしマリアとヨセフはそのことに気づかなかった。
イエスは自分の身に起こったことをマリアとヨセフには話さなかった、
話すことを〝禁じられていた〟からである。

あの日、イエスは白い衣をまとった一人の男についていった。
男はイエスを神殿の近くへ導いた。
そこには、男と同じく白い衣をまとった男の友人が数人いた。
彼らが語り、
イエスが聴いた。
彼らは天の王国の到来と
メシアが近く来られることを語った。
そこでイエスが語った。

男達がイエスの話に耳を傾けた。
彼らは熱心にメシアを待望していたのだ。

男達は死海の近くの、
砂漠の奥で生活していた。
家族とは別れたそうだった。
彼らは研究と、
メシアを待望することに身を捧げていた。
男達はイエスをとある家につれていった。
彼らはイエスに「義の教師」を待ち望んでいることを教えた。
「義の教師」という言葉が、イエスを見て、口をついて出てきたのだ。
男達はイエスの中に彼らが待ち望んでいる「教師」を見出したのだ。
彼らはイエスに〝家族を離れよ〟と言った、
そして〝兄弟〟と再び一緒になるよう命じた。

こうしてイエスは家族と別れることになった、
家族は、イエスが気が狂ったと思った、
イエスに道を示したエッセネ人のようにイエスを〝信じて〟いなかったからだ。
母マリアと兄弟達はイエスと一緒にいたかった。

そこでイエスに語りかけ、
行かないでくれと言った。
しかしイエスはこう答えた。
「母よ、兄弟よ、
天におわします私の父のみ心を行なう者は誰でも、
私の兄弟であり、姉妹であり、母である。
神の王国のために、
家を、妻を、兄弟を、両親を、あるいは子供達を離れる者は誰であれ、
神の王国が到来した時には、
一番に永遠の命を受けることになる」

彼ら、エッセネ人は常には人々との交わりを断ち、
隠遁(いんとん)の生活を送っていたが、
諸時代の終末が近づいていると信じた以上、
人々の所へ行って、悔い改めを説かねばならないと思った。
天の王国が到来するのであれば、
万人が救われるように告げなければならぬ。
メシアが到来するという時に、
隠遁生活を送っていて何になろう？

自分達だけ救われて何になろうか？
悔い改め、罪の許しを求めることがないなら、
真実が何の役に立とう？
荒野で一つの声が立ち上がった、
〝主の道を準備せよ、
足を踏みて神のための道をならせ〟
人々のすみかを「悪」より離さねばならなかった、
そして主の道を準備するには砂漠に行かなければならなかったのだ。

しかるにヨハネという名の一人のエッセネ人がいた、
ザカリアとエリザベートの息子であった、
ヨハネは砂漠を離れ、
万人に洗礼を告げた、
全イスラエルの罪の数々に対し、神に許しを求めるためである。
それでヨハネは洗礼者ヨハネと呼ばれた、
遠方からも多くの人々がやってくるほどに、
洗礼者ヨハネは群衆を引きつけた。
何百人という人々が悔い改めを説く彼の説教を聞いた。
人々は自分達の罪を告白し、

エッセネ人の儀式にのっとって、
ヨルダン川で洗礼を受けた。
なぜなら、洗礼により罪が許され、
神の怒りを免れるからである。
洗礼者ヨハネは人々に悔い改めを課し、
すべてのユダヤ人が徳に打ち込むことを、
正義と篤信(とくしん)の行を互いに実行することを主張した。
そしてヨハネはこう言った、
〝そなたらが行なう沐浴は身体の表面の汚れしか清めない、
罪は内部の汚れの中に留まる。
悪より離れてこそ、沐浴(もくよく)は真の意味をもつ、
そして神のお決めになったことにへりくだる者だけが、
水に触れた時、肉まで清められる、
そうして成聖の恩恵が、純粋なる水の中で受けられる〟。
エッセネ人達はそう言っていたのである、
〝水は、魂がすでに正義によって純化されている時に限り身体を清める。
そして魂は悔悛(かいしゅん)の時に、
聖なる霊により純化されることになる〟。

愛と正義の言葉を聞く機会を与えた群衆は、
苦しむほどの感情に心燃え上がり、
男も女も罪を告白して、
水の中に身体を沈め、
清められ、
聖霊の恵みを祈願した、
聖霊が彼らの魂より悪の汚れを取り去ってくれるようにと。

家族と離れたイエスは、
エッセネ人に会うために荒野へ向かった。
するとイエスはエッセネ人達に、
そなたの場所は荒野ではなく、
洗礼者ヨハネのそばにあって、
〝公衆の道〟の中にいることだと言われた。
なぜならヨハネが自分より偉大な一人の男の到来、
「人の子」の到来を告げていたからだ。
そこでイエスはヨハネのいるヨルダン川へ赴いた、
イエスはヨハネの話に耳を傾けた。
そして〝待望の年月〟が終わりを迎えたことを知った。

主の霊、神が〝彼〟の上にいた。
なぜなら神が〝彼〟に〝油を注いだ〟からである、
〝彼〟が不幸せな者達に〝知らせ〟を運ぶために、
神は〝彼〟をつかわした、
心打ちひしがれし者達を癒すために、
捕われ人に自由を告げるために、
囚人達に解放を告げるために、
神の〝恵みの年〟を布告するために。
イエスがヨハネに洗礼を受けると、
天が開いた、
そして神の霊が、白い鳩になって、
自分の上に降り来たったのを見た。
人々は一つの声を耳にした、
その声は彼らの上に降りて来て、こう彼らに言った。
《見よ、これぞ我が支える我が僕である……。
我に選ばれし者である。
我が魂はこの者に喜びを感じている。
我はこの者の上に我の霊を置いた、
この者が異邦人達に正義をもたらす。》

イエスはエッセネ人達の言葉を理解した。
自分は選ばれたのだ、
自分は神の子であり、
僕であり、
〃選ばれた者の中の選ばれた者〃であったのだ。
だがエッセネ人達は言った。
〃知らせをもたらす者〃にとって、
道は遠く、
闇(やみ)を歩んでいる民にとって、
光への道は遠い、
死のかげが通った跡に住み着いている者達にとって、
唯一の真の光へと通じる道は長いと。
だがその道を行くことがイエスのつとめである、
《神が救う》という名をもつ者に課されたつとめなのだ。

ゼブルン族とネフタリ族の国であり、
ガリラヤ湖に接した地方であり、
ヨルダン川の向こうの、

イ、エ、ス、が生、ま、れ、た、ガ、リ、ラ、ヤ、地、方、にあるカファルナウムにイエスは赴いた。
ガリラヤはエッセネ人の敵、ヘロデ王の息子の、
アンティパスの統治下にあって、
異教徒に支配されていた。
だがかの地にあって、
ゼロテ党員が多くの武器を携えて、
熱心に戦っていた。
そういう事情でイエスは自分が誰であるかを、
明らかにはできなかった。
そんなことをすれば、殺されたからだ、
そうすれば万人にメッセージを伝えることはできなくなるからだ。
だからイエスは〝たとえ話〟で説いてまわった、
スパイや密告者達に証拠をあげられないためにそうしたのだ。

ティベリアス湖、すなわちガリラヤ湖の岸辺に、
ベトサイダがあった、
アンデレとペトロの故郷だった。
ティベリアス湖、すなわちガリラヤ湖の、
岸辺に他にも二人の兄弟がいた。

湖の漁り人、ヨハネとヤコブである。
ゼベダイの息子達であった。
シモン・ペトロもいた。
イエスは彼らを呼んだ。
エリヤが後継者エリシャを呼んだごとくに、
エッセネ宗団を指導する賢者の会は一二人の男達によって構成されており、
〝言葉〟をのべ伝えるためには、
一二人が必要だった。
それゆえ、イエスは彼の〝兄弟〟となり、
望んでついてきて助けてくれるような一二人の男を探したのだ。

こうしてイエスは預言を始めた、
加えて未だ悔悛がなされていない都市に行くと、
どこであれ罵りの言葉を投げつけ始めた。
《お前に災いあれ、コラジン、
お前に災いあれ、ベトサイダ》
お前のところでなされた奇跡が、
ティルスやシドンで行なわれておれば、
ティルスやシドンは粗布をまとって、灰の下で、悔い改めていたに違いない。
「審判の日」にはティルスやシドンの方が罪が軽かろうぞ。
そしてカファルナウムよ、お前は天まで上げられるつもりか？
だが地獄に落ちることになるのだ。
お前のところでなされた奇跡がソドムでなされておれば、
今でもソドムは残っていようぞ。
《そうだ、言っておくが、
〃審判の日〃にあっては、
ソドムの方が罪が軽い。》
イエスはこのように語り、
このように預言し、
ガリラヤ地方をまわって使命を成就し、
休むことはなかった。

そこでエッセネ人達はイエスに洗礼者ヨハネが誰であったかを明かした。
ヨハネは〃先駆者〃であり、
諸時代の終末の預言者であって、
〃メシアに先んじて再来すると言われていた〃エリヤであったのだ。
神の怒りの評決をある日、

必ず下すことになる「人の子」を、
告げた預言者だったのだ。
ヨハネはまさしく〝特別な祈り〟であった、
ヨハネの生きた理由はたった一つ、
すなわちメシアの到来を告げるためだけに存在したのだ。
ヨハネは一人きりだった、
エッセネ人が洗礼を施した者達は、
すぐにヨハネを離れ、
エッセネ人が清めた者達は、
すべて家に帰ってしまっていた。
ヨハネは各々を各々の職業に送り返していた。
ヨハネはどうしても知りたかった、
彼の頼みとしている者がやってきたのかを。
そこでヨハネは二人の使者をイエスのところへ送った、
イエスが〝人が生んだ子〟なのか、イエスがメシアなのか尋ねに行かせた。
何となればイエスは、〝悔い改めよ、天の王国は近い〟と言っているし、
シナゴーグで教えもし、
民の中にあってどんな病気も治し、

悲嘆も癒している。
このようにしてマラキの預言が成就しようとしていたのである。
《見よ、私はエリヤをつかわすことになる。》

ヨハネの使者はイエスに言った、
「あなたが来るべき人なのか？
それとも我々は別の人を待たねばならないのか？」
するとイエスは答えた。
「帰ってヨハネに伝えよ、
そなた達が聞いたことを、
そなた達が見たことを。
盲人が見えるようになったであろう。
足の萎えた人が歩けるようになったであろう。
耳の聞こえない人が聞こえるようになったであろう。
貧しき者に〝救い〟が告げられたであろう。
私を疑わぬ者は、幸いである！
主の霊、神が私の上におられる。
何となれば、私が不幸な者達に、
福音書をもたらすべく、

神が私に〝油〟を注がれたからだ。
心打ちひしがれし者達を癒すべく、
捕われ人に自由を、
囚人達に解放を、
布告するべく、
神が私をこの地上に送られたからだ。
病はすべて悪霊のなせる業である。
しかし、悪しき助言者、誘拐者、
蛇であるサタンが打ち負かされた時、
そしてそのサタンが声もなく、
猛威も失ってしまった今、
天の王国は近い」
イエスはサタンが雷のように、
天から堕ちるのを見たのだ。
イエスが癒し、
イエスが汚れた悪霊を追い出したたびに、
イエスは万人が待ち望んだ征服者として勝ち誇った。
悪霊と共に天の王国は来たらぬ。
そしてその悪霊の敵こそイエスである。

国中をまわり、
イエスは善行を惜しみなくふりまいた。
貧しき者達のために福音を述べ伝えた。
主である神の霊がイエスの上にいた。
なぜなら主は聖油でもって、
バルサムの油でもって、
イエスに〝油を注いだ〟からだ。
そうして今やイエスは謙虚な心を持つ人々に、
救済を告げ、
傷ついた心を看護し、
捕われ人に自由を、
囚人に〝贖罪〟を告げ、
〝主の恵みの年〟を、
また同様に、主の〝復讐の日〟を預言し、
苦しんでいる人々すべてに慰めを与えていた。
かくのごときがイエスであった。
主の霊が彼の上にあったからだ。
エッセネ人がイエスに油を注いだからであった、
謙虚な心を持つ人々に、

貧しき人々に救済を告げるために。
イエスはエッセネ人に会いに何度か砂漠に赴いていた、
彼らに自分の行なった福音の旅を語るために。
また、彼らの言葉を受け継ぐために、
そして砂漠から戻るごとに、
弟子にエッセネ人が語ったことすべてを伝えていた。

だから当然イエスは「法」を廃しようなどとは考えていなかった。
エッセネ人達は「法」を成就しようとしていたからだ。
イエスは偽の宗教者を軽蔑(けいべつ)した、
エッセネ人達が祭司や律法学者達に憎しみを向けたからだ。
イエスは〝異邦人達〟を帰依(きえ)させにきたわけではない。
エッセネ人達が謙虚な心を持つ者、イスラエルの迷える子羊達、
漁(すなど)り人達にこそ精神の清貧を取り戻させようとしたからだ。
エッセネ人はイエスに彼らの知恵や彼らの魔術をイニシエーションした。
それでイエスは奇跡の治療の数々を見せることができた。
それも安息日(シャバット)に。
だからといって律法に背いたわけではない。
そうではなく安息日(シャバット)を成就するためなのだ。

使者がイエスのもとを去り、
そうしたことをすべて洗礼者ヨハネに報告した。
一方イエスは群衆に向かって演説した。
「汝らが荒野に行ったならそこで何を見る？
風に揺れ動く葦か？
汝らは何を見ようとする？
優美な衣をまとった人間をか？
だが優美な衣をまとった人間は王宮にいるではあろうが、荒野にはいない？
汝らが荒野に行くならそこで何をする？
預言者に会うのか？
そうだ、だが言っておく、
預言者以上の存在にだ！
《見よ、私は使者をつかわした、
私の前に道を準備するために！》
その使者とはその真の預言者のことぞ。
荒野は優美な衣をまとったヘロデ・アンティパスの雅人達のための場所でない、
風にたわむ葦のための場所でもない。
葦は嵐にもよく耐える。

風に頭を垂れるからだ。
だが太く頑丈な大木はたわむことがない、
そしてしばしば風雨に根元からひっくり返されてしまう」
イエスはこのたとえ話により、
ヨハネが、使命を成就しに再びこの世にやってきたエリヤであることを語った。

エッセネ人がかく語ったのだ。
人の子達の中では、
ヨハネが最も偉大だとしても、
神の王国で最も小さき者が、
そのヨハネよりもっと偉大なのである。
ヨハネが突破口を開いた、
そしてその開口から光がさしてくるはずだった。
エッセネ人はヨハネに天からのメッセージのことを思い出させた。
ヨルダン川でヨハネが洗礼を行なった際、
彼が聞いた彼の本当の使命を示した神の声を。
「そなたはヨハネの弟子にはなれない」とエッセネ人はイエスに言った。
「神の国を告げてガリラヤ湖の村々を巡るのがそなたの役目だ」

ヨハネはもはや疑わなかった。
心の底から、魂をすべて傾けて、
力を出し切って、
述べ伝えた。
〝到来〟が迫っていることを告げた、
「急ぐのだ」とヨハネは言った、
「歩をはやめよ、
今ならまだ間に合いもするが、
やがてもう遅すぎるということになる。
その時は加わろうとしても加われない、
急ぐのだ！
悔悛(かいしゅん)に馳(は)せよ！」

ヨハネの名は国中をはしった。
ヘロデ王が恐れた。
ヨハネがキッティームを告発しないかと恐れた。
ヨハネを嫌っていた妻とはかって、
ヨハネを逮捕させた。

ヘロデはマケロンテの城塞にヨハネを閉じ込め、
そして処刑させた。
不実の母にお似合いの娘、
サロメがヨハネの頭を銀の盆にのせてもってきた。
闇の子達の勝利の舞い、
野蛮で病的な舞いを舞いながら。

エッセネ人は言った、
エリヤはすでにきた、
だがヨハネはそれを認めなかった。
だがエッセネ人は彼をエリヤだとした、
この時からエッセネ人は〝計画〟を謀り始めたのである。
終末だ。
闘いの時だ。
ならば当然人の子が〝苦しむはずだ〟。
それが筋書きであった。

II

こうして戦争が始まった。

光の子達が闇の子達にいどんで始まった戦争である、
闇の子達とは、
まず神殿の聖職者達であり、
立法者達であり、
書かれた律法、
そして口伝律法を研究する律法学者であり、
すなわちエッセネ人とたもとをわかった、
周到細心なパリサイ人達であった。
彼らもまた死後の世界を、
天国と地獄を、
死者の復活を、
メシアの王国を信じていた。
そして闇の子達とは、
マカベア家の誇り高き旗のもとに結集していて、
王家に特権を与え、
市民戦争でパリサイ人に勝利し、
誇らしげにエルサレムの神殿に席を占めていた、
パリサイ人嫌いのサドカイ人達であった。
サドカイ人達は口伝を否定し、

大衆の信仰を馬鹿にし、
永遠の命も信じはしなかった。
〝言葉に表して言う〟ことができるものは何もなし、
知ることができるものなどは何もなし、
と主張して、ギリシャ人達のように、
恣意的な自由を信じていたのだ。

闇の子達であるパリサイ人とサドカイ人に対して、
〝師〟がいる。
群衆はこの師に無関心ではない。
〝師〟は群集の努力を刈り取ってやらねばならぬ、
群衆がよく理解できない戒の数々のくびきから、
群衆を救ってやらねばならない、
収税吏と食事もしなければならないし、
漁師とも食事をしなければならない。
闇の子達にこのうっとうしい〝師〟を〝かたづけよう〟と思わせるためにである。
エルサレムから、法学者を出向かせるためにである。
出向いてきて群衆に、〝師〟といわれているイエスは悪魔がついているのだと言わせるためにである。

とそれが「計画」であった。
民を教える者達、
指導者の長たる者達すべてをして、
イエスを憎むように仕向けねばならない。
戦争が始まるようにせねばならない！
なぜなら諸時代の終わりが近いのだから。

こうしてエッセネ人はパリサイ人達を憎み、
イスラエルの民全体を誘惑しようとしている嘘(うそ)つきの偽善者、
偽りの解放をする者達と呼んだ。
「パリサイ人達がそなた達に言うことに注意せよ」とエッセネ人は言った。
「だが、彼らの行ないにあわせるでない、
パリサイ人は言うばかりで実行しはしないからだ。
正義の人達の墓をかざり、
預言者の墳墓をたてる、
偽善のパリサイ人達と、
法学者達よ、
汝(なんじ)らに災いあれ、
もし、我々が我々の先祖達の時代に生きていれば、パリサイ人とは一緒になりはしなかった。
一緒になって預言者達の血を流しはしなかった。
汝らは汝ら自身に背いておる、
汝らは数々の預言者を暗殺した人殺しの息子達ぞ、
汝らは闇(やみ)の子達ぞ」

サドカイ人達はエッセネ人を嫌悪していた。
エッセネ人達がサドカイ人の神殿の宝を持って出ていってしまったからだ。
ソロモン王の宝を。
そして、砂漠の荒野に古い神殿に代わる自分達の新しい神殿を建て、
神と新たなる契約を交わしたからだ。
なぜ〝新たなる契約〟が交わせたのかといえば、
サドカイ人の神殿から出たことは、
〝別の出エジプト〟であり、
悪しき祭司とサドカイ人の住み着いている汚れた古き神殿より遠のいて、
彼らが妻や子と様々な都市や村に住み着いたことは、
〝別の征服〟であったからだ。

エッセネ人はイエスに戦えと命じた。

一度も国を支配したことはなく、
一度も権力を行使したことはなく、
村人達と清貧の人々、
質素な人々、
すなわち、自分の〝家族〟エッセネ人しか知らず、
ガリラヤの草原とその花々、樹木、その畑、
その果樹園しか知らぬ、
イエスに戦えと命じた。
そして戦いの方法を伝授した。
それはこうである。
右の頰を打たれれば左の頰を出せ、
キッティームが運搬の苦役を課せば、
二ミリオン運べと教えた。
神が痕跡を記した道から遠ざかってしまうことにしかならないから、
暴力は用いるなと教えた。
異邦に檄をとばすのではなく、
イスラエルの家の迷える子羊達に、
檄をとばせとも教えた。
「いかなる時も」

とエッセネ人は言った、
「隣人を愛さねばならない、
慈悲を示さねばならない、
そのようにして神の御業を真似るのだ。
何となれば神の正義とは何よりもまず慈悲にあるからだ。
そして神は人の力に信を置かれることはおよそなさらず、何よりもご自身を貧しき者達、
圧制にあえぐ者達にお与えになる。
それを真似ることが主への畏敬（いけい）の表明だ」
エッセネ人はイエスに教えた。
正義の人々と罪人達、
光の子達と闇の子達、
一方には正義の人々が、
他方には罪人達がいることを。
エッセネ人達は教えた。
隣人に対する人の過ちは〝和解の日〟にやっと赦（ゆる）される。
だから慈悲深くあらねばならぬ、
神が慈悲深くあるように。
もし人が他人の欠陥を許すなら、
天の父も許すことになる、

もし人が他人を許さないなら、
天の父も許されない。
この世より良き世界であれば、
正義に比例して〝与えられる〟ことになる、
また、罪に比例して〝与えられる〟ことになる。
だがこの世においては、
隣人への愛のみが神の恩恵に値する行為であり、
隣人を憎めば神の怒りをかうことになる。

「《裁くなかれ、さもなくば裁かれることになる。
非難するなかれ、さもなくば非難されることになる。
許せ、しからば許されん。
与えよ、しからば与えられん。》
自分自身を愛するように隣人を愛せ、
ヨブのように神を畏(おそ)れ敬え、
アブラハムのように神を畏れ敬え。
だが愛は畏敬に勝る。
《限りない愛をもって神に仕えることは、
神の罪をおそれて盲従するに勝る。》

悪をさけよ、悪に類似する者もさけよ。
簡単な戒に従え、
何となれば簡単な戒であっても、
大いなる戒と同様に重要であるからだ。
賢者ヒレルの言葉にならい、
神を畏れ敬う以上に神を愛せ」
エッセネ人はかく語った。

「偶像崇拝や不倫という、
歴史の汚れから身を守れ。
そのためには法を尊ぶことだ、
法こそが庇護（ひご）であり、
柵（さく）であり、
区別するものであり、
分け隔てるものであるからだ。
ノアが箱舟に乗り込んだのは
堕落しないためではなかったか？」
エッセネ人はかく語った。

「信心深くあれ、
　何となれば神がそうあれば汝らの味方でいてくだされようから。
　荒野に隠遁した『神の痕跡』であれ、
『神の痕跡である者』こそが、
『契約』を保持する。
　油を注がれし者達によって教育された、
すなわち、モーセやアロンのように、
『神の痕跡の名で呼ばれる者達』であれ。
　神によって油を注がれた者達であれ。
　イスラエルは数々の民の中にあって、
『神の痕跡』である。
　我々エッセネ人は『新たなる契約』により、
　イスラエルの中にあって、
『神の痕跡』である。
『切り離された者達』の中にあって、
　神の永遠の恩寵により、
　さらに『切り離された者達』なのである。
『聖者』及び『完全者』に今日、
　世界の始まり以来、

隠されていたことが暴かれた。
我々はここで、今、預言と〝正義の命令〟の成就を体験しているのである。
我々の心は刷新されていて、
我々の精神は物質の暗黒より解放されている。
我々は『高きところの聖者達』と
天使達に結びついている。
そうした天の存在達は神の栄光を語り、
我々は彼らと常に歌う。
現在はすでに未来であり、
〝ここではないどこか〟は今より〝ここ〟となる。
神の意志がこの地上でなされ、
この地上が天に来たる。
メシアが今来たる、
我々の聖餐(せいさん)のテーブルに、
このテーブルにて我々は
『決定的にして永遠の契約』となる神の言葉を分かつ、
神は我々とともにおわす」
エッセネ人はかく語った。

エッセネ人はイエスに清貧を教えた、
何となれば真の光の子達とは、
神によって選ばれし貧しき者達のことであるからだ。
エッセネ人はかく語った。
エッセネ人は、メシアが〝新たなる秩序〟をつくるのだと信じていた。
彼らは〝過去〟を見た。
イスラエルの聖なる書を読んだ。
闇の軍とはキッティームのことであった。
ユダ王国で彼らの手先となっている、
ユダヤ人達でもあった。
そしてこの〝悪意〟を排除するために、
血なまぐさい宗教戦争が必要なはずだった。
その後、平和と調和の新たなる時代がやってくるはずであった。
悪を破壊する最終勝利は、
神があらかじめ定められた事となるはずだった。
そこでエッセネ人はイエスに彼らの秘密を伝えた。
勝利のための最強の武器の秘密を。
ある長い夜にエッセネ人は読んだ、
《私は誰が悪をなしても復讐はせぬ、

私は人間に善行を施すだけにする。
何となれば神は生きるものすべての判定者であり、
神に対してこそ〝払って〟ふさわしいから。
私は〝神の復讐の日〟以前に、
堕落の族と戦争はしまい。
だが、私は私の怒りを悪人達からそらすつもりはない。
神によって定められし審判の日がくるまで、
心安らぐ日もあるまい。》
善を行なうことで、
悪人に勝利すること、
これがイエスに伝えられた秘密の兵器であった。
この兵器はその〝か弱さ〟ゆえに、
強力な武器だったのだ。
「良き人は悪しき目を持たぬ、
良き人は万人に対し慈悲深い、
たとえ罪人であろうが、
たとえその連中が共謀していようが」とエッセネ人は言った。
「善を行なう者は悪人よりも強い、
何となれば良き人は善によって守られているからである。

もしそなたの意図が良いものであれば、
悪しき人々自身も、そなたと共に心安らぐ、
淫婦もそなたに従う、
そして善に帰依することになろう。
吝嗇家どもも拝金をやめるばかりか、
〝すべてを奪われた者達〟に財産を返してやることになる。
良き意図には二枚舌はない。
一方で祝福し、
他方で呪い、
一方で名誉を傷つけているにもかかわらず、
他方で誉めそやし、
一方で傷つけながら、
他方で喜ばせ、
一方で鎮めながら、
他方で乱し、
一方で偽善を行ないながら、
他方で真実を唱え、
一方で貧しき者達の味方をしながら、
他方で追い求めるようなことはない。

良き意図には舌は一枚あるのみだ。
万人に対する高貴な感情があるのみだ。
良き意図には、見るも聞くも、
二通りなどということはない。
対してベリアルの所業は曖昧に満ちていて、
簡潔というものを知らない」
エッセネ人はかく語った。

そしてイエスはこう答えた。
「私達は目には目を、歯には歯を、
手には手を、足には足を、
火傷には火傷を、
打ち傷には打ち傷を、
切り傷には切り傷を、
と言われていると教わりましたが、
私はこう言うことにします。
〝悪人に逆らうな、
右の頬を打たれたならば、
左の頬を差し出せ、

チュニックを剝ぎとられれば、
他の衣類も剝ぎとらせよ、
そして剝がれてはならないものがあれば、
二ミリオン逃げ去れと。
欲する者には与え、
そなたの財産をとった者には、
返せとは決して言うな〟と」

そしてイエスはエッセネ人の言葉を広めた。
地上的財産にこだわることは危険だと告発した。
《最初に来る者達が天国では最後にまわされる。
最後に来る者達こそが最初に天国に迎えられることになる。
打ちひしがれし者達こそが慰められる。》
打ちひしがれし心を持つ者達にこそ、
永遠の喜びが約束される、
心つつましき者達、
心に清貧をいだく者達、
打ちひしがれた者達は幸いである、
彼らは慰められるからだ。

《天国は彼らのためにある。》
群衆に食物を与えた預言者エリシャのように、
イエスは民に食物を与えた。
ヨナが嵐を静めたように、
神が湖に大風をおこされた時、
それを静めた。
イエスはガリラヤのシナゴーグに赴いた。
その日は安息日（シャバット）であった。
イエスはイザヤの巻物を渡された。
イエスは巻物をひもといた。
そしてこの言葉を見つけた。
《主の霊が私の上にいる、
なぜなら神が私に油を注がれたからだ、
貧しき者達に福音を告げるために。
捕われ人に解放を布告するよう、
私をつかわされた。》
読み終わるとイエスは皮紙を巻き、
座して、こう言った。
《このことはこれを聞いたそなた達にとって今日成就された。》

だが人々は懐疑的であった。
《生まれた国で預言して尊ばれる預言者はいない。》
イエスは、そこで迫害され、
拒まれた預言者達の長い家系に言及した。
エリヤやエリシャは出身のガリラヤにおいてより、
異教徒の国で、より熱く迎えられたことに言及した。
それを聞くと皆は怒って、
イエスを街の外に追い出した。
《神の御言葉は我が主にあり、
私の右の座に座れ、
私がお前の敵を、
お前の足台にするまでは。》

そこでエッセネ人達はイエスの弟子達の二人ずつを使者として指名した。
弟子達はイエスの名において国中を巡ることになった。
彼らはイエスから、しっかりと教えを受けていたからである。
彼らは異邦人やサマリア人にではなく、
ユダヤ人に語るように言われた。
エッセネ人と同様、彼らは伝道の旅に出るにあたり、荷物も金も持参しなかった。

家でも街でも、彼らを受け入れないとあらば、

長居はしなかった。

弟子達の伝道の旅にもかかわらず、

誰も悔悛への呼びかけに感じ入ることがなかった。

イエスの故郷ガリラヤは自らの預言者を拒んだ。

ガリラヤの預言者ヨナが、

四〇日後にニネベは破壊されるであろうと宣言した時には、

民は悔い改め、

罰当たりを改めたのにである。

神がイエスの苦悩を受け入れ、

民がイエスに耳を貸すならば、

イエスは命をさえ惜しまない思いであった。

《我々は皆、子羊のごとく迷って、

めいめいがばらばらに道を進んでいた。

主が再び〝彼〟の上に民の罪を舞い戻らせたもうた。》

「まむしの族よ」とイエスは言った、

「悪人である汝らが〝良きこと〟などが言えるものか」

イエスは自ら再び出発した。
《鋤(すき)に手をかけたにもかかわらず後をふりかえる者、
天の国にふさわしからず。》

ガリラヤとペレスのテトラルケス、
悪王ヘロデがイエスの動きを監視していた。
一人の説教師がガリラヤで天の国の到来を、
告げているのを知った。
以前ヨハネが行なったことと同じだ、
ヨハネが復活したようだ。
そしてこれもまた「計画」の一部であったのだ。
だが何がたくらまれているかを知っていた「ヒレルの家」の〝あるパリサイ人達〟は、
イエスに立ち去るように知らせに来た。
イエスの命を救わんとして、
ヘロデ王がイエスを殺そうとしていたのだ。
「行ってそのずる賢い男にこう告げよ、
〝見よ、イエスは悪霊を追い払った、
今日も、昨日も、治療を行なう、
そして三日目には終わっている〟と。

だが私は今日も昨日もその次の日も歩かねばならない。何となれば預言者はエルサレムの外で死ぬのはふさわしくないからだ」

そしてそれも「計画」の一部であったのだ。

そしてイエスはガリラヤの湖の北、カイサリア地方に引っ込んだ。

イエスは弟子達に尋ねた。

人々が自身について何と言っているかと。

「ある者達はあなたを洗礼者ヨハネ、エリヤ、そしてエレミヤだと思っています」

「そなた達は何と言った？」

「あなたはメシアだと言いました」

「そう言ったのか」とイエスは念をおした。

「もう、私がメシアだなどとは言わぬことだ、皆に言っておく、それはまだ秘密なのだ。

それを明かすには時機尚早なのだ。

〝私の時〟は未だ来たらぬ。

私が〝行くことになった時〟、

エルサレムに赴くことになった時に、

〝私の時〟は来る」

それがエッセネ派の「計画」であった。

そしてイエスはペトロにこう言った。

「ヨナの息子、シモンよ、そなたは幸いだ。

何となれば、私がメシアであるという啓示が天にましますわが父によってなされたからだ。

肉や血の存在によってなされたのではなくな」

ペトロは〝ちがっていた〟。

ペトロはエッセネ人の「明かし」とは別のある啓示を受けていた、
ペトロはエッセネ人に影響はされていなかった。

だからペトロは〝ちがっていた〟のであり、
神より直接、啓示を受けていたので、

〝幸いだ〟とイエスが言ったのだ。

エッセネ人達はイエスに教え始めた。
人の子はとても苦しむことになり、
長老達や、生け贄(いけにえ)を捧(ささ)げる祭司達や、
律法学者達、キッティーム達によって、
拒まれることになり、
死刑にされ、
その後復活することになるはずであることを教えた。
なぜなら詩篇にこうあるからだ。

《右手が生えた者を守られんことを！
自らのために選んだ御子を守られんことを！
御手を右の人に置かれんことを！
自らのために選んだ人の子の上に置かれんことを！》
だから神はイエスを見捨てぬはずであった。
「知っています」とイエスは言った、
「長老や、生け贄を捧げる祭司達や、
律法学者とキッティームが、
私に立ち向かってくることになるのを。
だが彼らと戦えと言われても、それはいやだ。私は」とイエスは言った、
「行く先々に敵がいるなら、
その敵と分かり合いたい。
裁判人に引き渡され、
その裁判人によって看守に引き渡され、
投獄されることにはなりたくない。
ゼロテ党員のようにキッティームに抵抗を企てるのはごめんだ。
私がこの世をすべての拘束から解放したいとすれば、
聖なる霊によってである。
私は〝霊〟が我々に明らかにされる日まで、

〃待つために待つ〃つもりだ。
一人では〃行きたくはない〃、
何となれば、私の魂が神を渇望しているからだ、
〃生の神〃を」

そこでエッセネ人はイエスにこう答えた。
「恐がってはならぬ！
そなたの名はイェオシュアではなかったか？
〃神が救う〃という意味だぞ、
イサクのように、そなたは聖なる霊によって救われることになる。
イサクのように縛られるが、
最後の最後で救われることになる。
見捨てられることはない。
そうして万人がそなたが誰であるか知ることになる。
そなたが人の子としてであり、
義の教師だということをな。
いいか、恐がってはならぬ、
神はそなたを見捨てはしない」

イエスはそれを信じ、
レバノン、ダマスカス、及びガリラヤの湖の近くのデカポール、
ガラド、そしてバサンに行った。
ダマスカスにはレカバイト人とカイン人がいた。
ダマスカス地方に追放されていた彼らは、
ユダヤ地方から〝出た〟エッセネ人同様、
「新たなる契約」を結びたがっていた。
あらゆる罪より自己を守らんと、
貧しき者、寡婦、そしてみなしごから盗まぬと、
清き者と不純な者を見分けんと、
安息日（シャバット）や祝日や断食を厳しく守らんと、
兄弟を自らを愛するように愛さんと、
不幸な者、貧乏人、よそ者に味方せんと説いた預言者エレミヤが、
「新たなる契約」のことを語っていたからである。
　エッセネ人はイエスに教えた。
共同体は一本の樹であり、
その緑の葉は森の動物のすべての食物であり、
その枝は小鳥を守るものとたとえて教えた。
しかしエッセネ人の共同体は、

あたりにはびこる悪の世界を表す〝水辺の樹々〟に遅れをとっている、
と教えた。
エッセネ宗団という樹の生命は〝水辺の樹々〟に隠されたままで、
認められることも、
重んぜられることもない。
だが神、御自ら（おんみずか）こそがこの樹を守り、
その神秘を隠してくださっている。
異邦人はそれと知らずにその樹を見ていて、
そこに生命の源があるなどとは信ぜずに考える。
天の国は突然現れる神自らが直接治められる国だけではないのだ。
天の国とは神によって望まれた〝動き〟でもあり、
この地上、人々の中に広まってもいるのだ。
天の国とは、その絶対的な力の優位性を意味するばかりではなく、
広がって、人の地上に達し、
偉大な者達でも、小さき者達でも、
それを継承することがかなうのである。
それゆえ、イエスは一二人を呼んだのである。
人を漁る（すなど）ために、
癒す（いや）ために、

救いを告げるために、
貧しき者、困りはてている者、よそ者に味方するために。

ユダの総督、ピラトはイエスを死刑にしなければならないと考えた。
「新たな契約」、天の到来が、
ローマの占領に終止符を打つことを恐れたのである。
ピラトはどれほどのユダヤ人がイエスの話に耳を傾け、
どれほどのユダヤ人がキッティームを憎むようになったか知っていた。
しかもイエスの弟子達のなかには、
神による統治のみを信じ、
侵略者からの最終解放を熱烈に望んで、
国中にトラブルをまき散らしているゼロテ党員もいた。

イエスはエルサレムに向けてガリラヤを離れた。
途中、サマリアをめぐり、
ゲリジム山で足を止めた。
そこではサマリア人がイエスを待ち受けていた。
イエスはエッセネ人の貴重な宝の一部をあずけた。
神殿の祭司達の古代の宝物、

ソロモンの驚くべき財宝の一部を。
そこにあずけておけば安全だからだ。
サマリア人の写字生はエッセネ人の写字生の友人であったのだ。
〝光の子達と闇の子達の戦争〟の時に、
こうしておけば盗まれることもない。
そしてメシアの時代が来れば、
それを回収して、政権獲得に用いるのだ。

イエスはエルサレムへの道を続けた、
そして途中、また、宝を何カ所かに分けて隠した。
そしてエルサレムに赴いた。
神の家のそびえる聖なる都、
天の国の中心に定められて、
そこから贖罪と祝福がすべての国に向けて広がることになっているエルサレム。
だがそのエルサレムが今、不幸に見舞われている。
キッティームによって愚弄され、
神殿の四重の中庭を絶えず監視している族によって冒瀆され、
汚されている異教徒の手に落ちたエルサレム。
悔い改めねばならない。

さもなくばこの市は、最上位にある者から最も小さき者まですべからく、
苦しみのうちに滅びを迎えることになるだろう。
イエスはエルサレムに赴いた、
過越祭(ペサハ)のエルサレムに。
イエスはベタニアで足を止めた。
マルタとマリアにもてなしを受けた。

イエスはエルサレムに赴いた。
イエスはそこで何が待ち構えているかを知っていた。
もう故郷のガリラヤ人はいない、
ここはユダなのだ。
危険は比べるべくもない、
闇(やみ)の子達と、総督のポンテオ・ピラト、
金にあかして手に入れた聖なる聖務を占有している悪しき大祭司カイアファ、
といったユダヤとローマの最高権力と真っ向から立ち向かわねばならないのだ。

過越祭は、神がイスラエルの民を隷属(れいぞく)状態から解放なさった時、
エジプトにおいて奇跡の数々が成就したことを記念する最初の月だ。
過越祭では犠牲の子羊が食される習わしだが、

今夜はその犠牲の子羊とはイエスのことであった。
子羊の他にパンは種なしパン（マスコット）を食べるが、
これは今夜はイエスの身体ということになり、
苦草は屈辱の証になる。
何となれば、過越祭の犠牲は、
「聖なる書」に従って成就されねばならないからだ。
そのためにはイエスの血自体も祝いのワインのようにほとばしらねばならない。
そして、イエスは讃（たた）えられることになるはずだ。
なぜなら最初に結実した大麦の穂は、
過越祭の期間の安息日（シャバット）の翌日に、
朝の祈りの時に神に捧（ささ）げられたからである。
だから聖なる書にはこう書かれた。
《あなたの死者達は蘇（よみがえ）らん！
私のむくろの数々が立ち上がらん！
目覚めよ、そして歓喜に震えよ、
塵（ちり）に住みし者達よ。
何となれば、主よ、あなたの朝露は生命を与える朝露だから、
そして大地は闇に再び光をもたらすことになる。

私は目覚めた者達の不実を償ってみせます、
私はイスラエルのために朝露となってみせます。》
何となれば、神はイエスを見捨てるはずはなかったからだ。

イエスはエルサレムに赴いた。
何となれば公衆にメシアの名において、
自らを明かさねばならなかったからだ。
メシアの時代が来るはずになっていたのだ。
天の国の到来の時が。
とても美しい最後の時が。
だが〝時間〟はイエスにとって今、
深淵と闇の支配者であった。
大丈夫だ、神はイエスを見捨てはしないことになっているのだから。

エルサレムでは最高法院で特別会議が開かれていた、
大祭司カイアファがこう語った。
「汝らはことの損得を全く理解しておらぬ。
国全体が死に瀕するよりは、
一人の男に死んでもらう方がどれほどよいか分からぬのか？」

で、最高法院はイエスを有罪にすることにした。

そのことをイエスは知っていた。
イエスが最も愛した弟子のヨハネ、
イエスの秘密の同盟者であり、
イエスの客分で、友人であり、イエスのスパイでもあったヨハネが、最高法院の祭司だったからである。
だからヨハネは最高法院で起こることは何でも知ることができたのだ、
そしてそれをすべて師イエスに伝えていたのだ。

そこでイエスはベタニアを後にして、
荒野の近くのエフライムの街に退去することにした、
そしてガリラヤに引き返し、
ガリラヤ人と過越祭の巡礼をした。

エルサレム近郊のベトファゲにいたった。
エッセネ人の「計画」によって、
ラザロがイエスの世話をまかされていた。
ベタニアの村の入口には、子ロバも繋（つな）がれているはずであった。

しかし、一二人の弟子の誰も事情を知らされていなかった。
〝二人の使者が来たら子ロバをもっていかせろ〟という指令が出されていた。
その二人の使者は、
《師が子ロバを必要としている》
と言うはずであった。
使者は子ロバを連れて帰ってきた。
使者は驚嘆した。
何となれば、預言ではメシアはロバに乗って来ることになっていたからである。
藺草を刈って、先達がロバに乗ったメシアが行く道を拭き、衣類を敷いた。
ベタニアではマルタが夕食を用意してくれた。
マルタはイエスの足に高価な甘松香の油を塗り、
自らの髪の毛でぬぐった。
マルタは〝兄弟〟のエッセネ人を迎える時にはそうしてやっていたのである。
実はイエスはマルタに聖油を持ってくるように頼んでおいていたのだ。
説明はしなかったが、それは弟子の一人が、
マルタがイエスの足に高価な油を塗るのを見て、いきどおり、
そんなことをやらせるイエスを裏切るように仕向けたのであった。
そうすれば次なる預言が成就するからだ。
《私と仲がよく、私の信頼を得ていて、私と共にパンを食べた者が私を裏切る。》

というのも豪奢と死は〝対の記号〟であったからだ。
エッセネ人の計画とはかくのごときであった。

イエスはエルサレムに赴いた、
王として。
人々はハレルヤ、すなわち頌歌を歌い、
《ホサナ》と言った。
《主の名において来たりし者に祝福あれ。》
騒ぎに眉をひそめた何人かのパリサイ人が静かにするように命じた。
そんなに騒ぐとイエスが殺されることになる、
そんなことになってほしくないと考えてのことであった。
イエスはパリサイ人達に答えた。
《言っておくが、彼らが黙っても、石が叫ぶことになる。》
イエスはユダヤの群衆に歓呼の声で迎えられるのを承諾したからそう言った、
歓呼の声で迎えられることは、挑発のしるしであり、
カエサルに対する裏切りのしるしであったからだ。
イエスはこうしてガリラヤ人の巡礼の群れを従えて進んだ。
キッティームは、ユダヤ人達が放歌して、
彼らが崇拝する中心に近づいていくなら、

いかせろと指令を出していた。

神殿において万人が近づくことのできる場所である〝異邦人の庭〟で、イエスは商人達に攻撃を仕掛けた。

売物の生け贄の動物を縛ってある縄をちぎってこしらえた鞭を使って、商人達を打ち、

換金商人達の屋台のテーブルを、

鳩売りの屋台店をひっくり返した。

聖所でやったわけではない、

生け贄の動物を買うために異邦人の金を換金する聖所の前の、

異邦人の庭でやったのだ。

イエスは商人達に言った、

「《私の家は祈りの家と呼ばれることになる、

なのに汝らはそれを悪党どもの巣窟にしてしまっている》

と聖なる書にはある」

そしてこう付け加えた。

「人の手でこしらえたこの神殿は破壊してみせる。

そして三日後に別の神殿を建てる。

それは人の手で建てられる神殿ではない」

神殿の破壊の預言であった。
「計画」がそうなっていたのだ。
是非とも神殿破壊のカタストロフがなければならないのだ。
なぜならサドカイ人の避難所は神殿だけしかなかったからである。
こうして実はイエスはサドカイ祭司達と彼らの神殿の終わりを告げたのだ。
何となれば、神殿は、不当な祭司職によって、
彼らの不法なる暦、聖なる〝時〟も、
世俗の〝時〟も、
一緒くたにしてつくってある暦によって汚されていたからだ。

戦争なのだ、
雪辱戦なのだ、
ベリアルの軍隊、
ペリシテの住人、
アスールのキッティームの一党、
そしてそれを助ける裏切り者のユダヤ人達に対するレビ族の子達、
ユダの子達、
ベニヤミンの子達、

荒野に引きこもった者達の戦い、
すなわち、闇の子達に対する光の子達が挑んだ戦いであった。

闇の子達がイエスに質問を投げかけた。
罠に落とすためである。
「そなたの申しておる権威とはいかなるたぐいのものだ」
と彼らは尋ねた。
「洗礼者ヨハネが神の霊を受けて、言っていなかったか？」とイエスは答えた。
「さあ、我々は知らんが」
「されば」とイエスは言った。
「何の権限によって私がこのように振舞っているのかを、そなた達に言う必要はない」
イエスを罠にかけようとして質問を投げつけてきたその連中は、
群衆の中にあらかじめ紛れ込んでいた。
だが、イエスは用心深かったので、そんな罠にははまらなかったのだ。
「カエサルに税を払わねばならないか？」と彼らは問うた。
何となれば、人口調査に基づいて定められた税は、
人口調査を禁ずる法を侵害していたからだ。
「なにゆえにそのような罠を私に仕掛ける？
一デナリウス出して見せてくれ」

彼らはイエスに一デナリウス銀貨を差し出した。

だがイエスはそれに触れはしなかった。

イエスの味方であるゼロテ党員達の気分を害したくなかったからだ。

「銀貨に刻まれている文字と顔は誰のものぞ？」

「カエサルのものだ」

「ではカエサルのものはカエサルに返すがよい、
そして神のものは神に返すのだ。

何となれば、神が唯一の主であられるからだ」

とイエスは言った。

イエスは過越祭(ペサハ)を祝った。
汚れた神殿の暦にではなく、
クムランの太陽暦に従って、
火曜日にだ。
夕方になり、イエスはこれを最後に神殿を去った。
過越祭の四日目はベタニアで過ごした。
夜は「重い皮膚病を患いし者シモン」のところで過ごした。
五日目はマッツオットの祭りが始まった、
犠牲の羊が屠(ほふ)られていた。

〝その夜〟犠牲の羊はイエスのことだった。

III

イエスはエルサレムに赴いた、
過越祭の晩餐(ばんさん)、
彼にとって最後の晩餐をするために。
イエスは弟子達を集めた、
エジプトからの解放の思い出に供せられる伝統の食事を一緒にするために。
だがその夜は、他のどんな夜とも異なっていた、
その夜は、この世における彼の最後の夜だったからである。
〝彼の時〟が来ていた。
そうだということを予期していた。
そうだと知っていた。
だがそれは〝彼の最後の時〟なのか、
それとも〝この世の最後の時〟なのか？
その夜は〝この世における彼の最後の夜〟なのか？
さもなければ、〝この世において彼の命がはてる時〟なのか？
イエスは最後に弟子達を集めることを決めておいたのだ。
一三人が過越祭の料理が盛られたテーブルについた。

彼らの中にイスカリオテのユダがいた。
ユダもまた、イエスに愛され、
最後の夜に招かれた弟子であったからだ。

一二人の弟子達がイエスを囲んでテーブルについていた。
イエスは立ち上がった、
マントを脱いだ、
そして布を腰に巻き、
たらいに水を汲(く)み、
弟子達の足を洗い始めた、
そして腰に巻いた布で拭(ぬぐ)ってやった。
イエスはエッセネ人の儀式に従ってそうしたのだ。
何人(なんぴと)も他の者より偉い者などはおらず、
皆が平等なのだということを意味する儀式なのである。
ペトロの番がきて、
イエスがペトロの足を洗おうとすると、
ペトロは叫んだ。
「主であるあなたが、私の足を洗われるなど！　とんでもありません！」
「私がお前の足を洗わねば、お前は私とかかわりあいをもてぬことになるのだ」とイエスは答えた。

なぜならば、イエスはエッセネ人が天の国の鍵(かぎ)を握っていると考えていたからだ。

「足だけでなく、手も、頭もですか！」とシモン・ペトロが問うたのは、イエスはペトロにエッセネ人の洗礼を施そうとしたからだ。

そうしてペトロは洗礼を受けた。

何となれば、ペトロはイエスを信じていたからである。

「沐浴(もくよく)をした者は足だけでよいのだ。

沐浴をした者は清められているからだ。

そなた達は皆、清められている。

いや、皆ではないが……」

ユダがいたからだ。

そしてイエスはユダに裏切られることを知っていた。

何となれば、ユダはゼロテのシモンの息子であり、

エッセネ人の中で最も強い男であり、

自分の〝純粋〟を失うことを引き受けるまでに、

イエスを信じていたからである。

ユダはペトロよりも他の誰よりも、

イエスがメシアであると信じていたのだ、

そして神を信じていたのだ。

ユダは考えていた、
ユダは知っていた、
神はイエスをお見捨てにはならぬはずだと。
天の国を、
メシアの王国を、
イエスの王国を到来させるために、
ユダはイエスを裏切らなければならなかったのである。
ユダは強くあらねばならなかった、
裏切り者の汚れを引き受けるためにである。
ユダはゼロテ、すなわち〝熱心〟であらねばならなかった、
そのように犠牲を、永遠の犠牲を、
自分が犠牲者にしてしまう者のために、
自らが犠牲者となるような犠牲をはらうために、である。

イエスは弟子の足を洗い終わると、
再びマントをまとい、食卓についた。
そして言った。
「私が今したことの意味が分かるか？
そなた達が私を〝師、そして主〟と呼んだ、

そなた達は間違ってはおらぬ。
なぜなら私は師であり、主であるから。
そしてこの主で師である私がそなた達の足を洗ったのだから、
そなた達も互いの足を洗うようにせねばならない。
私は範を示したのだから、
そなた達もそうするのだ。
まことそなた達に言っておくが、
つかえる者が主人以上に偉いということではない、
つかわされた者がつかわした者以上に偉いということでもない。
それを知るがよい。
この通り実行すれば幸せになれよう。
私は皆に話しているのではない。
そなた達は儀式の意味を私が話さずとも知っている。
私は私がどんな人々を選び出したのか分かっている、
だが、このようにして聖なる書が成就するから話しているのだ。
《我と共にパンを食べていた者が私に逆らった》という言葉も実現しなければならない。
事が起きる前に言っておく、
さすれば事が起きた時、そなた達は私を信じよう。
まことそなた達に告ぐ、

〝私が今からつかわす者〟を受け入れることは、すなわち私自身を受け入れることである。
そして私を受け入れることは、
私を〝おつかわしになった方〟を受け入れることである」
イエスは弟子達がエッセネ人の、
つまり〝心、清貧なる者達〟の兄弟愛を遂行し続けることを望んでいたのだ、もし自分が〝戻れぬ場合〟を想定して。
「計画」を引き受けはしたが、
リスクがあることも分かっていたのだ。
文字通り、《命》を危険にさらすからだ。

一三人はエッセネ人の晩餐（ばんさん）と全く同様に晩餐を行なった。
そしてイエスがこう言った、
「まことそなた達に告ぐ、
私は天の国に入る日まで、このワインを飲まぬつもりだ」
その言葉を通してイエスは弟子達にメシアとしての自分を明らかにしたのだ。
もはや聖体拝領者として聖餐に加わるのではなく、
〝現前〟した、すなわち〝目に見える〟メシアとして、
聖餐に加わるのだということを明らかにしたのである。

何となれば、エッセネ人の聖なる書には、

イスラエルのメシアはパンを手で握らなければならず、

そうして祈った後で、共同体のメンバーすべてとパンを分かち合わねばならないと記されているからであった。

そしてイエスはその儀式に従った。

今までイエスはエッセネ人と過越祭（ペサハ）を祝うたびに、

その儀式を実行していたのだ。

弟子達が料理を食べている間、

イエスはパンをとり、祝福し、

ちぎって弟子達に与えた。

イエスは弟子達が食べ始めるまで待ち、

そして秘跡を与えた。

エッセネ人と過越祭を祝うたびに、

そうしていたのだ。

そうしてイエスは一二人の弟子にこう語った。

「私はこの犠牲の子羊をそなた達と是非とも分かち合いたかった。

というのも、言っておくが、

天の国で再び食べるまで、もう食べることはないからだ」

イエスは次にワインの杯を手にし、
それを祝福して、こう言った。
「この杯をとり、皆でまわして飲め。
というのも、言っておくが、
天の国で再び飲むまでは、葡萄からつくった酒はもう飲むことはないからだ」
イエスは天の国がすぐそこに来ていると考えていたからそう言ったのだ。

そしてイエスは、メシアの身振りである聖なる身振りを示した。
パンをとり、祝福してこう言った。
「これは私の身体である」
イエスはパンを自分の身体、
ワインを自分の血に同一化させて、
晩餐の最後の言葉としたのである。
常であれば、イエスはエッセネ人の祈りを捧げるところである、
〝不在のメシア〟を食物が表徴するという内容の祈りである。
なぜならば、食物の象徴としてパンは聖なるものなのだ。
ところが今夜は聖餐において、
メシアを表徴するパンと彼自身を同一化したのだ。
いつものように、

「このパンはイスラエルのメシアを表徴する」
とは言わず、
「このパンは私の身体を表徴する」と言ったのである。
そのようにしてイエスは弟子達に自らを明かしたのだ。
なぜならば、天の国がすぐそこに近づいているとイエスは考えていたからである。
もうじき、彼は救われることになり、
そして万人が救われることになるのだ、
と考えていたからである。
そこでイエスは弟子達に宣言した。
「まことそなた達に告ぐ、
そなた達の中の一人がこの後すぐに私を裏切ることになる」
イエスがそう言うと弟子達は互いに顔を見合わせた。
それは誰なのだろうかと自問した。
彼らの中に一人、イエスの傍らにいて、
イエスが愛した祭司のヨハネに、シモン・ペトロが、
〝誰なのかお尋ねしてみよ〟と合図を送った。
というのも、イエスはヨハネにだけ本心から語っていたからである。
イエスはヨハネにはすべてを言うのであった。

というのも、ヨハネはエッセネ人に近しい祭司だったのであり、
最高法院に起こっているすべてを見ていて、
それをすべてイエスに言っていたからである。
弟子ヨハネはイエスの胸元に身を寄せ、
イエスに尋ねた。
「主よ、誰なのですか？」
するとイエスが答えて言った。
「私が今、パン切れをワインに浸して与える者がそうだ」
そうしてイエスは浸したパン切れを、
ゼロテのシモンのイスカリオテのユダに与えた。
そしてイエスはユダに示し合わせた言葉を言った。
「そなたがなさねばならぬことを、即刻実行にうつすのだ」
弟子達全員は〝協定〟を結んだばかりだったということもあり、
ユダが共同体の財布を預かっていたこともあって、
まだ事情が呑み込めず、
イエスが〝祭りに必要な物を買ってくるように〟と、
あるいは〝貧しい者達に施し物をしてくるように〟と、
ユダに頼んだのだと考えた者達がいたのだ。
だがイエスとユダの間では、

その言葉は〝裏切りを実行せよ〟という合図であり、
〝私の代金はエッセネ人共同体の金庫に納めよ〟
という符丁であったのだ。
そこでユダはパン切れを受け取り、
ただちに座を立って出ていった。

イスカリオテのユダが出ていくと、
イエスは安堵した。
なぜならば、二人共〝くじけなかったからだ〟。
ユダは「計画」通り、
裏切りの行為に向けて出発した。
ユダはエッセネ人が選んだだけのことはあった人物であった。

イエスは残った弟子達にこう言った。
「今、人の子が讃えられた。
そして神ご自身も讃えられた。
人の子が神を讃えるのも、もうすぐだ。
去る前に、そなた達に新たなる戒を与えよう。
それは〝互いに愛し合え〟という戒だ。

私がそなた達を愛したと同様に、
〝互いに愛し合わねばならぬ〟。
さすれば、そなた達が私の弟子であることを万人が認めよう」

かくなる「計画」はエッセネ人の計画である。
なぜならば、エッセネ人は、イエスが「真実」と直面することを欲していたからだ。
そしてイエスによってエッセネ人の真実が勝利することを欲していたからだ。
エッセネ人は、神がイサクを救ったように、
神がイエスを救うはずだと考えていた。
エッセネ人は〝明かされ〟を欲していたのだ、
それゆえに、諸物を早めねばならない、
そして神に証人となっていただかねばならない、
神にメシアを明らかにしていただかねばならない、
と考えていたのだ。

それが彼らの「計画」であった、
それが彼らの陰謀であった。
神の〝ための〟陰謀であった。
同時に神に〝対する〟陰謀であった。

なぜなら神の使者であるイエスを、キッティームと悪しき祭司に引き渡すことになるからだ。

とはいえ、祭壇に捧げる子羊としてではなく、祭壇に捧げられたイサクとしてイエスを捧げるのである、最後の最後に神がお救いになるイサクとして。

そしてイエスはこの契約を承知してくれた。

なぜならば、イエスはエッセネ人を信じていたからだ、エッセネ人がイエスを信じていたと同様に。


晩餐の後、イエスと弟子達は都を離れて、オリーブの山に赴き、ゲッセマネと呼ばれている場所に登った。

イエスは弟子達にそこで待つようにと命じた。

祈っているようにと言った。

そしてイエスは道を進んでいった。

弟子達から遠ざかると、イエスは地面に身を投げだし、こう祈った。

「父よ、よろしければ、その杯を引っ込めていただけはしないか。

私がお願いするからというのではなく、
あなたの意志でそうなさってください」
イエスは自分からは何もするまいと心に決めていたのだ、
神の御しるしを待つだけにしようと心に決めていたのだ。
〝自分で自分を救う（スソーヴェ）ことはしまい〟つまり〝逃げるまい（スソーヴェ）〟と心に決めていたのだ。
神が〝彼を逃がしてくれる〟、言いかえれば〝神が救う〟ことを待とうとしたのだ。

イエスが弟子達のところへ戻ってみたら、
弟子達は居眠りをしていた。
そこでイエスは言った、
「なぜ眠りこけてなどいた、起きよ。
そして私が誘惑に負けることなどないよう祈るのだ。
精神は鋭くあっても、肉体は弱いものだ」
イエスがこう言ったのも、
自分は使命を遂行できないのではないか、
くじけるのではないか、
逃げ出してしまうのではないか、
と思ったからである。
だがイエスは彼を襲ってくる抗しがたい誘惑、

人が〝怖れ〟と呼んでいる誘惑に打ち勝った。
闇に乗じてゲッセマネの園から逃げる誘惑に打ち勝った。

イエスは弟子達と晩餐の場所を離れ、
キドロンの急流の向こう側に行った、
そこには園があった。
イエスは弟子達とその園へ入った。
イエスを裏切ったユダが傭兵と神殿の衛兵の先頭に立ってやってきた。
そして園に達する。
松明やランタンをかかげ、
武器を携えている。
キッティームと神殿の衛兵とゼロテの息子が突然現れた。
ゼロテの息子はイエスに近づいた。
互いに接吻した。
彼らは互いに希望を持ち続けようとして、
互いに励まし合うために接吻したのだ。
そしてそれは別れの挨拶でもあった。
イエスは彼らの前に進んだ、
自ら引き渡されようとしてそうしたのだ。

そしてこう言った、

「誰を探しているのか？」

「イエスを探している」

彼らは後退りした。

激しく震えていた。

だから、その時であれば、イエスは逃げることもできたのだ。

だがこの時でも、イエスは決意をひるがえしはしなかった。

そしてイエスはもう一度彼らに尋ねた。

「誰を探している？」

すると彼らはこう答えた、

「ナザレのイエスだ」

「私がイエスだ」

その時、シモン・ペトロが腰に帯びていた短刀を引き抜いた。
そして大祭司の手下に切りつけた。
その者の右の耳が落ちた。
シモンは何が企てられていたのかをついに理解して、
イエスを助けようとしたのだ。
シモン・ペトロが本当に切りたかったのは、

自分の耳に違いなかった。
半ば閉じられていて、
事情が呑(の)み込めていなかったからだ。
だがすぐさまイエスはペトロに命じた、
「刀を鞘(さや)におさめよ！
なぜそんなことをするのだ、
父なる神が差し出している杯を私が受けないとでも思うのか？」

ペトロは理解した。
何となれば、ペトロとエッセネ人、
ペトロとイエスが愛した弟子ヨハネのうち、
勝(まさ)っていたのはヨハネとエッセネ人だったからだ。
《剣よ、立ち上がれ、私の牧者に向かえ、私の伴侶(はんりょ)である男に向かえ。》

傭兵と神殿の衛兵がイエスを捕えた。
そしてその身体を縛った。

夜がきた。
ユダは裏切り者などではなかった。

ユダは誰よりも純粋であり、

誰よりも信心深いゼロテの息子であった、

「最終解放」を誰よりも望んでいて、

メシアの闇の子達に対する勝利、イエスの勝利を誰よりも信じていた。

〝イエスはメシアである〟と誰よりも確信していた。

「愛弟子」のペトロでさえ、その夜、三度イエスを否定したのだ。

しかるにユダはイエスの〝兄弟〟であったエッセネ宗団によって、

イエスを告発するべく、「真実」が白日のもとに現れるべく、選ばれていたのだ。

「真実」すなわちそれはイエスがメシアであり、

天の国が到来し、

光の子達が闇の子達に勝利することである。

エッセネ人は闇の子達に対する光の子達の戦争によってこの世界の終わりを早めたかったのだ。

そしてイエスはそのことを知っていた。

大祭司達を前にしてイエスはこう言った。

葡萄(ぶどう)園の所有者が葡萄栽培者達に一人の僕(しもべ)をつかわした、

葡萄の木になった果実のうち、自分の分を届けさせるためであった。

だが栽培者達は葡萄の木の所有者の僕を打ち、追放した。

そこで葡萄園の所有者は別の僕を送った、
葡萄栽培者達はこの僕も打ち、侮辱した。
葡萄園の所有者はさらにもう一人僕を送った。
だがまたしても栽培者はこの僕に傷を負わせほっぽり出した。
そこで葡萄園の所有者は自分の息子を送った。
息子なら栽培者達も敬意を示すであろうと考えていたからだ。
だが所有者の息子がきたのを見て、栽培者達はこう言った。
「あいつは葡萄園の所有者の跡取りだ、殺してしまえば葡萄園は俺達のものになる」
そして栽培者達は所有者の息子を葡萄園から放り出し、殺してしまった。
葡萄園の所有者は栽培者達をどうするのだろうか？
自らが出向いてゆき、栽培者達を殺し、葡萄園を他の者達に渡すことになるのだ。
そのたとえ話で大祭司達は、
人殺しの栽培者達とは自分達であることを理解した。
彼らは神の葡萄園、すなわちイスラエルの民に対し、
独占権をかざす悪しき祭司達であったからだ。

その夜、
〝彼ら〟一三人は、
過越祭の食事のテーブルを囲んでゆったりと寝そべっていた。

一三人とはイエスとその一二人の弟子達である。

そして上座にはその家の主で、エッセネ人になった祭司、
祭司達の〝家〟に出入りしていた、
イエスの最愛の弟子ヨハネがいた。

イエスが逮捕された時、
ヨハネは旧大祭司セネの息子、祭司アンナスの家に駆けつけた。

なぜならば、ヨハネはイエスがどこに連れていかれるのか知っていたからである。

一方、イエスは祭司の前に引き出されていた。

祭司はイエスに何を人々に教えているのかと尋ねた。

「なぜ私に尋ねる」とイエスは言った。

「私が人々に言ったことを聞いたことがある者達に尋ねてみよ。彼らこそが知っている」

そこでアンナスはイエスを「議会」に送った。

最高法院のメンバーが集会した。

全員が沈黙していた。

《毛を刈る人の前で子羊がおとなしくしているがごとくにイエスは口を全く開かなかった。》

「そうして黙っていて、弁解もせぬのか？」と大祭司カイアファが尋ねた。

だがイエスは相変わらず口を開かなかった。

「そなたはメシアなのか？」

「そうだ、私はメシアだ。汝(なんじ)らは天の大雲に乗って全能の神がやってくるのを、そしてその右

に人の子が座っているのを見ることになる」

大祭司はイエスのその言葉を聞くと、衣を引き裂いてこう言った。

「もう証人など必要はない、皆、今の言葉を耳にしたであろうが。どう結論をくだす?」

カイアファは悪しき祭司であった。

最高法院はイエスを死刑にすべきだと決定した。

イエスは神を冒瀆(ぼうとく)などは全くしていない。

だがティベリウス・カエサルを冒瀆したのだ。

祭司達は密告者に変じ、カエサルの派遣した地方総督の前でイエスを告発した。

イエスは法を冒瀆したわけではなかった。

だから石打ちの刑には処せられなかった。

なぜならばイエスは神の〝聖なる名〟を口にはしていなかったからである。

翌朝、イエスはポンテオ・ピラトの前に連れ出された。

祭司達はイエスが〝カエサルへ税を払うな〟と言ったり、〝自分はメシア王である〟と主張したりして、
この国の真(ま)っ只中(ただなか)で国家転覆をはかっていたのだと言った。

ピラトはテラスに出てくると言った。

「いったい何だというのだ?」

「この男は犯罪者なのです」

「ならば、そなた達がこの男をとらえて、そなた達の法に照らして判決をくだすがよかろう」

「いや、宗教的犯罪とは意味が違うのです」

「その方はユダヤの王なのか？」とピラトがイエスに尋ねた。

「それは自分で考えた質問なのか？　それとも他の者達がそなたにそう吹き込んだのか？」

イエスはピラトに言った。

「私が考えたのではない……その方達の同胞がそう申しておるのだ。生け贄を捧げる祭司達の中の上位者達がその方を私に引き渡しにきたのだ。本当は何をしたのだ？」

「私の王国は現世にはない」

「ということはやはりその方は王なのか？」

「私は王だ。汝がそう言ったであろう、私はその真実を証言するために生まれた、この世にやってきた。真実を問う者、皆私に耳を傾ける」

「真実とはどういうことだ？　私はあの男にいかなる罪も認められない」

「あいつはガリラヤから始めてエルサレムまでユダ全土で人々に教えを説きながら人々を扇動しているのです」

「つまりあの男はガリラヤ人なのか？　ではガリラヤの領主、ヘロデ・アンティパスの管轄ではないか。ヘロデに告発するがよい」

そこで悪しき祭司はイエスをヘロデのところへ連れていった。

だがヘロデは黙したままだった。

そこで悪しき祭司はイエスを告発した。

ヘロデは囚人をピラトのところへ送り返した。

悪しき祭司は奴隷達とその仲間を総督の屋敷の中庭に集めた。

だがピラトは〝イエスに鞭をくれてやった後で放免しろ〟と言った。

何となれば過越祭であったからだ。

しかるに悪しき祭司に挑発された群衆はイエスではなく、イエス・バラバを放免しろと叫んだ。


ピラトはイエスを鞭で打たせ、王の格好に見立てて、
肩に緋のケープ、頭には茨の王冠をかぶせ、群衆の前に立たせた。

群衆は、〝バラバを放免し、イエスを有罪にしろ〟〝十字架にかけろ〟と叫んだ。

十字架の上にナザレ人イエス、ユダヤの王、と記された板が取り付けられた。

何となればイエスはエッセネ人が自らをノゼレ・ハベリト、すなわち〝「契約」を守る者〟と自称していた通りにナザレ人であったからだ。

イエスはローマの衛兵に連れていかれた。
市の西の門から連れ出された。
だが誰一人、〝総督〟の「丘」で何が起こったかについて知らなかった、
祭りの始まりだったので、すべての出来事が慌ただしく、見過ごされることがいっぱいで、
画策されていた陰謀のことなど誰も知りはしなかったのだ。
十字架の傍には、

イエスの母、
最愛の弟子ヨハネ、
マグダラのマリア、
ヤコブの母、マリア、
ヤコブの母、サロメ、
ゼベダイの息子ヨハネがいた。
詩篇に書かれている通りに、
兵士達はイエスのチュニックをとろうとくじ引きをした。
詩篇に書かれている通りに、
兵士達はイエスの手と足を貫いた。
詩篇に書かれている通りに、
〝犠牲を捧げる祭司〟の主だった者達と律法学者達がイエスをあざ笑った。
詩篇に書かれている通りに、
彼らはこう叫んだ、
「この男は神に身を委ねたのだ。神に愛されているなら磔刑(はりつけ)から解放してもらえ」
詩篇に書かれている通りに、
兵士達はイエスに酢を与えた。
ゼカリア書に書かれている通りにイエスは脇腹(わきばら)を刺された。
そうしたことはことごとく起きた。

「計画」は守られ、
「聖なる書」は成就された。

祭司達にそそのかされた群衆が、
イエスの死を求めていた。
悪しき祭司が救世主に対する憎悪をわめいていた、
だがパリサイ人達は見あたらなかった。
パリサイ人達はそこにはいなかったのである。
というのはパリサイ人達はエッセネ人と近しい関係にあったからだ。
ユダも見なかった、
裏切り者の役を演ずるべく生け贄にされた男であり、
神と再び結びつく人であり、
強く、誠実で、
イエスと神を信じていたユダは、
〝理解し〟、
金をエッセネ人にではなく祭司達に返し、
自殺を遂げたのだ。

何となればもう遅すぎた、

〝対決の時〟がきてしまっていて、
この世で何とかできる者は、
誰もいなかったからだ。

その夜、
エッセネ人は断食をした。
神の介入を求めて一晩中祈り続けた。

イエスは陰々滅々たるゴルゴタに連れてゆかれた。
そこで十字架に釘(くぎ)で打ち付けられた、
身につけていたものは、くじ引きで分けられた。
イエスと共に二人の悪党が十字架にかけられていた。
イエスの右と、イエスの左に。

《〝彼〟は自らの背中を、
鞭(むち)打つ者達に委ねた。
そして自らの顔を、
髭(ひげ)をむしり取る者達に委ねた。
〝彼〟は〝屈辱〟に対し、〝唾棄(だき)〟に対し、顔を背けはしなかった。

〝彼〟は酷い扱いを受け、虐げられた、
だが、〝彼〟は全く口を開こうとしなかった。
生け贄の祭壇に連れてゆかれる子羊にも似ていた。
〝彼〟は痛みと、苦悩にとらわれ、
罰を耐えた。
彼の世代の者の中で、
誰が、〝彼〟はこの生者の地上から離され、民の罪ゆえに打たれていたことを信じる者がいただろうか？
　それどころではない、
〝彼〟はうじ虫のごとくに汚辱にまみれ、
民にさげすまれたのである。
〝彼〟を見る者達はすべて彼をあざ笑った。
〝彼ら〟は口を開け、
　頭を振ってこう言った、
『神に助けを求めてみろ！
　神がお前を助けてくれるさ、
　神はお前を愛していらっしゃるんだからな』
　私は〝流出する水〟のようだ。

そして私の骨はばらばらに離れてゆく、
私の心臓は蠟のようで、
臓腑の中で溶けてゆく。
私の力は粘土のように干からび、
そして私の舌は口蓋に引っ付いてしまっている、
あなたは私を〝死の塵〟に追いやるのですか。
私を取り囲んでいる犬どもが、
私のまわりを徘徊している極悪人の一党が、
私の手と足を〝貫いた〟のだ。
私は私の骨をすべて数えることができよう。
奴らが私を観察している。
私を見詰めている、
私の衣類を分け合っている。
私のチュニックをとろうとくじ引きをしている。
汚辱に胸張りさける思いだ。
痛い。
私は憐れみを待っているが、
慰めてくれる者だれ一人いない。
彼らは私の食物に苦汁を入れた、

そして私の渇きを癒すために酢を飲ませた。
何となれば、彼らはあなたが苦難を与えた者を迫害し、
あなたが傷付けた者達の苦悩を語るからだ。
そして私の方へ眼差しを向けることになるのだ。
自分達が〝貫いた者〟の方へ、
眼差しを向けることになるのだ。
彼らは〝その者〟のために泣くことになるのだ、
人がひとりっ子のために泣くように、
彼らは悲嘆の涙を流すことになる、
人が最初に生まれし子のために泣くように。》

〝通行人達〟はイエスを馬鹿にして、そしてこう言った。
「神殿を破壊して、三日のうちに建てて見せると言ったお前なんだから、自分を救ってみろ、十字架からおりてきてみろ」
同じく悪しき祭司と、
律法学者がきて、
口々にイエスをからかった。
「この男は他人は救えても、
自分自身は救えないのさ。

メシアだとさ、
イスラエルの王だとさ。
ならばその十字架からおりてみよ、
そしたら信じてやる、
この目で見れば信じてやる」
イエスと共に十字架にかけられていた罪人達もイエスをののしっていた。
《地上の王達が蜂起し、
君主らと結託して、
神と〝神が油を注ぎし者〟に逆らう。
人に軽んぜられ、
見放されし苦悩の人は、苦悩に慣れている、
人から顔を背けられる者に似て。
だが人々はその者を尊重することをはねつけはしなかった、
建築家達が見捨てた石が要となった。
しかし敵は〝彼〟のことをあざ笑いながらこう言った。
『まだ生きているのか？　さっさと死んで、
あの男の名前など消えうせてしまやあいいんだ？』
敵のことごとくが〝彼〟の悪口を囁き合った。

彼らは〝彼〟の不運が〝彼〟の失墜の原因になると考えていた。
そして人が〝彼〟に、
『その手にある傷はどこで受けたのか？』
と尋ねるたびに、
『私を愛してくれた者達の家でだ』
と答えたのであった。
剣よ、立ち上がって〝私〟の牧者に立ち向かえ、
牧者を打て、羊の群れは散るがよい。
彼らは〝私〟に対し意地の悪い偽りの口を開く、
彼らは偽りの舌で〝私〟に語る、
彼らは憎しみの語調で〝私〟を取り囲む、
そして彼らは何の理由もなく私に戦いをしかける、
〝私〟は彼らを愛しているというのに、
彼らは〝私〟の敵にまわる。》

《私が苦悩のただなかを歩いている時、
あなたは私に生きる力を与えてくださる。
あなたは御手（み）を広げ、敵の怒りから私を守り、
あなたの右手が私を救ってくださる。

神よ、私に味方したまえ。
死の静寂が私を取り囲みました。
死の網が私をとらえました。
苦悩の中で、
私は神に祈った。
私は私の神に向かって叫んだ。
神は宮殿から私の声を聞きつけられた、
私の叫びが神の御前に、神のお耳に達したのだ。
大地がゆらいだ。
大地が震えた。
山の底が震えた。
神がその御手を高きより差し伸べ、
私をつかんでくださった。
神は私を〝この世の階段〟からひき上げて下さった。
神は私を私の強力な敵より解放してくださった。
来たれ、神に立ち返ろう、
何となれば、神は我々を引き裂かれるが、
我々を癒しもしてくださるから。
神はお打ちになるが、

我々の傷を手当してくださるだろうから。
神は我々に二日後、生きる力を与えてくださり、
三日後に起き上がらせ、
そして御前で生きることとなる。
私は常に神を眼前に見る、
神は私の右におわす、
私はよろめかない。
そうして私の心は喜び、
私の精神は歓喜し、
私の身体は安堵して休息する。
なぜならば、あなたは私の魂を黄泉の国に送らなかったからです、
あなたの最愛の者が退廃を見ることを防いでくださったからです。
あなたは私に人生の険しき道を知らしめられた。
あなたの御前には幾多の喜びが、
あなたの右側には永遠の甘美があります。
神はそなたの魂を黄泉の国よりお救いになる。
なぜならば、神が私を守ってくださることになるからだ。
神よ！　王はあなたの強力な庇護を歓喜する！
おお！　あなたの御救いが彼を歓喜で満たす！

あなたは彼の頭に金の王冠を置いた。
王はあなたに生命を願った。
あなたはそれを王にお与えになった。
あなたが与えられた生命は永遠となる。
王の栄光はあなたの救いのお陰で偉大となり、
あなたは王の上に驚嘆すべき輝きを置かれたのだ。》

「剣を引っ込めよ」とイエスはペトロに言った。
「私が私の父に助けをもとめることがないとでも思っておるのか、父なる神がすぐにでも一二連隊の天使を私のために送ってくださるのだ。〝そのようにならねばならない〟と聖なる書には記されているのに、それを〝しなければ〟いかにして聖なる書の成就が実現する？」
イエスは、〝救われるのだ〟と、考えていた、
信じていた、
そのことを分かっていた、
それが全くそうではなく、
《神が自分を見捨てるのだ》ということをついに理解する時までは。

メシアが死を迎えたその日、

天はいささかも暗くはなく
奇跡の兆しのごとくに輝く閃光など一切見えはしなかった。
いかなる闇も天を暗くすることはなく、
未だ脆弱な微光が広がっている。
この日は他の日とことさらかわることもなかったが、
この代わり映えの無さは、
〝兆しの不在の兆し〟でもなかった。

〝彼〟の断末魔は緩慢で、それはなま易しい苦痛ではなかった。
今、呼吸が長い呻き声となって永遠と化し、
巨大な絶望を吐き散らした。
彼の髪と髭には、もう、いたる所で人々を慈しみ、
人々を癒したあの燃え立つ知力は認められない。
その眼差しには、新たなる世界の到来を告げたたびに、
燃え立った炎、情熱、良き言葉の数々、
預言の数々は、もう跡形もない。
雑巾のように憔悴した身体は捻れてゆがみ、苦痛以外の何ものも語らない。
骨が肉に畔を作り、不気味な線を走らせている。
引き裂かれた衣類同様に、分け合われた屍衣同様に干からびた襤褸の皮膚は無理矢理押し広

げられ、冒瀆された巻物と化し、
老化したその皮紙には鞭刑の傷筋が罫線を成し、滴る血文字が記されている。
思い切り引っ張られて、末端を釘で貫かれたその四肢は紫色のまだらに汚れ、激痛に反り返っている。
掌からは出血が途切れることなく、
心臓からは生暖かき溶岩が噴出を繰り返す。
渇き切った口腔からは、もう愛の言葉が湧き出すこともない。
衰弱した胸が、今どくんと波打った。
あたかも生け贄の、むきだしの、ぎらぎらと光る生の心臓がそこから飛び出してくるかのように。
そして〝彼〟は動かなくなった。
圧搾機からほとばしる酒ならぬ自らの血に酔い潰れたかのように、
目は呆然として、口が半開きになって無垢が描き出されている。
「霊」の方へ行こうとしているのか？
だが「霊」は〝彼〟を見捨てようとしているのだ。
これが最後という希望を込め、一心に祈り、
必死で呼びかけているにもかかわらずにだ。
《神が助ける、
神が我と共におられる、

助けたまえ。》

教師(ラビ)であり、様々な奇跡を行なった師であり、贖罪者(しよくざいしや)であり、貧者にとっては慰安の人であり、病む者、疎(うと)んぜられた者、身体の不自由な者達にとっては医術の人であった彼に対し、これっぱかりの兆しも示されなかった。誰一人、彼を助けることはできないでいた、誰も、彼自身さえも。刑場の兵士が少しの水分を与えて、苦痛を和らげてやった。

三時、

〝彼〟はすべてが終わったことを理解した、

絶望と、

孤独と、

悲嘆と、

失望の極限で、

イエスは叫んだ。

《神よ、神よ、なにゆえ私を見捨てられるのか？》

かくてイエスは息をひきとった。

《天に昇られたのはどなたですか？
そして天より下られたのはどなたですか？
手の中に風を集められたのはどなたですか？
地上の果てを出現させたのはどなたですか？
その方の名は？
そしてその方の子の名は？
あなたはご存じなのですか？》

〝彼ら〟は言っていた。
神は見捨てないはずだと、
使命があるからだと。
その使命とは〝彼ら〟が〝予想した使命〟だ。
〝彼〟は〝彼ら〟に最後までやり通すよう言われていた。
〝彼ら〟の確信、〝彼〟がメシアであるという確信はそれほどに強かった。
必ずや戦いに勝つのだと考えていた。
〝彼ら〟は最終戦争を引き起こしたかったのだ。
祭司達との、キッティームとの対決で、万人に、地獄の様相をもってして、
イエスこそは〝彼ら〟が待望していたメシアだということを示したかったのだ。
それが最終戦争の始まりであるはずだった。

天の国の到来に先んずる最終戦争だ、
それがあって〝彼ら〟は救われることになっていた。
そしてこの最終戦争を待つことに、彼らはうんざりしていたのだ。
だから行動に移そうとしたのだ。
時の流れを早められるほどに自分達を強者と感じていたのだ。
彼らのスケープゴートの名はイエスであった。
イエスに死んで欲しくはなかった、
勝利はもうそこだと考えていた。

諸国に沸(わ)き立つこの喧噪(けんそう)は何だ、
その民すべてに蔓延(まんえん)している虚しい思想の数々は何だ？
なにゆえに地上の王達が立ち上がる？
なにゆえに君主達が神に逆らい、
神が油を注いだ者に逆らい、
王達と結束するのだ？
終末を迎えんとする今より
悪しき者達が結束して、
義の教師に逆らい、殺そうとする。
だが彼らのもくろみは失敗することになる。

キッティームが多くの国を支配している。
君主達、
そして長老達、
そして悪の最高法院の助けをかり、イスラエルを司るエルサレムの祭司達がいる。
〝彼〟は自分が諸国を支配し、これを審判するために、栄光に立ち返ることと同様、自分を待ち受けている運命を知っていた。
そのように〝彼ら〟が〝彼〟を確信させたのだ、
そして〝彼〟を殺してしまったのだ。
〝彼ら〟は恥じた、恥じて誓った、
イエスの真実の物語は〝彼ら〟の秘密とすることを。

ある者達は期待した、
奇跡が起こるのを、
〝彼〟が神格化されて、復活するのを、
数々の預言にあるように天変地異がすべてを破壊することを。
また、別の者達は煌々とした雷光が空をよぎるのを見た。
ある者達は夢で〝彼〟を見たと言った。
だが〝この世〟は、相変わらずの地上であり、世界であり、
何も起こらなかった。

ある日〝彼〟がくることになる。
ダビデの血統から出ることになる、
エッセネ人の血統から出ることになる、
〝彼〟はこの地上で偉大となる、
万人が〝彼〟を敬い、彼に仕えることになる。
〝彼〟は偉大と呼ばれ、彼の名は〝示される〟。
〝彼〟は神の子と呼ばれることになり、
〝いと高き子〟と呼ばれることになる。
彼の王国は流星のごときであり、
一つの幻視のごときである。
〝彼ら〟が数年地上を支配することになる。
そして〝彼ら〟はすべてを破壊する。
一つの国が他の国を破壊する、
一つの地方が他の地方を破壊する、
神の民が立ち上がり、そしてその剣を引っ込めるまで。
異邦の人によって見限られた正義の人が〝彼の時代〟に油を注がれることになり、
〝彼〟は闇(やみ)の子達と、悪しき祭司と戦い、

〝彼の時代〟には彼が勝利する。

三七八七年、イエスが愛した弟子、
隠れた祭司、エッセネ人、
ヨハネがここに記す。

《何となれば〝見た者〟は証言することになるからだ、真実の証言を。
何となれば、何を見たかを語る者は真剣であるからだ。》

第八巻　メシアの巻物

〝彼〟は戻ってくることになる。イェオシュア、すなわち〝神が救う〟という名で呼ばれた者が。

なぜならば〝あの時〟、神は〝彼〟を救わなかったからだ。
〝彼〟は息子であった。
〝彼〟は「聖霊」になった。
〝彼〟は〝父〟になることになる。
かくして〝彼〟は戻ってくる。
そして〝彼〟は縛られることになる。
子羊のように。
そして〝救われる〟。
なぜなら、神が救うのだ、
その御言葉を成就すべく。

一つの芽が〝彼の根〟から育つことになり、

神の霊がその芽の上に宿ることになる。
知恵と理解の霊、
思慮と力の霊、
知と〝永遠なる者〟に対する畏敬(いけい)の霊が彼の息子の上に宿る。

そして〝戦争〟の前には、光の子達が闇(やみ)の子達に対して起こす雪辱戦の前には、レビの子達、ユダの子達、ベニヤミンの子達、荒野に引きこもった者達が、ベリアルの軍隊、ペリシテの住民、アスールのキッティームの集団、そしてその者どもを手助けした裏切り者達に対して起こす雪辱戦が始まらないうちは、何も起こらない。

そして光の子達はエルサレムと「神殿」を再び征服することになる。

七カ国に対するこの戦争は四〇年にわたることになる。


そしてその戦争は〝破壊の、カタストロフの、憎しみの、病気の、同族戦争の、民族戦争の、大量虐殺の世紀〟の後に起こる。


その戦争は人の子がダビデの血統から、荒野の子達の血統から出ることになる時に起こる。

その時には〝彼〟はすでに聖油を注がれている、

〝彼〟の顔にバルサムの油をぶちまける者が出るからだ。

異邦の〝正しき人〟がつらぬかれ、

その〝正しき人〟によってエリヤとヨハネが蘇り、
〝彼〟が告げられることになる。

そして森の中で悪魔によって、
〝彼〟は誘惑されることになる。
三度にわたり、
〝彼〟はその誘惑に勝つ。
〝栄光の王〟である〝彼〟は空の大雲に乗ってくる。
乾いた大地から出る新芽のようなか弱き植物、
ロバに乗った質素な王、
そしてホセアが言ったように〝苦しみの僕〟である〝彼〟が。
《我は立ち去ることになる、我は私の〝住まい〟に戻る、
彼らが罪人だと告白し、我が顔を探すまでは、
苦しみの中で我を探し求めるまでは。
神の手は私の上にあった。》
〝彼〟のパンを食べる者達すべてが
〝彼〟に背くことになる。
邪悪な舌で〝彼〟の悪口を言うことになる、

〝彼〟の集会に加わった者達すべてが。
彼らは不幸な者達の息子達に〝彼〟のことを中傷する、
だがそれさえもそうした彼らの過ちにより、〝彼〟の声を高揚したのだ。
〝彼〟は知性の源を隠した、
真実の秘密を。

そして別の者達がさらに〝彼〟の苦悩を増やす。
彼らは〝彼〟を闇の中に閉じ込めることになる。
〝彼〟は〝呻(うめ)きのパン〟を食べ、果てなく、涙の中で〝飲む〟ことになる。
なぜならば、〝彼〟の目は悲しみで曇ることになり、
魂は日々の悲嘆にくれ、
恐れと、悲しみが彼を包むことになるからだ。

そして戦争が始まる。
世界戦争だ。
〝彼〟は闇の子達と戦い、
これを休みなく追跡することになる。
そして悪しき祭司と戦い、
勝利することになる。

〝彼〟は「法」でもって悪しき祭司を殺すことになる。

そうして、メシアの到来に向け、すべてが準備完了となる。

すべてが荒野で準備されることになる。

貴石の数々、聖具の数々といった「ソロモンの神殿」の宝が集められ、

そして〝彼〟が栄光に包まれたエルサレムへ赴き、「神殿」を再建する。

〝彼〟は「幻視した神殿」を再建することになる。

「人の子」は骨が一面に敷きつめられた平原から〝出ずる〟軍隊を従えることになる。

凄まじい数の骨がからからに乾いて平原に散らばっている。

すると万軍の主が〝彼〟にこう言われる、

「人の子よ、それらの骨は生き返るか?」

すると人の子は答える、

「主で〝永遠なる方(かた)〟よ、あなたがご存じです」

すると神は〝彼〟に言う、

「それらの骨に向かって預言せよ、そしてこう言うのだ、〝乾いた骨達よ、永遠なる方の言葉を聞け〟と」と〝永遠なる主〟はおっしゃった。

「骨達よ、私はそなた達に精神を入れる、蘇れ。

私はそなた達に神経を与える、

私はそなた達に肉をつけてやる、

私はそなた達に皮をはってやる、

そしてそなた達に霊を入れてやる、

するとそなた達は蘇る、

私が〝永遠なる者〟であることを知ることになる」

そこで、〝彼〟は命ぜられた通りに預言する、

そして預言がなされるとただちに、

ざわめきが立ち上がり、

地表が震え、

無数の骨の断片が互いに近づき始める。

〝彼〟は見詰める。

すると骨格を形成した骨達の上に神経がはしってゆき、

肉がついてゆく、その上に皮が広がり、霊がおりきたる。

骨達が蘇生（そせい）し、

立ち上がり、

強力な大軍を形成することになる。

そして〝彼〟はその大軍を率いて、

エルサレムに赴くことになる。

〝彼〟は黄金の門より入り、
「神殿」を再建する。
幻視した、あの神殿だ。
そしてあれほど待望された天の国が〝彼〟によって到来することになる。
〝彼〟、救世主は「獅子」と呼ばれる。
ここに記したことすべては五七六〇年に起こる。

ヘブライ文字の書体と記号

●角文字

ダレット Dalet	ד	ギメル Guimel	ג	ヴェート Vet	ב	ベート Bet	בּ	アレフ Alef	א
テット Tet	ט	ヘット Het	ח	ザイン Zaïn	ז	ヴァヴ Vav	ו	ヘー Hé	ה
ラメッド Lamed	ל	ハフ Khaf*	ך	ハフ Khaf	כ	カフ Kaf	כּ	ヨッド Yod	י
サメフ Samekh	ס	ヌン Noun	ן	ヌン Noun	נ	メム Mem*	ם	メム Mem	מ
ツァディ Tsadi	צ	フェー Fé*	ף	フェー Fé	פ	ペー Pé	פּ	アイン Aïn	ע
スイン Sin	שׂ	シン Chin	שׁ	レーシュ Rech	ר	コフ Kof	ק	ツァディ Tsadi*	ץ
								タヴ Tav	ת

*＝語尾型文字

●草書体

ダレット Dalet	ד	ギメル Guimel	ג	ヴェート Vet	ב	ベート Bet	בּ	アレフ Alef	א
テット Tet	ט	ヘット Het	ח	ザイン Zaïn	ז	ヴァヴ Vav	ו	ヘー Hé	ה
ラメッド Lamed	ל	ハフ Khaf*	ך	ハフ Khaf	כ	カフ Kaf	כּ	ヨッド Yod	י
サメフ Samekh	ס	ヌン Noun	ן	ヌン Noun	נ	メム Mem*	ם	メム Mem	מ
ツァディ Tsadi	צ	フェー Fé*	ף	フェー Fé	פ	ペー Pé	פּ	アイン Aïn	ע
スイン Sin	שׂ	シン Chin	שׁ	レーシュ Rech	ר	コフ Kof	ק	ツァディ Tsadi*	ץ
								タヴ Tav	ת

*＝語尾型文字

●母音記号

短音				長音	
	Xֲ	Xַ	A	Xָ	A
Xֱ	Xְ	Xֶ	E	Xֵ	E
		Xִ	I	Xִי	I
Xֳ	Xָ	X	O	Xוֹ	O
		Xֻ	OU	Xוּ	OU

用語解説

訳注にかえたこの用語解説は、主にユダヤ教、キリスト教、またその周辺の情報を深め本書を楽しんでいただく意図でそなえたものである。なるべく訳注の必要がないように努めたが、本文に訳しきれないもの、またそうすると不自然になってしまうものが数多く残ってしまった。訳者の非力をこの用語解説で御容赦いただきたい。参考文献として *Concordance de la Bible de Jursarem*（Cenf. Brepols），*Le Petit Larousse*（Larousse），*Le Petit Robert*（Robert），*Shogakkan Robert Grand Dictionnaire Français-Japonais*（小学館），*La Bible*（Bibliothèque de la pléiade），聖書（聖書協会）などを用い、また引用させていただいた。

なお、本文で《》の個所は、著者が聖書のテキストからインスピレーションをうけて書いたものである。

プロローグ

メシア　P・11

ヘブライ語ではマシーアハで、《油を注がれた》、つまりそのことにより、主によって聖別された者という意味。キリスト教においてはイエス・キリスト（キリストはギリシャ語で油を注がれた者の意）であるが、ユダヤ教においては、イスラエルを神の正義にたちかえらせ、神の正義の時代の幕をあけることになる神の使いを示し、いまだその到来が待ち望まれている。

ラビ　P・13

ヘブライ語で《我が師》の意味。ユダヤ教の律法学者に与えられた称号。ユダヤ教の共同体の宗教的、精神的指導者を示し、祭祀（さいし）の司宰者である。

律法（トーラー）　P・14

モーセの五書、即ち（すなわ）「創世記」「出エジプト記」「レビ記」「民数記」「申命記」のこと。成文化されたユダヤ教律法でユダヤ教の聖書の基礎である。また、広義では聖書（旧約）全体を示す。

ベン・グリオン空港　P・15

地中海に面するイスラエルの経済中心地、テルアビブ＝ヤッファの空港。

「死の祈り（カーディシュ）」　P・15

シナゴーグの礼拝で唱える頌栄（しょうえい）、おもにアラム語からなる。

シャロンが…（イザヤ書33―9）　P・18

イザヤ書は紀元前七四〇―紀元前六八七年にユダ王国で活躍した預言者イザヤ（三人のイザヤが考えられているが単にイザヤと言った場合は、1―39章をしたためたとされている第一イザヤを示す）を著者とするもので、神のさばきのメッセージとメシア待望の情熱に満ちあふれている。

「意味（サンス）」　P・23

ここでアリーの言っている「意味」とは、人間社会の伝達言語でいう〝意味がある〟とか〝ない〟とかの意味とは違う。例えば詩における「意味」を思っていただいてもよい。この「意味」は伝達言語の〝縛られた意味〟とは異なり、常に〝差異の動きをはらんでいて〟固定されない。

第一巻　写本の巻物

イサク　P・27

アブラハムの子でヤコブとエサウの父。神に信心を試された父によってモリヤの丘で命を危うくするが、最後の最後で神が命をとき、救われる。

アブラム　P・27

聖書に登場する紀元前二〇〇〇年頃の族長で太祖とあおがれている。メソポタミアの古代都市、ウル出身で、一族とともにパレスチナに定住する。ユダヤの民、かつアラブの民の先祖で、キリスト教徒にとってもその精神的先祖とみなされている。神がアブラムに聖なる文字H（へー）を加えてアブラハムになる。

ユダヤ戦争　P・28

ローマの属国（紀元前六三―三一三年）に生きなければならなかったユダヤ人が独立をめざし、ローマ人に対して蜂起（ほうき）した反乱で、一回目の反乱は六三年に始まり、七三年、ユダヤ人反乱軍のマサダ砦（とりで）における玉砕で終わり、二回目の反乱は一三二―一三五年で、バル・コホバの反乱で知られている。この戦争よりずっと以前にも紀元前四〇年、アンティゴヌス・マタティヤに率いられて蜂起している。本書で「ユダヤ人の反乱の後の地震で」と国際チームのリーダー、マーク・ジャンセンの意見があるが、年代順からこの反乱のことであろう。

ダビッド・コーヘン　P・30

ダビデはギリシャ語読み。アレキサンダー大王がパレスチナとその周辺を征服した当時、ギリシャ語が広まり、旧約聖書がヘブライ語からギリシャ語に訳される。アレクサンドリアの七二人のユダヤ人学者によるセプトゥアギンタすなわち「七人訳旧約聖書」が有名。

アブサロム　P・33

紀元前一〇〇〇年頃の統一王国イスラエルの王、ダビデの息子。父に反逆を企て、敗れ、敗走中に長髪が枝にからんで宙吊り(づ)になり、追ってきた敵将ヨアブに殺される。

母音記号　P・36

本来、一般的な意味では音声化されることのない子音だけで出来ているヘブライ文字を、音声化するのに用いる記号。例、תרה（TRH）これに母音記号をつけると、תורה（TORAH）となる。（※アレフは母音ではなく子音）。聖書において母音記号がみられるのはマソラ写本以降。しかし、「聖なる言語ヘブライ語は世俗的使用には向いていないのであり…」と本書にもあるように、敬虔(けいけん)なるユダヤ教徒においてはヘブライ文字が音声化されるのは、伝達言語として限定された記号への変質化ではなく、もっぱら祈り＝謳(うた)うという音声化の最も自由なかたちにおいてこそ、文字の音声化が許されるのである。もともと文字とは記憶と同様、さまざまな記号の体系の中でさまざまな現れ方をしてこそ意味をもち、そのままでは何も意味しないが、しかし数限りない意味形成を可能にする痕跡(こんせき)である（これに関してはフランスの現代哲学者J・デリダの卓越した探究がある）。そしてヘブライ語とは、その文字の本質を裸形にして示している言語なのである。原著者E・アベカシスは本書においてそのことを明解に示している。すなわち、音となって現働（現れ）もしないし、かといって潜勢態（非・現れ）で、定義もされない現働と潜勢の間でゆらいでいる痕跡がヘブライ語であることを。だからこそまた、ヘブライ語は現れていない神の領域、天と現れている人間の領域、地を結びもする言語であるのだろう。

エロイム P・38

神の呼び名の一つ、Elohim は複数で、単数は Eloha（エロハ）。ちなみに、ヤヴェ Yahvé（ギリシャ語読みはヤハウェ）は「出エジプト記」の、「わたしは有って有る者」（ヤハウェ）に由来。アドナイ adonaï は「我が主」の意で、この最後の呼び名が神の名を直接発話することを恐れて（現に神は〝主の名をみだりに唱えてはいけない〟《出エジプト20―7》と厳命している）の呼びかけだとすれば、神は YHWH（ヨッド・ヘ・ヴァヴ・ヘ）でしかあらわされないのであろう。

シナゴーグ P・40

ラビが司（つかさど）るユダヤ教の礼拝用公堂、集会所。

やがて街道は海面より低い… P・42

オートルートが街道90につながる Mitspe Yeriko を過ぎたあたりより海抜高度0m下になる。

《ザブルン族……高める。》 P・43

ガリラヤと死海の転移の光景。著者は訳者への手紙で、これを「ガリラヤと死海の弁証法」と表現している。

キルベット・クムラン　Ｐ・46
キルベットは地名の前につけて遺跡をあらわす。なお、Aïn～（例　アイン・フェシュカ）は泉、Ras～（例　ラス・フェシュカ）は先端、Wadi～（例　ワディ・クムラン）は涸れ谷（雨季には川が流れる）。

ベドウィン　Ｐ・48
砂漠地方の遊牧民。

ヤッファの門　Ｐ・51
現在のエルサレム旧市街の八つの門のうちの一つで、テルアビブ＝ヤッファの南部地区からの揚げ荷がここから運び込まれたことにちなむ。

「イザヤ書」　Ｐ・52
四大預言者、イザヤ、エレミヤ、エゼキエル、ダニエルの一人イザヤが著した旧約の一書で、やがて到来するメシアについての記述が沢山ある。《シャロンが…》を参照。

「光の子達と闇の子達の戦争」　Ｐ・52
日本語訳では「戦いの書」と訳されている「死海文書」の重要な巻物の一つ。本書においては、ことに重要なポジションを占めるのでここに特筆しておく。最終戦争マニュアルといえるもので、ヘブライ大学考古学科主任教授で、死海写本の信憑性を認めた最初の人物、また、この巻物の購入者であったスーケニク教授の息子、イガエル・ヤディン教授は「エッセネ派の黙示的な『戦いの書』が二千年を経過した時、第一次アラブ戦争の最中に出現したことに一つの意味、つまりイスラエル再生の象徴を感じ取っている」（エドマンド・ウィルスン『死海写本』桂田

重利訳　みすず書房）としている。

エサウ　P・55

エサウはイサクの子、ヤコブに一皿の豆で長子権を譲る。そのレンズ豆の赤い色（赤いもの＝アドム）からエドムと渾名（あだな）され、エドムの名祖である。エドム人は死海の南東にいて、ダビデに服従させられた部族。

ヤコブ　P・55

イサクの子、エサウより長子権を一皿の豆で譲り受け、イサクの長子となる。イスラエルの一二部族の祖である一二人の息子の父。神と闘ったことにより、神より「イスラエル」の名を冠される。

エリヤ　P・55

イスラエルでバール信仰に敵対した前九世紀の予言者で、カルメル山で四五〇人のバールの予言者を殺す。エリシャを後継者として火車に乗って天に昇る。メシアの時代にエリヤは再来すると予言されており、新約において（マルコ6・15）イエスがそうだとする者もいる。

サムソン　P・55

イスラエルの士師の一人、士師記（※士師とはイスラエルの民を治めた統治者）に登場し、その髪に怪力を宿す。ペリシテ人と争い千人を葬るが、デリラに裏切られ、髪を剃（そ）られて力を失い、敵に引きわたされる。囚人となるが力を取り戻し、ダゴンの神殿を破壊し、ペリシテ人とともに自らも瓦礫（がれき）の下に埋もれて死ぬ。

アラム語　P・64

セム語、すなわち、アラビア語、ヘブライ語、アラハム語（エチオピアの公用語）などの口語で、古代において近東全域で用いられていた。従ってイエスの時代には、アラム語が話されていたのである。ヘブライ語は厳格な意味でエクリチュール（文字）であり、本書に詳しく述べられているように、母音記号をつけなければ声にすることも本当はできず、できるとすれば神ということになる。

ヴァチカン第二公会議　P・70

現代社会における教会の再生を確たるものとし、キリスト教徒の団結を立て直すことを目的としたもので、公会議始まって以来、初めて非カトリック信者の参加のもとで一九六二―六五、ヨハネ二三世及びパウロ六世の在位の間、四度の会期にわたって開かれた。

十字架刑　P・75

ローマ人により盛んに行われた極刑で、十字架に両手両足を大釘で打ち付けられさらされる、過酷な刑であるが、磔にされた体勢では、胸筋が著しく引っ張られ、容易に窒息状態に陥り、それが死因となったという。

第二巻　聖なる者達の巻物

『正統者』　P・80

ユダヤ教の戒律からいささかもそれまいとする極めて敬虔な信者達のことをいい、むろん文字通りハシディム（敬虔主義者）もこれに属し、皆ことごとく、メシアが来ない限り真のイスラエルは再建されないという信仰がある。

ポドル　P・87
ドニエストル川に沿ったウクライナ西部の高地。
迫害(ポグロム)　P・87
ロシア帝国内のポーランド、ウクライナなどでユダヤ人共同体に対して行なわれた略奪、虐殺。ポグロムはロシア語で攻撃、破壊。
過越祭(ペサハ)　P・95
イスラエルの民の出エジプトを記念し、民の解放とメシアによる贖罪(しょくざい)を告げる祭り。神がエジプトにもたらした災いが、神の言葉に従って戸口に羊の血を塗ったイスラエルの民の住まいを〝過ぎ越し〟ていった（＝ペサハ）ことによる。キリスト教においては、この祭りの頃の日曜日を復活祭としている。ユダヤ教の主な祭りを太陽暦にあわせてまとめてみると、おおよそ以下のようになる。
九―一〇月　新年（ロシュ・ハシャナ）贖罪日（ヨム・キプール）仮庵(かりいお)祭（スコット）
一一―一二月　光の祭（ハヌカ）
三―四月　過越祭（ペサハ）
四―五月　ラグ・バオメル
五―六月　五旬祭（シャブオット）
※第四次中東戦争（一九七三・一〇）はキプールの祭りの日に起こったことからキプール戦争と呼ばれている。
七度　P・100

七はユダヤ教における聖なる数。

ゴリアテ　P・103

ペリシテ人の戦士、ダビデとの一騎討ちにより倒される。

マサダ砦(とりで)　P・103

ヘロデ王が建設した死海西岸南の砦で、七三年、ユダヤ戦争の第一回の反乱の終わりに反乱軍がここで玉砕した。

ドミニコ会　P・115

一二一五年、聖ドミニクによって創立された説教修道者会。清貧、異端との闘争に身を捧(ささ)げた司祭育成機関。

ラビ文学　P・121

ラビによって独自に書かれた聖書以外の書物であるが、主題は聖書に関わる。

アレクサンドロス・ヤンナイオス　P・123

ハスモン(=マカベア家)のユダヤ教大祭司。アリストブロス一世の兄弟にして後継者。パリサイ人(びと)が彼に敵意をいだいたため、大量のパリサイ人を処刑する。

※マカベア家の血統からは多くの大祭司が出ていることもあり、この機会に本書に関係のある紀元前二世紀―後一世紀にかけての大祭司を参考までに年代順にまとめておく。

オニアス(―前一七一年)メネラウスヨナタン(―前一四三年)マカベア家シモン(―前一三四年)マカベア家ヨハネ・ヒルカノス(前一三五―前一〇五年)マカベア家シモンの息子アリストブロス一世(前一〇五―前一〇四年)アレクサンドロス・ヤンナイオス(前一〇三―前

七六年）ヒルカノス二世（前七六—前六九年）ヤンナイオスの子アリストブロス二世（前六九—前六三年）シモン・ボエトゥス（前二三—五年）アナヌス（六年）カイアファ（一八—三六年）ヨナタン・アンナス（生没年未詳）

『銅の巻物』　P・128

この名称はこの巻物がごく薄い銅板に文字が刻まれていることによる。ごく最近フランスがこの巻物のクリーニングに成功し、新たなる解読が期待されている。

『至聖所』『契約の棺』　P・129

エルサレムの神殿の中心にある部屋で、アークが置かれているはずだが、ローマ人が侵入した時は何もなかった。そこに入ることを許されるのは大祭司だけ。本書においてはその空性が重要。

『伝道の書（エクレジアスト）』　P・130

旧約聖書の中の一書「コヘレトの言葉」で有名。現世における人生の不安定な性格を強調し、《すべて空しい》の言葉が随所にくりかえされる。

第三巻　戦争の巻物

ベニヤミン　P・136

ヤコブとラケルの一二人の息子の末子で、パレスチナの南部に定住したベニヤミン族の祖。

葦（あし）の海　P・138

「紅海」のこと。ヘブライ語で「葦の海（ミ・サフ）」という。

大淫婦(いんぷ)　P・162
ヨハネの黙示録17—5《大バビロン、娼婦(しょうふ)達の母》。娼婦は異教徒の比喩(ひゆ)。

666　P・163
ヨハネの黙示録13、17に「…この刻印とはあの獣の名、あるいはその名の数字である…数字は人間を示している」ヘブライ語は文字＝数であるので、この数を文字に置き換えてネロ皇帝を示すという解釈がある。

詩篇集　P・163
ユダヤ教徒の携えている詩篇とは旧約聖書の詩篇を集めたもので、どこでも唱えたり謳(うた)ったりするために敬虔なユダヤ教徒が常に手にしている。

マカベア　P・174
古代シリア王国支配下のユダヤ人を指導した一族、別名ハスモン家。

アンティオキア　P・174
古代シリア王国の首都（紀元前三〇〇—六四年）で、現在のトルコ南部の都市。

アンティオコス四世エピファネス　P・174
（在位紀元前一七五—一六四年。古代シリア王国、セレウコス朝の王。支配下のユダヤ人を迫害し、マカベア戦争を起こす。

ベリアル　P・187
聖書及びユダヤ教におけるサタンの別名。旧約においては悪の原理の人格化、または異教への誘惑の意に用いられ、新約では悪魔と同義。しかしここでは、悪魔の一族である具体的なベリアルであろう。この意味では、ベリアルはホモセクシャルの悪魔であり、恐ろしいほどの美貌(びぼう)をそなえているが、好色で下劣な性格を示す。

シェム、ハム、ヤフェト　P・187

本来であれば Shem は Sem、すなわちセムと解して訳すべきであろうが、シェムでのこしておいた。Shem＝「名」 Chem＝「数」セム（シェム）、ハム、ヤフェトとはノアの息子で、大洪水を生き延びた人間の直接の先祖とされていて、イスラエルはセムから、エジプト、カナン、ペリシテなどはハムから、地中海の島々、国々（キッティーム）はヤフェトから出たことになっている。

フラヴァシ　P・190

ゾロアスター教における人間の意識のことであるが、この意識は各人における最高神アフラ・マッダの顕現と信じられており、永遠であって、人の死とともに滅びることはない。フラヴァシは常に各人を導き守ってくれるが、各人が善の道か悪の道かのいずれかを選択するに際しては、各人は受動的であってはならないのであり、各人のフラヴァシから「導き」を捜し求めるのは各人の務めである。

ミトラ　P・192

古代インド、ペルシャの男神で陽光、完全性、調和を体現しており、ヘレニズム時代にはミトラ崇拝が小アジアに広まった。紀元前一世紀にはその崇拝がローマに移り、重要な秘教の一つに数えられる。一時はキリスト教のライバルとなった。ミトラ教が救済の観念や聖餐(せいさん)の秘儀等、キリスト教的要素のほとんどを備えていたのだから当然といえよう。

カラバッジョ　P・193
イタリアの画家（一五七三―一六一〇）。光と陰の強いコントラスト技法を用いて、光景の現実感の劇的描写に優れた初期バロック様式の創始者。

セラフィム　P・203
九つからなる天軍の最高位階に属する天使で「熾（し）天使」と訳される。

ケルビム　P・203
天軍第二階に属する天使で、「智天使」と訳される。翼のついた子供の頭、或（あ）るいは胴体に翼のついた形であらわされる。

アスタロート　P・203
「ハエ」の大公爵。地獄の中央委員会より外され、悪臭を放ち、手にマムシをもって歩き回る。予言能力がある。

アザゼル　P・203
地獄の軍勢の旗頭。

第四巻　女の巻物

福音書　P・214
ギリシャ語ではeuaggélion（エウアゲリオン）（eu=良い、優れた、agg ělion=伝言）=良い知らせ。教会ラテン語ではevangélium（エヴァンゲリウム）。イエスの弟子のマタイ、マルコ、ルカ、ヨハネによって著されたイエスの生涯とイエスの言葉を内容とする四つの書の総体のことで、新約聖書の主要部。マタイ、マルコ、ルカの三つの福音書はその類似から共観福音書と呼ばれ、〝始めに言葉ありき…〟から始まるヨハネ福音書との差異が知られている。

ホサナ P・218
ヘブライ語でHosana＝「救いたまえ」の意で、神に救いを祈願する叫び。

手を洗うこと P・222
キリスト受難のとき、ポンテオ・ピラトが手を洗って責任を回避した。この故事により、〝責任を負わない〟〝手を引く〟を意味する表現で用いられる。

セデクラ P・233
ラテン語で小さな腰かけを意味する。本文にあるように自重で釘（くぎ）の周辺の筋肉が裂けて、罪人の身体が十字架からはずれるのをふせぐために腰があたるように工夫された十字架の部分。

ニネベ、ヨナ P・237
ヨナは、「さあ、大いなる都ニネべに行ってこれに呼びかけよ。彼らの悪は私の前に届いている」という神の命じた任務を逃れて船に乗り込むが、途中、嵐にあい海に投げ込まれ、巨大な魚の体内で三日間過ごし、生還し、悔い改めて主の命令通りニネべに赴く。

ネゲブの白い砂漠 P・252
アカバ湾＝エーラ湾に通ずるイスラエル南部、死海の西下方の砂漠地帯。

燃えつきぬ柴（しば） P・256
神がモーセの前に現れた時の燃える柴（「出エジプト記」3・2）の比喩。

ユディット P・277

旧約聖書ユディット記に登場するユダヤの伝説の英雄的女性。ベトリアの町を救うために敵将、アッシリアのホロフェルネスを誘惑し、酔い潰れているところを首をはねて殺す。

ヤエル　P・277
士師記に登場する、カイン人ヘベルの妻。カナン王ヤビンの将軍シセラが逃げ込んできたのをかくまうふりをして、寝入ったところを殺してしまう。（士師記4・15—22）

デリラ　P・277
サムソンの項（P・598）を参照。

身体を…揺すり…　P・284
ユダヤ教徒にみられる祈りの時の特徴的なジェスチャー。

ヨブ　P・285
「ヨブ記」の主要人物。サタンの与える過酷な試練に耐え、信仰を堅持する。

ガリツィア　P・287
ポーランドとウクライナにまたがるカルパチア山脈北部。

第五巻　論争の巻物

バプティスト派　P・301
大人になってからの浸水礼に意義を認める教義をかかげるキリスト教の宗派。

『哀歌』　P・323
エレミアの認めたものとされており、カルデア人によって破壊されたエルサレムを悼む五章のエレジーからなる。

アロン　P・323

モーセの兄弟で、ヘブライ人の最初の大祭司。

二人のメシア　P・325

エッセネ派は祭司的メシアと王としての行政的メシアの、二人のメシアを考えていた。

ゼロテ党　P・328

一世紀、ローマに抵抗したユダヤの愛国者達で、国家独立をめざし、律法を守るため、暴力的行為も辞さないことを説きすすめた。

〝自分よりも偉大な〟…　P・331

洗礼者ヨハネがイエスに出会った時に、すぐさまイエスの神性を看破し、その霊感をそう吐露した。

メネラオス　P・333

紀元前二世紀のユダヤ教大祭司。当時ユダヤ人社会を支配していたシリアのセレウコス王朝アンティオコス四世エピファネスを誉めちぎり、金の力で大祭司職を奪いとる。ひとたび裁かれるが釈放され、ますます悪行を重ねる。（マカバイ記II 4・23―50）

エッセネ派のユダ　P・333

紀元前二世紀の預言者。

さまよえるユダヤ人　P・356

十字架に掛けられたキリストを嘲り笑ったことで、この世の終わりまで歩き続けなければならなくなった伝説上の人物。

ファーティマ朝　P・358
北東アフリカについでエジプトに君臨したイスラム王朝（九〇九―一一七一年）。

メッラー　P・359
モロッコのユダヤ人街。

ゴグ、マゴグ　P・363
ユダヤ教及びキリスト教文学における悪の勢力の擬人化。

ケバル河の河畔　P・369
ユーフラテス川に平行した支流で、バビロンからワルカへと流れている。エゼキエル書（1・1）に「ケバル河畔にいた捕囚の人々の間に…」とある。

「バル・コホバの乱」　P・373
バル・コホバとはメシアを意味する「星の子」のことで、ローマに対するユダヤ人の反乱（第二反乱一三二―一三五年）で、ユダヤ人を率いたシモン・バル・コジバに与えられた名。一九五一年、このシモンの認めた手紙が死海の洞穴で見つかっている。

第六巻　洞穴の巻物

エドム　P・424
エサウ参照。

モアブ　P・424

ヘブライ人としばしば紛争のあった紀元前八世紀、死海の東岸にいた遊牧民、モアブ人の名祖。聖書ではロトの息子となっている。

アンモン　P・424
ロトの息子でモアブの兄弟。紀元前一四世紀、ヨルダンの東部にいて、ヘブライ人のライバルであったがダビデに服従させられたアンモン人の名祖。

心の包皮　P・440
ユダヤ教においては神との契約のしるしとして割礼が義務づけられているが、身体の割礼をしても、心が割礼していなければ意味がないということ。

家　P・440
（コベート）が家、口を象徴するので、ここでは口と同格であろう。

第七巻　失われた巻物

スコットの祭り　P・479
仮庵(かりいお)の祭り。イスラエルの民が約束の地カナンに定住する前に、神によって課せられた荒野での四〇年間の放浪をしのぶ祭りで、庭に庵(いおり)をたて、その中で祈り、食事をする。本書では、単に試練の場としての「荒野」以上の「荒野」の重要性が明解に示されている。

頌歌(しょうか)（ハレル）　P・481
詩篇一一三〜一一八を「ハレル詩篇」といい、特定の祭日に、ことには過越祭(ペサハ)の晩餐(ばんさん)に歌われたとされている。（マタイ26・30　マルコ14・26）

ミリオン（ミルレバッスウム）　P・509 519
一四八二メートルで千歩の意。

テトラルケス　P・523
属領主。

ヒレル　P・523
ユダヤ教の律法博士、自由なやり方で「法」を解釈するラビの一派の指導者。

マスコット　P・533
過越祭の翌日から一週間食べる種なしパン。

訳者あとがき

確かに小説ではあるがインフォメーションがいっぱいの本である。ユダヤ教の世界を今まで知らなかった方でも、死海文書発見について詳しくなかった方でも（訳者もその一人であるが）この読書を機に興味をもたれる方も多いと思われる。だがむろん、実在のメア・シェリームのハシディムの人々が仮想の洞穴に住むエッセネ人とイコールであったり、さらには悪しき祭司である〝ラビ〟がいたりなどは小説の中での話である。それと同様に本書に描かれる諸々の人物や出来事はどんなに現実のそれと関連づけられようが、テキストの中のみに住んでいるのである。いや、別のテキストと関係しながら……。著者には確認ずみであるのでお教えしよう。シモンはゼロテのシモンで、マッティはマタイで、ピエール・ミシェルはペトロで……そう、勘の良い読者諸氏はお気づきであったであろうが、一二使徒および聖書のヒーロー達の名が現代に蘇（よみがえ）っているのである。どの名がどの名に呼応するのかお探しあれ。小説のもつリアリティはテキストの水準ではそのエコーを交し合うが、言語学的原理から言って現実とは一切関係をもたない。映画をみた後、まるでその登場人物になった気分で映画館を出る経験をもっておられる方も多いであろうが、むしろそれこそがフィクションのもつリアリティというものであろう。その上で小説『クムラン』と現実のかかわりをなおかつ論ずるならば、虚実の分節が韜晦（とうかい）になる「シミュラークル」の世界が問題になるかもしれない。が、それはさておき、何よりもうれしいのはこの小説『クムラン』がとにかく、エンターテインメントを全面に打ち出していることで、哲学や神学や歴史に興味をもたない方であっても十二分に楽しめる本であることだ。それでいて難解といわれるポスト構造主義系の思想のぴくぴく動く心臓をスキャンしてみせてくれるエリエット・アベカシスのジャンルを横断する筆力はヘテロジェニアスなものだといわざるをえない。この異才を評してこういう書評がある。「ピンナップガールの容姿を備えた若きアグレジェ（大学教授資格者）、エリエット・アベカシスの著したこの長編の、読者をとらえて離すことのない力はどこからきているのであろうか？　スリラーに神学を突込み、銃弾の代わりに十字架刑による殺害という近未来的なサスペンスの根底に〝誰がイエスを殺したか〟という宗教的問いが再検討されていて、それが我々の根本的確信を揺るがせるからなのである」（マダム・フィガロ抜粋）。この「根本的確信」はキリスト教徒の確信でもあろうが、「西欧精神の確信」と敷衍してよろしかろう。ならば、東洋的思考においてこの作品のもつ意味は？　と問うたならば、もしかしたらもうそこで、エリエット・アベカシスの真のメッセージをいささかとりはぐってしまうことになるかもしれない。つまりこの作品は東洋VS西洋、曖昧VS明晰、パトスVSロゴスなどといった二項対立思考をフューチャーしているものではないからである。こう言い切ると、〝いや、光の子達／闇の子達のまことにはっきりした対立が全篇を貫いているではないか〟との反論も聞こえてきそうだ。〝例えばエッセネ派が光の子達であると同時に闇の子達であったとしても、それは光を強調するコントラスト効果である〟という説明もかえってきそうだ。確かにそうした読書も無論可能であろう。様々な読書があっていいと思う。そういう意味ではこの「神学ミステリー」はいろいろな推論が可能なもう一つの謎解きを読後の楽しみに用意してくれているのかもしれない。

光でもない闇でもないトワイライトタイムに咲くプリスティーヌの薔薇に達するために、現実の薔薇を〝失って〟《薔薇》という記号にし、これを〝もう一度失って〟「《薔薇》の名前」とし、そのプロセスを記号の限界において繊細に表徴してみせたウンベルト・エーコに対し、荒ぶる女神、エリエット・アベカシスは記号世界の巨大なフロッピーの表面に凄まじい女性の創造的破壊力で、荒野の文字をグラフィティのように刻んでみせた。西欧文明という何千年の時の流れを経て営々と築き上げられてきた〝人間の手になる大神殿〟に平然と落書きできるのは「死海文書」の言葉、聖なる文字ヘブライ語だけなのかもしれない。そのことを得心させてくれる極めて明瞭簡潔な文をここに御紹介しておきたい。

「ヘブライ語は何よりも先ず抽象概念を避ける言語であり、より正確に言えば、抽象化の概念不在の言語なのである。律法の語彙は具体的で、直截的で、いかなる奸策もなく、『力』であり、〝イメージ・ソース（＝自然）〟がありうる限り理解可能なものなのである……これに対しギリシャ語はすでに抽象概念にみなぎっていて、結果ギリシャ語の思考者達、ギリシャの哲学者達は正確には何を言わんとしていたのかを、人はかつて、今でも、そしてこれからも問い続けることができる……さらに、ギリシャ語という師からかなり刺激を受けたラテン語は〝物のレッスン〟を先ず第一とするヘブライ語クラスに入れれば、およそ不出来な生徒ということになる。ヘブライ語が、指し示す〝もの〟と一体であることを自負する言語であるとすれば、ギリシャ語は存在の射程から解放された記号システムの中に抽象概念、すなわち、指し示すものとの異体性を導入しているのである……だから詭弁家はギリシャ語的でしかありえない。ヘブライ語的見地からしてみれば詭弁家は嘘（うそ）つきでさえなく、明らかに愚者なのである」（T・ラガルド『聖書の或（あ）るレクチュール』《仮題》未刊）。

訳者あとがきを締めくくるにあたって、ジェーンとアリーにふたたび登場願おう。

男＝adam【（a（アレフ）＝1）＋（d（ダーレット）＝4）＋（m（メム）＝40）＝45】

女＝ħawah【（ħ（ヘット）＝8）＋（w（ヴァヴ）＝6）＋（ĥ＝5）＝19】

神＝YHWH【（y（ヨッド）＝10）＋（ĥ＝5）＋（w（ヴァヴ）＝6）＋（ĥ＝5）＝26】

＊ヘブライ語は文字＝数であるので、こうなる。カバラ学では、この数をゲマトリア価という。アリー・コーヘンが本文で講義する意味論的カバラ学に対し、カバラ学の記号論的実践といえるであろう。

45－19＝26　やはりジェーンとアリーの間には神がいた。神は男と女のユニオンの場に存在するのだ。

最後に、本書を読まれて死海文書に興味を持たれた方々に御一読されたい、日本で翻訳されている主要な専門書を勝手ながら紹介させていただこう。

J・C・ヴァンダーカム『死海文書のすべて』秦剛平訳　青土社

M・ベイジェント、R・リー『死海文書の謎』高尾利数訳　柏書房

エドマンド・ウィルソン『死海写本』桂田重利訳　みすず書房

バーバラ・スィーリング『イエスのミステリー』高尾利数訳　NHK出版

これらを読まれたならば、読者諸氏は考証文献学的見地に立脚なさってやすやすと一冊の〃クムラン考〃をものになされるかもしれない。

鈴木　敏弘

解説

クムランの謎

犬養智子

死海文書、耳に聞くだけで好奇心をそそられる言葉ではないか。いかにも秘密めかしく、いかにも人類の文化の根源にかかわっているらしい響き。

死海文書は、死海の畔（ほとり）、クムランの洞窟（どうくつ）で一九四七年に発見された。偶然、ベドウィン族の中のタ・アミラー族の羊飼いの少年が見つけたといわれる。その古い巻物は、たちまち世界中に激しい好奇心と、ある人々には警戒心を呼び起こした。なぜならその文書は、キリスト教の起源について、またイエスは何者であったのか、という疑問も含めて、学問的、宗教的な問題を提起したからだ。キリスト教よりさらに古いユダヤ教、その中のエッセネ派の存在もからまり、死海文書は世界の注目と陰謀の渦に巻き込まれた。

発見された死海文書は、エルサレムに持ち込まれる。すぐ一九四八年に第一次中東戦争が始まり、問題の場所はウェスト・バンク、ヨルダンとイスラエルの係争の地だ。行き来は危険を伴う。研究は遅々として進まない。神学や考古学の研究者の国際ティームが結成されたが、彼らは文書を独占し、法王庁や異端審問所もからまり、公開されないまま、死海文書の行方は混沌（こんとん）とし、謎（なぞ）は深まるばかり。欧米では、過去も現在も、長期にわたってメディアを騒がす大テーマである。こうした事実をベースに、ミステリー『クムラン』は展開する。登場人物は実在の司教、学者、学生などの人物をなぞった部分もあり、小説とはいいながら、現実の投影を考えながら読む面白さもある。舞台は戦争の緊張下のヨルダンとイスラエルに始まり、イスラエルの諜報機関や謎の美女をまじえ、ロンドン、ニューヨーク、パリなどをスピーディに移動する。関係者の不気味な磔刑による殺人、ヴァティカンや異端審問所の介入など、いちど開いたら下に置けないスリリングな味。

主人公アリーは敬虔なユダヤ教徒で、ユダヤ教やユダヤ教徒の厳しい戒律や習慣、風俗が描かれているのも、興味深い。ユダヤ教徒は黒いヘアを頰の両側に細長い縦ロールにして垂らし、黒い帽子に黒い長いコート、シャツだけ白という黒ずくめである。街で、マントを翻して歩くハッとする美男に出逢うのも、エルサレムの美景のひとつだ。

ユダヤ教徒は、玄関のドア脇に、メズゾートと呼ぶ銀の筒に、経文を書いて入れたのを斜めにとりつける。これは悪霊避けで、映画『ベン・ハー』の終わり近く、荒れたベン・ハーの家の入口にそれがあるのを、一瞬だが見ることができる。

書き手は新人の、哲学の研究者エリエット・アベカシス。モデルのような美人、父は高名なラビ。ラビの娘が、神学的なイエスの意味を問うという、タブーに挑む形で死海文書のミステリーを書いたのだから、フランスでベストセラーになる要素は充分にあった。

そこで私も、この本が神学的なイエスの意味を問うものかどうか知りたくて、カソリックのフランス人の神父さまにその辺を訊ねてみた。彼はすぐパリの、神学で世界一の権威である神父に問いあわせ（彼はこの本を読んでいた）、ロマンティックな小説として読む本で、神学について考える類のものではない、という答えを得た。

クムラン（QUMRAN）は、いちど見たら忘れられない土地、死海の西北岸から一・五キロほど入った小高い地点だ。私が行ったのは一九九七年の九月の末。激しい太陽と乾燥した大気、クムランの遺跡（キルベット・クムラン）は目の下にあり、目を上げた彼方には灰色の石と砂の崖（がけ）に洞窟が口を開けていた。いまは伝説化した、ベドウィンの少年が羊を追って行き、死海文書の入った壷（つぼ）を発見したという洞窟である。

異星人が現れそうな荒野だ。死海は海面下四〇〇メートルにあって、目には見えない圧迫感がある。鳥も飛ばず、雲ひとつない空、音は無限の空間に吸い込まれたかのようにあたりは静寂だ。草も木もない荒野から、荒れた星にありそうな、バヴァロアをつぶして押し出したような、妙に肌が滑らかに見える断崖（だんがい）が立ち上がり、崖はそのまま下の涸（か）れ谷までなだれ落ちていて、茶色っぽい涸れた川床が見える。写真で見たらスケールがわからない、かなり深い谷だ。

クムランの遺跡は石を積み重ねて壁をつくり、食堂や写本室、台所や貯水槽も完備した場所で、エッセネ派が共同体の生活を営んでいた。小説『クムラン』では、ここはさらに想像力を駆使して描かれている。その意味でもたしかに、ロマンティックなイマジネーションをかき立てるミステリーだ。

日本は極東の島国で、外界の事情に疎い島国根性が妨げになり、死海文書のスリリングな発見にも、欧米ほど熱狂的な関心がなかった。死海文書関連の本は、翻訳されて多数出版されているが、どれほどの人が読んだろうか。しかも『クムラン』はやや長い小説だから、それだけで「宗教か」と敬遠する人もいるかもしれない。

でも、宗教は本質的にミステリアス。『薔薇の名前』の神秘的な雰囲気をエンジョイした人なら、『クムラン』の雰囲気もわかるはず。しかも神学にこだわらず、ひろい目で見れば、キリスト教、イスラム教、ユダヤ教は、古い伝説や伝統とない混ぜになり、暮らしに浸みこみ、彫刻や絵や音楽や歌に現れ――ユダヤ教は十戒の第二戒の禁止で絵や彫刻は発達しなかったが――文化そのものとして花開く。宗教を知らないで、世界の文化を深く味わうことは出来ない。その意味で、宗教に関心のない日本人は大きな損をしている。

世界が狭くなっているいま、大事なのは、世界共通の価値観を何らかの形で共有することだ。クリスチャンは一九億人、イスラム教は一一億人、ユダヤ教は一四〇〇万人、仏教徒は三億人と言われる。無宗教も、宗教を知らないで語っては無意味だ。世界の人々と共通の話題を持ち、心を通わせるためにも、日本人の「宗教わからない」を改めたい。そのとっかかりにも、この本は充分なると思う。

まして、舞台になるヨルダン、イスラエルは、文化の最古の地のひとつ。旧約の舞台でもある。ジェット機で降りていくとき、目をとらえて離さない、緑のない砂漠の国土だ。強い太陽と乾いた空気。黄色い砂漠。それがイスラエルとヨルダンである。ちょっと歴史や文学に興味がある人なら、惹きつけられ、想像力をかきたてられる土地だ。

そこに、世界有数の古い宗教が寄り添って生まれ、存在している。旧約聖書の舞台はそこここにあり、新約の舞台も、まるで昨日の出来事のように訪れることができる。

なぜ世界の偉大な宗教がいくつも、この乾いた砂漠が大半を占める、激しい気候の地域に興ったか、興味深い。少し飛躍するかもしれないが、地球最大の地殻変動でできた大地溝帯、グレートリフト・ヴァレーが、北は地中海から、ヨルダン川、死海、紅海を経て東アフリカ全体を貫いている。この大地溝帯のおかげで、七〇〇万年前、東アフリカの西側は多雨多湿、東側は乾燥してサヴァンナ地帯となり、樹林の樹上生活を失ったため、東側で先行人類からヒトへの進化が起こったと科学者は言う。

地球と人類の邂逅（かいこう）のなんという不思議。初期の人類の移動のスピードは一世代五〇キロ。一万五千年足らずで、東アフリカからヨーロッパまで移動できたという。人類は東アフリカから発祥し、地球上に拡がって行き、やがて偉大な宗教は大地溝帯の北の地域に生まれた。

『クムラン』を読むとわかるように、死海文書は、キリスト教の起源と、イエスの意味を問う重大な文書だ。イエスが、あの時代に始めてユニークな教義を説いたのか、それとも、以前からあった、ユダヤ教の一派のエッセネ派の教えと酷似した教えを説いたのか、イエスは平和な救世主だったのか、あるいは戦闘的な革命家だったのかは、神学者やヴァティカンにとっては、神学的イエスの意味を問う重大な問題である。

死海文書はようやくすべて公表されたというが、いまも、わからないことが多い。その辺は、訳者の鈴木敏弘さんも書いておられるように、死海文書についての本を読むのが助けになりそうだ。

『死海文書のすべて』（J・C・ヴァンダーカム、青土社）、『死海文書の謎』（M・ベイジェント、R・リー、柏書房）。『イエスのミステリー／死海文書で謎を解く』（バーバラ・スィーリング、NHK出版）はやや特殊な興味になる。

本書は一九九七年九月、小社より単行本として刊行したものです。

クムラン

エリエット・アベカシス

鈴木敏弘（すずきとしひろ）＝訳

角川文庫　11384

平成十二年二月二十五日　初版発行

発行者——角川歴彦

発行所——株式会社角川書店

東京都千代田区富士見二—十三—三

電話　編集部(〇三)三二三八—八五五五

営業部(〇三)三二三八—八五二一

〒一〇二—八一七七

振替〇〇一三〇—九—一九五二〇八

印刷所——旭印刷　製本所——コオトブックライン

装幀者——杉浦康平

落丁・乱丁本はご面倒でも小社営業部受注センター読者係にお送りください。送料は小社負担でお取り替えいたします。

定価はカバーに明記してあります。

Printed in Japan

ア 7-1　　ISBN4-04-284701-3　C0197

角川文庫発刊に際して

角川源義

第二次世界大戦の敗北は、軍事力の敗北であった以上に、私たちの若い文化力の敗退であった。私たちの文化が戦争に対して如何に無力であり、単なるあだ花に過ぎなかったかを、私たちは身を以て体験し痛感した。西洋近代文化の摂取にとって、明治以後八十年の歳月は決して短かすぎたとは言えない。にもかかわらず、近代文化の伝統を確立し、自由な批判と柔軟な良識に富む文化層として自らを形成することに私たちは失敗して来た。そしてこれは、各層への文化の普及滲透を任務とする出版人の責任でもあった。

一九四五年以来、私たちは再び振出しに戻り、第一歩から踏み出すことを余儀なくされた。これは大きな不幸ではあるが、反面、これまでの混沌・未熟・歪曲の中にあった我が国の文化に秩序と確たる基礎を齎らすためには絶好の機会でもある。角川書店は、このような祖国の文化的危機にあたり、微力をも顧みず再建の礎石たるべき抱負と決意とをもって出発したが、ここに創立以来の念願を果すべく角川文庫を発刊する。これまで刊行されたあらゆる全集叢書文庫類の長所と短所とを検討し、古今東西の不朽の典籍を、良心的編集のもとに、廉価に、そして書架にふさわしい美本として、多くのひとびとに提供しようとする。しかし私たちは徒らに百科全書的な知識のジレッタントを作ることを目的とせず、あくまで祖国の文化に秩序と再建への道を示し、この文庫を角川書店の栄ある事業として、今後永久に継続発展せしめ、学芸と教養との殿堂として大成せんことを期したい。多くの読書子の愛情ある忠言と支持とによって、この希望と抱負とを完遂せしめられんことを願う。

一九四九年五月三日